LE CHANT DU GENÉVRIER

Ce livre a reçu une aide à la traduction du Goethe-Institut.

GOETHE INSTITUT

Titre original :
Machandel
Éditeur original :
Albrecht Knaus Verlag, Munich

ISBN 978-2-330-18703-3

REGINA SCHEER

Le chant du genévrier

roman traduit de l'allemand
par Juliette Aubert-Affholder

ACTES SUD

Tout est vrai, mais les choses ne se sont pas passées ainsi.

Les lieux et les événements, excepté les faits historiques, sont fictifs. De même que les personnages, bien que certains noms aient existé.

Pour Roger Nastoll (1944-1990).

1

CLARA

Adieu

Ce matin, j'ai traversé les champs moissonnés jusqu'à l'église de Klabow, les propriétaires de l'hôtel ont fait restaurer le vieil ange de bois joufflu et je voulais le voir. Emma a toujours affirmé que ses enfants lui ressemblaient quand ils étaient petits. On a enlevé la laque dorée qui s'écaillait, la sculpture en bois a retrouvé ses couleurs végétales d'origine. Le restaurateur a rebouché les vermoulures, le chérubin a l'apparence qu'il avait sans doute voilà deux cents ans, les joues rouges et rebondies, joyeux à première vue, mais on remarque ensuite les yeux écarquillés, la petite bouche entrouverte comme pour crier et on se demande : qu'a-t-il vu, cet ange ? Que lui est-il arrivé ?

Une fois dans l'église, j'ai gravi l'escalier en bois à la rampe fragile pour contempler comme souvent la contrée vallonnée depuis les minuscules fenêtres du clocher. Les nouvelles éoliennes sur la route de Güstrow modifient le paysage. Elles n'étaient pas encore là quand nous sommes arrivés il y a vingt-cinq ans.

De là-haut, on n'aperçoit pas les tumulus et, même une fois devant, on les reconnaît uniquement lorsqu'on sait qu'ils font partie du paysage. Sinon on ne voit que des tas de cailloux. D'en haut, on les devine sous les îlots recouverts d'arbres au milieu des champs et des prés, mais les buissons et les arbres ne dissimulent parfois qu'une de ces flaques qu'on appelle ici des yeux d'eau. Certains tumulus sont cachés dans des forêts qui n'existaient peut-être pas lorsque les Obodrites se sont établis dans la région voilà plus de mille ans, des Slaves vénérant la déesse Baba. Entre les collines, des pierres comme lancées par des géants, des blocs erratiques dont on ne sait s'ils sont là depuis la période glaciaire, si ce sont les vestiges de sépultures obodrites ou si les Germains les ont fait rouler jusqu'à leur emplacement actuel. Ou le jardinier paysagiste de la famille propriétaire du domaine.

En rentrant au village, j'ai marché un temps dans les prés, longeant des blocs erratiques qui me sont devenus familiers comme tant de signes dans ce paysage. Vus d'en haut, ils ne semblaient pas très imposants, alors que certains sont plus grands que moi. À la maison, j'ai une photo où on voit Michael porter notre petite Caroline sur ses épaules, elle effleure le rocher lisse devant lequel je me trouvais maintenant. Les enfants le surnommaient *Vieux bonhomme*. Caroline avait alors deux ou trois ans, aujourd'hui elle en a vingt-cinq, mon âge à l'époque. Avant d'arriver au croisement de Mamerow, j'ai vu davantage de ces pierres lisses, certaines crevassées et fissurées, d'où émergeait quelque chose ressemblant à de la lave durcie. Lorsqu'on s'approche, le gris minéral se fond en nuances infinies, on distingue des éclats colorés, certains blocs semblent composés de bandes multicolores qui redeviennent grises quand on s'éloigne.

Je suis revenue sur l'allée de châtaigniers en faisant un détour par les prés, je ne me suis toujours pas habituée au fait que la vieille route de l'église est bitumée et que des voitures me dépassent à pleine vitesse. Heureusement, ils ont aménagé le parking de l'hôtel en dehors du village, juste à côté du terrain de golf qu'on appelait autrefois Schmökenwiese.

Autrefois. Je suis devenue comme ces vieilles femmes qui habitaient au village lorsque nous sommes arrivés ; elles vivaient avec des gens qui n'étaient plus là, le passé révolu faisait partie de leur présent. Je ressens la même chose quand je pense à ma chaumière, une jolie maison avec une salle de bains et de gros poêles en faïence verte, des fenêtres huilées en bois de mélèze, un colombage recouvert de crépi à l'intérieur comme à l'extérieur. Je revois encore la demeure envahie par la végétation qui m'avait plu d'emblée, les fissures dans lesquelles le vent sifflait, les fenêtres condamnées par des planches. Pour moi, mes filles sont toujours en train de gambader dans le jardin et, quand je traverse le village au crépuscule, je revois Natalia, la Russe, sur le perron du château, la vieille Auguste derrière les fenêtres de la maison du régisseur.

Auguste – la seule parmi les anciens à être encore en vie excepté son beau-frère Richard – loge en maison de retraite à Basedow, je lui ai rendu visite une fois, mais elle ne m'a pas reconnue. Son nom est déjà gravé sur la pierre tombale du vieux Wilhelm, il ne manque plus que sa date de décès.

Au lieu d'aller voir les blocs erratiques, j'aurais pu me rendre au cimetière dans la forêt de Klabow. J'y suis allée souvent, dès le premier été j'ai cherché la sépulture de ma grand-mère, sa tombe était déjà érodée et envahie par le lierre. Une pervenche étendait sa floraison mauve jusque sur le chemin. La pervenche, c'est Natalia qui l'avait plantée, elle s'occupait aussi des tombes anonymes le long du mur du cimetière, on dit que les Russes et le Polonais battu à mort reposent là. Ainsi que des réfugiés allemands morts en 1945, peu après leur arrivée au château. Natalia avait ramassé des cailloux pour entourer les tombes. Maintenant elle a la sienne juste à côté, sous des tournesols. Sa fille Lena a fait poser une belle pierre de granit qui gisait depuis des éternités dans l'eau peu profonde du Düstersee. Natalia, originaire de Smolensk, repose dans la forêt de Klabow, comme une évidence, aux côtés de Wilhelm et d'Emma et de tous les autres voisins.

Quant au vieux Wilhelm, il ne se trouve qu'à quelques mètres du Polonais battu à mort qui le détestait. Mais il n'y a plus personne en vie pour se rappeler qu'un Polonais est enterré là et que c'était le petit Josef. Les noms des Russes morts, personne ne les connaissait de toute façon, sauf peut-être Natalia, la tombe n'est même pas inscrite dans le registre du cimetière, d'après mes recherches remontant à quelques années. Le registre paroissial mentionne trois victimes de guerre inconnues et deux connues, des citoyens soviétiques transférés au cimetière d'honneur soviétique à Lalenhagen en septembre 1949. Mais le vieux pasteur venu à l'enterrement d'Emma il y a cinq ans depuis Ratzebourg, où il vit aujourd'hui, m'avait raconté autour d'un café que les soldats de l'Armée rouge n'étaient pas les seuls enterrés à Lalenhagen. Là-bas, près de la gare, reposaient aussi des Allemands, des réfugiés ayant succombé au typhus dans le camp et des morts venant des trains bondés pris pour cible par les avions en rase-motte. Cette fosse commune contenait également des soldats russes et allemands, on ne faisait pas la différence en mai 1945, il avait fait brusquement chaud et il fallait vite enterrer les morts. Trois ou quatre ans après la fin de la guerre, on avait reçu l'ordre d'exhumer les soldats soviétiques et les travailleurs de l'Est inhumés dans les villages pour les transférer au cimetière d'honneur à Lalenhagen. À Klabow aussi, on avait rouvert les vieilles tombes, mais aucun employé du cimetière n'était disposé à toucher les dépouilles. Seuls les deux Russes qui avaient sauté sur une mine plate en mai 1945 dans la forêt de hêtres sur le Wieversbarg avaient un cercueil. On se rappelait leurs noms. Le vieux pasteur me raconta qu'il avait accepté de faire transporter à Lalenhagen des caisses remplies de sable pour les autres morts, où on érigea un monument avec l'étoile rouge, comme s'il n'y avait là que des Russes.

Ici, on dit les Russes pour désigner tous les soldats soviétiques, même si, d'après le pasteur, on comptait des Géorgiens et des Mongols aux yeux bridés parmi les unités qui débarquèrent dans la région en 1945. Ce n'étaient peut-être pas des Mongols d'ailleurs, on appelle ici tous les Asiatiques des Mongols. Ou des Viets.

Il m'a fallu du temps pour comprendre ce que recélait le langage des locaux. Je comprenais leur dialecte bas allemand, que j'avais appris à l'université. Mais j'ai mis longtemps à déchiffrer leur silence. Ils n'avaient aucun mot pour certaines choses et des quantités de mots pour d'autres. Même le genévrier qui a donné son nom au village* avait plusieurs noms. Ils l'appelaient genièvre ou cade, juniperus ou sabinier. J'ai aussi entendu cèdre piquant ou petit cèdre, gracil ou grassi, le vieux pasteur l'appelant jnâvre. Les réfugiés de l'Est arrivés au village en 1945 apportèrent leurs propres mots pour désigner ce qu'ils trouvèrent sur place. Les Volhyniens le surnommaient buisson à encens, voire arbre de feu. Le vieux Wilhelm l'appelait poivre du pauvre.

Ceux qui vivent ici aujourd'hui parlent autrement. Les gérants du domaine transformé en hôtel s'efforcent de parler l'allemand standard, mais on distingue les sonorités souabes, même lorsqu'ils parlent anglais avec les hôtes. J'ai entendu la réceptionniste

* "Machandel" signifie "genévrier" en dialecte bas allemand. *(Toutes les notes sont de la traductrice.)*

prononcer le mot Machandel en mettant l'accent sur la dernière syllabe, comme si c'était un terme français : Machandelle.

J'avais beaucoup de choses en tête ce matin, lorsque je suis sortie de l'église de Klabow. J'ignore combien de temps je suis restée à la lisière de la forêt, assise sur le bloc erratique plat que ma fille a baptisé *Jeune bonhomme*, par opposition au *Vieux bonhomme* plus imposant. Quand je suis assise là, j'oublie le temps, je n'entends que les cris des oiseaux, le vent et, plus j'écoute, plus les voix des gens qui ont vécu ici se précisent.

Voilà vingt-cinq ans que Machandel, ce village isolé sur la langue glaciaire de la moraine terminale de Malchin, fait partie de ma vie. Avant cela, je n'y avais jamais mis les pieds. C'est pourtant là que mes parents se sont rencontrés et mon frère Jan, je l'ai toujours su, est né au château de Machandel. Or Jan a quatorze ans de plus que moi et, à ma naissance en 1960, ma famille habitait déjà Berlin depuis longtemps. Notre grand-mère, restée à Machandel, mourut peu après, nous n'avions donc plus aucune raison de revenir au village. C'est du moins ce que je croyais.

Quand je repense à mon arrivée ici, je ressens de la douleur, même après tant d'années. C'était la dernière excursion avec mon frère. Je me rappelle mon étonnement lorsqu'il nous a proposé, à moi et à Michael, de visiter ensemble le village de son enfance, à deux petites heures au nord de Berlin.

À ce moment-là, Jan avait déjà donné tous ses livres, la bibliothèque montée par ses soins et son vieux canapé en cuir ; sa chaîne hi-fi était chez nous, tous ses documents validés. Quelques jours après cette excursion, il quitta le pays avec deux valises et tous ses appareils photos. Il avait fait une demande de sortie du territoire à peine quelques semaines plus tôt. Cet été-là, beaucoup s'en allèrent, la plupart après des années d'attente. Si Jan avait pu partir si vite, c'était sans doute grâce à notre père. Retraité depuis longtemps, mais encore député à la Chambre du peuple et membre du comité Antifa, il connaissait le numéro de téléphone de certains hommes appelés Kurt ou Karl, il citait leurs noms de code, très ressemblants, datant de l'époque clandestine. Ces types-là avaient le pouvoir de tout régler en quelques coups de fil. Je crois que notre père n'était pas au courant de la demande de Jan, il ne l'aurait d'ailleurs pas soutenu, mais les décisionnaires, eux, connaissaient l'identité du père de mon frère. Cela faisait longtemps qu'il ne pouvait pas exercer son métier, ils lui avaient retiré sa carte de presse, ses photos n'étaient plus publiées, il n'avait pas le droit de les exposer. Là aussi, mon père aurait pu faire quelque chose pour lui, mais il n'y tenait pas et Jan n'aurait pas voulu.

En rentrant au village, Jan s'était montré encore plus taciturne que d'habitude. Il était au volant, même si sa Trabant vieille de quatorze ans m'appartenait déjà.

Nous ne savions pas vraiment ce qu'il cherchait dans ce village dont le nom figurait comme lieu de naissance sur tous ses documents de sortie du territoire : Machandel. Il avait vécu chez notre grand-mère jusqu'à son entrée à l'école. Mais c'était une nouvelle venue, elle arrivait de loin avec notre mère, de Prusse orientale. On les appelait les personnes déplacées, réfugiées, expulsées de leur patrie ; elles avaient vécu au château, comme tant d'autres. J'avais imaginé un bâtiment avec un crénelage et une tourelle, après quoi nous nous étions retrouvés devant un simple manoir avec un avant-corps central et un perron, très beau, mais terriblement délabré. Des taches d'humidité s'étalaient sur la façade qui s'effritait. J'étais fascinée par les grands tournesols à larges capitules qui poussaient partout, autour du château et le long des clôtures, tout me faisait penser à un de ces films russes qui passaient au cinéma Studio, *Les Adieux à Matiora*, *L'Obier rouge*. De vieilles femmes à fichu s'affairaient dans leurs jardinets. Une autre semblait nous observer derrière ses rideaux. Sans dire un mot, Jan disparut dans le vaste parc derrière le château et moi, sentant qu'il voulait être seul, je flânai main dans la main avec Michael dans le village comme enchanté. Des hirondelles se poursuivaient au-dessus des toits bas. Un coq chantait.

Emma affirma plus tard m'avoir aperçue dès ce premier jour, pendant que nous garions la Trabant verte devant le château et parcourions le village. Je portais une robe aussi longue qu'une chemise de nuit, selon elle. Emma ne nous avait jamais vus auparavant, moi et mon mari Michael, mais elle reconnut mon frère Jan sur-le-champ. Il avait grandi au village, dit-elle, il était souvent revenu par la suite.

Elle nous avait vus nous arrêter devant la chaumière. Elle-même y avait vécu des années avant de s'installer dans l'annexe, une maison sobre à deux étages construite au milieu du parc du château pour neuf familles de réfugiés dans les années 50. On l'apprit ultérieurement, nous ne connaissions pas encore Emma en ce jour d'été 1985 et l'annexe hideuse ne nous intéressait pas, seule nous intéressait la chaumière. Elle semblait inhabitée depuis longtemps, les fenêtres n'avaient pas de vitres, une porte fermée par un simple fil métallique, comme une vieille bergerie, grinçait au moindre courant d'air. Dans une des pièces, un jeune bouleau poussait entre les planches du parquet. Un rosier sauvage se pressait contre la façade, j'appris par la suite comment Emma le surnommait : rosier tomate. Ses branches lourdes et odorantes s'immisçaient dans la maison par les ouvertures. Sous le charme, nous parcourions les pièces désertes, passions par les fenêtres pour rejoindre le jardin à l'abandon, franchissions la porte branlante qui donnait sur le logement suivant, il y en avait trois au total, nous nous voyions déjà en train d'abattre les murs en torchis afin d'agrandir l'espace. Nous pourrions habiter là, au moins l'été et les week-ends car nous avions maintenant une voiture. Nous ne voulions pas quitter le pays comme Jan, nous voulions rester et cette maison, nous le sentions, deviendrait notre refuge, il n'y aurait pas ici ce qui nous exaspérait et nous perturbait si souvent à Berlin. J'imaginais nos enfants jouant dans le jardin abandonné et, dès les premières heures passées à Machandel, on décida de tout faire pour que cette maison à moitié délabrée nous appartienne.

On partit à la recherche de Jan, qu'on trouva sur le perron du château en compagnie d'une femme étrange. Jusqu'à présent, nous n'avions vu que des personnes âgées dans ce village, or cette femme avait à peu près l'âge de Jan, moins de quarante ans. Elle était grande et mince, Jan paraissait la connaître. Ils se tenaient l'un à côté de l'autre, appuyés contre la balustrade rouillée autour de laquelle s'enroulaient des pois de senteur sauvages. Jan tenait un objet visiblement donné par la femme. Ils se taisaient, ce silence semblant révéler une intimité qui m'étonna. Ils avaient peut-être parlé ensemble juste avant mais, lorsqu'on arriva, ils ne disaient rien. Jan s'avança vers nous, je le vis fourrer l'objet dans la poche de sa veste. La femme renversa la tête en arrière, comme pour retirer son regard posé sur Jan, tout en restant là, très calme.

— Une connaissance d'autrefois ? demandai-je à mon frère, sur quoi il répliqua brièvement :

— Oui.

J'avais l'habitude de ne pas insister lorsqu'il répondait sur ce ton. Mon père fournit aussi ce genre de réponses succinctes qui excluent tout questionnement.

On montra à Jan la chaumière qu'on appelait déjà notre maison. Il regarda tout en détail, sortit son petit appareil de sa poche et photographia. D'un geste, il arracha des couches de papier peint collées, gratta le mur en torchis et désigna un morceau de poutre apparente, avec ses encoches et ses entailles. Il savait que la chaumière avait servi de bergerie il y a cent cinquante ans, que les briques et le bois provenaient d'une bâtisse plus vieille encore. Cela ne nous découragea pas, on aimait tout en l'état et, lorsqu'on s'allongea avec Jan dans l'herbe d'un vert profond en lisière de forêt, un endroit qu'il adorait enfant, en regardant les genévriers hauts comme des arbres se profiler sur le ciel du Mecklembourg, ce fut une évidence : c'est ici que nous voulions vivre.

On alla ensuite à un des lacs, puis Jan disparut de nouveau avant notre départ. En parcourant une dernière fois notre maison, on vit un vieil homme aux cheveux gris qui se tenait dans l'entrée avec sa canne, comme s'il nous attendait.

— Où est Jan ? demanda-t-il, avant de fournir lui-même la réponse : Chez la muette.

C'était Wilhelm Stüwe, je ne me rappelle pas si nous l'avons su dès ce premier jour à Machandel. Je remarquai le joli pommeau en ivoire de sa canne.

— Vous voulez acheter la maison ? demanda-t-il, puis il nous indiqua où trouver le bourgmestre Uwe Schaumack.

C'était, dit-il, la plus ancienne maison du village. Encore plus ancienne que le manoir. Oui, une ancienne bergerie, dit mon mari en l'interrompant. Michael avait une façon bien à lui d'étaler de vagues connaissances. Le vieux le scruta avec un léger mépris, me sembla-t-il. Après quoi il désigna ma longue robe claire et demanda d'un air moqueur si j'étais la Dame blanche, celle de la légende de Mamerow. Il ne pouvait pas savoir que j'étudiais les légendes de l'Allemagne du Nord dans le cadre de ma thèse. Pour moi, le sujet avait sa place dans les salles de la Bibliothèque nationale, à l'institut, sur mon bureau à la maison, et non dans ce village. J'étais déconcertée. Mon mari interrogea le vieux, qui raconta brièvement : À Mamerow, un des villages voisins dont le nom remontait probablement à la période slave, une Dame blanche, fusillée pendant la guerre, hantait une ferme.

— Quelle guerre ? demanda mon mari, mais le vieux se contenta de rire. Son âme, poursuivit-il, vivait dans un arbre qu'on avait fini un beau jour par abattre et utiliser comme bois de construction dans une bergerie.

Il guettait l'effet produit par ses mots.

— Est-ce qu'on la surnommait Mahrte ? demandai-je car je connaissais ce genre de légendes.

Le vieux cracha un bout de chique sur le plancher recouvert de mousse et se détourna en ricanant.

— Mahrte, revenante, lutine, peu importe. Je suis pas superstitieux, moi.

Il heurta Jan en passant la porte et, alors qu'il venait de nous demander de ses nouvelles, il s'en alla sans lui adresser la parole.

Jan nous incita à partir. Notre euphorie s'était envolée, le vieux voisin avait laissé une atmosphère oppressante dans les pièces. Près de la Trabant se trouvait la femme élancée, la muette, comme l'avait surnommée le vieux. Elle chuchota pourtant quelques mots à Jan, après quoi ils s'enlacèrent longuement. Je vis que mon frère pleurait et je m'efforçai de regarder ailleurs.

Il était trop tard pour rendre visite au bourgmestre. On décida de l'appeler dès le lendemain pour l'achat de la maison. Pendant le trajet, Jan retira sa veste qu'il posa sur mes genoux, quelque chose en glissa, sûrement le cadeau de la femme : à première vue, une pierre quelconque, mais je vis ensuite que l'objet en forme de cœur était à moitié recouvert par une pellicule de verre bleu se finissant en goutte de verre, l'autre moitié comportant une fissure dont s'écoulait une substance noire. Tandis que j'observais la pierre, Jan la saisit et la remit dans sa veste. Il roulait en silence, songeur comme à l'aller mais, lorsqu'on s'approcha de Berlin, il demanda :

— Il voulait quoi, le vieux ?

Je mentionnai la légende. Jan la connaissait.

— Tous les gens des villages autour de Machandel connaissent ces vieilles histoires, dit-il. Mais celle de la Dame blanche de Mamerow ne s'arrête pas là. Ça fait longtemps qu'elle n'est plus dans la bergerie. Quelques valets de ferme ont eu pour mission de la capturer et de la porter au cimetière de Klabow. Elle y est emmurée dans une cave voûtée. Selon une autre variante, elle vit aujourd'hui dans un genévrier. Les valets avaient l'interdiction d'en parler.

Je me rappelle que j'ai mis du temps à trouver le sommeil après cette excursion. Je sentais qu'il s'était passé quelque chose qui allait changer notre vie. Était-ce l'adieu à Jan, était-ce la maison que nous avions trouvée, telle une chose dont nous avions toujours rêvé sans le savoir, ou bien la légende de la Dame blanche qui me poursuivait jusque dans mes rêves ? À moins que ce soit le nom du village : Machandel. Dans nos séminaires de bas allemand, nous avions analysé et interprété le conte du genévrier, je n'avais pourtant jamais fait le rapprochement avec le village de mon frère et de cette grand-mère que je n'avais pas connue.

2

NATALIA

Le chemisier en soie

Ma tombe se trouve désormais près des genévriers du Mecklembourg, je ne suis jamais retournée chez moi. J'ai vécu plus longtemps ici qu'à Smolensk, pourtant je suis restée une étrangère parmi les Allemands. Je l'aurais été tout autant si j'étais retournée à l'endroit où je suis née. Smolensk était une si belle ville, nous la célébrions dans des chansons, elle s'étend sur sept collines et le long de dix-sept rivières. J'aurais aimé revoir le Dniepr. Aux alentours de Machandel, il n'y a pas de vraie rivière, la Warnow, le Peenestrom et la Nebel ne sont que des filets d'eau en comparaison du Dniepr. Il est tellement large, presque comme une mer et, lorsqu'un bateau passe, les vagues déferlent tel le ressac. On distingue à peine les gens sur l'autre rive, juste la chaîne de collines. La région de Machandel est vallonnée, c'est déjà ça. Au cours des premières années, il m'arrivait de traverser les prés pour chercher un coin entre les haies, où personne ne pouvait me voir. Là, je regardais les nuages en rêvant que j'étais encore enfant, à la maison, au retour d'une promenade dans les collines avec ma mère et mon père. Ma mère était institutrice, j'avais parfois le droit de l'accompagner lorsqu'elle faisait une sortie avec ses élèves, même quand j'étais toute petite. Un jour, nous étions tous assis au bord d'un champ de tournesols, des plantes plus grandes que les adultes, c'était pour moi comme une forêt, une forêt de tournesols dans laquelle je pouvais courir et me cacher, mais on me trouvait toujours et c'était chouette.

Dans le Mecklembourg, ils disaient *la Russe* à mon sujet. Or je n'étais pas russe. Avant ma naissance, Smolensk avait fait un temps partie du Bélarus, j'étais biélorusse comme ma mère. Je ne le leur ai jamais dit, ils n'auraient pas compris. Je me trompe peut-être, peut-être que j'étais russe sur mes papiers d'identité.

En 1939, j'avais quatorze ans, on est venu chercher mon père et ma mère à trois heures du matin, des ennemis de l'Union soviétique, paraît-il. Je sais pourtant que mes parents n'étaient pas des ennemis et qu'ils croyaient au communisme. Beaucoup ont disparu à l'époque : des professeurs, des voisins, le père de Kolia, mon camarade de classe. Il ne pouvait pas y avoir autant d'ennemis. J'étais en chemise de nuit dans le couloir lorsque les hommes ont emmené mes parents. Je ne me rappelle plus ce que mon père a dit, ni à quoi il ressemblait. J'ai oublié et il n'y a plus aucune photo de lui. Maman m'a regardée tristement de ses beaux yeux, ses cheveux qu'elle portait d'ordinaire attachés pendaient comme ceux d'une petite fille. "Budj silnoi", a-t-elle dit. Juste ces deux mots. Je me les suis répétés sans cesse, ma vie durant. Quand c'était difficile, je fermais les yeux et je revoyais le visage de maman : Sois forte.

Un des hommes est revenu, ils voulaient mettre l'appartement sous scellés, on m'a dit de déguerpir. Je ne me suis même pas habillée, j'ai simplement enfilé un manteau sur ma chemise de nuit, rassemblé quelques vêtements, pris mon cartable. C'est ainsi que je suis arrivée chez ma tantine, nous n'avions pas d'autres parents à Smolensk. Ma tantine était vieille, elle n'avait qu'une chambre misérable dans une kommounalka, mais elle possédait un piano et le soir, elle jouait des morceaux de Chopin jusqu'à ce que les voisins tapent contre la cloison. Le dimanche, elle se précipitait à l'église pour baiser la main du pope. Elle m'emmenait en me disant de prier, de demander pardon pour mes péchés et ceux de mes parents, ça les ferait peut-être revenir. Ma tantine n'était pas intelligente. Mais c'était une bonne personne, elle partageait sa nourriture avec moi, elle me fabriquait des vêtements à partir de ses rideaux et de vieux tissus car je n'avais rien. Les jours de fête, elle m'emmenait à la cathédrale de la Dormition, qui s'élevait au-dessus de la ville sur la rive escarpée du Dniepr. Je contemplais les fresques dorées, les voûtes, l'autel décoré, les belles icônes en pensant : tout cela est fait de main d'homme. Tout cela a été conçu par un maître d'œuvre, des maçons ont transporté les lourdes pierres, d'autres se sont retrouvés sur des échafaudages pour peindre ces pétales délicats et le visage de Marie, une jeune mère qui voulait protéger son enfant. Tout cela, me disais-je, c'est beaucoup plus vieux que n'importe quel être humain sur terre et ce sera encore là quand je n'existerai plus.

Aujourd'hui, je n'existe plus, mais la cathédrale de la Dormition existe sans doute encore. Tout comme les champs de tournesols près de Smolensk, les collines de là-bas et celles de Machandel.

Peut-être qu'un jour ma fille Lena ira à Smolensk visiter la vieille ville, qu'ils ont reconstruite. Elle ne retrouvera pas la piètre et banale petite église de ma tante, mais la cathédrale de nos jours de fête est encore debout. Longtemps après la guerre, la dentiste de Teterow y était allée en voyage organisé, elle m'a rapporté un prospectus, j'ai regardé des photos d'inconnus dans une ville inconnue, mais la cathédrale de la Dormition était la même que dans mon souvenir. Quand Lena sera là-bas, quand elle se tiendra sous la voûte dorée, elle ressentira peut-être la même chose que moi et nos sentiments se croiseront car ils ne sont pas liés au temps ; ce qu'on ressent et pense est dans le monde, cela ne disparaît pas aussi vite que les humains. Moi aussi, j'ai toujours senti la présence de ma mère, alors qu'elle n'est plus là depuis longtemps.

Le jour où les Allemands sont arrivés, à l'été 1941, c'était la fête de fin d'année dans mon école. Ma tantine m'avait cousu un chemisier bleu clair à partir d'une vieille robe en soie. L'après-midi, j'avais prévu d'aller sur les rives du fleuve avec mes amies or, l'après-midi, c'était déjà la guerre.

Je voulais aller au front en tant que soldate ou infirmière, mais je n'avais que seize ans, ils ne m'ont pas acceptée. Après quoi le front s'est retrouvé autour de Smolensk, dans la rue, partout. Nous dormions dans des caves inconnues, des grottes au bord du fleuve. Notre maison, notre rue étaient démolies. Puis ma tante est morte, écrasée par un mur effondré. Beaucoup sont morts. Je ne me rappelle pas si j'ai pu faire mon deuil. En septembre, les Allemands ont fêté leur victoire dans notre ville, les nôtres les avaient repoussés pendant deux mois, alors que les Allemands étaient trois fois plus nombreux et possédaient des armes plus modernes. À présent, la voie était libre vers Moscou.

Je portais le chemisier bleu clair lorsqu'ils m'ont embarquée, il faisait chaud, pourtant c'était sûrement début octobre. Je me rendais au monument Glinka pour retrouver un jeune homme, Kolia. Il avait dix-sept ans, fréquentait mon école. Il n'était pas encore soldat, mais il avait participé aux combats de rue, s'était blessé, sa mère l'avait caché et soigné. Elle me connaissait, elle m'a croisée dans la rue et m'a indiqué la ruine où ils habitaient, je n'avais qu'à leur rendre visite. J'étais venue plusieurs fois, Kolia étant la seule personne avec laquelle je pouvais parler. On avait emprisonné son père tout comme le mien. Il me l'a raconté en toute franchise, moi, je n'ai jamais parlé de mes parents. Malgré cela, nous nous soutenions mutuellement en disant que l'Armée rouge était la nôtre et les Allemands nos ennemis. Il a proposé qu'on se voie seuls, sans sa mère. C'était inconscient parce qu'il n'y avait presque plus de jeunes hommes dans les rues. Les Allemands les faisaient prisonniers, certains étaient fusillés sur-le-champ. On s'est quand même donné rendez-vous. Il était tombé amoureux de moi. J'étais tellement seule. Je n'ai pas revu Kolia car c'est moi qu'ils ont embarquée.

Pour les Allemands, je n'étais pas trop jeune, ils m'ont capturée comme un animal et emmenée au point de rassemblement. D'autres se sont sans doute portées volontaires, moi pas.

De là, nous avons dû marcher jusqu'à la gare de marchandises, cent cinquante jeunes filles, un troupeau de bétail avec des gardiens. Certaines portaient des sacs à dos et des baluchons, je n'avais rien. Nous avons longé les bâtiments détruits, l'opéra, l'institut pédagogique, c'était une belle journée ensoleillée d'octobre. L'été indien. Mais je n'ai pas levé les yeux, je marchais à côté des autres et j'aurais aimé être invisible. Mon chemisier en soie était sale, au point de rassemblement nous gisions à même le sol, sans possibilité de nous laver. J'avais honte de mon apparence, j'espérais que personne ne me verrait. J'avais honte aussi parce que certaines femmes étaient curieuses de découvrir l'Allemagne, contentes de pouvoir travailler à l'étranger, et je craignais qu'on me prenne pour l'une d'elles. Depuis, j'ai souvent repensé à cette dernière marche dans Smolensk et je regrette d'avoir marché la tête basse, le regard au sol. J'aurais dû regarder autour de moi, j'aurais peut-être vu des connaissances, peut-être Kolia, je me suis souvent dit dans un demi-sommeil que j'aurais dû lever les yeux, j'aurais aperçu ma mère ou mon père au bord de la route, les ennemis du communisme, il paraît qu'on avait ouvert les prisons à l'arrivée des véritables ennemis. Je ne savais même pas où on les avait emmenés, s'ils vivaient encore et je n'ai vu personne lorsque j'ai traversé les rues de mon enfance pour la dernière fois.

Par la suite, j'ai eu beaucoup de mal à me rappeler le voyage. Certaines m'ont dit qu'on était allées en train de marchandises jusqu'à Varsovie, où nous étions restées deux semaines dans un camp. Là-bas, on a vu des hommes, nos gars, prisonniers de guerre. Ils avaient l'air affamés, tabassés, on les traitait encore plus durement que nous. Des Ukrainiennes nous ont rejointes, récupérées par les Allemands dans les champs, elles portaient encore leurs tabliers et des fichus trempés de sueur. Dans le camp de Varsovie, j'ai pu laver mon chemisier, ça je m'en souviens. Le froid était tombé d'un coup. On a dû nous emmener ensuite à Berlin en même temps que les Ukrainiennes et les Polonaises. Je ne me rappelle pas, j'étais peut-être malade. Plus tard, une image a surgi, je nous revois en rangs dans une gare berlinoise, des femmes russes, biélorusses, ukrainiennes, polonaises aussi, attendant frigorifiées notre transfert dans des wagons à bestiaux accrochés à un train normal. Sur le quai, des voyageurs allemands attendaient leur départ, des femmes, des hommes, des enfants. Ils étaient si beaux, si propres, les femmes blondes avaient les cheveux permanentés, elles semblaient heureuses. Je vis le regard qu'elles posaient sur nous, rempli d'horreur et de dégoût. Une femme montra les Ukrainiennes à sa fille, elle désigna leurs tabliers rapiécés, leurs sabots de bois. Le pire, je m'en rendais compte moi-même, c'est que nous n'avions pas un regard humain, mais animal, un regard de bête capturée et craintive. Je regardai ma tenue, je portais de bonnes chaussures en cuir et, si ma jupe était un peu déchirée, le chemisier, mon chemisier bleu clair de la fête de fin d'année, était intact, certes froissé et sali, mais c'était un beau chemisier à la coupe élégante. Il n'était pas fait de ce tissu d'été fin et bon marché qui se déchire vite, c'était de la bonne soie solide, le mari de ma tante était cheminot à Tchita et il avait rapporté ce genre de tissus de la frontière chinoise.

C'est peut-être ce chemisier qui me sauva la vie.

À Schwerin, la station suivante, on nous flanqua dans un nouveau camp de transit, un bâtiment public quelconque, une école ou une caserne avec de grandes salles. Des femmes russes étaient déjà là et aidaient les surveillants allemands. Elles nous dirent de veiller à ne pas être envoyées dans une usine de munitions, c'était dangereux, on n'y survivait pas longtemps à cause des explosions et des accidents. Je retins le nom de la ville dans laquelle il ne fallait pas se retrouver : Torgelow. Le mieux, dirent les aides russes, c'était d'être envoyée dans les champs, on y avait assez à manger. Et encore mieux, de dégoter un travail à l'église, au cimetière.

Mais on n'avait pas le choix. On ne resta que quelques jours à Schwerin, où il y avait de quoi manger et des cabinets de toilette avec même un peu de savon. Je relavai mon chemisier et mes cheveux. Les Allemands gagnaient encore, comme nous le rapportèrent les interprètes russes. Le troisième ou quatrième jour, on nous emmena dans une cour, où on dut se ranger comme des soldats. Des hommes, certains en uniforme, nous passèrent en revue, s'arrêtant, disant aux femmes d'ouvrir la bouche, de montrer leur dentition. Comme pour les chevaux, me dis-je. C'étaient les envoyés des usines de munitions et des domaines agricoles, voire de l'église, qui venaient choisir leur main-d'œuvre. Au lieu de vérifier ma bouche, ils m'ordonnèrent de suivre un des hommes. On me conduisit avec trois ou quatre filles dans une pièce où attendait une femme, une dame plus toute jeune en bottes de cuir. Elle nous scruta, l'une après l'autre, puis son regard s'arrêta sur moi.

— C'est une gamine, dit-elle à celui qui nous avait amenées.

Elle parlait allemand, bien sûr. J'avais appris la langue à l'école et nous avions beaucoup de livres en allemand à la maison, ma maman m'avait fait découvrir le poème de Heinrich Heine sur le sapin solitaire quand j'étais encore en maternelle. *Il rêve d'un palmier / qui, au lointain Levant, / seul et silencieux s'afflige / sur un rocher brûlant**. À Smolensk et pendant le voyage de plusieurs semaines jusqu'à cette ville de Schwerin, je n'avais pas montré aux Allemands que je les comprenais. La langue qui m'entourait

* Traduction de Juliette Aubert-Affholder. Comme l'ensemble des sources citées par l'autrice.

ici était si différente de celle que j'avais apprise à la maison. Elle avait d'autres mots : danger de mort. Risquer sa vie. Les deux expressions signifiaient la même chose. La mort et la vie, c'est pareil pour eux, me dis-je. Je n'aimais pas cette langue. Mais à ce moment-là, je répondis machinalement en allemand :

— Je ne suis pas une gamine, j'ai dix-huit ans.

Quand j'y ai repensé plus tard, je ne sais pas pourquoi j'ai menti, peut-être à cause des mises en garde des surveillantes russes, je voulais tenter d'obtenir un bon travail. Cette femme, en tout cas, ne venait sûrement pas d'une usine de munitions pleine de dangers de mort. Étonnée, elle me demanda où j'avais appris l'allemand.

— À l'école, répondis-je.

Elle saisit brusquement mon chemisier, palpa le tissu entre ses doigts.

— *Crêpe de Chine**, dit-elle, stupéfaite. Elle a trouvé ça où ?

Elle s'adressa à un homme vêtu d'une sorte d'uniforme de chasse, le régisseur du domaine, comme je l'appris par la suite.

— Elle a l'air propre, dit-elle. Et intelligente. On va faire un essai.

— Elle n'a pas l'air très résistante, fit remarquer le régisseur, sur quoi la femme dit qu'elle n'avait pas besoin d'une lourdaude pour travailler dans les champs, mais d'une jeune fille qui savait lustrer les verres et – elle désigna mon chemisier –, laver du linge délicat.

Les regards des autres filles qu'on laissa là nous suivirent. N'ayant pas de bagages, j'attendis à l'entrée du camp, tandis que la femme et son régisseur réglaient quelque chose avec les types en uniforme dans le bureau, ils signaient sans doute une sorte de contrat de vente car à partir de là, ils me l'ont souvent dit par la suite, je n'avais qu'à faire ce qu'on me disait, à savoir la boucler et travailler.

J'avais déjà compris, je connaissais l'expression qui s'appliquait le cas échéant : danger de mort. Une Allemande travaillant à l'administration du camp de transit me donna deux carrés de tissu portant l'inscription *EST*, à porter dorénavant sur mes

* En français dans le texte.

vêtements. Elle me donna aussi un papier en russe listant toutes les interdictions. Le régisseur serait mon supérieur hiérarchique, je devais lui obéir.

Il s'ensuivit une altercation entre lui et ceux du camp de transit qui voulaient que je reste ici et qu'on m'amène ensuite dans un convoi pour travailleurs de l'Est, il était inacceptable que j'arrive en voiture avec mon nouveau patron. La dame finit par s'imposer et ils m'emmenèrent comme une bonne trouvaille.

Je ne pris pas congé des filles du camp, je n'avais noué d'amitié avec aucune, ayant passé mon temps accroupie dans un coin en silence, sans rien ressentir. Elles se disputaient et pleuraient beaucoup, chantaient également, ce qui me brisait le cœur. L'une d'elles était devenue folle dès Berlin, elle voulut se défenestrer, on l'avait battue au point qu'elle ne pouvait plus marcher seule. Il ne restait pas beaucoup de filles de Smolensk dans le groupe. Je ne les ai pas revues. Sauf Dunia et Anna, les jumelles de Minsk, qui étaient avec moi au camp de transit à Schwerin. L'une d'elles a travaillé plus tard au moulin de Kuhelmies, un village voisin.

C'est ainsi que je suis arrivée à Machandel, sur la banquette arrière d'une voiture. La femme, devant à côté de mon patron, se retournait parfois vers moi pendant le trajet, mais elle ne disait rien. Je n'avais pas souvent roulé en voiture, encore moins dans une si belle automobile avec des sièges en cuir rouge. On roula environ deux heures à travers des paysages plats qui finirent par se vallonner comme à la maison. On longea de petits lacs, des vaches qui broutaient et des jardins. Les villages paraissaient si ordonnés et propres, si paisibles. Devant des maisons en brique rouge, on avait planté des arbustes décoratifs comme dans les parcs de Smolensk. Mais je vis aussi un parterre de fleurs disposées en croix gammée. Pas de tournesols, en revanche. Ils ne fleurissent que jusqu'en octobre et octobre, c'était fini.

3

CLARA

La mémoire des campanules

Je crois que Jan est arrivé à Berlin-Ouest en traversant le pont de la Bornholmer Straße. Je n'y étais pas, je ne l'ai pas accompagné jusqu'au barrage, il ne voulait pas. Quand j'étais petite, une de nos gouvernantes habitait juste à côté, on voyait le poste-frontière depuis sa fenêtre donnant sur la Finnländische Straße. J'étais parfois chez elle et c'est d'elle que j'ai appris le nom du pont : Böse-Brücke. Je sais aujourd'hui qu'il doit son nom à un résistant assassiné par les nazis, Wilhelm Böse, mais, à l'époque, j'ai demandé à ma mère pourquoi le pont était méchant*. Elle me répondit distraitement que derrière, c'était Berlin-Ouest, la réponse me parut logique. Jan était donc parti, traversant le méchant pont pour aller dans l'autre partie de la ville que je n'avais jamais vue et ne verrais peut-être jamais. Lorsque j'avais un an, on construisit le dispositif frontalier, comme l'appelaient mes parents. Pendant toute mon enfance, on a vécu dans une maison de Pankow derrière le Bürgerpark qui jouxtait le Mur. On apercevait un mirador depuis le terrain de jeux. La nuit, on entendait des tirs, des lapins sauvages avaient dû franchir le dispositif frontalier ou quelqu'un tenter de fuir. Déserter la République, comme disaient mes parents. Jan n'avait pas déserté la République. Il avait quitté le pays, c'était différent. En tout cas, il n'était plus là. Il me manqua dès les premières heures. Mon grand frère m'a sans doute toujours manqué, il restait inaccessible, même quand il me prenait dans ses bras. Désormais, il ne serait plus là du tout. Il me restait sa voix, si étrangère au téléphone.

* Jeu de mots avec *"böse"* signifiant "mauvais", "méchant" en allemand.

Il ne parlait pas beaucoup, nous savions qu'il était sur écoute, nous l'avions toujours su, ce n'était pas nouveau. Il ne resterait pas longtemps à Berlin-Ouest, il nous l'avait déjà annoncé. Mais nous ignorions ses projets, peut-être les ignorait-il lui-même. Le soir de son départ, je suis allée retrouver nos amis avec Michael. Je ne sais plus si c'était prévu. On se retrouvait souvent comme ça, sans prévenir, quand on voulait se voir. On emmenait les enfants, habitués à dormir sur de grands lits improvisés entre des tas de manteaux et de parkas, à se défouler dans les appartements tandis que nous n'en finissions plus de parler. Dans mon souvenir, ces années sont celles des conversations interminables, tournant souvent en rond. Nous buvions du vin rouge bon marché, je crois qu'il s'appelait Rosenthaler Kadarka, accompagné d'une soupe quelconque, la nourriture ne comptait pas pour nous, on ne prit goût à la cuisine que des années plus tard. Mais la goulache hongroise épicée de Herbert, l'ami de Jan, c'était quelque chose. Il en fait encore aujourd'hui à l'occasion, même Lena l'apprécie. Herbert habitait alors avec sa femme Maria et leurs deux enfants dans la Wollankstraße, pendant un temps, nous nous étions souvent retrouvés dans leur grand appartement. Jan et Herbert se connaissaient depuis l'école des cadets à Naumbourg. Lorsque Jan quitta le pays, Herbert était sous la surveillance constante de la Stasi depuis longtemps. Deux ou trois agents se tenaient jour et nuit dans la pénombre de leur cage d'escalier. Ils ne se donnaient pas la peine de se cacher. Lorsque Herbert quittait la maison, deux d'entre eux le suivaient. J'ignorais leur but, à moins que ce soit une simple mesure d'intimidation. Nous n'avions pas peur, ces créatures à l'affût nous semblaient ridicules. Aujourd'hui, je suis horrifiée quand je repense à notre insouciance. N'aurait-il pas été plus naturel d'avoir peur de ces types dans la cage d'escalier, du pouvoir qui se cachait derrière ?

Herbert était un homme discret et réservé. Jeune historien à l'Académie des sciences, il avait été le seul de son département à voter contre un blâme du Parti à l'encontre d'un professeur dont l'Académie voulait se débarrasser. Le blâme devait lancer la procédure de licenciement du scientifique, décidée depuis longtemps. Herbert ayant empêché un résultat unanime, il dut partir lui aussi. On ne le licencia pas, c'est lui qui démissionna, après que tous ses projets de thèse avaient été refusés et vertement critiqués, après qu'une enquête du Parti avait été ouverte contre lui pour des velléités soi-disant contre-révolutionnaires et que le directeur du département en personne l'avait prié de leur épargner tout cela, à lui-même et au département. Herbert gagnait donc sa vie comme concierge dans un foyer religieux pour enfants. On avait également fait comprendre à sa femme Maria, qui travaillait à l'Institut de la mode, qu'elle devait partir, on continuerait à acheter ses esquisses. Ce fut le cas pendant un temps, puis son ancienne cheffe finit par lui avouer en hésitant qu'elle avait reçu pour ordre de mettre un terme à leur collaboration sous un prétexte quelconque.

On se persuadait sans cesse que tout cet appareil opaque et omniprésent, on s'en fichait. Lorsqu'une visite officielle était prévue à Pankow, on se signalait mutuellement les crétins qui se camouflaient derrière leurs sacs de courses en tissu à fleurs et sillonnaient les rues en tandem. Lors des débats publics après des lectures ou des projections au cinéma Studio, on riait lorsque ces fantoches se présentaient sous le nom de Lutz Müller ou de Dieter Krause, avant de sortir des provocations niaises ou des formules toutes faites.

Le soir du départ de mon frère, nous ne sommes sûrement pas allés chez Herbert. Mais je me souviens qu'il était là lorsque nous nous sommes retrouvés autour d'une table ronde dans une grande cuisine, peut-être chez la pastoresse ou chez un membre du cercle de paix ou encore chez Katja, la marionnettiste de la Florastraße, qui aimait mon frère et émigra un an après lui, rechercha sa trace à Londres et au Nicaragua sans jamais le retrouver. Nos cuisines se ressemblaient tellement. Non, ce n'était sûrement pas chez Katja, son appartement était petit et sombre, le tram passait sous sa fenêtre et c'était humide. Cela devait être chez la pastoresse rousse et son mari qui habitaient près du parc. Je n'étais pas baptisée, toute la famille de mon père avait quitté l'Église quand il était petit et ma mère a souvent répété ce qu'elle avait appris dans les écoles du Parti : “La religion est l'opium du peuple.”

Quelques années plus tôt, j'avais organisé avec mon frère dans la maison paroissiale de Pankow une exposition de ses photos sur le Printemps de Prague en 1968 qui lui avait valu la prison et depuis, j'allais souvent aux rencontres du cercle de paix protestant. La vieille église de Pankow était connue à Berlin pour les cultes non conventionnels de la jeune pastoresse, protégée par son surintendant. Sur les bancs à côté de nous, les dénommés Lutz ou Dieter étaient reconnaissables à leurs visages volontairement inexpressifs et figés, à leurs vêtements voyants à force d'être discrets.

Durant les services d'action de grâce, la pastoresse invitait l'assemblée à venir allumer une bougie pour les objecteurs de conscience ou pour les prisonniers politiques dont elle citait les noms. Beaucoup le faisaient sans se soucier de la présence des indicateurs. Le dimanche suivant le départ de Jan, je m'avançai pour la première fois et j'allumai une bougie pour mon frère. En retournant à ma place, je sentis le regard d'un de ces types blafards qui me scrutait sans gêne, comme pour retenir chaque détail, et je me sentis mal.

Nous ne laissions pas ces êtres farouches entrer dans nos appartements, mais nous nous doutions qu'ici aussi, chaque parole était entendue, ou pire, rapportée par un des convives. Quant à savoir qui c'était, la question nous taraudait souvent, nos soupçons se portaient sur l'un, puis sur l'autre, après quoi nous les écartions, honteux d'être aussi méfiants, sans pour autant nous en libérer entièrement. Lorsqu'on apprit il y a quelques années, après l'ouverture des dossiers, qui avait rédigé ces rapports, certains par besoin de se faire valoir, d'autres parce qu'on les avait fait chanter ou utilisés comme rapporteurs pour un salaire de Judas, cela ne me fit curieusement ni chaud, ni froid. On le savait bien. Et aucune des personnes auxquelles je me fiais ne faisait partie du lot.

Malgré le pressentiment qu'on n'était jamais entièrement en sécurité dans les appartements, ces rencontres avec les amis étaient notre priorité de l'époque. Nous recherchions la proximité des autres, *a fortiori* lorsqu'un de nous venait à nouveau d'émigrer. Si nos retrouvailles autour d'une table de cuisine étaient si fréquentes dans ces années-là, c'est peut-être pour nous assurer d'une chose : nous ne sommes pas seuls. Nous restons ici.

Je ne le comprends plus aujourd'hui mais ce soir-là, après le départ de mon frère, nous étions joyeux, nous avions beaucoup ri et j'avais demandé plusieurs fois au groupe de faire moins de bruit parce que Caroline dormait à côté. Julia, notre petite de six ans, était assise à côté de moi. Elle ne riait pas avec les autres, elle était triste. Nous l'étions aussi, évidemment. La douleur causée par le départ de Jan était présente au milieu de mes rires. Une douleur coincée dans la gorge depuis des années, depuis que j'avais huit ans et cette certitude : mon frère est en prison. Hélas, cette douleur a toujours été là, aussi loin que je m'en souvienne. Avant mon entrée à l'école, je la ressentais déjà sous la forme d'une compassion étouffante envers mon père. Il avait lui aussi été détenu pendant de longues années dans un camp, bien avant ma naissance. Les nazis l'avaient emprisonné. Jan, ce sont les amis de mon père qui l'ont jeté en prison, ses anciens camarades de camp qui se retrouvaient à la tribune chaque 1er mai. Jan n'avait pas passé des années en prison comme notre père, il rentra au bout de quelques semaines ou mois. Personne n'a jamais rien expliqué à la fillette de huit ans que j'étais. Mon frère n'habitait déjà plus chez nous. Lorsqu'il nous rendait visite, notre mère, toute pâle, était dans la véranda, ses bouteilles d'eau-de-vie vides cachées derrière les palmiers d'intérieur, tandis que Jan et notre père s'engueulaient, je ne comprenais pas vraiment de quoi il était question. Le mot "trahison" revenait souvent. Je n'en saisissais pas le sens mais j'avais déjà l'impression que mon père si fort et merveilleux avait de mauvaises fréquentations. C'étaient eux qui avaient enfermé Jan, c'étaient eux les traîtres, et il ne le savait probablement pas.

Le soir du départ de Jan, je me sentais étonnamment légère, sans doute parce que je me disais que Jan leur avait échappé et que j'étais solidaire de ceux qui connaissaient le même sort. Ce soir-là, la pastoresse dansa avec Michael sur des mélodies tsiganes russes, Herbert tenta en vain de m'apprendre les pas du tango et, à un moment donné, je leur parlai de notre excursion à Machandel et de notre future maison de campagne.

À peine deux week-ends plus tard, quelques membres du cercle de paix accompagnèrent Michael à la chaumière, nettoyèrent deux pièces et, lorsque j'arrivai avec les enfants dans la troisième semaine après le départ de Jan, les fenêtres avaient déjà des vitres. Le frère d'un des membres du cercle de paix les avait dénichées, il était artisan et aida mon mari à réparer le toit. Le séminaire de théologie de la Borsigstraße venait justement de recevoir de nouvelles portes, on se procura une remorque et on en récupéra quelques-unes en bon état pour notre chaumière, le concierge nous donna en prime quelques chaises usées de l'église du Golgotha qu'il suffisait de recoller. Lorsque Michael et moi nous sommes séparés il y a quelques années, il m'a laissé tous nos meubles, sauf ces jolies chaises en chêne aux dossiers gravés qu'il a voulu emporter.

Le soir du départ de Jan, certains nous avaient dit de ne pas nous réjouir trop tôt, on ne nous laisserait pas la maison comme ça, il y avait de nouvelles dispositions, on n'avait le droit d'acheter une maison que si on était inscrit sur le fichier de la police. Sans doute parce qu'il y avait déjà trop de Berlinois dans des résidences secondaires sans raccordement téléphonique, ce qui compliquait la tâche des agents.

En fin de compte, ce fut très facile ; Schaumack, le bourgmestre, un homme corpulent entre deux âges qui, en pleine période de moisson, n'avait pas beaucoup de temps à nous consacrer, nous laissa entrevoir la possibilité d'un bail, la baraque serait à nous moyennant cent marks par an. Et si nous empêchions la chaumière de tomber en ruine, ce dont il doutait avec nous autres rats de bibliothèque, nous pourrions même l'acheter. Il nous demanda pourquoi nous étions venus à Machandel, aucune route ne longeait ce trou perdu au bord de la Suisse du Mecklembourg. Ici, il n'y avait plus que des vieux. Après les chutes de neige catastrophiques voilà quelques années, on avait envisagé de tout enlever à la pelleteuse parce que c'était trop compliqué d'installer un service de déblayage et de faire venir le bus Konsum* pour les quelques habitants du village. Le château ne valait pas tripette, il n'était habité que par deux femmes, la Russe et la muette. Pour l'infirmière de la commune et le facteur, c'était une vraie corvée de s'y rendre à vélo en traversant la forêt et les marécages. “Mais les vieux du Mecklembourg sont têtus, ils ne veulent pas s'en aller.” Il rit. “C'est une bonne chose, à vrai dire, de voir débarquer la jeunesse.”

* Konsum : abréviation de “Konsumgenossenschaft”, coopérative de consommation, enseigne de la RDA où on trouvait les biens de consommation courante à bas prix.

J'évoquai ma grand-mère et ma mère, qui avaient vécu au château après la guerre. Le bourgmestre tendit l'oreille, il connaissait leurs noms, puis il mentionna un archetier, le compagnon de ma grand-mère. Je n'avais jamais entendu parler d'un archetier. Le bourgmestre ajouta qu'il avait fait partie des nombreux enfants de réfugiés au château. Avec la réforme agraire, ses parents s'étaient eux aussi lancés dans l'agriculture, ils avaient fait construire une maison dans un des villages voisins, elle lui appartenait encore aujourd'hui.

Début août, j'emménageai avec les enfants pour un mois dans notre chaumière. Michael devait travailler, il ne venait que les week-ends. Nous avions mis des serrures aux portes, mais j'oubliais parfois de fermer à clé le soir, et dans la journée aussi, nous laissions la maison ouverte lorsque nous allions au lac en coupant à travers champs.

Nous dormions sur des matelas, sauf Caroline pour laquelle nous avions placé un lit d'enfant devant la fenêtre. Un jour, de bon matin, alors que Julia et moi ne voulions pas encore nous lever, elle s'était hissée aux barreaux et, avec des cris d'enthousiasme si forts que j'ouvris les yeux, elle montra deux souris courant à travers la pièce sans se laisser déranger par notre présence, montant et descendant les murs comme si elles jouaient à chat. Les souris habitaient dans la chaumière depuis des années, elles n'avaient pas peur des humains et il fallut du temps pour qu'elles aillent au moins se cacher.

À l'époque, une famille de loirs vivait encore sous le toit. On entendait leur vacarme, mais on ne les voyait pas.

Ce premier été à Machandel, auquel je repense souvent, est couvert d'une sorte de brume qui opacifie même le souvenir des choses. C'était peut-être le deuil de Jan qui voilait tout. Le mot n'est pas trop fort. Nous pleurions ceux qui étaient partis tels des morts, pourtant leur vie continuait, simplement ailleurs, dans un monde que nous ne connaissions pas. Ils disparaissaient comme dans le légendaire triangle des Bermudes et, quand ils réapparaissaient, ils avaient changé ; l'ancienne complicité s'était dissipée, des conflits éclataient souvent sans qu'on en comprenne vraiment l'enjeu, on n'était plus proches. Avec mon frère, ce serait différent, j'en étais sûre, mais aurait-il l'autorisation de rentrer ? Et le voudrait-il ?

J'avais emporté à Machandel les documents dont j'avais besoin pour ma thèse, un panier de linge rempli de livres et d'extraits, soigneusement placés sur la porte de la bergerie, montée sur tréteaux, qui allait me servir de bureau.

Mais je ne réussis pas à écrire durant l'été 1985. Il n'y avait pas d'eau à la chaumière, j'allais donc plusieurs fois par jour dans la maison du régisseur, à côté du domaine, où la femme presque édentée du vieux qui nous avait raconté la légende de la Dame blanche remplissait mon seau en bougonnant. Elle s'appelait Auguste Stüwe et, comme elle me le raconta petit à petit, elle était née au village, dans notre chaumière même, le logement de gauche. Dès ses quatorze ans, elle avait travaillé au château, en cuisine, puis comme femme de chambre. Ce n'était pas donné à tout le monde, affirma-t-elle fièrement, elle était très propre et habile, et plus vive que n'importe qui. Elle avait dû se marier à dix-sept ans, vu que son premier enfant était déjà en route. Son mari Wilhelm, alors jeune, était trayeur et logeait dans l'appartement au-dessus de l'étable. Trois enfants étaient nés là-haut, c'était pas grand, mais il y faisait chaud, même en hiver. Quand les enfants étaient encore là, on la faisait souvent venir au château pour le ménage, et parfois en cuisine. Après quoi c'en fut fini de la baronne et de la haute société, plus que de la racaille, comme disait Auguste. On ne pouvait plus faire un pas dans Machandel sans croiser ces nouveaux venus.

— Nous aussi, nous sommes des nouveaux venus, dis-je.

Elle déclina d'un geste.

— Pas des Russes, c'est déjà ça, l'entendis-je murmurer, puis elle rajouta quelque chose au sujet des gens cultivés que nous étions.

Le robinet était fixé au mur extérieur, je ne suis jamais entrée dans l'ancienne maison du régisseur. Je ne leur ai pas non plus demandé comment ils étaient passés de l'étroit logement de l'étable à cette grande et belle demeure. Le régisseur, que les gens d'ici appelaient l'intendant, avait probablement fui avec la famille de la baronne en 1945 et depuis, Wilhelm et Auguste Stüwe y habitaient.

Pendant sa promenade, le vieux Wilhelm passait presque tous les jours nous voir derrière la maison, où les orties et les chardons faisaient plusieurs mètres de haut. Il nous montrait les carrés de légumes envahis par les mauvaises herbes, grattait la terre avec son bâton et m'expliquait où planter les fraises, où mettre un plant de haricots. Il m'apportait des plantes et des graines, m'observait en train d'aménager les plates-bandes. Même si je trouvais cela absurde car je n'allais pas passer toute l'année à Machandel, et même si j'avais apporté du travail, je m'y adonnais volontiers.

J'ai le souvenir que, durant certains jours de ce premier été, la chaleur était étouffante et qu'on appréciait la fraîcheur de la maison en torchis. Il y avait aussi des orages qui amenaient un froid soudain, mais les murs gardaient la chaleur et nous sentions en sécurité. Lorsque le soleil brillait, Caroline marchait à quatre pattes sur une couverture dans le jardin, elle n'aimait pas le contact de l'herbe et criait lorsque les brindilles chatouillaient ses petites jambes charnues.

À la nuit tombante, les chauves-souris dégringolaient du toit de la chaumière, leurs ombres filaient sur les murs. Était-ce le loir ? Une martre ? Une odeur de menthe, qui poussait partout ici, flottait dans l'air. Les branches d'un vieux cerisier étaient lourdes de fruits rebondis et sucrés, les plus bas si proches du sol que Julia pouvait les cueillir avec la bouche. "Comme au pays de cocagne", jubilait-elle ; dans ces moments-là, le brouillard se déchirait et j'étais tout simplement heureuse d'avoir trouvé cette maison. Mais nous n'avions pas imaginé combien ce serait fatigant de s'occuper des enfants ici et de faire la lessive. Je faisais bouillir les couches de la petite sur un réchaud à propane, il n'y avait pas toujours de couches en papier et elles coûtaient cher. Mais j'étais contente de voir le linge des enfants se balancer dans le vent entre les pommiers et les petites pommes vertes l'annonçaient déjà : même en automne, ce serait un pays de cocagne.

Durant ces semaines, je trimballai des centaines de seaux remplis de déchets et de gravats venant des autres pièces de la maison. Les week-ends, Michael arrivait avec du renfort et nous creusions des passages dans les murs en torchis, enlevions le hourdis du colombage pour ne garder que quelques-unes des vieilles poutres en bois. La tâche n'était pas ardue, mais poussiéreuse. Le soir, nous allions nous décrasser dans un des lacs.

Seules les deux pièces où nous dormions et mangions étaient habitables. C'étaient là où avaient vécu la vieille Emma Peters avec sept enfants et son mari Paul, comme le rapporta notre fille Julia, qui me montra ce qu'elle venait d'apprendre : le lit se trouvait contre le mur extérieur, on n'avait pas besoin de poêle, la respiration des dormeurs gardait la chaleur. La pièce de vie comportait jadis un poêle, le poêle en faïence verte était d'ailleurs toujours là, mais l'hiver, la neige s'engouffrait à travers les fentes des fenêtres et s'amassait sur le plancher.

En général, Julia s'éclipsait juste après le petit-déjeuner. Dès l'un des premiers jours, je la trouvai dans le parc du château, où elle construisait une cabane avec un des nombreux petits-enfants d'Emma Peters. Emma avait sept enfants, qui lui avaient donné vingt et un petits-enfants, ils vivaient tous dans les environs et lui rendaient visite à tour de rôle dans son annexe. Bientôt, je ne vis plus ma fille à midi non plus car ce qu'elle recevait à manger dans la cuisine d'Emma lui plaisait davantage que ce que je préparais laborieusement sur le réchaud. Emma Peters m'avait plu d'emblée. On pouvait lire sur son beau visage sillonné de rides ce qu'elle pensait et ressentait. Elle ne parlait pas comme les gens d'ici, c'était une jeune fille lors de son arrivée à Machandel en 1943, après le grand bombardement de Hambourg.

Nous nous perdions quelquefois dans le paysage comme enchanté et faisions demi-tour avant d'arriver au magasin du village voisin. L'itinéraire le plus court traversait les prés et longeait les yeux d'eau en passant par les collines de Schmeerbarg et de Wieversbarg.

En chemin, tout en donnant la main à Julia et en portant Caroline en écharpe, je racontais l'histoire de Niklot, le dernier chef de tribu des Obodrites, et de son fils Pribislav ; cela ne m'aurait pas étonnée de voir les chevaliers surgir brusquement d'un creux. Mais on ne croisait personne ici, seuls des lièvres et des chevreuils bondissaient sur notre passage, de grands oiseaux décrivaient des cercles au-dessus des collines.

Au cours de ce premier été à Machandel, je perdis la notion du temps et, durant nos longues balades, les siècles se confondaient parfois. Des chênes poussaient dans les souches de chênes plus grands encore. Des genévriers s'alignaient le long de bifurcations qui n'existaient plus. À d'autres endroits, des buissons de genévriers et de pruneliers formaient un taillis impénétrable.

Julia trouvait de petits animaux marins fossilisés, des coquillages, des galets troués comme au bord de la mer, elle les fourrait dans les poches de son pantalon de cuir sale. Avant les Obodrites, avant l'âge du bronze, avant la présence humaine, d'énormes masses de glace venues du nord avaient dévalé sur ce paysage, le façonnant pour toujours.

— Les arbres savent-ils qu'il y avait une mer ici autrefois ? demanda Julia. Et l'herbe ? Et les fleurs ? Elles s'en souviennent ?

Je m'apprêtais à lui répondre que seuls les humains ont une mémoire, puis j'hésitai. Mon frère m'avait parlé des campanules brésiliennes qui transmettaient des informations sur la lumière dans leurs graines. La lumière est déterminante pour la croissance des fleurs. Or même lorsque les jeunes pousses se développent dans des conditions lumineuses différentes, elles tiennent compte de l'expérience de la plante-mère. J'expliquai cela aussi clairement que possible à ma fille. Elle réfléchit.

— Mais alors, ce n'est pas bien que les mères-plantes transmettent leur expérience. Si les jeunes campanules poussent dans des conditions différentes, le souvenir de quelque chose qui n'existe plus va leur faire du mal.

Quand je repense aux premières années à Machandel, j'ai toujours en tête cette conversation avec ma fille de six ans sur le souvenir.

Un matin, on trouva enfin le Konsum du village, aménagé dans une baraque du village principal. Sur un banc, des vachers buvaient de la bière et une eau-de-vie bon marché qu'ils appellent ici le tord-boyaux bleu. Ils avaient commencé le travail à quatre heures du matin, l'alcool faisait partie de leur petit-déjeuner comme une évidence.

Sur les étalages du magasin, je comptai neuf sortes de schnaps, mais une seule de fromage. La charcuterie et la viande, c'était uniquement le vendredi. J'avais déjà croisé la vendeuse au château de Machandel, on la surnommait la Russe, une femme élancée dans les soixante ans avec une longue chevelure grisonnante qui tombait en boucles sur ses épaules, ce n'était pas courant ici pour une femme de son âge. Lorsqu'elle me scruta, son regard me rappela la femme à laquelle mon frère avait fait ses adieux. C'était sûrement la mère de la muette. Elle m'adressa aimablement la parole en m'appelant par mon prénom et me dit le sien : Natalia. Lorsqu'elle disait Clara, elle roulait presque imperceptiblement le *r*.

— J'habite au château de Machandel comme ta grand-mère autrefois, dit Natalia. Je peux te livrer tes courses, dis-moi simplement ce qu'il vous faut.

On fit ainsi, je rédigeais une liste pour Natalia tous les deux ou trois jours, elle me rapportait ce qu'elle trouvait. Elle et sa fille étaient les seules à habiter au château. Lorsque je vins la voir avec les enfants pour la première fois, Natalia nous fit visiter les lieux avec naturel, telle une châtelaine. Les étages supérieurs n'étaient plus habités, mais le parquet jonché de creux et de traces de brûlure étincelait, les poignées de porte en laiton reluisaient. Les pièces ne comportaient aucun meuble. Certaines portes et fenêtres avaient des vitres en cristal coloré, quelques-unes étaient cassées, la lumière scintillante rouge et bleu s'infiltrait jusqu'au promenoir, cela suffisait à remplir les pièces. Les escaliers en colimaçon joliment ondulés brillaient eux aussi, comme fraîchement cirés, rien ne semblait poussiéreux ou abandonné. La vue donnait sur le parc envahi par la végétation, l'étang marécageux, les bouleaux sauvages et les buissons qui s'étendaient jusqu'au château. Natalia nous devança et ouvrit la grande cuisine.

— Autrefois, il y en avait deux, expliqua-t-elle. Une pour les maîtres, une autre où on cuisinait pour le personnel et le bétail. C'est là aussi que mangeaient les employés du domaine. La cuisine du personnel se trouvait dans un bâtiment attenant, démoli depuis longtemps. Ici, c'était la cuisine des maîtres.

Je remarquai aussitôt une vieille cuisinière en fonte comme sur les tableaux de Carl Larsson, mais il manquait les brûleurs et des fissures parcouraient les carreaux bleus. De la faïence de Delft. Là-bas se trouvait une grande table en chêne, les chaises avaient disparu, de même que les placards, seules quatre ou cinq vieilles cuisinières électriques s'alignaient le long du mur.

— Elles datent des années 50. Deux cent trente-quatre personnes vivaient au château, des réfugiés. La plupart sont arrivés en mai 1945, une famille vivait dans chaque pièce et chaque placard à balais, ils dormaient dans les couloirs, on avait divisé les grandes pièces avec des cordes et des couvertures, les cloisons sont venues plus tard. Ces plaques, ça nous a bien soulagés à l'époque.

Je distinguai encore les cloisons, des tentures fleuries jaunies, des câbles électriques tendus sur des peintures murales qui s'écaillaient, sur des sarments de vigne et des Amours, le stuc s'effritait à de nombreux endroits. On avait enfoncé des clous et des crochets dans les panneaux en bois avec de la marqueterie en filigrane, certains étaient à moitié arrachés, révélant le mur nu derrière.

— On a fait violence à cette belle demeure, dis-je à Julia.

Natalia rejeta la tête en arrière, un geste que j'avais déjà observé chez sa fille.

— Les personnes qui ont fait ça, on leur a fait violence aussi, répondit-elle d'une voix soudain dure, aux sonorités russes.

Elle avait aménagé sa propre cuisine dans une petite pièce de l'autre côté du hall d'entrée. Autrefois, dit-elle, c'était le vestiaire des invités. On avait installé une douche derrière un rideau. Les salles de bains de la famille de la baronne existaient encore, dit Natalia, mais elles étaient inutilisables. Dans leurs deux pièces de vie, rien ne rappelait un château, à part la hauteur des plafonds, l'aménagement était simple et composé de meubles clairs, de nombreux livres, certains en cyrillique.

— Ma fille Lena est bibliothécaire, expliqua Natalia. Elle sillonne les villages en bibliobus. Emma et moi sommes les seules ici à lire des livres. Lena nous les apporte, de même que je livre aux voisins les marchandises du magasin. Il y a aussi un bus Konsum qui vient tous les quinze jours, ils ont plus de choix.

Natalia était sympathique, mais – c'était peut-être dû à la sonorité étrangère de sa voix – elle me semblait inaccessible malgré sa gentillesse. Je l'interrogeai néanmoins au sujet de ma grand-mère. Je pensais souvent à elle quand j'étais à Machandel. Je ne la connaissais que d'après les photos, elle était belle, mais d'une autre façon que ma mère, qui ne m'a malheureusement pas légué son regard clair et sa chevelure ondulée reposant sur un cou de cygne. Je ressemble à mon père. De son côté, il n'y a plus aucun parent vivant, ni même de photos. Sa mère est morte jeune, ses frères sont tombés à la guerre, sa sœur a fini étouffée avec ses enfants sous des décombres et il n'a rien su de son père quand il est rentré du camp. Il me semblait d'autant plus étrange qu'on n'ait presque jamais évoqué la mère de ma mère. Ma mère ne me parlait pas beaucoup de toute façon. De temps à autre, elle m'interrogeait sur mes devoirs, mais elle était contente quand tout se passait bien et que je la laissais tranquille pour qu'elle puisse préparer ses sempiternels examens. La gouvernante en savait plus sur moi que ma propre mère. Quant à mon père, tout ce qui semblait vraiment l'intéresser se rapportait au passé, à la clandestinité, à la prison ou au camp. Ma grand-mère vécut jusqu'en 1960, elle avait alors, me rendis-je compte, l'âge que ma mère venait d'atteindre, cinquante-huit ans. Elle avait quarante-trois ans en arrivant au château, ma mère tout juste dix-huit ans. Je n'avais encore jamais fait le calcul. Et mon père, comment était-il arrivé dans ce village ? Ancien détenu de Sachsenhausen, il était deux fois plus âgé que ma mère lors de leur rencontre. Ici au château ?

— Ta grand-mère habitait dans le salon de musique de la fille de la baronne, dit Natalia en s'apprêtant à me montrer la pièce.

Je portais Caroline dans mes bras, Julia jouait avec un petit garçon sorti de nulle part, ils couraient dans les escaliers en colimaçon, traversaient le couloir du haut, redescendaient de l'autre côté, ils se poursuivaient, se cachaient, riaient et se défoulaient, leurs voix résonnaient dans la demeure déserte. Natalia n'avait visiblement rien contre. Elle m'ouvrit une pièce du premier étage, une chambre en encorbellement sûrement belle autrefois, étroite, le stuc au plafond prouvait qu'on l'avait divisée après coup. Elle était vide, à part un piano à queue poussiéreux.

— Un Bechstein, dis-je, étonnée.

— Il a toujours été là. Ta grand-mère l'adorait.

— Ma grand-mère savait jouer du piano ?

— Ta mère aussi, dit brièvement Natalia.

Je n'avais jamais entendu jouer ma mère, le seul instrument de musique dans notre maison, c'était une vieille guitare de Jan. Je détaillai la pièce du regard et tentai d'imaginer Jan enfant, dormant, mangeant, vivant là avec ma grand-mère inconnue.

— Ton frère est né ici. – Natalia désigna l'encorbellement. – Dans le lit de la baronne, qu'on avait récupéré de son ancienne chambre.

Je n'arrivais pas à croire que ma mère avait vécu là, elle qui a besoin d'espace et qui, contrairement à mon père, tient à son confort.

— Et ma grand-mère, elle est morte ici ? demandai-je en regardant l'encorbellement.

— Pas ici, répondit Natalia. Elle est tombée d'un arbre en cueillant des cerises. Elle est tombée parce que son cœur a brusquement cessé de battre. Une belle mort, facile.

Je sentis mon propre cœur et celui de ma petite fille que je portais en écharpe. Natalia désigna le mur et m'expliqua que ma grand-mère occupait également l'autre partie de la pièce. L'archetier avait construit un grand lit pour eux deux.

L'archetier. Le bourgmestre l'avait déjà mentionné. J'interrogeai Natalia à son sujet, elle me lança un regard étonné. Il me sembla qu'elle hésitait, puis elle se mit à raconter :

— C'était en 1945, à la fin de l'été. Le château était déjà plein à craquer, mais toujours plus de gens arrivaient, des femmes avec des enfants, des Allemands de Pologne, internés pendant des mois au camp de Lamsdorf. Ils étaient pouilleux, affamés. Tous ceux qui arrivaient des camps avaient ce regard vide. Ton père aussi, Clara. Il était déjà là quand ce groupe de Lamsdorf est arrivé, où il n'y avait qu'un seul homme. Un type originaire de Königsberg, la quarantaine. Il portait un sac à dos qu'il avait trimballé pendant des mois à travers Dieu sait quels enfers. À l'intérieur, des ustensiles en argent, des plaquettes de nacre et d'ivoire, de petits morceaux d'ébène et de corne, l'homme possédait un atelier d'archèterie à Königsberg. Dans le salon de musique se trouvait un placard que les gens n'avaient pas emporté, il était rempli de partitions. Derrière, ta grand-mère a trouvé un archet abandonné par Mademoiselle. Elle a dû emporter le violon et d'autres archets, mais cette armoire en bois garnie de cuir et de soie est restée là avec l'archet de violon français, censé provenir d'un vieil et célèbre atelier. C'est ce qu'a dit l'archetier auquel ta grand-mère a montré l'objet. Il a pris l'archet et ne l'a plus jamais rendu. Les femmes avec lesquelles il était arrivé ont été envoyées dans un centre d'hébergement moins plein, il aurait dû y aller aussi, mais il est resté, sans doute à cause de l'archet. Ou de Valia, ta grand-mère.

Natalia sourit et, à ma demande, elle m'en dit plus au sujet de l'archetier.

— Au début, il n'a pas trouvé de place au château et il s'est aménagé un coin dans le hall d'entrée, il y passait des heures, contemplant l'archet avec une loupe sortie de son sac à dos. Un beau jour, il a fini par s'en aller en emportant l'archet. Je pensais qu'il ne reviendrait jamais. Mais au bout de quelques mois, il a débarqué en voiture. Une Opel avec une plaque berlinoise, la voiture de fonction de ton père, Hans Langner, de retour à Berlin. Dans le coffre, il y avait des tas de baguettes en bois et des ustensiles sauvés, paraît-il, par la veuve d'un luthier de la région du Vogtland pendant la guerre. L'archetier, qui s'appelait Arthur, lui avait quémandé le précieux bois brésilien et il aménagea par la suite un atelier dans le vieil appartement du trayeur au-dessus de l'étable.

— L'appartement où vivait Wilhelm Stüwe ?

— Oui, il a emménagé avec Auguste dans la maison du régisseur, confirma Natalia avant de reparler de l'archetier. Arthur possédait lui-même un violon, mais il en jouait rarement, et jamais avec l'archet français. Johanna, ta mère, a fini par s'installer à Berlin elle aussi. Elle a laissé le petit Jan, de quelques mois plus jeune que ma Lena, chez sa mère, qui logeait encore dans l'ancien salon de musique. Arthur l'a rejointe et il a maçonné la cloison pour que Jan ait sa propre chambre. Il y avait désormais davantage de place au château, ils ont fini par avoir un vrai petit appartement avec une entrée. L'archetier a fait transformer la vieille cuisine de l'étable en salle de bains. Il avait une autorisation pour exercer son métier, une licence procurée par ton père. Il y eut encore plus de voitures berlinoises, même des étrangers sont venus à Machandel, des violonistes et des violoncellistes célèbres qui lui commandaient des archets. Les Berlinois voulaient le récupérer et lui aménager un atelier moderne car on pouvait vendre les archets contre des devises, mais Arthur est resté là, il n'est parti qu'à la mort de ta grand-mère Valia. Il forme aujourd'hui de jeunes archetiers dans un village du Vogtland. Il possède sûrement encore l'archet de Mademoiselle.

— Ça veut dire que mon frère Jan connaissait cet archetier ? demandai-je.

Natalia rit en silence, rejeta la tête en arrière.

— Jan et Lena étaient dans son atelier tous les jours. Il voulait leur enseigner son art, mais Lena est maladroite et Jan, tes parents ont fini par le faire venir à Berlin et l'ont envoyé à la caserne. Lena parle encore des tiges de pernambouc à huit arêtes et des boutons en argent et en ébène, des vieux ateliers de Crémone et de Nuremberg, de l'arbre dont l'écorce rouge sert à fabriquer les archets.

Je me rappelai soudain, tel un rêve à moitié oublié, que mon frère me parlait des Indiens du Brésil, je n'allais pas encore à l'école à cette époque. Appuyée à la porte de l'ancien salon de musique du château de Machandel avec Caroline en écharpe, je me revois dans la chambre noire de Jan, dans notre maison berlinoise, blottie sur une chaise en osier, il développait ses photos tout en me parlant. C'étaient des histoires d'Indiens d'Amazonie, de forêt tropicale, d'un littoral appelé *mata atlântica*, où poussait le mystérieux fernambouc, qui a tellement de noms différents. Il m'expliqua qu'on utilisait jadis son bois couleur de feu pour teindre en rouge les vêtements des filles, qu'on l'utilisait aujourd'hui pour les archets. Le bois de cet arbre vibrait d'une façon particulière, il pouvait capter les sons. Mais le fernambouc mettait longtemps à pousser, très longtemps. De nos jours, il n'en restait pas beaucoup et leur bois était très cher. Il avait rajouté deux ou trois choses au sujet de la robe des étalons mongols.

Même l'odeur âcre des produits chimiques que Jan manipulait dans sa chambre noire me monta au nez en y repensant. Il avait souvent parlé d'archets, me dis-je. Je ne lui ai jamais demandé d'où il tenait son savoir. Mon frère savait tout, voilà.

À présent, je pressentais que j'allais trouver ici une espèce de chaînon manquant entre lui et moi. Qui menait peut-être à nos parents.

4

HANS

Marche de la mort

Ma fille Clara n'arrêtait pas de me poser cette question : "Comment es-tu arrivé à Machandel ?" Je m'apprêtais à lui donner un livre sur la marche de la mort des détenus de Sachsenhausen, mais elle connaissait l'histoire. Elle voulait savoir ce que moi, j'avais vécu. Je lui ai répondu : "Je suis fatigué. Repose-moi la question une autre fois." Ce qui me rappelle que mon fils m'a toujours reproché mon langage. C'était, disait-il, une langue dure et bureaucratique dont je m'étais exclu moi-même. Selon lui, je réprimais mes sentiments pour ne pas être en conflit avec la ligne du Parti. Qu'est-ce qu'il en sait, mon fils, de la ligne du Parti. Je n'ai pas toujours exprimé ouvertement ce que je voyais et pensais, la vie m'a appris à me demander : à qui cela va-t-il servir ? Et puis je n'ai jamais fait partie de ceux qui se vantent de leurs exploits et des souffrances endurées.

Mon fils savait d'ailleurs comment je suis arrivé dans ce village du Mecklembourg, ce n'était pas un secret. Sa grand-mère le lui a raconté et il a fait des recherches aux archives sur la marche de la mort. Il n'a sûrement pas dû avoir accès à mon dossier au Parti, ni aux procès-verbaux de vérification dans les années 50. Ils sont toujours sous scellés, du moins j'espère. Mais les rapports sur les derniers jours à Sachsenhausen, sur la marche de la mort et la Libération sont accessibles à tout le monde. Dans l'après-guerre, on nous a demandé de consigner nos souvenirs personnels du procès, des différents camps et aussi de la marche de la mort. C'est peut-être ça que mon fils cherchait, il a toujours été en quête. Il était obsédé par l'idée de devoir découvrir quelque chose. Mais on ne peut pas tout rendre public n'importe quand.

C'est Karl Schirdewan qui a dirigé le travail de mémoire du Parti après la guerre, nous étions camarades à Sachsenhausen. Je lui ai écrit ce qu'il voulait savoir. Après son exclusion en 1958, plus personne ne s'est intéressé aux souvenirs pendant de nombreuses années. Nul ne voulait vraiment savoir ce que nous autres prisonniers des camps avions vécu. Cela a encore changé par la suite, mais la plupart d'entre nous se taisaient déjà. Même ceux qui avaient vécu l'émigration vers l'Ouest n'étaient pas grande gueule. Seul comptait le fait d'avoir été à Moscou. Moi, je ne suis pas resté de plein gré en Allemagne, j'étais en mission spéciale.

Je n'ai rien écrit sur le sujet, personne ne me l'a demandé jusqu'ici. Dans les années 30, mes supérieurs se trouvaient à Moscou, les coursiers passaient par Prague et Paris. Aucun d'eux ne vivait encore en 1945. Seul Franz Dahlem connaissait ma mission. Il était membre de la direction du Parti communiste, il a succédé à Ulbricht à Paris par la suite. En 1934, il a passé quelques mois en clandestinité à Berlin, c'est là que nous nous sommes rencontrés, et il connaissait aussi Else. Else. Ma femme Else. Voilà que je repense à elle.

Depuis que j'habite seul et que j'ai beaucoup de temps, Else s'impose toujours dans mes pensées. Allez, Hans, ressaisis-toi. Comment en suis-je arrivé à ce sujet ?

Ma fille Clara m'a demandé pourquoi je suis venu à Machandel.

Je suis un vieil homme. Assis sur un banc, dans un terrain de jeux désert derrière ce bâtiment préfabriqué, avec des pensées qui tournent en rond. Il n'y a pas d'enfants ici, que des vieux et, depuis peu, des hommes d'affaires tellement lisses. Dans notre immeuble je suis sûrement le plus vieux, j'ai quatre-vingt-dix ans bien sonnés. Quand on me parle, je peux faire comme si je ne comprenais pas. Mais personne ne me parle. Tout à l'heure, l'aide-soignante va venir pour me ramener chez moi.

Dès 1990, juste avant la Réunification, nous avons emménagé dans ce nouvel immeuble, la rue s'appelait encore Otto-Grotewohl-Straße. Je l'ai connu, Grotewohl, c'était une chiffe molle, un social-démocrate, quoi, pas un ouvrier, même s'il a appris le métier d'imprimeur. Pendant la période nazie, il a fait lui aussi de la prison avant de devenir vendeur de fours à chaleur tournante, puis agent d'assurances, peut-être que sa femme l'a aussi entretenu, la première, avec laquelle il a vécu trente ans. Chez nous, il a ensuite épousé sa secrétaire. Nous avions besoin de lui, c'était le cofondateur du comité central des sociaux-démocrates. Avant la création du Parti socialiste unifié, il a fait des simagrées comme une vieille fille, puis il a fini par aller jusqu'au bout. Ce n'était pas une fusion sous contrainte, comme ils disent aujourd'hui. Bien sûr qu'on a écrasé les sociaux-démocrates, mais c'était de bonne guerre, après tout, ils avaient échoué historiquement. Aujourd'hui, à l'heure de la Réunification, c'est la RDA qu'on écrase. Ma fille Clara dit que la RDA a aussi échoué historiquement, qu'est-ce qu'elle en sait. Avec les gars de Hitler et de Staline, on ne pouvait pas faire de socialisme, la cause était perdue d'avance. Mais ça valait le coup d'essayer et de toute façon, on n'avait pas d'alternative.

En 1990, les comités citoyens ont sillonné notre quartier résidentiel à Pankow avec appareil photo et bloc-note, ils se croyaient très importants. La plupart n'étaient pas des lumières. Des jardiniers de cimetière et des sacristains. Ils ont vérifié l'identité des habitants, l'origine des attributions, la conformité des prix d'achat. À Wandlitz, où habitaient les membres du bureau politique, ils ont filmé les frigidaires et les machines à laver de fabrication occidentale. N'importe quel dentiste de Berlin-Ouest aurait sûrement rigolé en voyant ces engins. Ma fille est d'avis que les camarades au pouvoir n'avaient pas le droit de vivre mieux que le peuple, ma foi, pourquoi pas. À l'époque, j'ai tout de suite vérifié la marque de notre machine à laver à la cave, pour voir si Johanna nous avait rapporté un appareil de l'Ouest provenant d'un contingent spécial. Mais notre machine venait des monts Métallifères. Et nous étions seulement locataires de la villa, même Johanna n'aurait pas eu l'idée d'acheter cette maison. Il aurait fallu nous occuper nous-mêmes de toutes les réparations. Alors que là, elle n'avait qu'à appeler l'administration. “Oui, m'a fait remarquer ma fille, un département spécial qui s'occupait des locataires spéciaux. Les locataires normaux devaient tout faire eux-mêmes.” Clara peut discuter sans fin sur ce genre de sujets. C'est ridicule. Ces défenseurs des droits civiques ne sont pas venus chez nous, mais on ne voulait pas en arriver là de toute façon.

Lorsque Johanna a entendu dire qu'une autre Johanna, Johanna Töpfer, la vice-présidente du syndicat, s'était suicidée parce que les comités citoyens trouvaient l'ameublement trop luxueux, elle a voulu quitter notre maison sur-le-champ. Je connaissais Johanna Töpfer, une camarade pâle et insignifiante, Dieu sait pourquoi elle s'était procuré ces meubles petits-bourgeois, qu'elle avait d'ailleurs achetés et payés dans les règles. Lorsque la plainte pour abus de pouvoir a été retirée, elle s'était déjà empoisonnée. Dommage, elle était encore jeune, à peine soixante ans. Ma Johanna s'est alors dépêchée de trouver ce logement-ci, elle était douée pour l'organisation, même si elle cachait depuis longtemps ses bouteilles derrière les livres de la bibliothèque, dans son armoire, partout. Elle s'en est bien sortie avec le déménagement, notre fille Clara et ses amis nous ont aidés. Les amis de Clara étaient eux aussi des réformateurs autoproclamés du socialisme, Nouveau Forum, Fédération indépendante des femmes, Renouveau démocratique. Et le cercle de paix protestant avec son slogan *De l'épée à la charrue*. À Sachsenhausen, on aurait été contents d'avoir des armes à la place des gardiens. Quelle bande de naïfs, ce cercle de paix, ça n'a servi qu'à la contre-révolution. Aujourd'hui, plus personne ne s'y intéresse. L'un d'eux est devenu secrétaire d'État, à ce qu'on dit, il était issu des rangs sociaux-démocrates, chez nous il était pasteur.

Clara l'a ramené pour transporter nos cartons de livres, je l'ai reconnu plus tard à la télé. Le déménagement était une bonne décision. J'avais déjà quatre-vingt-un ans, j'avais du mal à monter les escaliers. Le nouveau bâtiment a un ascenseur. L'appartement est correct, mais la rue s'appelle de nouveau Wilhelmstraße, comme en 1740, d'après Frédéric-Guillaume Ier. La roue de l'Histoire tourne à l'envers. Depuis mon balcon, j'aperçois un parking, dessous il y a un bunker, un trou à rats qui abritait le parc automobile de Hitler. Le bunker des chauffeurs. Le bunker du Führer existe aussi, un peu plus loin, ils l'ont supprimé pour construire les représentations des Länder. À peine étions-nous arrivés dans le quartier que des historiens ont découvert dans le bunker des chauffeurs quelques peintures murales moisies représentant des soldats et des SS, ainsi que quelques placards rouillés, des journaux agglutinés. Ils voulaient classer ces saletés monument historique, ils ont tout photographié comme des reliques. Des historiens de l'art sont venus vérifier la valeur des peintures. Après quoi ils ont fini par ensevelir le tout, comme il se doit. Mais les touristes débarquent sans arrêt, des groupes entiers, ils photographient le parking et se recueillent comme si Eva Braun et le Führer allaient apparaître en personne – ou au moins leur chauffeur.

C'est étrange de me retrouver justement ici à attendre la mort. Je pourrais raconter aux touristes que je connais leur putain de bunker, que j'étais dedans, que j'ai vu les peintures murales dans leur splendeur originale, les héros aux casques d'acier, les soldats avec leurs lances telles des ailes d'ange et les jouvencelles allemandes. Ils en resteraient bouche bée s'ils savaient que moi, un détenu de Sachsenhausen en tenue rayée, j'ai profané le fauteuil de Hitler avec mon séant dans la chancellerie du Reich. Mais ils ne me croiraient pas de toute façon et je ne vais pas le leur raconter. Je ne vais rien raconter du tout, même si je n'ai pas oublié.

C'était fin 1944 à Sachsenhausen, ils avaient assassiné vingt-sept détenus allemands en une seule journée d'octobre, tous pour motif politique. Une commission spéciale de l'Office central de la sûreté du Reich continuait de fouiner dans le camp. La plupart des nôtres tentaient d'obtenir des missions extérieures. Mon camarade Bruno, ancien brigadiste, était chef d'une troupe qui enlevait les décombres dans les bâtiments administratifs bombardés. Une mission suicide, on entendait sans arrêt des détonations. Cette fois-là, on leur dit de poser des panneaux en aggloméré pour remplacer les fenêtres dans un bâtiment à peine endommagé. J'ai appris la métallurgie, pas la charpente, Bruno m'a quand même fait embaucher comme soi-disant spécialiste pour cette mission. Nous pensions que nous serions mieux nourris dans ce boulot, or ce n'était pas le cas. Karel, mon camarade de camp tchécoslovaque, en faisait partie, il était réellement charpentier. Nous étions quinze, on prit le métro d'Oranienbourg jusqu'à Berlin dans nos tenues de prisonniers. Les gardes étaient des SS, des mercenaires germaniques, comme nous les appelions, des Lettons et des Roumains, ils voyaient bien eux aussi que c'était la fin, ils ne voulaient plus d'ennuis. On nous a fait intervenir dans la Wilhelmstraße, dans la nouvelle chancellerie du Reich, où Hitler se terrait en tremblant dans son trou. Ses ennemis se trouvaient depuis longtemps aux frontières du Reich.

Les bombardements avaient lieu en général vers midi. Hertie, le grand magasin du quartier, a été touché par une lourde mine aérienne qui a soufflé toutes les vitres de la Wilhelmstraße. C'est justement à Hertie qu'Else distribuait les tracts en 1935 au rayon mercerie… Voilà que je repense à Else. En 1944, elle était déjà morte. À l'époque, je ne pensais pas à elle, seulement au lendemain, à la survie. Nous devions casser à la hache les hauts châssis en acajou de la chancellerie du Reich et les remplacer par de simples châssis en lattes de toiture, sur lesquels nous avons cloué des panneaux en contreplaqué.

Le premier jour, ils nous ont flanqués dans le bunker des chauffeurs lors des bombardements, c'est là que j'ai pu admirer les peintures murales. Les jours suivants, ils nous ont simplement enfermés dans le bâtiment pendant les bombardements. C'était désert de toute façon, plus personne ne travaillait dans les bureaux. Nous avions pour ordre d'attendre dans un long couloir, les portes menant à la cage d'escalier étaient fermées à clé. Il y avait au milieu du couloir une grande porte à deux battants, sur laquelle trônaient les lettres d'or tarabiscotées A et H, c'était le bureau du Führer, comme le constatèrent nos gardes avec émotion. Ils n'étaient plus là lorsque l'alerte a retenti, ils étaient tapis dans le bunker, ils se fichaient pas mal qu'on crève là-haut. Le deuxième jour, on a remarqué que la porte du bureau de Hitler était ouverte, quelques employés venaient d'en sortir des tapis enroulés qu'ils avaient laissés tomber en entendant la sirène, ils s'étaient précipités dehors. On est entré dans la pièce, quinze détenus – allemands, tchécoslovaques, russes, un Français –, on s'est vautrés dans les fauteuils en jubilant et en riant, tandis que ça crépitait et crissait et étincelait dehors. Nous n'avions pas peur, bizarrement. Ces bombes, nous disions-nous, ne nous sont pas destinées. Pourtant on y serait passés si le bâtiment avait été touché. Dans cette pièce, les fenêtres n'étaient pas encore condamnées, mais l'obscurité est tombée d'un coup, puis le feu a pris un peu plus bas dans la Wilhelmstraße, Bruno était assis au bureau du Führer dans la lueur vacillante, hurlant avec la voix de Hitler des ordres auxquels nous répondions par les pires jurons qui nous passaient par la tête. Je me rappelle qu'un de nous a pissé sur le parquet derrière le bureau du Führer. Pour ma part, je m'étais installé dans le plus gros fauteuil à la table de conférence en chêne, moi, le prisonnier politique Hans Langner, instructeur du Parti communiste clandestin jusqu'à mon emprisonnement, forçat, coupable de haute trahison. J'ai ri encore et encore, jusqu'à n'en plus pouvoir. Le lendemain, on nous a de nouveau envoyés en mission, cette fois pour déblayer la Fehrbelliner Platz.

Maintenant je me retrouve ici, je regarde le bitume qui surplombe le bunker enseveli et j'attends que l'aide-soignante me ramène dans mon appartement. Elle s'adresse toujours à moi comme si j'étais déjà gâteux et je la laisse faire, comme ça au moins, je ne suis pas obligé de répondre quand je n'ai pas envie.

Ma fille, elle, est têtue. Elle va me redemander comment je suis arrivé à Machandel. Eh bien, à pied, évidemment. Non, ce n'est pas vrai, je suis arrivé dans la charrette de Natalia. Pas devant le grand perron, mais par-derrière, je suis descendu en cachette. Non, ce n'est pas vrai non plus, ils m'ont soulevé, je ne pouvais plus marcher. À Machandel, j'ai fait la connaissance de Johanna, la mère de mes enfants. Elle avait la même coiffure qu'Else, bouffante devant et plaquée derrière les oreilles par de petits peignes. Dire qu'on se rappelle ce genre de détails. Un jour, Franz Dahlem m'a demandé des nouvelles d'Else, c'est le seul. Je n'ai pas eu à la mentionner dans les questionnaires, nous n'avons jamais été mariés. Elle n'apparaissait pas non plus dans le dossier de mon procès, ils ont toujours tenu leurs informateurs et leurs indicateurs en dehors de ça. Informateurs. Indicateurs. Else n'était pas une indicatrice. Elle était fragile, ils l'ont fracassée. J'aurais dû la protéger.

Franz Dahlem connaissait ma mission spéciale. Mais ils l'ont vite mis sur la touche. Dans les années 50, ils l'ont chassé de sa petite ville, une résidence de hauts fonctionnaires aux abords du château de Niederschönhausen, il n'avait plus le droit d'habiter à côté d'Ulbricht et de Pieck. Par chance, je n'ai jamais habité dans ce lotissement. Au début, j'ai créché dans une piaule à Lichtenberg, en sous-location chez des camarades. Johanna a habité là aussi après avoir quitté ce village de Machandel pour me suivre. Lorsque les camarades ont déménagé, nous avons eu les deux pièces et demie pour nous. Ça m'aurait suffi, même quand le gamin était censé venir chez nous. Deux pièces et demie, c'était suffisant pour une famille, à la maison on a vécu à huit dans un salon, une cuisine et une chambre. Avec Else, nous n'avions qu'une petite cuisine, les toilettes dans le couloir. Johanna, elle, était tellement sophistiquée, elle voulait une maison, j'y ai droit, disait-elle, et elle a fait le nécessaire. On l'a obtenue début 1952, le gamin n'est venu qu'à l'été 53, la grand-mère ne voulait pas le rendre. Lorsqu'il a fini par venir, on n'avait pas de temps à lui consacrer. C'étaient les mois où la commission de contrôle du Parti me convoquait sans arrêt. Après quoi la tuberculose s'est de nouveau répandue et j'ai dû aller au sanatorium de Sülzhayn, j'y suis arrivé le 17 juin, comme par hasard. Quelques jours plus tard, Beria, le chef de la sécurité, a été arrêté chez les amis russes. Beria qui est censé avoir dit : "Tous ceux qu'on arrête sont fondamentalement coupables." Voilà qu'il était à son tour fondamentalement coupable. Et mort six mois plus tard.

Pour Karel, ça ne changeait plus rien.

Je n'étais pas là lorsque mon fils est revenu. C'est l'archetier qui l'a amené, cet excentrique. Je voulais que le gamin vive chez nous à Berlin, je voulais enfin une vraie famille. Et Johanna ne souhaitait pas que Jan aille à l'école du village et vive chez cette grand-mère apolitique et son Arthur. Au début, elle a donc vécu seule avec l'enfant dans la villa sur la Heinrich-Mann-Platz, beaucoup trop grande pour nous de toute façon. À côté vivait Ernst Busch, un brave type. Il avait fréquenté la prison de Brandebourg, comme moi. Ce n'est pas là qu'on s'est rencontrés. Else faisait partie du Mégaphone rouge avant 1933, elle connaissait toutes leurs chansons par cœur. *En avant mais sans oublier*… Else, encore elle. Johanna ne connaissait pas tout ça. Elle a chanté d'autres chansons au lycée de jeunes filles, dans son patelin de Prusse orientale. Par la suite, elle a écouté leurs disques, ça oui. Mais elle n'appréciait pas que je passe du temps – c'était pourtant rare – avec Ernst Busch à mon retour. Elle était contente que le Parti me fasse de nouveau confiance, Ernst Busch était à ses yeux un fumiste, toujours mal vu. Mais en 1952, lorsque j'ai lu dans le *Neues Deutschland* que Karel Hunzek avait été exécuté à Prague en tant que contre-révolutionnaire, j'ai dit à Ernst Busch appuyé au portail du jardin que c'était mon camarade de camp à Sachsenhausen, qu'on avait fui ensemble et que sans lui, je ne serais plus là. Je ne l'ai dit à personne d'autre, sauf à la commission de contrôle du Parti qui me forçait à répéter sans arrêt d'où nous nous connaissions. Après quoi Ernst Busch est venu chez moi avec une bouteille d'eau-de-vie, c'est la seule fois où je me suis saoulé avec lui. Il n'a rien dit de plus, nous savions, il n'y avait rien à rajouter.

Les rares fois où j'avais du temps le dimanche, j'allais me promener dans les Landes de Schönholz et il m'arrivait de croiser Dahlem, auquel ils avaient attribué une maison à côté, sur la Pfeilstraße. Lui au moins, Ulbricht l'a laissé tomber en douceur. Dahlem n'était jamais seul, son chauffeur ou son secrétaire était toujours là pour veiller sur lui, nous nous sommes juste salués. Mais au congrès du Parti en 1971, lorsque Ulbricht a été destitué, il m'a adressé la parole pendant la pause, disant que je devais enfin écrire ce qui s'était passé en 1933, la recherche d'un logement pour Thälmann, l'exécution de Kattner et l'emprisonnement de Rudi Schwarz fin 33. Comme si ça intéressait encore quelqu'un de nos jours. Maintenant ils sont tous morts, Dahlem aussi, Ulbricht de toute façon. Aujourd'hui, l'histoire de notre parti est étalée dans la presse à scandale et ceux qui ont toujours été nos ennemis fouillent dedans avec mépris. Pour ma part, je ne dirai rien à personne. Mon fils n'avait aucune idée de tout ça. Ma fille encore moins, elle m'a simplement interrogé au sujet de la marche de la mort et de mon arrivée dans ce village. Je peux le lui raconter, mais par où commencer ? Quand j'y pense, et je n'ai rien d'autre à faire, des visages surgissent. Else. Karel. Otto.

Mon fils a lu mon récit sur la marche de la mort, il est tombé sur les noms de Karel Hunzek et d'Otto Svobod, les camarades tchécoslovaques avec lesquels j'ai fui. Jan m'a harcelé de questions sur ces deux-là, il connaissait le nom de Karel, des ouvrages étaient parus à l'Ouest sur les procès de Prague en 1952, il se les est procurés, les noms des personnes exécutées y figuraient. Mon fils n'a pas cessé de me poser des questions à leur sujet, mais je ne voulais pas répondre. Il avait suffisamment de problèmes, je ne voulais pas qu'il trimballe tout le fardeau de notre passé. Nous devions assumer cela nous-mêmes. Mon fils m'a crié dessus, me traitant comme si j'étais le bourreau personnel de Karel Hunzek. C'était mon ami. Il y a peu de gens dans ma vie au sujet desquels j'ai dit ça.

C'est avec Karel et Otto que je suis arrivé dans ce village de Machandel, le 28 avril 1945. Ils ont continué leur route vers Berlin, ils voulaient vite rentrer à Prague. Ils étaient à Sachsenhausen depuis 1938. Lorsque nous nous sommes rencontrés, j'avais déjà connu la prison et Neuengamme. Nous avons partagé plusieurs missions, piétiné ensemble le parquet de Hitler, participé ensemble à la marche de la mort, fui ensemble. Karel était fiable à cent pour cent. Il avait cinq ans de plus que moi, son anniversaire tombait le même jour que le mien, au camp il a eu quarante ans, moi trente-cinq, mais on s'en est rendu compte seulement cinq ans plus tard, lorsqu'on a vraiment fêté ensemble notre anniversaire. Au camp, personne ne pensait à ces choses-là. Fêter un anniversaire nous aurait paru petit-bourgeois de toute façon. Après la Libération, c'était différent, chaque anniversaire représentait une fête, une victoire. Otto était fiable aussi, un jeune gars, étudiant à l'université Charles, pas membre du Parti. Il l'est devenu plus tard, après la guerre, mais pas pour longtemps car ils l'ont exclu en 1952.

Si seulement ils s'étaient contentés d'exclure Karel.

On s'est souvent vus après la Libération, Karel était devenu deuxième secrétaire du district pragois de son parti, puis vice-ministre comme moi. Il est venu plusieurs fois à Berlin, nous nous sommes vus en privé. Une fois aussi à Prague avec nos femmes. Je suis allé chez lui, c'est surtout ça qu'ils m'ont reproché au procès de 1952. Déjà au camp, Karel m'avait parlé d'Alena, elle était à Theresienstadt. Il ne savait rien au sujet d'Else. Je n'en ai jamais parlé à personne. Seulement à Johanna au début, mais elle ne me posait aucune question. Johanna était si jeune, elle n'avait aucune idée de toutes ces choses. C'était bien ainsi. À l'époque. Plus tard, elle a appris beaucoup de choses qu'elle a mal interprétées. J'aurais peut-être dû lui en expliquer certaines. Mais comment lui expliquer la situation de Karel ? Johanna le connaissait, il était là lorsque nous nous sommes rencontrés dans ce village de hobereaux, au château de la baronne qui avait déjà plié bagage quand je suis arrivé avec les Tchécoslovaques. Non, ce sont eux qui sont arrivés avec moi, me portant à moitié, j'avais de la fièvre, je ne pouvais plus m'extraire de dessous les sacs de farine. C'est étrange qu'on se rappelle ce genre de détails.

Nous étions déjà en route depuis une semaine, ils nous avaient chassés du camp de Sachsenhausen le 19 avril, en colonnes de cinq cents hommes. Dans le camp, le chaos régnait, les SS avaient perdu le contrôle, ils ordonnèrent l'évacuation, comme ils disaient, mais les convois de prisonniers venus des camps extérieurs continuaient d'arriver, la place d'appel fut soudain remplie de femmes qui avaient travaillé chez Mercedes-Benz à Genshagen, pendant des mois dans un atelier sans fenêtres, elles étaient toutes malades et à moitié folles de peur. On les avait fait venir à pied jusqu'à Sachsenhausen, elles avaient entendu dire qu'elles y seraient gazées. Il y avait effectivement une chambre à gaz à Sachsenhausen, mais elle n'était pas en activité. Parmi ces femmes se trouvaient beaucoup de Tchécoslovaques, elles racontèrent à Karel et à Otto que plusieurs de leurs camarades, trop faibles pour la marche, avaient été fusillées le long de l'autoroute à Ludwigsfelde. Deux ans plus tard, à l'été 47, j'ai fait rechercher l'emplacement. Nous avons trouvé la fosse, dix-neuf femmes, toutes avec une balle dans la tête. Nous avons revu plus tard les femmes des camps extérieurs sur la route bondée, il y avait des enfants avec elles, trente ou quarante jeunes Tsiganes. Ils parlaient tchèque ou hongrois. Je ne sais pas d'où ils venaient. Notre colonne a dépassé les femmes et les enfants, nous nous sommes traînés jusqu'au village de Herzberg, les paysans barricadaient leurs portes comme s'ils avaient vu le diable. Nous étions les concentrationnaires, ils nous croyaient responsables de tout, de la défaite. On entendait déjà l'artillerie au loin. Mais nous ne savions pas où étaient les Américains, ou l'Armée rouge, ni à quelle distance ils se situaient. Nos gardes étaient de nouveau des mercenaires germaniques, des Lettons qui tiraient vite et bien. Sur le pré communal de Herzberg se trouvaient deux gros camions blancs de la Croix-Rouge suisse. Ils avaient récupéré les grades et les matricules des morts qu'ils découvraient au bord de la route, leur travail s'arrêtait là. C'étaient de simples observateurs. Ailleurs, ils distribuaient des colis alimentaires, de nombreux camarades ont fini par mourir à cause de cette viande grasse en conserve, par chance ils ne nous ont rien donné. Il y avait des Français parmi nous, l'un d'eux s'adressa au chauffeur suisse et lui parla en français des enfants qui se trouvaient derrière nous, sur quoi ils se mirent effectivement en route. Mais une dispute avait éclaté entre nos gardes, ils n'avaient pas compris ce que le Français avait dit aux Suisses et ils abattirent notre camarade derrière Herzberg, où il resta dans le fossé. On traversa ensuite une région survolée par des avions en rase-motte. Des Allemands morts gisaient au bord de la route, des familles entières, des chevaux éventrés, des charrettes à l'essieu cassé. Sans y prêter attention, des réfugiés se traînaient encore sur les routes, un cortège interminable, beaucoup d'entre eux avaient emporté leur couette, qu'ils balançaient en cours de route, des montagnes d'édredons gisaient sur la chaussée, attachés par des cordes de chanvre, je rêvais de m'allonger dessus pour dormir. J'avais déjà de la fièvre, tout m'était égal. Karel et son jeune camarade Otto m'entraînaient en me soutenant de part et d'autre.

Par moments, nos gardes nous dégageaient la voie à coups de mitraillette, ils nous amenaient encore vers le nord, nous ne savions pas où ni pourquoi. Selon la rumeur, la direction du camp se trouvait quelque part là-haut et nous serions relâchés, mais d'autres camarades pensaient qu'on nous emmenait jusqu'à la Baltique pour nous faire monter dans des bateaux et nous noyer. Je percevais tout ça de loin, je l'ai enregistré comme un film qui s'élucide au fil du temps. Quand je ferme les yeux, je revois tous les détails.

Nous avons fini par faire une pause dans une ferme isolée, nous devions passer la nuit dans la grange, les gardes formaient une chaîne. Mais quelques camarades s'étaient jetés sur un silo à pommes de terre, le paysan et ses gens les ont attaqués avec leurs fourches, les gardes ont tiré dans le tas. Karel et Otto ont profité du tumulte, des tirs et des cris pour m'entraîner, tout s'est passé très vite, nous nous sommes brusquement retrouvés dans des latrines, sous la planche, au milieu des excréments. Par chance, la fosse était presque vide. Mais on ne pouvait pas s'asseoir, on s'accrochait les uns aux autres, collés contre les murs maçonnés et maculés de merde. Deux ou trois fois dans la nuit, des membres de la famille paysanne sont venus utiliser les toilettes. Nous avons vu leur cul remplir le trou, nous nous sommes plaqués, sans respirer, contre les murs pour qu'ils ne nous chient pas en plein visage. Nous sommes restés là jusqu'à ce que le jour se lève, puis nous avons entendu notre colonne s'en aller sous les hurlements des gardes. Et sous les tirs. Une fois le silence retombé, Otto est parti en éclaireur. Au bout d'un moment, quelqu'un arriva, souleva le couvercle et tendit la tête vers nous dans les bas-fonds, c'était une jeune fille. "Sortez de là tout de suite !" nous ordonna-t-elle avec un accent russe. À côté de la pompe de la ferme gisaient en ligne nos camarades fusillés, neuf hommes. Je les connaissais tous. Bruno, mon camarade Bruno faisait partie du lot. Les paysans étaient invisibles. La jeune fille nous guida vite dans une étable puis, par la porte de derrière, dans un jardin, où Otto nous attendait dans une sorte de serre. Il portait un pantalon de travail en treillis, un peu sale, mais pas barbouillé d'excréments comme nos vêtements puants de prisonniers. La fille, une travailleuse de l'Est, s'appelait Anna, je m'en suis souvenu, ma mère avait le même prénom. Anna apporta des tenues civiles pour Karel et moi, je reçus un costume de bonne qualité, trop large et trop court. Elle nous montra une citerne d'eau de pluie, où nous avons pu nous laver, elle nous dit de nous dépêcher. Le paysan et ses gens allaient revenir dans un instant, dit-elle, ils étaient en train de creuser une fosse pour les morts au bord du champ de l'autre côté de la route, ils avaient peur qu'on trouve les corps dans leur ferme et qu'on les fusille à leur tour. Les Américains et les Russes n'étaient pas loin, mais elle ne savait pas à quelle distance. Des divisions entières de SS étaient en route, il fallait qu'on parte d'ici au plus vite. Le paysan était un nazi et il possédait un pistolet. Elle nous donna le nom d'une propriété où on avait envoyé sa sœur jumelle Dunia, pour aider au moulin. C'était à Kuhelmies, derrière Krakow am See. Dunia lui écrivait régulièrement et elle avait déjà pu lui rendre visite. Elle était bien tombée chez ces meuniers. La moitié du domaine appartenait à une certaine princesse Lobkowicz, dont le mari avait été emprisonné, la propriétaire était une opposante au nazisme. Anna nous apporta une carte topographique pour qu'on trouve la direction, puis elle nous donna un peu de pain, nous dit de saluer sa sœur et nous incita à nous enfuir en passant par une forêt de hêtres qui commençait cinquante mètres derrière la maison. J'ignore si on a marché pendant deux ou quatre jours, je sais seulement qu'on évitait les villages et que, dans la journée, on se cachait dans des grottes comme les animaux. Parfois, Karel et Otto me laissaient pendant des heures dans un arbre creux ou dans des roseaux au bord d'un lac, mais ils revenaient toujours avec de l'eau et de quoi manger, et ils continuaient à me traîner dans les nuits froides. Nous avons fini par atteindre de nuit une ferme plongée dans l'obscurité, un seul bâtiment était éclairé. Otto s'avança à tâtons, examina la situation, puis il vint nous chercher. Les cours étaient désertes, aucun chien n'aboyait. Les câbles électriques étaient détruits, le bâtiment éclairé avait sans doute sa propre installation électrique. Il n'y avait personne non plus à l'intérieur. Le poêle en faïence était encore chaud, une soupe reposait sur la cuisinière. Nous n'avons pas dormi dans les lits moelleux des paysans, nous avions perdu l'habitude, et puis ces gens pouvaient revenir. Nous nous sommes allongés sur des chiffons dans la cuisine pour le bétail. Nous avons été réveillés quelques heures plus tard par les mugissements des vaches dans l'étable à côté. Karel est allé les traire. Il savait le faire. Karel savait tout faire. Il est revenu avec du lait, du lait chaud et frais qu'il a dilué avec l'eau de la pompe car la graisse déchire les intestins lorsqu'on est affamé comme nous l'étions. Il raconta que, dans l'étable, il avait vu les corps des habitants de la ferme, deux femmes et quatre enfants, le paysan les avait visiblement abattus, finissant par lui. Nous n'avions pas encore terminé le lait lorsqu'on entendit le roulement des chars qui se rapprochaient, nos libérateurs, espérions-nous mais, par prudence, nous nous sommes cachés dans le grenier au-dessus de la cuisine pour le bétail. Nous avons vu par les fentes que c'étaient des chars allemands. Ils ne se sont pas arrêtés. À l'aube, nous avons de nouveau traversé des forêts et des prés, longé des voies ferrées criblées de balles. À vrai dire, seuls Karel et Otto marchaient, moi j'étais suspendu entre eux, ils me portaient presque. Quelques heures plus tard, nous sommes arrivés dans ce village, Kuhelmies. C'était un magnifique matin de printemps ; serrés sur un mirador de chasse, nous regardions le lever du soleil, le paysage joliment vallonné et sillonné par une petite rivière, la brume s'élevant au-dessus. J'appris par la suite que l'endroit s'appelait Nebeltal, la vallée de la brume. La rivière aussi s'appelle Nebel. Lorsque, quelques mois plus tard, je me suis retrouvé dans la région en tant que directeur du Bureau d'alimentation, je suis retourné plusieurs fois à cet endroit. La collaboration avec le meunier s'est bien passée. Je suis aussi allé me promener sur les rives de la Nebel avec Johanna, déjà enceinte.

Une fois de plus, nous avons envoyé Otto en éclaireur pour qu'il repère le domaine avec le moulin à eau, que nous supposions derrière le tournant de la rivière, où le sommet d'un château d'eau émergeait des cimes. Au bout de deux heures, une jeune fille s'approcha de notre cachette, c'était Dunia, elle ressemblait en tout point à Anna, sa sœur jumelle. Dunia grimpa jusqu'à nous, sortit des pommes d'hiver ridées, du pain frais et chaud de son tablier, puis elle prit des nouvelles de sa sœur. Elle nous déconseilla d'aller au château, la princesse Lobkowicz n'y était pas, elle vivait maintenant à Francfort. Son mari, le prince, était en prison parce qu'il était en contact avec les auteurs de l'attentat contre Hitler l'année passée. Au château habitait une certaine comtesse Olga, dont le mari était général de division et commandait des unités de la Waffen-SS. Ils pouvaient débarquer ici à tout moment, en outre plusieurs familles nazies occupaient des baraques dans le parc du château, évacuées du ministère des Postes du Reich à Berlin. Des gens en uniforme logeaient dans toutes les salles du château, ça buvait et ça faisait la fête en attendant l'arme absolue ou la fin sanglante. Notre apparence, dit-elle, trahissait nos origines et, s'ils nous trouvaient, ils nous abattraient comme des chiens errants. Mevius, le meunier, n'était pas un mauvais bougre, il avait simplement peur. Il était correct avec ses travailleurs russes et polonais, mais il n'allait pas prendre de risques.

Elle ajouta qu'Otto avait eu de la chance de la rencontrer elle, la travailleuse de l'Est, lorsqu'il s'était faufilé vers le moulin. Elle l'avait croisé sous le bâtiment du moulin, au niveau du barrage. Elle avait caché Otto dans le coffre à anguilles, juste à côté de la salle des turbines, mais il ne pouvait pas rester là longtemps. On travaillait jour et nuit au moulin, les paysans des villages voisins venaient moudre le grain en réserve. Le moulin fournissait également le château en électricité. Beaucoup de gens entraient et sortaient, beaucoup trop.

Mais elle promit de chercher de l'aide, elle nous apporterait des couvertures à la nuit tombée. Dès midi, elle nous amena de vieux sacs de farine contre le froid, les frissons me faisaient claquer des dents. Son visage rond rayonnait, elle avait une bonne nouvelle. Les propriétaires d'un domaine voisin à Machandel, à moins de vingt kilomètres de là, avaient commandé de la farine. Ils voulaient fuir vers l'Ouest en emportant des sacs de farine. Ils avaient envoyé leur travailleuse de l'Est, Natalia, originaire de Smolensk, avec la charrette. Natalia était timide et renfermée. Elle, Dunia, lui avait fait comprendre qu'elle devait nous emmener et nous cacher à Machandel, les propriétaires seraient partis d'ici quelques heures et on pourrait tranquillement attendre que tout soit fini.

Une ou deux heures plus tard, on entendit Otto siffler sous notre mirador, il arrivait par-derrière, de la forêt. On se dépêcha de descendre, Karel dut m'aider. On se fraya un chemin à travers les broussailles, puis on vit un sentier forestier, où nous attendait la voiture à cheval. Sur le siège du cocher se trouvait une jeune fille avec un foulard dans les cheveux, une petite personne menue, on aurait dit qu'elle avait quinze ans. C'était Natalia. Sa date de naissance m'a préoccupé des années après, lorsqu'il fut question de ses papiers d'identité. Elle était citoyenne soviétique, mais elle ne s'était pas manifestée lorsqu'on avait rapatrié ses compatriotes. Pendant des années, Natalia a vécu illégalement avec sa fille à Machandel, sans papiers. Une affaire délicate. Je n'aurais rien pu faire pour elle si mon camarade Sepp Schwab, que je connaissais d'avant la clandestinité, à l'époque de ma mission spéciale, n'était pas devenu entretemps vice-ministre des Affaires étrangères.

Il connaissait bien son homologue à Moscou, du coup il n'y avait pas de conflit, au moins avec les amis. Natalia et sa fille ont été naturalisées chez nous. Je crois qu'elles n'ont jamais connu l'ampleur que leur histoire a prise. Elles vivent sans doute encore dans ce village, ma fille doit les connaître, elle y va sans arrêt. Mais je ne vais pas le lui raconter. Et encore moins que Natalia m'a demandé de l'aide. Comme elle m'a aidé en retour. Moi et Karel. Et Otto. Elle n'avait pas quinze ans, mais vingt en ce 28 avril 1945, tandis qu'elle était assise sur le siège du cocher – à seize ans, on l'avait fait venir de force en Allemagne.

Nous nous sommes vite accroupis entre les sacs de farine, nous avons passé sur nos têtes les sacs vides de Dunia, ce n'était pas un bon camouflage, mais Natalia a fait avancer le cheval en criant à l'arrière que personne n'allait y regarder de près, c'était la panique générale et, dans deux ou trois jours, la guerre serait finie, le régisseur de Machandel avait déjà pris la fuite avec l'Opel de la baronne. Désormais seule avec sa fille, la baronne était en train d'atteler la voiture à quatre chevaux, elle voulait rejoindre sa famille à Munich, où les Américains arrivaient. "Mais c'est des nôtres qu'ils ont le plus peur", lança la jeune fille russe dans le vent, et nous avons ri.

Voilà comment je suis arrivé à Machandel, ma fille, voilà comment je peux te raconter les choses.

Mais je ne peux pas raconter la peur. Je ne peux pas décrire le froid qui a rampé en moi dans les latrines et sur le mirador de chasse, ce froid qui n'est jamais ressorti.

Et les morts. Clara, tous ces morts que j'ai vus, j'espère que tu n'en verras pas autant de toute ta vie. Dans cette ferme près de Parchim, Bruno, l'ancien brigadiste, gisait près de la pompe. Je n'ai jamais recroisé quelqu'un comme lui. Un fils d'ouvrier de Neukölln, drôle et vif. Les nazis l'ont brisé dès le début, il a émigré en Tchécoslovaquie, puis en Espagne. Blessé sur les rives de l'Èbre, ils l'ont retapé dans un hôpital militaire au bord de la Méditerranée, le chirurgien était le frère de Kisch, le reporter enragé, m'a-t-il raconté. Depuis un camp français, on l'a livré à la Gestapo, c'est ainsi qu'il est arrivé à Sachsenhausen. Tout ça pour crever au dernier moment dans cette ferme. Fin 46, alors que j'étais de retour à Berlin, je suis allé à Parchim avec ma voiture de fonction, j'ai retrouvé la ferme, la grange, les latrines dans lesquelles nous nous étions cachés et même la citerne d'eau de pluie. J'ai retrouvé le paysan, je lui ai demandé où se trouvaient les morts, il a répondu d'une voix chevrotante qu'il ignorait qu'il y avait eu des morts dans sa ferme. Alors j'ai prévenu les camarades de la K5, c'étaient les précurseurs de la Stasi, tu ne le sais sûrement pas non plus, Clara. On ne peut plus en parler de nos jours. La sécurité d'État, on les voit comme des criminels aujourd'hui. J'ai parlé à la K5 du Français gisant au bord de la route derrière Herzberg, ils l'ont retrouvé, puis ils ont continué de chercher et ils ont trouvé davantage de nos gens le long de cette route. Y compris les neuf hommes abattus à la ferme. Au bord d'un champ. Le paysan avait entassé des gravats au-dessus de la fosse en guise de camouflage. Les hommes portaient nos tenues rayées. Il y avait aussi une femme. Les camarades avaient l'intention d'envoyer le paysan au camp spécial de Sachsenhausen, mais il s'est pendu avant. Je n'ai eu aucune pitié pour lui. Il n'a pas assassiné mes camarades, mais il les a enterrés comme des cadavres de chiens. Quant à la femme qui faisait partie des morts, c'est ce qu'ont découvert les gars de la K5, c'était une Russe qui avait travaillé chez le paysan. Sûrement la fille qui nous avait aidés. Anna. La sœur de Dunia. Ça me met en rage quand je repense à tout ça. Et maintenant ils viennent pleurnicher à la télé à cause des camps spéciaux. Il n'y en avait pas assez pour ces ordures.

Mais ça, je ne vais pas te le dire, Clara, je sais ce que tu répondrais et je n'ai plus envie d'avoir ce genre de discussions. J'ai dépassé les quatre-vingt-dix ans.

Tu m'as demandé comment je suis arrivé à Machandel et je vais te répondre. Sur la charrette de Natalia. Après quoi nous avons connu un autre trou glacial, la glacière dans le parc du château. Natalia nous a cachés là où la baronne avait coutume de rafraîchir son vin. La baronne est partie avec toute sa troupe, puis Natalia nous a fait venir au château et je me suis retrouvé dans un lit somptueux, je n'étais pas éveillé, je ne dormais pas non plus, ils ont cru que j'avais perdu connaissance, alors que j'ai tout enregistré. J'ai entendu chaque mot, je connais encore par cœur les motifs des tentures en soie. Lorsqu'ils m'ont dit que la guerre était finie, les compatriotes de Natalia étaient déjà là, leur commandant s'appelait Semion Baranovitch.

Karel et Otto ont ensuite pris congé, ils voulaient retrouver les leurs, d'abord à Berlin. Le domaine débordait de réfugiés, mais ils m'ont laissé la chambre de la baronne, j'ai dû y rester plusieurs semaines. Un médecin russe est venu ; la femme qui m'apportait les médicaments et la nourriture, qui passait des nuits entières à mon chevet, c'était Else, la mienne, son visage noirci et ravagé était aussi lisse et beau qu'avant, ses cheveux emmêlés qui encadraient son visage boursouflé lors de la confrontation dans la Prinz-Albrecht-Straße étaient bien coiffés, avec cette ondulation au-dessus du front que j'adorais et des petits peignes en écaille, elle ne disait pas grand-chose, se contentant de me regarder de ses yeux verts, redevenus lumineux, puis bleus, ce n'était pas Else qui me soignait dans ce château de Machandel, mais Johanna, ta mère, Clara.

Voilà comment ça s'est passé, voilà comment je suis arrivé à Machandel.

Je vais te raconter, ma fille, mais on ne peut pas tout décrire. Je ne peux pas non plus te décrire ma peine quand je repense à Karel.

5

CLARA

L'album photos

L'ardeur avec laquelle nous nous sommes jetés sur la maison de Machandel dans les premières années me paraît étrange avec le recul. Nous avons décapé les tables et les chaises, cousu des rideaux, fabriqué de la boue d'argile dans une vieille baignoire pour enfants en y jetant de la paille. Nous avons rajouté de la sciure de bois et du sable pour que le torchis adhère mieux aux murs. Pour finir, nous les avons peints à la chaux, mélangée à du fromage blanc maigre. Le vieux Wilhelm s'étonnait qu'on rénove notre maison comme les pauvres ouvriers d'autrefois. Il dit qu'il avait des tentures modernes sur ses murs, mais il ne nous invita jamais chez lui. Lorsque nous nous reposions dans l'herbe, épuisés, en observant le jeu des hirondelles sur le ciel du Mecklembourg et en écoutant les rires des enfants à l'orée de la forêt, j'éprouvais un sentiment de bonheur que je ne connaissais pas à Berlin.

L'été 1986 était celui d'après la catastrophe de Tchernobyl. Un choc qui détruisit pour toujours la confiance en la permanence de l'habitude. Pas chez tout le monde. Furieuse, je m'étais disputée avec la maîtresse de Julia qui s'était moquée de mon enfant parce qu'elle ne voulait pas boire de lait, en disant d'un air narquois que chez nous, on devait regarder trop souvent la télé occidentale. Elle me montra avec ostentation des salades qu'elle avait achetées au supermarché, où on trouvait même des concombres depuis peu. En dépit du bon sens, je me sentais plus en sécurité dans le Mecklembourg que dans la capitale, comme si ici, nous étions à l'écart de tout danger. Mais à Machandel, je percevais confusément d'autres menaces. Michael et un ami avaient creusé la terre pour les conduites d'eau, j'avais toujours peur qu'un enfant ne tombe dedans. Les artisans du Mecklembourg nous faisaient lambiner d'un mois sur l'autre, il leur manquait des matériaux. J'avais aussi peur du trou dans le débarras de la cave, que je fis combler. Michael posa de nouvelles planches sur la trappe rongée par les souris. Nous avions déjà fait beaucoup de réparations dans la maison, mais nous n'osions pas nous attaquer au système électrique défectueux ni aux canalisations. Pour finir, à l'automne, ma mère nous envoya une brigade d'artisans berlinois qui rénovèrent en un week-end les câbles électriques, posèrent les tuyaux et installèrent les canalisations. Ces hommes participaient à un projet de construction prioritaire, ils apportèrent des matériaux et des robinets qu'on ne trouvait nulle part ailleurs. Je n'en savais rien, j'étais restée à Berlin ce week-end-là et, lorsque Michael me montra fièrement la cuisinière électrique, les robinets, les nouvelles prises, les chauffe-eau et même une baignoire et le raccord pour la machine à laver, je ressentis de la colère envers mes parents. Je ne voulais pas de leurs privilèges, ça me gênait devant nos amis, j'aurais préféré vivre encore longtemps sans eau dans notre maison de vacances. Mais Michael avait sollicité l'aide de ma mère. Lorsque je l'appris, on se disputa, un vieux conflit qui cessa seulement lorsque mon père perdit ses privilèges et que Michael ne vivait plus à Berlin.

Michael dit qu'il s'inquiétait pour moi, d'après lui j'étais dépassée par le deuxième été à Machandel avec les enfants sans eau ni électricité, j'étais constamment sur les nerfs, il lui semblait parfois que j'avais perdu la notion du temps et de l'espace.

De fait, je m'étais perdue plusieurs fois dans le paysage autour de Machandel, je revenais des heures plus tard, incapable d'expliquer pourquoi je n'avais pas trouvé le chemin menant au lac. Il m'arrivait de passer des heures assise sur une pierre en oubliant qu'ils m'attendaient à la chaumière. Des souvenirs faisaient irruption dans la réalité, des rêves et des fragments d'autres vies. Dans les pièces inhabitées, nous avions arraché les couches de tapisserie qui se détachaient, de vieux journaux étaient collés dessous, raidis par la colle séchée. Je me plongeai dans des articles sur la création des stations de machines et de tracteurs, la réforme agraire, les avantages de l'agriculture collective, les kolkhozes fleuris de l'Union soviétique, les quotas de livraison et les gants de jardinage sans marque. Quelques feuilles presque illisibles datant d'août 1946 évoquaient un procès devant la cour d'assises de Schwerin contre quelques infirmiers et une infirmière de la clinique neurologique de Sachsenberg qui avaient tué leurs patients. Y compris des enfants. C'étaient, d'après le décret 38 du Conseil de contrôle, des crimes contre l'humanité. Les accusés firent valoir que le Conseil de contrôle n'avait fait passer ce décret qu'après la guerre. Cela leur avait paru si évident de tuer des patients incurables qu'aucun d'eux n'avait vu cela comme un meurtre. Le médecin-chef avait décidé quels patients devaient mourir, ils n'avaient fait que suivre les ordres, dirent-ils pour leur défense. Mais le médecin-chef s'était enfui à Cologne et les accusés furent condamnés à mort.

Le journal avait beau être vieux et jauni, on voyait que quelqu'un avait lu l'article avec attention, certaines phrases étaient soulignées au crayon à copier, des traits mauves enflés.

Je dus me détacher des vieux journaux car cet été-là, Caroline n'était plus un bébé, elle ne restait plus sur sa couverture au jardin, elle avait perdu sa crainte de l'herbe. Elle courait à droite et à gauche, il fallait la surveiller, les poutres avaient des angles ébréchés, l'escalier en bois menant au grenier n'avait plus de rampe et celui de la porte d'entrée était cassé. On ne pouvait pas non plus laisser l'enfant jouer dans le pré derrière la maison, l'herbe était couverte de débris de verre. Lorsque j'aménageai le petit potager selon les instructions du vieux Wilhelm, je découvris à chaque coup de bêche des détritus de décennies lointaines, des bottes sans semelles, des casseroles trouées, des bocaux de cornichons brisés, des outils rouillés des anciens occupants de notre maison. Ils n'aimaient pas le pré, me dis-je, sinon ils ne lui auraient pas fait subir ça. Ils n'aimaient pas non plus la chaumière, sinon l'entrée ne serait pas recouverte de la crasse amassée par d'innombrables années. Tandis que ma fille aînée jouait dehors avec les petits-enfants d'Emma, je grattai au couteau la surface noire sur les briques rouges. Une des pierres au sol était même une pierre du matin. Autrefois, les matériaux de construction venaient des briqueteries qui existaient partout ici, la première pierre de la première cuisson après la pause hivernale, la pierre du matin, recevait une ornementation. Sur cette brique, on voyait un soleil et l'empreinte d'une main d'enfant. Elle avait disparu sous la crasse caoutchouteuse. À vrai dire, on ne trouvait ces pierres du matin que dans les pignons de très vieilles demeures, on avait sans doute récupéré celle-là il y a cent cinquante ans, dans une maison en démolition, lorsque la bergerie avait été transformée en habitation.

Je raclai, brossai et nettoyai la pierre, puis j'appelai les enfants. On regarda ensemble le soleil et la main, imaginant l'enfant à qui elle appartenait jadis. Les filles posèrent leur propre main droite sur l'empreinte, celle de Julia, sept ans, correspondait. Je leur racontai la légende de Wossidlo sur la Dame blanche qui avait survécu dans un arbre, puis dans la charpente d'une bergerie. Julia s'écria aussitôt :

— Notre maison, c'était aussi une bergerie autrefois !

Sur quoi la petite-fille d'Emma dit avec étonnement :

— En fait, ce sont les genévriers qui abritent les âmes des anciens.

Julia ajouta :

— Les troncs des vieux saules sur la route de Mamerow, ils ressemblent aussi à des vieilles femmes ; on les entend quand le vent fait bouger leurs feuilles.

— Elles murmurent, précisa la petite-fille d'Emma.

Lorsque je cuisinais sur la cuisinière au propane, lavais les couches de Caroline dans un seau, jouais avec elle, j'imaginais souvent Emma jeune femme et ses enfants qui avaient grandi ici. Comment avaient-ils pu vivre ainsi ? Je n'arrêtais pas non plus de penser aux enfants de la clinique de Sachsenberg tués par leurs soignants, tout me semblait lié. Je repensais à mon frère, dont je n'avais plus de nouvelles depuis des mois. À mon père à Berlin, de plus en plus taciturne et entêté, à ma mère qui avait vécu au château, mais ne parlait pas de cette époque, je ne l'avais jamais vue au piano, alors qu'elle savait en jouer, selon Natalia. En même temps, des rimes en dialecte bas allemand me passaient par la tête.

Cet été-là, j'avais rapporté mes documents pour ma thèse, sans vraiment y travailler. Mon professeur se réjouit d'apprendre que j'avais découvert un endroit nommé Machandel, dans lequel on connaissait encore la légende de Wossidlo sur la Dame blanche.

Il m'avait proposé de me consacrer au conte bas allemand du genévrier que les frères Grimm ont fait entrer dans leur collection en 1812. Au lieu de comparer, tel le projet initial, plusieurs légendes, il fallait maintenant que j'analyse des motifs archaïques de la nature dans ce conte magique et que je les compare à d'autres motifs semblables en dehors de l'espace linguistique bas allemand. Cela faisait des mois que je me consacrais au conte du genévrier. Ces rimes terribles faisaient irruption au moment le moins propice : *Ma maratre m'ad tue, / mun pere m'ad mangie, / ma sœurette, la petiote Marlene, / ad ramasse tuit mes oz, / li a recueillys dans vn foulard de soye, / li ad deposes dessous le genouvrier. / Cri, cri, quel bel oisel je suys !* Goethe avait sûrement ces vieux vers en tête lorsqu'il les a fait dire à Marguerite dans la scène du cachot en haut allemand dès 1774. Les frères Grimm ont, eux aussi, fait imprimer une version en langue standard : *Ma marâtre m'a tué, / mon père m'a mangé, / ma sœur, la petite Marlène, / a ramassé tous mes os, / les a recueillis dans un foulard de soie, / les a déposés sous le genévrier. / Cri, cri, quel bel oiseau je suis !*

Dans la réalité, ce bel oiseau nommé grive litorne sortait de la lisière du bois et passait souvent devant notre maison en survolant les haies, sauf que son cri n'avait rien d'un cricri attrayant – celui des chouettes dans le parc du château la nuit –, c'était un son dur et rauque, tchac, tchac, tchac. Le vieux Wilhelm m'avait fait remarquer le cri et le vol maladroit de cet oiseau. Je n'aurais pas pu distinguer la grive litorne d'une simple mésange, mais elle était plus grande et de couleur différente.

Durant ce deuxième été, Wilhelm passait encore presque tous les jours chez nous, les enfants l'aimaient bien, il sortait des poches de sa veste grise un sachet de cerises ou une botte de menthe, cadeaux de sa femme qui ne quittait la maison qu'au passage du bus Konsum. Lorsque je demandai au vieux voisin s'il connaissait le conte du genévrier, il se contenta de rire : "Des enfantillages. Ça r'monte ben loin tout ça, au moins mille ans."

Le conte commençait justement par ces mots, je le lui dis sans pouvoir discerner dans son rire s'il le savait ou si c'était un hasard.

Le week-end et pendant les vacances, des amis berlinois nous accompagnaient souvent à Machandel, c'étaient ici aussi les mêmes conversations qui chassaient le silence. Nous discutions pendant des heures comme dans nos cuisines berlinoises. Nos paroles couvraient les bruits nocturnes que j'aimais tant à Machandel, les cris des oiseaux de nuit, les grattements et grincements, les craquements et claquements dans la vieille maison. L'après-midi, lorsque Natalia arrivait à vélo, j'allais à sa rencontre parce qu'elle rapportait le journal et je me jetais dessus comme s'il y avait entre les lignes quelque chose qu'il fallait que je sache sur-le-champ. Quelles nouvelles attendions-nous donc ? Tout paraissait possible.

Ces soirs-là, Herbert jouait de la guitare pendant des heures et chantait les textes du chansonnier Wenzel, qui se produisait souvent sur scène avec un masque de clown. Une de ces chansons me vient à l'esprit lorsque je repense aux premières années à Machandel, les dernières pour le pays dans lequel nous avions grandi : *La jeune fille attend la lettre. / L'orateur attend son discours. / Le garçon du parc attend le néant. / Le pays attend un âge d'or.*

C'est cela, nous attendions une autre époque qui s'annonçait déjà. L'année où nous avons découvert Machandel, Gorbatchev est devenu chef d'État et du Parti de l'Union soviétique. Nous avions lu ses discours, c'était comme un feu d'artifice d'espérance qui se répandait dans le ciel ; des points lumineux multicolores qu'on suivait du regard longtemps après la déflagration. En avril 1986, lorsque Gorbatchev était venu à Berlin pour le congrès du Parti, il avait appelé à l'autocritique, et le terme en soi nous enthousiasmait. Un des ternes mots d'ordre avec lesquels nous avions grandi affirmait : on ne revient pas sur ses erreurs. Jan était-il parti prématurément ? Sur son bureau se trouvait une photo de Rosa Luxemburg avec une citation : “Chaque acte révolutionnaire commence par nommer ce qui est.” Une pensée fantastique à nos yeux – la carte se trouvait désormais au-dessus de mon bureau à Machandel, une copie au mur de notre cuisine berlinoise.

Le pays attend l'avenir, raillait Wenzel dans sa chanson.

J'avais l'impression que nous ne parlions plus que des changements espérés. Même lorsque j'étais dans la salle de lecture de la Bibliothèque nationale située Unter den Linden, le silence semblait dire la même chose. Plusieurs lecteurs avaient sur leur table les discours de Gorbatchev qu'ils lisaient lentement, un mot après l'autre. Lorsqu'ils levaient les yeux, ils scrutaient le visage des autres. Durant mes pauses, j'allais souvent au café Espresso à l'angle de la Friedrichstraße, le repaire des architectes de l'Académie d'architecture voisine, des employés des maisons d'édition et des rédactions environnantes, des professeurs de l'université, de ceux qui avaient visiblement le temps de raconter des anecdotes sur leur vie professionnelle, des histoires de rêves étouffés, d'idées avortées, des histoires tristes et méchantes qui faisaient hurler de rire certains, tandis que d'autres se taisaient. Personne ne se souciait des indicateurs sûrement assis aux tables d'à côté. Je buvais mon thé et j'écoutais les bribes de conversations en pensant à mon frère, un autre habitué de l'Espresso, où il proposait ses photos aux rédacteurs qui les collaient sur leur panneau d'affichage sans les publier.

Qui sait où il se trouvait. S'il entrait maintenant, il pourrait s'asseoir à une table comme s'il n'était jamais parti, les histoires et les conversations n'avaient pas changé. *Le condamné attend son jugement. / Celui qui patiente sur ses valises attend le signal. / La liberté attend son heure.* L'expectative était palpable, l'Espresso situé Unter der Linden, une sorte de salle d'attente.

Je ne parlais pas de ces heures-là à Michael, il se moquait de mon travail, où on pouvait s'installer au café et lire le journal. Lui-même était ingénieur dans une centrale thermique. Ils y développaient depuis des années un dispositif de désulfuration, pourtant le linge sur les balcons berlinois était encore noirâtre de suie. Michael évoquait parfois la pénurie de main-d'œuvre, le charbon de mauvaise qualité ou manquant, les taux d'émission de SO_2 falsifiés et les mensonges quotidiens. Ils finirent par commander le dispositif de désulfuration à une entreprise britannique, mais il n'avait pas le droit d'en parler. Lorsque Michael revenait du travail au bout de dix ou douze heures, morne et abattu, il n'avait plus d'énergie pour rien.

Malgré tout, nous partagions avec nos amis l'espoir, le pressentiment que la triste étroitesse allait céder, bientôt sans doute, que le renouveau était peut-être déjà là.

Dans la vie quotidienne berlinoise, en tout cas, on n'en percevait rien. Je me souviens d'une réunion parents-profs où la maîtresse de Julia nous demanda d'éduquer nos enfants à une saine haine de l'ennemi de classe – son mari était officier dans l'Armée populaire. D'une voix rendue aiguë par l'impuissance, je m'écriai : "La haine est un sentiment destructeur, il s'agit de l'épargner aux enfants !" Les murmures de désapprobation des autres parents ne s'adressaient pas à la maîtresse, mais à moi, ils ne voulaient pas perdre leur temps et préféraient savoir pourquoi la nourriture de la cantine, déjà infecte, était de surcroît froide lorsqu'elle arrivait dans les bacs ou pourquoi le cours de musique n'avait pas lieu depuis huit semaines. Quelques jours plus tard, je fus convoquée chez la directrice, je me souviens de son visage pincé sous la permanente. "Vous êtes quand même la fille du camarade Langner, dit-elle, il y avait un article sur lui dans le *Neues Deutschland* parce que c'était un camarade de lutte d'Ernst Thälmann. Vous devriez comprendre le concept de haine de l'ennemi de classe." Elle me proposa de fabriquer un journal mural sur Ernst Thälmann avec les enfants, ce que je refusai. Durant ma propre scolarité, les professeurs demandaient sans arrêt à mon père de venir à l'école pour parler de la résistance antifasciste. Il n'avait jamais le temps et je crois qu'il n'y tenait pas.

Lorsque Gorbatchev arriva au pouvoir, mon père était déjà en retraite, il passait presque toutes ses journées à lire dans son bureau. Il se procura les discours originaux dans la *Pravda* et les compara aux réimpressions du *Neues Deutschland* avec un dictionnaire, phrase après phrase, comme s'il ne faisait pas confiance à l'organe central du Parti. De fait, il manquait souvent des passages entiers dans la version allemande.

Je ne l'interrogeai pas. Je pouvais en parler avec mes amis, nous examinions nous aussi de près ces discours. On pouvait lire à un endroit : "De la lutte des contraires émerge un monde certes contradictoire, mais global et solidaire dans ses nombreuses dépendances réciproques..."

Nous avions tous appris le russe, découvrant ainsi que Gorbatchev avait dit : "De la lutte des contraires émerge un monde contradictoire, avec difficulté, pour ainsi dire à tâtons..."

Ces mots supprimés, mais aussi les autres passages des discours, nous les retournions dans tous les sens. Certains d'entre nous pensaient qu'il était déjà trop tard pour inverser la vapeur. Soudain, on entendait partout le mot glasnost, transparence. Mais pourquoi Gorbatchev avait-il mis presque trois semaines au printemps avant de révéler ce qui s'était passé à la centrale nucléaire de Tchernobyl ? Et pourquoi avait-il minimisé l'accident en appelant cela une "avarie" ?

Mon vieux professeur d'université, qui dirigeait ma thèse, se montra sceptique lui aussi. Alors que nous étions en train d'évoquer la glasnost dans la cantine de la Bibliothèque nationale, il dit en riant que tout cela n'était pas nouveau. Dans l'Empire russe, de nombreux réformateurs s'étaient déjà cassé les dents sur différentes idéologies, et le tsar Alexandre II avait employé le mot glasnost dès le XIXe siècle. C'est avec cette notion qu'il avait rendu les audiences publiques. Même si la justice indépendante, ça n'avait jamais existé et d'autant moins en Russie.

Un matin d'avril 1987, je rendis visite à ce professeur pour mon travail. Il était dans son cabinet rempli de dossiers et de livres à l'institut, je dus déplacer un tas de brochures pour m'asseoir. Avec un sourire sibyllin, il fit glisser vers moi un journal où figurait une interview de Kurt Hager, le responsable de l'idéologie au bureau politique du Parti. Je connaissais déjà l'interview. Hager avait comparé la pérestroïka de Gorbatchev à un changement de décor en expliquant qu'on n'était pas obligé de rénover son appartement simplement parce que le voisin le faisait. La veille au soir, dans notre cuisine, nous avions parlé de cet entretien avec Herbert et d'autres amis, j'en avais pleuré de rage. "Ces mêmes personnes qui cassent du sucre sur le dos de Gorbatchev ont encensé tout ce qui venait de l'Union soviétique pendant des décennies. Ces lèche-bottes pensent vraiment que c'est un simple changement de décor ? Ça concerne tout, la vie entière. Ils sont vraiment aussi bêtes et aveugles, ou juste corrompus ? Se doutent-ils que leurs jours seront comptés à l'heure de la pérestroïka et de la glasnost ?"

Michael me prit dans ses bras en voyant mes larmes, tandis que Herbert citait ironiquement quelques lignes de la chanson de Wenzel : *La victime attend la clémence. / La vérité attend une visite de courtoisie. / Et le pays attend tout court.*

Mon professeur dit alors avec une pointe de sarcasme :

— Il va sans doute falloir redéfinir l'expression "pour toujours". Il est possible que la banderole du hall d'entrée *Pour toujours aux côtés de l'Union soviétique* soit dépassée elle aussi.

Je mis le journal de côté en disant :

— J'aimerais qu'on parle de ma thèse.

Il acquiesça.

— C'est la meilleure chose à faire. Le conte du genévrier est plus vieux que tous ces slogans et il leur survivra.

À vrai dire, j'étais contente d'avoir ce philologue bientôt en retraite comme directeur de thèse. Il détestait les phrases creuses et demandait à ses étudiants de penser par eux-mêmes. Il m'invitait parfois à manger dans la cantine des professeurs, où on ne parlait pas uniquement de mon travail. Un jour, il me raconta qu'à seize ans, il avait dû quitter l'Allemagne. Il avait vécu dans un ghetto à Shanghai et lu tous les livres allemands apportés par les réfugiés. Il avait étudié *Faust* et *La Chanson des Nibelungen*. La langue allemande était devenue sa patrie après que les nazis l'avaient rendu apatride et que les occupants japonais de Shanghai l'avaient enfermé. Les réfugiés de Shanghai, dit-il, venaient de Vienne et de l'Allemagne du Sud, de Berlin, de la côte de la mer du Nord et de Saxe, certains de Prague, de Pologne ou de Roumanie. Tous parlaient allemand, mais des dialectes différents. Il avait commencé à noter les nuances.

Une autre fois, il me dit :

— Mon père est mort à Shanghai. Ma sœur a épousé au ghetto un type de Wroclaw, avec lequel elle s'est installée en Angleterre après la guerre. Quant à moi, je suis revenu à Berlin en 1947 avec notre mère et d'autres émigrants. Lorsque nous sommes descendus du train à la gare de Görlitz, nous avons vu en premier une fleuriste qui a scruté notre groupe en s'écriant : "Les r'vlà, ces messieurs dames. Quand on allait mal, ils se sont tirés, ils ont fichu le camp, ils se sont dorés au soleil, nos gars ont dû trinquer à leur place et v'là qu'ils reviennent, ces Juifs." Ma mère aurait fait demi-tour si elle avait su où aller. Moi, franchement, je m'y attendais et, malgré tout, j'étais ravi d'entendre à nouveau le dialecte berlinois. C'était important pour moi d'avoir pu passer mon bac ici. Dans le cours de préparation à l'université se trouvait d'ailleurs votre mère Johanna.

J'en avais entendu parler, ma mère avait mentionné un jour qu'il avait passé tous ses examens, fini ses études et soutenu sa thèse dans la foulée, beaucoup plus vite qu'elle et que tous les autres. Les dialectes de la langue allemande, ses nuances et ses variétés étaient restés sa passion. Il devint bientôt un spécialiste reconnu du moyen haut allemand et des dialectes bas allemands, même s'il refusait cette appellation. Il était convaincu que le bas allemand était une langue autonome, devenue seulement au XIXe siècle une langue populaire. "Méfiez-vous lorsque le mot peuple est dégradé au rang d'adjectif", dit-il un jour dans un séminaire et, lorsqu'un camarade d'études objecta que cela remettait en cause les notions de démocratie populaire, de propriété populaire et même de police populaire, il se contenta de rire. Il nous fit étudier la version bas allemande de la Bible de Luther et, lorsqu'on l'attaqua à ce sujet, il continua ses cours, suivis par des étudiants toujours nouveaux, sans sourciller. Quant à nous, un membre de la section universitaire de la Jeunesse allemande libre nous interrogea pour savoir si le professeur Martin Simon nous avait exposés à de la propagande chrétienne. Il semblait ignorer que notre professeur, bien qu'athée, était membre de la communauté juive. Durant un de ses cours magistraux suivants, il nous fit savoir qu'il n'était pas athée au sens banal du terme, il trouvait qu'il fallait porter un regard critique sur tous les dogmes. Il nous fit un bref exposé sur la critique de la religion chez Spinoza et cita Schopenhauer, qui voyait le panthéisme comme une forme atténuée d'athéisme. "Une citation qui s'expose elle-même à la critique." Je le vénérais, mais la façon dont il s'était légèrement moqué de la pérestroïka de Gorbatchev me déstabilisait.

Que pouvions-nous espérer d'autre ?

Les heurts entre policiers et jeunes se multipliaient, il suffisait parfois d'être un adolescent aux cheveux longs et au regard insolent pour être embarqué afin de clarifier les faits, selon l'expression officielle. Mon amie Ruth habitait à côté de la mairie de Pankow. Depuis ses fenêtres, on voyait la fontaine qui délimitait l'ancien pré communal. Les soirs d'été, des jeunes étaient assis là sur des bancs, certains allongés sur la pelouse. C'était toléré depuis quelque temps. Mais un jour, vers neuf heures du soir, un véhicule de police passa lentement devant eux, incitant les *citoyens* via un mégaphone à mettre un terme au *trouble à l'ordre public*. Quelques-uns s'en allèrent. D'autres se resserrèrent davantage autour d'un guitariste âgé d'environ dix-huit ans. Il jouait des chansons des Beatles et *We Shall Overcome*, pas plus fort que le crissement des trams. Je l'entendis depuis le balcon de Ruth. Puis je vis un gros déploiement de policiers envahir brusquement le petit espace vert, tabasser les jeunes et les traîner dans des fourgons aux vitres grillagées qui étaient déjà sur place. Le guitariste ne se défendit pas, ils l'embarquèrent, les bras dans le dos. Il se retourna vers sa guitare. Je vis un policier la piétiner sous ses bottes. Quelques jeunes qui avaient réussi à s'enfuir en direction de la vieille église paroissiale furent rattrapés au niveau du centre commercial par des hommes en civil qui les tabassèrent avec une brutalité professionnelle.

Je vis tout cela et je savais qu'une requête de citoyens anonymes n'y changerait rien. Le lendemain, tremblante de rage, j'en parlai à mon père, je voulais qu'il fasse quelque chose. Il n'essaya même pas, comme autrefois, de défendre ses camarades de la police populaire. Notre père avait changé depuis le départ de mon frère. Il n'avait jamais beaucoup parlé mais, quand il le faisait, c'était à voix haute, avec autorité. Je crois qu'il n'a jamais écouté mon frère. Moi, il m'écouta et promit d'enquêter sur cet incident. Un de ses camarades de Neuengamme travaillait encore au ministère de l'Intérieur. Je crois que toutes les relations de mon père remontaient à l'époque de son incarcération. Dès le lendemain, quand je lui posai la question, il répondit brièvement que son camarade de camp avait demandé un rapport à Pankow et reçu comme réponse que tout était en ordre. Le meneur était connu en tant qu'objecteur de conscience, il avait fait une demande d'expatriation. L'ami de mon père avait rappelé que ces jeunes pouvaient porter plainte pour voies de fait. À Pankow, on répondit que certains des civils porteraient plainte eux-mêmes en attestant que la violence venait des jeunes, dont on avait noté les noms et dont on allait s'occuper. On ne pouvait pas se laisser marcher sur les pieds par ces gamins, c'est nous qui faisions les règles et non l'inverse. Mon père rapporta ces propos de telle façon que j'ignorais si cela reflétait sa propre opinion ou celle de son ancien camarade de camp. Il ne voulut pas en dire plus.

Après cet incident, j'étais contente de pouvoir retourner à Machandel pour quelques jours. Je rangeai le grenier, découvris entre les poutres des manteaux rongés par les mites, des chaises vermoulues et une vieille luge d'enfant. Une valise recouverte de moisi et grignotée par les souris contenait un vieil album photos aux images tachées et humides. Sur la plupart, on voyait des enfants, des bébés sur une peau d'agneau, l'entrée à l'école, la confirmation. Sur l'une d'elles, une fratrie de cinq, alignés selon leur taille, le plus jeune tenait à peine debout, portait une couche et s'agrippait au petit frère un rien plus grand devant lui, la première de la rangée avait environ dix ans. Son visage sérieux était tourné vers le photographe. La dernière photo de l'album montrait la jeune fille quelques années plus tard, en robe foncée de confirmation, plus de nœud dans ses tresses serrées, mais toujours ce regard sérieux et interrogateur. Ce n'était pas une photo de studio, mais une petite photo amateur, pas si mauvaise, prise en plein air, devant le mur de la remise que je reconnus aussitôt. Le petit arbre à côté devait être notre noyer, qui dépassait aujourd'hui la remise.

J'emportai l'album en allant chercher de l'eau à la maison du régisseur. La vieille Auguste le feuilleta avec étonnement.

— C'est les mioches à Paul Peters, dit-elle en énumérant les prénoms des enfants, l'aînée s'appelait Marlene.

Après quoi elle me rendit l'album et se détourna.

— Jette ça à la poubelle. À quoi bon l'garder.

— Qu'est devenue la jeune fille ? demandai-je rapidement.

Auguste Stüwe fit un geste vague en direction de sa gorge. Puis elle rentra chez elle.

6

NATALIA

L'étrangère

La jeune fille que j'étais en arrivant à Machandel gardait la tête baissée et filait comme une ombre. Ma couchette se trouvait dans une petite pièce jouxtant la cuisine du personnel. Les autres domestiques logeaient sous le toit, mais je n'avais pas le droit de dormir à côté des Allemands. Je devais parfois étendre le linge au grenier à côté des chambres de service, j'en profitais pour regarder par les lucarnes le paysage vallonné. Derrière les arbres se dressait le clocher de l'église de Klabow. Le dimanche, ils y allaient tous ensemble. Moi, ils ne m'emmenaient pas, les travailleurs de l'Est n'avaient pas non plus le droit d'accompagner les Allemands à la messe.

Quel était donc ce dieu auquel ils croyaient ? Leur pasteur m'a chassée de l'église. C'était durant mon premier été à Machandel, peut-être le deuxième. Les mois se mélangent dans ma mémoire. Je n'ai réussi à les différencier qu'à partir de 1944, lorsque Grigori est venu à Machandel. Marlene était déjà partie. Déjà morte. Smolensk était de nouveau à nous. Nous ? Les Allemands ont scellé mon sort et je suis restée dans leur pays vallonné jusqu'à ce que ce paysage m'appartienne à moi aussi.

Pendant la moisson, ils m'envoyaient porter la soupe du déjeuner aux ouvriers agricoles, la charrette s'enlisait dans le sable mou, mais j'aimais bien la pousser sur ce chemin bordé de haies de pruneliers, où les oiseaux me suivaient comme dans les contes de mon enfance. Je ne connaissais pas encore leurs noms, j'appris plus tard que c'étaient des grands corbeaux et des corneilles querelleuses, voire la grive litorne qui chante en volant. Son chant était aussi ondulant et lourd que son vol, tchac, tchac, tchac ou trarrat, trarrat, des sonorités qui ne me semblaient pas allemandes, peut-être venait-elle d'une autre contrée, comme moi.

Un jour, en rentrant des champs, je vis que la porte de l'église était ouverte. J'entrai et j'observai tout. Ici, pas d'or ni de madones, une simple voûte ornée de volutes fleuries et un sol en briques rouges, cela me plaisait. La famille de la baronne possédait sa propre loge, à laquelle menait un escalier de bois et, là-haut, les chaises gravées avaient de petites plaques en cuivre où figuraient leurs noms. Le régisseur, mon chef, avait lui aussi sa plaque. On ne pouvait pas les voir d'en bas, mais eux, ils voyaient tout le monde. Un ange était suspendu au-dessus de l'autel sobre, une sculpture en bois, dorée et colorée, mais les couleurs étaient déjà ternies. Un ange bien en chair, qui ressemblait à un enfant de paysan. Je m'approchai et ne pus m'empêcher de rire. Le chérubin avait le visage des petits enfants de Machandel qui vivaient avec leur sœur Marlene dans la vieille chaumière en face du château. Marlene avait à peu près mon âge, elle s'occupait seule d'une fratrie de six ou sept, ils étaient pauvres, sans chaussures et les petits avaient toujours de la morve sous le nez. Tels des chats affamés, ils traînaient souvent du côté de la cuisine du personnel, la cuisinière leur donnait parfois en cachette une tartine à la saucisse ou un morceau de gâteau. Alors ils étaient heureux et on voyait combien ils avaient de jolis petits visages. Comme cet ange. Peut-être que le sculpteur d'il y a cent ans ou plus avait le visage de leurs ancêtres sous les yeux lorsqu'il a façonné l'ange. J'effleurais du bout des doigts les joues rebondies lorsque j'entendis un cri furieux. Un homme s'avança vers moi la main levée, comme pour me frapper. Je ne compris pas ce qu'il disait, il parlait fort et vite. Je compris néanmoins que c'était son église et que je n'avais rien à faire ici, après quoi je me retrouvai dehors, où je saisis vite le timon de la charrette. Pendant tout le chemin, mon cœur battait la chamade et les oiseaux noirs, mes amis un instant plus tôt, me semblaient des messagers funestes. J'avais peur que l'homme d'Église n'informe mon chef, qui possédait le droit de châtiment corporel, c'était écrit sur le papier qu'ils m'avaient donné. Il ne m'avait pourtant jamais frappée, et les autres personnes de la maison me donnaient tout au plus une bourrade ou râlaient lorsque je ne les comprenais pas d'emblée. Je devais être pour eux une sorte d'animal domestique qu'on pouvait gronder et frapper, mais auquel on donnait aussi à bouffer parce qu'il était là et faisait partie de la maison. Malgré cela, j'avais toujours peur de faire quelque chose d'interdit et d'être envoyée dans un camp pénitentiaire ou dans une usine de munitions où je pourrais être tuée par une explosion. À Machandel, je n'avais pas le droit de m'installer à table avec les travailleurs allemands. Je recevais ma pitance dans une gamelle, j'étais censée manger seule dans un coin, ça m'allait bien. La cuisinière me refilait des bonnes choses quand personne ne regardait.

Ma tâche consistait à nettoyer chaque jour les chambres du premier étage. Les meubles semblaient tout droit sortis d'un musée, il fallait que je les cire. Le parquet devait briller lui aussi et pour les tapis, il y avait un aspirateur dont j'avais peur au début. Au salon se trouvaient des livres à la reliure en cuir dans des vitrines de verre, je lus les noms des écrivains : Keller, Goethe, Schiller, Storm. Je ne vis pas Heine. J'aurais aimé prendre les livres en main. Ce n'était pas autorisé. Je n'avais pas non plus le droit de toucher les instruments de musique dans la chambre à encorbellement. Il fallait juste que je fasse la poussière sur le piano à queue qui s'appelait Bechstein et dont la baronne jouait par moments. Je devais nettoyer la salle de bains de Mademoiselle, qui n'avait que deux ou trois ans de plus que moi, mais ne m'adressait jamais la parole. C'était une jeune fille pâle, toujours enrhumée, qui ne faisait rien d'autre que jouer du violon et attendre on ne sait quoi. Ses frères étaient soldats au front ; lorsque l'un d'eux rentra pour fêter Noël, son uniforme m'effraya. Des gens en uniforme venaient souvent au château, j'étais contente que personne ne me réclame. Tout le monde pouvait me donner des ordres. Ils m'envoyaient au village voisin par le lac gelé de Krevtsee pour chercher du poisson chez les pêcheurs sur glace et, en été, ils m'envoyaient aux champs avec la soupe. Il fallait que j'aide à la cuisine et au potager, que je nettoie plusieurs fois par semaine les bottes de la baronne, que je recouse les boutons de la literie blanche. En général, ce n'étaient pas des tâches difficiles, mais j'avais toujours peur de mal faire.

Ma jupe élimée et mon chemisier en soie bleu clair reposaient lavés en tas au pied du lit. Il m'arrivait de les humer en repensant à ma tante qui avait cousu ces affaires pour moi, à la maison, or je savais que ma tante était morte et que la maison, ça n'existait plus, les Allemands étaient à Smolensk. Ces guenilles ne sentaient plus rien, je les gardais quand même, c'était tout ce que je possédais d'autrefois. Pour les travaux ménagers, je portais des tenues marron blanc rayées en coton avec un tablier. C'est l'intendante de la baronne, une femme raide et élancée, qui me les avait données, elles étaient neuves. Je possédais aussi des pantalons chauds et des chemisiers en coton, une jupe et un pullover souple, trop beau pour être porté. La lingerie m'appartenait également. Peu après mon arrivée, l'intendante m'avait fait venir dans la buanderie, où des tas de vêtements étaient étalés sur la repasseuse. La baronne et sa fille avaient trié des vêtements pour l'aide hivernale, mais l'intendante dit : “On n'est pas obligé de tout donner, ces affaires peuvent très bien rester à Machandel.” Elle me fit choisir des tenues chaudes. On avait également fait venir Marlene, l'aînée des enfants aux visages angéliques, elle se tenait timidement devant la table, comme moi, sans oser toucher le linge. L'intendante nous incita à essayer les pantalons de ski et il y avait ce pullover en laine, brodé de fleurs, avec des petits boutons en forme de cœur à l'encolure. Jamais je n'avais possédé un tel vêtement. Il était du même bleu clair que le chemisier fabriqué à partir de la robe en soie de ma tante. J'avais honte d'enlever ma robe parce que mes sous-vêtements étaient troués. Je n'avais qu'une seule culotte, que je lavais à l'eau froide tous les deux ou trois jours et que j'enfilais humide le matin. Mes collants étaient si déchirés qu'on ne pouvait plus les repriser. Marlene aussi hésitait. On s'observait réciproquement du coin de l'œil. Elle était un peu plus grande et plus forte que moi. Sous son chemisier se dessinaient des seins ronds et fermes.

Elle finit par laisser tomber sa jupe et je vis que ses sous-vêtements ne valaient pas mieux que les miens. Son corset sans doute rose autrefois était gris et usé jusqu'à la corde. Elle s'empressa de prendre une jupe à carreaux de Mademoiselle sur le tas. La jupe lui allait, Marlene fit quelques pas, telle une danseuse. Je la regardai soulever l'ourlet du bout des doigts, tourner sur elle-même et me rire au nez. Nous nous étions souvent croisées, mais à peine regardées et nous n'avions jamais parlé. Je ris aussi, nous étions là dans nos sous-vêtements troués et n'arrêtions pas de pouffer de joie devant ces beaux vêtements, soulagées de ne pas avoir honte. On tendit la main en même temps vers le pull aux boutons en forme de cœur, nos mains se touchèrent. Marlene retira la sienne. Terrifiée, je lâchai prise, elle était allemande, je n'avais pas le droit de prendre ce pull bleu clair. Mais l'intendante me l'enfila, l'ajusta, et Marlene applaudit d'enthousiasme. Je sentais moi-même combien le pull m'allait bien. L'intendante nous scruta en silence, puis elle sortit de la pièce et nous rapporta une pile de sous-vêtements. Mademoiselle les avait triés également, pas pour l'aide hivernale, mais pour astiquer l'argenterie. Marlene en prit quelques-uns, l'intendante m'attribua le reste. J'étais à la fois déconcertée et contente, j'ignorais si tout cela était autorisé. Je ne comprenais pas les Allemands, qui m'interdisaient de m'asseoir à table avec eux, mais qui me donnaient de si beaux vêtements. Ma tantine me disait toujours que, même pauvre, il ne fallait accepter aucun cadeau de la part d'inconnus, or j'avais besoin de ces affaires. Lorsque je les portai dans ma chambre, je vis par la fenêtre Marlene passer par l'escalier de service avec son tas de vêtements, serrant ses affaires comme si quelqu'un allait les reprendre.

La baraque des saisonniers entre Klabow et Lalenhagen hébergeait des prisonniers de guerre venant d'un grand camp nommé STALAG de Fünfeichen, des Polonais et des Russes, à ce qu'il paraît, également des Serbes. Ils devaient aider aux champs parce que les travailleurs allemands étaient devenus soldats. Dans la cuisine, les femmes racontaient que le surveillant avait presque battu à mort un des prisonniers, comme un chien. Je comprenais difficilement les femmes lorsqu'elles parlaient le dialecte, mais la cuisinière vit que je tendais l'oreille en entendant le mot Russes et elle me traduisit ce qui s'était passé. Les autres prisonniers avaient voulu aider leur camarade, ils s'en étaient pris au surveillant et maintenant on les avait tous renvoyés dans le grand STALAG près de Neubrandebourg, où on allait sans doute les pendre. La baraque abritait déjà les nouveaux venus de Fünfeichen. Le surveillant qui avait battu le prisonnier était originaire de Machandel, il s'appelait Wilhelm Stüwe. Il habitait au-dessus de l'étable à côté du château, sa femme Auguste aidait en cuisine, je l'avais également vue près de la repasseuse. Comme son mari boitait, il n'était pas au front. Je le croisais souvent, on ne pouvait éviter personne à Machandel. Un jour, il attendait Auguste dans la cuisine du personnel. J'étais de corvée de pommes de terre, je ne levais pas les yeux. Je le craignais parce qu'il pouvait battre les hommes comme des chiens, et j'appréhendais son regard sans gêne qui fixait mes seins sur lesquels le tissu se tendait.

La cuisinière remarqua son regard et elle vit ce que je pressentais : j'avais grandi et des formes. Mes nouveaux vêtements étaient déjà trop petits. Elle rit en disant que j'étais comme un cade, je poussais même en hiver. Le cade, c'est le genévrier, ils l'appellent aussi Machandel, le village porte son nom. La cuisinière me l'avait expliqué en octobre en m'envoyant cueillir les baies bleu noir qu'ils utilisaient au château pour faire du schnaps. Une des femmes de la cuisine me conseilla de déposer des branches de genévrier sous mon lit, cela éloignait les souris. Une autre objecta que ses branches abritaient les âmes des morts et que, pour sa part, elle ne les mettrait pas dans sa chambre. Je n'avais pas peur des morts.

Les genévriers entouraient le village, s'alignaient entre les collines comme si on les avait plantés il y a longtemps le long d'un chemin qui n'existait plus. À l'orée de la forêt, je découvris un endroit entre deux collines couvertes de genévriers qui, vues de près, n'étaient en fait que des tas de cailloux entièrement recouverts de mousse et d'herbes. Dans le creux, on pouvait s'allonger sans être vu et respirer l'odeur agréablement épicée du genévrier. Certains jours, quand je savais qu'ils n'avaient pas besoin de moi, je me faufilais jusqu'ici et je m'allongeais, je regardais les nuages, les oiseaux décrire des cercles ou se figer presque dans le ciel. Derrière les collines de genévriers, les fourches de certains arbres abritaient les nids des grives litornes, qu'elles consolidaient avec de la terre humide et garnissaient d'herbe sèche pour que les petits aient un nid chaud et douillet. Elles n'étaient pas très prudentes pendant la nidification. Mais lorsqu'un oiseau étranger s'approchait, elles l'attaquaient sans crainte, à grand renfort de cris. Elles aspergeaient les intrus avec leurs excréments jusqu'à ce qu'ils s'envolent.

Peut-être que chez nous aussi, les nôtres allaient bientôt repousser les intrus. Mais les Allemands gagnaient encore. Lorsque j'étais dans ma cachette entre les collines de genévriers, je repensais souvent à la maison, j'imaginais que la guerre serait bientôt finie et que je pourrais rentrer.

Peu à peu, je commençais à comprendre les signes du paysage étranger et j'apprenais à différencier les gens. Machandel n'avait pas beaucoup d'habitants, tous avaient une espèce de lien avec le château. La propriétaire supervisait tout le monde, mais elle était souvent en voyage avec sa fille et, même lorsqu'elle était là, elle ne s'occupait pas du domaine. C'était le régisseur qui s'en chargeait, mon chef, craint de tous. Il me semblait que même Wilhelm Stüwe se tassait dans son uniforme quand il le voyait. Toutes les conversations s'arrêtaient et chacun travaillait plus vite lorsqu'il s'approchait. Seule l'intendante se disputait souvent avec lui, elle avait également le droit de m'attribuer une autre tâche que celle qu'il avait prévue.

L'intendante me donna des tabliers à ma taille, je dus enlever l'insigne de travailleuse de l'Est sur les vieux tabliers pour le coudre sur les manches des nouveaux. Même dans ces vêtements, je sentais le regard lubrique de Wilhelm Stüwe sur mes seins, j'avais honte et j'aurais aimé être invisible lorsqu'il était à proximité.

Parfois, j'apercevais Marlene de loin, elle me faisait signe et criait quelque chose, je ne savais pas si j'avais le droit de lui répondre. Un jour où il restait beaucoup de soupe, la cuisinière m'envoya à sa chaumière avec une gamelle. Je savais déjà que c'était minable à l'intérieur, même si je n'y étais jamais allée. Dans la cuisine du personnel, les femmes parlaient souvent de la petite Marlene et de sa famille. “Pauvres comme Job”, entendis-je dire la cuisinière, et Minna Möllers : “C'tait toujours le bazar chez la femme de Paul Peters. Elle était pas fichue d'cuisiner. Avec elle, tout avait un goût d'gruau.” Une femme de la bergerie précisa : “Faut dire qu'elle était davantage polonaise. Elle est v'nue comme couturière en fichu à fleurs” et Auguste se souvenait : “Ils avaient pas un sou quand Paul Peters a épousé c'te bonne femme, elle portait déjà Marlene sous son tablier.” “Un enfant tous les deux ans, le dernier un mioche de soldat”, dirent les femmes, et j'appris que Paul Peters avait déjà été incorporé avant le début de la guerre, mais que “pour faire des mômes, les permissions suffisaient”. Il était venu à l'enterrement, puis il avait dû repartir aussitôt. Une assistante sociale de la ville avait débarqué à Machandel et décidé que Marlene était assez grande pour diriger le foyer. Ce fut même comptabilisé en tant que travail obligatoire.

À l'école, ajoutèrent les femmes, la p'tite Marlene était la meilleure, elle voulait travailler dans un bureau, devenir une grande dame mais, le jour de la remise des diplômes, on avait emmené sa mère à l'hôpital de Teterow pour l'accouchement et seul le petit était revenu. C'en fut fini des projets d'avenir de Marlene.

Le dernier jour d'école – presque comme pour moi, me dis-je en entendant les femmes de la cuisine parler du malheur de Marlene, entre compassion et joie maligne.

La porte de la chaumière s'ouvrit toute seule lorsque j'arrivai, ils m'avaient peut-être vue par la fenêtre. Les petits s'agrippaient aux jambes de Marlene, le plus jeune n'avait pas deux ans. Elle me prit la gamelle des mains et chassa la fratrie avide qui voulut aussitôt se jeter sur la soupe froide ; il faut d'abord que je fasse du feu, s'écria-t-elle en renvoyant la marmaille dans le salon. J'attendis, comme la cuisinière me l'avait demandé, qu'elle verse la soupe dans sa propre casserole. Il n'y avait pas de cuisine, dans l'entrée se trouvaient le fourneau et un placard de cuisine peint en blanc. Les sabots des enfants, les seaux et les casseroles étaient alignés le long des murs noirs de suie, de manière ordonnée. Le sol était recouvert des mêmes briques rouges qu'à l'église. Marlene demanda : "Est-ce que le beau pull te va encore ?" et j'étais déconcertée parce qu'elle me parlait comme si j'étais son égale et non une fille russe.

Elle me rendit la casserole, qu'elle avait nettoyée avec les doigts. "Je ne peux pas la laver, on n'a pas d'eau à la maison", dit-elle avec gêne en léchant ses doigts. Elle riait en même temps. "Quand la cuisinière t'enverra de nouveau aux champignons, je pourrais t'accompagner. Je connais de bons coins." Mon cœur battait de joie tandis que je marchais dans la grand-rue avec la casserole vide.

On alla ensemble aux champignons. On cueillit des herbes dans le mauvais marais. Un jour, on alla nager dans le lac Krevtsee, où personne n'allait. Nous n'avions pas beaucoup d'occasions d'être ensemble. Lorsque j'apercevais Marlene, elle me criait quelque chose mais, le temps que je sache quoi lui répondre, elle était déjà partie. L'intendante et la cuisinière m'occupaient généralement dans la maison et au jardin. Je comprenais désormais tout ce qu'elles disaient, même lorsqu'elles s'exprimaient en dialecte. Elles pensaient que je ne les comprenais pas et elles parlaient en ma présence comme si je n'étais pas là.

Les frères et sœurs de Marlene au visage angélique me traitaient comme si je faisais partie du château au même titre que les autres domestiques, ils ne savaient pas ce que le signe de travailleur de l'Est signifiait, ils riaient avec moi et, un jour, une des petites me donna quelques boutons-d'or écrasés. Ils ne remarquaient pas que ma langue était différente. Mais je sentais l'allemand grandir peu à peu en moi, tel un élément intrinsèque, je sentais que la langue devenait mon amie. Les mots étaient des êtres vivants reliés secrètement entre eux et, lorsqu'on avait élucidé ces liens secrets, on comprenait leur signification. Certains mots livraient leur signification sur-le-champ, crânement, mais lorsqu'on les retournait en tous sens, ils ne donnaient plus rien ; d'autres avaient de nombreuses significations qui se révélaient peu à peu, de façon surprenante. La cuisinière m'avait offert un vieux livre de cuisine. J'y trouvai beaucoup de mots inconnus que je ficelais en petits paquets pour ne pas les perdre, de manière à les transporter plus facilement, jusqu'à ce qu'ils m'appartiennent entièrement. Les petites choses rondes commençaient souvent par un B. Bourgeon. Brocoli. Bouton. Baies de genièvre. Les choses longues et fines commençaient par R : Rue. Rayons. Rivière. Cette classification s'est néanmoins effacée lorsque j'ai commencé à mieux cerner la langue. Il y avait des liens étranges. Haine. Laine. Peine. Il m'a fallu beaucoup réfléchir pour comprendre l'allemand.

À l'occasion, la cuisinière m'envoyait dans les prés humides cueillir des herbes pour la salade. Au début, elle m'accompagnait, me montrait les bonnes herbes et celles qu'elle appelait chiendent. Elles avaient toutes de jolis noms : Pissenlit. Millefeuille. Euphraise. Oseille. Rhinanthe. La renoncule âpre et toxique. Vulpin des prés. Alchémille. Même les plantes modestes avaient plusieurs appellations, comme tant de choses ici. Quand je pensais connaître le nom d'une chose, j'en entendais soudain un autre. Le pissenlit s'appelait aussi dent-de-lion ou cramaillot. Les frères et sœurs de Marlene l'appelaient bouton-d'or et, une fois fané, couronne de moine. Ma tête se remplissait lentement de tous ces mots et je ne parlais plus ma langue natale que la nuit, en rêve.

Mieux encore, je comprenais maintenant les moindres détails lorsqu'elles parlaient du déroulement de la guerre en cuisine. Dans la chambre de Mademoiselle, une carte était accrochée au mur, où elle marquait la ligne de front avec des punaises. Lorsqu'elle n'était pas là, je pouvais suivre précisément où en étaient leurs soldats et les nôtres. Dès le mois de janvier suivant mon arrivée en Allemagne, la Wehrmacht avait dû se retirer du Caucase. Les nôtres avaient reconquis Leningrad. En février, les Allemands capitulèrent à Stalingrad. La baronne errait dans le château, le visage défait. Je ne montrais ma joie à personne, mais le soir, dans ma pièce, j'enfouissais mon visage dans le tas de vêtements qui venait de chez moi et je m'imaginais en train de contempler, depuis une des sept collines, le Dniepr et le soleil étincelant sur l'eau. Cela sentirait les *pierogi* de ma tante et le parfum de muguet de ma mère, qu'elle n'utilisait que rarement, mais dont tous ses vêtements portaient l'odeur. Le parfum s'appelait *8 mars*.

Je crois que c'est en avril 1943 qu'ils m'ont envoyée à la maison du régisseur pour nettoyer les fenêtres. Mon chef était assis à table avec un journal, il me demanda si je n'étais pas originaire de Smolensk. Et si je connaissais un endroit nommé Katyn. Là-bas, dit-il, les Soviétiques, les miens, avaient assassiné plusieurs milliers de personnes, des officiers polonais. Les Allemands venaient de découvrir les charniers. Je gardais le silence, étonnée, parce qu'il ne m'avait jamais parlé de la sorte ; jusque-là, il s'était contenté de me donner quelques ordres brefs ou de me dire ce qui était interdit. Et puis je n'en croyais pas un mot. Mais la nuit, je repensai à ce que mon ami Kolia m'avait raconté à Smolensk dans les semaines précédant ma capture. Nous avions parlé de mes parents et de son père, disparus sans laisser aucune trace comme tant d'autres, et Kolia avait chuchoté le nom d'un endroit, Kourapaty près de Minsk, où se trouvait un énorme cimetière dans la forêt, là reposaient tous les Biélorusses embarqués par les hommes de la police secrète. Je ne voulais pas y croire, même si la mère de Kolia l'avait appris d'un membre de sa famille qui était lui-même dans la police secrète, je ne voulais rien savoir des charniers, ni à Smolensk autrefois, ni maintenant à Machandel. Mais Katyn et Kourapaty ne s'oubliaient pas, ces noms avaient une sonorité si familière et pourtant si menaçante, la peur me réveillait la nuit et je tendais l'oreille dans le silence, craignant que quelqu'un ait entendu mes cris. Mais ces bruissements et ces grattements, ce n'étaient que les souris sous le plancher. Les branches de genévrier ne les avaient pas chassées.

Une fois, c'était en mai ou en juin, je me levai la nuit et quittai ma pièce, déverrouillai la porte de derrière et sortis comme si je voulais aller aux toilettes des travailleurs que j'étais censée utiliser moi aussi. Je voulais seulement échapper à l'étroitesse étouffante de ma chambre, dont la fenêtre ne s'ouvrait pas, je voulais humer la nuit, voir le ciel étoilé, marcher lentement sans filer comme une ombre, me sentir libre. J'étais déjà au niveau de la glacière, presque au bout du parc du château, lorsque j'entendis une porte grincer dans l'étable, je me plaquai machinalement contre la porte en fer, où mon corps se fondit avec elle dans l'obscurité. J'étais comme pétrifiée, Wilhelm Stüwe passa à quelques mètres de moi. Malgré sa légère claudication, il marchait avec assurance, non pas vers les toilettes, mais loin du château, vers la grand-rue, où son ombre se perdit dans les contours de la chaumière de Marlene. Un chien aboya brièvement, puis le silence retomba. Je tendis l'oreille un moment dans la nuit, sans rien entendre, puis je me faufilai dans le parc jusqu'au sentier qui menait à l'église de Klabow, la lumière de la lune recouvrait le chemin comme de la neige. Il n'y avait aucun bruit humain ici, je n'entendais que mon propre souffle et les cris des oiseaux de nuit. L'odeur n'était pas la même qu'en journée, je humai cette note épicée, tandis que mes pieds me conduisaient vers la prairie et jusqu'à mon endroit préféré en bordure de forêt. Des animaux bondissaient devant moi, je n'avais pas peur. Je n'avais pas froid non plus lorsque je m'accroupis entre les genévriers pour écouter la nuit. Les grives litornes dormaient sûrement, mais j'entendis des hiboux et, une fois mes yeux habitués à la clarté nocturne, je crus les voir voler devant moi avec leurs lourds battements d'ailes. De longs cris aux sonorités diverses flottaient dans l'air, venant tantôt du parc du château, tantôt de la lisière de la forêt, tel un message qui ne s'adressait qu'à moi. Plus j'écoutais la nuit, plus tous ces hou hou, diou diou, kiuwitt, le srii rauque, le psii aigu, tous ces cris étranges et insondables semblaient se fondre en un seul, qui ressemblait aux deux derniers mots de ma mère à Smolensk, lorsqu'elle s'était retrouvée entre les hommes des services secrets et qu'elle m'avait regardée : *Budj silnoi.* Sois forte.

Soudain, je crus percevoir une plainte venant du bout du village, un gémissement, des sons humains qui enflèrent en un cri s'arrêtant net, comme étouffé. Le silence retomba, les animaux semblaient retenir leur souffle. La brume s'éleva tandis que je rentrais au château à pas de loup, je sentis le froid qui me fit frissonner. Peut-être que les tremblements n'étaient pas dus à la fraîcheur matinale, mais au fait que j'avais revu Wilhelm Stüwe sortant de la chaumière sombre de Marlene pour entrer dans le demi-jour et jetant un bref regard à la ronde avant de disparaître vers l'étable.

7

CLARA

Le silence

Quand j'écrivais ma thèse, il m'arrivait de rester des semaines entières à Machandel. Au bout de quelques jours, la voix de nos enfants me manquait, ainsi que Michael à mes côtés la nuit. J'étais parfois réveillée par le silence, dans lequel je n'entendais que mon propre souffle et le craquement des vieilles poutres. J'avais souvent Caroline avec moi, le matin je l'emmenais à vélo à la garderie de Lalenhagen, où des moutons paissaient dans le jardin. Elle aimait y aller et, lorsque je la récupérais l'après-midi, elle voulait rester plus longtemps. C'était la seule enfant à Machandel, les petits-enfants d'Emma Peters ne venaient que le week-end et pendant les vacances scolaires. Ici ne vivaient plus qu'une vingtaine de personnes âgées qui se couchaient tôt. Je ne voyais certaines que dans le bus Konsum ou lorsqu'elles travaillaient recourbées au jardin.

Le week-end, lorsque les enfants venaient en visite avec les petits-enfants, Machandel revenait à la vie. L'allée qui menait au château était alors pleine de voitures. Les petits batifolaient dans le parc. Même le dimanche, les voisins semblaient vivre selon des règles fixes, entre le déjeuner et le café de l'après-midi, ils allaient se promener en habits du dimanche, chaque famille séparément, ils traversaient le parc du château, puis la petite rue pavée du village qui, au niveau de l'étang, devenait un sentier bordé de châtaigniers et de haies. En général, ils allaient jusqu'au croisement qui menait à une forêt de hêtres sur la gauche, aux genévriers entre les collines et les prés sur la droite. Ils n'allaient jamais dans les prés, sur le Tabacksberg ou même dans le mauvais marais avec leurs souliers du dimanche. Le plus grand groupe était réuni autour d'Emma qui avait certes besoin d'une canne, mais avançait d'un bon pas. La vieille femme était beaucoup plus petite et frêle que tous ses enfants et leurs conjoints, qui avaient plus de cinquante ans. Ils s'arrêtaient devant notre chaumière pour parler de la météo ou de la récolte. On les invitait à entrer et ils parcouraient les pièces, regardaient tout, saluaient les changements, mais restaient étrangement silencieux. Quelque chose m'empêchait de questionner ces hommes et ces femmes endimanchés, aux corps lourds et aux mains usées, sur leur enfance dans cette maison. Je ne leur montrai pas non plus l'album photos rongé par les souris que j'avais trouvé au grenier. J'avais l'intention de le feuilleter avec Emma un jour et de la questionner au sujet de Marlene, l'aînée au regard sérieux qui ne vivait plus depuis longtemps.

Les enfants de Wilhelm et Auguste Stüwe venaient plus rarement, je ne fis pas leur connaissance. Natalia et sa fille Lena n'avaient jamais de visite. Il leur arrivait d'installer deux chaises en osier sur la terrasse du château, au-dessus du perron, où elles buvaient du thé en lisant. La grand-rue étroite montait légèrement, si bien que le château se trouvait comme sur une colline et que les deux femmes lisant sur la terrasse avaient une vue sur tout le village, telles des châtelaines.

Bien que la Trabant verte nous appartienne depuis longtemps, je repensais toujours à mon frère lorsque la vieille voiture arrivait le vendredi soir. J'imaginais que Jan allait en sortir, qu'il était revenu et, en voyant que ce n'était que mon mari avec notre aînée, je ressentais, pendant une fraction de seconde, une pointe de déception. Puis leur joie me gagnait ; je savais par Michael que Julia avait chanté durant tout le trajet et qu'elle se mettait à gigoter et à sautiller sur son siège chaque fois qu'ils quittaient la nationale entre Krakow et Teterow pour bifurquer vers Machandel. À peine la Trabant était-elle à l'arrêt que Julia se précipitait dans mes bras, puis dans ceux de sa sœur, qu'elle enlaçait avec une telle fougue que les deux filles tombaient et se roulaient dans l'herbe en riant jusqu'au moment où Julia était attirée par un nid d'oiseau ou une nouvelle grotte quelque part derrière les buissons.

Mon mari rapportait des journaux, des lettres, des nouvelles, si bien que nous n'arrivions pas à accueillir en nous la tranquillité du village, à être simplement là, comme je le souhaitais souvent. On ne se posait pas à Berlin et ici non plus. Dans mon souvenir, nous organisions sans arrêt des fêtes d'été durant lesquelles les femmes se promenaient en robe blanche comme dans une pièce de Tchekhov. Nous dansions pieds nus dans la grand-rue sur de la musique d'accordéon, nous passions des heures à petit-déjeuner mais toutes ces fêtes se terminaient en meetings durant lesquels nous discutions, nous nous disputions, nous réconcilions, nous faisions passer de main en main de précieuses photocopies d'articles tirés de journaux étrangers, nous nous lisions rageusement des extraits de nos journaux locaux, nous citions Gramsci et Rosa Luxemburg, Volker Braun et Neruda, jusqu'à ce que l'un de nous, ivre, finisse en larmes. Les voisins ne venaient pas à nos fêtes, pourtant ils étaient invités. Seul le gros bourgmestre, qui était aussi chasseur et nous avait déjà vendu un sanglier fumé par ses soins et issu de ses prestations en nature, vint une seule fois avec sa femme. Il enleva rapidement son veston et desserra sa cravate, dansa allègrement avec mes amies mais sa femme, enseignante, ne se sentait pas à l'aise.

Ce même bourgmestre se retrouva brusquement dans notre cuisine un dimanche. Il insista pour nous parler au jardin, pas dans la maison. Il s'affala en gémissant sur le banc grossièrement taillé sous le pommier, nous regarda d'un air anxieux et finit par dire :

— Je sais que je m'avance peut-être, mais je vous conseille de prendre rapidement rendez-vous chez le notaire de Rostock. Il faut que vous achetiez la chaumière. Tant que vous serez locataires, on pourra vous la reprendre.

Je demandai, comme si je ne connaissais pas déjà la réponse :

— Qui veut donc nous mettre dehors ?

Le bourgmestre leva les mains, nous lança un regard entendu et baissa la voix :

— Ils sont venus chez moi. Ils voulaient tout savoir, il a fallu que je note les plaques d'immatriculation de vos invités. Je ne peux pas, voilà ce que je leur ai dit. Je ne sais pas ce qu'ils vous veulent, c'est peut-être à cause de Hans Langner, c'était déjà une grosse légume à l'époque et il a encore gravi les échelons à Berlin, paraît-il. Qu'est-ce que j'en sais.

— Ça fait longtemps que mon père est en retraite.

— Ou alors c'est à cause de Jan. Ton frère a pris la fuite, visiblement, dit le bourgmestre en haussant les épaules. Je ne veux rien avoir à faire là-dedans, je suis pas là pour dénoncer les gens. Achetez la baraque avant qu'on nous force à intervenir. C'est encore sur nous que ça tombe. Je ne veux pas revivre ce qui s'est passé à Hinzenhusen.

Michael et moi, on échangea un regard. Nous savions qu'à Hinzenhusen, un village du canton voisin, des marionnettistes et des acteurs avaient élu domicile dans un manoir abandonné quelques années plus tôt.

— Ils voulaient fonder une communauté d'artistes ou un truc dans le genre, poursuivit le bourgmestre. C'étaient des marrants, avec des jolies femmes. Ils avaient de l'énergie avec ça, ils ont transformé la grange en théâtre. Tout le monde a bien aimé la pièce qu'ils ont présentée à la fête de la moisson. *Faust* dépoussiéré. Ils avaient déjà refait le toit quand le département de l'Intérieur leur a donné l'ordre de quitter les lieux. Le bourgmestre local a dû inventer une raison, du genre trouble à l'ordre public. Pourtant on les aimait bien au village. Après quoi le hangar a brûlé avec toutes les marionnettes, les décors et les costumes. Ils ont arrêté quelques artistes pour incendie involontaire, les autres ont fini par partir d'eux-mêmes.

Nous connaissions l'histoire, nous savions aussi que les artistes niaient être les auteurs de l'incendie. La plupart des membres du groupe, qui s'étaient connus au théâtre en Thuringe, étaient venus dans le Mecklembourg parce qu'ils avaient un rêve ; ils voulaient travailler et vivre ensemble, abolir les frontières. Après l'incendie, ils avaient fait leur demande de sortie du territoire. Les autorisations étaient arrivées plutôt vite. Mais une fois à l'Ouest, d'après ce qu'on racontait, ils s'étaient disputés et dispersés.

— Ce serait bien de ne pas en arriver là, finit par dire le bourgmestre. Faites un peu attention. Si vous voulez acheter cette vieille bicoque, vous obtiendrez l'accord de la commune. Pour l'instant, je n'ai pas reçu d'autre consigne.

Il fit le tour de la maison pour récupérer sa moto, on le suivit. Le vieux Wilhelm se trouvait là, le regard attentif, comme au premier jour. Je remarquai que le bourgmestre ne le salua pas. Il nous avait pourtant raconté qu'il avait passé son enfance à

Machandel, il connaissait forcément Wilhelm Stüwe. En outre, tout le monde se saluait au village. Le bourgmestre fit démarrer sa moto, nous fit signe de la main, juste à nous, et disparut dans un nuage de poussière.

Wilhelm se détourna et s'en alla.

— Pourquoi est-ce qu'il est aussi bizarre ? demanda Michael une fois à la maison, songeant au vieux Wilhelm.

On n'échangea pas un mot au sujet de la visite du bourgmestre.

Le soir seulement, en allant au lac, Michael dit soudain que mon ami Herbert, venu récemment à notre fête d'été avec sa femme Maria, nous avait mis la Stasi sur le dos, elle le collait comme son ombre. Le ton était réprobateur, Michael n'aimait pas beaucoup Herbert. Or c'était le meilleur ami de mon frère, ils se connaissaient depuis l'enfance.

On se disputa un peu, puis on décida de suivre le conseil du bourgmestre. Michael proposa de demander l'argent à mes parents. J'approuvai parce que je voulais mettre un terme à la discussion et parce qu'il était d'avis que tous les parents aidaient financièrement leurs enfants quand ils en avaient les moyens. Pour sa mère, c'était une évidence, mais elle était vendeuse de chaussures et elle n'avait pas grand-chose sur son compte en banque.

Six petites semaines après, on obtenait un rendez-vous chez le notaire de Rostock, où on acheta la maison pour quatre mille marks. Le bail pour le terrain coûtait deux cent cinquante marks, le contrat était limité à dix ans. La moitié du bail n'était pas encore écoulée que la commune révoqua le contrat et on se réjouit de pouvoir acheter le terrain qui entourait notre chaumière, pour plusieurs milliers de marks d'une autre monnaie.

J'appris bien plus tard que Michael avait demandé à mon père de s'occuper du rendez-vous chez le notaire. Sans cela, nous aurions dû attendre des mois. Notre joie d'avoir acheté la maison était limitée depuis la visite du bourgmestre. Machandel faisait dorénavant partie de notre vie, nous ne voulions plus jamais perdre ce refuge, mais nous savions à présent que nous nous trompions en cherchant ici une idylle. Elle n'existait pas, même lorsque nous mettions au jour des pierres du matin et repeignions les murs en torchis avec de la peinture végétale fabriquée par nos soins d'après des recettes à peine lisibles, découvertes par la pastoresse dans les vieux documents de construction de l'église. À Berlin, nous nous étions faits à l'idée que beaucoup de nos amis étaient sur écoute et sous surveillance – y compris nous sans doute. Lorsqu'on entendait un écho et un craquement dans la ligne téléphonique, on en rigolait. Mais ici, dans ce village reculé, nous nous étions crus tranquilles.

Nous partions en Trabant faire le tour des villages, contempler de vieilles églises, visiter des manoirs. Certains hébergeaient des écoles ou des crèches, d'autres des administrations quelconques, la plupart étaient vides. Beaucoup d'anciens magasins et de cafés étaient aussi fermés, condamnés par des planches. Marasme et délabrement partout. Dans cet environnement, les slogans optimistes sur chaque place de village paraissaient encore plus dérisoires, mais cela ne choquait personne. Les slogans eux-mêmes étaient dépassés, se rapportaient à des congrès du Parti ou à des rassemblements de la jeunesse révolus depuis longtemps, ils étaient peints avec une peinture médiocre sur une surface médiocre, dont le crépi s'écaillait. Un seul slogan trônait en couleur apparemment indélébile sur la façade d'un grand magasin : *Vive le plan – notre mission de combat pour l'anniversaire de la République*. Il est resté lisible pendant des années, alors que la République, le plan et la mission de combat n'existaient plus. Le slogan ne disparut qu'à la démolition de la grande surface.

Nous trouvions parfois un bistrot de village ouvert, des inconnus s'asseyaient alors à côté de nous, des paysans d'une coopérative agricole ou des ouvriers d'une gravière, d'une usine d'aliments pour bétail. Ils nous demandaient d'où on venait et où on allait, ils avaient déjà compris en voyant notre plaque d'immatriculation que nous étions de Berlin. Ils avaient tôt fait de râler en énumérant les abus dont les grands pontes berlinois portaient la responsabilité.

Au moins, ils n'ont pas peur de dire ce qu'ils pensent, me dis-je, repensant à la photo de Rosa Luxemburg avec la citation : *Chaque acte révolutionnaire commence par nommer ce qui est*. Or rien ne semblait plus éloigné de la révolution que la tristesse de ces bistrots de village et de ces hommes frustrés qui noyaient leur colère dans la bière et le schnaps.

Lorsque nous rentrions de balade et retrouvions notre jolie maison, j'avais hâte de m'installer à mon bureau ; je tentais d'oublier ce village, ce pays, ce siècle pour me plonger dans l'univers mystique du conte du genévrier, dont je m'efforçais de déchiffrer les significations disparues en faisant des comparaisons. Mes filles s'étaient habituées au fait que j'étais toujours penchée sur des livres, nous leur avions expliqué que j'écrivais ma thèse sur un conte, et elles voulaient évidemment l'entendre. Il fallait sans arrêt que je le leur raconte en langue moderne et de préférence en dialecte, qu'elles ne comprenaient pas. Malgré tout, Julia put bientôt réciter certains passages par cœur : *"Ah, mere, j'ay fracasse la teste de mon frerot, dyt la petiote Marlene et plora tanz et tanz. Petiote Marlene, dyt la mere, qu'as-tu fait ! Ne dys rien, persone ne doyt saveir, on ne poeit plus rien y changier ; on va en fayre une daube."* Lorsque ma petite fille récitait cela en frémissant d'aise et que toutes deux pouffaient de rire parce qu'elles ne connaissaient que le sens argotique du mot "daube", je me disais avec soulagement qu'elles ne comprenaient rien à cette histoire. Or Julia enchaîna, forçant l'admiration de Caroline : *"Puys la maratre pryt le jeune garcun et li decoupa en morceaux, li myt denz sa marmite et ly fyt cuire en daube."* Elles étaient sur le point de s'esclaffer à nouveau et j'aimais autant ne pas leur demander si elles avaient compris que le petit frère haché en morceaux par sa mère finissait en ragoût.

Lorsque je leur racontais le conte en langue moderne, je le lissais et l'abrégeais pour en faire une simple parabole sur le pouvoir de l'amour, la force magique et salutaire de la musique. Je laissais de côté les passages où la belle-mère jalouse tuait l'enfant, où le père affamé savourait son repas sans se douter de rien – ou parce qu'il ne voulait pas savoir la vérité –, où la petite Marlene recueillait les os de son frère et les déposait sous le genévrier. Dans mon récit, le frère était simplement mort, je m'attardais à décrire le genévrier qui respirait et faisait apparaître un magnifique oiseau, au chant si beau qu'il recevait des récompenses, un collier en or, une paire de souliers rouges. J'omettais le chant de l'oiseau sur toutes ses souffrances, croyant ne pas pouvoir imposer ça à mes enfants, jusqu'à ce que Julia le récite elle-même froidement, avec des yeux rieurs : *"Ma marâtre m'a tué, / mon père m'a mangé, / ma sœur, la petite Marlene, / a ramassé tous mes os, / les a recueillis dans un foulard de soie, / les a déposés sous le genévrier."*

— Ce n'est qu'un conte, m'entêtai-je.

Je croyais devoir protéger mon enfant face à la cruauté de cette histoire, mais Julia répliqua :

— Tu m'as dit que tous les contes ont un lien avec la réalité. Et je sais très bien qu'on tue encore des enfants aujourd'hui.

Michael, qui écoutait notre conversation depuis la pièce voisine, intervint :

— Les contes sont un reflet déformé de la réalité.

Sur quoi il emmena les filles au jardin et me laissa seule avec mon travail.

Mon professeur M. Simon m'avait indiqué les sources, je savais ainsi que le conte comportait une infinité de variantes, dans presque toutes les langues européennes. Même en allemand, les versions varient. Peut-être que l'histoire du genévrier n'est pas un texte bas allemand à l'origine ? La nourrice de Clemens Brentano, qui lui avait raconté cette histoire, était souabe. Il existait une version similaire en Hesse. Dans le Haut-Palatinat, l'arbre sous lequel on enterre les os est un tilleul.

Dans le Yorkshire, un rosier pousse sur la tombe de l'enfant, d'où s'envole un oiseau blanc. En Australie, on connaît les vers suivants : *My mother killed me, / my father picked up my bones, / my little sister buried me / under the marble stones.*

Dans un conte français qui ressemble à celui du genévrier, l'oiseau chante : *Je suis encore en vie.*

Je suis encore en vie… C'est peut-être le message principal de l'oiseau. Les conteurs de l'époque pleuraient leurs morts, espérant le miracle de pouvoir se retrouver ensemble à table.

Dans un conte kurde, l'oiseau est un hibou, ailleurs c'est un coucou, l'arbre est parfois un bouleau, un chêne creux chez les Tchérémisses orientaux. L'intrigue reste la même : une personne aimante recueille les os et conserve le souvenir, permettant ainsi à l'oiseau de ressusciter et de raconter le meurtre dans son chant. La victime peut alors réapparaître sous forme vivante.

Plus je me consacrais au conte du genévrier et à ses infinies variantes, moins le sujet central me semblait être le meurtre, plutôt son annulation, le ramassage des os, la transformation en oiseau chantant et le retour du défunt sous apparence humaine. Dans le conte du genévrier, l'emplacement a une importance particulière. C'est sous le genévrier que la vraie mère du garçon était enterrée, une femme belle et pieuse. C'est sous le genévrier qu'elle priait pour avoir un enfant et qu'elle retrouvait la fertilité. Durant sa grossesse, elle allait souvent sous le genévrier pour humer son parfum, *cela sentait si bon*. Au cours du septième mois de sa grossesse, elle mangea les baies, *elle devint triste et malade*. S'était-elle empoisonnée ? Le genévrier contient une substance toxique pour les reins en cas d'utilisation prolongée. Ou bien souffrait-elle de dépression prénatale ?

Un jour, j'ai même raté la sirène du bus Konsum parce que j'étais plongée dans des vieux bouquins de médecine pour savoir si le genévrier jouait un rôle dans les rituels de fertilité. Ce bus ne passait qu'une fois tous les quinze jours. À Machandel, nous sentions combien c'était laborieux de se procurer des choses du quotidien comme du papier toilette ou des punaises. Le bus regorgeait de surprises. En dehors de la nourriture, on y trouvait des compotiers ou des filtres à thé, des revues vite épuisées à Berlin, même si ou justement parce qu'ici personne ou presque ne les lisait. Mes enfants et moi, nous adorions parcourir le bus Konsum et amasser des surprises. Au début, je m'étonnai que les vieilles femmes, mes voisines, reçoivent des sacs gratuitement. Lorsque j'interrogeai le chauffeur, il dit : "Vous, vous pouvez faire vos courses à Berlin, vous autres Berlinois, vous faites des batailles d'oranges et vous prenez des bains à la chantilly, on le sait bien."

Pour le passage du bus Konsum, les autres villageois s'endimanchaient sans doute comme pour la messe autrefois. Les femmes portaient des tabliers fraîchement lavés, les quelques hommes du village mettaient une veste correcte, même durant la chaleur estivale, ainsi qu'un chapeau ou au moins une casquette. Ils sortaient en même temps de chez eux comme s'ils s'étaient donné rendez-vous, s'avançaient à pas mesurés jusqu'au centre du village où s'arrêtait le bus, les femmes portaient les sacs à provisions et restaient à côté de leurs maris.

Ils attendaient ensuite devant le bus jusqu'à ce que tout le monde soit là, ils se saluaient avec solennité, comme s'ils ne se voyaient pas tous les jours par-dessus leurs clôtures. Les hommes soulevaient leurs chapeaux, taillaient le bout de gras, comme ils disaient ici, les femmes se regroupaient. À deux ou trois maximum, elles montaient dans le bus, les suivantes n'entrant que lorsque les précédentes étaient redescendues. Il n'y avait pas beaucoup de place à l'intérieur.

Après avoir intégré ces règles, j'eus honte de l'empressement avec lequel j'avais fait mes achats au début, ne sachant pas comment interpréter les regards réprobateurs des anciens. Lorsque, les jours de passage du bus, nous avions des visiteurs de Berlin, j'essayais de les retenir. Un jour, par une journée très chaude, je me disputai avec mon amie Ruth, qui avait pris un bain de soleil dans le jardin et qui, vêtue d'un simple bikini, voulut aussitôt s'acheter une glace au signal du bus. Elle me trouva ridiculement prude lorsque je lui demandai de se couvrir. Les villageois ne dirent rien lorsqu'elle leur passa devant, les vieux hommes la fixaient en silence, les femmes avaient un regard indigné. Je compris avec le temps que la doyenne du village, Mme Poschmann, avait le droit d'entrer dans le bus la première, le plus souvent avec Emma et Anna Plän, une ouvrière agricole arrivée ici en tant que réfugiée, comme Mme Poschmann. Puis c'était au tour d'Auguste Stüwe avec Minna Möllers, une ancienne et discrète employée de l'étable. Nous étions les derniers. Après les achats, les femmes restaient encore un moment avec leurs maris devant le bus, cette demi-heure était une sorte de rassemblement communautaire, où on évoquait les événements des jours précédents, les nouveautés à la coopérative, les enfants et les maladies. Lorsque nous ressortions du bus avec notre panier rempli, je me joignais au groupe et j'écoutais les conversations. Quand mes filles étaient là, les vieilles femmes leur donnaient des bonbons qu'elles venaient d'acheter. Puis le chauffeur du bus rentrait la rampe et les voisins se dispersaient aussi lentement qu'ils étaient venus. C'était au tour des hommes de porter les sacs à provisions. Ils se faisaient un dernier signe avant de rentrer chez eux.

Au début, je crus à un hasard en voyant Wilhelm Stüwe et Auguste se tenir à l'écart du bus. Les hommes n'intégraient pas Wilhelm à leurs conversations et personne ne soulevait son chapeau lorsque le couple s'approchait. Ils ne se détournaient pas, mais ils faisaient comme si les Stüwe n'étaient pas là. Et quand le vieux Wilhelm rentrait dans la maison du régisseur en portant le panier d'Auguste, personne ne les saluait non plus.

Un jour, je demandai à Mme Poschmann, qui m'avait invitée dans son jardin, pourquoi les villageois évitaient les Stüwe. Au début, elle fit comme si elle n'avait pas entendu la question, puis elle se contenta de soupirer et elle ajouta en dialecte silésien : "Y a rien qu'est aussi dur qu'la vie."

Lorsque je posai la même question à Emma, elle haussa les épaules. "Minna parle à sa sœur, au moins pendant les courses."

Sachant maintenant que la discrète Minna Möllers était la sœur de la vieille Auguste, je remarquai la ressemblance entre les deux. Pourtant je n'avais jamais vu Minna Möllers et son mari Richard aller dans la maison du régisseur, ni le vieux Wilhelm s'arrêter à la clôture de la maison moderne des Möllers lors de ses balades dans le village. Sa belle-sœur ne levait même pas la tête quand Wilhelm la croisait. Lorsque j'étais devant chez elle, elle se redressait, me criait quelques mots et me tendait des branches de persil ou un concombre par-dessus la clôture. Nous étions les seuls à qui Wilhelm rendait visite.

J'étais dans la cuisine d'Emma, à vrai dire je voulais juste récupérer mes enfants et on m'avait invitée à manger des galettes de pommes de terre. Nous étions encore à table, gais et rassasiés, j'avais Caroline sur les genoux, et je redemandai à Emma pourquoi les villageois évitaient Wilhelm et Auguste.

"Minna Möllers s'entend bien avec Auguste." J'insistai et elle me regarda longtemps, puis les enfants, avant de dire en hésitant que c'était sûrement à cause de la petite Marlene ou des Russes, mais ce n'était pas le moment de ressortir ces vieilles histoires. Ça remontait tellement loin de toute façon et on vivait en bonne entente avec chacun à Machandel, mais on n'avait pas toujours le temps de bavarder et là, justement, elle n'avait plus le temps.

Lorsqu'elle se leva et rangea la vaisselle, son visage brusquement fermé me rappela mon père. Il avait eu cette même expression quand je l'avais questionné au sujet des collaborateurs de Thälmann, il les connaissait forcément tous. Ils étaient morts dans des camps soviétiques, fusillés par les services secrets soviétiques, avais-je lu dans un livre qui n'était évidemment pas paru en RDA. "Thälmann a été assassiné à Buchenwald, répondit mon père, j'étais moi-même à Neuengamme et à Sachsenhausen, des camps allemands, comme tu le sais sûrement. C'est l'Armée rouge qui m'a libéré." Il s'était levé comme Emma venait de le faire, un peu plus laborieusement peut-être, avant de sortir de la pièce avec ce regard dur.

En retournant dans notre chaumière après les galettes de pommes de terre et en apercevant le visage d'Auguste derrière les rideaux de la maison du régisseur, qui disparut aussitôt, je ressentis un malaise que je connaissais pour l'avoir vécu à Berlin et qui accompagnait notre vie.

Une fois rentrée, je suspendis ma veste aux poutres avec les vieilles encoches, puis je repensai à la Dame blanche de Mamerow, censée avoir vécu ici jusqu'à ce que deux valets de ferme la capturent et la portent au cimetière de Klabow. Ils n'avaient pas le droit de parler en chemin, aucun mot ne pouvait sortir de leurs bouches et, même par la suite, ils n'eurent pas le droit de dire ce qu'ils avaient vécu. Le silence qui pesait sur ce village était aussi vieux que les légendes sur Mahrte, que le conte du genévrier, *au moins mille ans*. Je connaissais par cœur les paroles de la mère tentant de persuader sa fille qu'elle avait tué son frère, faisant d'elle sa complice silencieuse : *"Petiote Marlene, qu'as-tu fait ! Ne dys rien, persone ne doyt saveir, on ne poeit plus rien y changier ; on va en fayre une daube."*

8

HERBERT

Les cadets

Peu avant son trente-cinquième anniversaire, Clara, la p'tite sœur, comme Jan la surnommait toujours, m'appela pour m'inviter à sa fête à Machandel. Je lui dis que je ne pouvais pas venir en août, je pris des nouvelles de son père et des filles. Elle répondit avec distraction, puis il y eut un bref instant de silence gêné. Depuis que Lena avait quitté Machandel, il existait une certaine tension entre nous, c'était peut-être le souvenir de Jan qui nous faisait taire au milieu d'une conversation. Elle me demanda soudain, comme si c'était le véritable but de son appel, comment j'avais connu son frère.

Elle savait seulement que c'était à l'école des cadets de Naumbourg. Je lui promis de lui raconter lors de notre prochaine rencontre, c'était si loin, cette époque, je pensais avoir tout oublié à part quelques images et l'odeur pénétrante du dortoir pour vingt-cinq garçons. Bizarrement, quelques jours avant son appel, j'avais reçu une invitation, une circulaire. Un certain Thoralf Spiekermann m'invitait, moi et d'autres *camarades*, sur un ton sentimental aux retrouvailles de la première promotion de Naumbourg quarante ans après. Le tout sur le papier à en-tête d'une agence immobilière dont il était le directeur. Je ne me souviens pas de ce Thoralf Spiekermann, mais j'ai lu son nom dans mon dossier de la Stasi. En 1984, lorsqu'ils ont prévu pour moi une procédure de décomposition, qu'ils ont appelée *Cadet*, ce Thoralf Spiekermann, à l'évidence un employé de l'entreprise, s'est proposé. Il prétendit avoir été un de mes amis à Naumbourg, et il leur proposa d'établir une relation de confiance sur cette base. Dans mon dossier, rien n'indique pourquoi ça ne s'est pas fait, il a peut-être essayé et je l'ai repoussé. Je ne le connais pas, il n'a jamais été mon ami. Je n'avais qu'un seul ami à Naumbourg, d'ailleurs aussi dans les années et les décennies suivantes, et c'était Jan.

La question de Clara, voire l'invitation sans gêne de ce Thoralf Spiekermann, déclencha quelque chose en moi. De plus en plus de détails émergeaient de ma mémoire.

Peu de gens se rappellent qu'il y avait en RDA une école de cadets dont le but était de former les futurs officiers de l'Armée populaire créée en 1956. Une école d'élite, mais personne ne le disait. Elle s'inspirait sans doute des écoles soviétiques Suvorov pour les jeunes cadets. Notre caserne pour enfants n'a existé que quatre ans, après quoi on ne l'a plus jamais mentionnée. Cela a dû être frustrant pour nos camarades d'école devenus soldats qui n'étaient plus censés se présenter comme anciens cadets. Alors qu'ils en étaient si fiers.

J'étais fier aussi en 1956, lorsque je me retrouvai avec cent quatre-vingt-dix-neuf autres sur la place d'appel et que Stoph, le ministre de la Défense, cria à tous ces jeunes garçons que nous servions la paix. Les attachés militaires des pays frères, bardés d'insignes, étaient venus pour l'occasion. On avait invité à cet appel inaugural quelques pères bardés d'insignes eux aussi, d'anciens brigadistes et des membres du Comité national pour une Allemagne libre qui avaient servi dans l'Armée rouge. Mon père était tombé à la guerre en 1944, le mois de ma naissance, il n'était donc pas présent, on ne l'aurait sans doute pas invité de toute façon, il n'avait pas combattu en Espagne ni dans l'Armée rouge, il avait seulement été caporal dans la Wehrmacht et il n'était pas passé à l'ennemi. En revanche, c'était un ouvrier et cela avait de la valeur chez les cadets, la plupart étant fils de fonctionnaires. Ils étaient évidemment considérés eux aussi comme des enfants d'ouvriers, mais les vrais ouvriers de production parmi les pères, c'était très rare. Ma mère aussi était ouvrière ; elle a travaillé jusqu'à sa retraite à Langewiesen dans une usine de caoutchouc, où elle mélangeait la mixture toxique au milieu des émanations, équipée d'un simple masque de protection. Elle gagnait trois cent quarante-cinq marks à l'époque, je m'en souviens. Personne déplacée originaire de Silésie, elle était arrivée en Thuringe avec moi et rien d'autre. Après le travail, elle tricotait, également pour la famille du premier secrétaire de la direction régionale du Parti socialiste unifié. Tandis qu'elle ajustait sur lui un pullover de ski, il lui parla de la nouvelle école des cadets qui allait ouvrir à Naumbourg sur la Saale. Il s'agissait d'y former en priorité les fils des représentants méritants de la classe ouvrière pour en faire des officiers socialistes.

— Tu as un gamin qui ferait l'affaire, il est sportif, et le canton d'Ilmenau doit présenter un candidat de toute façon.

On se dit que là-bas, je serais nourri gratuitement, que j'aurais peut-être des chaussures et bien sûr l'uniforme, ça ferait des économies. À Naumbourg, j'arriverais sûrement jusqu'au bac et je pourrais faire des études. Peut-être devenir officier de marine, me disais-je. Ou pilote. Voire juriste militaire ou médecin, fantasmait ma mère.

Elle prit un jour de congé et m'accompagna à mon examen d'entrée. Il y avait un bâtiment de garde, on n'entrait pas comme ça. Les autres garçons étaient venus seuls ou avec leurs pères. L'un d'eux arriva en Volga noire. L'homme au volant n'était pas son père, mais le chauffeur de celui-ci. Tandis que nous attendions dans une sorte de salle de club, ma mère accrocha son manteau à un crochet près d'un manteau militaire neuf et raide. Elle avait cousu une pièce sur le col et les manches, peut-être qu'elle n'avait pas eu assez de laine ou qu'elle n'avait pas vu la différence de couleur à la lueur de l'ampoule de 40 watts dans notre salon, toujours est-il que le marron gris de la partie rajoutée sur le col et sur la manche droite différait de celle de gauche. J'étais assis là en regardant le portemanteau ; je n'avais encore jamais remarqué combien ce petit manteau de ma mère était minable.

J'ai toujours senti la différence entre moi et les autres. Dès la première permission, ma mère me regarda et elle me demanda :

— Tu veux vraiment rester là-bas ? Peut-être que les gens comme nous n'y ont pas leur place. Je suis inscrite pour un logement neuf au Stollen, tu aurais ta propre chambre.

Mais à ce stade, je voulais déjà rester à l'école des cadets. Le cours de sciences naturelles dans des cabinets d'enseignement me passionnait, j'étais une sorte de premier de la classe. Le garçon avec le chauffeur était un nul, il n'est pas resté longtemps, j'avais le sentiment que les choses se passaient équitablement. Il y avait aussi une grande bibliothèque remplie d'ouvrages soviétiques. *Et l'acier fut trempé*, *Au loin une voile*, *La Jeune Garde*, *Deux capitaines*, *La République Chkid* – c'est là-bas que j'ai lu tout cela.

Bien sûr, nous avions aussi un enseignement militaire, balistique, topographie, une formation au secourisme. Et de l'instruction politique. J'absorbais tout. La politique m'intéressait et j'étais convaincu que notre jeune armée, la meilleure qui soit, était une armée pacifique. Lorsque, quelques semaines après l'inauguration de l'école des cadets, le soulèvement en Hongrie fut écrasé par des chars soviétiques, cela ne fit que confirmer la nécessité de notre force de frappe. Je ne comprenais pas ce que les insurgés voulaient ni de quoi il était question. On n'en parlait pas. Pour la première fois, j'avais de vraies chaussures de foot. Je passai l'épreuve de natation dans notre piscine couverte. Une heure de loisir était prévue dans notre emploi du temps, on devait la passer avec les autres. Voilà sans doute pourquoi je lisais autant : cette heure-là, au moins, je la voulais pour moi seul.

Jan n'avait que onze ans quand il arriva à Naumbourg en 1957, il avait sauté une classe et commençait sa sixième. J'ai deux ans de plus que lui, j'étais en cinquième. Dès le matin, je l'avais vu descendre de voiture avec ses parents. Il vit que je l'avais vu et il eut honte. Son père ne portait pas l'uniforme, mais il se trouvait parmi les invités d'honneur, ainsi que sa mère, pendant l'appel. Ce n'était pas une mère surmenée et fatiguée comme la mienne, mais une femme magnifique aux lèvres teintées de rouge, à peine âgée de trente ans. C'était elle qui conduisait. Elle portait l'insigne du Parti sur sa veste de tailleur cintrée. Et elle fumait. Peu après l'appel, je l'avais vue sortir un long fume-cigarette et notre commandant, le général de brigade Blechschmidt, lui avait donné du feu en personne. Il était pourtant interdit de boire et de fumer dans l'enceinte de l'établissement. Elle l'ignora avec un naturel incroyable. Peut-être qu'elle ne connaissait pas les règles.

Les dortoirs étaient divisés par promotions mais, pour une raison quelconque, Jan arriva chez nous au bout de quelques jours. Les autres, qui avaient également remarqué sa mère, le charriaient, mais ils cessèrent rapidement. Aucune méchanceté ne l'atteignait, il se contentait de hausser les sourcils et il se détournait. Il avait beau être plus jeune que nous tous, on le traita vite avec respect.

Nous, pas les chefs de section. C'est ainsi qu'on appelait les éducateurs en uniforme ; le nôtre, nous devions l'appeler camarade sous-lieutenant. Il était gêné par la literie toujours désordonnée de Jan, le bazar dans son casier et surtout sa façon de tout remettre en question. Jan voulait répliquer, or aucune remise en cause n'était tolérée à l'école des cadets, une phrase que nous entendions souvent. Ici prévalaient l'ordre et l'obéissance. Le matin, je lissais les couvertures de Jan en quelques gestes, je l'aidais quand c'était à son tour de nettoyer les locaux car, en cas de contrôle, toute la chambrée aurait eu droit à un retrait de points. Pour les bons points, on obtenait un Spoutnik, pour les mauvais une entrave. À cause de Jan, on récoltait souvent l'entrave. Voilà sans doute pourquoi beaucoup ne l'aimaient pas. Ils le respectaient, mais c'était un étranger pour eux.

Avec le recul, je ressens la morosité de ces années. Ce n'est même pas de la colère, plutôt de la tristesse qui m'envahit quand je repense à ce dortoir et à ceux d'à côté ; l'école comptait plus de quatre cents cadets à la fin. Quatre cents gamins tombés du nid, un nid sans doute froid, qui se débinaient mutuellement, glissaient des punaises sous les draps en cachette, pissaient dans les chaussures et faisaient le garde-à-vous dès le matin en intégrant cette leçon : le collectif est plus important que moi.

À l'époque, j'étais l'un d'eux.

Ils ont réussi à nous inculquer cette stupide fierté. Fierté de l'uniforme, du K doré sur les épaulettes. Fierté d'être les meilleurs. Les premiers. Les premiers cadets d'une armée socialiste à Naumbourg. Je faisais même partie de la première promotion.

Lorsque nous étions en permission le dimanche, il fallait se déplacer à deux au minimum. Je ne sais pas comment ça s'est fait, je partais en général avec Jan. On ne remarquait pas son âge, il était plus grand que moi et savait des quantités de choses dont je n'avais jamais entendu parler. Et puis nous nous sentions adultes dans nos uniformes. Jan faisait déjà de la photo. Il avait apporté un Exa de chez lui même si, en tant que membres de l'atelier photo, nous avions droit à un appareil. Un certain camarade Schneeweiß nous apprit à développer des pellicules en chambre noire, à nous concentrer sur les choses nouvelles et typiques dans la recherche du sujet. Dans l'enceinte de l'établissement, la photographie était évidemment interdite, c'est pourquoi nous avions comme mission de sillonner la ville en groupe pour trouver des sujets. La cathédrale avec ses sculptures en pierre des donateurs, Ekkehard et Uta, faisait office de sujet valable, le camarade Schneeweiß nous fit remarquer que la belle Uta couvrait la moitié de son visage avec la pointe de son manteau pour se démarquer de son compagnon réactionnaire. Jan préférait prendre comme sujets des fanions dans le vent, des agents de la circulation, des Jeunes Pionniers aidant les vieilles femmes à traverser la rue, la vitrine bien décorée d'un nouveau magasin HO. La fumée épaisse sortant de la cheminée d'une usine était considérée comme un signe de progrès.

Les photos de Jan recélaient déjà quelque chose qui déconcertait le camarade Schneeweiß. Même si le Jeune Pionnier serviable était avantageusement mis en scène, la vieille femme avait un air renfrogné et malheureux, l'agent de police semblait antipathique et, à côté des vêtements joliment drapés dans la vitrine, le crépi s'effritait sur la façade. Les photos de Jan étaient bonnes sur le plan technique, mais il avait un regard différent ; il voyait ce qu'il n'était pas censé voir. "Tu vises bien, mais tu vois mal", lui dit un jour l'animateur de l'atelier, ce qui fit sourire Jan. Ce sourire lui valut longtemps d'être tenu pour arrogant.

En 1985, lorsqu'il partit à l'Ouest, Jan me laissa quelques boîtes de pellicules qu'il voulait récupérer un jour ou l'autre, d'une manière ou d'une autre. Lorsque je partis moi-même quelques années plus tard, ces boîtes restèrent dans la maison paroissiale de la vieille église protestante de Pankow, où je les avais déposées. J'y retrouvai des pellicules de Naumbourg. Je les fis développer et je me vis : un gamin maigre en uniforme au visage boutonneux et méfiant. Je vis aussi Jan, nous avions dû nous photographier l'un l'autre car nous ne sommes jamais ensemble sur les photos. Son visage me paraissait plus ouvert, moins soupçonneux, moins sceptique, mais c'était lui aussi un enfant, un enfant en uniforme. Je remis de côté les photos de Naumbourg, je viens seulement de les ressortir parce que Clara m'a demandé comment j'ai fait la connaissance de son frère.

Le dimanche, en parcourant les rues à deux, nous croisions les autres qui flânaient eux aussi à deux ou à trois. Ils cherchaient, comme nous, quelque chose qui n'existait pas à Naumbourg.

Lorsque nous nous croisions en dehors de l'enceinte, nous devions faire le salut militaire, ce que nous faisions en dissimulant notre fierté. Nous voyions rarement nos supérieurs lors de nos permissions, il nous arrivait tout au plus de tomber sur une patrouille d'anciens cadets, censés vérifier que nous ne buvions pas d'alcool et que nous ne fumions pas. Jan et moi n'avions rien à craindre, n'aimant ni la bière, ni la cigarette.

À vrai dire, Jan était plutôt taciturne, comme moi. Lorsqu'on était ensemble, on parlait beaucoup. Il me racontait des histoires étranges au sujet de son village du Mecklembourg, d'un château où il avait vécu et d'une fille que tout le monde croyait muette. Cette Lena ne parlait qu'avec sa mère russe et avec lui, Jan. Aujourd'hui, elle allait à l'école et parlait allemand comme tout le monde, sans aucune trace d'accent. Il mentionnait rarement ses parents à Berlin. Lorsque je l'interrogeais sur les insignes de son père, il haussait les épaules. Et il n'évoquait jamais sa jolie maman. Il me confia qu'il ne voulait pas devenir soldat, mais luthier. Il pouvait passer des heures à décrire les caractéristiques des différentes essences. Lorsqu'on abattit un vieux prunier devant l'enceinte, il contempla le bois longtemps et m'expliqua que sa croissance en spirale le rendait inapte à la fabrication d'instruments. Il préleva malgré tout quelques tronçons qu'il conserva dans son casier, où le camarade sous-lieutenant les envoya valser avec agacement lors du contrôle suivant.

Quand on lui demandait pourquoi il gardait ce genre de bêtises, Jan répondait par un sourire. À moi, il disait que le bois de prunier avait une jolie couleur, surtout une fois poli. Celui dont il parlait le plus s'appelait le pernambouc. Il venait du Brésil, on l'utilisait pour construire des archets depuis deux cent cinquante ans. Avant cela, on utilisait le bois de serpent, plus lourd, mais avec des archets en bois de serpent, la musique avait une sonorité sourde ; pour des représentations dans des grandes salles ou en plein air, il fallait des archets faits à partir du bois rougeâtre du fernambouc. Il me parla des concerts au temps de la Révolution française comme s'il y était. Bien sûr, nous avions déjà abordé cette période en cours d'histoire, liberté, égalité, fraternité. Mais les récits passionnés de Jan au sujet d'immenses rassemblements populaires, ses descriptions presque tendres des archets vibrants me surprenaient et vibraient en moi d'une façon étrange.

Le week-end, durant les permissions, nous allions souvent chez un petit glacier qui n'était à vrai dire que l'arrière-boutique d'une quincaillerie dans une ruelle proche de la cathédrale. Pendant les mois d'été, le propriétaire faisait de la glace italienne. C'était un homme maigre à la peau mate, peu loquace, mais c'était compensé par sa femme petite et rondelette. Ils avaient une fille, Monika, qui avait à peu près notre âge et les aidait au magasin. Peut-être était-ce pour elle que nous y allions sans arrêt car la glace insipide, soi-disant italienne, n'était pas particulièrement bonne. Pourtant le père était un vrai Italien. Pourquoi quelqu'un comme lui s'était-il installé à Naumbourg ? C'était un badoglio, dit sa femme et, comme nous ne savions pas ce que cela voulait dire, elle nous expliqua que les badoglios étaient des partisans de Mussolini qui avaient combattu en tant qu'alliés de Hitler. Après la rupture avec Mussolini, les Allemands les avaient traités comme des prisonniers de guerre ennemis.

Nous ignorions tout de ces choses-là. J'avais déjà lu le nom de Mussolini et entendu parler des partisans italiens, je connaissais aussi la chanson sur la fleur du partisan, *Bella ciao, Bella ciao*. Mais les badoglios ? S'ils avaient combattu aux côtés de Hitler, c'étaient forcément des ennemis.

Jan dit quelque chose dans le genre, sur quoi la femme rit :

— Si tous ceux qui ont combattu pour Hitler sont vos ennemis, vous en avez un paquet.

— À l'époque, tous les Allemands étaient des soldats de Hitler, ajouta son mari.

Monika, qui était en train de dépoussiérer les placards, s'arrêta et nous regarda avec intérêt.

N'étant pas habitués à ce genre de conversations, on n'ajouta rien. Je repensai à mon père. Jan finit par dire à voix basse :

— Mon père n'a pas combattu pour Hitler, mon père était en camp de concentration.

Ce fut au tour de l'Italien et de sa femme de se taire.

L'école des cadets avait une chorale où on ne chantait pas seulement des chants de travailleurs et de partisans ; les chants populaires russes et les chants citoyens de 1848 faisaient aussi partie du répertoire, ainsi que des chansons traditionnelles allemandes telles que *Écoute un peu qui voilà* ou *À la fontaine devant les remparts*. J'aimais entendre les mélodies s'élever au-dessus du vieux bâtiment en brique et, jusque dans les derniers recoins, malgré l'épaisseur des murs, les voix des cadets où se mêlaient des voix claires de jeunes filles car on faisait venir pour les répétitions des élèves de l'internat Schulpforte situé à quelques kilomètres de là. Leurs éducatrices ne les quittaient pas des yeux. À ce qu'il paraît, la plainte provenait justement d'une des enseignantes de Schulpforte et concernait le chant populaire *Jadis s'envolèrent cinq cygnes sauvages*, que j'aimais particulièrement. On y trouvait les paroles suivantes : *Jadis grandissaient cinq jeunes filles minces et amènes sur les rives du Niémen*. Jan connaissait la chanson grâce à sa grand-mère. Nous n'avions pas réfléchi au fait que le Niémen était un fleuve, quelque part en Prusse orientale, aujourd'hui en Pologne ou en Lituanie. Sans doute qu'il ne s'appelait plus ainsi aujourd'hui et que le simple fait de chanter cette chanson était un acte revanchard. Il exprimait probablement des revendications territoriales qui correspondaient bien à l'Allemagne de l'Ouest, mais évidemment pas à nous, la RDA, et encore moins à la première école socialiste de cadets. Après la plainte, on interrogea chaque membre de la chorale séparément pour savoir ce qui leur avait pris de chanter : *Jadis partirent cinq jeunes gars, fiers et téméraires, au combat*. Quel combat ? Pourquoi sur les rives du Niémen ? Jan et moi, personne ne nous interrogea car nous n'étions pas dans la chorale, mais le chef de chœur disparut. C'était également notre professeur de musique, un des enseignants civils. Personne n'en parla, seul un cadet roux, dont le lit était voisin du mien, cita la chanson en ricanant : *Chante, chante ce qui s'est passé. Nul n'en revint*. Maintenant que je me souviens de ce garçon, je crois qu'il s'appelait Thoralf, nous l'appelions Ralfi. Ralfi Spiekermann.

Le successeur du prof de musique était lieutenant et, avec lui, on entonnait des chants bien différents : *Poursuivons le chemin que le Parti nous a indiqué. En avant, jeunes combattants, en avant, les Pionniers !*

Jan et moi, on ne s'intéressait pas à la chorale ni aux fifres et tambours, ni au groupe de danse. On allait presque tous les dimanches chez le glacier italien pour tenter d'engager la conversation avec Monika aux yeux noirs. On voyait rarement l'ancien badoglio, mais sa mère était aussi vigilante que les éducatrices de Schulpforte. L'histoire du chef de chœur licencié était déjà arrivée jusqu'à elle et elle nous interrogea. Cela nous mit mal à l'aise, nous sentions que l'école des cadets n'avait pas beaucoup d'importance ici. Pour impressionner Monika qui souriait discrètement, je racontai que j'allais bientôt faire du planeur et que je pourrais voir sa maison d'en haut avec la boutique et le glacier.

— Tu ferais mieux de repérer ton école, dit sa mère d'un ton moqueur, tu distinguerais un grand W, les bâtiments sont disposés en W. À votre avis, qui s'agissait-il de mettre à l'honneur ?

Tandis que nous la regardions sans comprendre, elle suggéra :

— W comme Walter ? W comme Wilhelm Pieck ?

Monika pouffa de rire.

— On a créé cette école avant 1900 comme établissement prussien pour les cadets, finit par nous expliquer la femme avec un léger mépris. Wilhelm, c'est juste, le W était une façon d'honorer l'empereur Guillaume*.

Je cherchai le regard de Jan. Nous ne savions pas qu'on avait déjà formé des cadets dans notre école autrefois. N'étions-nous pas les premiers, les seuls ? Bien sûr, nous avions remarqué que le complexe était très vieux, mais nous n'y avions pas réfléchi plus que ça.

— Vous réfléchissez à quoi, alors ? demanda la femme en enlevant nos coupes vides.

Elle nous expliqua qu'après la défaite de la Première Guerre mondiale, l'établissement des cadets avait dû fermer car l'Allemagne n'avait plus le droit de former des militaires. L'école s'était renommée Stabila, l'abréviation allemande pour établissement national d'enseignement mais, à part ça, rien n'avait changé.

— En Allemagne, rien ne change jamais, à part les appellations, intervint son mari.

Avant que nous ayons le temps de saisir la portée de cette énormité, la femme enchaîna en disant qu'à l'époque nazie, l'école était devenue une NAPOLA, une école d'élite de préparation à l'armée. On pouvait même y apprendre à piloter.

* L'empereur Frédéric-Guillaume Ier, Friedrich-Wilhelm I en allemand.

Monika pouffa, puis se tut quand sa mère ajouta qu'à la fin de la guerre, on avait utilisé les élèves de la NAPOLA pour détruire les chars ennemis.

— Aucun d'eux n'a survécu, dit-elle froidement.

Puis elle ajouta, comme pour nous dérider :

— Le prince Frédéric-Charles de Prusse était déjà cadet ici, ainsi qu'un des derniers commandants en chef de la Wehrmacht, Walther Wenck.

— J'ai déjà entendu parler de lui, murmura Jan.

Nous avions hâte de quitter la boutique.

— Elle ne peut quand même pas nous comparer à ce prince, dit Jan une fois dehors. Ou avec le général Wenck. Ce type était un nazi qui a combattu pour Hitler jusqu'au bout. Les cadets d'aujourd'hui, ça n'a rien à voir.

Je trouvais que cette femme avait des idées bizarres de toute façon. Et le fait que son mari ne soit pas retourné en Italie en tant qu'ancien badoglio rendait ces gens plutôt douteux à mes yeux.

Jan me contredit.

— C'est arrivé que des étrangers restent en Allemagne après la guerre. La mère de Lena, dans mon village du Mecklembourg, est elle aussi citoyenne soviétique, elle était travailleuse forcée, elle ne voulait pas venir en Allemagne.

— Pourquoi est-ce qu'elle n'est pas rentrée après la guerre ?

Jan l'ignorait, mais il insista sur le fait que ce n'était pas une raison pour se méfier de quelqu'un. Peut-être que l'Italien était resté à Naumbourg pour sa femme. Ou pour Monika.

Pendant les vacances, nous allions avec toute la compagnie à Prora, sur la mer Baltique et en février à Bärenstein pour les sports d'hiver. Nous rendions parfois visite à des unités de l'Armée populaire et nous avions l'impression d'être les futurs commandants des soldats. Je me souviens d'opérations d'aide à la moisson en Lusace et de travaux bénévoles à l'entreprise Funkwerk de Leipzig. Les ouvriers se moquaient de notre maladresse pendant le limage tout en gardant leurs distances, sans doute à cause des uniformes.

Même dans l'usine de caoutchouc de Langewiesen, où je connaissais les collègues depuis des années, on me vouvoyait lorsque je venais chercher ma mère. Elle habitait maintenant au Stollen, un nouveau quartier d'Ilmenau, dans un appartement de deux pièces et demie avec un poêle de chauffage. Elle s'était acheté un placard mural clair, des fauteuils coques rouges et des lampes en tissu à pois. À peine ce mobilier était-il enfin payé qu'il était déjà démodé. Des années plus tard, je lui offris une télévision et un tapis, mais elle ne voulait pas se séparer de ses lampes à pois ni du placard mural aux pieds écartés. Elle dormait seule dans un grand lit double. Quand je venais, elle me préparait des quenelles ou un ragoût de Silésie, elle faisait tout pour moi, mais nous n'avions presque plus de vrais échanges depuis que j'étais chez les cadets. Elle espérait encore que j'allais devenir médecin militaire. Les premiers diplômés de l'école avaient déjà essuyé leur première déception, on les avait envoyés dans les forces terrestres, les unités blindées, les unités motorisées, l'artillerie. Je n'en avais aucune envie et j'avais décidé depuis longtemps de m'y soustraire d'une manière ou d'une autre.

Lorsque je rencontrais mes anciens camarades d'école pendant mes vacances à Ilmenau, je sentais que je ne faisais plus partie de leur groupe. Notre point de rencontre avait toujours été une petite rivière, la Schorte, où des pierres bleu cobalt reposaient dans l'eau peu profonde. Maintenant, quand j'arrivais au bord de la Schorte, les autres enfilaient leur chemise et se dépêchaient de partir. Dans le nouveau quartier de ma mère, on avait utilisé quelques pièces d'un bâtiment polyvalent plat pour l'aménagement d'un club de jeunes. S'y retrouvaient les élèves du lycée Goethe et les apprentis en verrerie-céramique, que les adultes appelaient des petites frappes. J'y suis allé deux ou trois fois, il y avait un panneau au mur, *Interdiction de virevolter*. Personne ne s'y tenait, je regardais avec fascination des garçons avec une banane à la Elvis et des pantalons américains serrés faire s'envoler des filles bien différentes des sages internes de Schulpforte, elles étaient encore plus sexy que Monika, mais lui ressemblaient avec leurs queues de cheval et leurs franges. Les couples tressaillaient et se contorsionnaient au rythme de la musique d'une radio portative, battaient la mesure avec les pieds et riaient. Les garçons, dont je connaissais la plupart depuis l'école primaire, me déconcertaient tout autant dans leur dévotion à ces rythmes américains étranges qui me répugnaient et m'attiraient à la fois, qui fouettaient le sang et me faisaient peur, peur de perdre le contrôle, peur de transgresser un interdit. En général, je quittais le club assez vite, j'errais dans la ville, effaré et seul, je gravissais la colline jusqu'à l'université technique, où on entendait depuis une baraque une musique très différente et pourtant liée, en un sens. Étaient-ce des rythmes afro-américains ou du jazz, comme celui que la Jeunesse allemande libre avait récemment refusé lors d'une réunion sur la culture, au même titre que la musique moderne de Hanns Eisler, comme étant dangereuse pour les jeunes ? Tout cela était déstabilisant car Eisler avait quand même composé l'hymne national. Je ne savais pas avec qui en parler, Jan ne comprenait pas non plus et, à Ilmenau, il n'y avait vraiment personne. Un jour, je m'incrustai au club, je restai parmi les étudiants qui avaient quelques années de plus que moi, mais paraissaient beaucoup plus jeunes. Ici, il y avait peu de filles, je me sentais quand même mal à l'aise, lourd et engoncé, comme si je portais l'uniforme avec le K sur l'épaulette ; mon corps entraîné par le sport quotidien, dont j'étais si fier d'habitude, était raide et maladroit. Repensant aux appels matinaux, aux entraves et aux petites images de Spoutnik, je pris brusquement conscience de la distance qui nous séparait de la vie des autres.

Maintenant que nous savions que nous n'étions pas les premiers cadets entre ces vieilles murailles, les bâtiments me semblaient lugubres, le sentiment de sécurité et de fierté que j'avais éprouvé en arrivant ici à douze ans s'effritait de plus en plus. La nuit, je songeais aux garçons qui, longtemps avant nous, avaient dormi dans les mêmes salles sous le toit, qui avaient écouté d'autres discours dans la même salle des fêtes, où il était déjà certainement question de patrie, de devoir et d'ennemis.

Jan et moi allions parfois en hiver dans la petite quincaillerie, même s'il n'y avait pas de glace italienne en cette saison. Nous avions moins froid dans l'arrière-boutique non chauffée que dans les ruelles venteuses de la vieille ville cathédrale. Je me souviens de mon dernier passage là-bas, dont j'ai retrouvé une photo dans les affaires laissées par Jan. Sur la photo, je souris en regardant l'appareil, un verre de thé à la main, à l'arrière-plan le visage un peu flou de Monika. C'est sa mère qui nous avait servi le thé, elle ne voulait pas d'argent. À notre grande déception, Monika s'en alla vite, après quoi la femme s'assit à côté de nous, demanda comment s'était passée notre fête de Noël et dit en riant que la célébration des cadets athées avait eu lieu dans une vieille église car notre salle des fêtes était l'ancienne chapelle de l'établissement wilhelminien des cadets et la grande salle de la NAPOLA, dans laquelle avait eu lieu le dernier appel en février 1945.

— J'ai vu de mes yeux, raconta la mère de Monika, les banderoles au-dessus de l'entrée à l'été 1945 : PLUS D'ARMES ENTRE DES MAINS ALLEMANDES, PLUS JAMAIS LA GUERRE. Une fois que les troupes américaines se sont retirées et que les Russes avaient la mainmise sur Naumbourg, des estrades ont eu lieu dans votre salle des fêtes. Vous savez ce que c'est ? Des programmes culturels russes, avec participation obligatoire. Uniquement jusqu'à l'automne 1949 car dès la création de la RDA, l'école des cadets est redevenue une zone militaire interdite.

Le badoglio répéta la phrase que nous connaissions déjà et qui nous indignait, mais nous ne savions pas quoi répondre.

— L'Allemagne n'existe plus, nous sommes la RDA, dit Jan sur le chemin du retour, testant un argument que nous ne trouvions pas convaincant.

Le but n'était-il pas une Allemagne unifiée ? D'ailleurs, nous ne savions toujours pas quoi penser de l'Italien. Peut-être que cet ancien combattant de Mussolini était un agent impérialiste ? Jan dit que, lors de son prochain passage à Berlin, il interrogerait son père au sujet des badoglios, il connaissait ce genre de choses.

C'est ce qu'il fit. Peu après, mon chef de section me convoqua et m'accompagna au bureau du commandant. Ce ne fut pas lui, mais un inconnu en civil, qui se présenta avec un nom passe-partout et sans grade, qui m'interrogea pour savoir combien de fois et avec qui j'étais allé chez ce glacier, de quoi nous avions parlé, qui avait mené la conversation et ce que le propriétaire avait raconté au sujet de son intervention dans une unité de combat fasciste. C'était mon premier interrogatoire par un collaborateur de la Stasi, mais je n'en avais pas conscience. D'instinct, je donnai des réponses brèves, disant que je ne me rappelais aucune remarque méprisante sur l'école des cadets ou notre État, et que l'Italien n'avait jamais évoqué la période où il était badoglio. J'ajoutai que je n'avais été là-bas qu'avec le cadet Jan Langner.

On l'avait interrogé avant moi, comme il me le raconta plus tard, alors que nous étions tenus au silence. Il avait fourni les mêmes réponses. Nous supposions que son père s'était renseigné au sujet du badoglio auprès du commandant ou de quelqu'un d'autre, nous ne l'avons jamais su précisément.

Le père de Jan lui avait d'ailleurs tenu un long discours sur Mussolini et le rôle ambigu des Italiens. Lui-même avait dû, en tant que prisonnier, évacuer les ruines de la capitale du Reich avec des badoglios, au péril de leur vie. En tant que prisonniers de guerre, ils n'étaient pas mieux traités que d'autres travailleurs forcés. Et dans le camp, ils étaient de simples camarades.

À la fin de mon interrogatoire, lorsque je demandai avec gêne si nous avions encore le droit de retourner chez le glacier, l'agent afficha un rictus en disant :

— Ce sera difficilement faisable. Cet établissement vient d'être fermé.

Jan me raconta par la suite qu'il y était retourné seul, à la première occasion après son interrogatoire. La boutique était déjà fermée, le logement mis sous scellés. Aucun des voisins n'avait voulu lui dire ce que Monika et ses parents étaient devenus. Peut-être avaient-ils fui à l'Ouest. Était-ce la raison pour laquelle ils avaient attiré l'attention ?

On ne l'a jamais su, mais la dernière photo de la série faite par Jan à Naumbourg montre la quincaillerie condamnée au-dessus de laquelle on voyait encore le nom du propriétaire : Mario Sanna.

À l'école des cadets, il y en avait sans doute plus d'un qui n'allaient pas bien. Des années plus tard, j'ai rencontré à l'Académie un slaviste qui me paraissait familier, lui aussi avait été à Naumbourg, pas dans ma promotion, mais dans la même compagnie. Le dénommé Alexander Koch était né à Moscou en 1944. Il me dit que son père, ancien brigadiste, l'avait fait sortir de l'école des cadets parce qu'il était sur le point de se suicider. Les garçons de son dortoir s'étaient moqués de lui, l'avaient maltraité parce qu'il était juif circoncis. Alors même que je pensais ne plus avoir d'illusions sur l'école des cadets, je dis avec horreur : “Je n'ai jamais remarqué d'antisémitisme là-bas." Alexander Koch partit d'un rire amer. Lorsque son père s'était plaint, le commandant adjoint lui avait simplement demandé pourquoi, étant communiste, il avait un fils circoncis. Il y avait d'autres cadets d'origine juive, mais ça ne se voyait pas et ça ne posait donc aucun problème.

Pourtant, ajouta le slaviste en riant jaune, c'était sa grand-mère moscovite qui l'avait fait circoncire, son père n'était même pas d'accord. À la fin de la RDA, il avait fini par changer d'avis et il reposait aujourd'hui au cimetière juif de Weißensee.

La dernière année que j'ai passée chez les cadets, j'étais en troisième. J'allais devoir tenir encore trois ans jusqu'au bac, pensai-je. Le bruit courait que, parmi les quatre cents cadets, soixante étaient déjà partis. J'avais appris depuis longtemps à m'adapter, l'école offrait encore beaucoup d'avantages à quelqu'un comme moi. Je m'inscrivis aux fifres et tambours parce que je voulais apprendre la guitare, et je passais chaque minute de temps libre à lire.

La dissolution de l'école fut une surprise pour nous. Comme chaque année, notre compagnie était en camp d'été sur l'île de Rügen, au bord de la Baltique, c'était en juillet 1960. La mer était là, on la sentait, je pouvais la voir par les fenêtres de la cantine et l'entendre jusque dans mon sommeil, pourtant elle me restait étrangère. Cela avait beau être un été chaud, le froid nocturne traversait les salles de notre caserne, située le long d'une piste en béton dans un des blocs qui ressemblaient au gros œuvre d'une construction que les nazis avaient abandonnée en cours de route. Cet ensemble monumental s'étendait au bord de l'eau comme une barre, il me semblait qu'il éloignait même le vent salé. Dans la journée, nous transpirions au cours des marches de terrain, des compétitions de natation et des heures de conduite, mais la nuit, j'étais frigorifié entre ces murs sinistres.

Dès que possible, je me retirais dans un coin entre deux garages de béton ; j'étais en train de m'exercer à la guitare pour le programme culturel lorsque Jan surgit brusquement devant moi. "Les cadets, c'est terminé." Croyant qu'il plaisantait, je continuai de pincer les cordes et je n'arrêtai toujours pas lorsqu'il me raconta les détails. Dès le mois de mai, dit-il, le bureau politique avait décidé de dissoudre l'école des cadets. Elle était trop élitiste pour l'Armée populaire. Les commandants le savaient déjà depuis des semaines, les chefs de section seulement depuis hier. On voulait nous l'annoncer après notre retour à Naumbourg, mais il n'allait pas attendre jusque-là. Jan m'arracha la guitare des mains, me tapa sur l'épaule, on s'effondra dans le sable en jubilant avant de redevenir silencieux. Je me rendis compte que plusieurs cadets n'étaient pas revenus au camp d'été après une courte permission chez eux. Avaient-ils su quelque chose ? Le général était-il au courant, lui qui était bizarrement venu chercher son fils à Prora ce matin ? Nos chefs de section effarouchés couraient dans tous les sens en disant : "Demain, vous serez affectés à la moisson. La partie militaire du camp d'été prend fin immédiatement." Un cadet pleurait, allongé sur son lit.

Jan et moi, nous nous sommes soustraits au plan de liquidation en quittant tout simplement Prora. Nous avons préparé nos sacs à dos, prévenu notre chef de section déboussolé qui évoqua les conséquences engendrées par notre absence de discipline. Mais Jan avait téléphoné à son père et obtenu l'autorisation de rester chez sa grand-mère dans le village de Machandel jusqu'à la fin de l'année scolaire. Il était évident que je l'accompagnais.

Seule la guitare que j'ai abandonnée sur place me fit de la peine. Avant notre départ, Jan photographia la mer. Je vis la photo plus tard, c'était la première fois que je percevais l'immensité.

Je vais raconter tout cela à Clara. Je lui apporterai les boîtes de photos de Jan, je lui montrerai les bâtiments en W de l'école des cadets et la boutique sous scellés de Mario Sanna, je lui montrerai le visage flou de Monika et la mer à Prora. Nous verrons Jan et moi à quatorze ans, ce sera douloureux.

Mais je lui parlerai aussi de ma première visite à Machandel car c'est lié à Clara, à sa naissance.

On prit le train de Stralsund à Stavenhagen, puis un petit train jusqu'à Teterow et, de là, on marcha sur la nationale. En chemin, Jan me raconta incidemment que sa mère attendait un enfant dans les semaines à venir, donc pour ses parents c'était bien qu'il reste aussi longtemps que possible dans le Mecklembourg. Jan racontait souvent les choses importantes en passant, impossible de savoir ce qu'il pensait de l'arrivée d'un nouveau-né dans sa famille. Son père avait eu cinquante ans l'année précédente, je l'avais lu dans le journal parce qu'il avait reçu une décoration. La jolie mère de Jan avait trente-deux ans, neuf ans de moins que la mienne.

Nous avions déjà marché six kilomètres et il nous en restait autant à parcourir lorsqu'une Wartburg nous dépassa.

— Wilhelm Stüwe, grogna Jan lorsque le chauffeur se pencha hors de la voiture en train de ralentir et nous dit de nous dépêcher. – Mais Jan ralentit le pas et me retint. – Je ne monte pas avec ce type-là, dit-il en déclinant l'offre d'un geste.

Il ne voulait pas non plus lui donner nos sacs à dos, alors que la voiture allait en direction de Machandel.

Je demandai évidemment à Jan, tandis que nous marchions sur la chaussée poussiéreuse avec nos sacs de plus en plus lourds, pourquoi il ne voulait pas monter avec ce Wilhelm Stüwe.

— C'est un salaud, dit Jan brièvement, comme à son habitude. Il court après Lena et toutes les jeunes filles, et lorsque Natalia, la mère de Lena, était encore une travailleuse de l'Est, il l'a maltraitée.

Je fis la connaissance de Natalia et Lena ce même jour. Elles habitaient effectivement dans un château un rien délabré, avec les grands-parents de Jan. Sa grand-mère me plut d'emblée. Son mari, tout le monde l'appelait par son prénom, Arthur. En fait, ce n'était pas son mari, ils s'étaient connus ici, au château, en 1945. Il y avait un logement neuf dans le parc du château qu'on appelait l'annexe, mais la grand-mère de Jan et Arthur étaient restés dans leur appartement du premier étage, tandis que Natalia habitait en bas avec sa fille Lena, à côté de l'entrée principale.

Jan sauta au cou de sa grand-mère lorsqu'elle vint vers nous devant le château, elle m'enlaça moi aussi. Je trouvais ça gênant, même avec ma mère, je n'avais pas l'habitude. Ici, tout était différent. Le soir, nous nous retrouvions à la grande table de la vieille cuisine – la grand-mère et Arthur, Natalia et Lena, Jan et moi. Je m'aperçus que les gens d'ici en savaient long sur l'école des cadets. Jan leur avait parlé de moi et je me sentais à l'aise, comme si j'étais rentré à la maison.

Arthur, l'archetier, s'était aménagé au-dessus de l'étable un atelier où il flottait une odeur singulière de colle et de teinture, voire de tabac et encore autre chose que je n'arrivais pas à identifier.

“C’est le bois de pernambouc, lorsqu’on le ponce ou qu’on rabote même de minuscules copeaux, il dégage cette odeur âcre”, m’expliqua Jan avant de me montrer un embout que l’archetier utilisait souvent. Arthur, peut-être à cause de sa barbe inhabituelle pour l’époque, me semblait être un vieil homme avisé, alors qu’il n’avait que cinquante-quatre ans, presque mon âge aujourd’hui. La grand-mère de Jan avait cinquante-huit ans, ils se comportaient comme un jeune couple amoureux. Lorsque nous restions encore un moment ensemble après le repas, elle rapprochait sa chaise de la sienne, comme une évidence, puis elle appuyait sa tête sur son épaule. Je n’avais encore jamais vu de vieilles personnes si tendres l’une envers l’autre.

Je me mis à écrire tous les jours dans des petits carnets de vocabulaire ce que je vivais. Ils font partie des documents que j’emportai à Cambridge en 1988, Clara me les emballa et, lorsque je relis aujourd’hui les notes de cet été-là, les chiffres et les drôles de mots latins et espagnols, je revois l’atelier d’Arthur, les rabots et les spatules, les outils minuscules, les petites scies et les petits couteaux dont Jan savait se servir parce que l’archetier le lui avait appris dès l’enfance. Des morceaux du précieux bois de pernambouc étaient soigneusement rangés dans des boîtes et des caisses. Nous passions du temps dans l’atelier d’Arthur à l’étage, regardant ses mains colorées, l’écoutant nous raconter des histoires au sujet du fernambouc, l’arbre permettant de fabriquer des archets, l’ibirapitanga, comme l’appellent les autochtones brésiliens ; je me sentais transporté sur la bande côtière du Brésil, théâtre d’une immense tragédie écologique. On y avait abattu des millions d’arbres, alors que le pau-brasil, comme on l’appelait parfois, était l’arbre national du Brésil. Autrefois, ajouta-t-il, on fabriquait aussi des clôtures et des traverses à partir de cette précieuse essence parce qu’elle était résistante aux termites. De nos jours, on arrachait les vieux poteaux des clôtures pour les exporter.

— Le violon, c’est l’archet, nous expliqua Arthur.

Il sortit d’un placard fermé à clé une fine boîte garnie de soie contenant un étui en cuir. Il nous montra l’archet qu’il avait trouvé ici, au château, en 1945, un travail du célèbre archetier Charles Nicolas Bazin, qui l’avait probablement fabriqué en 1885.

— Ces archets très légers sont parfaits pour de la musique délicate. Une symphonie de Bruckner, en revanche, exige des archets de plus de soixante grammes.

Je n'avais encore jamais entendu parler de Bruckner, mais Arthur et la grand-mère de Jan possédaient un tourne-disque et de nombreux vinyles ; le soir, ils écoutaient de la musique en laissant la porte de leur salon ouverte, les sonorités résonnaient dans la vieille demeure presque vide comme dans une salle de concert.

— Le soir, je reste souvent sur le perron pour écouter, me raconta Lena, qu'ils appelaient la muette au village.

Lena avait quatorze ans, elle se comportait avec Jan comme avec un frère. Elle me mettait mal à l'aise, les filles m'étaient devenues totalement étrangères durant mes quatre années chez les cadets. Lena parlait russe avec sa mère, mais c'était un dialecte que je ne comprenais pas. Je ne voyais toujours pas pourquoi Natalia était restée en Allemagne. Je posai la question à Lena, avec laquelle Jan et moi allions souvent le soir à vélo au lac Düstersee, situé derrière une petite forêt de hêtres.

— Maman n'avait plus personne à Smolensk, répondit Lena dans sa jolie langue à l'intonation étrangère. Elle n'avait plus que moi. Là-bas, on l'aurait envoyée dans un camp. Et moi dans un foyer sans doute. Ici, elle est restée libre, elle a pu m'élever.

— Et ton père ?

— Il s'appelle Grigori Lasarov. Je ne le connais pas. Il était officier dans l'Armée rouge, prisonnier dans un camp près de Neubrandebourg, puis on l'a fait venir à Machandel pour travailler. Comme les officiers n'avaient pas le droit de se rendre, on a dû l'envoyer dans un camp pénitentiaire à la Libération, un camp pénitentiaire soviétique.

Je n'en avais pas entendu parler, mais cet été-là, j'entendis et je vécus beaucoup de choses que je ne connaissais pas.

Lena et Jan allaient nus dans l'eau avec un grand naturel, j'osais à peine les observer, pourtant l'image des petits seins pointus de Lena me suivait même quand je détournais le regard. Il y avait de nombreux trous d'eau aux environs du village, mais au Düstersee nous nous sentions seuls. Rarement, quelqu'un venait jusqu'ici, faisait quelques brasses et repartait. Nous passions des heures à parler, assis sur les rochers dans l'eau peu profonde. Un jour, on entendit un bruissement dans les roseaux et on aperçut un homme avec du matériel de pêche, celui dans la voiture duquel Jan n'avait pas voulu monter, Wilhelm Stüwe, qui était peut-être là depuis longtemps. Il fit comme s'il ne nous avait pas vus. Était-ce à cause de lui ou parce que Lena avait remarqué mes regards gênés – toujours est-il qu'un des jours suivants, elle arbora un nouveau maillot de bain à pois rouges. Mais sa silhouette mince, qui n'était plus celle d'une enfant, était encore plus attirante ainsi, ses seins se dessinaient sous le tissu humide. Jan ne semblait pas s'en apercevoir, il la poussait dans l'eau, se bagarrait avec elle et s'allongeait innocemment à ses côtés sur la couverture. J'étais jaloux de lui et de sa famille. Pas de ses parents à Berlin, j'y étais déjà allé, ils habitaient dans une maison à côté d'un parc, il y avait une intendante qui préparait les repas et faisait le ménage. La mère de Jan, qui suivait des cours par correspondance, semblait ne jamais avoir de temps et téléphonait sans arrêt. Le père de Jan posait des questions de temps à autre mais, lorsqu'on répondait, il avait lui aussi ce regard révélant qu'il pensait déjà à autre chose. Non, je ne lui enviais pas ses parents à Berlin, je lui enviais ça ici, le village, le lac, le naturel avec lequel il prenait la main de Lena, les repas à rallonge dans la cuisine du château, les concerts sur le tourne-disque, les soirées où on jouait aux cartes ou à des jeux de société. Ils s'écoutaient, se parlaient vraiment. Je crois que j'ai senti, durant cet été 1960 à Machandel, ce qui manquait là où j'avais vécu jusque-là : on ne se parlait pas. Ma mère ne m'a jamais parlé de ses sentiments, quasiment rien sur sa vie avant ma naissance. Nous parlions de ce qu'il y avait à faire dans la journée, du strict nécessaire. À l'école des cadets, ils nous encerclaient de phrases toutes faites, ils ne parlaient pas vraiment avec nous, ils ne voulaient pas non plus qu'on pose des questions. Comme si, au-delà des phrases jalonnées, les mots étaient des mines qu'il valait mieux laisser tranquilles, comme si les questions inattendues pouvaient les faire exploser. Lorsqu'il se passait quelque chose qui sortait de la norme, il n'y avait pas de mots pour le décrire. C'était aussi l'espoir d'une conversation qui nous avait attirés chez le glacier italien à Naumbourg, pas seulement la brune et souriante Monika. Excepté Jan, je n'ai pas vraiment parlé avec qui que ce soit durant les quatre années passées chez les cadets. Ici, à la grande table en bois dans la cuisine de Natalia et de sa fille, chez les grands-parents de Jan, c'était différent. Natalia partait tôt le matin à vélo dans un village voisin, la grand-mère de Jan aidait dans l'étable voisine. Elles nous en parlaient, interrogeaient l'archetier sur ses visiteurs du jour, riaient beaucoup, s'écoutaient ou parlaient tous en même temps, se coupaient la parole, se disputaient aussi, par exemple au sujet de la coopérative et des prospecteurs venus de la ville. Dans les environs de Machandel, il n'y avait pas de grands exploitants, seulement les propriétaires des domaines et, après la réforme agraire, de jeunes ruraux et d'anciens ouvriers agricoles, la plupart avaient adhéré volontairement à la coopérative parce qu'ils espéraient des horaires fixes et des congés. Certains néoruraux ne voulaient pas céder leurs terres, les prospecteurs les harcelaient et les menaçaient, après quoi quelques-uns étaient partis à l'Ouest en laissant la ferme et le bétail. Ils parlaient de tout cela sans précaution, sans peser leurs mots. C'est Lena qui parlait le plus mais, quand des inconnus se joignaient à nous, elle se taisait. J'étais content qu'elle ne me voie pas comme un étranger.

Un de ces soirs-là, Wilhelm Stüwe se trouva soudain dans la cuisine. Il était employé à l'administration du canton, m'avait brièvement expliqué Natalia lorsque je l'avais interrogée au sujet de ce voisin qui habitait dans une belle petite villa entre le domaine et l'étable. Wilhelm Stüwe salua et resta dans l'embrasure de la porte, comme s'il attendait la permission d'entrer. La conversation s'était interrompue. Le visiteur avait un vieux cahier à la main, le livre d'hôtes, qu'il nous tendit.

— Bonsoir tout le monde, répéta-t-il aimablement. Vous savez bien que l'inscription est obligatoire pour les nuitées des gens qui ne sont pas d'ici.

La grand-mère de Jan dit d'une voix agacée :

— Wilhelm, qu'est-ce que ça veut dire ? Tu connais Jan.

— Il ne vit pas ici, insista le visiteur. Et lui, là, dit-il en me désignant, c'est un parfait inconnu.

Le silence tomba.

— Un cadet, sans doute ? demanda Wilhelm. Ces messieurs sont en permission ? Ont-ils le droit d'être en civil ?

— Ça suffit maintenant. – Arthur prit le livre d'hôtes des mains de Wilhelm Stüwe avec un geste brusque. – Ce sera fait. Bonne soirée, Wilhelm.

Il fallut un moment pour que notre conversation reprenne, une certaine gêne flottait dans la pièce.

Plus de vingt-cinq ans plus tard, quand Clara, la sœur de Jan, acheta la vieille chaumière de Machandel avec son mari, l'inscription obligatoire existait toujours. Le livre d'hôtes était encore chez Wilhelm Stüwe, devenu un vieil homme. Il ne me reconnut pas, attendit, appuyé sur sa canne, à côté de nous dans l'entrée de la chaumière de Clara que tous les visiteurs se soient inscrits.

— Une formalité, c'est obligatoire, dit-il aimablement. On contrôle rarement ces registres mais, pour le cas où, il faut que tout soit en ordre.

Je feuilletai le gros cahier, cherchai l'année 1960, or le registre ne commençait que dans les années 80, et le vieux, soudain antipathique, me le reprit des mains.

Mon cœur battait la chamade lorsque je retournai au village avec Maria et les enfants durant notre première visite dans la chaumière de Clara. Natalia et Lena habitaient encore au château. Natalia avait vieilli, ses cheveux étaient gris, mais Lena ressemblait à sa mère autrefois. Elles me reconnurent sur-le-champ, alors que je n'étais pas revenu ici depuis le bac.

Quand je repense à mon premier été à Machandel, j'entends de nouveau la voix de la grand-mère de Jan ; elle chantait en nettoyant la cuisine ou en travaillant au jardin derrière le domaine ; un jour j'entendis la chanson qui était interdite chez les cadets : *Jadis s'envolèrent cinq cygnes sauvages*. L'archetier l'adorait parce qu'elle venait de son pays, il était né au bord du Niémen, raconta-t-il, mais il aimait aussi les autres chansons que chantait la grand-mère de Jan et, même lorsqu'elle ne chantait pas, il y avait de la joie dans le regard qu'il portait sur elle.

Je sais que cet été-là, seulement deux semaines après notre départ, elle est morte brusquement et qu'Arthur a quitté le village l'année d'après. Cet été 1960 fut le plus beau de mon enfance finissante, je me suis parfois demandé si je l'embellis dans mon souvenir, si mon bonheur était lié à la dissolution de l'école des cadets ou plutôt au fait que je n'avais pas encore expérimenté ce que je sais désormais : la mort était si proche. Aujourd'hui encore, je ressens la joie de ces semaines estivales.

J'étais libre. Je ne retournerais plus à Naumbourg. Je n'étais pas attiré non plus par Ilmenau. La grand-mère de Jan me pressa d'appeler ma mère. Le seul téléphone du village se trouvait dans l'atelier d'Arthur, où je joignis l'usine de caoutchouc à Langewiesen. C'était une bonne chose car ma mère avait reçu la veille une lettre de l'école des cadets qu'elle n'avait pas comprise, l'informant que j'étais exclu de l'appel final pour avoir quitté prématurément ma compagnie. On m'avait néanmoins réservé une place au lycée Goethe d'Ilmenau. Je lui expliquai ce qui s'était passé et ma mère, qui n'avait pas l'habitude du téléphone, cria dans l'écouteur : "Je suis heureuse que tu viennes !"

Je raccrochai et le téléphone sonna. Pensant que c'était de nouveau ma mère, je décrochai. Mais c'était Hans Langner, le père de Jan, je tendis le combiné à Arthur. L'échange fut bref. L'archetier me sourit, ouvrit la lucarne et cria d'une voix forte en direction du château : "Aujourd'hui, le 19 août 1960, Clara est née."

9

CLARA

Jeunes filles dansantes

Je n'oublierai jamais mon vingt-septième anniversaire parce que le lendemain, j'entendis la chanson de l'oiseau dans le genévrier, qui s'envole en emportant l'anneau de la sœur. Le professeur Simon pensait que c'était une vraie trouvaille, nous avions cru connaître tous les chants et les vers allemands qui reprenaient le conte du genévrier en le modifiant, et voilà que nous avions découvert cette chanson, qui plus est dans les environs d'un village qui s'appelait Machandel.

Je lui dis que Machandel ne s'appelait ainsi que depuis cent cinquante ans, il n'y avait auparavant que des saules et des collines. "Des collines de genévriers", précisa-t-il, passionné par la façon dont les caractéristiques du vieux mythe transparaissaient dans la chanson et dont l'histoire était liée à la symbolique de l'anneau. Il ne connaissait qu'une seule chanson similaire, originaire d'Allemagne du Sud et retranscrite il y a plus de deux cents ans. Il me critiqua cependant pour mon manque de professionnalisme dans la recherche de terrain, effectuée sans magnétophone. J'avais attendu des semaines avant de lui montrer la chanson, je voulais la garder pour moi au début, c'était la mienne, mon cadeau d'anniversaire. Mais lorsque je revins sur place avec mon professeur et un magnétophone, c'était déjà l'automne et la femme menue qui m'avait chanté la chanson était morte.

En fait, je n'avais pas eu l'intention de me consacrer à ma thèse le jour de mon anniversaire. Michael et moi passions nos vacances à la chaumière avec les filles, nous n'avions pas invité nos amis, que nous reverrions bientôt à Berlin, et mon père était en cure dans un foyer pour les victimes du nazisme. Ma mère aussi était en cure, une cure de désintoxication pour alcooliques, mais on n'en parlait pas.

Le matin, je trouvai devant la porte des roses anglaises fraîchement coupées, comme celles qui poussaient dans le jardin de Natalia, accompagnées d'une carte. Natalia et la muette avaient dû les déposer avant de partir au travail de bonne heure. J'étais contente et surprise qu'elles connaissent la date de mon anniversaire. Nous étions encore en train de prendre le petit-déjeuner lorsque le vieux Wilhelm apporta un pot de confiture de groseilles à maquereau d'Auguste, que j'ouvris aussitôt. Les bons vœux de Wilhelm ne m'étonnèrent pas, en tant que responsable du livre d'hôtes. Mes parents avaient un livre du même genre et ma mère, qui accordait beaucoup d'importance aux convenances, veillait depuis toujours à ce que chaque invité s'y inscrive. Ils avaient rarement du monde, les anciens camarades de camp de mon père étaient de moins en moins nombreux et ne voyageaient plus beaucoup. Ma mère n'avait pas d'amis. Lorsque j'ai fait la connaissance de Michael et qu'il ne s'était pas éclipsé assez vite après notre première nuit, ma mère l'attendait dans l'escalier avec le livre d'hôtes. Ce fut pour moi l'occasion de déménager. J'avais dix-huit ans, je venais de commencer mes études. J'emménageai dans la piaule d'étudiant de Michael, située Mulackstraße et, trois mois plus tard, on obtint l'appartement du Schlosspark, où je vécus jusqu'à il y a quelques années. C'est à Michael que je dois cette attribution étonnamment rapide et généreuse. Il avait insisté pour que je fasse une demande de logement auprès du bureau pour les parents des victimes du nazisme. Je ne voulais pas, mon frère n'avait jamais profité non plus de cette possibilité. Michael s'allia avec ma mère, qui remplit le dossier à ma place. Le président de cette commission d'attribution à Pankow était un ancien de Sachsenhausen et de Bergen-Belsen, il connaissait évidemment mon père, ça se fit donc très vite. J'étais contente, en même temps j'avais honte parce que d'autres attendaient des années et toute cette affaire entraîna ma première grosse dispute avec Michael. Si j'ai eu un enfant aussi vite, c'est peut-être pour justifier la taille de notre appartement. Pour la plupart de mes amies étudiantes, la naissance d'un enfant leur permettait d'accélérer le traitement de leur demande de logement.

Lorsque, le matin de mon vingt-septième anniversaire, j'entendis la voix d'Emma à la porte, le vieux Wilhelm se leva et s'en alla sans piper mot. On avait l'habitude, s'il n'était pas parti, Emma aurait aussitôt tourné les talons. Elle avait apporté des fleurs de son jardin et une fiole d'eau-de-vie de genévrier faite maison. Je lui demandai comment elle était au courant pour mon anniversaire, et elle rit :

— Tu l'as déjà fêté à Machandel l'année dernière. J'ai retenu la date. À vrai dire, j'aurais dû le savoir car il y a vingt-sept ans, on a dit au village que Johanna avait mis au monde le deuxième enfant de Hans Langner. L'eau-de-vie, je te l'offre parce que le genévrier te fascine. Ça donne quoi, ta thèse ? Je viens de repenser à quelque chose, au fait. Dans la chaumière voisine vivait autrefois un couple d'ouvriers agricoles. Jürgen Töpelmann est mort depuis belle lurette, mais Pauline vit en maison de retraite à Burg Schlitz depuis des années. Elle connaissait beaucoup de chansons, très vieilles, qui ne figurent plus dans aucun recueil. Y en avait une sur le genévrier. Vous ne devriez pas tarder à rendre visite à Pauline, elle est encore plus vieille que Mme Poschmann.

C'est ainsi qu'on décida d'aller ce même jour à vélo à Burg Schlitz. Nous avions un siège enfant pour Caroline, deux ans, tandis que Julia, huit ans, avait son propre vélo. C'était juste avant la moisson, les champs de céréales chargés et saturés de soleil s'étalaient entre les collines, encadrés par des coquelicots presque fanés et des bleuets. On avait aménagé les sentiers il y a plusieurs centaines d'années pour les piétons et les charrettes, les lourdes machines agricoles et les véhicules de l'armée les avaient rendus impraticables pour les voitures, nous devions nous aussi faire attention à cause des nids-de-poule et des grosses pierres. Des haies de pruneliers et de mûriers, lourdes de baies bientôt à maturité, envahissaient l'étroit sentier par endroits. Nous faisions beaucoup de pauses, cueillions des mûres, gravissions une colline, d'où l'on pouvait voir le lac de Malchin. La petite, fatiguée, dormit un moment là-haut, à l'ombre d'un buisson, nous autres étions allongés dans l'herbe et regardions le ciel mecklembourgeois d'un bleu irréel, sous lequel de gros oiseaux aux noms inconnus décrivaient des cercles. Nous étions si haut, infiniment éloignés de tout ce qui constituait notre quotidien. Le silence se remplit peu à peu de bruits que nous n'entendions jamais en temps normal, un bruissement, un bourdonnement et notre propre respiration. Lorsque mon mari lança soudain : "Jeudi, il y a une séance du groupe qui prépare la marche Olof Palme", il me fallut un moment pour comprendre de quoi il parlait.

Julia avait couru dans les environs et elle revint tout excitée, elle avait entendu un oiseau qui chantait comme Beethoven, dans la symphonie que nous avions en disque à la maison. "Di-di-di-dah, di-di-di-dah", imita-t-elle.

Lorsqu'on arriva plus tard à un grand chêne solitaire, on entendit le chant et on vit l'oiseau discret, à peine plus gros qu'un moineau. C'était un ortolan dont le chant ressemblait vraiment à l'ouverture de la *Cinquième symphonie*.

On traversa un village qui s'appelait Bartsche. Dans un manoir en ruine, quelqu'un avait tendu des cordes sur lesquelles séchait du tabac. Autour de la demeure, comme à Machandel, quelques chaumières, une ou deux grosses maisons en brique. Ce village se trouvait lui aussi sur une colline qui offrait une vue dégagée sur le paysage. Les rares habitants étaient assis dans leurs jardinets étroits, à l'ombre de leurs chaumières, les hommes avaient des bouteilles de bière à la main. Ils nous scrutaient sans rien dire, d'un regard hébété. On fit le tour du village circulaire, les détritus s'entassaient derrière les maisons comme un rempart. Il n'y avait pas de service de voirie, les habitants jetaient toutes les choses inutiles et surtout les bouteilles à quelques mètres derrière chez eux, au fil des années s'étaient formés des sortes de terrils qui se rejoignaient déjà. Encore quelques années et les détritus encercleraient le village. Les femmes travaillaient dans leurs petits potagers, je ne vis aucun enfant. On n'entendait que le gazouillis des nôtres. Deux ou trois voitures pillées gisaient sous un très vieux hêtre aux larges branches. Seuls l'arbre et l'arrêt de bus devant le manoir en ruine indiquaient à quel siècle nous vivions. Ainsi que l'antenne de télévision sur chaque toit.

Depuis ce village désolé, un chemin pavé descendait abruptement vers une grande route le long de vieux saules. On choisit de passer par les prés, on prit les vélos qu'on souleva au-dessus de clôtures basses, on franchit des haies, on aperçut des chevreuils et des lièvres, on longea des tumulus et une sépulture de pierres encore plus ancienne. Ces énormes blocs erratiques avaient été empilés tels des cubes de construction il y a peut-être quatre mille ans. “Ils sont deux fois plus vieux que le conte du genévrier”, estima Julia. Pour finir, on tomba sur un lac entouré d’ifs et situé dans un creux, où on se baigna. Puis on poussa les vélos sur des chemins agricoles dans la direction où nous supposions Burg Schlitz. Les chênes noueux au sommet des collines nous servaient de repère. En passant par une allée de pommiers, on s’approcha du parc abandonné où des dizaines de monuments étranges étaient dédiés à la belle Louise, à l’amitié ou à la patrie, évoquant le souvenir du non moins étrange comte Hans von Schlitz ; de nombreux chemins étaient envahis par la végétation, on se perdit en cherchant le château, on grimpa des talus escarpés et on finit par arriver à une fontaine avec une sculpture en bronze de trois jeunes filles dansantes qui se tenaient par le bout des doigts, tournaient en riant, les cheveux au vent, en apesanteur, au milieu de l’eau qui leur éclaboussait le visage. Les jeunes filles, bien que d’une minceur irréelle, paraissaient vivantes, le fin tissu de leurs vêtements semblait leur coller au corps à cause de l’humidité. Mes filles me prirent aussitôt la main et essayèrent de danser comme les jeunes filles de la fontaine, nous tournions en riant, l’eau jaillissait jusqu’à nous, mes filles glapissaient de joie. Michael immortalisa l’instant, la fontaine à l’arrière-plan et notre danse.

Nous étions enfin au point culminant du parc, devant le manoir à trois ailes. “Un château de conte de fées !” jubilèrent les enfants. Une femme d’un certain âge, qui nous avait observés depuis la fenêtre d’un bureau, nous adressa la parole.

C’était la fin d’après-midi, nous avions faim, les enfants étaient fatigués, c’est pourquoi je fus soulagée lorsque la directrice de la maison de retraite à laquelle on nous avait conduits me pria de revenir le lendemain ; Pauline Töpelmann, une des plus vieilles résidentes, était certes parfaitement lucide, mais épuisée aujourd’hui.

Le jour suivant mon anniversaire, je retournai donc à Burg Schlitz par la route avec la Trabant verte. Pauline Töpelmann s’avéra être une centenaire chauve et enjouée, qui me regarda avec curiosité de ses yeux bleus luisants depuis sa chaise roulante. Quand je lui demandai si elle se souvenait de Machandel, elle se moqua de moi : “J’ai vécu ben longtemps là-bas. Je suis pas stupide.”

Je lui passai le bonjour d'Emma Peters, son ancienne voisine. "Ah, la dame de Hambourg", dit-elle avec un certain dédain, mais contente quand même. Je lui parlai de mon travail et la priai de me chanter la chanson du genévrier. Elle me demanda quel bureau m'envoyait et si je pouvais faire en sorte qu'on remplace le capitaine de ce navire. D'ailleurs, elle n'avait pas acheté de billet et elle voulait retourner sur la terre ferme.

La conversation fut un peu laborieuse. Elle demanda le jour, on était jeudi. Elle dit que c'était de nouveau le jour du potage à la semoule. Elle n'avait jamais aimé ça, la semoule. Mais peut-être que je me trompais et qu'on était mardi. Le mardi, c'était purée de pommes de terre. On poursuivit un temps l'échange sur ce mode, et j'avais déjà abandonné tout espoir de l'entendre chanter la chanson, je m'apprêtais à prendre congé, lorsqu'elle dit soudain :

— Tu voulais-t'y pas l'entendre, c'te chanson, alors arrête de t'agiter. Tout doux. Elle se redressa dans son fauteuil et se mit à chanter en allemand moderne d'une voix pleine et étonnamment juste : *"En 1870, en marche vers la France, Augustine, qu'avait ma préférence, m'a beurré une tartine. Elle m'a dit : Mon cher grenadier, ainsi tu penseras à moi, comme tu m'as fait la cour, à l'entrée de la cave…"*

Visiblement, elle ne se rappelait plus le reste de la chanson car elle répéta la strophe.

J'étais aux anges.

— Vous tenez ça d'où ? Après tout, vous n'étiez pas encore née en 1870.

Son regard révéla qu'elle me trouvait très bête.

— Les chansons y sont toujours plus vieilles que soi, dit-elle.

— Qui vous l'a apprise ?

— Les chansons, ça s'apprend pas, ça vient tout seul, c'est dans l'air, ça s'respire.

Au bout d'un temps, la chanson du grenadier à l'entrée de la cave ne fournit plus de matière et, pour relancer la conversation, je l'interrogeai au sujet de son mari, qui avait encore labouré les champs avec des bœufs en tant que jeune ouvrier agricole, je le savais par Auguste Stüwe. Pauline Töpelmann acquiesça avec colère.

— Les bœufs, le régisseur y les changeait trois fois par jour, alors que l'ouvrier, c'tait le même du matin au soir dans les champs. On peut rien faire sans les ouvriers. Ici y a tellement d'cailloux dans les champs qu'ils ont dû enl'ver le soc. Mais les ouvriers y se sont pas enrichis pour autant.

Elle se remit brusquement à chanter, une mélodie monotone comme une comptine : *"L'ouvrier, il a rien dans l'intestin. Affamé, forcé d'courir derrière le soc."* Une autre vieille, petite et frêle comme une jeune fille, l'avait rejointe et elles entonnèrent en chœur : *"Il a pas l'droit d'râler, pas l'droit d'grogner. Il court derrière le soc !"*

— Est-ce que vous connaissez aussi la chanson du genévrier ? dis-je en m'adressant aux deux femmes.

Pauline redemanda quel bureau m'envoyait et dit qu'il fallait veiller au bien-être des ouvriers.

— Qui s'en charge ? demandai-je.

— Le régisseur, dit-elle vaguement. Ou le président de la coopérative ? C'est-y pas lundi aujourd'hui ? Le lundi, on chante l'après-midi, mais pas l'jeudi.

Lorsqu'elle mentionna le régisseur, je me dis qu'elle devait forcément connaître le village et ses histoires secrètes. Elle avait habité dans notre chaumière, juste à côté de Marlene.

Je l'interrogeai au sujet de la jeune fille.

— La p'tite Marlene, dit-elle d'un air soudain grave. Elle dort déjà.

D'ailleurs, elle était fatiguée, qu'on la ramène dans sa chambre. Je poussai sa chaise roulante dans un long couloir. L'autre femme nous rejoignit à petits pas, elle me montra la porte derrière laquelle se trouvait une grande salle avec plusieurs lits. Dans un des lits, une femme priait à voix haute :

— Seigneur, fais-moi dormir.

— Elle dit ça sans arrêt, râla Pauline Töpelmann. Et, à elle-même : Son heure est pas encore venue. Marlene, elle dort. Marlene dort à Sachsenberg.

— Pourquoi est-ce qu'elle dort ?

Je sentais mon cœur battre la chamade.

— Parce qu'elle va rester là-bas, à Schwerin, vu qu'ils l'ont tuée.

Je repensai aux articles de journaux sur le procès de 1946 contre les infirmières et les infirmiers de la clinique de Sachsenberg.

— Marlene était-elle folle ?

— C'tait juste une brindille. Sa mère s'est occupée seule de ses frères et sœurs. Elle était pas bête. C'est Wilhelm qu'a dit ça. Il a dit du mal d'elle à la police, et on l'a cru. Elle l'aurait soi-disant attaqué avec un couteau. Après quoi les infirmiers de Gehlsheim l'ont attrapée et emmenée.

— Pourquoi Gehlsheim ? Elle n'est pas morte à Schwerin ?

— Au départ, c't à Gehlsheim près de Rostock qu'ils l'ont envoyée. C'était p'tête trop plein là-bas, qu'est-ce que j'en sais. Ils ont envoyé les fous à Domjüch et à Schwerin. Ils les ont tués partout.

— Est-ce que les gens étaient au courant ? lui demandai-je.

Pauline sourit.

— Moi oui. Le fils de la femme à mon frère, il a eu une méningite petit. Il était un peu lent, il aurait dû être envoyé à Gehlsheim, ils voulaient y apprendre des trucs pour y rendre intelligent. Mais la femme a pas voulu, elle a enfermé l'gamin dans l'étable quand y sont v'nus. Elle a dit que le gamin était à Ratzebourg chez sa grand-mère. C'est comme ça qu'il a survécu. Après la guerre il s'est noyé accidentellement. S'il était allé à Gehlsheim ou à Schwerin, ça en aurait été fini direct. Il servait à rien, donc il avait rien à grailler. Comme la p'tite Marlene. Elle, elle était chez les fous, Emma lui a rendu visite, l'élégante de Hambourg.

La vieille femme me fit signe d'approcher et me glissa à l'oreille :

— Le fils de Fritze Timm, de Lalenhagen, il était infirmier à Schwerin. C'était pas ben net là-bas… Ils v'naient les chercher en bus. Seules les chaussures sont revenues. Beaucoup sont morts à la clinique. Ils les ont toujours aidés à mourir.

J'avais le vertige. Bien sûr, j'avais déjà lu des choses sur le sujet, mais ces histoires n'avaient jusque-là aucun rapport avec moi. Marlene en revanche, qui avait posé son regard sérieux sur moi dans l'album photos rongé par les souris, qui avait vécu dans ma maison, franchi nos portes, elle connaissait la pierre du matin dans l'entrée, la vue sur la colline de genévriers. Dans les allusions de Pauline Töpelmann, je retrouvais les noms de gens qui étaient aujourd'hui mes voisins à Machandel.

— Wilhelm – c'était Wilhelm Stüwe ? demandai-je.

— Wilhelm Stüwe, l'homme d'Auguste.

— Il a dit qu'elle était folle ? Pourquoi ?

— T'as qu'à lui demander, maugréa Pauline, qui descendit avec une agilité étonnante de sa chaise roulante, enleva ses pantoufles, s'allongea sur son lit et me tourna le dos.

Je remarquai que le haut plafond de la chambre était peint en couleurs ternes, des scènes de chasse et des têtes d'animaux.

— Wilhelm est un porc, dit Pauline Töpelmann avec amusement, en désignant la gueule d'un verrat. Un porc qui s'prend pour l'chasseur.

Dans le couloir, l'autre petite dame, celle qui connaissait aussi la chanson de l'ouvrier, était encore là. Elle retint mon bras au moment où je passai devant elle.

— La chanson du genévrier, dit-elle à voix basse.

— Vous la connaissez ? demandai-je, encore chamboulée par les récits embrouillés de la vieille Pauline, qui n'étaient pas si embrouillés que ça.

La résidente acquiesça, me ramena dans la salle commune, me fit signe de m'asseoir, resta debout et, s'appuyant au dossier d'une chaise telle une chanteuse d'opéra au piano à queue, elle entonna d'une voix fluette et tremblante la fameuse chanson : *"Genévrier, mon arbre adoré, c'est la tristesse qui m'amène ; un mauvais rêve m'a fait pleurer, j'ai le cœur en berne. Ma couronne de myrtes était en fleur, rouge comme le sang, est-il malade, l'amour de mon cœur, ou est-il mort, je le sens ?"*

Je connaissais les paroles de Hermann Löns, j'avais fait un exposé à la fac sur cette chanson qui n'était pas une chanson populaire, mais un lied reprenant différents motifs de chansons populaires. J'étais émue par la vieille chanteuse, bien qu'un peu déçue, je la remerciai et m'apprêtais à m'en aller.

— Je connais une autre chanson sur le genévrier, affirma-t-elle, puis elle reprit sa pose, attendit que je m'installe et elle se mit à réciter, davantage qu'à chanter, un long chant de sa voix de vieillarde.

Il me semblait qu'elle mélangeait quelques strophes ou qu'il en manquait. Une d'elles m'alla droit au cœur. Je demandai à la chanteuse d'où elle était originaire, d'où elle connaissait cette chanson. Elle haussa les épaules.

— J'ai quatre-vingt-sept ans, comme ce siècle, j'ai toujours vécu à Teterow et cette chanson, on la connaît, voilà tout.

Je la priai de répéter la strophe en question. Elle reprit la pose et je pris des notes.

Lorsque je lus le texte de la chanson à Michael sur notre terrasse à Machandel, il rit :

— Tu collectionnes le kitsch.

Vexée, je rentrai dans la maison, il me rejoignit et m'enlaça, effrayé.

— Tu pleures.

Je m'en rendis compte et je sentis que je pensais à Jan. La vieille femme avait chanté : *"Je vis mon beau frérot, un joli et gentil oiseau. Dans le genévrier il sautillait. Mon anneau je lui lançai, il l'emporta dans son bec et s'envola vers la forêt, vers l'inconnu. Mon anneau, mon frérot sont partis à jamais, adieu, adieu, adieu."*

10

NATALIA

Comme un gros orage

Fin septembre 1943, on avait chassé les Allemands de Smolensk. Je l'appris par Dunia. J'étais déjà allée plusieurs fois à Kuhelmies chercher de la farine car ils faisaient leur propre pain à Machandel. Ils m'avaient montré comment diriger la voiture à cheval. Je n'avais pas peur des chevaux de toute façon, seulement des humains. À Kuhelmies, Dunia m'emmenait à l'étang des carpes, nous nous installions en cachette sous les branches d'un saule, tandis que les commis chargeaient les sacs de farine. Dunia avait de la chance, le meunier Mevius la traitait bien, elle pouvait même écouter la radio avec les autres. Un jour, elle eut le droit de rendre visite à Anna, sa sœur jumelle qui travaillait dans une ferme loin d'ici. Anna, elle, n'avait pas de chance, on la battait et la nourriture qu'on lui donnait était plus mauvaise que celle des chiens du paysan.

Dunia me dit que la guerre n'allait plus durer très longtemps, elle savait que les nôtres avaient repris Smolensk, elle voulait que je montre ma joie. Mais j'avais dû perdre l'habitude de l'exprimer. Dunia m'enlaçait et me câlinait comme sa sœur. Ce que je n'étais pas, même si nous avions vécu des choses similaires. J'avais perdu mes camarades de classe et, si j'avais une amie, c'était Marlene à Machandel.

Lorsque la cuisinière m'envoyait chercher des herbes dans les champs, Marlene confiait les plus jeunes à l'aîné des garçons pour m'accompagner. Je n'avais certes pas le droit de fréquenter les Allemands, mais Marlene se contentait de rire en disant que rien ne lui était interdit et que ramasser des herbes, c'était du travail, pas des relations sociales. Très agile, elle connaissait chaque plante et mon panier se remplissait en un rien de temps, après quoi on s'allongeait dans un creux près des tumulus ; si quelqu'un était passé par là, le genévrier dru comme une haie nous aurait protégées des regards. Mais personne ne passait jamais et nous pouvions tout nous raconter. Marlene était la seule Allemande de Machandel à me questionner sur mon pays et la vie là-bas. Seul le régisseur m'avait un jour laissé entendre qu'il savait que j'étais originaire de Smolensk. Marlene, elle, voulait savoir à quoi ça ressemblait. Je lui parlais de ma maman et des champs de tournesols et du Dniepr et même de ma tante et des icônes dans la cathédrale de la Dormition. Et de Kolia. Je lui chantais les chants appris à l'école, la langue étrangère l'amusait. Quand Marlene riait, ce n'était pas vexant, on ne pouvait s'empêcher de rire avec elle jusqu'à ne plus savoir pourquoi. C'était bien d'avoir Marlene comme amie. Elle me parlait elle aussi de sa mère et de son père, le berger du domaine, parti à la guerre en tant que soldat. Sur le front de l'Est. Elle décrivait son père comme un homme grand et fort avec le sens de la justice et une façon de hausser les sourcils qui faisait obéir tout le monde. Plus tard, une fois la guerre finie et Marlene déjà morte, Paul Peters revint au village et je mis longtemps à comprendre que ce bonhomme peureux, qui ne regardait personne dans les yeux, était le père de Marlene. Sans doute était-il différent autrefois. Il faut dire que, quand je fis sa connaissance, il n'avait plus qu'une jambe et c'était Emma qui décidait dans la chaumière des Peters. Lorsque Marlene m'avait parlé de son père à Machandel, il se trouvait dans un hôpital militaire quelconque. Peut-être était-il à Smolensk et les nôtres l'avaient-ils chassé en même temps que les Allemands. Peut-être était-il là lorsqu'on m'avait capturée dans la rue. Je ne pouvais m'empêcher de penser ça car tous les hommes allemands me faisaient peur. Marlene avait seulement peur de Wilhelm Stüwe. Il lui arrivait de pleurer en posant sa tête sur mon épaule.

La plupart du temps, elle était gaie quand nous étions ensemble, elle m'offrait chaque fois quelque chose, une de ces pierres bleues vernissées qu'on trouvait dans les champs, ou une plume de grue. Elle savait beaucoup de choses. Derrière le Wieversbarg, avant Klabow, se trouvait la prairie Flatenwiese ; un jour de fin d'été, des centaines de gros oiseaux se retrouvèrent brusquement dans l'eau peu profonde. D'où venaient-ils, que venaient-ils faire ici ? Marlene savait que les grues se rassemblaient ici avant de partir vers le sud en octobre, en survolant les Alpes. Elles venaient des pays baltes via la mer Baltique, dormaient dans l'eau peu profonde à cause des renards. Marlene me dit qu'un couple de grues restait ensemble toute sa vie. Nous regardions ces beaux oiseaux sans avoir besoin de dire que nous les enviions parce qu'ils allaient bientôt s'envoler. Chacune ressentait ce que l'autre pensait.

Elle savait également d'où venaient les petites pierres vernissées bleues et vertes, quelquefois marron, qu'on trouvait à certains endroits dans les champs, ramenées à la surface par chaque averse. J'en avais déjà ramassé quelques-unes, elles reposaient telles des pierres précieuses sur une planche dans ma chambre, la plus belle venant de Marlene, une pierre vernissée bleue en forme de cœur avec une goutte verte et transparente sur le dessus, il m'arrivait de la garder dans la poche de ma veste et de la tourner vers le soleil pour que la lumière s'y reflète. Elle me raconta qu'ici, voilà deux cents ans, un ouragan avait dévasté les grandes forêts de hêtres. Pour ne pas gâcher le bois des arbres abattus, on avait aménagé de nombreuses verreries. Les fours de verrier ressemblaient à des fours classiques, sauf que l'intérieur était recouvert d'une épaisse couche de verre fondu puis reducri. Marlene me montra les restes des fours dans les buissons et les clairières ; les pierres dont ils étaient faits se désagrégeaient, on pouvait en emporter un morceau vernissé.

Marlene connaissait aussi les vieux noms des prairies et des collines entourant Machandel, ainsi que leur origine. Galgenberg et Gillandsmoor, Klinkenberge et Rospalke, Lutken Wokerde et Kretstein. Ces noms, me dit-elle, prouvaient que les Slaves avaient vécu ici bien avant les Germains. Elle tenait tout cela de son père, qui lui avait expliqué que Kuhelmies ne signifiait pas le fumier de vache, comme le prétendait la cuisinière, mais le coin des rossignols. Il le tenait de son père, qui le tenait d'un berger. J'apprenais beaucoup de choses avec Marlene. Et je pouvais enfin utiliser les nombreux mots allemands dont je connaissais le sens depuis longtemps, or je n'avais personne à part elle pour m'écouter. De même que la langue allemande était devenue une partie de moi, de même je me familiarisais avec le paysage, j'arrivais à le comprendre grâce aux explications de Marlene et, peu à peu, il devint aussi le mien.

J'appris à mon tour des choses à Marlene. Elle ne connaissait pas Heinrich Heine. Je lui récitai le poème que je savais par cœur depuis l'enfance sur le sapin *rêvant d'un palmier / qui, au lointain Levant, / seul et silencieux s'afflige / sur un rocher brûlant.* Cela lui plut, je me désolai de ne pas connaître d'autres poèmes allemands. Il n'y avait aucun livre dans la chaumière de Marlene. Seulement la Bible, les manuels scolaires de sa fratrie et un recueil de contes abîmé qu'elle me prêta.

J'y trouvai une histoire qui s'appelait comme le village, Machandel, le genévrier. Un conte bizarre. Je le lus encore et encore, en allemand et en dialecte, le livre de Marlene comportant les deux versions, jusqu'à en connaître chaque mot. Ça parlait de la mort, mais aussi de la naissance d'un enfant, de mensonge et de trahison, de simulation et de transformation. De deuil et de revanche. De cruauté et d'amour. Je savais que les contes ne sont pas la réalité, ils reprennent ce qui s'est passé un jour ou l'autre, d'une façon ou d'une autre, même si c'est différemment et ailleurs. J'aurais aimé en parler avec Marlene. Mais dans la saison froide, la cuisinière ne m'envoyait plus à l'extérieur. Lorsque je savais que j'avais une ou deux heures de libre, je rendais visite à Marlene et à la fratrie dans la chaumière, je l'aidais à laver le linge dans un baquet. Un jour où le régisseur me vit franchir la porte de Marlene avec le seau d'eau, il me rappela que je n'avais pas le droit de fréquenter les Allemands en dehors du travail. Marlene se fit blâmer également, elle me le raconta en hâte lorsqu'elle vint chercher les restes de nourriture. Elle me demanda de venir tard le soir à notre endroit près des tumulus. M'étant déjà souvent faufilée dehors la nuit, je savais qu'il existait une vie nocturne avec des bruits et des odeurs spécifiques, des gens qui allaient et venaient dans l'obscurité, portaient des choses lourdes et ne voulaient pas être vus. Je ne voulais pas être vue non plus, mais je connaissais les chemins qui traversaient les ombres nocturnes, je savais où me cacher quand surgissait Wilhelm Stüwe, que j'avais déjà aperçu plusieurs fois la nuit.

C'était justement de Wilhelm Stüwe que Marlene voulait me parler. Je savais depuis longtemps qu'elle le craignait, elle n'avait pas besoin non plus de me dire qu'il la harcelait, je connaissais son regard lubrique et je l'avais vu sortir deux fois de la chaumière de Marlene la nuit. Cela durait depuis un bon moment, me raconta Marlene ; peu après la mort de sa mère, il s'était mis à la tripoter et à l'épier lorsqu'elle cherchait du bois dans la remise ou allait aux champignons. Elle avait tenté de se plaindre de Wilhelm auprès de l'intendante du château, qui l'avait renvoyée en disant : "Ce genre de choses n'arrive jamais aux jeunes filles décentes." Comme si c'était la faute de Marlene. L'intendante ou quelqu'un d'autre avait cependant dû en parler à Wilhelm car il était venu dans sa chaumière, l'avait plaquée contre le mur, avait palpé ses seins sans ménagement, menacé de l'envoyer dans une maison de correction et les enfants à l'orphelinat si elle continuait de le débiner. Il ajouta qu'il avait des relations dans l'administration. La petite sœur de Marlene, celle de sept ans, l'avait entendu, elle n'avait pas vraiment compris de quoi il s'agissait, elle avait pleuré pendant des jours et obtenu la promesse qu'ils n'iraient pas à l'orphelinat, jamais, Marlene ferait tout ce que Wilhelm voudrait.

Depuis, dit-elle, elle allait aux champignons uniquement quand Wilhelm n'était pas à Machandel, sauf que maintenant, il venait la nuit, il frappait à la fenêtre, elle devait lui ouvrir et il l'assaillait dès l'entrée. Un jour, elle n'avait tout simplement pas ouvert, mais ses frères et sœurs l'avaient entendu cogner, ils gémissaient de peur. Wilhelm menaça d'enfoncer la porte, elle avait donc fini par lui ouvrir, Wilhelm était saoul et en colère cette nuit-là, il l'avait battue, puis pénétrée sur les briques dures de l'entrée. À présent, elle craignait d'être enceinte et qu'on lui enlève les enfants. Je pris Marlene dans mes bras, on pleura, je ne voyais pas quoi faire, à part lui suggérer de se confier à la cuisinière, je ne connaissais pas d'autre personne généreuse à Machandel.

La nuit dans ma chambre, j'entendais les souris et je repensais à Smolensk, j'imaginais que la guerre était bientôt finie, après quoi, croyais-je, espérais-je, cette violence cesserait, le père de Marlene et mes parents reviendraient, j'étudierais à l'institut pédagogique pour devenir enseignante comme ma mère. Peut-être professeure d'allemand moi aussi car je connaissais la langue maintenant, je comprenais que chaque mot ou presque avait plusieurs significations et que différents mots signifiaient la même chose. Danger de mort. Risquer sa vie.

Marlene parla à la cuisinière, elle me le dit quelques jours plus tard lorsqu'elle vint me voir dans ma chambre au château afin de récupérer le recueil de contes pour ses frères et sœurs. La cuisinière lui avait dit de cueillir des baies de genièvre, pas celles de nos arbres, celles du genévrier sabine ou sabinier qui poussait dans les cimetières et le parc de Burg Schlitz. D'après la cuisinière, ces baies toxiques permettaient d'interrompre une grossesse. Marlene dit qu'elle ne savait pas si elle était enceinte, elle ne voulait pas ramasser de baies toxiques, elle voulait juste que Wilhelm lui fiche la paix et elle le tuerait s'il revenait la voir. Je fus horrifiée par l'expression de son regard mais, avant que je puisse répondre, la cuisinière m'appela, referma la porte de la cuisine derrière moi et me dit :

— Tu sais bien que tu ne dois pas fréquenter les Allemands en dehors du travail et la p'tite Marlene n'est pas recommandable de toute façon.

Je n'ai pas assisté au moment où on est venu la chercher. Ils en parlaient en cuisine, aux foins, au bûcher, en reprisant les sacs, et j'entendis même la baronne en discuter avec sa fille. Tous racontaient que Marlene était devenue folle, qu'elle avait perdu la raison, cela faisait sûrement trop pour elle de s'occuper de sept frères et sœurs, sans nouvelles du père depuis des mois. Elle avait négligé les petits, c'était une vraie porcherie à la fin. Personne n'avait remarqué qu'elle allait si mal, faut dire aussi qu'elle avait toujours été bizarre. Exactement comme sa mère, la demi-Polaque. En tout cas, quelqu'un avait prévenu l'assistance publique, peut-être l'instituteur de Klabow, qui tenait sûrement aux petits. Ou alors Wilhelm Stüwe ou Auguste, qui sait.

Et puis il y avait ce bruit qui courait, selon lequel Marlene était enceinte. N'était-elle pas tout le temps fourrée avec cette Natalia ? Voire avec les Polonais et les Russes du foyer pour étrangers ? Ils en parlaient même en ma présence, m'interrogeaient au sujet de Marlene, me demandaient si je ne la trouvais pas bizarre, moi aussi, mais je faisais comme si je ne les comprenais pas.

Il paraît qu'une assistante sociale de Teterow passa dans la chaumière de Marlene, pas longtemps, personne ne savait qui l'avait fait venir, ce qu'elle avait vu ou raconté. Quelques jours plus tard, une ambulance du service de transport d'intérêt général de Rostock arriva, deux hommes en blouse blanche se rendirent dans le logement central de la chaumière. Wilhelm se tenait devant l'étable à l'arrivée de l'ambulance. La cuisinière sortit en courant de la cuisine avec plusieurs autres femmes. J'étais dans la chambre à coucher de la baronne, occupée à cirer le parquet, lorsque j'entendis des cris dehors. Mais les fenêtres de la chambre donnaient sur le parc, où on ne voyait rien.

Il paraît que Marlene sortit de sa chaumière, marcha entre les deux hommes, très calmement, d'après les témoins. Ses frères et sœurs n'étaient pas là, les aînés se trouvaient à l'école de Klabow et les trois plus jeunes avaient dû se cacher dans leurs lits de la chambre du fond, mais les hommes ne venaient pas pour eux de toute façon, sur leur bon de transport ne figurait que le nom de Marlene Peters.

Alors que la portière du véhicule était déjà ouverte, Marlene s'était, paraît-il, brusquement mise à courir. En direction de l'étable. Elle s'était précipitée sur Wilhelm, lui avait sauté à la gorge comme une martre et avait tenté de l'étrangler en hurlant. Les hommes l'avaient vite rejointe et conduite fermement jusqu'au véhicule, après quoi elle s'était calmée d'un seul coup. Mais son visage était si déformé que tout le monde comprit qu'elle était devenue folle. Une bonne chose que les hommes l'aient emmenée, dirent les témoins.

Une fois Marlene partie, je suis tombée malade. Comme au camp de transit de Varsovie, j'avais de la fièvre et je n'ai plus qu'un vague souvenir de ces semaines. Ils m'apportèrent du thé et de la soupe dans ma chambre, et même une couette parce qu'il faisait froid. J'ai de la chance qu'ils ne m'aient pas renvoyée à Schwerin, dans une station ambulatoire pour les travailleurs de l'Est invalides. Quand je fus d'aplomb, c'était novembre. J'étais faible, pourtant je me sentais légère et intouchable. L'intendante m'envoya aussitôt faire le ménage dans la salle de bains, je vis mon visage dans le miroir, c'était celui de maman, qui m'avait dit : "Budj silnoi." Je suis forte, maman, pensai-je, je n'ai plus peur maintenant que j'ai ton visage.

L'intendante fit le tour du domaine en demandant à tout le monde de se réunir dans le hall d'entrée autour d'un poste de radio qui n'était pas là avant ma maladie. Ils allaient entendre un discours important de leur Führer. L'espace d'une seconde, elle me regarda avec hésitation, se demandant sans doute si je faisais partie du personnel, comme ils disaient, ou de la maisonnée, puis elle se détourna. Ils étaient déjà tous réunis, les femmes de la cuisine, la baronne, le régisseur, seule Mademoiselle manquait, elle était en voyage. Même Wilhelm Stüwe se tenait modestement, le bonnet à la main, contre le mur avec sa femme. Il avait le droit d'être là, en tant que surveillant il avait presque le même rang que le régisseur. Je le fixais, il gardait les yeux baissés. Ils m'envoyèrent dans l'annexe chercher des réserves de bois destinées au chauffe-bain à l'étage. Je portais les hottes en passant par l'escalier de service, mais j'entendais quand même les aboiements de leur Führer. Comme un chien méchant, pensai-je. J'entendais aussi des hennissements, qui provenaient du parvis du château.

La voiture à quatre chevaux arrivait de Kuhelmies, ils apportaient de la farine au boulanger de Mamerow et venaient récupérer les sacs vides au passage. L'agitation régnait dans le hall d'entrée, le régisseur était agacé parce qu'il ne voulait pas rater un mot de l'important discours, ils m'ordonnèrent brusquement d'aller chercher les sacs reprisés. Dunia n'était pas venue, seulement un commis du meunier et le petit Josef. Ils avaient deux Polonais à Kuhelmies, le petit et le grand Josef. Le grand venait de Czestochowa. Le petit – il avait à peine mon âge, dix-huit ans – me dit que là où il était né, c'était aujourd'hui l'Ukraine, je devais bien retenir la date, et que les Allemands avaient abandonné Kiev, la capitale. La date en question, c'était le 8 novembre 1943, je m'en suis souvenue toute ma vie parce que c'est le jour où je fus d'aplomb. Or Kiev avait été reprise dès le 6 novembre, et non le 8, je l'ai su après la guerre. Le petit Josef s'était trompé, je n'ai pas pu le lui dire car je ne l'ai jamais revu. Quelques semaines plus tard, le surveillant de Kuhelmies le battit à mort avec une fourche, comme ça, juste parce qu'il ne voulait pas révéler où le grand Josef avait passé la nuit. Ce dernier était avec une jeune Polonaise à Steinhagen, le village voisin. Après la guerre, il s'installa avec elle à Czestochowa. Mais avant, avec les autres Polonais, il pendit le surveillant le 5 mai 1945 au chêne solitaire, à côté du moulin à eau.

Une fois tous les sacs chargés, le petit Josef me refila une cigarette. Je n'aimais pas les cigarettes et je voulus la lui rendre, mais je finis par la garder. Je la posai dans ma chambre, sur le tas de vêtements de Smolensk.

En novembre 1943, je ne pensais pas que la guerre allait durer aussi longtemps car, même à Machandel, on sentait une grande agitation. Ils durent rendre leurs montures, ils eurent seulement le droit de garder un lourd alezan et deux chevaux légers pour l'agriculture. Mon chef ne lisait plus tranquillement son journal le matin, il ne se faisait plus servir des grives rôties, maintenant il téléphonait sans arrêt dans son bureau, il enguirlandait Wilhelm Stüwe, responsable de la main-d'œuvre à la baraque des saisonniers, et il passait des heures à se concerter avec la baronne. Ils essayaient de faire reclasser le château comme établissement de défense essentiel à la guerre, ce qui leur permettrait, croyaient-ils, de récupérer leurs chevaux. Ils ne s'étaient toujours pas rendu compte que je comprenais tout, ils parlaient comme si je n'étais pas là. Ils ne baissaient pas non plus la voix en entrant dans une pièce où j'étais en train de faire le ménage. Ils me chassaient tout au plus comme une mouche. Ils s'inquiétaient également pour l'approvisionnement en essence. Ils avaient une voiture nommée Opel, conduite par la baronne. C'est dans cette voiture qu'ils m'avaient cherchée à Schwerin et ramenée à Machandel. L'autre voiture, qu'ils appelaient la DKW, c'est le régisseur qui la conduisait. Comme ça faisait longtemps qu'ils n'avaient plus d'essence pour celle-là, ils avaient fait poser un timon et enlever un morceau du pare-brise pour faire passer la bride des chevaux. Pour ralentir, ils utilisaient un câble de frein et roulaient au point mort. À présent, ils n'avaient même plus de cheval pour leur carrosse.

Câble de frein. Point mort. J'entendais ce qu'ils disaient et j'apprenais de nouveaux mots. Je découvrais ce qu'ils pensaient, je sentais leur peur grandissante à l'idée que la guerre qu'ils avaient envoyée au loin puisse leur revenir en pleine figure. Cela me rappelait le conte du genévrier, quand les os du frère se transforment en oiseau à la fin, quand la p'tite Marlene et le père sont à table, ils sentent l'oiseau approcher et le père dit : *Ah, comme je me sens léger, comme je me sens bien.* Je ressentais la même chose depuis l'hiver, malgré tout, mais les autres étaient comme la mère du conte, assise elle aussi à table en disant : *Non, moi j'ai peur, comme si un gros orage allait éclater.*

Cet hiver-là, l'intendante démissionna. La baronne n'engagea personne d'autre. Je savais, me dit-elle, ce qu'il fallait faire, et elle me donna pour tâche d'instruire les femmes du village qu'elle sollicitait les jours de grande lessive ou quand il y avait des invités. Le régisseur intervint pour lui rappeler qu'aucune femme allemande n'était tenue de m'obéir et que c'était à moi, la travailleuse de l'Est, de recevoir les instructions des Allemands. Ça me convenait. J'étais autonome dans mon travail la plupart du temps, je décidais moi-même quelles chambres je nettoyais et quand je faisais les fenêtres.

L'intendante m'avait laissé un gros paquet de vêtements et de linge à elle, ainsi qu'une paire de bottes d'hiver. Elle était plus maigre et plus grande que moi, pourtant les chaussures m'allaient. J'étais ainsi mieux habillée que les femmes d'ouvriers. Le régisseur ne s'en aperçut pas, fort heureusement. Certains soirs, avant de m'endormir, je songeais à m'enfuir avec mes nouvelles bottes, partir à l'Est, vers le front, mais cela restait un rêve. Quand j'étais réveillée, je me disais que le front allait venir jusqu'ici, qu'il suffisait d'attendre. Et de rester forte. En février, je vis sur la carte de Mademoiselle que les Allemands devaient se retirer de Rivne et de Loutsk, quelques jours après, le fanion allemand n'était plus sur Krivoi Rog.

Je ne suis pas retournée dans la chaumière de Marlene pendant longtemps. J'entendis dire qu'une femme, Emma Bekenkamp, était venue de la ville bombardée de Hambourg pour s'occuper des enfants.

Je l'aperçus dans la grand-rue, une citadine, moins costaude que les femmes d'ici, avec un beau visage. Ses mains étaient enveloppées de gaze. Heinz, le frère de Marlene, qui avait onze ans, me dit fièrement qu'il était devenu l'aîné de la fratrie et qu'il allait aider Emma. Je l'interrogeai au sujet de Marlene, il regarda avec effroi autour de lui en posant le doigt sur sa bouche.

Quand je croisais Wilhelm Stüwe, je ne baissais plus la tête. Je voyais qu'il me palpait des yeux, mais je soutenais son regard, je le fixais jusqu'à ce qu'il se détourne. Un jour, je l'entendis se plaindre auprès de la cuisinière à travers la porte entrouverte :

— La Russe est devenue vraiment insolente, on devrait lui montrer qui décide ici.

La cuisinière me défendit :

— Natalia est muette comme une carpe et elle travaille pour deux. Tu ferais mieux de surveiller tes Russes pouilleux à la baraque des saisonniers. Natalia, c'est pas ton affaire, elle fait partie du personnel de maison, c'est la baronne qui décide de son sort. Elle est pas sans protection comme la p'tite Marlene de Paul Peters. Est-ce que tu sais d'ailleurs, Wilhelm, comment elle est arrivée chez les fous, quelqu'un a ben dû dire à l'administration qu'elle devait s'en aller.

Je n'entendis pas Wilhelm répondre et je le vis peu après traverser le parvis du château. Il traînait un peu la jambe, ayant eu un accident de cheval enfant. C'est pour ça qu'il n'était pas soldat, c'est pour ça qu'il surveillait les prisonniers de guerre à Machandel. Je n'avais encore jamais osé aller à la baraque des saisonniers parce que c'était lui le surveillant. Quand je devais apporter la nourriture aux champs pour les ouvriers, j'attendais au bord à l'ombre que le bac soit vide, sans m'approcher, même si certains travailleurs parlaient russe. Le soir, ils recevaient leurs pommes de terre bouillies avec des navets dans leur foyer pour étrangers. "Leur fourrage", comme disait la cuisinière.

En mars 1944, pour la commande de printemps, six nouveaux hommes, des Russes et des Ukrainiens, arrivèrent à Machandel. L'un d'eux était mécanicien, ils le firent venir pour réparer la voiture transformée. Je le vis par la fenêtre, tandis que je repassais les torchons de lin. Il était décharné comme tous les prisonniers de guerre, mais il avait des gestes calmes et puissants. Le régisseur le prenait de haut, alors que l'autre était plus grand que lui. La forme de sa tête et ses mouvements me rappelaient mon père, dont je croyais avoir perdu l'image. Cela faisait cinq ans que les gens des services secrets étaient venus l'embarquer chez nous et, même à Smolensk, je n'avais aucune photo de mon père. Maintenant, j'avais son visage sous les yeux. J'ouvris la fenêtre, me penchai et, à ce moment-là, l'homme leva la tête. Il avait évidemment un visage différent de celui de mon père, il était jeune, à peine quelques années de plus que moi, il me regardait, ma respiration s'arrêta, je refermai la fenêtre, me figeai et respirai de nouveau, j'inspirai son image. C'était un prisonnier au crâne rasé à cause des poux, l'air affamé, et pourtant le régisseur, l'homme le plus puissant ici, paraissait gris et faible à côté de lui. Le prisonnier de guerre s'y connaissait mieux en mécanique automobile, il parlait allemand, tandis que le régisseur ne connaissait pas un mot de russe. C'est pourquoi il ne comprit pas ce que l'homme me dit plus tard dans la cuisine du personnel, lorsqu'on lui donna un bol de soupe avec du pain. Moi, je comprenais, j'étais devant le fourneau et je l'observais, je le comprenais même quand il ne disait rien et se contentait de me regarder. Je me dis que j'aimerais bien lui donner la cigarette du petit Josef, or je ne voulais pas quitter la cuisine tant qu'il était assis à table. Je désirais lui parler, tout lui dire et tout savoir de lui, mais j'avais le sentiment que je savais déjà tout, que lui aussi me connaissait, que nous n'avions pas besoin de mots, et je voulais le toucher.

Il s'appelait Grigori.

Plus tard, quand ils le ramenèrent à la baraque des saisonniers, j'allai à l'endroit près des genévriers, je m'assis dans le creux entre les tumulus, même si la terre était encore gelée. Je repensai à Marlene, avec laquelle je m'étais souvent cachée ici. J'aurais tellement aimé lui raconter ce qui m'était arrivé, mais je n'avais pas les mots, ni en russe ni en allemand, alors je repensai au conte de son livre, que je connaissais par cœur : *Le genévrier se mit à bouger, les branches s'éloignaient et se rapprochaient, comme lorsqu'on se réjouit de tout cœur et qu'on bat des mains. Une brume s'éleva de l'arbre et, au milieu, cela brûlait comme du feu, d'où sortit un bel oiseau au chant magnifique, qui s'envola haut dans le ciel…*

11

CLARA

Genévrier rampant

Alors que Michael et moi avions passé tout l'été à Machandel, on reprit trois jours de vacances en septembre 1987. On déposa les enfants chez la mère de Michael ; en leur disant au revoir, j'avais une boule dans la gorge. On ne savait pas ce qui allait se passer. Nous étions convenus de retrouver nos amis à la marche Olof Palme pour la paix. Je crois que tous ressentaient un mélange étrange de peur et d'espérance, on avait parlé si souvent de ce qu'il faudrait faire, comment marquer le coup et maintenant, on allait descendre dans la rue. Un an plus tôt, des inconnus avaient abattu l'homme politique suédois Olof Palme à Stockholm. Une de ses propositions était de créer une zone dénucléarisée entre l'Est et l'Ouest. Des mouvements pacifistes reprirent l'idée et appelèrent à une marche pour la paix traversant toute l'Europe, y compris notre pays. Le cercle de paix faisait partie des initiateurs. Ces jours-là, le chef d'État Erich Honecker était en Allemagne de l'Ouest pour la première fois. Selon les journaux, cette visite avait pour objectifs le désarmement et la détente, c'était crédible, mais chacun savait qu'il serait aussi question de crédit. La RDA avait besoin de devises. C'est peut-être à cause de ces contraintes économiques qu'on ne nous mit pas de bâtons dans les roues.

C'était la première fois que nous vivions une manifestation de cette ampleur, décidée par nous, ne venant pas d'en haut. Nous avions fabriqué des pancartes, dont beaucoup affichaient le slogan : *De l'épée à la charrue*, et la mienne : *Pas de boucs émissaires dans les écoles et les crèches*. Michael avait écrit sur la sienne : *Le service social pour la paix à la place du service militaire obligatoire*. Herbert participait aussi avec une affiche où figurait la phrase de Kurt Tucholsky : *Les soldats sont des meurtriers*. Deux ans plus tard, lors de la grande manifestation du 4 novembre 1989, les mots d'ordre étaient spirituels, légers et ludiques mais, durant ces journées de septembre, nous n'osions pas encore le faire, nous brandissions nos pancartes avec beaucoup de sérieux, nous nous sentions plus gênés que légers, comme une avant-garde suivie par une masse silencieuse. Cette marche pour la paix, nous le sentions, ressemblait aux éclairs de chaleur avant l'orage. On se rendit bientôt compte que d'autres avaient rejoint nos rangs, des envoyés d'organisations et de partis officiels défilaient devant nous, ainsi que ces inévitables gamins avec leurs sacs à main. Une jeune enseignante brandissait une pancarte avec le slogan : *Formation militaire égale éducation à la paix*. Le premier jour, on veilla à ce que notre mouvement pacifiste ne se mélange pas avec eux. Malgré tout, quelle sensation fantastique et inédite de pouvoir défiler si librement avec nos pancartes devant les policiers qui, à certains endroits, formaient une haie. Des véhicules de police accompagnaient la marche, soi-disant pour réguler la circulation. Les voitures devaient s'arrêter à cause de nous, beaucoup klaxonnaient, nous savions que c'était en guise d'approbation. Nous leur faisions signe en riant. Les policiers conservaient l'expression vide et impénétrable que nous leur connaissions mais, quand on les regardait dans les yeux, certains souriaient avec prudence en retour et, dès le deuxième jour, il y eut des échanges. Des gens gesticulaient dans notre direction depuis les fenêtres et le bord de la route, certains râlaient, nous en voyions d'autres les contredire. "Le dialogue s'instaure enfin", dit dès le premier jour un vieux monsieur avec un chien qui se joignit à nous à l'angle de la Schönhauser Allee et de la Dimitroffstraße, puis nous accompagna pendant une heure. Je le connaissais, il était souvent au café Oderkahn. Son petit chien courait en aboyant avec excitation le long du défilé, en avant et en arrière, il faisait rire tout le monde, la gêne fit place à une grande gaieté qui demeura même après le départ de l'homme et de son chien. Le soir, autour des feux de camp, nous chantions *L'eau douce brise la pierre*, des cantiques de Paul Gerhardt, ainsi que des chants du *Canto General* de Theodorákis. Les organisations pacifistes officielles ne participaient que durant la journée, leur mission s'arrêtait le soir, seuls quelques-uns restaient, comme l'enseignante. Je la vis au feu de camp assise à côté de Herbert et de sa guitare, elle était pendue à ses lèvres et entonnait avec enthousiasme la marche de Lovosice, qui n'avait pourtant rien à voir avec le slogan de sa pancarte : *La Prusse, on n'en a rien à branler / La victoire t'a engraissé naguère ? / Rien à chier, rien à chier / Rien à chier de la guerre.*

Aujourd'hui, j'ai du mal à me rappeler cette grande espérance, cette joyeuse solidarité sans que s'intercalent des images ultérieures. Au bout du deuxième jour, on a dormi dans un village près d'Oranienbourg, le pasteur avait mis le presbytère à notre disposition, les femmes du village nous avaient préparé de la soupe et des montagnes de sandwiches. Le pasteur prononça un petit discours dans lequel il évoqua le cimetière du village, qui abritait la sépulture des détenus du camp de Sachsenhausen décédés pendant la marche de la mort en avril 1945, mais aussi une sépulture de soldats allemands. Alors que la nuit était presque tombée, on alla voir les tombes, Herbert se joignit à nous. Il n'avait jamais connu son père, un de ces soldats morts au combat. Herbert savait que mon père était un ancien de Sachsenhausen. Au cours de la marche de la mort, peu avant la Libération, les détenus avaient dû traverser ces mêmes villages qui se trouvaient sur le parcours de notre marche pour la paix. La ressemblance et le contraste entre ces deux expressions me sautèrent soudain aux yeux. Marche de la mort. Marche pour la paix. Je connaissais la première depuis mon enfance, on l'évoquait souvent lorsque Jan se disputait avec mon père, il était question d'un détenu tchécoslovaque, mais je ne comprenais pas de quoi il s'agissait.

Sur la tombe des détenus reposait une grosse pierre avec un triangle rouge, où on pouvait lire une devise sur les pionniers de la paix et du socialisme, la libération par l'Union soviétique, mais aucun nom.

— Pourtant, nous assura le pasteur qui surgit à côté de nous, on connaît l'identité de certains prisonniers. J'ai des listes. Tous ne portaient pas le triangle rouge, l'un d'eux était apparemment un témoin de Jéhovah, un autre un Juif hongrois. Le peu que nous savons d'eux est balayé par l'affirmation selon laquelle c'étaient des pionniers de la paix et du socialisme, on instrumentalise leur mort pour une cause qui n'était peut-être même pas la leur.

Nous approuvions ces paroles amères. Il désigna la tombe voisine, sur laquelle ne se trouvait qu'une croix de bois.

— Ici reposent des soldats allemands. Eux, ils n'ont pas de pierre. Notre paroisse a placé la croix il y a quelques années à peine, contre l'avis des autorités. Rien ne devait rappeler les soldats allemands. Mais nous allons continuer de nous battre pour une sépulture digne, je vous le promets.

Quatre ans plus tard, alors que la RDA n'existait plus, je retournai dans ce village et au cimetière. Dans l'intervalle, j'avais lu les souvenirs de mon père concernant la marche de la mort et retrouvé le nom du village, qu'il avait effectivement traversé. Il aurait très bien pu faire partie des morts enterrés dans ce cimetière. Le pasteur avait tenu promesse. Les soldats allemands, parmi lesquels des SS – sans doute des surveillants de Sachsenhausen –, avaient maintenant une grande sépulture bien entretenue avec une stèle où figuraient les noms des morts. Une énorme croix de bois incluait les prisonniers dans ce lieu de commémoration. La pierre consacrée aux pionniers avait disparu. Il ne restait plus aucune allusion aux détenus assassinés, seulement une pierre avec l'inscription *Aux victimes de la guerre et de la violence* entre les deux sépultures. Maintenant, tous étaient égaux, détenus et surveillants, soldats et victimes de la marche de la mort. Le pasteur, qui se rappelait bien notre rencontre à la marche Olof Palme et qui aurait aimé, tout comme moi, retrouver ce sentiment d'appartenance, perçut mon malaise face au mémorial et ne comprit pas. Je me souviens qu'on se disputa au sujet de la croix de bois. Je mentionnai le Juif hongrois, qui n'avait certainement pas de croix comme signe religieux.

— La croix, c'est le signe du deuil dans un cimetière chrétien, objecta l'homme d'Église avec fermeté.

— Ce Juif n'a pas choisi de reposer dans un cimetière chrétien à Oranienbourg, répliquai-je. En outre, la devise sur les victimes de la guerre et de la violence efface des différences qu'il faudrait nommer.

On ne se comprenait pas. Les points communs datant de la période précédant la révolution pacifique, comme il disait, s'étaient dissipés.

Je ne peux pas repenser à la marche Olof Palme sans me souvenir de ce cimetière, du pasteur, de l'heureux moment d'harmonie apparente et de la désillusion ultérieure. Quant à la jeune enseignante qui portait la pancarte avec le slogan *Formation militaire égale éducation à la paix*, je la revis deux fois et la reconnus aussitôt. C'était le soir du 7 ou 8 octobre 1989 devant l'église Gethsémané, elle criait et s'agrippait de toutes ses forces à un camion de l'armée qui ressemblait à un chasse-neige avec sa pelle rouge et blanche. Sauf que la pelle était destinée aux gens, des soldats en uniforme hissaient des jeunes rassemblés devant l'église avec des bougies à la main. Lorsque le véhicule démarra avec les prisonniers et que l'enseignante fut refoulée par d'autres policiers en civil, elle finit par abandonner et s'appuya contre un arbre en sanglotant. Je lui adressai la parole, mais elle ne cessait de dire : "Jakob ! Charlotte ! Mes élèves ! Ils n'ont que quinze ans !"

Je n'avais pas le temps de m'occuper d'elle, je cherchais Michael, qui avait disparu quelque part entre la Wilhelm-Pieck-Straße et l'église Gethsémané ce soir-là. Il ne revint que le lendemain après-midi, les yeux battus, après avoir passé la nuit debout dans une école de la police de Basdorf avec une centaine d'autres personnes arrêtées. Il ne voulait pas parler, juste dormir. Quand il se déshabilla, je vis des hématomes sur son dos.

C'était pourtant la fin de la RDA. Deux ans plus tôt, lors de la marche Olof Palme pour la paix, nous croyions encore à un renouveau, nous étions heureux de voir que nos chants et nos slogans étaient tolérés.

Je pense toujours NOUS quand je songe à cette époque. Le sentiment d'appartenance était fort malgré les disputes souvent acharnées, malgré des idées et des espoirs divergents. Michael avait beau venir avec moi aux réunions du cercle de paix de Pankow, il ne ressentait pas ce nous avec la même intensité, il doutait de plus en plus du sens de toutes ces discussions et des services d'action de grâce. Il se moqua même après coup de la marche Olof Palme, à laquelle il avait pourtant participé. "Tes amis Espresso", disait-il avec mépris lorsque je lui racontais nos échanges à l'institut. Il était d'avis que les changements sociétaux, si tant est que la société soit transformable, n'allaient pas venir de nous autres intellectuels, mais des ouvriers, qui en avaient marre depuis belle lurette. Quand j'étais à Berlin, il me laissait souvent les enfants pour aller dans les bars de Prenzlauer Berg après le travail. Il ne voulait pas boire sa bière à Lichtenberg, où il croiserait ses collègues, mais à l'Oderkahn dans l'Oderberger Straße, chez Mutter Fengler dans la Lychener Straße ou au Hackepeter dans la Dimitroffstraße. Je connaissais ces endroits, on voyait à peine son interlocuteur à travers l'épaisse fumée de cigarette, on picolait beaucoup et là aussi, les conversations tournaient en rond. Elles étaient plus grossières, plus directes et plus bruyantes qu'à l'Espresso, situé Unter den Linden, mais la tristesse impuissante, le cynisme, la résignation et la colère étaient les mêmes. On n'y croisait pas seulement des ouvriers ; des étudiants, des retraités, des employés de bureau, des artistes connus et inconnus y buvaient leur bière dès le matin. Ici aussi, chacun savait qu'il y avait des agents parmi eux, pourtant tout le monde semblait s'en ficher. Il m'arrivait moi-même de prendre une heure sur mes journées consacrées aux archives et à la bibliothèque pour aller à l'Oderkahn l'après-midi, avant de récupérer Caroline à la crèche. J'y croisais souvent un couple étrange, un vieux docteur en mathématiques et en économie silencieux et renfrogné lorsqu'il était sobre, mais d'une éloquence convaincante et raffinée quand il était saoul, avant de livrer avec une sobriété déroutante des analyses économiques d'une grande clarté. C'était l'homme qui nous avait accompagnés avec son chien pendant une heure durant la marche Olof Palme. Son amie, qui avait sans doute une vingtaine d'années de plus que lui, paraissait sans âge malgré son visage abîmé, était une personne menue et vive qui ressemblait de dos à une petite fille. Dans ses cheveux fins et teints en rouge, elle portait une vieille barrette en ivoire qui avait connu des jours meilleurs, comme le costume sur mesure élimé de son compagnon. L'homme, tout le monde le savait à l'Oderkahn, occupait autrefois un poste élevé à la Commission du plan, un des comités économiques les plus importants du pays. On l'avait envoyé en retraite anticipée lorsque son chef, qui était aussi un ami, s'était tiré une balle dans la tête avec son arme de service. L'incident précédait son refus de signer un accord économique avec l'Union soviétique. Son amie, qu'il avait connue dans ce bar minable situé dans l'Oderberger Straße, était patineuse artistique dans un cirque autrefois. Étant donné qu'elle aimait une femme, on l'avait envoyée comme asociale dans le camp de Ravensbrück, où sa compagne mourut, mais elle-même survécut en tant que secrétaire dans un camp extérieur.

— Ils m'ont attribué un triangle noir, pas rouge, me raconta-t-elle. Après la guerre, ceux qui avaient le triangle rouge ont refusé de me reconnaître comme victime. Pourtant, j'ai travaillé plus longtemps dans la résistance que ceux du Parti communiste.

Elle gloussa de rire et se pencha vers moi en disant :

— Je n'ai pas adhéré, même si tous les gens sensés pensaient à gauche autrefois. Ils ont transformé leur Thälmann en gourou, ils hurlaient "Heil Moscou" et "Front rouge" dès que le gars entrait dans la salle. Ses sbires ont viré du Parti tous ceux qui refusaient de lécher les bottes de Staline et de se battre contre les sociaux-démocrates parce qu'ils trouvaient que les nazis étaient pires. Les rejetés ont alors fondé le KPO, le Parti communiste d'opposition, ils sont entrés en résistance avant même la victoire électorale de Hitler. C'est ici, à Prenzlauer Berg, qu'ils avaient leurs cellules. J'ai passé du temps avec eux, ils me donnaient des missions. J'ai fait le tour de l'Europe avec le cirque. Ma roulotte était un lieu de rencontre. Je ne connaissais pas les gens qui m'apportaient des paquets, ni ceux qui venaient les chercher. Personne ne m'a interrogée, heureusement, la section de la Gestapo pour haute trahison ne m'a pas pincée, seulement celle de la morale et des mœurs.

Elle ricana et ne répondit pas à mes questions.

Un autre jour, elle me raconta :

— Lorsque je suis rentrée à Berlin après la marche de la mort, j'ai erré dans les rues en ruine avec une camarade hongroise, il n'y avait plus une maison debout parmi celles que je connaissais. À Moabit, j'ai marché en équilibre sur les poutres en fer d'un pont démoli sur la Spree en direction du centre-ville, je savais le faire. Je l'ai portée, elle était si légère. Nous n'avions pas de bagages, forcément. Sur le Kurfürstendamm bombardé, nous nous sommes retrouvées devant un hôtel, il y avait de la lumière, la porte battante fonctionnait, nous sommes entrées, ils ont vu nos tenues de prisonnières et ils n'ont pas osé nous flanquer dehors. Nous avons dormi dans un lit aux draps blancs, il y avait de l'eau courante. Nous n'avons pas payé, avec quoi d'ailleurs, et la propriétaire de l'hôtel nous a même remerciées pour notre visite. C'était l'hôtel du Zoo, il doit toujours exister. Après quoi la Hongroise a recherché les siens et moi les miens. Je n'ai revu aucun des camarades du KPO. Ils sont morts dans les camps ou restés en exil. Il ne reste que moi.

Elle finit son verre et se tut.

J'écoutai avec étonnement les histoires de ce couple ; je n'avais encore jamais entendu parler du suicide d'un chef de la commission du plan ou du Parti communiste d'opposition.

Dans les bistrots de Prenzlauer Berg se trouvaient quantité d'épaves et de frimeurs, dont la plupart mentaient un peu et se vantaient, on pourrait aussi dire qu'ils rêvaient. Mais la patineuse artistique et son ami n'étaient pas des rêveurs, leurs histoires n'avaient pas la substance volatile des volutes de fumée à l'Oderkahn, elles étaient alourdies par les souffrances de l'existence et le désespoir. Il émanait pourtant de ces deux vieux buveurs une force qui m'attirait.

Michael me reprochait de passer mon temps dans les bars et les cafés après des semaines à Machandel. Pourtant il fréquentait lui-même ce genre d'endroits sans moi. À Berlin, il me laissait entièrement le ménage et les enfants, vu qu'il n'avait rien pu faire durant mon absence à cause de Julia, disait-il. Or j'avais Caroline avec moi tout le temps. Nous nous disputions beaucoup, je sentais notre complicité s'effriter lentement. Soudain, je me rendis compte que les nuits où nous nous étions aimés jusqu'au matin, où nos corps étaient attirés l'un vers l'autre même durant le sommeil, étaient révolues sans que nous l'ayons vraiment remarqué. Les premières années à Machandel, nous avions dormi dans une seule pièce avec les enfants, nous levant souvent en pleine nuit pour nous allonger sur le carrelage dur dans la partie arrière de la maison, pas encore aménagée, où personne ne nous entendait, nous ne sentions pas les dalles et riions le lendemain en voyant nos bleus. Une fois, dans la nuit suivant une chaude journée d'été, nous avions glissé dans un sommeil profond, enlacés sur les dalles, sans même un drap, et nous étions encore là lorsque les enfants, tout étonnés, nous avaient réveillés. Le soleil brillait déjà. Près du bus, Mme Poschmann m'avait un jour demandé si j'avais fait un mauvais rêve, elle m'avait entendue crier. Maintenant, chacun dormait dans sa propre chambre, il était rare que l'un rende visite à l'autre. À Berlin, Michael rentrait souvent lorsque je dormais déjà. L'odeur de bière et de cigarette, qui ne me dérangeait pas à l'Oderkahn ou chez Mutter Fengler, me répugnait, je me levai et m'installai sur le clic-clac du salon.

Je n'arrivais plus à savoir si la fatigue et la tristesse qui se répandaient peu à peu en moi provenaient de cette distance ou de la lecture du journal le matin. Je n'avais aucune nouvelle de mon frère Jan depuis des mois. Je ne savais même pas sur quelle partie du globe il se trouvait. Un jour, une collègue de l'institut m'avait refilé un numéro de *Stern*, l'hebdomadaire de Hambourg. Il contenait un reportage photo de Jan Langner, mais la revue datait déjà d'il y a un an.

Durant ces mois-là, Michael parla pour la première fois de partir, d'émigrer comme tant d'autres. J'aurai bientôt fini ma thèse, disait-il, et plus rien ne le retenait dans son entreprise. Il en avait marre de ce dispositif de désulfuration qui ne fonctionnait jamais, à l'Ouest on avait d'autres systèmes de filtrage depuis longtemps. En tant qu'ingénieur, il trouverait du travail partout. Cela m'effraya car je ne me voyais toujours pas partir. Les choses, dis-je, n'allaient pas rester telles quelles. Les hommes du bureau politique étaient des vieillards qui ne seraient plus là d'ici quelques années et on entrevoyait déjà les grands bouleversements à venir. Michael partit d'un rire amer.

— Après eux, ce sera au tour de Krenz et de Schabowski et de tous les secrétaires du conseil central de la Jeunesse allemande libre, prédit-il.

— Mais c'est notre pays, on ne peut quand même pas le leur laisser, dis-je en l'implorant lui et moi aussi.

La marche Olof Palme n'était-elle pas un signe précurseur de changement, n'y avait-il pas de plus en plus de gens aux lectures publiques, aux temps de recueillement à l'église de Pankow ?

Et notre chaumière à Machandel ? Et mes parents ? Sa mère ? Nos amis ?

Les choses bougeaient quand même dans ce pays. S'il était surtout question il y a quelques années de briser la solitude, de trouver des gens de même conviction avec lesquels on ébauchait la vision d'une autre société, aujourd'hui certains insistaient de plus en plus pour qu'on passe à l'action. Un comité pour les droits civiques était fréquenté par des candidats au départ espérant que leur demande serait plus vite acceptée sous la protection de l'Église. Certains voulaient partir coûte que coûte, pour eux tous les moyens étaient bons, ils trouvaient les discussions sans fin inutiles et tout espoir de changement ridicule. Le mot réflexion, que les pasteurs prêchaient sans cesse, ne leur plaisait pas. Ces rencontres sous l'égide du mouvement pacifiste de l'Église ne suffisaient pas non plus à Herbert, qui avait fondé avec d'autres, peu après le départ de Jan, un groupe pour la paix et les droits de l'homme, je n'en savais pas beaucoup plus. Je me doutais seulement que sa surveillance constante était liée à ce groupe d'opposition, qui publiait aussi un journal. Cela me faisait peur, je ne voulais pas aller aussi loin. Herbert vivait comme s'il n'avait rien à perdre. Ils avaient pourtant deux enfants. Il avait déjà perdu son poste à l'Académie depuis des années, il était devenu concierge au Siloah, un foyer religieux pour enfants handicapés. Sa jolie femme Maria achetait des vieilles robes et des chemisiers en bon tissu lors de liquidations, elle les modifiait et les colorait, on se les arrachait. Quand je croisais en ville une femme portant une tenue de Maria, dans un dégradé de mauve et de rouge sans rapport avec la mode, je lui souriais et elle me souriait en retour car je portais souvent moi aussi une tenue venant de son atelier. Or Maria, comme chacun le savait, était tombée amoureuse d'un chercheur espagnol sur la paix, il dirigeait un institut à Guernica, il avait déjà fait plusieurs conférences au cercle de paix. Il venait tous les deux ou trois mois, un bel homme mélancolique et néanmoins d'une gaieté sereine, que Herbert avait perdue depuis longtemps, voire jamais possédée. Herbert semblait souvent sous tension. Il ne mentionnait pas ses conflits avec Maria.

L'Espagnol n'était pas le seul invité du cercle de paix qui venait de l'étranger, nous étions avides d'opinions et d'informations différentes, nous nous échangions les livres apportés par les visiteurs, nous les interrogions, croyant à tort que tous ces écologistes, ces pasteurs, ces journalistes, ces politologues et même un général de l'armée devenu pacifiste avaient de meilleures réponses à nos questions que nous-mêmes. Nous savions évidemment que ces rencontres dans nos appartements étaient sur écoute. J'y participais de moins en moins, non pas pour cette raison, mais à cause des enfants et de ma thèse. Il y a quelques mois, Dörte et Wolfgang, un couple du cercle de paix qui avait accueilli l'ancien général dans leur grand appartement, furent arrêtés sur leur lieu de travail, on fouilla leur logement, emmena les enfants dans un foyer. On annonça aux parents qu'on allait ouvrir une enquête pour relations impliquant une trahison envers le pays. L'enquête et le procès pourraient durer longtemps, après quoi s'ensuivrait probablement une longue détention, § 100, une peine d'un à dix ans. Les enfants devraient rester au foyer car les grands-parents, après vérification, n'offraient malheureusement aucune garantie pour une éducation progressiste. Mais ils pouvaient également faire une demande de sortie du territoire, qu'on étudierait avec bienveillance. Dans ce cas, ils pouvaient rentrer directement chez eux et les enfants aussi. Ils pouvaient également emporter toutes leurs affaires, on les y aiderait. Trois semaines plus tard, Wolfgang et Dörte habitaient avec leurs enfants à Berlin-Ouest. Nous les avions aidés à faire leurs cartons de livres et d'ustensiles de cuisine, ils devaient inscrire la moindre bobine de fil sur une liste. Michael avait démonté le lit superposé de la chambre d'enfants pour nos filles. Maintenant, il me les citait en exemple, mais je lui rappelai que Dörte, qui était pédiatre, nous avait appelés de son nouvel appartement à Kreuzberg pour nous dire que rien ne lui manquait, à part leurs amis qui lui manquaient vraiment. Je voulais rester. À un moment donné, tous les arguments étaient épuisés, cette discussion entre Michael et moi sur le fait de rester ou de partir finit par se tarir, avant de se raviver au moment le moins propice. Il allait régulièrement aux rencontres du groupe des candidats au départ. Lorsque je lui dis combien je me sentais étrangère à ces jeunes hommes exigeants qui affichaient une attitude provocante tout en faisant passer à la ronde la bouteille de vin rouge, qui ne ressentaient visiblement plus que de la haine et du mépris pour le pays qu'ils voulaient quitter, il défendait ses nouveaux compagnons de lutte :

— Ils n'avaient pas tes privilèges, voilà tout, ils vivent dans un autre monde que celui d'une fille de fonctionnaire.

Je lui rappelai avec rage que c'était lui qui tirait sans cesse profit des avantages de mon origine, on se disputa de nouveau jusqu'à épuisement. Je sentais que nous nous éloignions et, même si le sentiment d'un proche renouveau était grand depuis la marche Olof Palme, je sentais que quelque chose touchait à sa fin, aussi en ce qui nous concernait.

Il nous arrivait d'interrompre une discussion en disant que nous la reprendrions bientôt à Machandel, où nous aurions du temps l'un pour l'autre. Mais là-bas, nous n'abordions pas ce qui nous divisait.

Je sentais et comprenais peu à peu que quelque chose s'était passé ici, dans notre maison, quelque chose qui n'était pas oublié, qui pouvait ressurgir n'importe quand sous forme de douleur sur le visage de Natalia, d'un silence dans la conversation des femmes devant le bus, ou dans leur manière presque imperceptible de se détourner de Wilhelm. Ce non-dit se mêlait pour moi au conte du genévrier, cela me rendait triste. Nous allions néanmoins aussi souvent que possible à Machandel, comme si c'était le seul endroit où nous pouvions retenir ce qui nous échappait peu à peu.

Un samedi d'automne, on alla chez mes parents parce que Michael devait réparer l'antenne de télévision sur leur toit. Dès le moment où on sonna au portail, je vis qu'ils avaient ajouté de nouvelles plantes ornementales, des arbustes bas dont les branches épineuses vert foncé touchaient presque le sol. Elles ressemblaient à celles des cimetières et, en les regardant de plus près, elles me rappelèrent quelque chose, je humai les branches.

— Repanda, genévrier rampant, dit ma mère. Facile d'entretien et à feuillage persistant.

En contemplant les arbustes nains à l'aspect ciré, j'éprouvai de la nostalgie pour les haies touffues et odorantes près des tumulus. Ces plantes rabougries et rampantes m'apparurent soudain comme le symbole de la vie de ma mère ; je voulais m'en aller, alors que je n'étais même pas arrivée. Je ressentais cela souvent quand je rendais visite à mes parents.

On déjeuna ensemble, ma mère réchauffa ce que l'aide-ménagère avait préparé. C'était comme ça depuis toujours, mon père se fichait de ce qu'il mangeait et ma mère n'aimait pas être aux fourneaux, même si elle avait du temps maintenant, elle venait de fêter ses soixante ans et elle était en retraite. En fait, au cours des dernières années, elle n'était presque plus allée au bureau, elle était souvent malade, mais personne n'appelait cette maladie par son nom. Deux semaines plus tôt, elle était rentrée d'un séjour de plusieurs mois à l'hôpital Herzberge, elle avait repris du poids et elle était plus calme. Je l'observai, je me rendis compte que je ne l'avais pas vraiment regardée depuis des années. Elle avait dû être belle autrefois, mais la permanente avait terni ses cheveux teints en roux, son visage et son corps étaient bouffis, son regard fuyant. Après le repas, elle monta au grenier avec Michael, les enfants jouaient au jardin, mon père et moi étions encore à table, je dis quelque chose au sujet des arbustes nains dans le jardin. Il haussa les épaules. Il ne les avait pas remarqués. Je lui demandai de but en blanc s'il était vrai qu'après la guerre, les anciens détenus ayant un triangle rouge avaient refusé de reconnaître comme victimes du fascisme ceux qui avaient un triangle noir, vert ou mauve.

— Bien sûr qu'on ne les a pas reconnus, répondit-il avec étonnement. Les verts étaient des criminels.

— Qu'en était-il des prétendus asociaux ? Et des homosexuels ?

— Les homosexuels avaient un triangle rose, m'informa-t-il. J'avais de bons copains dans le tas. J'en connaissais plusieurs, c'étaient même des camarades.

— Il fallait être camarade pour être reconnu comme victime du nazisme ? Et les lesbiennes, les nazis ne les considéraient pas comme asociales ?

— Ces femmes, on les a reconnues comme victimes. Du moins je crois, dit-il en hésitant. Dans la mesure où elles n'étaient pas réellement asociales.

— Mais ça veut dire quoi, asocial ? demandai-je à mon père avec agacement, brisant le silence pour l'interroger sur le Parti communiste d'opposition et les groupes de résistants dont m'avait parlé la patineuse artistique. Est-il vrai qu'ils se préparaient déjà au combat clandestin alors que les communistes autour de Thälmann avaient encore les sociaux-démocrates pour principal ennemi ?

— Ah, le KP zéro, dit mon père avec un geste méprisant. D'où sais-tu tout ça ?

Je le lui dis, m'attendant à ce qu'il se moque de nos discussions dans les cafés, or il m'écouta avec attention.

— Je connais l'Oderkahn, il existait déjà avant la guerre. Dans ce quartier, il y avait un bistrot à chaque coin de rue, on ne les fréquentait pas tous, on savait où retrouver les siens. Nous, c'était sur la Helmholtzplatz, les anciens combattants de la Reichsbanner se donnaient rendez-vous sur la Falkplatz et les SA traînaient sur la Wörther Platz. Thälmann fréquentait volontiers les bars ouvriers, plutôt ceux de Berlin-Ouest, à proximité de son quartier général. J'y allais souvent en tant que jeune camarade.

J'écoutais mon père à contrecœur. J'avais grandi avec des livres pour enfants sur Ernst Thälmann, je savais depuis longtemps que mon père lui avait servi d'escorte et de coursier jusqu'à son emprisonnement.

— Qu'en était-il des sociaux-démocrates ? lui demandai-je. Pourquoi surnommes-tu le Parti communiste d'opposition le KP zéro ? Pour quelle raison se sont-ils scindés ou ont-ils été exclus ?

Je voyais que mon père faisait des efforts pour répondre. Il revint loin en arrière pour évoquer les déviationnistes gauchistes, les réconciliateurs, les trotskistes, les ennemis dans leurs propres rangs. En outre, dit-il, le Parti communiste était revenu sur ses erreurs lors de la conférence de Bruxelles en 1935, qui n'avait d'ailleurs pas eu lieu à Bruxelles, mais à Moscou, puis il avait rétabli le Front unique avec le KPO.

— Avec le KP zéro, objectai-je, il ne sembla pas noter l'ironie. C'était donc une erreur d'exclure l'opposition ?

— Comment ça, une erreur ? demanda-t-il, perplexe.

— Eh bien, si le Parti est revenu sur ses erreurs en 1935, c'est qu'il a dû en faire.

— Tu as une vision simpliste des choses, dit-il.

Ma mère était soudain sur le canapé en cuir. Le visage légèrement rouge, un éclat étrange dans le regard, alors qu'elle n'était de retour que depuis deux semaines.

— Vas-y, dis-lui comment c'était en 1928, dit-elle avec provocation. Ce n'est plus une gamine. Dis-lui que Thälmann aimait se saouler la gueule avec son beau-frère et ami, il s'appelait Wittorf, non, et qu'il l'a couvert quand il a épongé ses dettes de jeu à Hambourg avec l'argent du Parti. Dis-lui que c'est pour ça que

Thälmann était déjà mis à pied à l'époque, le chef du Parti, mis à pied par sa propre équipe. Après quoi son père adoptif, Staline, a envoyé un télégramme et tout le monde s'est écrasé. Les autres, on les a renvoyés, les voilà, tes déviationnistes.

— En 1928, je n'avais que dix-neuf ans, je n'ai pas participé à cette réunion du comité central, dit mon père pour contrer la voix stridente de ma mère. Et c'est beaucoup plus complexe que ça. Tu devrais peut-être t'allonger un peu, Johanna, je crois que tu ne vas pas bien.

— Je vais très bien, ricana ma mère. Mieux en tout cas que les déviationnistes du KP zéro. Ulbricht ne les a pas oubliés. Ils ne sont rien devenus. Songe un peu à ton ami Rudi Wunderlich, le coursier de Sachsenhausen. Ou au syndicaliste Jacob Walcher. Il aurait mieux fait de rester dans l'émigration, après tout il était en Amérique et non à Moscou. Les Moscovites n'ont pas survécu de toute façon.

— Johanna, arrête !

Mon père criait presque. Jusqu'ici, je ne l'avais entendu crier qu'avec mon frère. Ma mère s'était toujours tue jusque-là, elle quittait la pièce en général. Aujourd'hui, elle ne se laissait plus impressionner et elle enchaîna, le regard étincelant :

— Raconte-lui un peu ce que sont devenus les plus proches collaborateurs de Thälmann. Kattner, son secrétaire, ton ami Hans Schwarz l'a flingué dans son lit parce que c'était soi-disant un traître. Qu'est devenu Hans Schwarz, qui habitait dans la Kopenhagener Straße ? Où est-il allé ? Et Hirsch, qu'est-ce que vos camarades soviétiques ont fait de Remmele, de Neumann, de Willy Leow ? Ta fille ne connaît pas tous ces noms. Ils ne figurent pas dans les livres d'histoire. Tu croyais qu'ils ont tiré le gros lot parce qu'ils ont eu le droit d'émigrer. Si les nazis les avaient retenus, ça aurait été une aubaine pour eux, ils seraient peut-être restés en vie comme toi.

Silence.

Le visage de ma mère avait perdu sa couleur rouge, elle était blême, affaissée sur le canapé, ses mains tremblaient légèrement. D'instinct, j'allai vers elle et je la pris dans mes bras. Je ne l'avais plus fait depuis des années.

— L'antenne fonctionne.

Debout au milieu de la pièce, Michael nous regardait avec étonnement. Mon père était figé.

— Je crois que nous devons y aller, dit mon mari. On a prévu d'aller au cercle de paix ce soir, et Julia doit encore préparer ses affaires pour l'école.

Il rejoignit les enfants dans le jardin.

Je le suivis. Lorsqu'on revint tous dans la maison, ma mère était montée à l'étage ; elle ne se sentait pas très bien, dit mon père pour l'excuser, il fallait qu'elle s'allonge un peu. Il nous raccompagna à la porte et, même s'il embrassa les enfants en souriant, il me semblait que ses lèvres déjà fines restaient collées comme si elles n'allaient plus laisser passer le moindre mot.

12

EMMA

Le huitième enfant

Cela fait longtemps que je ne suis plus à Machandel mais, avant que le château ne devienne un hôtel, Clara croyait parfois me voir dans l'ombre des arbres du parc. Elle venait chercher de la rhubarbe dans mon jardin car ça pousse même lorsque personne ne s'en occupe ; aujourd'hui encore, la rhubarbe se répand entre les parterres de fleurs derrière l'hôtel.

J'avais trente-trois ans quand j'ai quitté Hambourg pour m'installer dans cette région. J'avais prévu de rester jusqu'à la fin de la guerre, pas un jour de plus. J'avais trente-cinq ans quand la guerre se termina. Je ne pouvais pas laisser les enfants tout seuls. Deux ans plus tard, Paul Peters est revenu, il ne pouvait pas élever mes enfants tout seul. Donc je suis restée. Quand j'ai eu quarante ans, mon frère aîné est sorti de captivité, le plus jeune était mort au combat. Il voulait venir me chercher, mais j'avais un petit enfant de Paul Peters et j'étais sa femme. Après la mort de Paul, j'ai emménagé dans l'annexe du parc du château, où j'avais de l'eau et un four électrique.

Notre chaumière était vide, les voisins étaient partis eux aussi. L'herbe poussait déjà entre les planches du parquet. Quand j'ai eu soixante-quinze ans, cette Clara est arrivée avec son mari et leurs filles. Elle s'est séparée de lui par la suite, mais j'ai vu grandir les petites comme les enfants de mes enfants. On n'est pas forcé d'habiter dans une grande ville. Tout ce qui peut arriver est arrivé à Machandel. Clara a toujours posé beaucoup de questions, mais on n'est pas comme ça dans le Nord, on cause pas beaucoup. Les choses se voient.

Lorsque je suis arrivée à Machandel, j'avais déjà une vie derrière moi, une vie très différente, le dimanche nous allions à des concerts privés ou dans un café sur Mönckebergstraße. Mon père était professeur, mais il est mort tôt. À vingt ans, j'ai épousé Walter, un médecin de marine de dix ans mon aîné. J'ai été veuve à vingt-neuf ans. Walter n'a pas péri en mer, ni sur un champ de bataille, même si c'était déjà la guerre. Il est mort d'un infarctus. Je suis restée dans notre bel appartement et j'ai cherché un travail à l'administration portuaire. J'avais appris à taper à la machine et à faire de la sténo, je connaissais un peu d'anglais et de français. Le dimanche, j'allais au cimetière d'Ohlsdorf.

Quand je suis arrivée à Machandel, j'étais comme engourdie. Je l'ai sans doute été pendant des années. C'est seulement lorsque mon frère me rendit visite en 1950 et qu'il me demanda comment c'était à Hambourg le 25 juillet 1943 que je me suis mise à crier, ne cessant que lorsqu'il me secoua. Jusque-là, personne ne m'avait posé la question. Déjà avant le grand bombardement, mon autre frère, également médecin, m'avait écrit depuis l'hôpital militaire de Vilnius et décrit ce minuscule village de la Suisse du Mecklembourg. Là-bas, entre les collines et les lacs, on ne remarquait pas la guerre, selon lui. On avait toujours assez à manger à la campagne, et puis il avait fait la connaissance d'un veuf originaire de ce village dont les huit enfants étaient seuls à la maison. Il manquait une intendante, je pourrais attendre là-bas la fin de la guerre.

Après le bombardement, j'écrivis à mon frère de m'envoyer le nom du village et de cet homme, de préférence à l'adresse de la tante de Walter, qui habitait au-delà des ponts sur l'Elbe, où la plupart des habitations étaient encore intactes. En attendant sa réponse, j'aidai à sortir des décombres les morts ratatinés par la chaleur. Il ne restait rien de notre maison, je ne possédais plus que le sac à dos avec lequel je m'étais rendue à la tour bunker de Berliner Tor. Je ne sais plus comment j'ai fait pour traverser le fleuve dans la nuit du bombardement. La seule chose que je me rappelle, c'est le phosphore s'écoulant jusque dans les rues, le fleuve en feu lui aussi. Après quoi les canaux étaient asséchés. Tout le monde avait des brûlures aux jambes, y compris moi. Le lendemain, il a fait sombre toute la journée, le silence recouvrait tout, personne ne pleurait. Je me souviens des mouches et des rats dans les semaines suivantes, de mes mains qui pelaient à cause des émanations des cadavres.

Je me souviens qu'à un moment donné, je suis allée au cimetière d'Ohlsdorf qui m'a toujours fait penser à un parc dans lequel les morts recevaient les vivants. Ici aussi, la verdure était desséchée, mais la tombe de Walter intacte. Quelques mètres plus loin, des prisonniers en tenue rayée creusaient un énorme trou, une fosse commune. Ils avaient eux-mêmes l'air de squelettes, surveillés par des hommes en uniforme avec des chiens. Je regardai un des prisonniers droit dans les yeux et je vis qu'il avait un grain de beauté à droite des commissures, comme Walter. Je le fixai, il s'en aperçut et vint vers moi, marmonna quelque chose, un des surveillants hurla et pointa son arme sur lui. Je m'enfuis du cimetière pour retourner dans la ville couverte de cendres.

Deux semaines plus tard, les arbres se mirent à bourgeonner, comme si c'était le printemps, la verdure jaillissait des branches brûlées. On sentait la décomposition, mais l'épilobe fleurissait au-dessus des entrées ensevelies. Nous la surnommions Ruine-de-Hambourg.

Je suis restée là-bas jusqu'en octobre ou novembre, je dormais chez la tante de Walter, mais pas toujours. Je me souviens que j'étais toujours en vadrouille, on dansait à nouveau dans les bistrots du port réaménagés sommairement, je me souviens de corps étrangers, du désir qui n'effaçait pas l'engourdissement, qui était lui-même une forme d'engourdissement. Je me souviens d'une rencontre avec un tout jeune soldat dans une grande cuisine de Farmsen, il m'enlaça maladroitement, tandis que sa mère toussait à côté, il savait qu'il repartirait à la guerre dès le lendemain. La guerre était partout, même dans son étreinte.

Quand je reçus le message de mon frère, j'avais déjà abandonné l'espoir qu'il existe un endroit pour moi. Les cloques me faisaient mal. Dans les ruines, les rats engraissaient grâce à la chair des morts. Le village évoqué par mon frère s'appelait Machandel, il était si petit qu'il ne figurait pas sur les cartes.

Sur place, je pris peur en voyant le logement où j'étais censée vivre. Mais je n'en avais pas d'autre. Les sabots des enfants gisaient dans l'entrée, il n'y avait même pas de quoi faire une soupe. Les enfants se serraient les uns contre les autres sous des couettes sans housse dans le grand lit conjugal et le bois de lit devant, c'était une fratrie de sept.

La huitième, l'aînée, ils l'avaient embarquée. Je savais que quand on embarquait quelqu'un à cette période, on ne posait pas beaucoup de questions.

C'étaient de beaux enfants, farouches et craintifs au début, bientôt confiants et câlins. Pendant les repas, ils étaient assis autour de la table, vifs et prêts à bondir, grondant comme des chiots quand ils croyaient que l'un en avait plus que les autres. La petite de trois ans s'appelait Gisela, les jumeaux Klaus et Günter avaient cinq ans, Christine six ans, Helga sept, Marianne neuf, Heinz presque douze ans. Heinz et deux de ses sœurs fréquentaient l'école du village voisin, ils n'avaient même pas de chaussures fermées et marchaient avec leurs sabots jusqu'aux premiers frimas. La petite de sept ans me dit un jour qu'elle réchauffait ses pieds nus dans la bouse de vache fraîche de la prairie, tout en tenant ses mains froides sous le pis.

Je n'avais encore jamais vu une telle pauvreté. Elle semblait normale parmi les ouvriers agricoles de la région de Machandel. J'écrivis à l'administration, il s'avéra que l'argent alloué à ces semi-orphelins reposait dans une banque quelconque et qu'une partie de la solde du père leur revenait. Marlene, l'aînée, venait d'avoir seize ans quand leur mère était morte. Paul Peters avait déjà été incorporé. Visiblement, personne ne lui avait dit quels dossiers remplir. Je me fis reconnaître comme tutrice des enfants.

Lorsqu'on me montra le dossier de la famille, je lus que Marlene s'était fait remarquer pour son comportement agressif. Son attitude menaçante et ses propos orduriers, notamment à l'encontre des voisins Auguste et Wilhelm Stüwe, permettaient de conclure à une forme de débilité mentale qui faisait d'elle un danger pour le corps collectif. Elle était devenue une patiente de la maison de santé de Gehlsheim à Rostock. J'appris que l'établissement faisait partie de l'hôpital universitaire, cela me rassura. Peut-être, me disais-je, que tout cela faisait trop pour une jeune débile mentale, qui devait élever tous ses frères et sœurs, en plus de Gisela qui était alors un bébé, sans eau dans la chaumière, sans argent. Les autres enfants n'étaient pas retardés, Dieu merci. Je m'attachai bientôt à la petite, les plus grands avaient aussi besoin de moi, plus que quiconque jusque-là. Je fis ce que j'avais à faire et, dans mon engourdissement, je ne demandais ni ne disais rien de toute la journée.

Les enfants connaissaient des quantités de chansons. À part la Bible, il y avait dans la chaumière un recueil de contes dont ils connaissaient les histoires par cœur car Marlene les leur avait souvent lues. Ils me parlèrent d'une racine magique qui ouvrait toutes les portes. C'est la grive litorne qui la possédait. Il fallait pour cela clore les nids des grives, mais comment, voilà l'énigme. Si la grive trouvait son nid clos, elle irait chercher la racine magique et on pourrait alors la récupérer. Ils croyaient également que la grive était en contact avec les âmes des défunts et, lorsque le volatile sortait de la forêt et passait devant leurs fenêtres, ils se réjouissaient et décelaient dans les sonorités cliquetantes un message de leur mère. Ne sachant pas si je devais leur enlever ces croyances, je me contentais de leur faire apprendre leurs leçons. Le savoir allait également leur ouvrir des portes, disais-je, puis je leur parlais des pyramides et des expéditions au pôle Nord. Une fois mes mains guéries, je cuisinais pour eux, les consolais, reprisais leurs vêtements et cousais, il y avait une machine à coudre dans une des deux pièces sommaires. Je faisais les devoirs avec les aînés, je m'occupais du potager, je faisais de la confiture avec les enfants et des conserves de fruits. Il y avait certaines choses que les enfants savaient mieux faire que moi. J'allais souvent dans les prés avec deux ou trois d'entre eux, ils connaissaient chaque pierre. J'avais beaucoup voyagé autrefois, j'étais allée au lac de Constance avec mes parents, à Garmisch-Partenkirchen avec mes frères pour faire du ski, je connaissais la lande de Lunebourg, la côte de la mer du Nord de toute façon, et j'avais accompagné mon mari dans une croisière en bateau après notre mariage. Pourtant, aucun paysage ne m'avait jamais semblé aussi familier et mystérieux que celui-là. C'était comme si j'étais déjà venue ici il y a très longtemps et que je rentrais chez moi. Tous les hêtres pourpres et les vieux chênes isolés, les haies de pruneliers et de genévriers, qu'ils appelaient ici Machandel, les blocs erratiques dispersés ici et là dans le paysage, les cercles de pierres et les tumulus, les petits lacs qui surgissaient entre les collines tels des yeux – on les surnommait d'ailleurs ainsi –, les marécages et les prairies se retrouvaient dans des histoires très anciennes que les enfants me racontaient comme si elles étaient vraies.

Ils rêvaient d'une nappe que la Dame blanche de Mamerow pourrait leur procurer s'ils la rencontraient. La nappe, étalée sur une table, ferait apparaître des plats de nourriture, chacun pourrait manger à sa faim. J'entrepris de m'occuper de ces sept enfants tant que j'étais à Machandel, de telle sorte qu'ils ne soient plus obligés de rêver de nappes et de racines magiques, ils devaient pouvoir manger à leur faim, tous les jours, même s'il n'y avait pas de nappe dans leur chaumière. Je trouvai dans un tiroir un tissu épais, apparemment neuf, de lin blanc que je récupérai pour en faire une chemise de nuit ; je pensais parfois à Marlene, j'avais l'intention de lui rendre visite à la clinique et de lui apporter la chemise de nuit. Ce ne serait pas facile, les trains n'étaient pas réguliers à cause des bombardements, tout déplacement privé était déjà interdit pendant les vacances de Noël en 1943.

Depuis Machandel, c'était difficile pour moi d'aller voir Marlene. La jeune fille ne me sortait pas de la tête. Ses jeunes frères et sœurs qui, au début, posaient anxieusement le doigt sur leur bouche quand on évoquait son nom, parlaient souvent d'elle à présent. Je voyais les traces de Marlene partout dans la maison, les vêtements qu'elle avait laissés, des chemisiers étonnamment beaux à côté de guenilles reprisées, une jupe plissée écossaise en bonne laine. Je pensais à elle quand j'allais chercher de l'eau et travaillais au jardin. Je contemplais sa photo de confirmation sur la commode, à côté de la photo de mariage de ses parents, et je commençai à douter qu'elle soit devenue folle. Les enfants, en tout cas, n'avaient rien remarqué, mais Christine me raconta que la nuit, un homme sombre était venu, sans doute le bourreau, il avait frappé aux carreaux, Marlene s'était levée et dirigée vers lui en tremblant.

— Ce n'était pas le bourreau, c'était Wilhelm Stüwe, dit le frère aîné d'un ton supérieur, sur quoi tout le monde se tut, effrayé.

Avec le temps, je fis la connaissance des villageois. Wilhelm Stüwe était un homme costaud dans les trente-cinq ans, qui traînait la jambe. Son appartement se trouvait au-dessus de l'étable, mais il dormait souvent dans le foyer pour étrangers à l'écart du village, où il était une sorte de chef. Il marchait à pas lourds en faisant l'important. J'entendis dire par la suite qu'il frappait ses enfants et sa femme, une employée de l'étable rongée par les soucis, qui venait de temps à autre travailler au château. J'y croyais. Wilhelm Stüwe semblait content de voir qu'on avait peur de lui. Les enfants et la plupart des habitants de Machandel le craignaient. Face aux gens du château et au régisseur, il se montrait obséquieux et humble. Avec moi, il n'était pas sûr, il avait un ton méprisant et grossier quand il s'adressait à moi mais, lorsque je le repris calmement, il se tut, stupéfait, et il me traitait depuis avec la même politesse sournoise dont il usait avec la famille de la baronne. Je l'évitais, je ne voulais pas non plus l'interroger au sujet de Marlene, même si son nom apparaissait dans les papiers administratifs.

Au début, j'évitais tous les villageois, je m'occupais des enfants, de la chaumière, cela me suffisait. La nuit, avant d'installer ma paillasse dans la pièce de devant, j'allais avec une bougie dans la pièce du fond, où je les voyais serrés les uns contre les autres, trois dans le lit conjugal, deux sur des paillasses à droite et à gauche du lit, se tenant même dans leur sommeil, cela me faisait chaud au cœur. Je m'étais prise d'affection pour eux. Le deuil de Walter, mon appartement perdu à Hambourg, le bombardement, l'odeur des corps, tout cela formait un gros nœud dur et douloureux. Je n'y touchais pas. Ici, chaque jour avait son lot de tâches à accomplir et c'était bien ainsi.

J'étais déjà à Machandel depuis plusieurs semaines lorsque la jeune Russe qui travaillait au domaine vint me voir. Elle m'informa que madame la baronne me priait de lui rendre visite. La jeune fille parlait bien allemand, avec un accent étranger. Elle resta timidement devant la porte tandis que j'enlevais mon foulard et mon tablier. Les petits arrivèrent en courant et l'enlacèrent.

— Natalia est l'amie de Marlene, m'expliquèrent-ils fièrement.

Mais elle était déjà repartie au château, comme ils appelaient ici le domaine.

La baronne, une dame entre deux âges, je l'avais souvent vue de loin ; je l'avais croisée une fois sur le sentier menant à Klabow, elle avait fait faire un écart à son cheval. Depuis peu, elle était en noir car son fils cadet, comme me l'avait raconté au jardin une voisine de la chaumière, était mort au combat en février, un officier d'ordonnance du feld-maréchal Manstein, dont les troupes s'étaient libérées de la cuvette en Russie méridionale en essuyant de lourdes pertes. Quant au baron, il était mort avant la guerre. La baronne me scruta attentivement avec un regard soucieux, me fit prendre place et me demanda si je voulais un verre de thé. Natalia me servit du vrai thé noir, tel que je n'en avais plus bu depuis deux ans.

Puis la baronne s'enquit des enfants, exprima sa reconnaissance pour mon intervention, comme elle disait. Elle s'était renseignée, elle savait que je venais de Hambourg, d'une bonne famille, et que j'étais veuve d'un médecin. À vrai dire, je valais mieux que de m'occuper du foyer et des enfants de Paul Peters dans cette chaumière. Je la contredis, elle poursuivit :

— Pouvez-vous imaginer prendre en charge la gestion du château ? La cuisinière a démissionné, mon intendante n'est plus là, la petite Russe est adroite, elle sait à peu près cuisiner maintenant, mais je ne peux quand même pas lui confier l'intendance. Le régisseur serait contre. Deux jeunes filles arriveront prochainement, mais je ne fais aucune confiance à ces jeunettes. Je vous paierais correctement, bien entendu, si vous pouviez consacrer quelques heures par jour à l'intendance. Pensez-y, s'il vous plaît.

J'hésitais, ma vie me semblait déjà bien remplie avec les sept enfants et je n'avais nul besoin de me plier à d'autres règles. D'un autre côté, j'avais besoin d'argent, je ne possédais que les vêtements que je portais sur moi, les cartes de rationnement ne fonctionnaient plus depuis longtemps, la tante de Walter m'avait écrit depuis Hambourg qu'on trouvait tout sur le marché noir, mais que c'était cher. Je contemplai la bibliothèque de la baronne et je me dis que ce serait peut-être bien de quitter l'étroitesse de la chaumière pendant quelques heures pour me rendre au domaine.

— J'accepte votre offre, dis-je.

Le mobilier de la baronne n'était plus ce qu'il avait dû être jadis, les tapis de l'étage étaient enroulés, les meubles capitonnés du salon de musique étaient couverts de draps blancs, il n'y avait plus de grandes réceptions. La fille blême de la baronne passait des heures dans sa chambre à jouer du violon, toujours les mêmes morceaux, me semblait-il. Mais on trouvait ici du jambon et de la saucisse artisanale, du beurre et de la crème, de la confiture et du pain maison, voire des gâteaux. Je m'habituai sans scrupules à prendre des petits paquets sous mon tablier, que j'apportais aux enfants. C'est ce que faisaient ceux qui avaient accès aux cuisines, même si le régisseur se méfiait de tout le monde. Il n'osait pas me contrôler, mais je le vis un jour ouvrir la porte de la pièce où logeait la Russe et s'agenouiller pour regarder sous son sommier. Il ne trouva pas ce qu'il cherchait, Natalia possédait une boîte en fer-blanc cachée sous les sacs de farine vides dans la cuisine pour le bétail. J'avais remarqué qu'elle y amassait des provisions et, lorsqu'on l'envoyait en mission à la baraque des saisonniers, où logeaient les autres Russes, la boîte se trouvait sous le foin dans la carriole. Un des Russes, Grigori, était le chéri de Natalia. C'était un ancien officier, un bel homme malgré ses joues creuses et ses guenilles. Il parlait bien allemand, la baronne le faisait souvent venir pour réparer sa vieille voiture, il s'y connaissait. Chacun voyait à ses regards, au comportement de Natalia ce qu'il en était, pourtant ils ne se parlaient presque pas en présence des autres. Mais ils se retrouvaient en cachette, je les vis en plein jour au croisement entre les haies de genévriers, j'entendis Natalia rire et une fois, comme je sortais de la forêt avec les jumeaux, je les vis allongés dans le creux près du tumulus, il faisait déjà presque nuit.

Le lendemain, Wilhelm Stüwe me demanda :

— Toi, la dame de Hambourg, est-ce que tu as remarqué quoi que ce soit entre ce Grigori et Natalia ? Il se trame quelque chose. Ils sont là pour travailler, pas pour faire des cochonneries. Ce Russe est un type dangereux de toute façon, un ancien commissaire, il va se venger, on va tous en baver si la situation s'inverse et qu'il a le pouvoir.

Je répliquai froidement :

— Natalia fait son travail et le Russe ne vient au village que quand on l'appelle, je n'en sais pas plus. Comment peux-tu croire, Wilhelm, que la situation va s'inverser ? Notre aviation vient de remporter un succès à Londres.

Soudain, alors que j'avais décidé de ne pas l'interroger sur le passé, je mentionnai Marlene.

— Sais-tu, au fait, qui l'a fait emmener à l'époque ? Tu devrais y réfléchir parce que quand son père reviendra après la victoire, il va sûrement poser la question.

Wilhelm Stüwe me dévisagea, sa pomme d'Adam sautillait, il ouvrit la bouche comme pour dire quelque chose, puis il se détourna sans piper mot.

Tout le monde se taisait dès qu'on mentionnait Marlene.

Y compris la baronne quand je l'interrogeai sur la jeune fille.

Y compris Natalia.

J'avais fini de coudre la chemise de nuit pour Marlene, elle reposait ourlée et repassée dans le tiroir, et je me demandais de plus en plus souvent comment la lui faire parvenir. Je pouvais peut-être lui rendre visite ou lui envoyer un colis par la poste. Finalement c'est moi qui reçus trois gros cartons de Hambourg envoyés par la tante de Walter, dont l'appartement avait été épargné par le grand bombardement. Elle m'envoyait des sous-vêtements et des collants, des nappes en damas et des serviettes en lin, des draps et des serviettes avec ses initiales. Je ne pus m'empêcher de rire en déballant ces merveilles, ce linge raffiné était si peu adapté à ma nouvelle vie. Je lui avais demandé une chemise de nuit et je recevais une longue robe de dentelle coquille d'œuf en indémaillable que les petites ne se lassaient pas de regarder, sans oser la toucher. C'est pour une princesse, disaient-elles avec respect, ou pour une mariée, sur quoi Marianne proposa de garder cette chemise de nuit pour Marlene, qui allait sûrement bientôt se marier vu qu'elle avait déjà presque dix-neuf ans.

Je décidai alors de rendre visite à la sœur aînée des enfants à la clinique, de lui offrir la chemise de nuit et de garder la blanche en lin que j'avais cousue.

J'avais appris lors d'une conversation entre la baronne et le régisseur qu'ils prévoyaient d'aller à Rostock avec l'Opel dans un centre équestre de la Wehrmacht parce qu'on allait aussi réquisitionner leur lourd alezan, même si le domaine avait été reclassé comme établissement de défense essentiel à la guerre. Les clignotants étaient cassés, mais les véhicules civils roulaient sans, il n'y avait pas de pièces de rechange. Je demandai à la baronne si je pouvais les accompagner et rendre visite à Marlene Peters à la clinique.

Elle répondit évasivement qu'elle devait en parler au régisseur, on avait peut-être d'autres choses à transporter. Et puis il n'était pas sûr qu'on ait assez d'essence pour le trajet.

Mais le dimanche suivant, elle envoya Natalia me dire que je devais me préparer pour le voyage à Rostock lundi. C'était le 3 juillet, je n'oublierai jamais la date parce que j'avais reçu la veille une lettre de soldat de mon frère cadet – je ne savais pas encore que c'était le seul qui me restait – et plus tard, bien plus tard, j'appris que ce 3 juillet 1944, c'était la date de la bataille de Minsk en Biélorussie, dans laquelle il avait trouvé la mort.

Lorsque Natalia vint me voir, la lettre produisait un froissement dans la poche de mon tablier, je la sortais sans arrêt durant mes tâches ménagères pour la lire, j'étais si heureuse de recevoir ce signe de vie, auquel s'ajoutait le message de la Russe, disant que je pourrais les accompagner à Rostock dans la voiture de la baronne.

Natalia resta debout là, hésitante, après m'avoir transmis le message. J'aimais bien cette jeune fille silencieuse, qui avait perdu son appréhension envers moi, il nous arrivait même de rire ensemble pendant le travail. Elle ne me parlait jamais d'elle, de son pays ou de son Grigori, et ça m'allait bien. Je ne lui parlais pas non plus de Walter, de Hambourg ; je repensais parfois à ma vie d'avant, qui me semblait irréelle.

— Vous allez voir Marlene à Rostock ? me demanda-t-elle.

Les petits se pressaient contre nous et entraînèrent Natalia dans la chambre, ils me demandèrent de sortir de la commode la belle chemise de nuit qui allait revenir à Marlene. La Russe n'y jeta qu'un bref regard.

— Je suis l'amie de Marlene, me dit-elle à voix basse, presque en chuchotant, j'aimerais tant la revoir. Puis-je vous accompagner, si madame la baronne est d'accord ? Ou bien… – elle me lança un regard suppliant – y aller à votre place ?

Cela s'avéra impossible, la baronne ne voulut rien entendre et le régisseur qui nous accompagnait se contenta de dire :

— Cette travailleuse de l'Est est de plus en plus effrontée.

Voilà longtemps que je n'avais plus traversé un paysage d'été en voiture, mes yeux pouvaient à peine appréhender l'étendue, les villages me semblaient si beaux, si harmonieux dans le soleil, je me trouvais moi-même incroyablement élégante dans le chemisier blanc envoyé par ma tante, avec mes cheveux ondulés qui brillaient parce que je les avais rincés avec du bouillon d'ortie. J'avais emporté des cerises pour Marlene et un kouglof dans un panier recouvert d'un torchon en lin. La chemise de nuit était enveloppée dans un tissu. J'avais également emporté la jupe à carreaux de Marlene et deux chemisiers. Au dernier moment, Natalia m'avait donné pour Marlene une pierre vernie bleu vert particulièrement belle, en forme de cœur légèrement penché.

J'étais à l'avant, la baronne au volant, le régisseur plongé dans ses papiers à l'arrière.

— Connaissiez-vous Marlene personnellement ? demandai-je à la baronne.

— Oui, bien sûr, soupira-t-elle. Sa famille fait partie du domaine, le père de Paul Peters s'occupait déjà des moutons. Je suis même allée à l'enterrement de sa femme. Cette fille était trop jeune pour tout ça. Elle venait souvent au domaine. Je lui faisais porter de la nourriture et des vêtements.

— Elle venait quémander, grogna le régisseur à l'arrière, les mioches des Peters mendiaient comme des Juifs. Il était temps qu'une personne sensée intervienne.

Peu avant Rostock, ils échangèrent quelques phrases à propos d'un rendez-vous avec l'administration dans l'après-midi, concernant le placement des prisonniers de guerre. J'entendis le nom de Wilhelm Stüwe.

— J'ai lu le nom de Wilhelm Stüwe dans le dossier d'internement de Marlene, dis-je en me mêlant à leur conversation. Il a déclaré qu'elle était faible d'esprit et violente. Qu'est-ce que Wilhelm avait à voir là-dedans ?

Le silence tomba dans la voiture, seul le moteur toussotait. La conductrice s'efforçait de regarder droit devant elle.

— Stüwe ne fait pas partie du domaine, dit le régisseur. Il est payé par le STALAG de Fünfeichen. Nous n'avons aucun lien avec lui. C'est à lui que vous devez demander ce qu'il en était avec cette fille.

Mais Auguste Stüwe travaille au château et ils logent au domaine, pensai-je. Et Wilhelm s'était présenté à moi comme le responsable de la sécurité à Machandel, quoi qu'il entende par là. Pourtant je n'ajoutai rien.

Nous étions à Rostock. Je croyais sentir la proximité de la mer à travers les vitres fermées, la nostalgie du foyer m'enveloppa de ses effluves.

La clinique se trouvait sur l'autre rive de la Warnow, loin du centre-ville. Ils me déposèrent, ils reviendraient me chercher dans quatre heures environ.

La baronne fouilla dans son sac à main pour en sortir cinq marks.

— Donnez cela à Marlene s'il vous plaît.

Sur les bancs devant les maisons et dans le parc se trouvaient des hommes avec des bandages à la tête, des unijambistes, c'était un hôpital militaire. Je demandai mon chemin pour aller à la direction de la clinique et je finis par me retrouver assise en face d'une vieille infirmière qui regarda attentivement mon certificat de tutelle pour les enfants des Peters. Quand je lui dis que mon mari était médecin, elle fut plus bavarde. Tout en me guidant dans un dédale de couloirs jusque chez Marlene, elle me raconta qu'elle travaillait ici depuis quarante-huit ans, depuis que la clinique existait.

— À l'époque, ça s'appelait encore la maison de fous du grand-duché. Monsieur le professeur Ernst Braun, qui est également doyen de la faculté de médecine, est le cinquième directeur que j'ai connu. Le travail n'a jamais été facile ici, beaucoup trop de patients, l'établissement est prévu pour deux cents, on en avait quatre cents jusqu'à récemment. Voire cinq cents. C'était pas chouette, ça vous pouvez me croire. Avec la guerre en prime. Pas de draps, pas de médicaments, pas assez de soignants. Et vous voyez, une partie des bâtiments a été détruite lors des bombardements. Heureusement, nous avons pu transférer la plupart des patients à Schwerin-Sachsenberg et à Neustrelitz. La majorité des thérapies étaient déjà interrompues à cause de la guerre. L'insuline notamment revient trop cher, alors que nos hommes meurent au front. Vous le savez bien, en tant que veuve d'un médecin. À présent, l'administration militaire réquisitionne presque tous les lits pour les soldats. Nous n'avons gardé ici que quelques dizaines de malades mentaux, on a besoin d'eux au jardin ou en cuisine. Je connais Marlene Peters. Une patiente agréable, c'est dommage pour elle.

Je l'interrogeai sur la maladie de Marlene.

— Nous avons de tout ici, dit la vieille infirmière en haussant les épaules. Trouble mental paralytique, épilepsie, idiotie, mais aussi chorée et *tabes dorsalis*. En ce qui concerne Marlene Peters, c'est sans doute une débilité congénitale héréditaire. C'est fréquent dans les villages, hélas. Mais il vaut mieux poser la question au docteur. Il est disponible sur rendez-vous pour les proches parents. Vous n'avez pas pris rendez-vous et vous ne faites pas partie de la famille, malheureusement. Je fais une exception en vous conduisant à notre patiente parce que vous avez fait beaucoup de route et qu'il faut bien se serrer les coudes en ces temps difficiles.

Marlene travaillait dans un pavillon de la cuisine. Je la reconnus tout de suite, je voyais sa photo de confirmation tous les jours sur la commode, elle me rappela aussitôt ses frères et sœurs avec son visage rond, ses yeux bleus, ses cheveux clairs. Mais le visage de Marlene était figé par une expression d'égarement. Assise à une table avec deux ou trois vieilles femmes, elle nettoyait des rutabagas. Elle ne leva pas la tête lorsqu'on arriva devant elle, son regard resta vide, ses mains travaillaient machinalement.

Elle ne réagit pas non plus aux paroles de l'infirmière qui me présenta.

— Marlene, dis-je, je te passe le bonjour de tes frères et sœurs. Je citai leurs noms : Helga, Marianne, Heinz, Gisela, Klaus, Günter, Christine.

Elle releva la tête. Son regard clair s'assombrit.

— Et aussi de ton amie Natalia.

Un tremblement parcourut son corps, elle jeta le couteau et couvrit son visage de ses mains.

On nous donna l'autorisation d'aller dans le parc et je vis qu'elle boitait légèrement. Ne sachant pas si cette jeune fille était réellement malade, je décidai de m'adresser à elle comme à une personne normale. On chercha un banc à l'écart, où je lui parlai de moi et de mon arrivée à Machandel. Cela m'étonna, je n'avais jamais autant parlé depuis mon départ de Hambourg. Elle écoutait, je vis à son expression qu'elle était très attentive, mais elle ne dit rien pendant longtemps. Elle a dû perdre l'habitude de communiquer, me dis-je, qui sait si quelqu'un lui parle ici. J'enchaînai en évoquant sa maison, le potager, Minka, la chatte de l'étable qui avait eu une portée, ainsi que des petites anecdotes sur chacun de ses frères et sœurs. Une fois, je crus qu'elle allait rire. Je déballai le panier, lui donnai les cerises, le gâteau, les serviettes, la chemise de nuit. Je lui avais même apporté un morceau de savon envoyé par la tante de Hambourg, une rareté durant cette cinquième année de guerre. J'étais un peu déçue de voir combien tout cela l'intéressait peu. Sauf la pierre, le cœur penché et vernis bleu vert de Natalia, qu'elle prit avec un petit cri de joie et posa contre sa joue.

— Pierre-de-Machandel, dit-elle.

C'étaient les premiers mots qu'elle prononçait.

Je lui demandai plus tard pourquoi elle boitait. Un flot de paroles émergea, j'avais du mal à tout comprendre parce qu'elle parlait très vite et que sa voix était rauque, non exercée.

Elle avança le bassin, les mains enfouies dans le creux entre ses jambes, protégé uniquement par le mince tissu de sa combinaison, semblait-il.

— Ils m'ont opérée là, chuchota-t-elle d'une voix enrouée. Ils ont tout enlevé. J'aurai pas d'enfants, personne ne m'épousera quand je sortirai d'ici.

J'appris qu'on avait stérilisé toutes les jeunes femmes de sa salle et que chez certaines, comme elle, il y avait eu des complications, tout était infecté, elle avait des douleurs en marchant. Mais le pire – elle s'approcha de moi et m'enlaça de ses maigres bras, s'agrippa à moi –, le pire, c'était le transfert des femmes de sa salle à Sachsenberg.

— Là-bas, à Schwerin, on les assassine, chuchota Marlene. C'est l'infirmière Gudrun, avec laquelle je me disputais toujours au début, qui a dit ça. Elle m'a menacée. "Tu peux t'estimer heureuse qu'on te garde ici, elle a dit, à Sachsenberg tu serais morte depuis longtemps." Un soldat de l'hôpital militaire m'a offert une carte avec un motif de fleurs, je voulais l'envoyer aux petits à Machandel. Marie, ma voisine de chambre qui avait de l'épilepsie, rien d'autre, ils l'ont transférée il y a deux mois, évacuée avec neuf autres femmes de notre salle. Du coup, j'ai donné la carte postale à Marie et elle a promis de m'écrire dès qu'elles seraient arrivées. Le timbre était déjà collé dessus. Elle me l'a promis. Mais la carte n'est jamais arrivée. Une des femmes transférées, Agnès la tordue, est revenue de Schwerin, le professeur l'a récupérée, il la montre toujours aux étudiants parce qu'elle a une maladie rare. Elle était avec moi à la cuisine tout à l'heure. Elle m'a dit… – Marlene me chuchota à l'oreille – "ceux qui ne meurent pas tout seuls à Sachsenberg, on les pique. Marie est déjà morte."

Je ne savais pas quoi dire ni faire, à part la caresser. On pleura toutes les deux. Je croyais tout ce qu'elle m'avait dit et je ne la trouvais pas folle. Plus tard, elle me montra son dortoir, qui sentait les excréments. On ne pouvait pas ouvrir les fenêtres. Parmi les vingt-cinq lits sales, certains étaient occupés par des femmes apathiques et baveuses. Soudain, la chemise de nuit en dentelle me parut complètement inappropriée, mais Marlene l'étala sur son lit et ne voulut pas la rendre, même lorsqu'une soignante trapue se présenta et dit en secouant la tête que personne n'avait besoin d'une tenue pareille ici. Marlene glissa vite la chemise de nuit sous son matelas taché. Elle refusa les cinq marks de la baronne, disant qu'elle n'en avait pas besoin. Je n'avais qu'à les répartir entre les enfants, chacun aurait soixante-dix pfennigs d'économie, calcula-t-elle, et Heinz, l'aîné, récupérerait les dix restants, même s'il n'était pas économe. Ou plutôt Marianne, qui manquait toujours d'argent. Sa voix était soudain très douce, pas aussi rauque et enrouée que quelques heures plus tôt. L'aide-soignante m'incita à terminer ma visite, Marlene devait aller faire du repassage dans la buanderie, la thérapie par le travail, elle-même allait m'accompagner jusqu'à la sortie. Lorsque je voulus enlacer Marlene, elle avait de nouveau son visage vide et fermé. Son corps resta raide, elle tenait le cœur en pierre de Natalia dans son poing serré. Elle ne répondit pas aux quelques mots que je balbutiai pour prendre congé. Elle était retombée dans son mutisme.

Tandis que l'aide-soignante ouvrait et refermait des portes, me guidait dans le labyrinthe des couloirs, je lui demandai :

— Est-ce qu'on a stérilisé Marlene ?

La femme me regarda de biais, l'air étonné, puis elle dit :

— Si tel est le cas, alors c'est une mesure médicale selon la loi de prévention contre la transmission des maladies héréditaires, ordonnée par le professeur et le département de biologie génétique. Tout est fait selon les règles, la décision est toujours présentée aux intéressés. Ne vous faites pas de bile, c'est le mieux pour la patiente et vous avez pu constater qu'elle va bien.

Dehors m'attendait déjà la voiture de la baronne. Cette fois, le régisseur conduisait. J'étais à l'arrière. Ils ne me demandèrent pas comment cela s'était passé avec Marlene. Je ne dis rien pendant le trajet, mais ils ne s'en aperçurent pas parce qu'ils parlaient des chevaux, de l'expertise d'une administration contrôlant la production agricole et de la prochaine récolte.

13

CLARA

La blessure est tienne, Rosa

Depuis l'époque de mon baccalauréat, je dédaignais la manifestation de janvier en l'honneur de Karl et Rosa, comme les appelaient mes parents, qui s'y rendaient chaque année, même par un froid glacial. J'y allais encore enfant, je me souviens du visage chaud de mon père me prenant dans ses bras devant la tribune pour que je puisse mieux voir les hommes debout là-haut et qu'ils me voient les saluer. Un jour, on nous reconnut effectivement, sur quoi un petit homme à l'écart, portant un bonnet de fourrure, fit signe à mon père, affublé lui aussi d'un bonnet de fourrure. Très fière, je collai ma joue contre la sienne. Ma main froide se réchauffa dans la sienne, mais il la lâchait souvent car il rencontrait sans arrêt des hommes qu'il saluait. Il avait vécu avec eux la clandestinité, la prison de Brandebourg, Neuengamme ou Sachsenhausen. Ces mots m'étaient familiers, je les connus avant même de savoir ce qu'ils signifiaient.

Lorsque la manifestation se dispersait derrière la tribune, mon père m'emmenait au cimetière des socialistes, où reposaient Karl et Rosa. Il me traînait d'une tombe nue à une autre, recouvertes de neige certaines années, il citait des noms et des sigles incompréhensibles, SOR, CC, Komintern, AM. J'étais gelée, j'avais mal aux orteils, les chants ouvriers avaient une sonorité métallique, j'attendais avec impatience d'aller dans un des restaurants de la Strausberger Platz, où nous déjeunions toujours après la manifestation, de la purée de pommes de terre et de l'escalope. J'avais droit à un chocolat chaud.

Les années suivantes, je fus contrainte de retrouver Karl et Rosa avec ma classe, on faisait passer une liste de présence au point de rendez-vous, mais nombre de mes camarades disparaissaient au bout de quelques minutes et prétendaient ensuite avoir été entraînés par la foule. À l'âge de treize ans environ, j'évoquai la supercherie à l'école et proposai que seuls ceux qui avaient vraiment envie de retrouver Karl et Rosa y aillent, après quoi l'enseignante et mes camarades me regardèrent bizarrement et firent comme si je n'avais rien dit.

J'étais encore enfant lorsque mon père m'avait offert les lettres de prison de Rosa Luxemburg, une petite édition cartonnée grise que je possède encore. Je ne pus m'empêcher de pleurer, comme le buffle maltraité qu'elle décrivait et, une fois adolescente, je lus les éditions des lettres qui se trouvaient dans la bibliothèque de mon père. Les traités politiques ne m'intéressaient pas, je ne comprenais rien à *La Révolution russe*, un essai recommandé par mon frère Jan quand j'avais quatorze ans, même si j'y avais trouvé la citation jadis accrochée au-dessus de son bureau et maintenant au-dessus du mien. Je m'intéressais davantage à ses lettres d'amour passionnées à Léo Jogisches, aux sentiments entre les lignes après leur séparation, douleur, déception et rancune. Pourtant Rosa Luxemburg et son beau Dziodziu, son trésor doré, son soutien dans la détresse, comme elle l'appelait, restèrent proches jusqu'au bout, même lorsqu'elle n'avait plus de qualificatifs pour lui. J'étais fascinée par l'audace et la sensibilité de cette petite femme boiteuse dans un monde d'hommes, où elle ne se laissa pas endurcir. Elle dut cacher les amours de sa vie. Constantin Zetkin était beaucoup plus jeune qu'elle, un scandale. Je ne pouvais pas en parler avec mes parents, ma mère était trop occupée, mon père trouvait gênantes ces affaires privées de second plan, comme il disait. Il aimait mieux évoquer le journal *Rote Fahne* et les crédits de guerre, l'échec historique de la social-démocratie. Mon frère se moquait de mon intérêt pour la vie sentimentale de Rosa et me donna un poème de Paul Celan d'une beauté mystérieuse : *La blessure est tienne, Rosa. Et la lumière des cornes de tes buffles roumains*… Mais il disait également que Rosa Luxemburg s'était trompée sur de nombreuses questions politiques.

Cela me la rendait encore plus proche, une femme déchirée par les contradictions. Quand je passai devant la tribune avec mes camarades à la mi-janvier et que j'entendis les discours sortant des haut-parleurs, quand je vis les vieux messieurs faisant signe de là-haut, je me demandai quel était le rapport avec Rosa, je n'avais aucune envie de saluer ces silhouettes grises qui recevaient les hommages. Lors des discussions politiques à l'école, je me voyais toujours comme l'enfant du conte *Les Habits neufs de l'empereur*, auquel personne ne répond lorsqu'il affirme que l'empereur est nu. Tous se détournaient, certains affichaient un rictus supérieur. Mon père me parlait de moins en moins souvent, ses regards glissaient sur moi et, quand je lui posais une question, il se contentait de marmonner que les choses étaient compliquées.

À un moment donné, je finis par ne plus aller du tout aux manifestations.

En janvier 1988, je restai aussi chez moi. Nous avions appris que certains avaient prévu quelque chose, ils voulaient déployer des banderoles devant la tribune, des draps cousus ensemble, sur lesquels figuraient des citations de Rosa Luxemburg, dont la célèbre phrase *La liberté est toujours la liberté de penser autrement*. Le groupe de défense des droits de l'homme, dont faisait partie Herbert, planifiait cela depuis des semaines, quelques membres de notre cercle de paix voulaient y participer, ainsi que les candidats au départ du comité pour les droits civiques. Nous en parlions, à la fois au cercle de paix et à la maison. Je me revois avec Michael à la table du petit-déjeuner, sans les enfants, un tête-à-tête devenu rare, que nous étouffions sous un flot de paroles.

— Je suis sceptique en ce qui concerne les candidats au départ, avais-je dit. Tout leur est bon pour se faire remarquer. Ils veulent juste se raccrocher à la manif, ils se fichent de Rosa Luxemburg.

— Mais ils ne se fichent pas de la liberté, dit Michael ; cela dit, je ne vais pas participer non plus si ça vient de Herbert. La Stasi sait depuis longtemps ce qu'ils trament, lui et ses gens. Le groupe fourmille d'agents, ça se voit au premier coup d'œil. Je ne vais pas tomber exprès dans leur piège.

Le groupe de Herbert n'avait rien d'une conspiration, il ne recherchait pas l'égide de l'Église et agissait comme s'il était légal. Aujourd'hui, on sait que la Stasi avait noyauté le groupe – parmi tant d'autres –, attisé les conflits, répandu des rumeurs. Elle connaissait effectivement leur projet depuis des semaines. Peut-être que Herbert s'en doutait, il le savait en tout cas depuis la veille, quand il avait été placé en résidence surveillée. Sa ligne téléphonique était coupée, il ne put avertir personne. Certains furent arrêtés le matin en allant à la manifestation, avant même de pouvoir sortir les banderoles de leurs parkas et anoraks. Une trentaine de personnes réussirent à s'avancer séparément jusqu'à la tribune. Lorsqu'elles se regroupèrent, elles furent encerclées par un groupe d'intervention muni de grands étendards rouges qui les déroba aux regards jusqu'à ce qu'on leur confisque les banderoles et les embarque.

C'était le 17 janvier. Pendant une brève période, la ville était comme figée sous un froid soleil d'hiver. Après quoi elle fut en ébullition. Michael raconta que ses collègues de la centrale, qui ne semblaient pas s'intéresser à la politique en temps normal, envisageaient une action de protestation contre les emprisonnements. Dans les cafés Oderkahn, Espresso, à la cantine de la Bibliothèque nationale, j'entendais les gens s'échauffer au sujet des arrestations. Également dans le métro, au supermarché, aux réunions parents-profs. La télévision ouest-allemande en avait parlé. *La liberté est toujours la liberté de penser autrement*, beaucoup entendaient cette phrase pour la première fois et cela leur faisait peur.

Herbert était encore en résidence surveillée. Ils n'habitaient pas loin de nous, leur fils aîné fréquentait la même école que Julia, il venait parfois dîner à la maison, un petit gars ébouriffé et précoce qui parlait à mes filles ébahies des hommes en faction devant leur porte d'entrée, tels de dangereux dragons qui ne lui faisaient pas peur.

Herbert n'avait pas le droit de quitter leur domicile, mais Maria vint un soir chez nous pour récupérer son fils.

— Deux hommes qui attendaient avec un troisième dans une Lada m'ont suivie à pied, dit-elle. Ils sont encore en bas, devant la porte.

Michael alla sur le balcon pour vérifier, il revint blême dans la pièce. Je savais que la visite de Maria ne lui plaisait pas. Elle avait mauvaise mine, ses cheveux soignés d'habitude pendaient en mèches désordonnées. On parla peu, elle voulait vite retourner chez elle, Herbert était seul avec le petit de trois ans. Elle sortit de sa tenue mauve, trop légère pour la saison, une feuille signée par Herbert et elle. Il s'agissait de leurs enfants. Ils ne voulaient pas qu'on les emmène dans un foyer comme les filles de Dörte et de Wolfgang. Herbert et Maria s'étaient dit que nous pourrions nous occuper de leurs fils s'il leur arrivait quoi que ce soit.

— Vous savez, dit Maria en brisant le silence, la mère de Herbert à Ilmenau est trop vieille. Et mes parents n'aiment pas Herbert, ils ne comprennent pas nos aspirations, ils ont juste peur. Ils monteraient les enfants contre nous. Les garçons vous connaissent, et puis avec ton père, Clara, ne le prends pas mal, mais vous ne risquez rien.

Elle me tendit le papier confirmant qu'ils me confiaient le droit de garde pour le cas où ils ne pourraient plus l'exercer eux-mêmes. Avant que je puisse le lire, Michael me l'arracha des mains. Je cherchai son regard, il m'évita.

— Oui, dis-je à Maria. Tu peux compter sur moi.

On s'enlaça.

— S'il devait arriver quelque chose, ajouta Maria, préviens Carlos.

Elle me donna l'adresse du chercheur espagnol sur la paix et le jeu de clés de leur appartement, prit son fils par la main et s'en alla. Elle portait par-dessus sa robe un manteau de fourrure de lapin démodé et un manchon, plus personne ne mettait ça de nos jours, cela donnait à son apparence une touche étrangement intemporelle. Je l'observai depuis la fenêtre, je vis deux silhouettes, gelées dans l'ombre d'une entrée d'immeuble, leur emboîter le pas sans chercher à passer inaperçues, pourquoi d'ailleurs. Ces hommes semblaient dangereusement grands derrière cette femme menue et l'enfant.

Je n'ai jamais revu Maria.

Le lendemain ou le surlendemain matin, un lundi de la fin janvier, j'entendis parler de nouvelles arrestations au journal de six heures. On cita le nom de Herbert.

Je me précipitai vers Michael à la salle de bains, il n'était pas surpris. La procuration donnée par Maria ne comportait que mon nom. Mais il était d'accord avec tout ce qu'il fallait faire et je lui en étais reconnaissante. Les événements créaient une proximité entre nous que nous avions à peine ressentie ces derniers mois.

Dans l'appartement de Maria, personne ne décrocha. À peine avais-je raccroché que des amis appelèrent pour nous demander si nous en savions davantage. Je composai le numéro de la pastoresse de Pankow, la ligne était brouillée. Michael devait aller au travail, j'emmenai Caroline à la crèche et Julia, un rien récalcitrante, à l'école, les enfants voyaient bien qu'il se passait quelque chose d'inquiétant. Puis je sonnai chez mon amie Ruth, qui habitait près de la mairie. Elle avait déjà essayé de nous joindre parce qu'elle avait entendu parler de l'arrestation de Herbert. On décida d'aller dans l'appartement de Herbert et de Maria.

En chemin, on regarda autour de nous, personne ne semblait nous suivre. Nous examinions néanmoins chaque camionnette en train de se garer. Maria avait parlé de la voiture devant sa porte, les occupants se relayaient toutes les deux ou trois heures. On ne vit aucun véhicule dans le genre. Il n'y avait personne non plus dans le couloir de l'immeuble, où deux types étaient restés plantés tout le temps. Un chien aboyait dans un appartement. La porte de Herbert et de Maria n'était pas sous scellés, comme je le craignais. Je sortis la clé de Maria avec mes doigts engourdis, on entra. Les enfants n'étaient nulle part. Dans la chambre à coucher déjà sombre, les lits donnaient l'impression qu'on venait d'en sortir, dans le salon gisaient des rouleaux de tissu et des vieux vêtements décousus çà et là autour de la machine à coudre, deux verres de thé à moitié vides reposaient sur une petite table, ainsi qu'un cendrier plein. Au milieu, par terre, des journaux, des brochures, des papiers rédigés. Des piles de livres aussi. À la cuisine, le petit-déjeuner était servi, le goûter préparé pour l'aîné. Il faisait froid. Leur grand appartement possédait un magnifique parquet, chauffé par de vieux poêles en faïence qui avaient connu des jours meilleurs. Un courant d'air s'insinuait par les fenêtres. Je n'étais plus venue ici depuis longtemps, je voyais à présent combien tout était misérable. Ces derniers mois, Herbert produisait la même impression désolée et renfermée que cet appartement, qui n'était plus leur chez-eux depuis que les hommes guettaient chacun de leurs pas devant la porte. Ils avaient peu d'argent, il gagnait trois cent quatre-vingts marks comme concierge et Maria cousait ses beaux vêtements pour des connaissances auxquelles elle ne demandait presque rien. Ils devaient avoir des soucis d'argent, pensai-je soudain, et j'eus honte de ne leur avoir jamais posé la question.

Où étaient les enfants ? Ruth et moi n'avions pas échangé une parole en faisant le tour de l'appartement. Soudain, six ou sept hommes nous entourèrent. Nous avions refermé la porte derrière nous, d'où étaient-ils sortis en silence ? L'un d'eux, plus âgé que les autres, avec l'expression indifférente et pourtant hautaine d'un supérieur hiérarchique, me demanda mes papiers d'identité sur un ton rude. Ils avaient entraîné Ruth dans la pièce voisine et, malgré mon égarement, je vis que les autres hommes s'étaient postés stratégiquement devant chaque porte et même devant le balcon. Je ne sais pas où je trouvai cette présence d'esprit, toujours est-il que je demandai à l'homme avec colère qui il était et ce qu'il fabriquait dans l'appartement de mes amis. Il brandit sa carte d'identité, fournit une brève explication, dans laquelle j'entendis les mots "empêchement des activités subversives et du travail de sape de l'ennemi". Je lui montrai mes papiers, qu'il regarda en vitesse avant de les donner à un jeune homme qui les emporta et sortit de la pièce.

— Qu'est-ce que vous faites ici ? me demanda-t-il.

— J'ai reçu une procuration de Maria et de Herbert pour m'occuper de leurs enfants s'ils avaient un empêchement, répondis-je en feignant la décontraction.

Je ne sortis pas le document, alors que je l'avais sur moi. Il aurait pu me le prendre. Mais il ne le demanda pas.

— Où sont donc les enfants ?

Ma question sembla le surprendre.

— Les parents ont été emmenés pour clarifier les faits, et comme cela peut durer un certain temps, les enfants ont été placés sous la protection de l'État, c'est courant.

— Ce n'est pas conforme à la loi, répliquai-je d'un ton cinglant.

Ruth, qui travaillait comme bénévole à l'aide sociale à l'enfance – elle s'occupait du fils d'une alcoolique chez elle et avait un certificat d'assistante d'éducation –, m'avait expliqué les lois en chemin. Un placement en foyer ne pouvait se faire sans l'accord des parents qu'en cas de danger pour les enfants ou sur décision d'une commission de l'aide sociale à l'enfance. Même si les parents étaient en détention provisoire ou en prison, ils avaient encore le choix du lieu de résidence de leurs enfants. À moins qu'on le leur ait retiré, ce qui n'était pas si facile.

J'entendais Ruth qui tentait également de convaincre les hommes dans la pièce voisine. Je distinguai les expressions "droit de garde" et "aide sociale à l'enfance". Je répétai avec énergie ma question au sujet des enfants. J'expliquai les lois à l'homme, qui sembla un moment perplexe.

— Les enfants sont bien pris en charge, répéta-t-il.

— Mais sans l'accord des parents.

C'était maintenant moi qui avais un ton rude, le sien était conciliant et poli. Un des types lui tendit le certificat d'assistante d'éducation de Ruth, qu'il examina avec hésitation.

— Dites-nous où se trouvent les enfants, je vais aller les chercher, proposai-je.

Il parla vaguement du service de l'aide à l'enfance.

— Bien, nous y allons. Pourriez-vous me rendre mes papiers ?

Un des hommes me les tendit sans un mot, Ruth récupéra aussi les siens. Lorsqu'ils exigèrent la clé de l'appartement, je refusai.

— Toutes les affaires des enfants sont ici.

Étonnamment, il nous laissa partir, on passa devant les jeunes hommes postés dans le couloir telle une haie de militaires.

Une fois dans la rue, je ne pus m'empêcher de vomir.

14

HANS

Trahi

Hier, ma fille Clara est passée chez moi dans la Wilhelmstraße, elle vient tous les mardis, quelquefois le week-end. Elle s'est enrobée, ce n'est plus une petite fille. Elle va sur ses cinquante ans. Et moi sur mes cent ans. Ses filles sont déjà adultes, elles viennent rarement. Mes petites-filles. Caroline, la cadette, encore étudiante, ressemble à Else. Or ce n'est pas possible, Clara est la fille de Johanna et Else est morte. Johanna aussi. Je n'aurais pas dû la faire venir à Berlin, je n'aurais pas dû la mêler à ma vie. C'était presque encore une enfant. Elle était trop jeune quand elle est devenue mère. Dix-huit ans. Mais c'était également une femme mûre et sensible, elle avait fui ce village de Prusse orientale, elle voulait oublier les mauvais souvenirs. Comme moi. Johanna avait envie d'être belle, Else aussi. Else aimait bien s'habiller, elle avait un de ces appareils qu'on appelait fer à friser, avec lequel elle ondulait ses cheveux. Quand je repense à elle, je la revois toujours lumineuse dans une pièce sombre. À la fin, c'était l'inverse. Dans la Prinz-Albrecht-Straße, lors de la confrontation, elle était recroquevillée, le visage noirci et ravagé, dans une lumière froide et crue.

Johanna était également lumineuse au début. À la fin, c'était une épave, perdue, perturbée. Une alcoolique. Je n'aurais pas dû la faire venir. C'est pourtant elle qui voulait quitter ce village de Machandel, où elle ne se sentait pas chez elle. Repartir de zéro, tout laisser derrière soi, voilà ce que nous nous disions. Construis, construis, chantaient les jeunes gens. Je n'étais plus jeune. Je ne l'ai jamais été. À onze ans, je distribuais déjà des journaux dans la Schönhauser Allee, c'était le travail de maman, qui avait la tuberculose. Elle crachait du sang, elle est morte tôt. À quatorze ans, je suis devenu apprenti métallo, en pleine inflation. Chez Siemens, j'ai rencontré les camarades. Papa était seulement au syndicat, alors que moi, à seize ans, je faisais partie de la section jeunesse de l'Union des combattants du Front rouge. Je suis bientôt devenu chef de groupe, puis chef de section, avant d'être envoyé au camp de formation de Tambach-Dietharz. C'était mon premier voyage, c'est là que j'ai vu Thälmann pour la première fois. Lors du rassemblement de l'Union en 1927, j'avais dix-sept ans, il m'a fait venir à la tribune comme porte-drapeau. C'était au Schiller Park, à Berlin-Reinickendorf, un chœur de jeunes filles est monté sur scène. C'est ainsi que je fis la connaissance d'Else, elle récitait et chantait dans la chorale ouvrière. Elle faisait aussi partie du Mégaphone rouge. Elle avait quatre ans de plus que moi, elle était vendeuse chez Hertie et elle avait son propre studio situé dans la Stargarder Straße. J'emménageai chez elle. En 1929, l'Union des combattants du Front rouge et sa section jeunesse furent interdits, mais je n'ai pas oublié mon serment : *Je jure de toujours remplir mon devoir révolutionnaire envers la classe ouvrière et le socialisme. Je jure de rester encore et toujours un soldat de la révolution.*

J'ai tenu mon serment et je le tiens encore aujourd'hui.

Quand le Front rouge fut interdit, j'avais déjà des missions spéciales. Rudi Schwarz, le chef de la section jeunesse, me mit en contact avec Kippenberger, le député du Reichstag qui développait l'appareil de défense militaire du Parti. Je suis ainsi devenu soldat sur un front particulièrement délicat. Cela voulait dire : s'imposer une discipline, fermer sa gueule, être prudent, s'attendre à tout. Ça reste en vous, ça forge le caractère. Else était différente, elle riait à gorge déployée, elle se baignait nue dans le Motzener See, elle avait une telle insouciance. Un tel appétit de vivre. Comme Johanna au début.

Johanna me rejoignit à Berlin en 1947 en laissant le gamin au village. C'était une erreur, je n'aurais pas dû accepter. Je n'avais pas le temps d'être père, une sorte de vie de famille n'exista chez nous que des années plus tard. En revanche, ce n'était pas une erreur d'envoyer le gamin à l'école des cadets. Il apprit la discipline, fréquenta d'autres garçons, tous fils de bons camarades.

Herbert Grünstein y avait mis son fils et Heiner Rau aussi, je crois, c'étaient d'anciens brigadistes, ainsi que Horst Brasch, qui cofonda la Jeunesse allemande libre pendant son exil anglais, ou était-ce avant, pendant l'exil hongrois. Son fils est devenu artiste lui aussi, un poète, il est parti à l'Ouest et il est mort il y a quelques années, on dit qu'il est devenu toxicomane. Un de ses bouquins s'appelait *Les fils meurent avant les pères*. Drôle de titre. Je ne l'ai pas lu. Le fils Grünstein, Peter de mémoire, est déjà mort lui aussi. Il est devenu fou, il a pété un câble pendant ses études à Moscou. Tragique, mais ce genre de choses arrive. On dit qu'un gamin originaire de Dahlem, exilé en Union soviétique, a fini en asile psychiatrique chez nous. Et la femme d'Ernst Busch, Irene. J'en connais beaucoup qui ont perdu la raison. Jan, au moins, n'est pas devenu fou, ni accro comme sa mère, juste entêté et incompréhensif. J'ignore où il se trouve aujourd'hui. Je me demande parfois s'il vit encore. J'espère qu'il travaille pour les nôtres, dans un endroit où il ne peut pas faire signe à sa famille, avec une autre identité, comme moi après 33. Mais Jan n'avait aucune affinité avec nos services et le Parti, c'était un solitaire, un sale individualiste, comme son ami, Herbert Ahrens, pour qui ils ont fait tout un cirque en 88 parce que les gars de Mielke l'ont enfermé pendant trois semaines. On fait pas d'omelette sans casser des œufs. Les nôtres étaient sans arrêt en taule, Rudi Schwarz a passé huit mois en prison dès 1930. Quand il est sorti, il flottait dans ses pantalons et il avait un tic à la paupière. À vrai dire, on aurait dû le faire sortir du système. Mais il est devenu chef de la Défense après Kippenberger, c'était mon plus proche collaborateur dans les mois suivant l'arrestation de Thälmann. Les nazis l'ont chopé en janvier 34 et abattu pendant sa fuite au Schäferberg en février, en même temps que trois autres. J'ai tenu bon jusqu'en 35, après quoi ils m'ont chopé moi. Et avant cela, Else. Alors ces trois semaines de détention provisoire pour Herbert Ahrens début 88, c'était pas bien méchant. Ma fille et ses amis voyaient ça comme le summum de l'inhumanité. Chez les nazis, on a connu des prisons d'un tout autre genre. Ou dans les années 50… Non, mon fils ne travaille pas pour les nôtres, ils n'existent plus.

Mes pensées tournent en rond chaque fois que Clara vient chez moi et me harcèle de questions sur le passé, ce qu'elle fait à chaque visite depuis quelques années. Que lui répondre ? Tout est si enchevêtré, si complexe, ça remonte loin, mais ce n'est pas révolu. Juste enchevêtré et enseveli par le temps. Me voilà ici, à attendre que les aides-soignantes m'apportent mon dîner, me lavent et changent ma poche à urine. Je les appelle mes lessiveuses, ça les fait rire. Elles ne savent pas que ma mère en était une. Ces femmes sont les seules personnes à me toucher. Avec Clara, quand elle m'enlace pour me dire bonjour et prendre congé. Elle ne le faisait pas autrefois. Johanna s'est elle aussi détournée bien avant sa mort. Les premières années, elle tenait à moi, m'admirait peut-être. Je la trouvais belle, sa peau était si douce, si lisse, comme Else. Quand je la regardais dormir, j'étais amoureux d'elle. Mais lorsque Karel Hunzek, dont elle savait qu'il m'avait porté jusqu'à Machandel avec Otto de Sachsenhausen, lorsque Karel a été exécuté à Prague en décembre 1952, lorsque les journaux ont titré que Hunzek était un ennemi du socialisme, un criminel, elle s'est mise à me regarder comme si j'étais un de ses bourreaux.

En janvier 53, nos journaux publièrent un communiqué spécial au sujet des médecins criminels arrêtés à Moscou. "Tu y crois ?" me demanda Johanna. Je ne répondis pas. "Ou est-ce que c'est comme pour Karel ?" insista-t-elle. Je lui dis de la boucler. C'est ce qu'elle fit. Quelques mois plus tard, après la mort de Staline, les médecins furent réhabilités, leurs aveux ayant été obtenus sous la torture, selon la presse. La torture. Dans des prisons soviétiques. Khrouchtchev ne divulgua son rapport secret que trois ans plus tard mais, depuis cette année 1953, tout le monde était au courant. Nous aussi. Par la suite, mon fils me lança au visage que je m'étais rangé du côté des assassins de Karel. Qu'est-ce que j'aurais dû faire ? Quitter le Parti ? Ils avaient déjà exclu les meilleurs de nos camarades bien avant le procès Slánský à Prague, cela suffisait. Paul Merker. Leo Bauer. Lex Ende et Paul Bertz se tirèrent une balle dans la tête. Rudolf Feistmann se suicida. Kreikemeyer disparut, nul ne sait jusqu'à aujourd'hui ce que Mielke a fait de lui. Wehner était à l'Ouest chez les sociaux-démocrates, il n'est même pas revenu chez nous. Et tous mes camarades de clandestinité sont morts : Kippenberger, Rudi Schwarz, Hans Schwarz, Thälmann, Birkenauer. Et ceux des camps : Ernst Schneller, Bruno. Ils manquaient et, si j'avais quitté le Parti, il en aurait manqué un de plus. J'ai tenu mon serment. Je savais que les camarades de Prague réhabiliteraient Karel un jour et c'est ce qui s'est passé. C'était dans nos journaux au printemps 1968. Mais en août, les chars étaient à Prague et, en septembre, ils emprisonnèrent Jan à cause de ses clichés. Il était tout le temps là-bas durant cette année 1968, il était obsédé par la photographie. Le hasard a voulu qu'il y soit déjà l'année précédente pour les cinquante ans de la révolution d'Octobre, il avait fait la connaissance d'une étudiante tchécoslovaque pendant l'été, c'est pourquoi il y allait régulièrement. Il était lui-même étudiant à l'université Humboldt, il avait une petite vingtaine, les cheveux longs jusqu'aux épaules, un air de fille. Il emportait toujours son appareil photo. Le dernier jour d'octobre 67, pendant la cérémonie sur la colline de Hradschin, les étudiants longèrent le château avec des bougies allumées. Jan photographia la scène, suivie d'une intervention plutôt brutale de la police.

Il me montra les clichés, il venait souvent me voir, il voulait parler. C'était une bonne période pour nous deux. La meilleure. La première fois que nous parlions d'homme à homme, entre père et fils, comme je l'avais toujours souhaité. Je trouvais aussi que l'intervention de la police était une erreur, d'autant que quelques mois plus tôt, à Berlin-Ouest, la police avait également matraqué les étudiants, et l'un d'eux, Ohnesorg, je crois, avait même été abattu.

Les étudiants pragois, comme le raconta mon fils en me montrant ses photos, s'écrièrent : "On veut de la lumière !" Une revendication concrète, leurs résidences étudiantes étant très délabrées et les coupures d'électricité fréquentes.

Je conseillai à Jan de ne montrer à personne les photos des étudiants matraqués. À qui cela va-t-il servir, voilà ce qu'il faut toujours se demander, lui dis-je, il m'écoutait encore à l'époque. Les Tchécoslovaques se mirent à faire le ménage chez eux dans la foulée. Novotný fut remplacé par Dubček. Josef Smrkovský, ministre des Forêts, un ancien communiste, initia lui-même le Printemps de Prague à l'assemblée plénière du comité central début 68. Smrkovský, que les nazis n'ont pas chopé et qui a lutté contre Hitler dans la clandestinité, comme moi, fut condamné à la prison à vie par son propre camp en 1951. Ils le relâchèrent quelques années plus tard et ce n'est qu'au printemps 68 qu'il évoqua publiquement la cellule des condamnés à mort. J'ai lu ses rapports mot à mot. *Il faut bannir à jamais la domination du pouvoir incontrôlé et totalitaire grâce à la transformation du Parti.* C'est ce que dit Smrkovský, mon fils était présent le 13 mars 1968, devant la Maison slave rue Na Příkopě entre la place Venceslas et la tour de poudre.

Mon fils photographia les gens qui se rendirent par milliers dans la rue Na Příkopě l'après-midi du 13 mars. Les voitures étaient bloquées, les rues noires de monde. J'ai regardé attentivement ces photos, souvent, je les connais par cœur. Il y avait aussi des ouvriers, ça se voyait à leurs visages et aux vêtements. Et des étudiants qui ressemblaient à mon fils, des filles en jupe courte avec de beaux visages ouverts, de vieilles bourgeoises portant des colliers de perles, tous écoutaient, riaient, semblaient si gais, si libres et pourtant sérieux, certains pleuraient. Jan photographia Smrkovský s'adressant à eux, debout sur un bureau dans la rue, comme Erich Selbmann à Berlin en juin 53.

En l'espace de deux jours, cinquante hommes politiques démissionnèrent, quelques agents secrets et le vice-ministre de la Défense se tirèrent une balle dans la tête. Le 5 avril, le Parti communiste tchécoslovaque vota un nouveau programme.

C'était le début d'une nouvelle ère, semblait-il, et mon fils l'a photographié. J'ai regardé ses photos de Prague datant de cette période et j'ai lu la traduction du discours de Smrkovský. *Ce que nous faisons ici, personne ne l'a encore jamais tenté : concilier la démocratie et le socialisme. Nous restons communistes, mais les choses doivent changer, de façon que les gens nous élisent de leur propre gré.* Jan et moi, nous étions dans mon bureau situé sur la Heinrich-Mann-Platz, j'ai pleuré, je ne me suis jamais senti plus proche de mon fils qu'à ce moment-là, ni après. C'est dans la rue Na Příkopě, près de la Maison slave, que Karel habita jusqu'à son arrestation en 1952. Il fut réhabilité durant ce printemps 1968, comme tous les autres du procès Slánský. Je ne dis pas à mon fils pourquoi je pleurais, il ne connaissait pas le nom de Karel, pas encore du moins. Il ne me posa pas de questions, me croyant heureux du renouvellement, de la renaissance du Parti. C'était vrai aussi. Josef Smrkovský devint le président parlementaire de la République tchécoslovaque. Je pleurais aussi parce que tout cela arrivait trop tard pour Karel. Dans l'hiver suivant sa mort, ses cendres furent mélangées aux gravillons et dispersées dans les rues verglacées de Prague. Sa femme Alena n'était plus en vie lorsque le procès Slánský fut décrit dans la presse tchécoslovaque, puis la nôtre, tel qu'il était : un énorme mensonge. Une tentative de Staline pour opprimer les partis communistes des pays frères. Je n'avais plus personne avec qui fêter la fin de ce mensonge. Je ne parlais presque jamais de tout cela avec mes amis allemands. Mon camarade de camp Otto Svobod était également mort depuis longtemps. Lui, ils ne l'assassinèrent pas, ils se contentèrent de le destituer et de l'envoyer dans les bois comme travailleur forestier, alors qu'il avait le cœur foutu depuis Sachsenhausen. Le Parti était en vie, voilà l'important. Jan ne l'a pas compris. Johanna non plus.

Le 27 juin à Prague parut le Manifeste des 2 000 mots, rédigé par un écrivain et signé par soixante-dix personnalités. Il n'était déjà plus question du renouvellement du Parti. Ils exigeaient des comités citoyens, des manifestations, des grèves. Ils voulaient une autre société, tout de suite. Smrkovský qualifia le manifeste de tragique, les signataires n'étaient pas réalistes selon lui.

Jan était un romantique, lui aussi. Il avait exposé ses photos au club étudiant dans la Linienstraße, je le lui avais déconseillé. C'était encore trop tôt. On sait aujourd'hui que les pays frères avaient voté à l'unanimité pour l'intervention soviétique le 15 juillet à Varsovie et que Moscou l'avait évoquée dès le mois de mars.

Mon fils était de nouveau à Prague à la mi-août. Il photographia le mémorial de Jan Hus situé sur l'Altstädter Ring, les gens étaient grimpés dessus avec des drapeaux et des banderoles, le transformant en une colonne de corps vivants. Plusieurs jours avant l'arrivée des chars, il photographia Smrkovský qui semblait fatigué et à bout de forces lors d'une manifestation, et Dubček épuisé le soir précédant l'intervention militaire. Il photographia les soldats des chars soviétiques, de jeunes visages perplexes, perturbés. Ils ne savaient pas ce qu'ils faisaient. Et les Pragois devant le bâtiment de la radio, voulant barrer la route aux chars avec leurs corps, des engins de chantier et des bulldozers. Des jeunes filles fourraient des foulards dans les fentes de visée des chars.

On voit sans cesse des mains sur les photos de Jan, des mains nues. Les Pragois n'avaient rien d'autre.

On lui confisqua l'appareil photo et toutes ses pellicules dans le train entre Dresde et Berlin début septembre. Il fut emprisonné, on l'apprit seulement deux semaines plus tard. Jan ne revit pas ses photos de l'été pragois, il ne conserva que ses photos antérieures, celles de la manifestation aux bougies en octobre et du printemps de l'espoir, qu'ils ne trouvèrent pas pendant la fouille de l'appartement. Moi, je vis les photos avec les chars, on me les soumit dans la Normannenstraße, lorsqu'ils m'interrogèrent à mon tour. Ils me laissèrent des heures seul avec ces photos, je les contemplai, fier de mon fils. Je n'en ai oublié aucune. Jan aurait pu devenir un bon photographe s'il ne s'était pas éloigné de nous. J'aurais dû lui dire que je trouvais ses photos réussies. Au lieu de cela, je lui demandai des années plus tard, juste avant son départ :

— Tu crois que tu vas changer les choses avec tes clichés ?

— Non, a-t-il répondu, mais ça me permet de survivre.

Si seulement il avait survécu.

Les interrogateurs avaient des têtes de subalternes, sans doute des anciens des Jeunesses hitlériennes ou des soldats de la Wehrmacht ayant retourné leur veste en captivité. Je ne vis aucun de mes supérieurs, pas même Rosenthal, qui était dans la pharmacie du camp à Sachsenhausen, ou Radtke, que j'avais croisé à la prison de Brandebourg en 1937. C'était pareil en 1952, les anciennes relations ne comptaient brusquement plus, chacun était son propre prochain. Seul mon voisin, Ernst Busch, me dit avec amertume à l'automne 68 : "Le temps revient en arrière comme le clocher de la vieille ville de Prague." Ils réussirent à faire un procès à Jan, ils voulaient l'accuser d'espionnage. Les services secrets occidentaux lui avaient soi-disant commandé les photos. N'importe quoi. La plainte fut abandonnée, au bout de quelques mois il était libre. Johanna se balada avec les yeux rougis pendant un an. Au final, ils se contentèrent de lui retirer sa place à l'université et de le mettre en probation dans une usine d'ampoules pour deux ans. Comme si le travail était une punition, moi je n'avais rien contre le fait que mon fils travaille à l'usine, et il ne s'est pas plaint non plus. Il était assis avec une baguette devant la chaîne de montage, durant les pauses il faisait de la photo. Il photographia les ouvrières, assises sur leurs tabourets en tablier léger parce qu'il faisait trente degrés dans la salle. Il photographia les conditions de travail, la cantine, la saleté, les éclats de verre volant partout. Mais personne n'en voulait, de ses photos. Plus tard, il accepta des commandes du magazine *Sibylle*, des photos de mode, des trucs débiles. Dommage.

À l'époque, Jan se mit à me questionner sur Karel. Il s'était procuré des ouvrages sur le procès Slánský et il avait lu qu'un des accusés était un ancien de Sachsenhausen. Je ne racontai rien à Jan car le rêve de Prague était bien fini et je ne voulais pas lui causer davantage de problèmes. Il fit ses propres recherches, trouva mon rapport sur la marche de la mort et me reprocha d'avoir trahi Karel. Trahi. Moi. On ne pouvait pas parler avec Jan, il ne me posa plus aucune question, croyant connaître les réponses, il passa son temps à nous crier dessus jusqu'à ce que je sois forcé de le chasser de la maison.

C'est là que Johanna commença à boire. Quand elle était ivre, elle me faisait des reproches :

— Les camarades marchent sur les cadavres.

— Oui, répondais-je, mais la cendre de nos morts ne repose pas seulement dans les rues de Prague, on la trouve aussi au bord des chemins dans le Brandebourg et le Mecklembourg, et depuis plus longtemps.

— Dans la presqu'île de la Vistule, d'où je viens, il y a aussi des fosses communes, et la moitié de notre village repose au fond de la mer Baltique, répliquait Johanna, et je disais :

— Ne me fais pas le coup de la pauvre petite fille déplacée, je ne tolérerai pas que mes camarades assassinés soient assimilés aux compatriotes des territoires de l'Est.

Voilà à quoi ressemblaient nos disputes, qui nous faisaient mal au cœur à tous deux.

— D'ailleurs, tu es toi-même au Parti, lui disais-je, sur quoi Johanna se taisait et montait dans sa chambre.

Parfois, elle me faisait remarquer que mes propres camarades avaient failli me sacrifier.

— Ils sont encore tous là, disait-elle en les citant : Ulbricht et Anton Joos et Karl Laufer et Herta Geffke et les autres de la commission de contrôle du Parti.

C'étaient ceux qui m'avaient assigné en justice après le procès Slánský, qui se méfiaient de moi, ceux auxquels j'avais dû raconter encore et encore d'où je connaissais Karel Hunzek, de quoi nous avions parlé, ce que je savais de ses projets politiques. Ils me traitèrent comme un accusé. Peut-être était-ce une chance que la vieille tuberculose se propage de nouveau en 1953 et que je sois envoyé au sanatorium de Sülzhayn dans le Harz du Sud pendant presque deux ans. Johanna resta seule à Berlin dans notre villa de la Heinrich-Mann-Platz, qu'on avait obtenue l'année précédente. Elle vivait là avec le gamin, revenu du village peu de temps avant, elle devait le laisser seul presque tous les soirs parce qu'elle venait de commencer à travailler dans cette association de femmes qui se retrouvaient en soirée. Elle devait aussi aller tout le temps à des assemblées et se justifier parce qu'elle avait connu Karel. Or Karel était déjà un soldat du Parti lorsque Johanna portait encore des couches. Quand elle avait onze ans et dessinait des images colorées pour l'anniversaire de Hitler dans son école de la lagune machin chouette, la Gestapo arrêta Karel à Prague et l'envoya à Sachsenhausen.

Après 1945, il devint membre du comité central tchécoslovaque, comment Johanna aurait-elle pu le démasquer, si tant est qu'il y eût quoi que ce soit à démasquer ?

Après le 17 juin, je n'étais plus en ligne de mire à Sülzhayn, la commission de contrôle du Parti avait d'autres ennemis à accuser, ils me laissèrent tranquille. Ils avaient également emprisonné Franz Dahlem à cause de ses relations avec Noel Field. Ce quaker américain, qui aida tant de monde depuis la Suisse, y compris les nôtres, des brigadistes, des émigrants, devint le prétexte pour tous ces simulacres de procès à Prague, Budapest et celui prévu à Berlin. Il s'agissait au fond pour l'Union soviétique d'imposer aux différents partis communistes son rôle de leader après la chute de la Yougoslavie. C'étaient des purges comme celles d'après 1936 en Union soviétique. Pendant la clandestinité, nous ne savions rien de tout cela et, si quelqu'un m'en avait parlé quand j'étais en prison pour haute trahison, je ne l'aurais pas cru. Nous en avions quelques-uns au camp qui avaient quitté l'Union soviétique après 38, des émigrants allemands livrés à la Gestapo à la frontière. Nous autres prisonniers politiques pensions qu'ils avaient dû se rendre coupables là-bas, et nous les évitions. Pourtant, ils avaient de la chance. À Moscou, je n'aurais pas survécu non plus, Johanna avait raison. J'étais le dernier de l'entourage de Thälmann et de Kippenberger, on m'aurait sans doute considéré comme le parasite du Parti. Mais ça, je ne le compris que quand tout était terminé. Quoique, ça ne se termina jamais. La méfiance, les luttes de pouvoir au sein du Parti continuèrent. Certains moisirent encore des années en prison sans jugement. J'ai la chance de ne jamais avoir été dans l'émigration, je n'ai pas rencontré ce Noel Field, ceux qui le connaissaient durent plier bagage.

Quand je suis rentré à Berlin, je n'étais plus ministre. Ils me mutèrent à la consommation, j'étais membre du comité directeur dans l'Union des coopératives de consommation, c'était censé être une sorte de punition, mais on peut être actif partout. Plus tard, on me nomma au comité Antifa et à la Chambre du peuple. Johanna préférait être l'épouse d'un ministre. Mais elle voulait aussi devenir quelqu'un, elle était ambitieuse, elle peina pour finir sa thèse en ravalant beaucoup de choses. Ravaler. Ces mots qui me viennent. Oui, elle ravala sa salive.

Je ne vais pas raconter tout ça à ma fille Clara, elle est tellement naïve, elle n'a encore rien vécu. Sa thèse porte sur un conte des frères Grimm. Avant la Réunification, elle courait à l'église de Pankow, à ce cercle de paix protestant. Ma fille, chez les curés ! Je n'ai pas discuté avec elle, je ne voulais pas la perdre, elle aussi. Au moins, elle n'est pas rancunière comme notre fils. Il nous a même reproché d'avoir eu à porter un uniforme enfant. Moi, j'étais fier, à la section jeunesse, de pouvoir porter notre uniforme, le ceinturon était mon bien le plus précieux. Jan parlait comme si on lui avait fait violence en lui imposant l'école des cadets. C'était quand même une distinction pour un gamin de onze ou douze ans d'être accepté là-bas, et au début, il en était fier. Mais pendant les vacances, il allait toujours chez la mère de Johanna et cet archetier, qui lui racontaient n'importe quoi. “Je suis contre toutes les armes, me dit un jour Arthur, les soldats sont des meurtriers.” Il se réclamait de Tucholsky, de Lao-Tseu et de Bertha von Suttner. Il ne connaissait pas Lénine. Je n'aurais pas dû accepter que mon fils se fasse influencer par cet énergumène. Ses archets étaient renommés, d'accord, on passait commande à l'étranger. Je suis même intervenu pour qu'il obtienne une licence. Mais pour Jan, ce n'était pas une bonne fréquentation. J'aurais dû l'empêcher. Je n'aurais peut-être pas perdu mon fils si… Ah, Hans, arrête de penser en rond. Je vais me lever et aller à la cuisine, j'y arrive avec le déambulateur, tout doucement. Je vais prendre un verre dans le placard et me verser de l'eau. Mes mains tremblent, je suis vieux. Personne n'a atteint cet âge dans ma famille. Ni parmi mes camarades.

Me revoilà en pensée chez les morts.

Et bientôt en réalité. Quand je mourrai, il n'y aura plus personne qui se souviendra d'Else, de Bruno ; personne qui sera au courant de ma mission spéciale. Ils continueront d'écrire des bouquins sur l'arrestation de Thälmann et de montrer des films à la télé sans savoir comment ça s'est réellement passé. Je reposerai à côté de Johanna, mon nom est déjà gravé sur la tombe. Je me fiche de la sépulture, tant de mes camarades n'en ont pas. Mais il faut bien se recueillir quelque part et je ne peux pas reposer à côté d'Else, c'est le département d'anatomie de l'université Humboldt qui a récupéré son corps à des fins de recherche, comme je l'ai découvert après-guerre. Le professeur s'appelait Stieve, il resta professeur chez nous en RDA à l'hôpital de la Charité. Pour lui, les femmes mortes en captivité étaient une matière à analyser. Il rédigea un rapport scientifique sur l'influence de la prison sur les organes génitaux féminins. Mais il n'était pas au NSDAP et nous avions besoin de médecins, donc on le garda. Je le rencontrai une fois lors d'une remise de médailles, puis à la réception du Nouvel An au Conseil des ministres en 1951. Je ne lui serrai pas la main. Je me disais qu'il avait peut-être incisé le beau corps juvénile d'Else. Il est le dernier à avoir vu le grain de beauté sur sa poitrine. Mais le corps d'Else n'était plus beau à voir lorsque je me retrouvai en face d'elle à la Gestapo. Il était boursouflé, taché, constellé de plaies ouvertes. Son visage noirci par les hématomes.

J'ai enfreint les règles en retournant sans cesse dans le studio d'Else et non pas dans mes logements clandestins. J'ai enfreint les règles parce qu'Else savait que j'étais en mission spéciale. Personne ne devait connaître le coursier qui venait régulièrement de Prague, plus tard de Paris, pour voir Rosa Thälmann et les avocats, personne. Seulement Rosa et moi. Je devais surveiller les rencontres, trouver les logements. Uniquement moi. Nul ne devait connaître ma mission. Seuls mes supérieurs hiérarchiques, Rudi Schwarz au début, quand il était chef de la Défense, Wehner, quand il était responsable régional du travail illégal en Allemagne, et Dahlem, jusqu'à ce qu'il reprenne la direction des Affaires étrangères avec Ulbricht en 1935. Ils étaient les seuls à connaître les adresses et les noms. Else n'était pas au courant des détails. Mais elle avait vu un jour chez moi un faux passeport et un papier avec une adresse que je n'aurais pas dû noter. Elle comprit que nous avions un point de chute dans la Belle-Alliance-Straße. Et un autre dans un cabinet d'avocats. Elle savait également qu'un médecin de Königstor était des nôtres. Lui, ils le trouvèrent facilement. Il ne révéla rien et il a même survécu. Contrairement à sa femme, qui était juive et qu'ils emmenèrent en arrêtant son mari.

Je ne disais rien ouvertement à Else, pourtant nous étions si proches qu'elle comprenait beaucoup de choses. J'aurais dû l'éloigner, depuis longtemps déjà, mais je ne pouvais pas me passer d'elle, voilà mon échec. Et sa perte. Dans la Prinz-Albrecht-Straße, ils lui soutirèrent ce qu'elle savait. Et ce qu'elle ne savait pas, ils le lui enfoncèrent dans le corps. Elle n'était pas au procès. Pas même comme témoin. Elle était peut-être déjà morte, je ne connais pas sa date de décès. Elle s'est apparemment pendue dans sa cellule. Et c'est ma faute. On ne peut faire confiance qu'à soi-même. Herbert Wehner était comme on doit être dans la clandestinité. Il avait une discipline de fer, tout en étant méfiant. Je travaillai un temps pour Iduna, le fournisseur de logements. Là, j'appris qu'il ne se rendait jamais aux adresses que nous avions préparées. Il suivait son propre chemin, que personne ne connaissait à part lui. Pour des raisons de sécurité, il était même contre la réunion du comité central à Ziegenhals le 7 février 1933. Il était secrétaire technique du bureau politique et responsable des structures clandestines. Déjà depuis début février, il évitait le contact direct avec Thälmann, sans doute par prudence, tandis que les autres allaient et venaient dans son logement. Pendant quelques jours, l'appartement des Kluczynski dans la Lützower Straße 9 devint la centrale du Parti, on y entrait comme dans un moulin. Bien sûr que c'était une erreur, et j'en suis responsable. Lorsque Thälmann se fit arrêter là-bas l'après-midi du 3 mars 1933, il était en train de faire ses valises, il aurait dû être parti depuis longtemps. Six logements sûrs étaient à sa disposition. Il avait choisi le pavillon de chasse Horrido à Märkisch Buchholz, tout était prêt. Aujourd'hui, les prétendus historiens et journalistes, ces mouches à merde, affirment que Thälmann était comme paralysé après l'incendie du Reichstag et qu'il voulait rester chez Martha Kluczynski, se blottir sous ses jupes dans son nid douillet. Mais ce n'est pas la vérité. Le 1er mars, un messager était arrivé de Moscou avec des papiers importants, dans le but de rapporter la prise de position du Parti. C'était Sepp Schwab, envoyé comme émissaire par l'ECCI. L'ECCI, le Comité exécutif de l'Internationale communiste, ma fille ne le sait sûrement pas non plus. Schwab y était le référent pour les questions allemandes au secrétariat de l'Europe centrale, Erich Mielke était aussi placé chez eux. Mielke était alors une petite lumière, je le connaissais comme journaliste local à la *Rote Fahne*. En 1931, il dut entrer dans la clandestinité à cause de cet acte idiot perpétré sur la Bülowplatz. Le document important que Sepp Schwab apportait à Thälmann, c'était une proposition de Front unique de la part de l'ECCI à l'IOS, l'Internationale ouvrière socialiste. C'était déjà après l'incendie du Reichstag, il était grand temps, à vrai dire déjà trop tard. En outre, les élections auraient lieu d'ici quelques jours, on espérait encore que le Parti puisse rester légal. L'ECCI attendait une réponse du bureau politique, il fallait aussi que la nouvelle ligne – la fusion avec les sociaux-démocrates – soit validée par Dimitroff, le président du bureau du Komintern pour l'Europe de l'Ouest, il était libre à l'époque, pas encore associé à l'incendie du Reichstag.

Thälmann ne pouvait pas partir avant que ce point soit réglé, tout se passait dans l'appartement des Kluczynski, il ne pouvait pas s'en aller, il était sur des charbons ardents. Avant l'arrestation de Thälmann, Sepp Schwab et Herbert Wehner se trouvaient dans un café de la Wittenbergplatz avec Erich Birkenhauer, le secrétaire de Thälmann, pour en parler. Birkenhauer et Wehner devaient rédiger, au nom de Thälmann, la prise de position du Parti communiste allemand. Voilà pourquoi Thälmann était coincé chez Martha à Charlottenburg, il attendait la prise de position et le messager. Il se croyait en sécurité parce que le journal *Völkische Beobachter* avait annoncé dès le 2 mars que Thälmann était à l'étranger depuis longtemps.

J'assurais la sécurité des trois, Birkenhauer, Schwab et Wehner sur la Wittenbergplatz, or Wehner voulait quitter le café, il y avait trop de monde à son goût, même s'ils étaient dans une pièce à part. Birkenhauer et Wehner allèrent dans un autre café, sans Schwab, et Wehner m'envoya comme coursier à un rendez-vous avec Hans Kippenberger dans l'Oderberger Straße. On s'installa à l'Oderkahn, ce café existe toujours, ma fille l'a mentionné une fois.

Birkenhauer apporta le document finalisé à Thälmann dans la Lützower Straße, où il tomba entre les mains de la police. Le mari de Martha, qui devait toujours partir dans les jardins ouvriers quand Thälmann débarquait, avait fait une allusion dans son groupe de skat à l'homme qui se trouvait chez lui. On raconte aussi que le fils de Martha en avait parlé à l'école. Thälmann était déjà recherché, on savait dans le quartier qu'il était très souvent chez Martha Kluczynski. Si la réponse à l'ECCI avait été terminée quelques heures plus tôt, Thälmann serait déjà parti et la police aurait trouvé un nid vide. Si Wehner ne m'avait pas envoyé chez Kippenberger, j'aurais pu surveiller l'appartement des Kluczynski et Birkenhauer ne serait pas tombé dans le piège. Si. "Si le lièvre n'avait pas chié, le renard il aurait chopé", avait coutume de dire ma mère.

Hans, tout cela remonte à une génération. Arrête de penser en rond. Ils sont tous morts. Je revis Martha Kluczynski dans les années 60, assise sur un banc au Bürgerpark de Pankow, une vieille femme renfrognée. Elle se leva d'un bond et me courut après. "Stefan ! cria-t-elle. Stefan." C'était mon nom au Parti autrefois. Dire qu'elle me reconnut. On échangea quelques phrases. Son fils devint soldat et il tomba à la fin de la guerre. Les camarades lui interdirent de parler, elle n'avait pas le droit de mentionner l'arrestation de Thälmann ou Thälmann lui-même. Elle ne s'y est pas tenue, elle n'avait pas le droit de me parler. Aujourd'hui, elle est sûrement morte, elle aussi. Pour elle, ça ne s'est sans doute jamais terminé non plus. Elle aimait Thälmann, ils se connaissaient depuis 1924.

Pour moi non plus, la page ne s'est pas tournée. Maintenant je suis le dernier et je repense toujours aux mêmes choses.

Aurait-on pu éviter, début 1933, que toute la direction du Parti se fasse laminer ? Aurais-je pu l'éviter ? Sur le moment, peut-être. Or je n'ai même pas pu protéger ma femme. Sepp Schwab finit par valider la décision concernant la proposition de Front unique avec le successeur de Thälmann, John Schehr. Je les fis se rencontrer. Schwab était un brave type. Vingt-cinq ans plus tard, il m'aida à faire naturaliser Natalia et sa fille à Machandel, il était vice-ministre des Affaires étrangères. En 52, 53 il ne pouvait pas m'aider, ayant lui-même été mis sur la touche au Comité national de la cinématographie. Une chance qu'il ait survécu. Contrairement à Birkenhauer, que les nazis relâchèrent rapidement et qui émigra à Moscou, où il mourut en 1941. Kippenberger fut fusillé dès 1937 près de Moscou, en tant que prétendu agent de la Défense du Reich. Or ce n'était pas un agent, le contact avec la Défense du Reich faisait partie intégrante de sa mission. L'appareil de Kippenberger fut dissous en 1935. Je n'avais aucun lien avec le nouvel appareil de défense, on me flanqua en prison. Pas à cause de ma mission spéciale, dont la Gestapo ne fut jamais au courant. On m'emprisonna à cause d'Else, qui commit cette bêtise avec les tracts à Hertie. Je n'en savais rien, Else avait encore des contacts datant de l'époque du Mégaphone rouge, c'était un petit groupe isolé qui fabriquait ses propres tracts et les distribuait aux gens. Else n'aurait pas dû le faire parce que ça mit la Gestapo sur mes traces. Pour moi, l'enjeu était plus grand. Je dus me désolidariser d'Else devant la Gestapo, la traiter de menteuse, d'égoïste durant la confrontation.

Je n'ai aucune affinité avec la Bible, mais je me souviens du cours de religion et de Simon Pierre, le plus fidèle disciple de Jésus. "Cette nuit, avant que le coq chante deux fois, tu m'auras renié trois fois", avait prédit Jésus. "Je préfère mourir que de te renier", lui avait répondu Pierre.

Else me dit la même chose, je me souviens d'un dimanche matin dans son alcôve, sa tête reposait contre mon aisselle, elle dit que je la renierais bientôt, avant que le coq chante deux fois. Elle avait pris des cours de religion, on rit, je lui fis la même réponse que Pierre à son Seigneur : "Je préfère mourir." Else avait peur que je la quitte, peut-être parce qu'elle était un peu plus âgée que moi ou parce que j'étais toujours si renfermé. Elle ne savait jamais où j'allais ni quand je rentrais. Else ne pouvait pas imaginer ce qu'elle représentait pour moi. Sans doute que je ne le lui ai pas montré, j'avais appris à maîtriser mes sentiments. Une fois assise devant moi à la Gestapo – non, elle n'était pas assise, elle ne pouvait pas s'asseoir avec ce corps maltraité, elle ne pouvait pas non plus rester debout, ils durent la maintenir –, quand je la vis dans cet état, tremblante et à moitié morte, elle fut forcée de m'entendre lui parler comme Pierre aux sbires : "Je ne connais pas cette personne." Mais c'était trop tard, Else leur avait déjà tout dit.

Je l'ai reniée pour rien. De même que c'était absurde d'espérer que les camarades ne savaient rien de mon amitié avec Karel. Ils savaient tout, ils m'ont forcé à me désolidariser de lui. Voilà ce que mon fils m'a reproché. Karel m'a sauvé la vie et j'ai permis qu'il soit stigmatisé comme traître, même mort. Mon fils ne savait pas que j'ai parlé à tort et à travers devant la commission de contrôle du Parti, devant Joos, Laufer et ce Geffke. Or Karel était mort, cela n'avait plus aucun sens. Si j'avais disparu dans le bunker comme Kreikemeyer, que serait devenue Johanna, et Jan ?

Je n'ai jamais parlé d'Else à Jan. Johanna ne savait presque rien d'elle non plus. Je n'ai jamais été bavard et, après ça, je suis devenu encore plus prudent. Même après 45, je n'ai pas pu noter les numéros de téléphone et les adresses, je les mémorisais. J'oublie certes beaucoup de choses, mais je n'arrive pas à me débarrasser des coordonnées téléphoniques des morts et d'adresses qui n'existent plus depuis longtemps. Elles restent dans ma tête, me poursuivent jusque dans le sommeil.

Johanna a souffert de mon mutisme, elle pleurait parfois et me pressait : "Dis-moi donc ce que tu penses, ce que tu ressens." Balivernes. Else était forte, elle a péri parce qu'ils l'ont brisée. Johanna n'était pas aussi forte. Je n'avais pas le droit de l'importuner avec mes pensées, mon passé, notre histoire.

Le docteur de l'hôpital Herzberge me dit un jour : "Votre femme étouffe à cause des non-dits."

Qu'est-ce qu'il en savait.

À Brandebourg, je partageais ma cellule avec Kozower, un Juif qui priait plusieurs fois par jour. Il me dit : "Je crois au Dieu d'Israël, même s'il a tout fait pour que je ne croie pas en lui. Je crois à ses lois et je m'y tiendrai toujours, même si je ne justifie pas ses actes."

Je trouvais mon codétenu cinglé, aujourd'hui je pense que je l'étais aussi. Et que je le suis encore. J'ai tenu mon serment, je n'ai pas quitté le Parti, même en sachant de longue date que les nôtres commettaient des crimes.

Mais que fabrique ma lessiveuse ? Il en vient toujours de nouvelles, certaines me croient dément et me parlent comme si j'étais idiot, tout en me savonnant comme un nourrisson. Ma foi. Quand je n'ai pas envie de parler, j'ignore tout le monde.

Je le faisais déjà autrefois. Peut-être ai-je laissé Johanna seule dans sa détresse. Je ne pouvais pas me taire avec elle. Elle voulait sans arrêt me faire parler, mais je ne me fie qu'aux personnes avec lesquelles je peux me taire. Lorsque le silence représente un savoir commun. C'était ainsi avec mes camarades de camp. Ils ont presque tous disparu. Il m'arrive de recevoir des historiens, des journalistes, des gens qui ont lu des dossiers quelconques et veulent en savoir davantage. Ils parlent trop des choses qu'il vaudrait mieux taire. Ma fille ne comprend pas non plus mon silence. Et Johanna se sentait abandonnée. Nous n'avions pas le même point de vue sur notre vie. C'est elle qui a inscrit le gamin à l'école des cadets. J'étais surpris parce que nous n'en avions jamais parlé. Je n'étais pas ravi, je voulais enfin avoir une vraie famille lorsque je suis rentré de Sülzhayn. Le gamin avait la nostalgie du village et ne parlait plus que d'archets. Lorsque l'école des cadets a ouvert à Naumbourg, ils ont contacté les camarades dignes de confiance au sujet de leurs fils. Johanna a fait en sorte qu'on soit contactés. Elle m'a dit plus tard qu'elle l'avait fait pour moi. Parce qu'en 1957, le procès Slánský était déjà loin, que Franz Dahlem avait été réélu au comité central du Parti et que Paul Merker était sorti de prison. Elle voulait sans doute voir si nous étions considérés comme dignes de confiance, elle se disait peut-être aussi que, si notre enfant fréquentait l'école des cadets, nous ferions à nouveau partie du lot. Elle a fait ça pour elle, elle voulait s'imposer à l'Organisation internationale des femmes.

Ah, Johanna. Je ne l'ai pas contredite. Je pensais à la section jeunesse, je croyais que le gamin était entre de bonnes mains chez les cadets. Par la suite, il a toujours voulu savoir pourquoi on l'avait envoyé là-bas.

Il a fouiné dans notre vie tel un juge d'instruction et, après son procès à cause des photos de Prague, il est tombé sur Karel Hunzek et mon rapport sur la marche de la mort. Il a tiré toutes sortes de conclusions et m'a reproché de l'avoir utilisé comme pion pour pouvoir retourner dans le giron du Parti. Nous l'aurions envoyé à Naumbourg pour redorer notre blason. Il m'a reproché cela comme si son père était un parvenu, et le Parti une entreprise où on fait carrière. C'est là que je l'ai chassé de la maison.

On sonne en bas. La porte de l'appartement va s'ouvrir, c'est l'aide-soignante, je serai distrait de mes pensées pendant une demi-heure. C'est sûrement la jeune Polonaise, pas la grande aux mains dures. La Polonaise sonne toujours avant d'entrer, la grande se trouve brusquement dans la pièce et me donne des ordres. La Polonaise a un joli visage. Je n'ai pas honte lorsqu'elle vide ma poche à urine. Son père, dit-elle, a le même problème. Je vais essayer de me lever et d'aller à sa rencontre.

15

CLARA

En exil

Quand je repense aux mois de janvier et de février 1988, je n'arrive plus à associer sans lacunes les événements aux images et aux sensations.

Nous n'avons quasiment pas dormi durant ces semaines-là, tout ressemblait à un film étrange, tantôt très net, tantôt flou, avec une intrigue incompréhensible, des retournements inattendus et un metteur en scène invisible.

Je me souviens de Mme Müller, du service de l'aide sociale à l'enfance à la mairie de Pankow, une femme à l'air soucieux. Ruth la connaissait et l'avait toujours considérée comme une bureaucrate alignée. C'est pourtant elle qui avait fait immédiatement relâcher les enfants de Herbert et de Maria parce qu'ils avaient été amenés dans un foyer sans que l'administration soit au courant. La pâleur de son visage s'accentua lorsque je lui rapportai l'incident, elle se mit aussitôt à passer des coups de fil et m'emmena dans sa propre Trabant pour aller chercher les enfants. Quelques jours plus tard, on me dit à la mairie que Mme Müller était malade et qu'elle ne reviendrait sans doute plus dans ce service. J'appris par la suite qu'on avait engagé une procédure judiciaire contre elle pour avoir fait échouer des mesures politiques nécessaires, mais elle quitta le Parti avant d'en arriver là.

Les deux enfants eurent de la fièvre dès leur arrivée chez nous. Benjamin, âgé de trois ans, ne lâchait pas son frère et Paul, du haut de ses onze ans, se voyait comme le protecteur du petit, il affichait un pragmatisme effrayant. Je crois que c'est lui qui, parmi nous tous, comprenait le mieux ce qui se passait. Ils n'étaient restés qu'une nuit au foyer pour enfants de Lichtenberg, on ne les avait pas maltraités, mais ils avaient vu leurs parents se faire embarquer au saut du lit, ils avaient senti leur propre impuissance quand on les avait traînés jusqu'à la voiture, tandis qu'ils se débattaient en hurlant. Je comprenais peu à peu ce que les enfants avaient vécu ces derniers mois. Nous étions au courant du siège permanent de leur appartement sans vraiment pouvoir nous le représenter. Ils avaient dû voir ces hommes comme une menace pour leur existence. À cela s'ajoutaient le désespoir grandissant de leurs parents, les disputes, le manque d'argent. Malgré la surveillance et la probable mise sur écoute de leur logement, Herbert et Maria n'avaient pas cessé d'organiser des rencontres chez eux, les enfants étaient épuisés et toujours sur leurs gardes.

Notre appartement était devenu le nouveau lieu de rencontres, des gens venaient sans arrêt nous demander des nouvelles de nos amis, même si nous ne savions pas grand-chose de plus. On évoquait des dizaines de personnes emprisonnées. Un avocat passa chez nous, il représentait Herbert et Maria, un sympathisant ou un membre du groupe de défense des droits de l'homme. L'homme nerveux et transpirant se répandait en allusions sibyllines, éclatant de rire avant de fondre en larmes. Quand il venait, il demandait tout de suite un cognac. Il disait faire le lien entre les détenus et le procureur ainsi que la direction de l'Église, toutes les parties recherchant un compromis. Certains détenus voulaient quitter le pays coûte que coûte, d'autres voulaient rester. Herbert et Maria aussi, pensions-nous. Mais allaient-ils supporter des années de prison, y aurait-il d'ailleurs un procès, l'État en avait-il les moyens ? Les premières procédures avaient déjà été abandonnées, certains prisonniers relâchés. Le résultat de sa diplomatie, comme l'affirmait sans cesse l'avocat. Mais un procès pour attroupement et vandalisme se déroulait à huis clos contre d'autres, emprisonnés dès le 17 janvier. Le procureur avait requis huit mois de prison, c'était dans le journal. Herbert ne s'en tirerait pas aussi bien, nous fit comprendre l'avocat, il serait accusé de trahison envers le pays, § 100 voire § 99, passible de deux à douze ans d'emprisonnement.

Je me rappelle les services d'action de grâce et les concerts de bienfaisance dans l'église Gethsémané bondée, où j'allais avec Paul et le petit Benjamin. Michael restait à la maison auprès de nos filles. Je ne voulais pas emmener le petit de trois ans, son frère protesta, Benjamin dormait donc sur mes genoux, tandis que j'étais serrée au milieu de trois mille personnes et que tout cela me faisait penser à un film. On entendait dire que des temps de recueillement pour les prisonniers avaient également lieu dans notre vieille église de Pankow, dans d'autres paroisses de Berlin, dans tout le pays ; des gens qui n'avaient jamais mis les pieds à l'Église se précipitaient aux services. On aménagea des bureaux de coordination dans différentes villes, des prêtres se solidarisèrent avec le mouvement. Les membres plutôt jeunes de l'Église d'en bas voulaient organiser des protestations silencieuses, les autorités religieuses étaient contre. "Prudence ! Du calme !" imploraient leurs représentants, invitant à la prière collective et tentant de faire rentrer l'esprit dans la lampe, dont il s'était échappé pour toujours. Les candidats au départ ne voulaient pas entendre parler de prudence ni de calme, ils voulaient partir, partir, partir. On sait aujourd'hui que le surintendant général, les évêques et le président du Consistoire manœuvraient habilement, se battaient avec le secrétariat d'État pour les questions religieuses afin de trouver des solutions, au moins pour leurs ouailles, on sait également que certains dignitaires faisaient discrètement leur rapport à la Stasi et recevaient des instructions. L'avocat contrit qui s'était avancé jusqu'à l'autel de l'église Gethsémané pour évoquer à voix basse sa lutte acharnée en faveur de la remise en liberté des prisonniers sous les applaudissements de la foule ne représentait pas seulement Herbert et Maria, mais de nombreux autres. Des années plus tard, Herbert me montra les rapports que cet homme rédigeait après ses visites en prison, il l'avait trompé et il trompait Maria, créant des conflits entre eux, qui ne pouvaient pas se parler directement. Il interceptait des lettres, passait sous silence les témoignages de solidarité de l'extérieur, prétendant qu'une vingtaine de gens, une cinquantaine au maximum, s'intéressaient à leur cas. Une fois de l'autre côté de la frontière, ils apprirent que plusieurs dizaines de milliers de personnes protestaient dans tout le pays.

J'avais toujours cru pouvoir reconnaître les indicateurs, je ne sais plus si je faisais confiance à l'avocat. Paul, en tout cas, ne lui serrait pas la main, il se détournait lorsque l'homme venait chez nous, il ne quittait pas la pièce, il se blottissait dans un coin, d'où aucun mot ne lui échappait. Je ne voulais pas que les enfants écoutent nos conversations, j'aurais aimé distraire Paul et le maintenir autant que possible à l'écart de tout cela. Mais cet enfant en savait déjà trop pour qu'on puisse simplement l'envoyer dans la salle de jeu. Il savait qu'il était question de sa vie, de sa famille. J'attribuais sa réticence nette envers l'avocat à la confusion liée à cette période, je crois que je n'y attachais pas d'importance.

Herbert me raconta d'ailleurs plus tard, bien plus tard, quand le Mur était déjà tombé et qu'il vivait de nouveau à Berlin sans Maria ni leurs fils, que l'avocat, avec lequel nous n'avions jamais abordé le sujet, avait également consigné les tensions entre Michael et moi, parlant à Maria et à lui-même de nos disputes et de notre mariage soi-disant raté, insistant sur la souffrance de leurs enfants dans cette atmosphère. Sa mission consistait à inciter le couple à faire une demande de sortie du territoire. Il raconta à Herbert que sa femme avait décidé depuis longtemps de quitter le pays, il enlaça l'homme désespéré, le consola, puis il alla voir Maria et lui raconta que son mari ne voulait pas rester plus longtemps ici, qu'au pire il quitterait le pays sans elle et les enfants, après quoi elle serait la seule à être condamnée. Quant à nous, il nous fit comprendre que nos amis se trouvaient dans un état nerveux déplorable. Un soir de début février, il nous demanda sans détour si nous accepterions de garder, le cas échéant, les enfants pendant des années. "Il faut d'abord qu'on en parle entre nous", dit Michael avant que j'aie le temps de répondre.

On ne se retrouva seuls que tard dans la nuit, on alla à la cuisine parce que notre chambre aux cloisons fines jouxtait celle où dormaient les garçons. Mais on finit par hausser le ton, si bien que Julia, ensommeillée et en pyjama, apparut dans l'embrasure de la porte. "Maman, tu pleures", dit-elle en m'enlaçant.

Michael m'avait fait savoir qu'il n'avait pas l'intention de laisser Herbert et Maria briser notre famille, ils auraient dû réfléchir avant aux conséquences de leurs actions stupides pour leurs enfants. Quant à lui, il aimait autant quitter le pays, oui, vraiment et, s'il hésitait encore à faire sa demande, c'était parce qu'il espérait que je viendrais avec lui. Si je voulais rester ici et élever les enfants de ce cinglé, je n'avais qu'à me débrouiller seule.

Sans ses filles, qu'il emmènerait avec lui. Et puis tout ce cirque pour trente ou quarante dissidents de la capitale, dont la moitié voulait de toute façon partir à l'Ouest, ça lui semblait exagéré depuis longtemps. D'autres intérêts se cachaient là-dessous, l'Église qui voulait davantage d'influence, la Stasi qui voulait faire un exemple, les avocats qui cherchaient uniquement à se faire valoir... Celui qui vivait en province, dans l'anonymat, on l'envoyait en taule et tout le monde s'en fichait, ce n'est pas ça qui allait empêcher le président du consistoire de trouver le sommeil.

D'après lui, Herbert et Maria pouvaient s'estimer heureux qu'on veuille les laisser partir, ils ne devaient pas jouer les martyrs, et cet Espagnol fougueux n'avait qu'à recueillir Paul et Benjamin. Je ne sais plus ce que je répondis, je sais juste que je lui criai dessus, qu'il hurla en retour, qu'on finit par pleurer d'épuisement. On alla se coucher, notre fille entre nous, blottie le dos contre moi, mais agrippée à son père.

Nous avions seulement dit à quelques amis que Paul et Benjamin étaient chez nous, pourtant des inconnus nous appelaient pour afficher leur solidarité avec les parents emprisonnés. Nous en avions assez de tous ces visiteurs, et je remarquai que je développais une méfiance inconnue jusque-là. Michael aussi refusait les coups de fil et les visites. Pourtant, lorsque je pris l'appel d'une journaliste qui affirma écrire pour le *Stern*, nous passa le bonjour de connaissances de Berlin-Ouest et demanda à nous rencontrer, il réagit avec agacement à mon refus et tenta de m'arracher le combiné pour fixer lui-même un rendez-vous. J'avais déjà raccroché.

— Je ne veux pas que les enfants soient encore plus exposés, lui expliquai-je.

— C'est évident, mais on ne peut pas renoncer à un contact de ce genre. Tu ne sais pas ce qui peut arriver, on aura peut-être bientôt besoin de l'opinion publique. Le nom de ton père ne pourra pas te protéger pour toujours.

J'étais perplexe. Michael faisait sans arrêt le lien entre des choses qui n'avaient aucun rapport. Je n'avais pas besoin de protection. Et qu'est-ce que le nom de mon père avait à voir là-dedans ? Je ne voulais pas me disputer de nouveau avec lui. Nous avions interrompu nos discussions sur l'avenir, elles ne servaient à rien.

Je ne me voyais pas non plus éduquer les deux garçons avec Julia et Caroline pendant des années, mais je ne pensais pas que leurs parents allaient rester en prison aussi longtemps. Mon frère avait été relâché au bout de quelques mois, mais cela remontait à vingt ans. Je repensai souvent à Jan au cours de ces semaines, j'aurais aimé lui parler. J'ignorais où il se trouvait. Je me dis soudain que la journaliste du *Stern* aurait peut-être pu m'aider, elle aurait peut-être su où se trouvait Jan, le magazine avait publié ses photos.

Un matin, ma mère se retrouva devant notre porte, sûrement un week-end car nous étions tous à la maison. Je lui dis bonjour de mauvaise grâce, je n'avais pas envie qu'elle me questionne, mais elle ne s'étonna pas de la présence des garçons. Sans doute était-elle au courant, mes parents avaient de nombreux informateurs. Elle savait bien sûr ce qui était arrivé à Herbert, la presse en parlait. Michael n'était pas ravi non plus de cette visite, il se retira. Caroline se réjouit, tandis que Julia salua sa grand-mère avec réserve, elle sentait la mauvaise ambiance.

Benjamin faisait sa sieste dans la petite pièce voisine de la cuisine et Paul serra tout juste la main de ma mère, il en avait marre des nombreux visiteurs. Il retourna auprès des filles, qui préparaient des déguisements de carnaval, ma mère demanda une tasse de café.

— Tu en es où dans ta thèse, au fait ? C'est important que tu ne te laisses pas détourner de ta voie avec tout ça.

Ne voyant pas ce qu'elle entendait par là, je lui demandai des nouvelles de mon père.

— Il lit et se tait, comme d'habitude, répondit-elle.

Benjamin arriva en trottinant dans la cuisine, encore ensommeillé. Ma mère m'observa pendant que je l'aidais à s'habiller. Son visage avait perdu sa pâleur pâteuse, elle était bien coiffée et, comme toujours, habillée avec élégance. À l'extrémité ouest de la Leipziger Straße se trouvait un atelier de couture, installé dans une vieille demeure au prestige révolu. On y trouvait là-haut des magazines de mode occidentaux, les tissus aussi étaient importés. Cette maison de couture faisait partie du contingent réservé aux membres du Conseil des ministres, ma mère s'était procuré une autorisation. Enfant, je l'avais parfois accompagnée et j'avais joué dans l'ascenseur continu jusqu'à ce qu'elle ait fini ses essayages. À l'âge de seize ou dix-sept ans, j'avais reproché à mes parents leurs privilèges, sur quoi ma mère avait ardemment défendu son droit de faire faire ses vêtements dans ce salon. C'était, dit-elle, destiné aux femmes qui devaient participer à des réceptions ou se rendre en visite officielle à l'étranger. Voilà à quoi je pensais en voyant ma mère assise là, dans son tailleur beige en laine et son chemisier marron en soie, assortis d'un bijou en argent qu'un camarade de camp grec de mon père lui avait rapporté des années plus tôt.

— Tu fais toujours faire tes vêtements dans l'atelier de la Leipziger Straße comme Margot Honecker ? lui lançai-je.

Ma mère haussa les sourcils et répondit d'un air vaguement amusé :

— Je ne sais pas si elle les fait faire là-bas. Mon autorisation n'est plus valable, je suis retraitée maintenant et je n'ai plus de délégations à saluer. Tu ne trouves pas ça mesquin de t'énerver là-dessus ? Tu n'as pas d'autres soucis ?

Non seulement elle avait l'air en forme, mais elle s'exprimait bien. Peut-être que sa dernière cure de désintoxication a servi à quelque chose finalement, me dis-je, avant de la prier d'aller fumer sur le balcon, le petit respirait déjà mal. Elle écrasa aussitôt sa cigarette.

— Ça va se passer comment ? demanda-t-elle, une fois Benjamin parti rejoindre son frère. Tu vas élever quatre enfants maintenant ?

— Peut-être, dis-je en attendant ses objections.

Mais elle se tut.

— Tes camarades ont emprisonné Herbert et sa femme, ça dépend d'eux, la question de savoir combien de temps je vais garder les enfants, poursuivis-je.

Michael était soudain dans la cuisine, il sortit une bière du frigo et resta là avec curiosité.

— S'il le faut, je garderai les garçons jusqu'à l'âge adulte, m'entendis-je dire, choquée moi-même par le poids des mots.

Je savais que je le disais pour Michael et non pour ma mère.

Elle remarqua avec objectivité :

— C'est un peu étroit ici pour six.

Je haussai les épaules.

— Vous pouvez avoir notre maison, dit ma mère en s'allumant une nouvelle cigarette, qu'elle écrasa aussitôt, puis elle me regarda et répéta : Vous pouvez avoir la maison, je me suis renseignée, notre contrat de location vaut aussi pour la parenté du premier degré.

— Et vous, vous allez habiter où ? demanda Michael.

Ma mère fit un geste vague.

— Peut-être ici. Je veux partir de toute façon.

Elle répéta la dernière phrase qui flotta dans la pièce.

— Pensez-y, dit ma mère en se levant, sa tasse encore pleine. Vous avez besoin d'argent ? demanda-t-elle en me tendant quelques billets.

Je secouai la tête. Nous n'avions vraiment pas besoin d'argent, les églises avaient levé des fonds pour les enfants des détenus, chaque visiteur ou presque nous demandait si nous avions besoin d'argent et même Simon, mon professeur, avait proposé son aide. Michael aida ma mère à enfiler son manteau, je le vis prendre la liasse de billets.

Je ne sais pas comment mais, dans le tourbillon de ces journées, je réussis à trouver quelques heures pour m'asseoir à mon bureau et me replonger dans ma thèse, dans le conte du genévrier dont je connaissais maintenant des quantités de variantes. Dans une version du chant de l'oiseau provenant d'Allemagne du Nord, on peut lire : *Ma mayrastre m'o tué, / mon père m'o mangé. / Ma sœur, la ch'tite Anne-Marlene, / o ramassé mes bras et mes jambes, / les o recueillis dans un foulard de soie rouge, / les o accrochés dans le genévrier. / Cri, cri, cri ! / J'suis t'y-pas un bel oiseau, un bel, bel oiseau !*

La p'tite Marlene était devenue la ch'tite Anne-Marlene qui ramasse les bras et les jambes du petit frère et les recueille dans son bien le plus précieux, un foulard de soie rouge. Elle suspend le baluchon au genévrier, dans d'autres versions elle enterre les os sous l'arbre, mais c'est toujours le souvenir, symbolisé par la collecte des bras et des jambes, qui permet au frère assassiné de revenir dans le monde sous forme d'un bel oiseau chantant.

Pendant l'année 1988, cinquante ans après la Nuit de cristal en novembre 1938, il y eut soudain beaucoup de commémorations. On lisait souvent : *Le souvenir est le secret de la délivrance.* On mentionnait rarement l'auteur de la formule, un savant juif du XVIIIe siècle, le rabbin Israël ben Eliezer, appelé le Baal Shem Tov. Le professeur Simon y voyait un cliché lénifiant.

— Certains souvenirs n'apportent aucune délivrance, disait-il. D'ailleurs la phrase n'est pas complète : "L'oubli rallonge l'exil et le secret de la délivrance, c'est le souvenir."

C'était également le message du conte du genévrier, avait-il concédé lors d'un de nos nombreux échanges. L'exil signifiait la souffrance, l'oubli et la volonté d'oublier, l'exclusion de son propre univers. Le père s'accommode de l'absence du fils aimé, il mange son enfant sans savoir ce qu'il fait. La meurtrière n'attache aucune importance au souvenir. Mais la sœur refuse d'oublier, elle surmonte la mort grâce au souvenir, à la collecte des os. Cela signifie la délivrance pour son frère.

En me rappelant les journées de janvier et février 1988, plus de vingt ans après, je sens que mes réminiscences font partie d'un tout et qu'on doit les conserver et les assembler, même si les petits os sont rongés et si certains semblent perdus pour toujours.

Tout en ramassant les os, la petite sœur ne ressentait que tristesse, honte et peur. La mère lui avait dit en effet qu'elle avait décapité son frère, si bien qu'elle se taisait, remplie de culpabilité, et ses larmes tombaient dans la casserole comme du sel.

Au milieu des événements absurdes et contradictoires autour de nous, je me plongeais dans la complexité mythologique et linguistique du conte, où je retrouvais la description de ces événements que j'avais tenté de fuir pour quelques heures, et je retrouvais les motifs du conte dans la réalité quand je sortais de ma thèse. Des lettres ouvertes venant soi-disant de l'Église d'en bas circulaient, Herbert et son groupe y étaient tenus responsables des arrestations, ils auraient fait de la provocation, cherchaient uniquement à se faire valoir. Maintenant que l'État commençait justement à se rapprocher de l'Église de façon constructive, ce genre d'initiative personnelle s'avérait contre-productive. Sur un autre tract sans expéditeur, on pouvait lire que Herbert Ahrens était diplômé de l'ancienne école des cadets de l'Armée populaire, une grande école du ministère de la Stasi. Il fallait retrouver ses donneurs d'ordre, peut-être avait-il eu l'intention de fournir des prétextes pour démanteler les structures dissidentes de l'Église.

Je mis le tract moi-même à la poubelle mais, le lendemain matin, j'en trouvai un exemplaire froissé sous le lit de Paul. Or il n'avait pas quitté l'appartement depuis des jours ; Ruth, la pédiatre, avait placé les deux garçons en arrêt maladie. Je pris Paul dans mes bras et lui demandai comment cette saleté était arrivée jusqu'à lui. Ça venait de l'avocat. La veille, il avait posé le tract sur la table d'appoint dans le couloir, alors que Paul était à côté. Nous ne l'avions pas remarqué.

Lorsque je lui reprochai avec agacement sa distraction à sa visite suivante, il s'excusa d'un air contrit. Il dit qu'il était épuisé. En outre, la procureure se méfiait de lui à cause de sa proximité avec ses clients, elle lui mettait des bâtons dans les roues. C'était vrai d'ailleurs, comme Herbert l'apprit en consultant son dossier des années plus tard. La procureure ignorait qu'ils travaillaient pour la même entreprise. Et s'il était épuisé, c'est parce qu'il retrouvait son officier traitant presque toutes les nuits à une heure du matin dans la gare déserte de Bernau, comme dans un film d'espionnage. À l'automne 89, cet homme était une voix importante du mouvement d'opposition, il devint un de leurs porte-parole. Herbert et beaucoup d'autres avaient déjà discerné son double jeu, mais il fallut encore quelques mois pour qu'on les croie, ces éternels râleurs, et non l'avocat habile qui avait déjà de nouveaux amis influents. Il nia le tout, évidemment, or les preuves étaient si accablantes que ce dangereux personnage de mauvais augure finit par disparaître de la vie publique. Je n'ai pourtant jamais entendu Herbert parler avec colère de cet homme qui avait trompé et trahi tant de gens.

Je lui dis un jour que sa placidité m'avait toujours étonnée, c'était douze ans plus tard, lors d'une promenade de Nouvel An à Machandel, elle aussi passée depuis longtemps. Nous avions fêté le début du nouveau millénaire avec quelques amis, Michael ne faisait plus partie du lot. Julia, vingt ans, l'avait rejoint, elle venait moins volontiers à Machandel depuis que le village avait changé. Mais Caroline était avec nous. Lena aussi. Elle n'était pas revenue au village depuis qu'elle l'avait quitté des années plus tôt. Pâle et silencieuse, elle descendit de voiture et regarda autour d'elle, comme si elle était là pour la première fois. Bien que la nuit tombât, Lena voulut aller seule à pied au cimetière en forêt de Klabow et elle se contenta de rire lorsqu'on lui proposa avec inquiétude de l'accompagner. Elle dit qu'elle connaissait chaque pierre, ses pieds trouveraient le chemin même dans le noir, et puis l'obscurité n'était jamais totale à Machandel.

C'est la plus longue phrase que j'entendis Lena dire ce soir de la Saint-Sylvestre, elle resta à la fenêtre toute la soirée et nous observa. Je me souviens d'avoir pensé que c'était une erreur de l'inviter, mais Herbert ne serait pas venu sans elle. J'aurais aimé parler avec elle de mon frère, de ma grand-mère, de ses parents à elle et de son étrange enfance au château, du sort de Marlene, de Wilhelm, ainsi que de sa nouvelle vie à Berlin, mais ce ne fut pas possible ce soir-là. Elle resta la muette. Pendant qu'elle préparait des salades à la cuisine avec Caroline, je les entendis néanmoins rire ensemble.

Nous étions douze ou treize, la plupart venaient du cercle de paix, que je fréquentais rarement depuis que je n'habitais plus à Pankow.

Ruth était venue avec son ami, un archéologue et spécialiste des beaux-arts de Bochum qui trouvait tout passionnant. Il distribua des petits chapeaux multicolores en papier parce que c'était la Saint-Sylvestre, mais il fut le seul à en porter un. La légèreté ne voulait pas s'installer et, même si Ruth et moi demandions avec énergie qu'on arrête la discussion, qui se ranimait sans cesse, sur les dossiers de la Stasi et la carrière politique d'anciens compagnons de lutte, nous savions qu'elle serait interminable.

Peut-être était-ce dû à l'idée inconcevable qu'un millénaire se terminait, notre humeur restait en tout cas contenue. Un peu avant minuit, tandis qu'on débattait pour savoir si le nouveau millénaire commençait avec l'année 2000 ou un an après avec l'année 1, Caroline dit :

— Vous êtes un pur produit de l'Est. Il faut toujours que vous discutiez d'une chose ou d'une autre. Vous passez des heures à parler de trucs qui ne sont pas importants pour les autres. Faites la fête, dansez ! Et dans un an, vous n'aurez qu'à fêter de nouveau le millénaire.

Au milieu du silence gêné, quelqu'un se mit à rire, Herbert saisit ma fille et dansa avec elle.

Je la regardais bouger avec la légèreté et la grâce de ses quinze ans, je repensais aux jeunes filles dansantes de la fontaine du parc de Burg Schlitz et à mon vingt-septième anniversaire. Durant cette année 2000, j'aurais quarante ans, je m'en rendis brusquement compte. Lena aurait cinquante-quatre ans dans quelques jours, presque l'âge de sa mère quand je l'ai rencontrée à Machandel. L'âge qu'aurait eu Jan aujourd'hui, me dis-je en remarquant que j'avais pensé à mon frère au passé pour la première fois.

Le lendemain matin, je proposai de faire une randonnée jusqu'à Burg Schlitz, personne n'en avait envie à part Herbert et moi. On convint que les autres iraient en voiture jusqu'au restaurant Zum Goldenen Frieden, où on se donna rendez-vous. Herbert et moi, on passa par les champs et les prairies, plusieurs fois des lièvres bondirent à nos pieds, nous les avions pris pour des touffes d'herbe dépassant de la fine couche de neige. Les vieux chênes encore plus décharnés que d'habitude se détachaient sur un ciel pâle, sillonné par des volées de corneilles. Leurs cris rauques nous accompagnèrent sur le chemin sans cesse obstrué par des branches cassées et des arbres arrachés, un ouragan avait malmené le Nord de l'Allemagne quelques jours avant, ses rafales étaient arrivées jusqu'ici. En regardant autour de nous depuis le Tabacksberg, on aperçut le minuscule village de Machandel dans son creux, ses maisons blotties comme les lièvres d'hiver immobiles au bord de la route menant au château inhabité. De là-haut, on ne voyait pas les fissures de la toiture, juste les immenses chênes du parc et les arbres qui entouraient le village tels des gardes. Le tout ressemblait à un tableau très ancien, paisible et idyllique, comme si rien de grave n'était jamais arrivé dans ces maisons. De la fumée s'élevait de notre cheminée.

On marcha sur la boue gelée, Herbert savait qu'on surnommait cette contrée le mauvais marais, il savait d'ailleurs beaucoup de choses sur la région. Il était déjà venu ici avant ma naissance, avec mon frère. Pourtant ce n'est pas de cela qu'on parla en ce matin du Nouvel An, on évoqua le pays qui avait sombré, l'infâme avocat de Herbert et de Maria, dont le comportement me paraissait encore énigmatique. Herbert haussa les épaules.

— C'était un enfant placé. Il voulait être aimé par n'importe quelle personne se trouvant en face de lui. Ils l'ont brisé dès l'enfance.

— Mais il s'est immiscé dans ta vie, il vous a persuadés de quitter le pays alors que vous ne vouliez pas, en 1988.

Herbert partit de son rire bref, parfois amer.

— Je lui en suis reconnaissant. J'ai pu travailler en paix à Cambridge, tandis que vous avez eu affaire à des gens comme lui jusqu'au bout.

— Et Maria, insistai-je, tu ne l'aurais peut-être pas perdue si on ne vous avait pas chassés du pays.

Peu après leur sortie du territoire, Maria avait rejoint Carlos en Espagne avec les enfants, ils vivaient toujours ensemble.

— Je n'ai pas perdu Maria, dit tendrement Herbert. Les choses sont bien comme elles sont.

Nous n'avions encore jamais parlé tranquillement de ce mois de février 1988, durant lequel la RDA avait disparu pour Herbert et sa famille, deux ans plus tôt que pour nous tous. J'évoquai Paul et Benjamin, l'appartement froid et obscur de la Wollankstraße, que Herbert et Maria n'avaient pas revu car on les avait conduits directement de la prison à la frontière. Je lui racontai que l'avocat stressé était venu un soir dans notre appartement du Schlosspark pour nous dire en balbutiant que la décision était tombée, le couple Ahrens souhaitait quitter le pays, il avait tenté en vain de les en dissuader, leur décrivant le grand mouvement de solidarité, l'effet désastreux que leur exemple aurait sur les groupes de base, mais ils n'étaient pas prêts, dit-il, à affronter la fatigue et les aléas d'un procès, ne serait-ce qu'à cause de leurs enfants. J'avais aussitôt eu mauvaise conscience. Je m'étais certes déclarée prête à garder leurs enfants pendant longtemps, voire des années, mais mon affirmation tiède n'avait pas échappé à l'avocat, pas plus que le silence de Michael. Je me sentais aussi coupable que la p'tite Marlene dans le conte du genévrier, persuadée par sa mère qu'elle avait tranché la tête de son frère.

Lorsque je confiai mon sentiment de l'époque à Herbert, il rit de la comparaison et prit ma main froide.

— J'ai compris en cellule que ça n'allait pas durer des années. Je ne voulais pas partir à l'Ouest parce que nous croyions tous être utiles ici. En même temps, j'ai compris que je ne pouvais plus imposer cette vie à Maria et aux enfants. Quand j'ai lu mon dossier par la suite, toutes ces mesures prévues, les rapports d'espionnage de prétendus amis et de l'avocat, je me suis demandé pourquoi je ne m'étais pas libéré depuis longtemps de cet encerclement. On en était presque malades. Je ne m'attendais pas au double jeu sans scrupule de l'avocat, plutôt à sa malhonnêteté. Il me semblait faible et craintif. Mais quand il m'a dit que Maria était à bout de forces, qu'elle voulait partir, fût-ce sans moi, quand je l'ai entendu dire que personne ne faisait quoi que ce soit pour nous là-dehors, je l'ai cru.

Nous étions arrivés au niveau de la colline d'où on voit le lac de Malchin et, au lieu de la contourner, on la gravit. Là-haut le vent sifflait, de la neige fondue s'était mise à tomber et dissolvait les contours du paysage. La vue ne portait pas loin. Le buisson sous lequel la petite Caroline avait dormi lors de notre excursion le jour de mon anniversaire était nu et ébouriffé. Aujourd'hui, c'est le premier jour d'un nouveau millénaire, pensai-je, sans éprouver la moindre impression de solennité. Je n'ai jamais accordé d'importance aux anniversaires ni aux jubilés. Les tournants de ma vie ne correspondent pas aux dates du calendrier. Lorsqu'on mentionnait la fin de la RDA, la plupart des gens pensaient aux manifestations à Leipzig ou aux cris de joie devant le Mur ouvert, tandis que j'avais en tête l'appartement de Herbert et de Maria en février 1988.

Ici, sur la colline entre Machandel et Burg Schlitz, j'en parlai à Herbert et je ne savais pas si c'était la neige fondue en cette journée de Nouvel An ou le froid de l'époque que je ressentais sous ma peau. Dans la Wollankstraße, l'avocat m'avait apporté des listes pour emballer les affaires que Maria et Herbert voulaient emporter, des vêtements et du linge de maison, les jouets des enfants, les manuscrits de Herbert, des lettres, des photos. Paul était avec moi pendant que je rassemblais le tout. De faibles ampoules éclairaient l'appartement, nous étions gelés, alors que j'avais mis en route les poêles en faïence dès le matin. Paul souhaitait passer la dernière nuit là où il avait vécu avec ses parents, nous étions donc convenus que l'avocat viendrait chercher les enfants et les affaires ici tôt le matin. Benjamin était encore un peu fiévreux et enrhumé, Michael avait prévu de l'amener plus tard, Ruth passerait aussi. Dans cet environnement inconnu, j'avais du mal à choisir les choses utiles à une vie de l'autre côté de la frontière, que je n'arrivais pas à m'imaginer. Paul ne m'aidait pas, il était assis par terre et m'observait, le visage de marbre. Je feuilletais les dossiers de Herbert, j'eus soudain entre les mains des documents de mon frère Jan, des lettres de prison datant d'il y a vingt ans, de l'automne 1968. J'avais reconnu son écriture et je voulais lire ces lettres, or ce n'était pas possible à ce moment-là, je songeai un instant à les garder, mais elles appartenaient à Herbert, elles étaient dans une chemise verte que je devais emporter. Je n'avais pas le temps de m'en occuper ; je trouvai d'autres papiers concernant le licenciement de Herbert à l'Académie, des jugements, des procès-verbaux, je n'avais pas le temps de les lire non plus, je devais rechercher dans une montagne de manuscrits ceux que voulait Herbert, ses bulletins scolaires et ceux de Maria. Bouleversée par la vue de l'écriture de mon frère, je fouillai dans les papiers tout en parlant à Paul, lui demandant de rassembler enfin ses affaires. J'allai ensuite dans la cuisine pour préparer le dîner. Les enfants ne devaient pas passer leur dernier soir dans cet appartement comme dans une salle d'attente non chauffée, je voulais qu'ils vivent un bon moment. Mais je sentis que je n'y arriverais pas. Le frigo de Maria était vide, j'avais oublié de faire les courses et le froid s'incrustait dans les pièces, il était aussi en moi. Je pris Paul dans mes bras et le maintins, le garçon était tout raide. Je ne le lâchai que lorsque Ruth sonna. Juste après, Michael était sur le palier avec Benjamin et nos filles, puis l'avocat arriva et resta cinq minutes. Des voisins frappèrent à la porte et voulaient savoir, à mi-chemin entre curiosité et compassion, ce que Herbert et Maria allaient devenir. C'était un va-et-vient permanent. Un camarade de classe de Paul vint avec sa mère, le visage de Paul perdit sa fixité, il grimpa avec son copain sur le lit en hauteur où ils se mirent à rigoler et à nous balancer des petits morceaux de mousse qu'ils arrachaient du matelas. Ruth avait apporté un grand panier, d'où elle sortit une marmite de soupe, des boulettes de viande, du gâteau fait maison, des salades et le flan préféré de Benjamin. Maria et Herbert n'allaient pas être expulsés en Allemagne de l'Ouest, mais en Grande-Bretagne, l'université de Cambridge avait proposé un poste de recherche à Herbert. Ne sachant pas s'ils allaient partir directement là-bas, Ruth avait préparé des pique-niques pour plusieurs jours.

À un moment donné, les sacs à dos des enfants furent prêts, le repas abondant se termina et Benjamin dormit dans son propre lit pour la dernière fois. L'ami de Paul était reparti avec sa mère, les garçons ne s'étaient pas enlacés, ils avaient échangé une bourrade avec un rire gêné. "Allez, mon pote, bonne chance." Mais la mère avait les larmes aux yeux.

Paul s'agenouilla devant sa bibliothèque, offrit ses livres et ses vinyles préférés à Julia, Caroline reçut les livres d'images de Benjamin, pendant que Ruth et Michael m'aidaient à remplir les valises et les sacs. Après quoi ils quittèrent eux aussi l'appartement, les filles dirent au revoir à Paul comme s'il partait en vacances pour longtemps et qu'elles étaient un peu jalouses. Julia eut un petit rire nerveux et lui demanda d'écrire des cartes postales. Michael se contenta de lui tapoter l'épaule et se détourna rapidement. Nous avions tous l'habitude de faire nos adieux, mais celui-là était si inhabituel, si irréel dans cet appartement abandonné depuis des semaines. Avant de partir, Michael me dit que mon professeur avait téléphoné, il voulait me donner un bouquin avant son séjour à l'hôpital le lendemain pour une opération des yeux. En apprenant que j'étais ici, dans la Wollankstraße, il avait dit qu'il pouvait m'apporter le livre ici.

Le silence retomba dans l'appartement. J'avais mis la chaîne pour ne pas être surprise, comme l'autre fois, par des intrus. Je débarrassai la table avec Paul, je ferais la vaisselle plus tard. J'avais l'intention de passer la journée suivante dans cet appartement que nous devions vider d'ici la fin du mois. Paul n'était pas fatigué, moi non plus, il proposa de jouer aux échecs et rapporta un vieux jeu. On sonna. Paul se figea. Je vis par le judas le professeur Simon dans son long manteau noir au col de fourrure et je le fis entrer. Il s'assit en respirant difficilement dans un fauteuil en cuir élimé, il ne voulait pas retirer son manteau, il avait froid, lui aussi. Il sortit un livre de la poche de son manteau, une étude parue à Zurich du théologien Heinrich Bartholomäus sur le conte du genévrier des frères Grimm, une interprétation chrétienne, selon laquelle le conte reflétait le début du christianisme, la mort et la résurrection du fils saint. Il portait un regard critique sur ces interprétations, tout en affirmant que je devais les connaître pour ma thèse.

— Ça pouvait attendre, dis-je en prenant le mince ouvrage.

Il sourit.

— À mon âge, on ne reporte pas les choses à faire, surtout avant une opération.

Il me scruta et récita : *"Clara regarde, la mort sur le visage, / Enveloppée par le froid et la nuit funèbre, / L'impuissance a entraîné la douce image / Dans son royaume de ténèbres."*

Je dus le regarder bêtement car il expliqua en souriant :

— Heinrich Heine, *Don Ramiro*. Je trouve que Heine correspond bien à cette soirée.

Paul observait l'invité avec attention. "Enveloppée par le froid et la nuit funèbre", répéta le professeur en contemplant l'appartement plongé dans la pénombre. Son regard s'arrêta longtemps sur le garçon, il demanda son nom, soupira.

— Tu joues aux échecs ? demanda Paul, qui avait l'habitude de tutoyer les amis de ses parents et leurs amis.

Sans doute prenait-il mon professeur pour un ami.

Il demanda un verre de thé et se pencha sur le jeu.

— Mais je prends les blancs.

J'étais contente qu'il reste et s'occupe de Paul. Ils ne parlaient pas beaucoup, j'allais et venais, préparais le linge de Benjamin, recousis un bouton de la veste de Paul. Je vérifiai la liste de Herbert, j'avais oublié une petite boîte en bois censée être dans le tiroir de son bureau. Je la trouvai et regardai à l'intérieur. Quelques coquillages, un galet troué, de minuscules pierres bleues, dont deux un peu plus grandes, vernissées bleues et vertes, comme celles qui se trouvaient sur les rebords de fenêtre dans notre chaumière de Machandel. Mes filles les appelaient pierres-de-Machandel. La petite boîte alla tout juste dans un sac de voyage, après quoi je rejoignis les joueurs d'échecs. À la lueur du lampadaire, les deux semblaient se connaître, ils allaient bien ensemble, le vieil homme juif et l'enfant. Une scène étrange, pensai-je, mais tout l'était en ce moment.

Les pions blancs s'étaient avancés en hâte sur le plateau, accompagnés par les cavaliers. Paul sacrifia sa dame. Le professeur renifla avec mépris, il ne faisait manifestement pas de cadeau à l'enfant, dont les pions tombaient, il ne restait plus que les rois et les tours.

— Tu mets les voiles demain ? demanda le professeur au garçon.

— On ne prendra pas le bateau, on part d'abord en train. Ou en voiture, je ne sais pas.

Paul me lança un regard interrogateur, mais je n'en savais pas davantage.

— Mettre les voiles, dit Martin Simon en répétant posément l'expression. C'était un sujet permanent quand j'étais enfant. Je me suis souvent retrouvé dans ce genre d'appartement. – Son regard glissa sur les placards ouverts, les tas de linge. – Mais cette expression remonte plus loin. Tu connais Heinrich Heine ? Il était habitué aux départs. Ça peut d'ailleurs être une chance de devoir partir. *"Il existe deux sortes de rats : les affamés et les rassasiés. Les rassasiés restent dans leur chez-soi, / mais les affamés quittent le foyer."* Concentre-toi sur le jeu, Paul.

L'enfant rit.

— Tu en connais d'autres comme ça ?

— Ah, beaucoup trop.

Ils déplaçaient les pions à droite et à gauche, échangeaient un mot de temps à autre. Paul attaqua sans crier gare. Sa tour retourna sur la ligne de départ.

— Tu joues bien, grogna le professeur.

Paul avait dû apprendre les échecs avec son père, mon frère aussi y avait passé du temps avec Herbert.

— Mon père était en résidence surveillée, dit soudain Paul.

— La résidence surveillée, c'est mieux que le camp, murmura son interlocuteur.

— Tu as déjà été dans un camp ? s'enquit Paul.

— J'étais dans le ghetto de Shanghai, c'était comme une sorte de résidence surveillée. Mais avant qu'on parte en Chine, mon père était dans un camp, à Sachsenhausen.

— Mon père était aussi à Sachsenhausen, dis-je avec étonnement.

Martin Simon haussa les épaules.

— Le destin allemand.

— On ira peut-être en Angleterre, dit Paul. Il joua et le roi blanc tomba.

Le professeur contempla sa défaite en fronçant les sourcils. Puis il éclata de rire :

— Bien vu.

Tandis que le garçon rangeait le jeu avec satisfaction, il se dirigea vers la bibliothèque des parents de Paul et chercha jusqu'à ce qu'il trouve une édition maniable de Heine.

— Emporte-le, on devrait toujours emporter un livre de chez soi quand on s'en va. Celui-ci t'aidera à ne pas oublier ta langue natale. Ni tes édredons, ajouta-t-il en souriant. Il feuilleta et lut : *"Le repos est si doux dans les lits allemands / Parce qu'ils ont des édredons. J'ai si souvent rêvé à la douceur / Du bourbier de ma patrie / en gisant sur de durs matelas / Dans la nuit blanche de l'exil !"*

Je reconnus les vers du *Conte d'hiver*, mais quel intérêt pour Paul ? Il rit néanmoins et dit qu'il voulait maintenant retrouver ses doux édredons pour la dernière fois.

— Pas pour la dernière fois. – Le professeur Simon secoua la tête. – Tu vas revenir. Je suis revenu, moi aussi, au bout de neuf ans. Ce sera moins long pour toi.

Il se tourna vers moi et cita sur un ton ironique : *"Mais toi, reste avec nous au pays, / Où l'ordre et la morale règnent partout, / Et les distractions secrètes fleurissent aussi / Au beau milieu de nous."*

Plus tard, Paul me rejoignit sur le canapé avec son édredon et plus tard encore, Benjamin ensommeillé. J'étais allongée entre les enfants de Herbert et j'avais l'impression de devoir partir en exil comme eux. Le petit se rendormit bientôt, blotti contre moi, tandis que Paul se tournait et se retournait nerveusement. Bien réveillée, je songeai à me lever pour lire les lettres de mon frère. Mais elles étaient déjà emballées et les enfants se seraient réveillés en sursaut. Je ne m'endormis que lorsque le bruit de la circulation enfla dehors et, juste après, l'avocat sonna.

Je racontai tout cela à Herbert en ce matin du Nouvel An 2000 en allant à Burg Schlitz, et il m'écouta.

Il dit que Paul ne lui avait jamais parlé en détail de cette période. Peut-être que Maria et lui auraient dû le questionner, mais ils étaient trop absorbés par leur propre situation, leur nouvelle vie, leur avenir, leur séparation et les événements dans le pays qu'ils avaient quitté. Il avait vu le *Livre des chants* de Heine dans la chambre de Paul et il s'était étonné que son fils de onze ans ait justement pris ce livre. Il allait bientôt rendre visite à Paul dans sa piaule d'étudiant à Barcelone, il l'interrogerait au sujet du livre.

Nous étions arrivés au parc de Burg Schlitz. Herbert ne connaissait pas l'endroit et j'avais raté le bon chemin comme toujours, il nous fallut grimper sur un talus raide en foulant le sol gelé, en nous agrippant à des buissons nus et l'un à l'autre. Une fois en haut, nous n'étions plus qu'à quelques pas de la fontaine des jeunes filles dansantes et nos amis étaient là, des bouteilles vides de mousseux gisaient sur le bord de la fontaine, datant peut-être du réveillon des clients de l'hôtel. Ma fille Caroline agita un cierge magique.

— Les voilà, les voilà !

Elle courut vers nous, nous regarda et constata :

— Ils ont encore parlé du passé. Pendant tout le chemin, pour ce premier jour du nouveau millénaire, ils ont dû reparler de leur drôle de RDA.

Elle jeta la magie consumée, prit nos mains engourdies, nous entraîna vers les autres et on se mit à danser en tapant des pieds et en sautillant autour de la fontaine. Les filles en bronze, dans leurs fines tenues, semblaient gelées, la neige reposait sur leurs têtes comme des petites coiffes, mais on se réchauffa vite, puis je tentai en riant de sortir du cercle, tandis que les autres me retenaient, tournaient encore et encore, m'entraînaient.

16

NATALIA

Budj silnoi

Au printemps 1945, des soldats de la Wehrmacht vinrent dans la région de Machandel, des hommes en uniforme occupaient déjà les domaines de Kuhelmies et de Görzke, mais notre château était sans doute trop petit et trop isolé, les unités allemandes bivouaquaient seulement dans la forêt de hêtres située am Großen Bark, en direction de Burg Schlitz, on racontait qu'ils minaient la forêt et les routes, installaient de grands dépôts de munitions. Je le savais bien : il suffisait d'attendre pour que la guerre revienne chez les Allemands. Et elle serait bientôt finie.

La baronne passait son temps au salon, vêtue de noir, son deuxième fils était mort au combat. Elle ne gérait quasiment plus l'intendance. Sa fille avait la migraine et ne se montrait pas. Le régisseur incita les deux femmes à prendre une décision.

Durant ce printemps, des charrettes de réfugiés avec des canassons éreintés arrivaient tous les jours, les chambres d'hôtes du château étaient occupées depuis longtemps, la maison paroissiale de Klabow et l'école de Lalenhagen hébergeaient également des réfugiés, dont certains avaient passé des mois sur les routes. Ils venaient de Silésie et de la côte baltique, c'étaient des Allemands, les uns avaient toujours vécu là-bas, les autres y avaient été envoyés par les sbires de Hitler pour construire des villages allemands modèles. Un groupe venait de Volhynie, ceux-là comprenaient le russe et le polonais. À peine quelques années plus tôt, on les avait déplacés en Pologne et maintenant, on les en chassait. Avant les semailles de printemps, on avait renvoyé les hommes de la baraque des saisonniers au STALAG de Fünfeichen, après quoi le groupe de Volhynie s'y était installé le jour même.

Wilhelm Stüwe et deux autres surveillants escortèrent les prisonniers de guerre jusqu'à Fünfeichen.

Grigori ne partit pas avec eux.

Je le suppliai de rester à Machandel en disant que je le cacherais. Il s'installa dans la sortie de la cave, sous la cuisine d'Emma dans la chaumière des Peters, et c'est seulement le jour où les trois anciens détenus du camp sortirent de la glacière pour loger au château que Grigori put être libéré.

On se donnait rendez-vous dans notre coin près des genévriers, dont les fleurs jaunes embaumaient, il n'y eut jamais plus de printemps pareil. Grigori n'avait rien à craindre des Allemands, le régisseur avait disparu, il ne restait que des morts parmi les soldats de la forêt et même la baronne avait plié bagage au dernier moment avec sa fille. Wilhelm Stüwe et les autres surveillants n'étaient pas revenus, mais Grigori devait se méfier des nôtres, selon l'ordre n° 270 de Staline. Il m'expliqua ce que voulait dire cet ordre qui faisait de lui un traître et un déserteur. Staline avait décrété qu'il n'existait ni retraite ni capitulation pour les officiers de l'Armée rouge. La sanction était l'exécution immédiate et l'emprisonnement de leur famille. Grigori n'avait plus de famille, il était seul comme moi, nous nous étions trouvés et nous avions l'intention de rester ensemble, même si nous savions bien, lorsqu'il m'enlaçait dans les collines de genévriers, que ce n'était pas possible. Il ne pouvait pas se cacher sans arrêt et il n'y tenait pas non plus. Dans les heures, les jours, les semaines qui nous restaient, on apprit l'un de l'autre tout ce que deux personnes peuvent partager. On parlait russe, mais mes mains et mes pieds, mes doigts et mes orteils, mon ventre, mes bras, mes seins, mes jambes, mes cuisses et mes lèvres aussi lui parlaient, mes zones les plus secrètes répondaient à ses caresses, on riait et criait, ou on restait silencieux, et je me demandais pourquoi les choses ne pouvaient pas rester ainsi, pourquoi ne pouvait-on pas simplement rester allongés là et faire partie du paysage comme les pierres et les haies, devenir invisibles tout en étant là, tel le parfum de ces fleurs jaunes.

Personne ne me chercha, nul ne vint réclamer ma chambre à côté de la cuisine, même si le château débordait de réfugiés. Les jeunes bonnes avaient filé depuis longtemps, des inconnues se trouvaient dans la cuisine du personnel, une kommandantur s'était installée dans la maison du régisseur. On entendait des cris en russe jusqu'à l'orée de la forêt, des charrettes tirées par des petits chevaux s'arrêtaient sur la grand-route devant le château. Le typhus se déclara dans les baraques des saisonniers. De nombreux réfugiés moururent. Lorsque quelques vieux et des adolescents du groupe des Volhyniens creusèrent une fosse commune en lisière de forêt pour leurs morts, une mine explosa et les déchiqueta tous. On aménagea alors une autre fosse près de la gare de Lalenhagen, où on déposa sans cercueils les victimes du typhus, les fossoyeurs déchiquetés et les soldats retrouvés dans les bois. Le château abritait également des malades et des vieux, dont certains moururent. Les hommes décharnés revenus du camp s'étaient installés dans la chambre de la baronne, les deux Tchèques ayant révélé au commandant l'identité de leur camarade allemand à l'agonie. Le commandant Semion Baranovitch, un homme d'une quarantaine d'années avec une moustache comme celle de Staline, avait réclamé la grande chambre. Les deux Tchèques repartirent mi-mai, Hans Langner survécut, Emma et moi, on le nourrit et le lava jusqu'à ce que Johanna prenne le relais. Le médecin russe dit que c'était une pneumonie et non le typhus. Il fit quand même tout désinfecter, Emma et quelques réfugiées nettoyaient les sols chaque jour au château. Dans la cuisine pour le bétail, on faisait bouillir le linge dans de grandes bassines, beaucoup de réfugiés étaient infestés de poux et de puces. J'aidais pour le linge et le ménage, je recevais une assiette de soupe comme les autres, je faisais partie du lot, personne ne se souciait de moi. J'avais l'habitude de ne pas parler inutilement, même le commandant et ses gens m'ignoraient, je ne montrais pas que j'étais une des leurs. Le commandant était russe, juif sans doute, mais certains de ses hommes étaient géorgiens, quelques-uns venaient du Kirghizistan ou d'Azerbaïdjan, même pour moi ils avaient l'air étranger. Personne ne pouvait nous aider, le communiste Hans Langner non plus, il n'avait jamais vu Grigori, il gisait simplement là et se rétablit lentement.

La nuit, les sanglots et les soupirs des réfugiés, des cris étouffés, les gémissements des enfants endormis s'élevaient de tous les recoins du château et, quand j'allais rejoindre Grigori, ces bruits m'accompagnaient dans la nuit, se mêlaient aux cris lugubres des chouettes jusqu'à ce que le silence retombe sur le village à l'aube, un silence tapi et inquiétant que je connaissais bien, où la peur se répandait, cela avait toujours été ainsi.

Moi aussi, j'étais censée signaler ma présence, on avait déjà installé un service de rapatriement début mai dans la ville de Barth sur la Baltique, où on amenait toutes les jeunes filles utilisées comme travailleuses de l'Est dans les domaines agricoles et les usines du Mecklembourg. Dunia, de Kuhelmies, était déjà là-bas.

— Ne fais pas ça, me demanda Grigori, ne te présente nulle part.

À l'automne, alors qu'il était déjà parti depuis longtemps, j'avais défait les coutures de ma robe et caché mon ventre arrondi sous le tablier lorsqu'une sergente russe de la maison du régisseur, à laquelle je devais couper les cheveux, me raconta que les travailleuses de l'Est ayant accouché en Allemagne quittaient le camp de rapatriement de Barth pour être renvoyées seules dans leur pays. On ne reconnaissait pas ces enfants comme des citoyens soviétiques, leurs pères étant sans doute allemands. Les enfants étaient envoyés dans un foyer situé à Vogelsang à Barth, un ancien STALAG, où une épidémie s'était déclarée, les petits mouraient, plus d'une centaine reposaient déjà au cimetière local.

Elle me raconta qu'une fois de retour chez elles, les travailleuses de l'Est finissaient dans des camps pénitentiaires car beaucoup s'étaient déclarées volontaires pour partir en Allemagne, mais je ne l'écoutais plus, j'avais décidé de ne jamais me présenter dans ce camp de rapatriement et de continuer à vivre en me faisant passer pour une des nombreuses réfugiées, comme Johanna qui s'était chargée de prendre soin de Hans Langner dans le lit de la baronne. Johanna avait deux ou trois ans de moins que moi, dix-sept ans peut-être mais, tandis que j'espérais ne pas me faire remarquer, elle se tenait très droite et se déplaçait avec fierté, comme si elle voulait qu'on la regarde. Je mettais souvent la main devant ma bouche car j'avais une mauvaise dentition à l'époque, alors que Johanna avait des dents très blanches et régulières, seuls ses yeux souriaient rarement, elle avait un regard fixe, traduisant l'effroi de ce qu'elle avait sans doute vu pendant sa fuite. Elle récupéra les livres de la baronne dans les placards, dont je nettoyais encore récemment les étagères tous les jours, elle les lisait au chevet de Hans Langner, elle fouilla même dans l'armoire de la baronne à la recherche d'affaires pour elle et sa mère car elles n'avaient rien emporté durant leur fuite ou alors elles avaient tout perdu en route. Mais il ne restait plus rien, les premiers réfugiés avaient vidé les armoires, je voyais des inconnues porter les jupes et les chemisiers de la baronne et de sa fille, les villageois avaient eux aussi récupéré des objets du château dont les portes étaient toujours ouvertes. La mère de Johanna avait beau avoir plus de quarante ans, elle me paraissait jeune, elle était grande et me rappelait une de mes enseignantes, dans ma vie d'avant à Smolensk. Lorsque le château se transforma en logement pour réfugiés, c'était elle la responsable, j'ignore si quelqu'un lui avait attribué cette fonction. Elle faisait ce qu'il y avait à faire, elle ordonnait aux bonnes de nettoyer les dortoirs, donnait les meilleures places aux enfants et aux malades, apaisait les conflits incessants. Personne ne se disputait avec elle, le commandant la consultait lorsqu'il avait une consigne à transmettre aux réfugiés, elle s'adressait à lui en cas de nécessité. C'était elle qui veillait à ce qu'on prépare tous les jours à manger dans la cuisine du personnel et dans la buanderie.

Au début, je cachais Grigori dans ma chambre à côté de la cuisine, on mettait le verrou de l'intérieur, mais j'avais toujours peur que les soldats ne le découvrent. Puis Johanna et sa mère me demandèrent si elles pouvaient partager ma chambre parce que la demeure était pleine à craquer. Plus tard, une fois la plupart des réfugiés envoyés ailleurs, elles s'installèrent au premier étage. On était encore en mai lorsqu'elles posèrent leur paillasse devant mon sommier, il y avait assez de place, mais elles remarquèrent que je sortais à pas de loup la nuit. Elles ne posèrent aucune question. Grigori était à présent caché dans le grenier à foin, or il fallut bientôt faire de la place pour les nouveaux réfugiés en provenance du camp de Lamsdorf, ils étaient tous malades, quelques-uns moururent peu après leur arrivée. Ils reposent au cimetière de Klabow, au pied du mur, à côté du petit Josef. Les nouveaux venus parlèrent d'un chef de camp âgé de vingt ans à Lamsdorf, un Polonais qui avait ordonné des exécutions tous les jours, il faisait tuer les gens près des baraques, aux toilettes, sur la place d'appel, y compris femmes et enfants.

Quand je racontai cela à Grigori, qui logeait maintenant dans un réduit derrière le bûcher, je savais déjà que notre enfant grandissait en moi. Grigori me caressa en disant : "Ce genre de chefs, ça existe partout. Tu dois essayer de rester ici, dans ce village de Machandel. On n'a pas d'autre endroit." Je le serrai, me serrai contre lui, je n'avais même pas le droit de pleurer à voix haute, ni d'éclater de rire ; dans ses étreintes, les rires et les larmes, les cris et les chuchotements ne faisaient plus qu'un, nos corps ne faisaient plus qu'un, les rondins de bois sous mon dos m'éraflaient la peau, je ne m'en rendis compte que plus tard. Qu'est-ce qui nous attendait ?

Je voulais parler de Grigori à Hans Langner et lui demander conseil, je n'avais personne d'autre. Mais il était allemand et, même si Semion Baranovitch l'estimait et s'entretenait longuement avec lui, je savais qu'il ne pouvait pas protéger Grigori. Ils avaient tous deux été prisonniers des Allemands, mais Grigori était citoyen soviétique et faisait partie de l'armée. Dans son cas s'appliquaient les lois militaires et non les lois humaines.

Wilhelm Stüwe était parti, Auguste travaillait à l'étable, mais un jour, on vint chercher les vaches, on les fit monter dans de grands camions, *davaï*, *davaï*, les jeunes soldats de l'Armée rouge de la kommandantur les faisaient avancer à coups de pied et de crosse de leurs baïonnettes, les vaches hurlaient, se plaquaient contre le sol de l'étable, Auguste était là et se cachait le visage avec son tablier. Le lendemain, on rapporta trois vaches pour le ravitaillement des quelque deux cents réfugiés au château. Le commandant, debout à côté de la mère de Johanna à la porte de l'étable, fit venir Auguste : "Toi, l'employée de l'étable, c'est ta responsabilité. Le lait revient aux enfants."

Cela a dû se passer plus tard, Lena était déjà née et Grigori, parti depuis des mois. Les images de ces mois-là se mélangent dans ma tête, je ne peux les ordonner qu'en divisant le temps en deux périodes, celle avec Grigori et celle sans lui. Je n'étais pas là quand ils l'ont arrêté, c'était en été, en juillet, il est allé à Teterow pour se rendre. On disait que la police militaire envoyait des patrouilles pour capturer les compatriotes qui ne s'étaient pas signalés. On disait que les soldats russes échappés volaient et tuaient dans les villages, les femmes de Machandel avaient peur d'eux et toutes, à part Emma, auraient sans doute dénoncé Grigori si elles l'avaient aperçu. Quant aux gens de la kommandantur, elles n'en avaient eu peur qu'au début, même s'ils avaient l'interdiction de voler ne serait-ce qu'un poulet. Semion Baranovitch était, paraît-il, vétérinaire. Il parlait presque tendrement aux petits chevaux qu'ils avaient apportés, je m'affairais parfois dans le coin juste pour l'écouter. *Malyutka*, *Malychka*, *Krochka*, c'est aussi ce que ma mère me disait quand j'étais petite. Le reste du temps, je l'évitais. On racontait des choses terribles dans les autres villages, les femmes réfugiées parlaient à voix basse de ce qui leur était arrivé. À Rostock, disait-on, les soldats de l'Armée rouge s'étaient jetés sur les femmes de l'hôpital, y compris les vieilles, les convalescentes, les femmes enceintes. À Güstrow, disaient-elles, la ville avait été saccagée, même une fois rendue, les femmes violées, les hommes fusillés. Quelqu'un raconta que des centaines de gens s'étaient suicidés. Ce genre de choses n'arriva pas à Machandel, les soldats étaient déjà fatigués par la guerre, la violence qui était en eux et les avait portés n'éclatait que quand ils étaient saouls, ils se jetaient alors les uns sur les autres, on disait que l'un d'eux avait abattu le facteur Timm parce qu'il portait un uniforme. Ça aussi, c'était plus tard parce que le facteur Timm et deux femmes de Lalenhagen virent Grigori se faire arrêter, les deux hommes étaient apparemment ivres, ils immobilisèrent leur camion sur la route entre Lalenhagen et Teterow, ils durent le reconnaître comme un des leurs, ils le tabassèrent sur la rampe de chargement, alors qu'il acceptait de partir avec eux. Il ne m'a pas dit adieu, il est parti, tout simplement. La nuit précédente, il avait embrassé mon ventre, qui ne s'arrondissait pas encore, mais dans lequel la minuscule Lena se préparait déjà à la vie, il m'avait fait promettre de prendre soin de notre enfant, de le protéger et de l'élever jusqu'à ce qu'on puisse de nouveau être ensemble. Il est parti pour nous, l'enfant et moi, il savait que ça irait mal s'il restait à nos côtés. Sans lui, nous nous en sortirions parmi tous ces réfugiés, croyait-il.

La mère de Johanna s'appelait Waltraut, je la surnommais Valia. C'est ainsi que mon père appelait ma mère, de son vrai nom Valentina, mais personne ne le savait, je ne l'ai dit qu'à Grigori.

Un jour, Bernhard Quandt, un camarade de Hans Langner et un ancien de Sachsenhausen comme lui, arriva en voiture. C'était le nouveau conseiller régional de Güstrow, il entra par la suite au gouvernement de Schwerin, même le commandant le traitait avec respect, tel un hôte prestigieux, il lui faisait porter de la nourriture, de la vodka. Lorsque Hans Langner fut d'aplomb, Bernhard Quandt le fit venir au château de Basedow, un domaine des environs, où ils incitèrent les ouvriers agricoles à mettre en place une réforme agraire. Je l'appris par Valia, sa fille Johanna avait accompagné Hans Langner qu'elle ne quittait pas des yeux, elle n'avait certes plus besoin de le nourrir ni de le laver, pourtant elle ne le laissait pas une heure tout seul. Il lui arrivait de partir sans elle, il passait la nuit à Güstrow chez ses camarades communistes ou à Schwerin, où les survivants des camps avaient un bureau. Lorsqu'il était en déplacement, Johanna ne dormait pas avec nous, mais dans son lit à lui, ce qu'elle fit bientôt quand il était là. L'ancienne chambre de la baronne devint son bureau, des gens venaient lui apporter des brochures et des classeurs, on lui installa un téléphone de campagne et une machine à écrire, Johanna tapait ce qu'il lui dictait, il travaillait à la réforme agraire, même s'il devait sans arrêt s'allonger parce qu'il était épuisé ou parce que Johanna était allongée sur son lit.

J'ignore où ils emmenèrent Grigori. Fünfeichen n'était plus un camp pour prisonniers de guerre, ça s'appelait désormais le camp spécial n° 9, où ils enfermaient des Allemands et dont personne ne ressortait vivant, à ce qu'on disait.

Peut-être qu'ils gardèrent sur place Wilhelm Stüwe lorsqu'il escorta les prisonniers de la baraque des saisonniers jusqu'à Fünfeichen au printemps, me disais-je. Un jour, Auguste laissa entendre que son mari était en vie et qu'elle recevait de ses nouvelles. Elle prenait très au sérieux sa tâche de répartition du lait et se faisait prier longtemps par certaines réfugiées avant de leur remettre leur ration. Quant à moi, elle ne me donna plus rien à partir du moment où mon ventre s'arrondit, le lait était pour les enfants, pas pour les adultes, disait-elle, tout en remplissant le bidon de sa sœur Minna. Cela dit, je ne manquais de rien. Les vivres destinés à Hans Langner venaient du commandant, qui rapportait parfois de ses déplacements des *pajoks*, des colis alimentaires. Il avait passé dix ans en prison et dans les camps, avant cela il avait vécu à Berlin et voulait y retourner, mais j'entendis Johanna et sa mère dire que son camarade de camp Bernhard Quandt ne voulait pas le laisser partir. Hans Langner devint directeur du Bureau d'alimentation à Güstrow. Il continua de loger dans la chambre de la baronne au château, mais il venait uniquement parce que Johanna l'y attendait. Elle donnait les *pajoks* à sa mère, qui partageait tout avec moi.

Lena est née en janvier. Le salon de musique venait de se libérer, les femmes qui y logeaient avec leurs enfants étaient parties ; elles avaient des nouvelles de parents dont la fuite s'était terminée dans la région de l'Oderbruch et c'est là qu'elles voulaient aller, se rapprocher de leur ancienne patrie. Valia m'attribua le salon de musique, qu'on pouvait chauffer et qui contenait toujours les placards remplis de partitions, Semion Baranovitch avait fait transférer le piano à queue Bechstein dans la maison du régisseur, il en jouait parfois, Grieg et Chopin. Ma tantine avait joué les mêmes morceaux. Johanna et sa mère traînèrent la moitié du lit double depuis la chambre de la baronne jusqu'au salon de musique, alors que Johanna était elle-même enceinte, comme me le raconta avec inquiétude Valia. "Hans et moi n'avons pas besoin d'un lit aussi large, affirma Johanna en riant. Et puis il sera bientôt convoqué à Berlin et je vais partir avec lui, passer mon bac, faire des études."

Elle était heureuse avec lui, ça se voyait, elle était devenue une jolie jeune femme et, lorsque son ventre s'arrondit, elle ne tenta pas de le cacher comme je l'avais fait, elle le portait fièrement, telle une reine enceinte. À cette époque, l'archetier était déjà au château, il parlait beaucoup avec Valia. Ils venaient de la même ville, Königsberg, elle connaissait même la rue où se trouvait son atelier, la Knochengasse, son père à elle avait trié de l'ambre là-bas. Plus tard, elle s'était installée à la campagne avec son mari, elle était veuve depuis longtemps. Johanna avait grandi sans père, c'était peut-être la raison pour laquelle elle se sentait attirée par Hans Langner qui avait dix-huit ans de plus qu'elle, entendis-je un jour Valia dire à Arthur. Peu de temps après, l'archetier et elle étaient en couple et le restèrent jusqu'à la mort de Valia pendant la cueillette des cerises durant l'été 1960. Je n'étais pas seule non plus, j'avais Lena et, lorsque je la tins dans mes bras, cette vie chaude et palpitante, je sus que le temps de la solitude était révolu à jamais.

Je tenais aussi Lena dans mes bras lorsque Wilhelm Stüwe revint. Pas émacié et gris comme les autres rapatriés, mais bien nourri et bien habillé ; il descendit d'une voiture qui allait à la kommandantur, comme on appelait encore la maison du régisseur, alors que Semion Baranovitch s'était brusquement retiré avec son état-major, laissant bientôt la place à un service du NKVD. L'archetier avait rapporté le Bechstein au château avec l'aide d'autres hommes, les nouveaux occupants n'en avaient pas besoin.

Les Russes qui avaient amené Wilhelm étaient habillés en civil, je repensai à Smolensk, aux derniers instants avec mes parents. Wilhelm n'était pas revenu en tant que prisonnier, on aurait dit que c'était un des leurs, même si les hommes l'ignoraient quand il leur ouvrait la portière avec empressement. Je cachai mon visage contre la petite tête de Lena, mais je n'étais pas invisible, Wilhelm Stüwe nous avait vues, s'enfuir serait absurde. Les hommes du NKVD allèrent dans la maison du régisseur, je vis Auguste saluer son mari, la joie lui empourpra le visage, elle lui prit son baluchon et l'emporta dans leur logement au-dessus de l'étable. Je comprenais maintenant ce qu'elle voulait dire lorsqu'elle avait déclaré un jour à Emma que son Wilhelm était fiable et convenable, qu'on avait toujours besoin de gens comme lui. Peut-être avait-il fréquenté Fünfeichen. Peut-être même comme prisonnier, je ne l'ai jamais su. Lorsqu'il revint à Machandel, ce n'était pas un prisonnier, il portait de bonnes bottes en cuir, meilleures que les précédentes. Celles de Grigori étaient trouées, il avait fourré de la paille à l'intérieur. Grigori, où était Grigori ? Wilhelm entrait et sortait à sa guise de la maison du régisseur, les gens du NKVD devaient le trouver digne de confiance, il allumait les poêles, nettoyait leurs voitures, bredouillait même quelques mots en russe et, lorsque le bureau fut transféré et se retira aussi soudainement que Semion Baranovitch et son état-major, Auguste et lui s'installèrent dans la maison du régisseur, ils avaient une attribution officielle, avec le cachet du directeur du service, que personne ne contesta jamais. Wilhelm me laissait tranquille, mais il lui arrivait de me questionner bizarrement au sujet du père de ma fille. Il savait que le père du fils de Johanna était Hans Langner et il se gardait bien de se montrer inamical envers Johanna ou sa mère. Jan est né au château en août 1946, Hans Langner avait voulu emmener Johanna à l'hôpital de Güstrow après les premières contractions, mais elle était déjà en train de crier, une des réfugiées écarta alors Hans Langner et lui tendit son enfant quelques minutes plus tard.

Le jour même, Auguste apporta un poulet grillé à l'accouchée, ils le donnèrent à Emma pour les enfants.

Jan a toujours fait partie de Machandel, il est revenu ici faire ses adieux avant de partir à l'Ouest. Il venait nous voir plusieurs fois par an, même après la mort de sa grand-mère et le départ d'Arthur. Johanna venait rarement, puis elle ne vint plus du tout après la mort de sa mère. Quant à Hans Langner, je ne l'ai plus revu depuis la naissance de Jan, j'ai juste reconnu sa photo dans le journal. Lorsqu'il était censé nous aider, Lena et moi, à obtenir nos papiers allemands, je lui écrivis une lettre, je connaissais son adresse grâce à Valia. Il envoya un de ses collaborateurs à Machandel pour, selon ses propres mots, rédiger un rapport.

La sœur de Jan, Clara, nous ne l'avions jamais vue avant qu'il l'amène en 1985. Je fus frappée par la ressemblance avec sa mère Johanna en tant que jeune réfugiée. Puis je regardai ma fille Lena, cherchai en elle la jeune fille que j'avais été et trouvai le visage de ma mère. Elle avait trente-neuf ans la dernière fois que je l'avais vue. Lena avait aussi trente-neuf ans durant cet été 1985. Je n'avais pas de photos de mes parents mais, quand j'observais ma fille, je retrouvais dans son port de tête, sa démarche, sa voix, ma propre mère. J'ai, en revanche, beaucoup de photographies de Lena. Quand elle n'était encore qu'un nourrisson, je l'emmenai à Teterow pour nous faire photographier dans le studio sur la place du marché. J'avais gagné de l'argent en vendant des pommades à base d'écorce de bouleau moulue d'après les recettes de l'ancienne cuisinière du domaine, tout le monde avait la galle dans les logements pour réfugiés. Par la suite, Arthur s'acheta un appareil et nous photographia. Sur beaucoup de ses clichés d'enfance, Lena est avec Jan, ils ont grandi ensemble jusqu'à ce que Johanna le fasse venir à Berlin. Je ne voulais pas que Lena grandisse sans photos comme moi, elle devait savoir d'où elle venait. Je lui ai toujours parlé de Grigori. Je ne possédais de lui qu'une seule photo d'identité froissée. Je la fis agrandir plus tard, Lena la regardait souvent.

Clara ne savait rien de ces vieilles histoires, rien du tout, elle venait de naître lorsque sa grand-mère mourut. Personne ne lui parla de l'archetier. Visiblement, Hans Langner et sa femme Johanna n'avaient pas beaucoup d'échanges avec leurs enfants à Berlin. À Machandel, nous n'évoquions pas non plus le passé, il était là, chacun le sentait. Clara ignorait tout de Marlene, elle sillonna le village en montrant l'album photos qu'elle avait trouvé par terre dans la chaumière. Ça me brisa le cœur de voir Marlene avec ses jeunes frères et sœurs. Quand ces photos furent prises, sa mère vivait encore. Il n'existe pas de photos datant des dernières années de Marlene. Si, son dossier médical, que Hans Langner se procura après la guerre parce qu'Emma et moi le lui avions demandé, comportait une photo. J'eus du mal à reconnaître Marlene, sa longue chevelure était coupée, son visage enflé. Ce dossier médical devait être une des preuves pour le procès de Sachsenberg en août 1946 à Schwerin. À cette époque, Hans Langner travaillait déjà à Berlin, mais il se rendit souvent à Machandel pendant ce mois d'août parce que l'accouchement de Johanna approchait. Il n'était plus directeur du Bureau d'alimentation du Mecklembourg, il avait un poste important à Berlin, mais il devait parfois se rendre au gouvernement régional à Schwerin, d'où il nous rapporta le dossier médical de Marlene. Finalement, il ne fut pas utilisé au procès, où il était surtout question des patients transférés de Schwerin à Bernbourg en chambre à gaz. Marlene ne fut pas gazée, elle ne fut pas tuée dans cette campagne d'extermination qu'ils appelaient T4, Marlene dut sans doute mourir de faim comme tant d'autres patients à Schwerin, à moins qu'ils lui aient donné un somnifère entraînant la mort de son corps affaibli. On dit au procès que les infirmières avaient administré dix comprimés de véronal aux patients qui ne devaient plus vivre, deux comprimés ayant suffi chez la plupart.

On apprit sa mort à l'automne 1944, une lettre arriva pour Paul Peters à Machandel. Emma Bekenkamp ouvrit la lettre et me l'apporta au château parce qu'elle savait que Marlene était mon amie. Elle montra également la lettre à la baronne. Elle était signée par un médecin-chef du nom d'Alfred Leu, directeur du service pédiatrique de la clinique de Sachsenberg à Schwerin : *Malheureusement il ne me fut pas possible de vous informer à temps de la maladie de la patiente Marlene Peters, qui se plaignait depuis quelques jours de légères douleurs, associées à un catarrhe des voies pulmonaires. La veille de son décès, elle a eu une fièvre soudaine et élevée, une embolie pulmonaire a entraîné la mort rapide de la patiente, ce qui représente sûrement un soulagement pour elle et sa famille compte tenu de son état général. Heil Hitler !*

Nous ne savions pas que Marlene avait été transférée à Schwerin. Emma dit :

— À Rostock, Marlene avait peur de ça. Elle disait que là-bas, on la tuerait.

La baronne prit la lettre du médecin-chef en disant :

— Je vais me renseigner. C'est quand même étrange que le directeur d'un service pédiatrique ait signé cette lettre. Marlene Peters avait presque dix-neuf ans.

Quelques jours plus tard, elle vint dans la cuisine, où Emma et moi étions en train de nettoyer l'argenterie. Elle m'ignora comme d'habitude et s'adressa à Emma, à laquelle elle redonna le courrier du médecin-chef.

— J'ai téléphoné au prêtre de l'établissement, un certain pasteur Peschke, il a dit que tout contact avec les patients lui était interdit. Il ne voyait à la morgue que les défunts qu'il devait enterrer. Mais il connaissait notre Marlene par hasard, il connaissait même son nom de famille, Peters, et savait qu'elle venait de Machandel près de Güstrow. On avait dû l'utiliser comme une sorte d'aide-soignante au service pédiatrique, où elle logeait. Le pasteur l'avait remarquée parce qu'une fois, quatorze petits enfants étaient morts le même jour. Sans doute une infection, dit le pasteur. Il avait enterré ces enfants et, les membres de leurs familles étant introuvables, Marlene avait pu participer à la bénédiction. Elle ne lui avait d'ailleurs pas paru aliénée. Mais il n'y avait rien d'étrange à cela, chez beaucoup de patients, les symptômes se manifestaient par phases, entre lesquelles les patients semblaient parfaitement normaux.

— Marlene n'était pas malade, m'écriai-je, aussitôt effrayée parce que mon chef m'avait interdit de m'adresser aux maîtres sans y être invitée.

J'avais même interrompu la baronne. Mais elle se contenta d'acquiescer et dit :

— Je dois me rendre prochainement à Schwerin, j'en profiterai pour jeter un œil à la clinique de Sachsenberg.

C'est ce qu'elle fit, comme me le rapporta Emma. Une infirmière nommée Elisabeth dirigeait le service pédiatrique, elle n'avait aucune information au sujet de Marlene, si ce n'est qu'elle était habile et sérieuse, mais bête, elle ne parlait qu'avec les enfants. La rupture de la vésicule biliaire avait été soudaine, on n'avait rien pu faire.

— Comment ça, la vésicule biliaire, demanda Emma, le courrier mentionnait une embolie pulmonaire.

La baronne s'en était également rendu compte. C'est pourquoi elle avait demandé à voir le registre des décès de la clinique de Schwerin-Sachsenberg, dans lequel elle avait cherché le nom de Marlene. C'était le numéro 32 de l'année 1944. Derrière sa date de décès, on pouvait lire : grippe.

— C'est impossible, dit la baronne, de savoir ce qu'il en est. On est en guerre, tout le monde doit se sacrifier, mon propre fils est mort au combat. Priez pour cette jeune fille, Emma. J'ai déjà donné des instructions au jardinier pour qu'il dépose une gerbe sur la tombe de sa mère à Klabow car le lieu de sépulture de Marlene est inconnu à Schwerin, le prêtre de la clinique ne sait rien non plus. Ses effets personnels se trouvaient dans un carton avec son nom, l'infirmière Elisabeth m'a proposé de le récupérer. J'ai regardé dedans, il ne contenait que des guenilles, une brosse à cheveux et une pierre quelconque. Et, bizarrement, une jolie chemise de nuit en dentelle, mais je n'ai rien pris, on finirait par ramener la mort à Machandel.

La mort vient de Machandel, pensai-je, tandis qu'Emma me rapportait mot pour mot ce que lui avait raconté la baronne. Emma s'était rendue à Schwerin au printemps 1946, en voiture avec Hans Langner, l'infirmière Elisabeth se trouvait déjà en prison, mais le carton contenant les affaires de Marlene était encore là ; Emma examina tout sans rien trouver, comme l'avait dit la baronne, seulement la pierre, les guenilles et la chemise de nuit. J'ignore si elle emporta la chemise de nuit, en tout cas elle ramena la pierre, c'était celle que Marlene m'avait offerte et qu'Emma lui avait apportée à la clinique, elle me la redonna et elle resta des années sur le rebord de ma fenêtre. Lena adorait cette pierre en forme de cœur avec la goutte en verre, qu'elle finit par récupérer.

Au procès de Sachsenberg en août 1946, l'infirmière Elisabeth Köhler fut condamnée pour avoir tué par injection une trentaine d'enfants malades, incurables selon ses dires, et dont la mort représentait un soulagement pour tous. Elle avait agi sur ordre de son supérieur hiérarchique, le docteur Leu. C'était dans les journaux, je l'ai lu. Ce dénommé Alfred Leu, qui avait signé l'acte de décès de Marlene, n'était pas au procès de Schwerin, il avait fui dans la zone américaine. C'est seulement en 1951 à Cologne qu'il fut jugé et acquitté parce qu'il n'avait tué que sur ordre de ses supérieurs, une centaine d'enfants, selon ses aveux, mais uniquement pour qu'un nazi convaincu ne puisse pas en tuer davantage. Lui-même était contre, à vrai dire. L'infirmière Elisabeth fut condamnée à mort, sa peine transformée par la suite en emprisonnement à perpétuité parce qu'elle avait épargné l'injection à d'autres enfants. Il y avait des témoins, c'était aussi dans les journaux qui suivaient le procès de Sachsenberg en 1946. Hans Langner nous les apporta. En tout cas cette infirmière n'épargna pas Marlene, dont il ne fut jamais question au procès. Son nom figurait dans le registre des décès, mais son dossier médical, qui ne mentionnait aucune embolie pulmonaire ni rupture de la vésicule biliaire, ni même la grippe, ne comportait que des abréviations incompréhensibles.

Ce dossier était un original, on n'avait pas la possibilité de faire des photocopies en 1946. Hans Langner n'avait pas le droit de nous le remettre, mais un homme qu'il connaissait du camp de Sachsenhausen, je me rappelle encore son nom parce qu'il avait une sonorité russe, Chlivski, était directeur régional du bureau des victimes du nazisme à Schwerin et il avait accès au dossier. Je demandai à deux reprises un service à Hans Langner, qui me le rendit chaque fois. Il m'apporta le dossier de Marlene. L'autre demande concernait nos papiers allemands. Lena avait déjà huit ans, elle aurait dû aller à l'école depuis longtemps. Hans Langner se trouvait à Berlin, il était devenu ministre ou quelque chose dans le genre.

Peu après, il revint chercher la mince chemise contenant le dossier médical de Marlene parce qu'on en avait besoin pour un autre procès au tribunal de grande instance de Schwerin. Les journaux en parlèrent également. L'accusé était un professeur qui avait dirigé l'hôpital universitaire de Rostock-Gehlsheim jusqu'en mai 1945. Il fut lui aussi acquitté, on disait qu'il n'avait tué personne et sauvé la vie de beaucoup de patients. Il ne sauva pas Marlene. Elle fut stérilisée dans sa clinique, cela figurait dans son dossier médical. Et elle fut transférée en 1944 à Schwerin, alors qu'il se doutait, selon ses dires, qu'on y tuait des patients. Or le professeur Leu de Schwerin était un ami proche du Gauleiter, alors il n'avait rien pu faire.

C'était comme ça. Mais dans le dossier de Marlene, tout devant, se trouvait une lettre, une feuille noircie d'une écriture tremblée, par laquelle tout avait commencé. On sortit la feuille du dossier dès août 1946 et, lorsqu'on redonna la chemise à Hans Langner, elle ne contenait plus la lettre de Wilhelm Stüwe, qui l'avait adressée au bureau de santé héréditaire parce qu'il s'inquiétait pour la santé publique. Il affirmait que Marlene était faible d'esprit, comme sa mère, qu'elle se comportait comme une chienne en chaleur, qu'elle avait des visions, entendait des voix, qu'elle était folle. Elle fréquentait les travailleurs de l'Est, c'était un danger public, elle les avait déjà agressés plusieurs fois, lui et sa femme Auguste, il fallait que les autorités rétablissent l'ordre et transfèrent cette malade mentale dans un établissement approprié.

J'ignore si Hans Langner lut le dossier aussi attentivement, Emma et moi l'avions examiné plusieurs fois, et j'avais lu si souvent la lettre de Wilhelm de la fin d'été 1943 que je la connaissais par cœur. On se demanda s'il fallait dénoncer Wilhelm. Paul Peters se posa également la question quand il apprit la mort de sa fille Marlene à sa sortie de prison en 1947. Finalement on se dit que, si même les grands professeurs n'étaient pas punis pour leurs crimes, si les infirmières et les infirmiers se référaient à ce qu'ils appelaient l'obligation d'obéir aux ordres, Wilhelm Stüwe était juste un sale type. Il n'avait pas exigé la mort de Marlene, il voulait qu'elle quitte Machandel et il ne fallait pas croire ce qu'elle racontait peut-être sur lui.

Si nous avions dénoncé Wilhelm Stüwe, ils seraient sans doute venus le chercher. Il n'avait sûrement plus aucun lien avec la police politique du NKVD, il travaillait à la MAS, l'entreprise de location de machines à Lalenhagen, plus tard à l'administration du canton de Teterow. Une fois, dans les années 60, un saisonnier originaire d'un village près de Neubrandebourg vint à Machandel, un buveur qui raconta au village que le NKVD était venu chercher son père en 1945, un délégué des coopératives agricoles. Les Russes l'avaient envoyé au camp spécial n° 9, où Wilhelm était leur assistant, celui qui embarquait les gens. Lui-même n'était alors qu'un enfant, pourtant il avait tout de suite reconnu Wilhelm Stüwe, ce diable boiteux.

Nous n'avons pas dénoncé Wilhelm. Paul Peters n'y tenait pas non plus. "Wilhelm et Auguste font partie de Machandel, disait-il, il faut vivre avec eux." Mais j'ai gardé la lettre et je ne l'ai plus jamais rendue.

Wilhelm savait bien que je ne faisais pas partie des réfugiés du château, que j'étais une ancienne travailleuse de l'Est et que je n'avais pas suivi l'ordre de rapatriement. Il connaissait Grigori et savait que je n'avais pas le droit de rester à Machandel. Il savait aussi, nous le lui avions dit, qu'Emma et Paul Peters le dénonceraient s'il arrivait quoi que ce soit à moi ou à Lena. On le menaça en mentionnant Hans Langner à Berlin, même si celui-ci n'était pas au courant. Un jour, je montrai à Wilhelm sa propre lettre, perforée parce qu'elle faisait partie d'un dossier. Wilhelm ne broncha pas. Jusqu'à sa mort.

Je ne racontai pas tout cela d'emblée à Clara lorsqu'elle vint chez moi avec l'album photos. Elle revint souvent, elle interrogea aussi Emma et Auguste au sujet de Marlene, elle montra même l'album à Wilhelm. Elle voulait savoir qui était Marlene, qui avait respiré dans les pièces où elle vivait. Je finis par me demander pourquoi nous nous taisions, pourquoi est-ce que nous ne parlions jamais de Marlene ? Et je lui transmis mes souvenirs de Marlene, tel un bien précieux qui n'appartenait qu'à moi. Jusque-là, je n'avais parlé d'elle qu'avec ma fille Lena. Jamais plus avec Emma et les autres. C'était une sorte d'arrangement, une douleur à laquelle on ne voulait plus toucher, une honte, une culpabilité. Mais Lena savait qu'elle portait le nom de Marlene, elle savait qui c'était, à savoir mon amie, la seule personne qui comptait pour moi. Jusqu'à l'arrivée de Grigori. Lena et moi, nous parlions aussi souvent de lui. Nous l'imaginions en train de rentrer, j'avais entendu à la radio qu'on relâchait les anciens prisonniers de guerre après la mort de Staline, au plus tard au bout de dix ou quinze ans passés dans les camps pénitentiaires. Ce temps s'était écoulé, des groupes de touristes soviétiques venaient parfois en Allemagne. Il pourrait en faire partie, il pourrait revenir à Machandel, pensions-nous. Dans notre chambre, nous parlions russe, mais j'appris également l'allemand à Lena pour l'extérieur, je lui chantais les chansons de mon enfance dont je me souvenais, je lui racontais des contes allemands. Mais Grigori ne revint pas.

Les réfugiés avaient leurs propres soucis, ils ne me posaient pas de questions. J'étais là avant eux, pour eux je faisais partie de Machandel. Peu à peu, presque tous quittèrent le château pour s'installer dans leur propre logement, certains bâtirent des maisons, les Volhyniens en premier, ils n'attendaient pas de trouver des matériaux de construction, ils allaient chercher du bois dans la forêt, fabriquaient des clous à partir d'anciennes clôtures, recouvraient leurs maisons de bois avec des roseaux. Quelques villages plus loin, un lotissement volhynien vit le jour, il me rappelait les villages autour de Smolensk. Valia, la mère de Johanna, et l'archetier restèrent à Machandel, ils devinrent mes amis, ma famille. Par la suite, Arthur acheta des chaussures et des vêtements d'hiver à Lena, il me donna de l'argent. Deux mois après la naissance de Jan, Johanna partit à Berlin sans l'enfant, Lena avait neuf mois, Jan était comme son frère, c'est resté ainsi. Elle ne parlait pas aux inconnus, sans doute parce qu'elle comprenait mieux le russe que l'allemand dans ses premières années. Arthur parlait russe avec elle, il connaissait aussi le polonais, l'italien et, quand je m'en étonnais, il répondait : "Tu sais bien que je viens de Königsberg." Face à des inconnus, Lena faisait comme si elle ne comprenait pas, comme si elle ne savait pas parler. Ils la surnommèrent la muette, ça nous convenait.

Nous n'étions inscrites nulle part, mais nous étions là. Nous vivions, nous allions bien. En été, nous nagions dans les lacs Krevtsee et Düstersee, même en automne, lorsque les toiles d'araignée volaient dans les airs. Nous écoutions de la musique, lisions les livres qu'Arthur nous rapportait de la ville. Valia chantait beaucoup, elle m'apprit une chanson qui devint ma préférée et aussi celle de Lena : *Mon faucon dans la montagne s'est envolé, mon amour au-delà des mers s'est éclipsé. S'il repensait à nos nuits secrètes, il reviendrait, alors il reviendrait.*

La dernière strophe, je la chantais dans ma tête, jamais à voix haute : *Ah, je meurs de chagrin et de douleur, avec mille bras j'aimerais le serrer sur mon cœur. Mais il ne songe pas à nos nuits secrètes. Il ne revient pas, il ne revient pas.*

Quand Jan eut sept ans, Johanna le fit venir à Berlin pour qu'il fréquente une bonne école. Je ne pouvais pas inscrire Lena à l'école, je n'osais pas aller voir l'administration. Les commissions de rapatriement ne sillonnaient plus les villages depuis longtemps, il n'y avait plus de travailleurs de l'Est en Allemagne. On aurait dit que nous étions les seules. Dans un village situé à l'ouest de Güstrow vivait Petia, un Polonais resté dans la ferme d'une paysanne veuve, les gens en parlaient pendant les travaux des champs. Et dans un village près de Malchin, il y avait un Français, un prisonnier de guerre rentré dans son pays en 1945, mais revenu un an plus tard pour cette même paysanne qui l'avait embauché. D'après le chauffeur du bus Konsum. Or les règles étaient bien différentes pour les Français et les Polonais, y compris concernant les enfants ; on racontait qu'à Kuhelmies, en avril 1945, une jeune Allemande avait eu un enfant du prisonnier de guerre français, commis du moulin, et que le nourrisson avait été récupéré en juillet par une commission française car les enfants de père français appartenaient à la France. J'ignore si la femme de Kuhelmies donna son enfant volontairement, je sais juste que le NKVD n'était pas responsable des Français ni des Polonais, mais de moi oui, ils m'embarqueraient comme ils avaient embarqué mes parents et emprisonné le père de Kolia et Grigori. J'ai si souvent parlé de Smolensk à Lena qu'elle croyait y être allée autrefois. Je voulais que Grigori lui soit aussi familier. Un jour, alors qu'elle fréquentait déjà l'école, elle se rendit compte avec étonnement que je n'avais connu son père qu'un an et quatre mois.

Il arriva à Machandel en mars 1944, ils l'arrêtèrent en juillet après la victoire.

— Vous n'avez été en couple que pendant seize mois, calcula Lena.

Pour ma part, j'ai l'impression de l'avoir toujours connu et, même une fois parti, il fut à mes côtés chaque jour de ma vie.

Je n'ai pas pu expliquer cela à Lena. Elle regarda la photo d'identité froissée, soudain je voulus la lui arracher, sentant que certaines choses n'appartenaient qu'à nous deux et à personne d'autre, pas même à notre fille.

17

CLARA

Cercles de fer

À Machandel, le vieil album du grenier reposait tel un bien précieux sur une table basse sous une cloche en verre. Je connaissais depuis longtemps les noms des enfants sur les photos tachées, je savais que l'aîné des garçons, Heinz, s'était noyé accidentellement dans le lac Krevtsee après la guerre. Emma se détournait quand elle en parlait. Le week-end, j'essayais de retrouver les visages enfantins ronds et ouverts dans les expressions renfermées des hommes et des femmes au physique lourd qui rendaient visite à Emma. J'avais regardé ces photos si souvent et si longtemps que je pouvais dire à quel endroit du jardin chacune d'elles avait été prise et où se trouvait la table avec la cafetière bombée à pois, dont Michael avait retrouvé un jour les débris en retournant la terre. Je pouvais montrer l'emplacement sur la façade où Marlene s'était mise pour se faire photographier en robe de confirmation. Je connaissais son histoire, personne ne me la raconta vraiment, je la recomposai à partir des soupirs d'Emma et des chansons de Natalia. À partir des gestes de refus de Wilhelm et des reniflements méprisants d'Auguste, d'allusions et de phrases saisies au vol, de même que la sœurette recueille les os du frère dans le conte du genévrier. Je grattai l'histoire de Marlene sur les murs en torchis de notre chaumière, et davantage encore dans le mutisme, les mots ravalés, les conversations interrompues par ma présence, dans ce silence assourdissant de Machandel.

Des années plus tard, après l'ouverture des archives, je me rendis à Schwerin pour voir le dossier médical de Marlene, et, une fois Natalia morte et Wilhelm aussi, Emma me montra une feuille qui faisait jadis partie du dossier, la perforation traversait des pattes de mouche que je pouvais néanmoins déchiffrer et, au bout d'un temps, je finis par tout saisir.

Emma s'empressa de récupérer la lettre de Wilhelm ; j'ignore où elle se trouve depuis la mort d'Emma.

Quand je compris ce qui s'était passé dans cette chaumière, dans ce village, à savoir que le mensonge, la trahison, le désespoir auquel nous voulions justement échapper se trouvaient entre ces murs comme ailleurs, quand le rêve des étés tchékhoviens s'envola, il resta néanmoins la chaumière et notre inquiétude pour elle, comme pour un être vivant. J'adorais l'alternance entre Berlin et Machandel, même si je ne pouvais m'empêcher de penser à Marlene, à Emma qui avait élevé les enfants ici. J'aimais la lumière qui s'infiltrait dans ma chambre le matin, le vent qui s'engouffrait dans les cavités des murs, l'odeur de la vieille demeure. Pourtant, j'avais souvent l'impression qu'une certaine lourdeur imprégnait les pièces, cela m'entraînait dehors, vers ce paysage qui semblait inchangé depuis une éternité, mais révélait sans cesse de nouveaux aspects. Je venais aussi souvent que possible, avec les filles et Michael, puis seulement avec les filles et pour finir, seule ou avec des amis. Aujourd'hui la vie a changé de rythme, nous n'avons plus jamais connu d'étés aussi longs, de conversations interminables, de temps libre comme jusqu'à la fin des années 80. Une fois ma thèse rendue, il n'y eut plus jamais de semaines et de mois durant lesquels je n'avais qu'à lire et à écrire, durant lesquels je pouvais errer des heures dans les prés, observer les animaux, les oiseaux sortant de l'ombre des grands trembles et des colonnes de genévriers. Il m'arrivait souvent de rentrer au village au soleil couchant et, pendant quelques minutes, tout baignait dans une lumière étincelante qui dissimulait combien la façade du château était déjà tachée et effritée. Les armoiries au-dessus de l'entrée renvoyaient un éclat doré, la lumière du soir se reflétait dans les fenêtres comme si toutes les salles étaient illuminées pour une fête, or je savais bien que seules Natalia et Lena vivaient là.

À Berlin, l'état de ma mère se dégrada de nouveau mais, contrairement à son habitude, elle ne le cachait plus. Lorsque nous rendions visite à mes parents, elle sortait la bouteille pour nous servir un verre de cognac malgré nos protestations, avant de boire le reste seule. Mon père l'observait en silence, l'air inquiet. Depuis le départ de Herbert, tout semblait reprendre son cours, mais le pays avait changé. Ce changement qui nous redonnait de l'espoir faisait visiblement peur à ma mère. En février 89, le groupe de Helsinki fut le premier groupe d'opposition à faire une demande d'autorisation. On ne les arrêta pas, ce qui représentait déjà un succès à nos yeux. Mais durant l'été, dans la chaleur de cet été 89, tandis que les céréales se desséchaient dans les champs et que les poissons morts flottaient dans la Spree, j'étais en larmes devant ma télévision, à regarder des centaines de jeunes gens passer la frontière en Hongrie, escalader les grilles de l'ambassade à Prague, tenant des enfants dans les bras et ne souhaitant qu'une chose : partir, quitter ce pays où on jugeait le peuple si stupide qu'on ne se donnait même plus la peine de masquer la fraude électorale ; quitter ce pays qui s'était montré compréhensif envers le massacre sur la place de la Paix céleste et dans lequel un gamin de vingt ans avait été abattu au pied du Mur en février dernier. Compte tenu de cet exode, Michael n'envisageait plus notre propre départ, nous suivions avec perplexité ce à quoi tout cela allait mener. Depuis des jours, une Volvo beige était stationnée devant chez nous avec trois hommes qui levaient ostensiblement les yeux vers nos fenêtres. À moins qu'ils ne surveillent les fenêtres d'un voisin réalisateur de documentaires qui avait fait des recherches sur les skinheads et les jeunes néonazis. Son film n'avait pas été tourné, mais il avait écrit sur le sujet dans un journal religieux.

L'appel à la création du NOUVEAU FORUM s'appelait *Renouveau 89 – l'heure est venue*.

Michael et moi n'avions pas hésité à signer. Je pris une des listes au cercle de paix et l'emportai à l'université. Martin Simon lut le tout attentivement, afficha un regard sceptique, puis signa. Je soumis également la liste à deux doctorants. L'un me dit que je pouvais volontiers revenir après sa soutenance, l'autre signa. Je posai la question à une professeure d'un certain âge qui m'avait récemment proposé le tutoiement. Isolde jouissait d'une bonne réputation dans le milieu universitaire grâce à sa grammaire du moyen haut allemand parue des années plus tôt, elle était impartiale et j'avais toujours eu l'impression qu'elle se distanciait de toute forme d'idéologie. Elle ne posa pas beaucoup de questions mais, tandis qu'elle signait, sa respiration s'accéléra comme si elle avait gravi un escalier. Une des éducatrices de Caroline signa également, trois ou quatre camarades d'études et, au bout de deux jours, ma liste était remplie. Le troisième jour, on sonna chez moi à sept heures et demie du matin, c'était Isolde, le souffle court. Elle n'avait pas trouvé le sommeil depuis sa signature, me chuchota-t-elle sur le palier. Elle se recroquevilla sur notre canapé d'un air malheureux, froissant un mouchoir et racontant qu'elle n'avait pas eu une minute de repos depuis sa signature précipitée. Certes, l'heure était venue, mais avec ce genre de listes suspectes, on se mettait le couteau sous la gorge, elle voulait faire de la recherche tranquillement et enseigner à l'université, c'est ainsi qu'elle rendait le plus service à l'humanité, elle souhaitait retirer son nom de cet appel à la création, dont elle ne connaissait même pas l'auteur. Elle avait les larmes aux yeux, elle tortillait son mouchoir, j'avais honte pour elle. Lorsque je cherchai la liste, elle voulut la saisir, mais je ne pouvais pas la lui laisser. Qu'en serait-il de toutes les autres signatures ? Je barrai le nom d'Isolde et son adresse avec un feutre de ma fille, mais lorsqu'on tenait la feuille à la lumière, on pouvait encore reconnaître les lettres rayées. La professeure aux cheveux gris fit l'essai elle-même, puis elle finit par prendre une paire de ciseaux à ongles et découpa la ligne entière. Après quoi elle resta assise et tenta de m'expliquer avec des bribes de phrases et des allusions qu'elle avait déjà vécu plusieurs fois une situation similaire, dans les années 50, en 1968 et en 1976 après l'expulsion de Wolf Biermann et, si elle n'avait pas été aussi diplomate, elle n'aurait pas pu poursuivre ses travaux scientifiques. Elle bredouillait, transpirait, je fus soulagée lorsque ma petite fille insista pour qu'on l'emmène enfin au jardin d'enfants. Dans l'escalier, Isolde eut une crise d'asthme. Le matin même, je déposai la liste biffée au cercle de paix.

Fin septembre, la demande d'autorisation pour le NOUVEAU FORUM fut refusée sous prétexte que le projet était anticonstitutionnel et antinational. À Leipzig, les manifs du lundi avaient commencé ; d'une semaine à l'autre, une foule toujours plus nombreuse se risquait dans la rue, réclamant des réformes et l'autorisation de créer le NOUVEAU FORUM.

Le 8 octobre, Michael se retrouva parmi la centaine de gens embarqués dans des camions par la police populaire devant l'église Gethsémané, une dernière action inutile du pouvoir, qui avait déjà perdu la bataille. Soixante-dix mille personnes manifestèrent le lendemain à Leipzig, une semaine plus tard ils étaient Cent vingt mille. Ils scandaient : *Nous sommes le peuple*, pas encore : *Nous sommes un peuple*.

Lorsque je racontai à mon père l'arrestation de Michael dans la Stargarder Straße, il pâlit et serra les mâchoires. Je savais qu'il avait vécu là-bas pendant la clandestinité, dans la maison d'angle de la rue Greifenhagener se trouvait le studio d'une camarade dont il m'avait parlé une fois, Else, elle n'avait pas survécu à l'époque nazie. Elle était déjà en prison lorsque mon père, en allant la voir, se fit embarquer par la Gestapo devant l'église Gethsémané. Mon père ne fut relâché qu'au bout de dix ans, il ressemble encore à un détenu sur la photo de mariage de mes parents, que je regardais souvent enfant.

Michael et les autres furent relâchés dès le lendemain, mais ce laps de temps avait suffi pour qu'il juge le monde autrement, il avait entrevu des abîmes qu'il ne connaissait jusque-là que par ouï-dire. On l'avait battu, forcé à rester des heures debout sans pouvoir aller aux toilettes, près de lui quelqu'un avait fait une crise d'épilepsie, mais personne n'avait eu le droit de l'aider. Les gardes s'étaient moqués du garçon tressaillant.

Peu après, Michael fit partie de ceux qui organisèrent une conférence de presse sur les violences en prison, ils rassemblèrent des centaines de témoignages, réclamèrent une commission d'enquête. Ce fut l'époque des commissions et des groupes de travail, des tables rondes, des résolutions et des révélations hors d'haleine. Les différents groupes se retrouvaient pour se coordonner, des divergences émergeaient, j'avais l'impression qu'ils ne s'écoutaient pas, que tous voulaient d'abord être entendus. Était-ce au cours de ces journées ou plus tard que la Fédération indépendante des femmes vit le jour à la Volksbühne ? J'y étais, un éveil si gai et bigarré, une sensation d'ivresse. Un autre groupe qui se constitua durant ces semaines s'appelait Renouveau démocratique, Michael faisait partie des fondateurs.

Le soir, nous laissions souvent les enfants seuls pour aller à nos réunions et nos délibérations, presque jamais ensemble. Pendant un temps, quelques semaines qui me semblent des années avec le recul, tout bougeait, tout semblait possible. Comme après une longue inertie qui raidit les jambes, nous essayions de nous lever et de marcher, des mouvements inhabituels. Non sans douleur, sans angoisse, mais avec étonnement, joie et enfin euphorie, nous comprenions que nous étions le peuple, nous-mêmes, et que nous étions capables de bouger. Je me souviens des nuits de novembre et décembre 1989, que nous passions avec des dizaines d'autres devant l'ambassade de Roumanie dans la Parkstraße pour protester contre Ceaușescu. Le temps semblait danser, cela faisait-il des semaines ou déjà des mois que le dictateur du pays frère avait rendu visite à Honecker, salué par une haie de gens tandis qu'il allait au château de Niederschönhausen ? Le jardin d'enfants de Caroline avait également reçu l'ordre de saluer, le fanion avec lequel elle avait acclamé notre cher oncle de Roumanie se trouvait encore dans sa chambre d'enfant. Michael et moi, nous nous étions plaints, nous n'étions pas les seuls parents indignés, c'était nouveau. Maintenant, à une autre époque, nous nous tenions devant l'ambassade avec des bougies à la main. La police populaire, déstabilisée, gardait ses distances, les riverains nous apportaient du thé dans la rue.

Au cours des discussions nocturnes devant l'ambassade, les désaccords se manifestaient déjà. Les choses ne pouvaient rester telles quelles, tout le monde s'accordait là-dessus, mais les idées divergeaient quant à l'avenir.

Durant ces semaines, je fis une brève visite à mon père, chez qui se trouvait un vieil homme, un de ses rares camarades de clandestinité et de camp encore en vie ; celui-là, je ne le connaissais pas, il avait fait le voyage de Hambourg à Berlin pour ne pas rater la révolution ou ce qu'il prenait pour telle. J'appris que mon père et cet homme s'étaient retrouvés ensemble au camp de Neuengamme, l'autre avait survécu au naufrage du *Cap Arcona*, un bateau sur lequel on avait parqué les détenus au dernier moment, avant qu'il soit bombardé par les Anglais. Assis sur le canapé en skaï de mes parents, les larmes coulant sur son vieux visage, il pleurait de joie car il croyait, répétait-il, qu'on allait enfin construire le socialisme, ici en RDA, où on en avait déjà posé les jalons depuis longtemps, un cadeau de l'Armée rouge, or les bureaucrates du Parti avaient détourné ce cadeau. Maintenant, le peuple allait enfin prendre le pouvoir.

Mon père ne partageait pas la joie de son vieux camarade de camp, il était assis là, de marbre, il n'avait pas l'air de croire au peuple qui était descendu dans la rue. Il ne semblait pas non plus faire confiance à la base de son parti qui réclamait un renouveau à grands cris. Beaucoup de ses membres, voire la majorité, avaient quitté le navire à l'automne 89. Un jour que j'étais au secrétariat de l'université, je vis la déléguée du Parti figée devant un tas de passeports rouges, auxquels la secrétaire de notre département rajouta le sien. J'étais venue raconter cela à mon père, mais je laissai les deux vieillards seuls pour rejoindre ma mère qui, selon ses propres dires, s'était allongée avec une migraine. Un petit téléviseur posé sur un tabouret au pied de son lit montrait des ouvriers en colère de l'entreprise nationalisée Bergmann-Borsig, se plaignant des abus sur le site. Avant que je parte, ma mère me demanda :

— Tu as des nouvelles de Jan ?

Elle ne le mentionnait jamais d'habitude.

— Il va peut-être revenir, maintenant, dit-elle en désignant le poste.

Je ne sais plus si c'était en octobre ou déjà en novembre que je recroisai chez mon père un de ses vieux camarades, cette fois un ancien détenu de Sachsenhausen, dont le chauffeur attendait devant la maison. Il s'agissait de Bernhard Quandt, que mon père avait contacté à l'époque de l'achat de notre chaumière. Quandt était l'ancien ministre-président de Mecklembourg-Poméranie-Occidentale, toujours membre du Conseil d'État et de la Chambre du peuple. Les deux vieux se disputaient, ils se criaient dessus et se turent lorsque j'entrai. Mon père n'avait pas l'air aussi raide et fatigué que d'habitude, la colère se lisait sur son visage. Il m'envoya directement chez ma mère, de nouveau en train de regarder la télé dans sa chambre, habillée cette fois. Elle dit que Quandt et mon père s'étaient retrouvés le matin même à l'assemblée de la Chambre du peuple.

— Ils ont officiellement relevé Erich Honecker, qui a déjà démissionné, de ses fonctions de président du Conseil d'État. Ils ont élu à sa place Egon Krenz, mais pas à l'unanimité. Pas à l'unanimité, répéta-t-elle gaiement. Il paraît que le président de la Chambre du peuple, Horst Sindermann, un camarade de camp de ton père d'ailleurs, a couvert d'éloges Erich Honecker comme s'il allait lui remettre une médaille. Après quoi ton père, Quandt et Jendretzky sont venus ici et sont tombés d'accord pour dire que Sindermann ne peut en aucun cas rester président. Ils n'ont pas envisagé leur propre démission.

Ma mère prononça cette dernière phrase sur un ton presque amusé. Hans Jendretzky était le doyen de la Chambre du peuple, également ancien détenu de Sachsenhausen.

— Pourquoi est-ce qu'ils se crient dessus ? demandai-je.

— Ça a commencé lorsque Quandt a affirmé qu'il fallait enfin étouffer la contre-révolution par les armes. Sur quoi Jendretzky s'est fait reconduire chez lui, il habite à deux pas, à Niederschönhausen. Quandt tente encore de persuader ton père que l'enjeu est crucial et qu'on ne peut pas renoncer à l'usage de la force, à quoi nous sert l'Armée populaire sinon ; lui-même, à quatre-vingt-six ans, n'hésiterait pas à défendre le pouvoir une arme à la main.

En quittant la maison par la porte latérale, j'entendis le vieux Quandt s'emporter :

— Nous le devons aux morts.

— On doit aussi des choses aux vivants, répondit mon père plus doucement, mais clairement.

Quandt avait appelé aux armes ailleurs, comme je le lus dans des rapports ultérieurs. Lors du dernier congrès du Parti socialiste unifié, il alla jusqu'à réclamer qu'on fusille ses propres camarades, taxant les anciens membres du bureau politique de "criminels" qui avaient entraîné le Parti dans "cette ignominie".

En fin de compte, on ne fusilla personne et Jendretzky, quatre-vingt-dix ans, annonça le 13 novembre la démission de l'ensemble du comité directeur de la Chambre du peuple. Sindermann fut exclu du Parti, il se retrouva en détention provisoire pour corruption et abus de pouvoir, avant d'être relâché. Il mourut peu après. Le 1er décembre 1989, la Chambre du peuple décida de supprimer de la Constitution la suprématie du Parti socialiste unifié. Mon père s'y opposa, il mit son mandat de côté et devint dès lors un simple retraité. C'était le jour de ses quatre-vingts ans, mais il ne voulait pas les fêter. Son camarade de camp, Quandt, conserva son mandat à la Chambre du peuple ; il ne perdit sa validité qu'en mars 1990, lorsqu'on élut une nouvelle

Chambre du peuple qui disparut six mois plus tard, en même temps que la RDA.

Durant cet automne 89, nous n'avions presque jamais le temps d'aller à Machandel, les événements se précipitaient, étaient-ce nous qui les faisions avancer ou eux qui nous pourchassaient ? Il me semblait que tous nos amis étaient par monts et par vaux, occupés à créer une structure, à donner des conférences de presse, partout les choses se mettaient en place ou prenaient fin. Herbert m'appela depuis Cambridge, il voulait à tout prix revenir à Berlin, mais ils ne le laissaient pas rentrer. Son Mouvement pour la paix et les droits de l'homme accueillait chaque jour de nouveaux membres. Allait-ce devenir une espèce de nouveau parti ? Quelqu'un nous invita à l'assemblée constitutive, or le même jour avait lieu dans l'église du Rédempteur à Rummelsburg une rencontre d'artistes berlinois où il serait question des bavures policières du 7 octobre.

Michael était occupé par le Renouveau démocratique, qui fut fondé le lendemain, le 29 octobre, à l'hôpital de la Reine Elisabeth.

J'étais comme ivre de bonheur. Après quoi un sentiment confus, proche de la peur, m'assaillit. L'ami de mon père n'avait-il pas parlé de contre-révolution ?

— Ce n'est pas possible, dis-je à Michael, qu'ils regardent sans rien faire pendant qu'on leur prend tout.

— Ils ne peuvent pas tirer, répondit Michael, nous sommes trop nombreux.

— Mais ils vont trouver un truc pour revenir en arrière, ce sont eux, la contre-révolution, dis-je en pensant à ce vieil appareil d'État qui luttait pour sa survie. À Dresde, les fonctionnaires s'étaient déclarés ouverts à la discussion publique, cent mille personnes étaient venues.

— C'est bien qu'ils se mettent à parler, dit Michael.

Je me méfiais de ce calme trompeur.

En sortant du métro ce 28 octobre, je me retrouvai parmi des dizaines, des centaines de gens. Un sentiment inédit de communauté s'empara de moi, l'atmosphère était étrange, à la fois tendue et gaie. Environ mille personnes se trouvaient déjà devant l'église du Rédempteur pleine à craquer, des haut-parleurs diffusaient ce qui se disait à l'intérieur. C'était une douce journée d'octobre, la fraîcheur arriva dans la soirée, on ne pouvait pas s'asseoir sur la terre humide, nous nous serrions sous de vieux arbres, la nuit tombait peu à peu, les feuilles aussi, le moindre pas provoquait un bruissement. Je vis des visages connus, mais je voulais me concentrer sur les voix. Comme la plupart des gens, j'écoutai pendant des heures les mots sortant des haut-parleurs. En dehors des écrivains, des gens s'exprimaient qui, à l'instar de mon mari, avaient subi les violences policières d'octobre, ainsi que d'autres, emprisonnés plus tôt et plus longtemps. Je ne les voyais pas, j'entendais uniquement leurs voix, je me sentais proche d'eux et de mes voisins ; j'avais le sentiment de plus en plus fort que nous étions tous au début d'une route commune, d'une nouvelle ère.

Une femme d'un certain âge, venue seule elle aussi, ne cherchait pas à apercevoir ses connaissances, elle écoutait simplement, adossée contre un arbre, et moi, adossée contre un autre arbre en face d'elle, je la contemplai jusqu'à ce que l'obscurité engloutisse son visage. Lorsque quelqu'un lui adressa la parole, j'appris que c'était la metteuse en scène Ruth Berghaus, dont les rares œuvres que je connaissais m'avaient bouleversée parce qu'elles examinaient les courants souterrains de nos vies, plongeaient dans les abîmes et illuminaient les ténèbres, au même titre que Bertolt Brecht ou Heiner Müller.

Quand je songe à l'automne 89, à l'effervescence et aux images vives et changeantes de ces quelques semaines, je ne pense pas d'emblée au bruit, plutôt à l'attention tendue, l'attente éveillée, non, l'engagement de cette femme, de nous tous devant l'église. La manifestation s'intitulait : *Contre le sommeil de la raison*.

Je me rappelle une autre soirée comme un songe, une possibilité entrevue, une tentative avortée. Littéralement interrompue : c'était le 9 novembre 1989.

Pour calmer le jeu, la presse avait annoncé que les autorités compétentes allaient réexaminer l'interdiction du NOUVEAU FORUM, une concession qui nous faisait bien rigoler puisque, sous l'étiquette du NOUVEAU FORUM, des groupes de travail s'étaient formés depuis longtemps afin de préparer la métamorphose de nos existences.

Comme dans le conte sur Henri de Fer, la sclérose quittait le corps de la société ; celle-ci respirait différemment, la rigidité s'en allait, tout se fluidifiait. Tout le monde ou presque s'intéressait à la situation dans les écoles. Margot Honecker, ministre de l'Éducation populaire, n'avait plus fréquenté son ministère depuis la démission de son mari, les secrétaires d'État et les chefs de cabinet couraient en tous sens, comme effarouchés, ils ne voulaient pas faire d'erreur, ignorant que c'était justement là l'erreur. Le NOUVEAU FORUM tenta en vain de recruter des partisans parmi les anciens cadres, et il décida d'inviter au palais des congrès sur l'Alexanderplatz les professeurs et les éducateurs, les parents et tous ceux qui avaient leur mot à dire sur le système scolaire.

Je ne me rappelle pas comment on eut connaissance de cette invitation, le palais des congrès était déjà bondé à notre arrivée. Cette fois, Michael était venu, mon amie Ruth aussi. Il n'y avait plus de place dans la salle, quelqu'un se mit à trimballer des chaises sur l'estrade, beaucoup s'installèrent derrière le bureau de la présidence. C'est ainsi qu'on se retrouva devant, à scruter la salle, les visages d'un millier de personnes.

La présidence se composait de membres du NOUVEAU FORUM ainsi que d'un ou de deux agents falots du ministère de l'Éducation populaire, qui retranscrivaient les propos. Il fallait limiter le temps de parole à quatre minutes car, chez la plupart de ceux qui prenaient la parole, on aurait dit que des écluses s'ouvraient. Certains pleuraient. Beaucoup d'enseignants âgés étaient venus, ils aimaient leur métier, mais ils avaient honte d'avoir servi un système éducatif qui déformait les jeunes gens, les éduquait à l'opportunisme, récompensait la lâcheté et excluait la franchise. Des mères se levaient pour raconter ce que leurs enfants avaient vécu à l'école. D'autres disaient qu'il ne fallait pas accuser le système de tous les maux. Une vieille femme évoqua son amie Clara Grunwald, assassinée à Auschwitz, une pédagogue Montessori. Un homme réclama des écoles dans la forêt, où on ferait cours en plein air, quelqu'un suggéra qu'un groupe de travail soit chargé d'examiner la pertinence actuelle de l'éducation nouvelle, étouffée dans l'œuf par les nazis. Une femme mentionna les conseils de parents d'élèves, les mères qui avaient pour mission de boucher les trous pendant les heures de garderie, parce que "boucher les trous, on connaît ça, nous les femmes". Éclat de rire général. Je regardais avec fascination les visages des intervenants, de l'auditoire, émue par le sérieux enjoué de la salle. Un homme aux cheveux noirs, qui avait visiblement du mal à s'exprimer, raconta qu'il était tsigane. Il avait cinq enfants et une fratrie de trois. Son frère aîné était né en camp de concentration. La famille se serrait les coudes. Le soir, ils se retrouvaient souvent dans son appartement de la Prenzlauer Allee pour cuisiner, faire de la musique, peut-être trop fort, oui, sans doute. Les voisins s'étaient plaints. L'aide sociale à l'enfance avait récupéré son fils de dix ans, Joschko, à l'école pour le placer dans un foyer à Johanngeorgenstadt parce que la famille tsigane était soi-disant inapte à l'éducation et asociale, ils faisaient la fête tous les soirs. C'est ce qu'une enseignante avait prétendu dans un rapport. Il avait présenté une requête, expliquant que ses frères faisaient de la musique avec Joschko, qui était très doué. On lui avait répondu que sa requête était truffée de fautes d'orthographe, ce qui prouvait son incompétence éducative. Que Joschko n'avait aucun talent musical, ayant échoué dans l'orchestre des Pionniers à Johanngeorgenstadt, et qu'on allait également placer ses frères et sœurs si la famille ne changeait pas son style de vie. Il ne pouvait pas rendre visite à Joschko au foyer parce qu'il faisait les trois huit à l'abattoir et que sa femme était tombée malade avec tout ça. À présent, la famille n'osait plus rire ou chanter dans son propre logement. Ses frères se faufilaient par l'escalier de service pour ne pas se faire repérer. Le très respectable NOUVEAU FORUM ne pouvait-il pas faire revenir son fils ?

L'homme dépassa les quatre minutes, personne ne l'interrompit. Une jeune enseignante se leva et dit d'une voix cassée qu'elle avait entendu parler de ce cas dans son école, mais elle ignorait qu'il s'agissait de Tsiganes, de victimes du fascisme. Elle avait honte.

Une femme entre deux âges intervint pour dire qu'elle n'était pas victime du fascisme, que sa fille était en prison pour motif politique et ses petits-enfants en foyer contre leur gré. Ces bureaux de l'aide sociale étaient remplis de criminels.

J'aperçus également la jeune enseignante qui avait défilé avec sa pancarte en faveur d'une formation militaire à la marche Olof Palme ; elle était assise au premier rang. J'observai son visage hagard et effaré, je décidai de lui demander à la pause des nouvelles de ses élèves de quinze ans qu'elle avait cherchés – cela ne remontait-il réellement qu'à quatre semaines ? – devant l'église Gethsémané. Mais l'agitation s'emparait déjà de la salle. Certains étaient arrivés en retard, ils se penchaient vers les autres, chuchotaient, jetaient des regards incrédules, parlaient à leurs voisins.

La présidence annonça une pause. Le bruit courut que le Mur était ouvert, que tout le monde pouvait se rendre à l'Ouest en franchissant le Böse-Brücke au niveau de la Bornholmer Straße. Personne n'avait de portable à l'époque, quelques-uns quittèrent la salle pour téléphoner, d'autres riaient à l'idée qu'on puisse franchir la frontière comme ça. Beaucoup de rumeurs circulaient durant cette période, mais celle-ci était absurde. En cette soirée du 9 novembre, nous accordions bien plus d'importance à ce rassemblement qui avait mis en branle tant de choses, comme si la peau apparaissait enfin sous la cuirasse, une peau vulnérable dont on venait d'apercevoir les blessures. Je ne retrouvai pas l'enseignante de la marche Olof Palme, Michael pensait qu'elle était déjà partie. Ruth s'était également inscrite pour une contribution, elle voulait évoquer le lien entre maladie et présence à l'école, elle espérait qu'on allait lui donner la parole. Après la pause, la salle n'était plus aussi pleine, nous aurions pu abandonner nos places derrière la présidence et s'asseoir avec les autres, mais je tenais à voir les visages. Un des fonctionnaires du ministère de l'Éducation populaire n'était pas revenu à sa place, où il était resté avachi tout le temps, à présent cet homme falot entra dans la salle d'un pas important, se dépêcha, prit le micro des mains d'une femme et déclara d'un ton mi-ébranlé, mi-triomphant :

— Chères et chers collègues, nous devrions reporter notre, euh, déclaration d'intention. Les frontières de la RDA semblent, euh, ouvertes. On a besoin de tout le monde à son poste. La discussion pourra se poursuivre à un moment ultérieur. Le ministère de l'Éducation populaire est prêt à s'engager dans une collaboration de confiance avec, euh, les amis du NOUVEAU FORUM…

Ses derniers mots disparurent dans les murmures grandissants du public, certains réclamèrent la poursuite de la réunion, tandis que la présidence, également agacée par l'intervention de cet homme, proposa la création d'un comité populaire pour l'éducation, mais une foule toujours plus nombreuse se dirigeait déjà vers la sortie.

Tandis que nous longions la Schönhauser Allee avec notre Trabant verte, je repensais encore à ce que j'avais vu et entendu aujourd'hui, cette fin abrupte était un couac dont nous ne comprenions pas encore la signification. On remarqua alors le nombre de voitures sur la route, les piétons qui rejoignaient la Bornholmer Straße comme dans une procession, retrouvaient d'autres groupes venant de Pankow et de la Wisbyer Straße. La Bornholmer Straße fut bientôt aussi bondée que l'Alexanderplatz cinq jours plus tôt, le 4 novembre.

— Eux aussi, ils croient qu'on peut passer à l'Ouest, dit Ruth avec un rire incertain.

Elle nous accompagna chez nous, on alluma la télévision. C'est là qu'on les vit, les nôtres, à Wedding, en train de brandir des bouteilles de mousseux, en larmes, bouleversés. La plupart étaient incapables de dire quoi que ce soit, ils répétaient ce mot, "Wahnsinn", la folie. "Waaaahnsinn." Ils se trouvaient à Berlin-Ouest. Le Mur était ouvert. Soudain, on entendit des cris dans la rue, des voitures, une détonation. Le téléphone sonna.

Nos filles étaient en pyjama dans le salon.

— Qu'est-ce qui se passe ? demanda Julia, ensommeillée.

Elles fixaient le poste de leurs yeux écarquillés.

— C'est la guerre ? demanda Caroline.

Je les rassurai et les raccompagnai au lit. Michael décrocha, mit le haut-parleur, j'entendis sa mère rire et pleurer en même temps. Elle habitait à Weißensee, mais elle revenait déjà du Böse-Brücke, elle s'était fait emmener à l'Ouest et ramener chez elle. "Wahnsinn", s'écriait-elle sans arrêt. Quand Michael raccrocha, on resta longtemps silencieux.

— Ta mère paraissait ivre, dis-je en brisant le silence, sur quoi Michael me reprit :

— Tu t'y connais, en mère ivre.

Ruth ignora notre dialogue empoisonné, on avait baissé le son de la télé, mais elle fixait les images.

— Voilà, dit Ruth à voix basse, voilà ce qu'ils ont mijoté contre nous, Schabowski et Krenz. Ils ont ouvert les vannes pour ne pas se faire emporter par la pression. Maintenant, les gens vont vouloir l'Ouest et plus une autre RDA.

— Tu divagues, dit Michael. On va commencer par faire un tour sur la Bornholmer, bon sang, ce serait génial si c'était vrai. Venez, on va jeter un œil à Berlin-Ouest.

D'un geste nerveux, sans quitter le poste du regard, il composa le numéro de quelqu'un qui n'était visiblement pas chez lui.

— Je suis crevée, dit Ruth en prenant son sac à main.

— Je reste avec les enfants, dis-je.

18

EMMA

Raisin et sel

Par la suite, en repensant au printemps 1945, je m'étonnai de mon courage. Mais peut-être n'était-ce plus si courageux de cacher un Russe, l'Armée rouge se rapprochant de plus en plus. Au château, ils ne se préoccupaient quasiment plus de ce qui se passait au village. Au dernier moment, la baronne et sa fille voulurent s'enfuir en Allemagne du Sud avec leur Opel. Je les aidai à emballer la porcelaine fine marquée des armoiries familiales et un peu d'argenterie que la baronne voulait emporter. Mais qu'est-ce qui marquait le dernier moment ? À vrai dire, elle voulait rester, me raconta-t-elle tandis que nous emballions de petites tasses à moka transparentes dans du papier journal ; on s'était toujours bien entendu avec les Russes dans sa famille. Son arrière-grand-mère avait vécu à Moscou, son grand-père possédait une grosse usine d'allumettes à Pinsk.

— Oui, avant de se faire exproprier et presque battre à mort par les bolcheviks, objecta rageusement sa fille, qui ne pipait mot en ma présence d'habitude.

Depuis des semaines, la baronne répétait que le régisseur allait rester pour s'occuper de tout, qu'on serait peut-être bientôt de retour. Mais, un jour, je la vis assise seule à la fenêtre, le thé – du bon thé noir – refroidi devant elle, fixant l'étang de son château en disant, comme en aparté :

— Si nous partons, nous ne reviendrons jamais.

Le régisseur ne s'occupait déjà plus de rien, il restait dans son bureau avec des visiteurs quelconques et vidait les réserves de vin. Les derniers ouvriers agricoles avaient été enrôlés dans le Volkssturm, depuis mars il ne lui restait plus que des femmes comme main-d'œuvre. Des convois de réfugiés arrivaient, des femmes épuisées avec des enfants, certains étaient à pied, tirant des voitures à bras, accompagnées de quelques vieux auxquels on ne pouvait pas demander de faire les semences. Leurs chevaux étaient de vieux bourrins. On installa les réfugiés dans la baraque des saisonniers, ainsi que dans les casernes du service obligatoire de Krakow am See, au château de Grubenhagen et à Burg Schlitz. Quant aux prochains, affirma un administrateur du canton, il faudrait les loger au château de Machandel. Une nuit, le régisseur disparut avec l'Opel de la baronne. Minna Möllers, qui avait vu la scène, raconta que la voiture était pleine jusqu'au toit. Et que la baronne ne retrouvait plus son argenterie.

Il lui restait la DKW transformée en charrette, mais Grigori, le prisonnier de guerre russe qui s'y connaissait en réparation automobile, avait disparu et le régisseur avait emporté tous les bidons d'essence. Elle fit donc atteler une calèche et négocia avec un vieil homme venant d'un des convois de réfugiés pour obtenir un hongre. Son départ fut retardé parce qu'elle voulait emporter de la farine, ceci et cela.

Grigori n'avait pas réellement disparu. Il revint au village le matin où Wilhelm et les autres gardes emmenèrent les prisonniers de guerre de la baraque des saisonniers à la gare de Teterow, d'où les hommes seraient envoyés au STALAG. Il ne faisait pas encore jour, pourtant on s'activait déjà à l'étable, de nouveaux réfugiés étaient arrivés la nuit précédente, leurs voitures à cheval se trouvaient devant la maison du régisseur. Grigori avait sans doute prévu de se faufiler chez Natalia, or il vint à notre chaumière en passant par les potagers à l'arrière, puis il toqua à la fenêtre de la chambre à coucher. Les enfants prirent peur et pleurèrent, les filles sanglotaient chaque fois que quelqu'un tapait à la fenêtre, mais elles se calmèrent en voyant Grigori et m'observèrent de leurs grands yeux en train de le faire entrer par la fenêtre. Je l'avais aperçu une fois dans la cuisine du château, plusieurs fois de loin avec Natalia. Je ne lui avais jamais parlé.

À présent, il se trouvait chez nous, les enfants n'avaient pas peur du Ruskov, mais la petite n'avait même pas cinq ans, j'avais peur qu'elle vende la mèche.

J'ignorais que Grigori était un traître aux yeux des Russes, que ses compatriotes renvoyaient au camp les prisonniers de guerre dans son genre. Je me disais que, si quelqu'un comme lui se trouvait dans notre chaumière, aucun Russe ne nous ferait de mal. Par la suite, je me suis demandé si j'aurais aidé Grigori en connaissant la vérité ; je n'en sais rien.

L'aîné alla chercher Natalia dans la cuisine du personnel, elle ne pouvait pas venir tout de suite, je parlai donc avec Grigori, je lui demandai, comme s'il n'y avait rien de plus important, d'où lui venait son bon niveau d'allemand. Il répondit, tout en tendant l'oreille, qu'il avait travaillé dans une usine de tracteurs à Kharkov, la plus grande du monde. Elle portait le nom de Sergo Ordjonikidze. Je n'ai jamais oublié ce nom car il ressemblait à celui de mon beau Géorgien, Morjonikidze. Je ne savais encore rien de lui tandis que Grigori évoquait son usine de tracteurs à Kharkov dans notre chaumière, les spécialistes américains et allemands avec lesquels il avait travaillé à la conception de moteurs de chars, l'usine en question produisant aussi des blindés. C'était avec eux qu'il avait appris un peu d'allemand et d'anglais. Comme cela faisait longtemps que je n'avais pas parlé anglais et que les enfants nous entouraient, la bouche et les oreilles grandes ouvertes, je lui demandai en anglais quels étaient ses projets. J'ignorais s'il était surpris de parler cette langue dans une chaumière destinée aux travailleurs agricoles, au milieu d'un groupe d'enfants, avec une femme en chemise de nuit et les cheveux en bataille, je n'avais pas eu le temps de m'habiller. Grigori m'expliqua en anglais qu'il n'avait pas le choix. Partout là-dehors, on verrait en lui un soldat prisonnier de l'Armée rouge, il ne resterait pas longtemps en liberté. En outre, des soldats allemands s'étaient installés dans les bois. Il fallait qu'il attende la fin de la guerre. D'ici là, il n'y avait qu'ici, à Machandel, qu'il pouvait trouver de l'aide, auprès de Natalia et – il me regarda droit dans les yeux – de moi.

Lorsque Natalia arriva et enlaça Grigori, j'avais déjà un plan. Les Russes n'allaient pas tarder à arriver. L'entrée comportait une porte en bois qui menait à une petite pièce ressemblant à une étable, où nous stockions le bois de chauffage pour ne pas devoir aller chaque fois à la remise en hiver ; on y nourrissait deux lapins, on y conservait les bocaux, les récoltes de navets et de pommes de terre. Les enfants n'avaient pas le droit d'y aller à cause des provisions et d'une trappe vermoulue sous laquelle une échelle permettait d'accéder à une petite cave. En réalité, ce n'était qu'une fosse profonde de deux mètres, en terre glaise, les murs étaient soutenus par des planches, une petite lucarne grillagée visible depuis le jardin, mais seulement lorsqu'on écartait les buissons de sureaux, donnait juste assez de lumière pour qu'on distingue le recoin qui abritait un tonneau à choucroute vide. Autrefois, on utilisait cette fosse comme cave à pommes de terre, mais il n'en restait pas beaucoup en ce printemps 45 ; et puis j'étais dégoûtée par les insectes et les cloportes, c'est pourquoi je ne descendais jamais dans cette cave et j'en avais interdit l'accès aux enfants à cause de l'échelle vermoulue.

C'est dans ce trou que Grigori se cacha jusqu'à ce que la baronne et tous ses invités aient quitté Machandel, jusqu'à ce que les réfugiés se soient répartis dans le château, jusqu'à ce qu'il y ait tellement d'étrangers au village que plus personne ne faisait attention à autrui.

Natalia lui installa là en bas un amas de couvertures et de peaux de mouton, par chance des dizaines de ces fourrures, que le régisseur voulait livrer je ne sais où, étaient stockées dans l'annexe du château, or le régisseur était parti et les peaux disparaissaient aussi les unes après les autres. Pendant que Natalia installait son Grigori dans la cave, je sillonnais les prés avec les enfants pour cueillir de jeunes pissenlits, à notre retour le Ruskov n'était plus là, ils ne posèrent aucune question. Des années plus tard, ils m'avouèrent qu'ils savaient très bien que Grigori se planquait dans la cave à pommes de terre, ils l'entendaient remonter la nuit, ils entendaient nos voix. Mais ces enfants avaient déjà vécu tant de choses, la chaumière était leur maison, leur seul refuge. Marianne avait dit un jour :

— Les paroles qu'on ne retient pas, elles peuvent se transformer en méchants oiseaux qui volent au-dessus du toit.

Lorsque Helga s'était cassé le pied en tombant du tas de foin, ses frères et sœurs avaient passé une journée à la persuader de cacher sa douleur. Ils craignaient que tout cela fasse trop pour moi et que je m'en aille. Leur plus grande peur, c'était que je disparaisse un jour comme leur mère, leur père, comme Marlene.

Ils faisaient tout pour que j'aille bien. Voilà pourquoi ils ne me posèrent aucune question au sujet de Grigori.

Il passa trois ou quatre semaines dans ce trou humide, la nuit il remontait et étirait ses membres, Natalia le rejoignait et ils se tenaient enlacés dans l'entrée, tandis que j'allais me coucher. Parfois, nous restions seuls et il me questionnait au sujet de Hambourg, je remarquais alors combien ma ville m'était devenue lointaine, ce n'était d'ailleurs plus la mienne. Je préférais l'écouter me parler de Kharkov, de cet endroit dans les montagnes de l'Altaï où on avait transféré l'usine de tracteurs à l'été 41, de la rivière Aleï. Étrange que j'aie retenu ces noms ma vie durant. La rivière était plus large que la Müritz, dit Grigori, on voyait sur l'autre rive l'éclat rose des sommets et, derrière les baraques de l'usine, la steppe en fleurs. Il me décrivit un léopard des neiges tout en écoutant les roulements lointains du tonnerre. Il avait vécu quelques mois dans ce paysage sibérien avant d'être envoyé au front comme pilote de char.

Il n'évoquait jamais la guerre. La guerre était là, nous l'entendions s'approcher. L'Armée rouge était déjà à Stettin depuis janvier, selon les dires des réfugiés, mais ce n'était pas le grondement des canons qu'on entendait vers trois heures du matin, c'était le raffut des rouges-queues qui rentraient de leurs quartiers d'hiver, dans la journée j'avais aussi entendu les grives et le coucou, les oiseaux étaient arrivés plus vite que la guerre à Machandel. Grigori quitta notre chaumière fin avril ou début mai, les pommiers étaient en fleur.

C'est également ce jour-là que les prisonniers du camp arrivèrent au château.

Je les avais déjà vus auparavant.

Au bout du parc, derrière la salle des machines où on produisait l'électricité pour l'ensemble du village, se trouvait un coin où poussaient des mousserons. Bien évidemment, nous n'avions pas le droit de prendre quoi que ce soit dans le parc, mais plus personne ne s'en souciait et l'année précédente, à la même époque, Heinz m'avait rapporté ces champignons. Il disait qu'ils poussaient en cercle un seul jour par an et qu'il fallait les prendre tout de suite avant que quelqu'un d'autre ne les trouve. Cette fois, je voulais les cueillir moi-même à l'aube, c'est là que je vis près de la glacière la charrette avec laquelle Natalia était visiblement revenue de Kuhelmies. Je me demandai pourquoi elle s'était arrêtée là-bas, à l'écart, et je vis les silhouettes maigres, non pas en tenue rayée de prisonniers, mais reconnaissables à leurs têtes rasées et surtout à leur regard, ce regard perçant. Les hommes du cimetière d'Ohlsdorf avaient la même apparence. L'un d'eux bondit de la charrette et me fixa, l'autre était en train d'aider Natalia à relever le troisième qui gisait entre les sacs de farine, il paraissait lourd, je les rejoignis sans réfléchir pour aider. Le gamin qui m'avait scrutée nous prêta main-forte et on hissa le troisième hors de la charrette. Il avait les yeux fermés, le visage maigre et dur comme celui des autres, de la fièvre mais, au-dessus de la commissure droite, un grain de beauté comme Walter, comme le détenu du cimetière d'Ohlsdorf. J'étais peut-être en train de rêver, me dis-je, tout semblait tellement irréel. Le Russe était planqué dans la cave et je tenais dans mes bras un prisonnier avec le grain de beauté de Walter. On entendit des cris et des hennissements en provenance du château, peut-être qu'un nouveau convoi de réfugiés était arrivé ou que la baronne s'était finalement décidée à partir sans emporter de farine. Ou alors c'étaient des soldats. Natalia se dépêcha de rouvrir la glacière, les hommes y mirent le troisième, Natalia jeta quelques couvertures aux hommes en disant qu'elle reviendrait bientôt avec de la soupe chaude et des peaux de mouton.

Les mousserons n'étaient pas sortis de terre ce jour-là, ni le lendemain. Le troisième jour, ils avaient déjà disparu, quelqu'un les avait cueillis, mais la porte de la glacière était ouverte, les détenus logeaient au château.

Les Russes se trouvaient déjà à Lalenhagen et à Klabow, ils n'occupèrent la maison du régisseur que quelques jours plus tard. Mais il y avait des réfugiés au château, ils dormaient même dans le hall d'entrée, les prisonniers du camp reçurent la chambre de la baronne. J'entendis une seule réfugiée s'exclamer :

— Tout ça, c'est de leur faute, ils ont poignardé l'Allemagne dans le dos.

Effrayés, les autres lui interdirent de poursuivre. Deux des détenus étaient tchèques, ils voulurent bientôt repartir, une voiture russe les emmena. Le troisième, celui au grain de beauté, était berlinois, il fut contraint de rester. Il avait visiblement une pneumonie, le médecin militaire russe lui donna du sulfamide. J'étais là parce que j'avais assuré plusieurs fois le service de garde pour Hans Langner, ordonné par le commandant. J'espérais récupérer ainsi de la nourriture au château. Je ne pouvais pas compter sur l'aide de Natalia, même si le commandant faisait partie des siens. J'avais l'impression qu'elle évitait les Russes. On ne remarquait pas le fait qu'elle comprenait le russe, les réfugiés volhyniens parlaient aussi allemand, polonais et russe. Grigori se cachait encore visiblement, je savais qu'il était dans les parages, mais je ne le voyais que comme une ombre furtive, qui disparut au cours des semaines suivantes.

Lorsque j'étais au chevet de Hans Langner, je pouvais l'observer à loisir. Il n'avait pas du tout le même visage que Walter et ce corps d'une maigreur effroyable, couvert de taches, ne me rappelait pas mon mari, mais il avait le même grain de beauté que lui et que le prisonnier du cimetière d'Ohlsdorf.

Une fois sa fièvre retombée, il réclama des journaux, le commandant lui en apporta des russes qu'il ne pouvait pas lire, alors Natalia s'essayait près de lui et les traduisait mot pour mot. Lorsque Semion Baranovitch venait, elle se faisait toute petite et quittait la chambre discrètement, comme autrefois, quand la baronne entrait dans la pièce. Par la suite, on reçut aussi de la presse allemande et Natalia n'était plus obligée de traduire, plus tard encore c'était en général Johanna, la fille cadette d'une des réfugiées, qui restait auprès de Hans Langner. Il eut bientôt beaucoup de visites, y compris celle du nouveau conseiller régional de Güstrow, Bernhard Quandt. Semion Baranovitch passait lui aussi beaucoup de temps avec Hans Langner au château, il parlait allemand et, certains soirs, ils se disputaient même à voix haute, on entendait les noms de Staline et de Thälmann. Je ne voulais rien savoir de tout cela, j'avais assez à faire pour nourrir les enfants et à peine le temps de penser à ma propre vie. Mais je sentais qu'elle se situait ici, je ne pouvais pas encore partir car Paul Peters se trouvait dans un camp de prisonniers de guerre chez les Anglais.

— Pas chez les Russes, c'est déjà ça, dit Heinz, bientôt quatorze ans, toujours affamé et en manque de nouvelles chaussures.

— Pourquoi crois-tu que ce serait pire chez les Russes ? lui demandai-je.

Nous connaissions les récits des femmes de Poméranie, mais les Russes d'ici ne nous faisaient pas de mal. Dès son arrivée, le commandant avait certes ordonné à toutes les vieilles familles des villages autour de Machandel et de Klabow, y compris aux femmes et aux grands enfants, de parcourir les forêts à la recherche de mines plates, mais il avait décrété cela sous le coup de la colère parce que deux de ses soldats avaient marché sur une mine, après quoi le prêtre de Klabow s'était rendu dans la maison du régisseur en soutane noire pour solliciter humblement un entretien, il s'était lui-même proposé comme démineur à condition qu'on épargne les femmes et les enfants. En fin de compte, le commandant envoya ses propres soldats dans les bois.

Il paraît que, ce faisant, ils étaient tombés sur d'anciens prisonniers de guerre et des travailleurs de l'Est qui se planquaient dans des cachettes et attaquaient les fermes. C'était Heinz qui m'avait raconté ça, il prétendait aussi avoir vu la façon dont les démineurs traitaient leurs compatriotes, les frappant quasiment à mort et fusillant l'un d'eux qui voulait s'enfuir.

Je pensai à Grigori, mais je ne voulais pas questionner Natalia. Je croyais l'avoir aperçu devant l'étable du château, mais ça pouvait très bien être un autre, il y avait tellement d'inconnus au village. À un moment donné, les gens racontèrent que le Russe qui réparait les voitures de la baronne avait été aperçu sur la nationale aux abords de Teterow, il marchait tranquillement, sans bagages, après quoi un véhicule russe s'était arrêté et on l'avait fait monter sur la rampe de chargement en le rouant de coups.

Heinz ne m'obéissait presque plus, il traînait des journées entières, rapportant un sac de champignons, une carafe remplie de myrtilles, une fois un seau rempli d'anguilles qu'il avait forcément prises dans la caisse près du déversoir du moulin. Je voulais qu'il retourne à l'école mais, quelques jours avant la rentrée, il se noya dans le Krevtsee. Auguste prétendit par la suite qu'un paysan de Bockholt le poursuivait pour un lièvre volé dans l'étable. Je ne voulais pas le savoir. Depuis le 25 juillet 1943, quelque chose en moi s'était durci et s'apprêtait justement à disparaître lorsque Heinz s'était noyé. Je ne sais plus si j'ai porté le deuil, mais j'ai repensé toute ma vie à ce garçon. Et à sa sœur Marlene. Les autres enfants se serrèrent davantage les coudes, ils allaient à l'école, m'aidaient au jardin, cherchaient de l'eau, ramassaient du bois de chauffage car, tant que la baronne était là, elle avait fait venir chaque année huit mètres cubes de bois pour la chaumière des Peters, maintenant c'était à nous de nous débrouiller. Je voulais que les enfants aillent bien malgré tout, je leur racontais des histoires le soir, tandis que je cousais et tricotais pour eux. De temps à autre, je leur faisais la lecture, j'avais récupéré un panier plein de livres lorsqu'on avait sorti du château les meubles et la vaisselle de la baronne, des éditions classiques dorées sur tranche. "Uniquement pour les sauvegarder", avais-je dit, mais la baronne savait qu'elle ne reviendrait pas et je le savais aussi. Parmi les livres se trouvait l'histoire de *Peter Schlemihl ou l'Homme qui a perdu son ombre*, de Chamisso, les enfants voulaient que je la relise alors qu'ils en connaissaient déjà des passages entiers par cœur. Ils avaient toujours été les plus pauvres du village, les autres enfants ne jouaient pas avec eux, à présent tous étaient également pauvres et les enfants des réfugiés au château devinrent leurs camarades de jeux. Les parterres de fleurs se transformèrent en potagers, certains chemins furent bientôt envahis par la verdure, les enfants aménageaient des trous dans les haies et des cabanes dans les vieux chênes. Les enfants de réfugiés s'exprimaient autrement que les petits villageois du Mecklembourg, ils disaient poumo pour désigner les pommes sauvages, litocho pour le cadre de lit, arminas pour les crêpes mais cela disparut peu à peu, et j'entendis un jour mes enfants – je disais déjà "mes" – réciter une comptine : *mousco-mouche, trougxo-souche, pudza-putois et ce sera toi.*

Même moi, qui avais toujours été une étrangère ici, je faisais soudain partie intégrante de Machandel parce que j'étais déjà là à l'arrivée des autres.

Natalia devait ressentir la même chose, certains ne la surnommaient plus la Russe car les Russes, c'étaient les types en uniforme dans la maison du régisseur. Natalia, c'était la femme du château, aussi peu exigeante que la joubarbe des toits qui pousse dans les fissures des murs en se nourrissant d'un rien. Quand je l'apercevais avec Grigori, elle s'épanouissait, elle était belle et rayonnante, mais les villageoises ne la connaissaient pas ainsi, Minna Möllers, Pauline Töpelmann et les autres la considéraient presque comme une des leurs, tandis que les réfugiées venaient on ne sait d'où. Mais elles constituaient la majorité.

J'aimais bien Natalia, l'histoire de Marlene nous liait et le souvenir d'une époque où Grigori se cachait dans ma cave. Nous n'en parlions presque jamais, nous parlions peu d'ailleurs, je passais la plupart du temps avec les enfants. Marianne, onze ans, aimait raconter des histoires, elle en savait long sur les fleurs, les oiseaux ; les plus jeunes connaissaient déjà le nom des plantes et leurs propriétés. Ils confondaient certaines choses, ils étaient persuadés que le coucou se transformait en épervier l'hiver parce qu'ils ignoraient que le coucou s'envole lui aussi vers le sud à la fin de l'été. L'hiver, les éperviers se rapprochaient des maisons, leur ressemblance déconcertait les enfants qui se demandaient comment faire pour imiter le cri du coucou et se métamorphoser en une autre créature.

— Moi, je me transformerais en Marlene, se prenait à rêver Marianne.

— Mais alors, tu disparaîtrais, disait sa sœur de huit ans avec effroi.

— Non, répondait l'aînée, le coucou ne disparaît pas non plus, il redevient coucou au printemps. Je ne veux pas devenir Marlene, je veux juste qu'elle revienne.

Grâce aux enfants, j'appris à différencier les cris des oiseaux : après le rouge-queue, qui faisait entendre son chant simple et bref dès trois heures du matin, venaient avant l'aube le rouge-gorge, puis le merle, la mésange charbonnière et, plus tard, les étourneaux. Ma montre était la seule indication de temps dans la chaumière, les enfants s'orientaient d'après les oiseaux et le soleil. Et les fleurs. Ils savaient que les roses se réveillaient vers quatre heures, le coquelicot rouge à cinq heures, la chicorée sauvage ouvrait ses fleurs bleues à six heures et, lorsqu'ils partaient pour l'école peu après sept heures, le tussilage jaune et le souci des marais fleurissaient. Quant aux tulipes des bordures restantes de la baronne, c'étaient des lève-tard, elles ne s'épanouissaient qu'à dix heures. Je revois Helga, neuf ans, toujours en train de sautiller, même assise à table, elle semblait montée sur ressort, tout était en mouvement chez cette gamine. Helga bondissait autour de la jeune Christine en disant :

— Les tulipes n'ont pas besoin de se lever tôt car ce sont des fleurs nobles, des fleurs de château.

La douce Christine la contredisait en affirmant que la petite centaurée et la potentille jaune dormaient jusqu'à midi, alors que c'étaient des fleurs toutes simples.

— Des mauvaises herbes, s'écriait Helga, des mauvaises herbes !

Christine répondait de sa voix traînante, mais ferme :

— Les mauvaises herbes, ça n'existe pas. Ce sont juste des herbes sauvages.

La lumière tombant dans l'entrée par la porte ouverte la nimbait, sa chevelure évoquait une couronne dorée. Helga lui lança :

— Tu ferais mieux de te coiffer, tu ressembles à une sorcière, une sorcière herboriste.

Les jumeaux de sept ans ne s'intéressaient pas aux fleurs ni aux herbes, ils me montrèrent les réserves de la pie-grièche, mouches et coléoptères empalés sur les épines des haies de pruneliers, ils me rapportaient les pelotes noires des chouettes, les restes indigestes de leurs proies, où se trouvaient de petits os blancs, provenant sans doute de campagnols. Mais ce qui les fascinait le plus, c'étaient les grives qui défendaient leur nid en faisant caca sur leurs ennemis. Ils admiraient les grands rapaces planant dans le ciel, fiers et inaccessibles, les milans et les aigles de mer dont ils connaissaient les repères.

J'aimais passer du temps avec ces enfants ; quand la tante de Walter m'incitait dans ses lettres à rentrer à Hambourg au lieu de m'encroûter dans ce village de la zone russe, je lui répondais que je voulais rester pour le moment à cause des enfants, mais aussi parce que je me plaisais ici. C'était la vérité.

À l'automne 45, la réforme agraire arriva à Machandel. Elle avait commencé à Basedow. Hans Langner, le prisonnier de la glacière, était là, alors qu'il venait tout juste de sortir de convalescence. Le fameux Bernhard Quandt et, à la surprise générale, l'ancien évêque du Mecklembourg, destitué par les nazis et devenu pasteur à Basedow, le firent chercher plusieurs fois dans une voiture branlante. Je revois Johanna jeune fille, portant une mallette avec des documents, marchant à côté de Hans Langner, prête à le soutenir. À son retour, Hans Langner réunit les habitants de Machandel et de Klabow au château, j'y allai aussi. La salle était pleine, les gens s'entassaient sur les escaliers jusqu'au premier étage, deux cents réfugiés logeaient au château. S'y rajoutaient les habitants des autres villages et les ouvriers agricoles. On ouvrit les portes à double battant, les gens se serraient sur les terrasses jusqu'au parc. Il n'y avait pas de grands exploitants dans la région, presque pas d'exploitants moyens non plus, seuls les propriétaires de domaines possédaient des terres et ils étaient partis. Hans Langner prononça un discours évoquant une loi sur les assurances du XVIIe siècle, par laquelle la noblesse avait volé leurs terres aux paysans du Nord, puis il enchaîna sur les Réformes prussiennes que la noblesse terrienne avait contournées. Les gens s'impatientaient, ils ne voulaient pas être éduqués, ils voulaient de la terre. Ils l'obtinrent quelques semaines plus tard. Ceux qui en possédaient déjà pouvaient conserver dix hectares, or presque personne ici n'en avait autant. On attribua au sort les champs et les prés appartenant à la famille de la baronne et on les répartit sur soixante-dix parcelles destinées aux néoruraux, des réfugiés pour la plupart. De nombreux petits fermiers des environs prirent également des terres. L'espace d'un instant, je me demandai si je devais m'inscrire pour cinq hectares, Paul Peters pourrait prendre le relais à son retour. Or Heinz venait de se noyer, je me sentais si faible et les enfants étaient trop jeunes pour les travaux agricoles. À l'automne 45, c'était encore du travail collectif ; à partir du printemps, chacun était censé gérer sa propre parcelle. Certaines femmes y arrivaient sans homme, mais elles avaient grandi au village. On inhuma Heinz dans la tombe de sa mère, le nouveau maire de Lalenhagen vint aux funérailles, il me demanda si je ne voulais pas travailler au bureau.

Voilà comment ça s'était passé. Le matin, j'allais au travail à pied en empruntant l'allée de châtaigniers, puis à vélo et, lorsque le cabinet médical s'installa à Lalenhagen en 1950, je devins assistante médicale.

Mes enfants ne m'ont jamais posé beaucoup de questions. Ils étaient présents, ils savaient comment les choses s'étaient passées. Clara, en revanche, m'interrogeait, elle voulait tout savoir, savoir ce qu'il en était de sa mère Johanna et de Hans Langner, quel genre de personne était sa grand-mère, pourquoi son frère était resté à Machandel alors que Johanna était partie à Berlin, et elle me questionnait sans cesse au sujet de Marlene. Je finis par lui répondre, mais j'ai toujours pensé que le silence est une sorte de couverture qu'on pose sur la douleur, il faut le respecter.

Que lui dire, d'ailleurs ? C'était une bonne chose que Johanna nous ait laissé son fiston, elle voulait faire des études, aller loin, et nous autres savions comment vivait Hans Langner. Lorsqu'il devint directeur du Bureau d'alimentation, il passait ses nuits sur des dossiers au château, il avait toujours l'air d'un détenu, un jour je l'accompagnai en voiture à Güstrow, j'étais assise à côté du chauffeur, Hans Langner lisait ses papiers à l'arrière, sans même lever les yeux lorsqu'on longea les prairies des grues, où ces beaux oiseaux se tenaient dans l'eau peu profonde. Quand le chauffeur le lui fit remarquer, il se contenta de dire dans un soupir : "Les grues attaquent nos semences d'hiver et bouffent les choux dans les champs." J'ignore si Johanna, cette jeune personne si dynamique, était heureuse avec lui. Mais le bonheur… qu'est-ce que c'est ? Ici, dans le Nord, nous n'avons pas de si grands mots pour décrire la vie. Le bonheur, c'est un mot tiré des livres dorés sur tranche de la baronne. Le gamin, lui, était heureux à Machandel. Ses parents auraient dû le laisser ici. Sa grand-mère et l'archetier ont eu beaucoup de chagrin quand il est parti. Il revenait toujours pendant les vacances, il s'installait dans l'atelier d'Arthur. Arthur. L'archetier me plaisait aussi, c'était un homme spécial. Je l'aurais bien pris comme conjoint, mais lorsque Waltraut mourut, Paul Peters était encore en vie, et quand il mourut en 1963, Arthur était déjà parti depuis deux ans.

Je racontai à Clara tout ce qu'elle voulait savoir, y compris au sujet de Marlene. Je lui laissai l'album photos, choquée qu'on l'ait oublié dans le grenier de la chaumière. Je croyais qu'un des enfants l'avait pris lorsqu'ils étaient venus m'aider à emménager dans l'annexe après la mort de Paul Peters.

Paul Peters.

J'essaie de me rappeler comment c'était quand il est arrivé. Était-ce fin 46 ou 47 ? Le garçon, mon propre fils, est né en 1948, donc c'est sûrement en 47 qu'il traversa le village et que les enfants des réfugiés s'écrièrent : "Un rapatrié, un rapatrié !" Non, ce n'étaient plus des enfants de réfugiés, mais de déplacés. Tandis que le château commençait à se vider lentement, que Waltraut et l'archetier avaient déjà deux chambres pour eux et le gamin, comme Natalia et Lena, tandis que de nombreux réfugiés étaient devenus des néoruraux qui construisaient leurs propres maisonnettes, les déplacés arrivèrent, des Allemands restés dans leurs foyers chez les Polonais jusqu'en 46. Ils devaient maintenant céder la place aux Polonais, aux Polonais de l'Est expulsés de leurs villages devenus ukrainiens. Les Polonais chassaient les Allemands, ils se vengeaient. Pendant ce temps, les anciens des camps affluaient toujours au château. Un des camps s'appelait Potulitz. Mais on n'en parlait pas à voix haute. Fin 46, le château était de nouveau surpeuplé. Après la Réunification, quand on disait que tout revenait en arrière, que les héritiers de la baronne allaient récupérer leurs terres, les villageois prenaient peur. On avait chassé du Warthegau la mère du bourgmestre, Schaumack, ils avaient construit leur nouvelle propriété sur les terres de la baronne, elle me dit un jour :

— Si nous devons rendre tout ça, je préfère rentrer chez moi, mais des Lituaniens vivent dans la maison de mes parents. Eux aussi, ils voudront rentrer chez eux, où tout cela va-t-il nous mener ?

On ne revint pas sur la réforme agraire. Je me rends compte que mes souvenirs louvoient, que toutes sortes de choses me passent par la tête, mais pas l'image de Paul Peters debout devant moi. Le bourgmestre était un des enfants qui l'avaient escorté jadis jusqu'à la chaumière en s'écriant : "Un rapatrié, un rapatrié !" Il me l'a rappelé voilà quelques années. J'aurais peut-être oublié la scène sinon, j'ai oublié tellement de choses en ce qui concerne Paul Peters et moi. En revanche, je n'ai oublié aucune journée avec Walter, aucune heure avec le beau Géorgien. Niko Morjonikidze. Je me souviens même du jeune soldat de Farmsen, de sa peau à l'odeur de brûlé. J'ai oublié les étreintes de Paul Peters, c'est injuste, il ne le méritait pas, mais c'est ainsi.

Je crois qu'il a fallu du temps pour qu'on se touche, c'était un inconnu, un homme gris marqué par la guerre, dont le regard exprimait un mélange d'étonnement et d'effroi, un homme avec lequel je n'avais rien en commun. Mais c'était le père des enfants, ils se montraient timides et tendres à son égard, l'emmenaient dans leurs balades en forêt, ils allaient pêcher ensemble et, peu à peu, il sentit grandir en lui le paysage, sa chaumière, ses enfants ; les voisins étaient contents de le retrouver et, lui qui ne lisait pas de livres, qui avait du mal avec tout ce qui touchait à l'écrit, il me fabriqua une lampe et une table de lecture, rien que pour moi. Lorsque les Töpelmann déménagèrent, on récupéra leurs pièces, Paul Peters abattit la cloison et, quand je tombai enceinte à trente-huit ans, on se maria, Emma Bekenkamp devint Emma Peters et c'est resté ainsi.

Je m'habituais à Paul Peters. Quand il me regardait, ses yeux souriaient, je découvris plus tard son humour discret et prudent. Tout en lui était discret. Il mourut avec la même discrétion, notre fils avait quinze ans, il était déjà en apprentissage. Il fit ensuite des études pour devenir ingénieur agronome. Gisela, qui avait trois ans lors de mon arrivée à Machandel, fit elle aussi des études. Elle devint enseignante, son université se trouvait dans le château de Schwerin. Paul Peters était encore là, il m'accompagna à Schwerin pour la remise de son diplôme. On n'alla pas à la clinique de Sachsenberg, Marlene n'a de tombe nulle part, ni là-bas ni ailleurs.

Paul Peters savait ce que nous avions découvert au sujet de la mort de Marlene, il connaissait la lettre de Wilhelm, que nous n'avions pas replacée dans son dossier médical. Il évitait Wilhelm, comme nous tous. Ils étaient sûrement assez seuls là-bas dans leurs grandes pièces car leurs enfants quittèrent bientôt la maison et ne revenaient presque jamais à Machandel. Ils n'avaient pas eu le droit de jouer avec les enfants des réfugiés, Auguste se prenait peut-être pour une sorte d'épouse de régisseur après avoir obtenu la maison grâce aux Russes. Elle s'était toujours soumise à tout, son dicton préféré était : "Ta volonté Seigneur, pas la mienne." Il y avait parfois comme une étincelle dans son regard, elle devait avoir sa propre volonté, mais nous n'en avions rien su.

Un jour, je fis une remarque à Wilhelm au sujet de sa canne, cette canne aux ferrures d'argent et au pommeau en ivoire que le régisseur avait dû oublier dans la maison lors de son départ précipité. Wilhelm la maniait comme s'il la possédait depuis toujours. Je ne sais plus ce que je lui ai dit, une moquerie en tout cas. Cela l'agaça, il serra les lèvres et me demanda si j'avais eu des nouvelles de ce Russe, Niko, qu'il s'appelait, on disait que j'étais plutôt très proche de lui. Je me contentai de rire en disant : "Niko Morjonikidze est géorgien", puis je le plantai là. J'aurais pu citer le nom de Marlene, ça l'aurait calmé également. C'est ce que faisait Natalia ; lorsqu'il revenait à la charge pour demander ce qu'il en était de son permis de séjour, lorsqu'il scrutait Lena en lui demandant sa nationalité, Natalia mentionnait Marlene et le menaçait de contacter Hans Langner à Berlin, sur quoi il déguerpissait.

Après la naissance de Lena, Natalia devint une femme, grande et forte. Avant, c'était une jeune fille frêle, agitée et timide. Elle avait perdu sa timidité ; quand il s'agissait de Lena, c'était même une vraie louve. Lorsque des fonctionnaires venaient à Machandel, Lena ne se montrait pas. Elle ne jouait pas non plus avec les enfants dans le parc et, lorsqu'on lui demandait quelque chose, elle restait silencieuse. C'est sans doute Minna Möllers qui lui trouva ce surnom, nous l'appelions la muette. Elle passait son temps avec Jan, ils étaient comme frère et sœur. Lena ne fréquenta l'école qu'à l'âge de dix ans, Natalia eut soudain des papiers d'identité sur lesquels figurait sa fille, j'ignore comment cela s'est fait. Lena était dans la même classe que mon fils, alors qu'il avait deux ans et demi de moins. Mais Lena savait déjà lire et écrire, elle savait beaucoup de choses, passait souvent ses journées à l'atelier d'Arthur, où il lui racontait des histoires. Ces jeans Levi's, tels que mes petits-enfants en portent aujourd'hui, l'archetier lui en offrait déjà quand elle avait quatorze ans, il les commandait auprès d'un célèbre violoncelliste venu à Machandel pour un archet. Dommage qu'Arthur soit parti après la mort de Waltraut. Il passa un dernier hiver à Machandel, il avait toujours froid. Paul Peters lui apportait du bois de chauffage dans son atelier, d'où il ne sortait plus, soufflant la poussière sur ses pinces en argent, contemplant ses boîtes d'ébène et d'ivoire. Ses mains étaient toujours teintées par le bois brésilien qu'il utilisait pour fabriquer ses archets. Ça ne partait pas au savon, ni avec une pierre ponce, uniquement avec du jus de citron, qu'on n'avait pas. Durant l'année qui suivit la mort de Waltraut, il n'eut pas besoin de citron, ses mains étaient propres. "Emma, d'où vient donc ce froid ?", me demanda-t-il un jour qu'il faisait très chaud là-haut, il ne faisait jamais vraiment froid au-dessus de l'étable. Le froid venait de lui-même, il pleurait Waltraut, je connaissais bien cette sensation, puis au bout d'un an, il prit ses affaires et repartit de zéro là-bas, dans le Vogtland, où les veuves des luthiers possèdent encore des réserves de bois brésilien. Il n'était plus tout jeune, bientôt soixante ans. Hans Langner n'avait que trois ou quatre ans de moins. Lui et Johanna n'avaient pas assisté aux funérailles de Waltraut, tout s'était passé si vite, Johanna venait de mettre au monde la petite Clara à Berlin, ils se contentèrent d'envoyer de l'argent pour la pierre tombale.

Lena était désormais seule avec sa mère. Elle aurait pu passer son bac, elle en avait les capacités, mais elle avait déjà dix-huit ans à la fin de la seconde, même en sautant deux classes. Elle fit une formation de bibliothécaire à Güstrow. Le soir, elle rentrait en bus jusqu'à Lalenhagen, à pied pour les kilomètres restants. C'était son choix, Paul aurait pu la chercher en mobylette. Natalia voulait lui acheter un vélo, mais Lena aimait marcher seule en forêt. Elle était devenue une jolie fille, plus grande et plus forte que sa mère à dix-huit ans, pourtant elle lui ressemblait. Et elle avait les yeux de Grigori. Je n'interrogeais jamais Natalia au sujet de Grigori, je ne lui demandais rien. Nous nous comprenions comme ça. Lena nous rapportait des livres, des nouveaux chaque semaine, elle et Natalia lisaient autant que moi. Je m'immergeais dans une autre époque, un autre monde. Je lisais même durant ma pause déjeuner quand j'étais assistante médicale, oubliant les seringues dans le stérilisateur. Le docteur Ritter me disait :

— Emma, vous êtes dépendante. Vous abusez de la littérature comme d'un stupéfiant.

C'était peut-être vrai. Je lisais tout ce que Lena nous rapportait. Fontane et Goethe, Dostoïevski et Tolstoï, Balzac et Zola, je lui demandais aussi souvent des poèmes. J'entrais dans les histoires des autres, j'errais dans les maisons des autres comme si je possédais la racine magique des grives, dont les enfants avaient tant rêvé. Toutes les portes s'ouvraient, je découvrais des terres lointaines, je vivais à d'autres siècles mais, quand je levais les yeux de mes livres, je me retrouvais à Machandel ou à Lalenhagen. L'espace d'un instant, j'avais l'impression d'être dans la mauvaise vie. Or j'étais mère et bientôt grand-mère, je vivais avec le manque à l'instar de Schlemihl avec son ombre perdue, j'avais souvent lu cette histoire aux enfants. Peter Schlemihl avait enfilé les bottes de sept lieues pour sortir d'un seul pas de son univers, traverser les océans, découvrir d'autres continents. Peut-être en allait-il de même pour moi et les livres. Après la mort de Paul Peters et mon installation dans l'annexe, je recommençai à voyager pour voir d'autres paysages, comme dans ma jeunesse, j'allai à Samarcande et à Varna sur la mer Noire, dans les Hautes Tatras et à Leningrad. Les enfants gagnaient bien leur vie, tous nourrissaient un ou deux cochons en parallèle. Cela leur rapportait de l'argent, avec lequel ils m'offrirent ces voyages. Je ne suis pas retournée à Hambourg, même une fois en retraite, malgré les invitations répétées de mes belles-sœurs et les sollicitations de mes petits-enfants qui voulaient que je leur apporte des Levi's.

Je ne leur ai pas expliqué pourquoi je ne voulais pas revenir à Hambourg, peut-être que je n'avais pas les bons mots ou que je voulais garder ça pour moi. J'ai beaucoup donné de ma personne aux enfants, mais pas tout. Je n'ai jamais partagé mes souvenirs.

Je pense que c'était pareil pour Natalia. Elle parlait sûrement avec Lena, le reste du temps elle n'était pas très communicative, certains habitants de Machandel avaient oublié – ou n'avaient jamais su – qu'elle avait été la petite travailleuse de l'Est, la Russe, d'autant que les Volhyniennes roulaient les *r* comme elle.

Je contemplais Lena adolescente en me disant qu'elle partirait un jour vivre en ville pour aller au théâtre et à des concerts. Mais elle semblait enracinée ici. Lena apprit à conduire et sillonna les villages avec le bibliobus, qui restait parfois stationné devant le château la nuit, là où se trouvaient jadis l'Opel de la baronne, les voitures à cheval des réfugiés et le véhicule du commandant, pendant un temps aussi la voiture de fonction de Hans Langner. Les clients d'Arthur, les violonistes et les violoncellistes, s'étaient également garés là sous les regards admiratifs des enfants du village. Wilhelm n'appréciait pas la présence du bibliobus, il se plaignit de Lena auprès du directeur de la bibliothèque du canton ; ce fut, il me semble, la dernière fois que Natalia mentionna Marlène.

Un de mes jumeaux, Klaus, aurait bien aimé épouser Lena, il y avait eu quelque chose entre eux quand Lena avait dix-huit ou dix-neuf ans. Klaus était monteur de machines agricoles, c'est pour elle qu'il s'inscrivit à la bibliothèque de Teterow. Mais elle restait de plus en plus en retrait et Klaus finit par trouver Elinor, qui devint ma belle-fille.

Je vis Lena avec d'autres hommes, je crus un moment que le directeur d'école déjà marié était son chéri, mais il finit par déménager et Lena resta avec Natalia au château. Elle dut avoir une vie dont nous autres ne savions rien à Machandel, sauf sa mère peut-être, elle partait en voyage de temps à autre, en tout cas elle ne revenait pas tous les jours à Machandel. Devant le bus, les femmes parlaient de Lena quand Natalia n'était pas là, supposant que Jan Langner allait venir la chercher depuis Berlin, mais Jan vivait sa propre vie et Lena n'était pas du genre à se laisser chercher. Elle allait où elle voulait. Et ne racontait que ce qu'elle voulait bien raconter.

Comme moi.

Je n'ai jamais parlé à personne du Géorgien. Niko Morjonikidze. Ce nom m'attirait et l'homme aussi. Même dans son uniforme de soldat en sueur, il avait l'air élégant, pas comme les autres Russes, qui n'étaient d'ailleurs pas tous russes, comme il me l'expliqua. Nous parlions anglais, il ne parlait pas allemand. Mais nous n'échangions pas beaucoup. Niko Morjonikidze venait de Tbilissi, il disait Tiflis. Par la suite, je lus des poèmes d'Ossip Mandelstam sur cette ville vallonnée que j'imaginais toujours baignant dans l'odeur des oignons frais et du pain, le goût des raisins, d'une peau salée et brûlée par le soleil. Le Géorgien faisait partie de l'équipe de Semion Baranovitch, il n'était pas arrivé tout de suite, seulement en juillet ou en août, voire début septembre. Non, c'était forcément en août car la rentrée scolaire était en septembre et Heinz avait déjà disparu. Mais il était encore vivant durant l'été 45, très chaud et sec dans mon souvenir.

Dans la maison du régisseur, on festoyait presque tous les soirs, les Russes abattaient des canards sauvages et des perdrix, des femmes soldats se trouvaient parmi eux, mais les hommes invitaient les jeunes femmes du château, elles venaient volontiers, leurs rires se répandaient dans la grand-rue. Quand elles partaient, elles emportaient des boîtes de conserves, *chleb* et *kolbassa*, pain noir et saucisse. J'apportais moi aussi du *chleb*, de la *kolbassa* et du *maslo*, du beurre, aux enfants, j'entrais à ma guise dans la maison du régisseur depuis le début, quelqu'un avait donné mon nom au commandant parce qu'il cherchait une intendante capable de préparer les canards sauvages, faire la vaisselle et ranger les chambres. C'est ce que je fis, je n'avais pas peur des Russes. Semion Baranovitch était un homme instruit, je ne l'avais jamais vu ivre, même si on buvait beaucoup de vodka lors des fêtes, où les voix fortes et alcoolisées des hommes finissaient par se mêler aux rires des femmes. Tantôt ils entonnaient de belles chansons mélancoliques, tantôt ils se bagarraient et, le lendemain matin, je découvrais des meubles renversés, des verres cassés. Lorsque le volume sonore augmentait, je me trouvais déjà à la chaumière des Peters, d'où j'entendais les cris perçants des femmes, les chants des Russes, leurs voix rauques, voire larmoyantes se fondre dans la musique du phonographe, un bruit différent de celui, morne et monotone, en provenance du château, où les pleurs d'enfants, la toux sèche, les criailleries et les rires étaient parfois couverts par le cliquetis de la machine à écrire de Hans Langner ou par des cris soudains qui cessaient tout aussi soudainement ou se muaient en sanglots.

Le Géorgien, je l'avais déjà vu traverser le parvis et quelque chose en lui, dans sa démarche, m'inquiétait. Ce soir-là, un orage s'abattit sur le village, il y eut beaucoup d'orages similaires cet été-là. S'ensuivaient des éclairs et du tonnerre, la pluie n'était pas une simple pluie, mais un torrent qui se déversait sur le village en quelques minutes, une cascade rugissante, fulminante, écumante, qui se tarissait d'un coup. La terre assoiffée absorbait l'eau, au bout d'une demi-heure tout était sec, la chaleur revenait, moins oppressante qu'avant.

Ce soir-là, j'étais à la fenêtre de la cuisine dans la maison du régisseur, mon travail était fait, j'aurais pu partir, mais je restai là à regarder les gouttes de pluie qui éclataient, les pavés qui fumaient, à écouter les grondements du tonnerre qui s'éloignait ; en réalité, j'écoutais uniquement la voix du Géorgien, dont je ne savais pas encore qu'il était géorgien, dans la pièce voisine. Il se retrouva à côté de moi, contemplant comme moi la pluie qui faiblissait déjà, je croyais sentir l'homme, le tabac et l'uniforme non lavé, mais aussi cette odeur que je retrouvai décrite comme celle de Tiflis dans des poèmes : pain frais et oignons, raisin et sel. Nous n'avions pas encore échangé un mot, je n'osais pas le regarder parce que je remarquais que sa présence bouleversait quelque chose en moi, une oppression presque oubliée dans ma poitrine se dissipa tel un corset qu'on desserre, tels les cercles de fer d'Henri dans le conte des frères Grimm, je m'agrandissais et cet espace fit place à une autre sensation, intense, une attirance, un désir que je sentais se répandre dans mon corps. J'écoutais en moi, étonnée et heureuse, je ne ressentais pas le besoin de regarder cet homme, je l'avais déjà observé sur le parvis, j'avais entendu sa voix, pas besoin de le regarder, je savais qui il était, je sentais le courant entre nous, tandis que nous regardions ensemble les pavés entre lesquels poussait la roquette, qui semblait uniquement composée de tiges et de bras longs et fins. Ici, on l'appelle aussi rucola, elle est comestible, Heinz avait fait le test, ses feuilles fines sont épicées. Pourquoi la roquette grandit-elle si facilement entre les pavés ? La baronne la faisait toujours arracher, à présent c'est elle qui est partie, comme le régisseur. La chatte du régisseur s'appelait Muschi, elle a eu une portée en mai, à l'arrivée des Russes, les chatons n'ont pas de noms, un des mâles, roux et blanc tigré, erre en gémissant dans la cuisine du régisseur où je me trouve, il se frotte flatteusement contre mes jambes nues, l'homme le prend dans ses bras, la bête ronronne, je me retourne vers lui, je le vois caresser le chat tout en me regardant, il a des mains fortes, des poils noirs jusque sur les doigts, ils s'enfoncent dans la fourrure du chaton qui a fermé les yeux, je veux sentir sur moi, en moi ces doigts aux bouts noircis par la nicotine, je veux toucher de mes lèvres ces poils noirs sur le revers de sa main, cet homme est à moi, crie silencieusement mon corps à l'adresse du chat, qui bondit, effrayé, des bras de l'homme dont les mains sont maintenant sur mon corps, mon cou, mes seins.

Ce scintillement multicolore des pavés après la pluie, pensai-je avec étonnement, tandis que je traversais le parvis à côté de l'homme. Je ne pouvais pas l'emmener dans la chaumière avec les enfants, je ne voulais pas rester dans la maison du régisseur, on dépassa donc l'étable, traversa l'allée de châtaigniers jusqu'au croisement, vers le creux entre les tumulus de l'âge du bronze, mais il était déjà occupé par une des réfugiées et le fils adolescent d'une autre, enlacés dans l'herbe mouillée, alors on continua, Niko Morjonikidze tout près de moi, je sentais son souffle, son souffle géorgien d'oignon et de raisin que je ne savais pas encore définir, ses cuisses contre les miennes, ses mains, ses mains dures qui pouvaient devenir très douces, tout en lui pouvait être à la fois dur et doux, on s'allongea quelque part sous les hêtres, où la mousse était encore presque sèche. Je savais déjà qu'il était géorgien et non russe, mais je m'en fichais ; la seule phrase qui me vint à l'esprit fut : "Staline est géorgien." Il éclata de rire en répétant le nom "Staline" sur un ton dont la profondeur me déconcerta, je m'en fichais aussi, je ne parvins pas à retenir son propre nom ce jour-là, ça n'avait pas d'importance non plus, je voulais ces caresses qui m'avaient manqué si longtemps et dont mon corps était affamé, dont chaque pore de ma peau s'imbibait, qui me faisaient jubiler et bégayer.

Une fois allongés l'un à côté de l'autre, épuisés, on aperçut entre les feuilles de hêtre le ciel étoilé du Mecklembourg, le Géorgien nomma les étoiles, je les nommai à mon tour, on tenta d'instaurer un dialogue qui s'enlisa vite, le langage de nos mains et de nos corps correspondait mieux à cette nuit que nous célébrions comme une fête, encore et encore, jusqu'à sentir les insectes qui nous piquaient et rampaient sur nous depuis des heures, alors on se leva et, se tenant l'un l'autre, un tas de vêtements dans les bras, trébuchant sur des racines, on arriva à l'un des trous d'eau entre les arbres où je vis le beau Géorgien nu au clair de lune et je ressentis une joie dont le reflet dura toute ma vie, dont je me souvins des décennies plus tard, quand je repensais à cette nuit et à celles qui suivirent. L'eau était trop boueuse pour moi, j'enfilai ma robe sur mon corps en sueur, mais lui plongea en riant, réveillant les crapauds et les oiseaux aquatiques.

Sur le chemin du retour, on remarqua qu'on n'était pas les seuls en vadrouille, derrière la glacière, devant la salle des machines, derrière les chênes, partout des chuchotements et des rires, des gémissements et des corps perdus dans les étreintes. Je vis de dos un des Russes de la maison du régisseur, la femme blonde qu'il plaquait contre le mur de la salle des machines semblait être l'une des Volhyniennes. Le Géorgien disparut en direction de la maison du régisseur, il fallait que je retourne à la chaumière pour retrouver les enfants que j'espérais endormis, mais je voulais d'abord prendre un seau d'eau au château, les oiseaux chantaient, c'était comment déjà, d'abord les rouges-queues, puis les rouges-gorges, les mésanges charbonnières... Les oiseaux d'ici ne s'en tenaient pas aux règles, ils chantaient tous en même temps, les grives aussi jacassaient et le rossignol, quel était le cri du rossignol, il trillait, à moins que ce soit une alouette, sans les enfants je ne pouvais pas distinguer quoi que ce soit, il fallait voir si les fleurs s'ouvraient toutes en même temps, pour les roses c'était à trois heures du matin, était-il déjà trois heures ? Les tulipes étaient-elles déjà réveillées, et le lilas ? Le lilas était fané depuis longtemps, ce n'était pas l'odeur des lilas que je sentais, que je sentais sur moi, il fallait que je me lave, j'avais besoin d'eau. En accédant au château par l'entrée de service ouverte, je perçus une autre odeur, celle des pommes de terre cuites à la vapeur, des couches pleines, de la maladie et du sommeil des personnes âgées. La porte de la chambre de Natalia était entrouverte, je jetai un œil à l'intérieur, où j'aperçus Waltraut, la mère de Johanna. À côté d'elle, Arthur, un homme de Koenigsberger arrivé la semaine précédente avec les Allemandes libérées d'un camp. La cuisine du personnel était fermée à clé. J'espérais trouver un seau dans l'ancienne salle de bains de la baronne quand j'entendis des chuchotements et des rires étouffés, sous le palier se trouvait la paillasse de deux réfugiées âgées qui bougeaient en gémissant sous les couvertures en laine, je gravis les marches au-dessus d'elles jusqu'au premier étage, longeai la chambre de Hans Langner, derrière laquelle j'entendis des sanglots, ou était-ce un rire, auquel se mêlaient les petits cris de Johanna comme le chant d'un oiseau qui vient de se réveiller.

Quelle nuit, pensai-je et, tandis que je sortais du château avec le seau rempli d'eau, je vis Niko Morjonikidze qui me dit : "Guerre kaputt, femme homme vivre." C'étaient les seuls mots allemands que je l'entendis jamais prononcer, c'était tout ce qu'il savait, mais nous avions notre propre langue. Il me porta le seau dans la chaumière, sur les pavés dont la roquette s'élevait, soudain menaçante, dans la pâle lumière matinale, les enfants ne dormaient pas, ils se précipitèrent vers moi, c'est la nuit au cours de laquelle Heinz se noya dans le Krevtsee.

Il m'avait montré que les feuilles de roquette, qu'on appelle ici rucola, sont comestibles. Elles sont aussi épicées que de la moutarde. Il ne m'avait pas dit que cette plante anodine avait jadis des propriétés mortelles. La roquette peut arrêter le cœur. Mais peut-être que Heinz Peters ne le savait pas, c'était encore un gamin.

19

CLARA

Avec une fissure

Depuis que Michael avait cofondé le Renouveau démocratique à l'automne 89, il n'était quasiment jamais à la maison. Lorsqu'il ne faisait pas d'heures supplémentaires à la centrale, il passait ses soirées et ses nuits avec de nouveaux compagnons de lutte. L'avocat qui avait représenté Herbert et Maria en était le président. Michael comprenait le malaise que je ressentais en présence de cet homme mais, selon lui, il fallait mettre de côté ses sentiments privés, il ne s'agissait pas ici de mon opinion personnelle ou de la sienne, mais de l'avenir du pays. Nous avions beau employer de grands mots, je trouvais antipathique cet avocat nerveux aux manières lisses. En outre, je n'ai jamais compris la différence entre une opinion et une opinion personnelle, entre un sentiment et un sentiment privé, j'en fis le reproche à Michael et nous nous lancions des piques comme des adversaires. L'avocat s'affichait à la télévision, il avait déjà des amis influents dans les grands partis ouest-allemands. Je n'avais vu Herbert qu'une seule fois depuis son départ, juste après la chute du Mur, quand il avait tout laissé en plan à Cambridge pour venir à Berlin. Comme il ne possédait pas de visa d'entrée, il se mêla à la foule aux postes-frontières surpeuplés. Une fois à Berlin, il se jeta dans le bain, prépara avec d'anciens collègues de l'Académie et de l'université Humboldt une conférence sur ce qu'ils appelaient la Troisième Voie. Ils estimaient que les conseils d'ouvriers étaient nécessaires et qu'il ne fallait rien attendre de la fédération syndicale corrompue. Au début, ils trouvèrent des sympathisants dans les usines, il était question d'un nouveau syndicat, or il fut bientôt évident qu'il ne s'agissait plus de réformer la RDA, mais de réunifier le pays.

Si Herbert avait prolongé son séjour à Berlin, il aurait perdu sa bourse et sa mission de recherche à Cambridge, si bien qu'il y retourna. Pendant qu'il était à Berlin, on s'appela plusieurs fois, il me parla de Maria, des enfants et de ses doutes concernant l'avocat. Ce dernier avait transformé le Renouveau démocratique en Alliance pour l'Allemagne avec les partis conservateurs de la CDU et de la DSU. Sa façon de faire déplaisait aussi à Michael.

Notre vie changea à une vitesse vertigineuse.

On s'habitua vite à la liberté nouvelle, à cette franchise que nous avions réclamée. Pendant des années, les discussions politiques s'étaient limitées aux salons, aux cuisines, voire aux bars, or voilà que les espaces s'élargissaient soudain, les conversations avaient lieu en public, le ton changeait. Tout le monde manquait de temps, poursuivait de nouveaux objectifs. Mon amie Ruth avait entamé, en plus de son métier de pédiatre, une formation continue pour devenir thérapeute familiale, elle était quasiment injoignable.

Quand j'allais à l'Espresso pendant la journée, le café était presque vide ; cet endroit m'avait toujours fait penser à une salle d'attente, maintenant l'attente était finie, qu'avions-nous attendu au juste ? Je lus dans le journal un nouveau poème de Jürgen Rennert ; ce poète, un homme aimable dont la joie exubérante semblait dissimuler une tristesse abyssale, s'était déjà produit plusieurs fois dans la vieille église paroissiale de Pankow. Je retrouvais dans ses vers mon propre déchirement. Je recopiai le poème et l'accrochai au mur de notre cuisine. *Mon pays est en déliquescence. / Sa puissance est évincée. / J'entame en dépit du bon sens / Ma plainte circonstanciée. // Mon pays a représenté / Ce que je suis contre nature : / Un être expérimenté / Avec une fissure. // Mon pays m'a mal éduqué / Mais je ne fais pas le dos rond. / C'est un menteur éhonté, / Mais je ne suis pas un pion. // Mon pays m'a serré / Malgré lui dans ses bras. / Il a fini par m'expulser / Moi qui n'abandonne pas. // Mon pays porte mes traits, / Le train m'emportera. / Je suis le mensonge concret / Du pays. (Nous signifie : moi).*

Je vis Michael froncer les sourcils en lisant le poème, il ne lui plaisait pas.

— Ce qui prend fin là-dedans est mort depuis longtemps.

Je ne répondis rien, la conversation risquait une fois de plus de dégénérer en dispute et nous étions fatigués.

Quelques jours avant les élections de mars 1990, on annonça publiquement que l'avocat avait été un instrument de la Stasi pendant des années. Il n'était pas le seul, d'autres dont tout le monde connaissait le nom depuis peu parce qu'ils s'étaient fait connaître du grand public furent démasqués, comme on disait souvent durant ces semaines.

Aux élections de mars, le mouvement citoyen ne remporta que 2 à 3 % des voix. Le Renouveau démocratique plafonna à 0,9 %. Je passai huit jours au lit avec de la fièvre. Une fois d'aplomb, je constatai que la ville avait changé.

L'odeur de l'essence était différente, celle des fruits aussi, les femmes portaient de nouveaux vêtements. Des meubles, des canapés, des placards muraux mis au rebut, alors qu'ils paraissaient souvent neufs, s'entassaient le long des rues. Les enfants jouaient dans ces montagnes de meubles que les camions-poubelles n'arrivaient pas à enlever à temps avant que d'autres éléments capitonnés ne finissent sur les trottoirs. Des fourgonnettes de Berlin-Ouest s'arrêtaient devant les maisons, on apportait des fauteuils et des placards muraux massifs qui, à mes yeux, ressemblaient en tout point à ceux dont on venait de se débarrasser. On n'avait pas encore introduit le mark, je me demandais d'où les gens avaient des devises occidentales. Et je ne comprenais pas pourquoi ils jetaient leurs meubles, ces éléments muraux ne me plaisaient pas de toute façon, notre appartement ne comportait que des étagères assemblées par nos soins et du bric-à-brac chiné ici et là. Mais beaucoup de gens semblaient soudain trouver tout ce qui venait de l'Ouest plus désirable, meilleur. Quelques jours avant la conversion monétaire, Michael prit un jour de congé et on alla dans le Mecklembourg, où nous n'avions pas été ensemble depuis longtemps.

Depuis Machandel, nous voulions aller à Güstrow pour visiter l'atelier de Barlach, mais on ne dépassa pas le marché. Les gens couraient et se poussaient, se pressaient dans les magasins, une liquidation déroutante était en cours. Des articles autrefois réservés à une clientèle privilégiée, tels que des fauteuils en rotin, de la literie, des tapis roumains, de la porcelaine de Kahla à motif oignon bleu étaient bazardés comme des vieilleries sans valeur. Il fallait vider les stocks pour les nouvelles marchandises. Incrédules, on acheta pour quelques pfennigs une cocotte-minute et un fer à repasser, des draps damassés blancs, des tasses en faïence à pois bleus et blancs, des chaises longues rayées. Mais on ne ressentait pas réellement de joie à la vue de ces belles choses, tandis qu'on rentrait à Machandel avec la Trabant bien remplie.

En route, on s'arrêta dans un magasin Konsum, où des femmes de la coopérative Avenir radieux nous racontèrent qu'au marché de Güstrow, des agriculteurs du côté de la frontière ouverte avaient vendu des œufs et des tomates, des pommes de terre et des fraises plus cher que les produits locaux, mais les gens avaient tout acheté. Plus personne ne voulait des produits moins chers de la coopérative. Du coup, racontaient les femmes, ils avaient récupéré le soir dans les poubelles les boîtes à œufs de l'Ouest, dans lesquelles ils avaient proposé leurs œufs le lendemain.

Trois semaines plus tard, à la sortie du métro Alexanderplatz, je revis ces mêmes femmes avec des pancartes faites maison, toutes excitées, elles voulaient se rendre à leur première manifestation. Elles entendaient protester contre le déclin de l'agriculture est-allemande, les abattoirs n'acceptaient plus de bétail venant de l'Est. Je m'adressai à l'une d'elles, elle se rappelait notre rencontre au Konsum et m'invita à les rejoindre, mais je n'avais pas le temps, il y avait tellement de manifs durant ces semaines et ces mois. Le soir, je vis à la télévision que cinquante mille agriculteurs s'étaient déplacés jusqu'à l'Alexanderplatz.

Quelques jours après la conversion monétaire, je soutins ma thèse dans une salle de cours de l'université Humboldt. Il faisait chaud, on entendait des chœurs parlés depuis l'August-Bebel-Platz de l'autre côté de la rue, où avait lieu une manifestation, je ne sais plus si c'était pour ou contre la Réunification imminente, en tout cas c'était bruyant et il fallut fermer les fenêtres de cette pièce étouffante pour pouvoir m'entendre. Mes parents n'étaient pas là. Ma mère s'occupait du déménagement dans un appartement neuf tout juste terminé dans l'Otto-Grotewohl-Straße. Michael ne vint pas non plus à ma soutenance, j'ai oublié la raison, elle nous semblait importante à l'époque. Pour mon directeur de thèse, cet événement représentait son dernier acte à l'université Humboldt. Il était déjà en retraite et, durant l'automne suivant l'été 1990, il déménagea avec tous ses cartons de livres dans les environs de Londres, où vivait sa sœur veuve. Elle n'était jamais retournée à Berlin et, comme il me l'expliqua un jour, elle ne comprenait pas ce qui avait incité sa mère et son frère à revenir chez les Allemands. Maintenant, c'est lui qui la suivait pour rédiger là-bas son œuvre principale, *Lingua Saxonica*. Deux semaines avant la Réunification, quelques amis et anciens étudiants lui dirent au revoir à la gare parce qu'il voyageait à l'ancienne, en train jusqu'à Hoek van Holland, puis en bateau. "Tous les émigrants vers l'Angleterre voyageaient ainsi dans ma jeunesse", fit-il remarquer avec désinvolture. Tandis que nous étions debout là, un jeune étudiant lui demanda pourquoi il quittait le pays, justement maintenant. Il répondit en citant la fin du conte du genévrier en dialecte.

Pour l'étudiant qui ne voyait pas le rapport, je traduisis le passage : "De la fumée s'éleva, les flammes et le feu s'échappèrent et quand ce fut fini, le petit frère était là, il prit la p'tite Marlene par la main, ils entrèrent gaiement dans la maison, s'assirent à table et mangèrent."

Mon père, qui s'attendait sans doute à vivre dans l'anonymat parmi des gens ordinaires, s'étonna de trouver dans leur nouvel immeuble des quantités de personnes connues, une patineuse artistique et plusieurs membres du bureau politique, dont Kurt Hager, qui avait décrit la pérestroïka avec mépris comme un changement de décor inutile pour nous. "C'était une erreur", déclara un jour mon père de façon ambiguë, tandis que ma mère l'avait sûrement oublié. Elle était à la recherche d'un bidet pour la nouvelle salle de bains. Après l'ouverture des frontières, elle était tombée dans une frénésie d'achats qui refoula un temps ses autres ivresses. Elle acheta de nouveaux meubles et des lampes, les magazines de décoration intérieure s'empilaient sur sa table de chevet.

Durant ces mois-là, Michael vécut des bouleversements dont j'étais certes au courant, mais dont je saisis la portée plus tard parce qu'un de nous deux était toujours en vadrouille et que nous ne parlions que du strict nécessaire pour assurer la continuité du ménage et la prise en charge des enfants. Il lui arrivait même de rester dormir dans son entreprise, où il avait été élu au sein d'un comité quelconque qui prévoyait une reprise par la base. Les anciens cadres dirigeants recherchaient fébrilement des partenaires occidentaux, comme partout. Les délégués du personnel nouvellement nommés exigèrent d'avoir leur mot à dire dans les négociations. Tandis que les luttes de pouvoir faisaient rage, on apprit que, dès avril 1990, juste après les élections, les trois grandes entreprises énergétiques ouest-allemandes s'étaient mises d'accord pour reprendre les sociétés est-allemandes, qui promettaient une rentabilité immédiate. Le ministère responsable du secteur après les élections de mars avait donné son aval. La centrale de Michael en faisait partie. Une conférence consacrée à ce rachat était prévue en juin sur les rives du Bogensee, dans les locaux désaffectés de l'université de la Jeunesse allemande libre, qui avait perdu tous ses membres. Les délégués du personnel n'étaient pas invités à la conférence, mais certains, dont Michael, y allèrent quand même. Ils ne réussirent pas à empêcher la signature de l'accord sur l'électricité. La protestation décisive contre le rachat déjà décidé n'émana pas d'eux, ni des cadres dirigeants est-allemands, dont certains coopéraient avec zèle, alors que d'autres étaient victimes de chantage, sachant qu'on leur refuserait des crédits s'ils ne signaient pas – la protestation émana de cinq petites compagnies ouest-allemandes qui voulaient leur part du gâteau et refusaient que seules les trois grandes soient impliquées.

La conférence de Bogensee se solda donc par un esclandre, les entreprises énergétiques ouest-allemandes se rapprochèrent sans participation est-allemande et l'accord sur l'électricité qui encadrait les nouvelles conditions de propriété entra en vigueur le 22 août. Ce jour-là, Michael rentra ivre et ne prononça que deux mots avant de s'effondrer sur le lit : "Tutelle. Exclusion."

Le lendemain, la Chambre du peuple entérina l'adhésion à la République fédérale d'Allemagne. Le mari de notre pastoresse, un biologiste et théologien devenu secrétaire d'État, participait depuis mai aux négociations "deux plus quatre" entre les anciens Alliés et les deux États allemands. Trois semaines avant la Réunification, un traité fut signé à Moscou, un accord de paix qui marquait la fin de l'après-guerre, un prérequis pour le traité d'unification. Soudain, beaucoup de nos amis se sentirent très proches de la grande politique ; il leur semblait qu'il suffisait de tendre la main pour faire tourner la roue. Mais Michael était exténué après des mois de luttes infructueuses, pour lui c'était l'époque de la désillusion, de la déception. Je ne partageais pas non plus l'euphorie de nombreux amis, tout cela allait trop vite pour moi, les choses changeaient avant même que je puisse les comprendre. Le Renouveau démocratique rejoignit la CDU, Michael quitta le mouvement, alors qu'ils lui avaient proposé un poste rémunéré et que son avenir à la centrale était incertain.

Quand j'ai repensé ultérieurement à notre séparation, il me semble que c'est au cours de cette année 1990 que nous nous sommes perdus. Il n'avait même pas lu la version finale de ma thèse. Quant à moi, j'étais le plus souvent trop fatiguée pour m'intéresser à son dispositif de désulfuration et aux délégués du personnel de la centrale, aux émissions de SO_2 et à l'accord sur l'électricité.

Cet été-là, la Trabant de mon frère, qui avait maintenant dix-huit ans, se retrouva immobilisée à Berlin. Michael la rangea sur le bas-côté et continua en tram. Hormis les meubles, on abandonnait les voitures au bord des routes, elles étaient pillées jusqu'à la désintégration, après quoi les décombres finissaient par disparaître.

Michael affirma que la Trabant verte n'était déjà plus là quand il avait voulu la faire remorquer. J'étais triste, c'était plus qu'une vieille voiture pour moi, elle avait appartenu à mon frère. Mon mari rapporta une Volkswagen Passat à la maison comme surprise. J'ignorais d'où lui venait cet argent et je ne voulais pas le savoir. Ma mère eut elle aussi une nouvelle voiture, une Golf d'occasion, peu après la conversion monétaire. Mon père était complètement indifférent à ces choses, il ne savait même pas distinguer les marques. Il ne quittait la maison que pour les funérailles et il y allait en taxi.

Les institutions dans lesquelles ma mère avait passé sa vie – l'Organisation internationale des femmes, la Ligue pour l'amitié entre les peuples, l'université du Parti – se délitaient, tandis qu'elle voulait débattre de la couleur des rideaux, savoir si la nuance allait bien avec celle de leur nouvelle moquette. La fébrilité lui empourprait le visage. Je ne la voyais pas boire, mais quand j'interrogeais mon père, il se contentait de hausser les épaules d'un air inquiet. "Elle a un thérapeute maintenant." Il prononçait ce mot comme il aurait dit devin ou charlatan. Pour mon père, la psychanalyse ou la psychothérapie représentaient des doctrines décadentes de la bourgeoisie tardive. Selon lui, l'instabilité de ma mère reposait sur ses origines petites-bourgeoises. Mais il ne voulait pas parler de ses origines, dont je ne savais presque rien, ni de ce qu'il appelait son instabilité.

Mon père lisait. Il se retirait dans un coin avec de gros bouquins, je découvris à mon grand étonnement *Les Frères Karamazov* de Dostoïevski, Hegel et Nietzsche. Je vis un jour sur son bureau *Les Origines du totalitarisme* de Hannah Arendt. Je feuilletai l'ouvrage et y trouvai les phrases soulignées : *La fidélité totale est un des prérequis psychologiques essentiels au fonctionnement du mouvement. À son tour, elle ne peut être accomplie que par des individus absolument isolés, auxquels l'attachement à la famille ou à des amis, des camarades et des connaissances ne garantit pas une place sûre dans le monde. Le fait qu'un membre du mouvement totalitaire vive dans ce monde et y trouve sa place dépend exclusivement de son appartenance au parti et de la fonction que celui-ci lui a attribuée.* En me voyant lire ces phrases, mon père me prit le livre des mains sans un mot.

Mais lors de nos visites, il s'installait à table avec nous, regardait les enfants et m'écoutait quand je racontais le strict nécessaire à mes parents.

Les délégués des parents d'élèves avaient décidé de remplacer la directrice d'école de Julia, mais elle avait quitté le Parti rebaptisé depuis peu, elle affirmait avoir elle-même été maltraitée et trompée pendant des années, elle s'était détournée de l'idée communiste et voulait dorénavant servir la démocratie et respecter la personnalité des élèves en tant que directrice. Les camarades de notre fille de onze ans, anciens Pionniers de Thälmann qu'on réprimandait encore récemment s'ils oubliaient leurs foulards pour l'appel au drapeau, discutaient avec enthousiasme de ce changement pendant les récréations jusqu'à ce que leur professeure, celle qui voulait éduquer les enfants à développer une saine haine de l'ennemi de classe quelques mois plus tôt, le leur interdise. "La politique n'a pas sa place en classe", ainsi formula-t-elle sa nouvelle vision des choses. Mais elle était ravie de voir les publicitaires distribuer des yaourts et des jouets gratuits à l'école, ne comprenant pas ce que j'avais contre des casquettes inoffensives avec un logo publicitaire. Mon altercation tenace avec l'école se poursuivait. À l'automne 1991, Caroline allait faire sa première rentrée ; Michael suggéra de l'inscrire directement à Berlin-Ouest, à l'école protestante de Frohnau. C'était une recommandation de son nouveau patron, qui venait de là-bas.

Mais il ne resta pas longtemps son patron car on supprima le département de Michael à la centrale.

Je nous revois assis dans notre cuisine quelques semaines après la Réunification, nous parlions de l'avenir. Nous avions vu à la télévision une intervention martiale de la police contre les jeunes squatters de la Mainzer Straße. Alors que la société immobilière de Friedrichshain tolérait les occupants de ces maisons délabrées, la brutalité de l'intervention rappelait celle de la police populaire treize mois plus tôt.

— Mais pourquoi font-ils ça ? demandai-je avec désespoir, sur quoi Michael partit d'un rire mauvais.

Il souffrait depuis des semaines d'un abcès des glandes sudoripares, il était assis là avec des poches de glace coincées sous les aisselles. À chaque mouvement, le pus suintait.

— C'est évident, ils montrent leurs instruments. Le temps du chaos est terminé, le droit et l'ordre sont revenus. Voilà ce que ça signifie. Il faut partir d'ici.

Le visage déformé par la douleur, il me parla de son ancien camarade Thomas, qui avait déjà quitté le pays depuis quelques années. Je le connaissais superficiellement. Thomas travaillait maintenant en Suisse, dans une centrale thermique près de la frontière française. Son patron l'avait chargé de recruter dans la RDA en ruine un employé compétent pour leur dispositif de désulfuration.

Michael considéra l'offre comme une bouée de sauvetage.

— Pourquoi ce patron veut-il justement quelqu'un de la RDA, fis-je remarquer. On attendra sûrement de toi de la gratitude, un ajustement. Je doute que tu sois à l'aise là-bas.

Michael rit amèrement.

— Il ne s'agit pas de bien-être, mais de notre existence. Tu vois toujours les choses en noir et blanc. Il est tchèque de naissance, il sait lui-même combien c'est difficile à l'Ouest quand on vient d'un petit pays de l'Est. Il veut peut-être montrer sa gratitude.

— Sa gratitude envers toi ?

Mon ton acerbe m'effraya.

— Oui, répondit simplement Michael. Thomas lui a parlé du comité pour les droits civiques, du cercle de paix. Il a suivi la chute du Mur à la télé, notre courage le ravit. Voilà comment on voit les choses là-bas et ce n'est pas faux. Il faut profiter de ce moment de bienveillance, ça ne durera pas. Nous sommes les parents pauvres qui ont rejoint le frère riche, le mépris va forcément suivre. Ce que j'ai vécu ces derniers mois m'a enlevé toutes mes illusions. Je veux partir. Heureusement, en Suisse, ils savent que nous avons une bonne formation, nous avons appris à transformer la merde en or.

Je sentis quelque chose me serrer la gorge, une douleur, un pressentiment. Je contemplai ses poches de glace et j'eus soudain l'impression que notre vie commune s'écoulait de lui.

— Ça se passera comment ? lui demandai-je d'une voix rauque. Tu seras en Suisse et nous ici ?

C'est bel et bien ce qui arriva, je restai à Berlin avec les enfants et il partit travailler dans le canton du Valais. La première année, on se téléphonait tous les jours et il rentrait un week-end sur deux, puis un sur trois et finalement un sur quatre ou cinq. On lui rendit visite une fois à Pâques, on fit une randonnée dans la vallée du Rhône. Les fenêtres de son petit appartement donnaient sur un vaste jardin paysager avec de grands arbres solitaires.

— L'ortolan, l'oiseau de Beethoven ! jubilèrent nos filles un matin en mettant le couvert sur le balcon.

De fait, le petit volatile se trouvait dans un grand poirier non loin de la maison, son di-di-di-dah, di-di-di-dah ressemblait encore à l'ouverture de la *Cinquième symphonie*. Julia se rappelait l'avoir entendu à Machandel, mais cela remontait à plusieurs années, l'oiseau avait disparu du Mecklembourg parce que les champs étaient trop grands et que les machines fonctionnaient même pendant la période de couvaison. Les filles accueillirent avec enthousiasme l'oiseau rare qu'Emma avait coutume d'appeler le bruant des jardins. Michael fit un geste de dédain.

— Ce n'est qu'un reliquat, dit-il, et curieusement, ce sont surtout des mâles. Dans la vallée du Rhône aussi, l'ortolan est presque une espèce disparue. C'est d'ailleurs un mets raffiné ici et en

France. Début septembre, les braconniers les attirent par milliers dans des pièges sur leur route vers l'Afrique.

Les filles se turent, gênées.

— On ne peut pas aider l'ortolan ? demanda Caroline.

Michael rit.

— Il fait partie d'une famille en voie d'extinction. Vous devriez profiter de ce spécimen au lieu de faire la tête.

Même un petit oiseau ravivait nos vieilles querelles, Michael me reprochait d'orienter les enfants vers le passé, or ce qu'il fallait maintenant, selon lui, c'était un pragmatisme sobre. Le passé, c'était le passé. Il me demanda si le poème de Jürgen Rennert était toujours accroché au mur de notre cuisine. *Mon pays est en déliquescence...* Il me dit un jour :

— Heureusement que la baraque s'est effondrée. Vous vouliez refaire la déco. Ça n'aurait fait que prolonger toute cette misère.

Tout en moi se cabrait contre ces pensées. Qu'entendait-il par VOUS, n'était-il pas jadis un de NOUS ? Et la misère était-elle vraiment le bon mot pour décrire notre vie ? Je dis simplement :

— Refaire la déco, ça me rappelle le changement de décor. Va donc en parler à Hager.

Il m'adressa un regard vide, il avait probablement déjà oublié l'entretien d'avril 1987, qui nous avait tellement déprimés. À l'époque, dans sa centrale, ils avaient utilisé le dispositif de désulfuration des Anglais, tout le reste était secondaire pour lui. Nous parlions peu de son travail actuel. Il n'avait qu'un contrat à durée déterminée, si bien que nous ne prévoyions pas encore de vivre ensemble en Suisse. Mon poste à l'université semblait solide. En outre, mes parents me retenaient à Berlin, mon père ne se plaignait certes pas, mais il était de plus en plus fragile et ma mère me paraissait imprévisible depuis leur déménagement. Tantôt elle semblait tout à fait normale, tantôt elle s'échauffait pour des bagatelles, le plus souvent elle restait assise, apathique, sans prêter attention à moi ni aux enfants lors de nos visites.

— Tu as déjà consulté ton dossier de la Stasi, au fait ? me demanda-t-elle un jour.

— Pour quoi faire ?

Elle marmonna quelques mots à propos de Jan. Cela faisait plus de cinq ans que mon frère était parti, personne ne savait rien à son sujet. La marionnettiste Katja, passée à l'Ouest quelques mois après lui, découvrit des photos de Jan dans des revues – ce reportage sur Cuba, des images documentaires sur des paysans sans terre en Bolivie, d'autres sur l'hôpital Karl Marx au Nicaragua. Katja écrivit aux rédactions, on connaissait le nom de Jan mais on n'avait pas d'adresse. L'agence photo qu'on lui avait indiquée n'existait plus, aucune photo de mon frère n'était parue nulle part au cours des deux dernières années, semblait-il.

L'université connut ses premières restructurations, on découvrit le mot évaluation. C'est ainsi qu'on appelait le contrôle et la sélection des employés. Au début, je ne m'inquiétai pas beaucoup pour mon poste, l'institut de philologie avait une bonne réputation scientifique. J'avais obtenu la mention *magna cum laude* pour ma thèse. Mais il existait à Berlin-Ouest un institut similaire avec lequel on avait entamé une collaboration prudente. Or on annonçait une fusion des deux établissements en précisant que les Berlinois de l'Ouest allaient conserver leurs postes à durée déterminée pour la plupart, mais emménager dans nos locaux comprenant une grande bibliothèque spécialisée. Les deux directeurs d'institut allaient postuler. Selon la rumeur, il existait un troisième candidat, un philologue de Heidelberg. Quant à savoir qui de nous serait gardé, pour un temps limité bien sûr, cela se déciderait en fonction des priorités de la recherche.

Depuis le départ de mon directeur de thèse, je n'avais plus de mentor pour suivre mon travail scientifique. C'est pourquoi je me réjouis quand ce philologue de Heidelberg m'approcha lors d'un colloque parce qu'il s'intéressait à mon sujet de thèse. Il me demanda si j'avais tenu compte des travaux du théologien zurichois Heinrich Bartholomäus et je remerciai silencieusement le professeur Simon grâce auquel j'en avais au moins entendu parler. Les interprétations théologiques du conte de Machandel m'avaient paru étranges, voire aberrantes par endroits, je m'étais référée à d'autres interprétations dans mon analyse, étant donné que les motifs du conte apparaissaient déjà à l'ère préchrétienne et dans d'autres cultures. C'est ce que je dis au professeur.

Quelques semaines plus tard, je fus convoquée à une sorte d'examen dont dépendait mon poste. Je n'avais jamais été encartée au Parti et mon dossier de la Stasi ne comprenait rien de compromettant non plus. Il ne pouvait donc s'agir que de mes compétences professionnelles. La commission avait fait venir le professeur de Heidelberg comme spécialiste, il avait lu ma thèse et demanda tout de suite la parole.

Je l'entendis faire le rapprochement entre le conte et les débuts du christianisme, il parla d'*incarnation*, de *mort* et de *résurrection*, or d'après lui, j'avais ignoré ces parallèles dans mon travail. Au début, je restai assise là, comme pétrifiée, puis je pris machinalement des notes sans comprendre ce qu'il voulait dire. Sur ma feuille, je lus plus tard des mots-clés concernant *l'absence d'enfant en tant que phase de renoncement psychomystique*, des références à l'Épître aux Romains 4, 14, la Genèse 15, 1-6, Jean 3, 4. Je l'entendis mettre sur le même plan l'histoire de la transformation de l'arbre et celle du buisson ardent et, plus il parlait, plus il me semblait qu'il évoquait un texte complètement différent, un autre conte, un autre contexte de vie.

Une personne de la commission tenta de l'interrompre en disant qu'il ne s'agissait pas d'aborder les détails d'une thèse déjà reconnue, mais le professeur demanda à faire une remarque finale. Entre autres aspects, j'avais interprété le conte comme un drame féminin ; le type de Heidelberg, amusé par sa propre plaisanterie, se moqua en faisant le rapprochement entre mon interprétation et la Fédération indépendante des femmes, dont j'étais visiblement membre. "Ou est-ce que vous dites membresses ?" Il regarda autour de lui, avide d'applaudissements.

Après cette méchanceté pure et simple, ma tête était complètement vide. Quelques jours plus tard, j'étais à la cantine avec Isolde, ma collègue âgée qui avait retiré sa signature pour le NOUVEAU FORUM. Son poste n'était pas en danger *a priori*. Mais elle me rapporta la rumeur selon laquelle le professeur, s'il devenait directeur de l'institut, voulait faire venir son assistant de Heidelberg et qu'il avait donc besoin de mon poste.

Elle se pencha vers moi et parla si doucement que je l'entendais à peine :

— On raconte que ton père est un haut fonctionnaire du Parti. Hans Langner. Qu'il a été ministre et qu'il est toujours en bons termes avec le SED ou le PDS ou je ne sais quoi, dans leur conseil des anciens. C'est paru dans le *Neues Deutschland*. C'est vrai ? J'avais pas remarqué que tu étais la fille d'un fonctionnaire.

— Je n'ai jamais entendu parler d'un conseil des anciens, répliquai-je froidement.

— Ça explique ton courage, dit Isolde d'un air songeur. Tu savais qu'il ne t'arriverait rien.

Je renversai ma chaise en sortant.

Mon poste fut confirmé par le conseil de recherche, même si le type de Heidelberg devint effectivement directeur de l'institut et qu'il fit venir plusieurs collaborateurs ainsi que son assistant. Dès la première semaine, j'entrai en conflit avec lui.

Au bout de quelques mois, je posai ma démission à compter du semestre suivant. J'avais commencé à analyser le rôle du bas allemand dans le national-socialisme, examinant des vieux journaux et des émissions de radio pour mettre en évidence la revalorisation du dialecte dans le cadre de l'héroïsation du mode de vie rural. J'avais eu le temps de faire valider le sujet par le professeur Simon, mais cela ne correspondait pas au projet de recherche de mon nouveau directeur, qui y voyait une problématique en rapport avec l'ethnologie et non la germanistique. Je crois être la seule à avoir abandonné volontairement mon poste à l'université Humboldt. Or mon départ n'était volontaire qu'aux yeux des autres. J'aurais peut-être dû me battre, mais je percevais une arrogance qui érodait ma confiance en moi, j'avais peur de tomber malade.

C'est ce qui arriva à Isolde. Elle vivait seule, sans enfants, l'université et la grammaire du moyen haut allemand remplissaient sa vie. Parmi les nouveaux collègues, il y en avait un qui travaillait à un traité sur *La Chanson des Nibelungen* et, tout en s'appuyant sur l'ouvrage de référence d'Isolde dans ses commentaires, il considérait la vieille scientifique comme une concurrente. La rumeur circula soudain qu'elle était une collaboratrice informelle, autrement dit une informatrice de la Stasi. Elle le nia, mais tous les anciens indicateurs de la Stasi niaient ce qu'on ne pouvait pas prouver. Son dossier déchargea Isolde qui identifia son rival comme source de la calomnie, celui-ci nia à son tour et l'affaire s'enlisa. Ce genre de procédures répugnantes n'étaient pas rares à l'université. Environ un an après ma démission, je lus la nécrologie d'Isolde dans la presse. J'allai à l'enterrement et j'appris durant l'éloge funèbre que dans une lettre d'adieu, elle citait comme raison de son suicide les conditions de travail à l'institut, la *froide solitude*.

Cette *froide solitude*, je la connaissais aussi désormais, et pas seulement à l'institut.

Après ma démission, j'étais allée spontanément rejoindre mon mari, un trajet de seize heures via Cologne, Bâle et Lausanne, des lieux inaccessibles trois ou quatre ans auparavant. Mon cœur battait toujours la chamade quand je m'en apercevais. Dans le bus au départ de Villeneuve, je regardai à peine le paysage parce que je pensais aux retrouvailles avec Michael. Dès l'accueil à la porte, je me rendis compte que ma visite suscitait davantage d'effroi que de joie. Son étreinte me parut étrangement inhabituelle. Pendant que je lui parlais de l'institut, il paraissait absent. Quand son téléphone sonna, il l'ignora.

— Tu ne décroches pas ? Ça pourrait être les enfants.

Il se contenta de se lever et de couper le son du répondeur.

— Continue, me dit-il.

— Qui t'appelle aussi tard ? lui demandai-je, étonnée.

Lorsqu'il effaça d'un geste brusque le message sans l'avoir écouté, mon cœur se serra.

À la salle de bains, je trouvai une barrette argentée sur l'étagère. Assise au bord de la baignoire, je revis Michael supprimant le message et je me dis : un objet, ça ne s'efface pas comme ça, je veux savoir, je vais devoir affronter la vérité.

Quand je revins vers lui, il avait changé les draps du lit et fait du thé ; ma démission l'inquiétait. On allait être juste financièrement, dit-il, parce que la Suisse était chère, il ne fallait pas précipiter les choses et les filles allaient sûrement vouloir rester à Berlin.

Je n'avais même pas suggéré de déménager en Suisse. Il remarqua mon silence et se tut également. Je notai plus tard que la barrette n'était plus sur l'étagère de la salle de bains. J'allai sur le balcon, le verger derrière la maison n'existait plus, remplacé par un chantier, le grand poirier avait disparu lui aussi, le perchoir du bruant des jardins. Michael rit quand je lui demandai des nouvelles de l'oiseau.

— Je n'ai plus revu d'ortolan depuis. Mais à quelques kilomètres d'ici, au-delà de la frontière, on peut commander dans les auberges de l'ortolan engraissé, noyé dans du cognac et rissolé aux lardons.

Au lit, je l'interrogeai au sujet de la barrette argentée et de la femme à qui elle appartenait. Sa réaction me gêna, je suis toujours gênée quand on me ment. Il nia d'abord le fait en bloc, puis il me reprocha ma méfiance ridicule. À la fin, il changea de ton et dit pour calmer le jeu qu'une femme de ménage venait chez lui depuis peu et qu'elle avait dû perdre la barrette. Quand il voulut m'enlacer, je me détournai.

Le lendemain matin, on prit le petit-déjeuner ensemble, j'étais encore lasse et taciturne, il parcourait des documents quelconques pour son travail, promit de rentrer le plus tôt possible à la maison. Avant de quitter l'appartement, il verrouilla nonchalamment son bureau et emporta la clé. Je décidai de ne pas l'attendre.

En rassemblant mes affaires à la salle de bains, j'ouvris, suivant une pensée soudaine, un tiroir dans lequel se trouvaient des lames de rasoir et un paquet entamé de préservatifs. Nous n'en avions jamais utilisé, je prenais la pilule.

En allant à la gare routière, la région avec ses façades impeccables, ses bacs à fleurs et ses rideaux de dentelle me parut soudain menaçante. Dans le bus, je remarquai que mes larmes coulaient et je me dis que je pleurais l'ortolan disparu, qui me semblait être le lien le plus important entre notre vie d'avant, les étés à Machandel, et cet endroit.

Au début des années 90, je passai la plupart des week-ends à Machandel avec les filles. C'était compliqué parce que Michael avait la voiture ; nous allions en train jusqu'à Güstrow ou Teterow, où nous attendions une heure un bus qui s'arrêtait dans un village voisin. C'est là que nous garions les vélos. Lorsque nous traversions la campagne à vélo, que nous apercevions notre chaumière de loin, que nous reprenions possession des lieux, nous nous sentions chez nous et oubliions la fatigue des heures de voyage. Ici aussi, tout changeait, mais plus lentement. Le premier signe était les nouvelles portes achetées en grande surface, les vieilles portes en bois toutes simples finirent en bois de chauffage.

Il y eut ensuite les amphores en plastique dans les jardinets, les pots en argile disparurent. Les routes rurales allaient être réparées grâce à un fonds spécial, l'allée de châtaigniers menant à Klabow fut bitumée. Plusieurs villageois avaient protesté, sur quoi le maire reprocha aux vieux de Machandel de s'opposer au progrès, la nouvelle route facilitait quand même l'accès aux médecins et au bus Konsum. Mais le bus en question n'existait déjà plus lorsque la route fut achevée, sur laquelle les garçons des villages voisins organisaient des courses à vélomoteur et avec les vieilles Trabant de leurs pères le week-end. Les promenades dominicales sur l'allée de châtaigniers cessèrent. Depuis que le bus Konsum ne venait plus, on ne voyait jamais tous les villageois en même temps, c'est pourquoi on remarqua à peine l'absence de Mme Poschmann. Ses enfants étaient venus la chercher, les orties proliféraient dans le jardinet de sa maison pour néoruraux.

J'étais souvent chez Emma dans son annexe qui s'effritait depuis longtemps, ou chez Natalia au château, lui aussi gris et fissuré. Un morceau des armoiries de la famille propriétaire du domaine était tombé de la façade. Depuis que le magasin n'existait plus au village, Natalia avait beaucoup de temps et elle tricotait. Elle teignait la laine de mouton avec des couleurs végétales. Ses pulls étaient très demandés, les acheteurs venaient même de Rostock.

Les deux femmes me racontèrent que des voitures s'arrêtaient souvent devant le château. Déjà avant la Réunification, deux messieurs étaient venus de Munich, les petits-neveux de la baronne ou leurs avocats. La baronne avait survécu à ses enfants, mais elle était morte près du lac de Constance depuis des décennies. À la demande de la communauté des héritiers, ces messieurs inspectèrent le manoir et les écuries, parcoururent les prés et prirent tout en photo. Mais ils ne revinrent pas, le domaine de Machandel tomba sous les dispositions de la réforme agraire, le château fut confié à une agence fiduciaire et vendu à un investisseur qui s'en désintéressa bientôt au vu de la charpente pourrie, de l'installation électrique délabrée et de la mérule sur la façade ouest. Natalia continuait de cirer le parquet dans toutes les pièces, mais elle ne laissait plus la maison ouverte depuis qu'elle avait surpris deux hommes qui, en pleine journée, démontaient presque sans bruit les boiseries de la salle du bas. Ils en avaient déjà chargé une partie et disparurent en hâte avec leur butin. Récemment, des visiteurs avaient dévissé les rosaces en laiton des fenêtres pendant que Natalia faisait visiter le château aux autres.

J'appris également que les terres de la baronne, que les néoruraux avaient intégrées à la coopérative, seraient dorénavant gérées par une société foncière, une filiale de l'agence fiduciaire. Les anciens membres de la coopérative faisaient maintenant partie d'une SARL agricole qui avait loué une partie des terres, mais avec seulement trois ans de garantie.

— M. von Maltzahn, à quelques villages de là, a également loué les champs de son grand-père, et ils lui ont accordé douze ans, s'indigna Emma, sur quoi Natalia ajouta :

— Comme l'avenir est incertain, on ne cultive plus que le colza subventionné et le maïs dans la région. Les légumes des nouveaux supermarchés viennent de Hollande et d'Espagne, ils ont un goût d'eau. Dans mon bus Konsum, autrefois, il y avait au moins du chou-fleur et des concombres d'ici. Maintenant tous les commerces du village sont fermés. Heureusement, les enfants d'Emma l'approvisionnent et Lena fait les courses pour nous. Ils ont aussi arrêté le bibliobus, Lena aurait pu avoir un poste MCE.

— Mesure de création d'emploi, dit Emma pour expliciter ce nouveau terme, dont elle écouta l'écho avec étonnement, tandis que Natalia précisait :

— Il s'agit de tailler les arbres et de déblayer les fossés avec la faux. Ou de dessiner les panneaux pour les pistes cyclables. Mais c'est limité à un an. Lena aurait aussi pu travailler comme saisonnière dans l'ancienne coopérative.

— On lui aurait fait ramasser la caillasse dans les champs et nettoyer la salle des engrais, objecta Emma. C'est redevenu du boulot pour les femmes maintenant. Dans l'administration et sur les machines, il n'y a que des hommes.

Les femmes rirent en disant que Lena avait trouvé un meilleur travail. On rénovait Burg Schlitz pour en faire un hôtel, elle travaillait au bureau de l'architecte.

Où Natalia et Lena vont-elles s'installer quand le château de Machandel sera vendu, me demandai-je. Et Emma, où ira-t-elle ? C'était la dernière occupante de l'annexe, que les futurs propriétaires du château allaient certainement démolir car elle se trouvait au beau milieu du parc envahi par la végétation. Je semblais m'en inquiéter davantage que les deux villageoises qui attendaient le changement avec calme. Elles avaient sûrement remarqué ma séparation d'avec Michael et mon chagrin, mais elles posaient peu de questions et je n'avais pas à expliquer quoi que ce soit.

"Le cœur d'autrui est comme une forêt", dit simplement Natalia lorsqu'elle me surprit un jour sur la terrasse. Elle vit que j'avais pleuré, posa une coupelle de mirabelles devant moi et dit cette phrase étrange à voix basse. J'ignore si elle parlait de mon cœur ou de celui auquel je pensais, assise là seule, en observant les jeux de lumière dans l'herbe et les arbres.

Natalia et Emma furent heureuses pour moi lorsque je devins, après plusieurs mois de chômage et de candidatures infructueuses, cheffe de bureau dans le service de consultation fondé par mon amie. Elles partageaient mes espoirs d'obtenir une formation pour devenir thérapeute familiale, mais mon doctorat était tout à coup un obstacle, j'étais considérée comme surqualifiée.

De temps à autre, j'appelais le professeur Simon, qui rédigeait sa *Lingua Saxonica* à Londres. Je lui avais parlé des changements à l'institut, du professeur de Heidelberg et de son jugement dévastateur sur ma thèse. Je me souviens d'une conversation téléphonique au cours de laquelle Martin Simon dit simplement :

— Pas étonnant, ce type de Heidelberg était un élève de Bartholomäus et il est lui-même issu d'une dynastie de théologiens. Des chrétiens allemands. Son père ou son oncle était déjà professeur à Heidelberg dans les années 30. Il voulait "déjuiver" la Bible, Jésus était un Aryen selon eux.

J'entendis son rire moqueur au téléphone. Il ne considérait pas ma brusque mise au chômage comme une catastrophe.

Il avait si souvent cru que tout s'arrêtait dans sa vie. Il avait fait cette expérience en tant qu'élève en Allemagne, mais aussi à Shanghai et en 1952, lorsqu'il avait perdu son poste d'assistant à l'université.

— Pourquoi n'avez-vous pas pu rester à l'université ? lui demandai-je.

— Ah, j'ai oublié leurs arguments. J'étais un émigrant de l'Ouest, juif et qui plus est sans parti, ça leur a suffi. Je suis revenu à l'université par la suite, comme vous savez. Les détours ne sont pas des impasses.

Soudain, il me tutoya :

— Puisses-tu ne jamais rien connaître de plus grave dans ta vie, Clara. Où est le problème de quitter un institut dans lequel, comme tu l'as dit toi-même, on ne peut plus respirer ?

Ce qui le préoccupait davantage que ma précarité professionnelle, c'était la mort de son ancienne collègue Isolde, qui lui avait également envoyé une lettre d'adieu.

Ma mère n'a pas laissé de lettre d'adieu. Elle est morte en janvier 1994.

La veille, Julia avait fêté ses quinze ans. Michael était rentré de Suisse et nous avions invité mes parents pour le café. Mon père téléphona, il avait alors quatre-vingt-quatre ans. Il ne faisait sans doute plus partie du conseil des anciens que sur le papier, il ne pouvait quasiment plus quitter la maison. Je n'étais donc pas surprise qu'il annule leur visite. Il dit que ma mère n'allait pas bien. Cela faisait déjà un moment. Une fois le nouvel appartement meublé – elle avait même dégoté une dalle en marbre noir pour la cuisine américaine intégrée –, elle ne trouva plus rien à faire et passait des heures devant la télé. Un jour, je l'avais interrogée au sujet de sa thérapie, sans recevoir aucune réponse. Je n'insistai pas, j'avais suffisamment de soucis. Le faux bond de mes parents m'allait bien, je n'avais pas mentionné ma rupture avec Michael, nous voulions en reparler quand il serait là. C'était douloureux de voir à quel point il manquait aux filles. Julia ne l'avait pas lâché depuis son arrivée.

Michael voulait rester trois jours à Berlin, je m'étais libérée. Le premier jour, on célébra l'anniversaire de Julia avec ses amies. Ruth était venue dîner avec son compagnon Andreas, l'historien de l'art du musée de Pergame qui voulait reconstituer des statuettes en basalte détruites pendant la Seconde Guerre mondiale. Il parla de son projet aux jeunes filles pendues à ses lèvres. Je vis Ruth l'écouter fièrement et je remarquai qu'ils profitaient de toutes les occasions pour se toucher. Leur tendresse me fit ressentir de façon plus douloureuse encore la froideur compassée entre Michael et moi.

Le lendemain, les filles venaient de partir à l'école, mon père appela. D'une voix sans timbre, mais ferme, il me dit :

— Clara, viens s'il te plaît. Ta mère est morte.

Michael me conduisit chez eux, mon père se tenait sur le seuil, il s'écarta en silence. Il était hagard, comme engourdi.

— Ils sont déjà venus la chercher. Elle est morte dans son lit.

Il fallait tout lui redemander plusieurs fois, il était dur d'oreille depuis quelque temps.

— Elle n'est pas sortie de sa chambre ce matin, je suis passé la voir, elle était inconsciente. L'urgentiste a dit qu'elle était morte. Il a pris la boîte de comprimés vide sur la table de nuit et il a fait transporter ta mère chez le médecin légiste. C'est là qu'elle se trouve maintenant.

Mon père était assis là, affalé, il ne semblait pas nous voir. Avec sa canne, qu'il utilisait aussi dans l'appartement depuis peu, il fouilla sous le lit et on entendit un bruit de verre. Deux bouteilles vides roulèrent sur le tapis.

— Tu l'as dit au médecin ?

Il se contenta de hausser les épaules, un geste impuissant qui me toucha. Je pouvais enfin le serrer dans mes bras, enfin pleurer. Il n'avait pas de larmes, mais son vieux corps tremblait.

On n'a jamais pu établir si elle avait avalé exprès toute la boîte de somnifères ou si elle était trop ivre pour savoir ce qu'elle faisait.

Durant ces quelques jours, Michael fut d'un grand secours. Mon père était assis en silence à son bureau vide, j'étais moi aussi comme hébétée, je prenais des objets que je laissais tomber, j'allais vers le téléphone sans savoir qui appeler. Michael prolongea ses congés et resta jusqu'à l'enterrement de ma mère. Il organisa les funérailles au cimetière de Pankow, parla au médecin légiste, aux autorités et à l'administration du cimetière, choisit le cercueil avec nos filles ; après tout, il était encore son gendre et je lui en étais reconnaissante. Il n'y eut pas beaucoup de monde à l'enterrement. Je ne vis que deux anciens collaborateurs de ma mère au cimetière, mais Ruth était venue avec un de ses anciens collègues de l'hôpital Herzberge, un des rares psychiatres et thérapeutes de renom en RDA, un des porte-paroles du NOUVEAU FORUM à la fin. Pourquoi était-il ici, s'agissait-il du thérapeute de ma mère ? Je ne pouvais pas questionner mon père, il était complètement absent. Julia et moi le tenions bras dessus bras dessous, il était raide comme une marionnette et ne semblait pas écouter.

L'orateur de l'Association humaniste s'était proposé, disant qu'il connaissait ma mère. Je l'écoutai avec étonnement parler d'elle. Il commença par évoquer une journée remontant précisément à quarante-neuf ans, le 26 janvier 1945. Ce jour-là, Johanna, alors âgée de dix-sept ans, avait été arrachée à sa vie de lycéenne dans un village de Sambie appelé Kamstigall, d'où elle s'était enfuie. Voyageant en traîneau tiré par des chevaux sur des routes encombrées, elle et sa mère étaient arrivées à Baltiisk, où les cargos ouverts étaient déjà surchargés. L'orateur parla d'un sauvetage miraculeux, d'une circonstance heureuse car la plupart des personnes à bord étaient mortes de froid par la suite. À Gdynia, d'où appareillaient également les bateaux, le *Wilhelm Gustloff* était surpeuplé. De nombreux habitants de Kamstigall avaient réussi à se rendre sur ce vaisseau de la mort, mais pas Johanna et sa mère Waltraud. Encore une chance. De même qu'elles avaient raté le ferry de Danzig car elles avaient assisté, avec des milliers d'autres, au lent naufrage du bateau dans le chenal de la presqu'île de la Vistule encore gelée, sous les cris des personnes et des chevaux. Johanna eut encore la chance, dit l'orateur, de pouvoir aller à pied de la petite cuvette à la grande cuvette, il cita des noms de lieux dont je n'avais jamais entendu parler : Lauenburg, Stupsk, le village de Szczypkowice. C'est là que Johanna et Waltraut s'étaient retrouvées en mars, l'Armée rouge était sur place, ainsi que l'armée polonaise et des soldats allemands dispersés, tous s'étaient tiré dessus, tandis que Johanna, sa mère et quelques autres femmes s'étaient cachées dans les marécages près de Szczypkowice, où il neigeait encore, dit l'orateur, les femmes avaient peur de mourir de froid et quand les tirs cessèrent, certaines étaient retournées au village administré par des Polonais, mais les soldats de l'Armée rouge étaient toujours là et les femmes allemandes n'avaient pas survécu. Johanna et sa mère, quelle chance, étaient restées dans les marécages, se tapissant pendant dix jours derrière des draps sales qui, de loin, ressemblaient au sol gelé. Puis elles avaient repris la fuite, toujours plus loin, jusqu'à ce qu'elles arrivent fin avril dans le

Mecklembourg, encore une chance parce que là-bas – l'orateur éleva la voix comme pour annoncer un triomphe, regarda mon père et poursuivit après une courte pause :

— Là-bas, à Machandel, Johanna fit la connaissance de son mari, Hans Langner.

Je ne sais pas si mon père comprenait l'orateur, peut-être, espérais-je, qu'il n'écoutait pas. Ces histoires de fuite et d'expulsion des Allemands après la Grande Guerre l'avaient toujours agacé, on ne pouvait pas se plaindre des conséquences sans nommer les causes. Ma mère n'avait jamais évoqué en ma présence ce qu'elle avait vécu. Pendant mon enfance, c'était l'histoire de mon père qui avait un poids et une importance à couper le souffle. Il avait connu le camp de concentration, il avait souffert, c'était une victime du fascisme et, davantage encore, un résistant et un héros. Mais qui était ma mère ? L'orateur enchaîna sur Johanna, poursuivie par la chance, sauf que la chance avait bien dû quitter ma mère à un moment donné. Était-elle la belle jeune femme dont il disait à présent qu'elle était partie à Berlin pleine d'espoir et de foi en l'avenir ? Celle qui voulait laisser derrière elle tous les souvenirs de la mort et de la violence, qui l'avaient pourtant rattrapée à la fin de sa vie ? L'orateur mentionna ses études, son doctorat, parla de déceptions, d'illusions perdues. Il mentionna mon frère, dont l'emprisonnement et le départ lui avaient brisé le cœur. Il conclut sur une sorte de jeu de mots, évoquant un rêve brisé, un traumatisme sans trêve qui l'avait accompagnée toute sa vie.

Je me rendis compte que je n'avais pas connu ma mère. Tout ce que je savais de son histoire, c'était le nom de Kamstigall, le lieu de sa naissance figurait sur sa carte d'identité. Ce nom m'amusait quand j'étais petite, il me rappelait le rossignol* ou le *Tagtigall*** du poète Morgenstern. Jamais je n'aurais eu l'idée de chercher ce Kamstigall sur une carte, d'ailleurs je ne l'aurais pas trouvé. La Sambie, ce paysage entouré par le ciel et la mer dont parlait l'orateur, je l'ai rencontrée dans les poèmes de Johannes Bobrowski, j'ignorais que cela avait un rapport quelconque avec

* Jeu de mots avec *Nachtigall*, "le rossignol", en allemand.

** *Tagtigall* : néologisme du poète Christian Morgenstern à partir de l'opposition *Tag* (jour) et *Nacht* (nuit).

ma mère. Mes larmes coulèrent, j'aurais aimé pleurer Kamstigall avec elle, mais je ne l'avais jamais vue pleurer et – je le compris à ce moment-là – très rarement rire.

Michael avait réservé des tables pour les invités dans un restaurant souabe qui avait ouvert récemment dans la Kavalierstraße. Mon père était assis en silence au milieu de quelques vieilles femmes, les veuves de ses camarades de camp, qui étaient aux petits soins pour lui, si bien que je pus m'asseoir à côté de l'orateur. Il dit qu'il avait travaillé un temps dans le département de ma mère à la Ligue pour l'amitié entre les peuples. Mais il n'avait découvert les détails de sa vie qu'en parlant avec son thérapeute. Il désigna le collègue de Ruth, qui nous avait accompagnés au restaurant. Je vis cet homme aux cheveux gris assis tranquillement à l'autre bout de la table et j'allai le rejoindre, il enleva immédiatement le sac sur la chaise à côté de lui.

Oui, il connaissait ma mère depuis quelques années et l'avait accompagnée dans son combat courageux contre l'addiction, contre la peur qui la rattrapait sans cesse.

Il était content que mon père l'ait prié, après la mort de Johanna, de dresser un portrait de sa femme pour l'orateur. Lui-même, avait dit mon père, ne s'en sentait pas capable. Le thérapeute sortit un petit paquet du sac, un carnet relié en papier de couleur. Je le reconnus, Julia en avait offert à Noël il y a deux ou trois ans, ma mère en avait aussi reçu un.

— Voici l'histoire de sa fuite, dit-il. Je l'ai invitée à l'écrire. Elle voulait vous la donner un jour, à vous et à vos filles. Maintenant c'est moi qui le fais.

Tard dans la soirée, mon père se retrouva seul chez lui ; il avait refusé de rester dormir chez nous, tout comme il avait décliné avec effroi la proposition d'une des veuves d'emménager temporairement chez lui. Je lui téléphonai, il était calme et dit qu'il allait se coucher. Tandis que nos filles étaient au lit et que Michael refaisait déjà ses bagages, je le remerciai pour son soutien. Il m'enlaça en silence. Nous n'avions pas parlé de nous, nous n'en avions pas eu le temps. Je voulais lui montrer le carnet noirci par ma mère, évoquer avec lui l'éloge funèbre. Je voulais lui dire tellement de choses. Mais une intimité que je n'avais plus ressentie depuis longtemps et un désir presque oublié de sentir son corps, son odeur familière de cigarettes et de forêt, le sentiment que cette odeur m'avait cruellement manqué jusqu'ici, me coupèrent la parole.

Sa bouche sur mon cou, il dit :

— Clara, je vais redevenir père. Finissons-en rapidement avec ce divorce.

20

HANS

Le mutisme, ma damnation

Me voilà allongé dans cette chambre d'hôpital, où j'entends les gémissements et les halètements de l'homme dans le lit voisin. Il est vieux, me dis-je, mais je le suis encore plus. Le service de soins et ma fille Clara m'ont fait venir ici, soi-disant pour quelques jours, le temps d'adapter ma médication, qu'ils disent, comme si j'étais une vieille machine dont il faut resserrer les vis. Mon voisin de lit ne parle pas, c'est déjà ça. Je suis souvent venu ici ces dernières années, une fois le type d'à côté était plus jeune, un ancien de Sachsenhausen, pas en même temps que moi, plus tard, au camp spécial. Je ne voulais pas entendre son histoire. On l'avait arrêté en tant que membre de la Werwolf, il clamait son innocence. Pourtant il a bien dû être membre des Jeunesses hitlériennes et son Sachsenhausen à lui ne comportait ni terrain d'exécution, ni piste de test des chaussures, ni chevalet de bastonnade, ni potence. Il n'a pas connu Gustav d'acier.

Clara, à qui j'avais parlé de mon voisin de lit, me regarda longuement avec les yeux d'Else, puis elle dit à voix basse :

— Celui qui hait ressemble de plus en plus à l'objet de sa haine.

Le dicton vient probablement de ses apôtres de la paix.

— Au camp spécial, ils mouraient de faim et du typhus, ajouta-t-elle.

Je le sais moi-même. Ce sont les Alliés qui ont créé les camps spéciaux, à juste titre. Et ils les ont rapidement supprimés.

— Certes, répondit Clara, qui mentionna le procès de Waldheim en 1950, dans lequel il n'y eut ni avocats de la défense ni public, mais vingt-quatre condamnations à mort. Vingt-quatre.

À Sachsenhausen, en 1944, ils ont assassiné vingt-sept d'entre nous en une seule journée d'octobre. Je ne l'ai pas dit à Clara, je sais ce qu'elle aurait répondu : on ne peut pas compenser. Nos conversations étaient déjà aussi laborieuses que les discussions avec Jan lorsqu'il m'adressait encore la parole.

Clara a dû parler aux infirmières ; quand mon voisin est sorti de l'hôpital au bout de quelques jours, elles m'ont dit :

— M. Langner, vous allez bien vous entendre avec votre nouveau voisin, c'est un ancien général de l'Armée populaire.

Il l'a raconté d'emblée à tout le monde, pourtant ça sentait déjà de loin la cour de caserne, allez et plus vite que ça. Il m'a tutoyé d'emblée, me donnant du camarade, ça ne m'a pas plu non plus. Et il s'est plaint que dans l'Allemagne réunifiée, on lui interdisait de se nommer général en retraite car l'Armée populaire n'existait plus, pourtant il aurait pu écrire sous-lieutenant en retraite sur sa carte de visite parce que c'était son rang dans la Wehrmacht et que ça, c'était reconnu. Qu'est-ce que moi, Hans Langner, j'ai en commun avec un sous-lieutenant de la Wehrmacht ? Au début, l'Armée populaire a dû se rabattre sur eux, il n'y avait personne d'autre. Nous n'avions pas beaucoup de brigadistes et les meilleurs étaient morts, comme Bruno. D'où la création de l'école des cadets pour former nos propres militaires.

J'aimerais parler de tout cela avec Jan. Pas comme autrefois. Cette fois, je l'écouterais. C'est mon fils.

Jan n'est pas là et c'est une bonne chose que mon voisin n'ait pas envie de parler. Je préfère un type comme lui à un membre des Jeunesses hitlériennes ou à un officier de la Wehrmacht, quelqu'un dont je ne sais rien, qui ne dit rien, se contente de tousser et de puer.

Autrefois, quand j'étais malade, j'allais à l'hôpital gouvernemental de la Scharnhorststraße, où j'avais une chambre individuelle. Il y en avait un autre à Buch. Mais je n'y avais pas accès, au grand regret de Johanna. J'étais satisfait de celui de la Scharnhorststraße, de bons médecins, des infirmières sympathiques. Mon fils était frustré de voir un menu dans ma chambre. Selon lui, nous n'avions aucune idée des conditions de vie du peuple. Ni du type de bouffe qu'on servait aux patients à l'hôpital de la Nordmarkstraße.

Voilà ce qui me traverse l'esprit pendant que je suis ici à attendre. Attendre quoi au juste ?

L'hôpital gouvernemental fut fermé après la Réunification. Quand j'eus ma deuxième crise cardiaque à la fin des années 90, il n'existait plus. Ce matin-là, ils avaient annoncé aux informations que Chevardnadze, le ministre soviétique des Affaires étrangères, avait démissionné. Je compris à ce moment-là que c'en était fini de l'Union soviétique. À l'Union des combattants du Front rouge, on se saluait en disant *Heil Moscou*. Je ne suis allé à Moscou qu'après ma sortie du camp, nous étions au courant des procès des années 30 depuis longtemps. Tant de mes camarades y ont péri, fusillés à la Loubianka, à Boutovo, morts de froid dans les camps, morts de faim. Je n'ai pas oublié. Mais Staline était mort, Beria aussi, les derniers émigrants allemands rentrèrent au milieu des années 50. Chez nous, il n'y eut pas de procès des médecins, ni de procès Slánský, c'était sans doute prévu, on relâcha peu à peu les personnes arrêtées, la raison semblait être à nouveau de mise. Ce qui est sûr : l'Union soviétique a vaincu Hitler. Les Alliés occidentaux ne l'ont rejointe qu'au dernier moment. Sans l'Armée soviétique, je me serais décomposé à Sachsenhausen. Et sans le docteur envoyé par Semion Baranovitch, je ne serais jamais sorti de ce patelin, Machandel. Else chantait la chanson des pilotes soviétiques au Mégaphone rouge : *Et s'ils pointent leurs armes contre l'Union soviétique, / alors les armées rouges se prépareront au combat, / à la révolution !*

Peut-être que mon rapport à l'Union soviétique est le même que celui de mon codétenu brandebourgeois à son dieu juif. Il n'acceptait aucune critique non plus, faisait ses prières tous les jours et me disait :

— Je crois au Dieu d'Israël, même s'il laisse faire tout ceci.

Cet homme était médecin, jadis un professeur célèbre.

— Si je perds la foi, je ne suis rien, me dit-il un jour.

Je repense souvent à Kozower. À l'automne 40, on m'envoya à Neuengamme, de là à Sachsenhausen. Kozower ne resta pas non plus dans le Brandebourg. À l'été 43, il aurait été amené à Theresienstadt, puis sans doute à Auschwitz. Au début des années 50, je me suis renseigné à son sujet, cherchant son nom sur les listes et demandant aux autres ce qu'était devenu Siegfried Kozower.

La commission de contrôle du Parti me le reprocha par la suite. Ils suspectaient des activités sionistes. Je ne pouvais pas leur expliquer ce que je voulais de Kozower. Je voulais l'enlacer une dernière fois. En cellule, je n'avais fait que me moquer de lui. Alors qu'il m'avait appris l'anglais et longuement parlé de Spinoza en cueillant du sisal. Il connaissait certaines pièces de théâtre par cœur, il me raconta chaque scène de *Woyzeck* et de *La Mort de Danton* de Georg Büchner. La prison fut mon université. Nous n'étions pas allés très loin dans mon école populaire de la Driesener Straße. La plupart du temps, j'étais fatigué parce que je devais livrer les journaux tôt le matin.

À quinze ans, j'étais déjà dans la Jeunesse ouvrière lorsque l'Union soviétique devint la patrie de tous les travailleurs en 1924. Oui, nous y croyions et je suis resté fidèle à cette croyance, malgré tout.

Or voilà que Chevardnadze démissionnait et il était évident que le pays de la révolution d'Octobre avait vécu lui aussi. Les larmes coulèrent sur mon visage et Johanna, qui avait appelé les urgences, crut que je souffrais physiquement. Le médecin diagnostiqua un infarctus et voulut me faire transporter à l'hôpital de la Charité. L'hôpital gouvernemental de la Scharnhorststraße était fermé, nous ne le savions pas encore, si bien que le jeune médecin dit à Johanna d'un air railleur :

— Le temps des traitements spéciaux est révolu pour les camarades dirigeants.

Bon, des traitements spéciaux, j'en ai eu suffisamment dans ma vie. Je n'ai pas non plus besoin d'un menu à mon chevet. Bien que ça existe ici aussi. Je pense que tous les hôpitaux en ont maintenant.

Je devrais appeler l'infirmière pour qu'elle relève la tête de lit, j'aimerais lire pour me changer les idées. Par chance, je peux encore compter sur mes yeux. J'ai emporté la correspondance de Büchner. Un petit livre marbré bleu, paru chez nous en 1978, aux éditions Der Morgen. Elles n'existent plus, mais le livre repose sur ma table de chevet, bien abîmé. Je l'ai acheté parce que Kozower m'en parlait souvent et que, plus tôt encore, Else me lisait certaines de ses pièces, avec une voix différente pour chaque rôle. Elle avait la fibre artistique, un grain de folie.

Je compris Büchner seulement lorsque Kozower se mit à déclamer des scènes entières en cellule. La rage impuissante de Woyzeck, sa haine. Je connaissais cette colère, je la connaissais bien, déjà gamin dans la Kopenhagener Straße, lorsque la moisissure se répandait à l'angle de la pièce et que maman ne pouvait pas faire la cuisine en fin de mois car elle n'avait rien. J'ai connu cette réalité pitoyable qui a causé la perte de Woyzeck. Et la sensation évoquée dans *La Mort de Danton* : *Oui, la terre est une croûte mince, j'ai toujours l'impression que je pourrais passer à travers*... C'était la même chose pendant mes deux années de clandestinité, un faux pas et l'abîme guettait. Après c'était pareil, on marchait sur cette même croûte mince en prison, au camp. Jusqu'en 45. Et au-delà. *Il faut avancer avec prudence, on risque de s'enfoncer.*

Je ne comprenais pas les autres pensées de ce Büchner, mais ça faisait réfléchir. Mon codétenu me cita, je m'en souviens encore aujourd'hui, le questionnement du prisonnier philosophe Payne : *Pourquoi est-ce que je souffre ?* Büchner le laisse fournir la réponse : *Le moindre tressaillement de douleur, même s'il se compose d'un seul atome, crée une fissure de haut en bas dans la Création.*

— Mais alors la Création serait entièrement fissurée, dis-je, sur quoi Kozower répondit :

— C'est le cas, non ?

Quand je sortirai d'ici, m'étais-je dit, j'irai au théâtre voir des pièces de ce Büchner. Je n'avais pas beaucoup de temps pour le théâtre. Johanna aimait voir de la danse classique à l'Opéra national. Je trouvais ça petit-bourgeois, je ne l'accompagnais jamais. On alla une fois au Berliner Ensemble, au Deutsches Theater, où je vis une représentation de *Woyzeck*. La pièce me bouleversa, je trouvais la mise en scène de Wolfgang Langhoff fabuleuse. Heureusement que je n'en parlai qu'à Johanna car nos journaux évoquèrent une soirée pessimiste et décadente à l'occidentale. Au lieu d'aborder la victoire du peuple, il n'était question que de ses erreurs. Nous étions en 1959, j'en avais marre et j'étais content d'être plus ou moins réhabilité, je laissai tomber Büchner.

Quand je revis le livre vingt ans après, je l'achetai.

Plus tard, je lus ces lettres et mon sang se figea, mais je n'avais plus personne à qui en parler.

En 1834, Büchner avait écrit à sa fiancée : *J'étudiais l'histoire de la Révolution. Je me suis senti comme écrasé sous le fatalisme atroce de l'Histoire. Je découvre dans la nature humaine une terrible uniformité, dans les relations humaines une violence inévitable, accordée à tous et à personne. L'individu n'est qu'écume sur la vague, la grandeur une simple coïncidence, la domination du génie un spectacle de marionnettes, une lutte ridicule contre une loi d'airain, le reconnaître est la tâche suprême, le surmonter une tâche impossible. Je ne songe plus à m'abaisser devant les chevaux de parade et les vigiles de l'Histoire. J'ai habitué mon œil au sang.*

Nous qui avions toujours pensé que tout évolue vers un niveau supérieur et qu'à la fin de cette évolution, on trouve le communisme. Que les lois de la société se frayent un chemin à travers nous, notre volonté, nos actions. Et lui, il évoque le fatalisme de l'Histoire. Avec le recul, je vois que Büchner avait raison : *L'individu n'est qu'écume sur la vague.*

Quelques mois après ma sortie du sanatorium et mon retour à Berlin en février 56, le congrès du Parti eut lieu à Moscou, où Khrouchtchev prononça son célèbre discours sur les crimes de Staline. En mars, Ulbricht se désolidarisa du défunt Staline, presque en passant, comme on écarte du pied une feuille morte. Il déclara que nous n'avions pas besoin d'une déstalinisation puisque nous n'avions jamais été staliniens. Pourtant, le discours de Khrouchtchev ne nous parvint que plus tard et par bribes. Je vis pleurer certains de mes camarades, disant qu'ils ne savaient rien de tout cela. Je ne peux pas dire que je ne savais pas. J'habituai mon œil au sang très tôt, avant 33. Au plus tard après l'exécution de Karel, je savais que les camarades ne mentaient pas quand ils évoquaient les camps sibériens, les exécutions, la peur dans la patrie de tous les travailleurs. Au camp, je ne voulais pas y croire. Mais je vis les camarades qui revinrent après la mort de Staline. Nous étions tous endurcis, vieillis. Leur regard changeait, ils se taisaient lorsqu'on leur demandait pourquoi ils rentraient seulement maintenant. Après le XXe congrès du Parti, nous avions cru aux réformes, il était question de dégel, après quoi l'entourage de Harich et Janka croupit en prison pendant des années.

Concernant Karel et les autres condamnés au procès, nos journaux annoncèrent en 68 que ce n'étaient pas des contre-révolutionnaires et que leur exécution à Prague était un crime. Mais lorsque je donnai aux camarades de Sachsenhausen des lettres et des photos de Karel Hunzek, que je demandai aux historiens de lui faire une place dans leur exposition, on me convoqua devant le groupe de travail consacré au camp. Mes anciens camarades me blâmèrent, comme devant la commission de contrôle du Parti début 53. Quel était le but de ma démarche, avais-je l'intention de semer la zizanie entre le Parti et le groupe de travail ? Fin 68, Jan était en garde à vue à cause de ses photos de Prague. Je savais que la moindre de mes paroles pouvait être utilisée contre lui et que, à la vue des visages devant moi, l'heure n'était pas venue de réhabiliter quelqu'un comme Karel. Pendant ce temps, les chars étaient à Prague et le temps revint une fois de plus en arrière. Comme l'horloge de Prague, avait dit mon voisin, Ernst Busch. À l'époque, il restait quelques personnes à qui parler.

On ne me rendit pas les lettres de Karel ni ses photos, malgré le nombre de fois où je les sollicitai. Mais le compte rendu de notre fuite, que j'avais rédigé plus tôt, se trouvait dans les archives sur la marche de la mort, où Jan le découvrit. Il voulait tout savoir sur Karel, il était obsédé par cette histoire. Or il venait de sortir de prison, il était en probation, je ne voulais pas le faire replonger. À ses yeux, j'avais pris le parti des bourreaux de Karel par mon silence.

Maintenant tout est dans la presse, des révélations sur notre histoire chaque semaine. C'est fini, c'est trop tard.

Je crois que je n'ai pas besoin que l'infirmière relève la tête de lit, pas besoin d'ouvrir le livret bleu contenant les lettres de Büchner, je sais ce qu'il a écrit. Ça m'est resté des années de clandestinité, je peux retenir les textes importants, mot pour mot. Il y a un passage dans les lettres de Büchner à sa fiancée qui pourrait être de moi. Mais je n'ai personne à qui l'écrire : *Travailler m'est impossible, une rumination sourde s'est emparée de moi, d'où ne filtre presque aucune pensée. Tout se consume en moi ; si je connaissais un chemin pour mon for intérieur – mais je n'ai pas de cris pour la douleur, pas de cris pour la joie, pas d'harmonie pour le bonheur. Ce mutisme est ma damnation.*

Il a écrit cela soixante-quinze ans avant ma naissance.

Je veux me distraire de cette rumination sourde, qu'est-ce que j'ai apporté d'autre à lire, à part le livret bleu ? *Les Frères Karamazov* de Dostoïevski. Pas une lecture facile non plus. Je l'ai lu presque aussi souvent que les lettres de Büchner ces dernières années. Kozower m'avait également parlé de Dostoïevski en cueillant du sisal. Il me raconta que l'écrivain fut banni en Sibérie, qu'il vécut en marge du monde, coupé de la vie. L'inertie et la détention, comme chez nous. La souffrance individuelle ne compte pas face à l'Histoire. Pour mon codétenu, Dostoïevski était un type qui, lui aussi, s'en prenait à son dieu. Il disait que la foi ne peut pas supprimer le doute et inversement.

— Parce que nous avons besoin de Dieu, dit-il.

— Je n'ai besoin d'aucun dieu, répliquai-je avec défi.

Il se moqua de moi en disant que je ne devrais pas en être si sûr. Et que Staline était un dieu pour mes semblables. On se disputa au sujet de Staline et je dus donner raison à mon codétenu sur un point. La politique du Komintern de Staline paralysa la résistance contre Hitler au début des années 30.

— C'est quand même Thälmann qui a aligné le Parti sur Staline en 1928, me fit remarquer Kozower.

Je ne pouvais pas parler de Thälmann avec lui. Au moins, ce n'était pas un fonctionnaire de pacotille comme Ulbricht, il était humain. J'en sais suffisamment sur les contradictions humaines.

Ce n'est qu'au cours de ces dernières années que j'ai lu Dostoïevski et Hegel, j'aimerais bien en parler avec quelqu'un comme Kozower. Ou avec mon fils.

Je ne peux pas imposer mes pensées à Clara. Quand elle m'interroge, je réponds. Mais Clara est si naïve, elle ne sait quasiment rien du passé. C'est peut-être mieux ainsi, les choses sont suffisamment dures pour elle. Après la Réunification, elle a dû chercher un nouveau travail, seule avec les filles. Son mari, que je n'ai jamais beaucoup apprécié, s'est tiré en Suisse. Elle ne m'a pas présenté de nouveau compagnon, un type est venu la chercher une ou deux fois chez moi, un musicien qui avait l'air de ne savoir jouer que du violon, rien de tangible. Elle ne m'a rien dit d'autre à son sujet, seules mes petites-filles l'ont mentionné en se disant heureuses que leur mère ait un petit ami, comme ça elle les laisse tranquilles. Ce sont de gentilles filles, mais leur vie est si éloignée de la mienne. La cadette, Caroline, fait des études à Göttingen. Quand je lui racontai que j'étais là-bas en 1926 pour une rencontre des chefs de la section jeunesse, elle s'esclaffa :

— La classe, mon grand-père était un combattant du Front rouge.

Pendant un temps, j'ai cru que Clara allait se mettre en couple avec Herbert Ahrens. Il m'a rendu visite ces dernières années, lui non plus n'a aucune nouvelle de Jan. Il est redevenu historien dans un institut de recherche, où il travaille sur la nationalisation des chemins de fer prussiens en 1879. Ce n'est pas aussi farfelu qu'il y paraît. Surtout depuis qu'ils veulent tout privatiser. J'ai eu des conversations intéressantes avec Ahrens sur Bismarck. Voilà deux ou trois ans, je me suis moqué de lui en le traitant de révolutionnaire, après tout, c'était un membre éminent de cette révolution pacifique. Il me répondit sèchement que cela n'avait jamais été son discours. Il n'y avait pas eu de révolution en Allemagne, ni au début ni à la fin du siècle. Le bref automne de l'utopie en 1989 avait simplement été suivi du rachat en partie hostile d'une société économiquement et moralement en faillite appelée RDA.

Un type bizarre, ce Herbert Ahrens, mais pas idiot. Maintenant, il vit avec la fille de la Russe qui nous a cachés dans la glacière à l'époque. La fille, Lena, n'en sait sans doute rien, pas plus que c'est moi qui les ai aidées à obtenir des papiers d'identité quand je suis revenu de Sülzhayn, car elles n'étaient pas citoyennes de la RDA.

Fini, fini. Natalia est morte depuis longtemps, plus personne n'est citoyen de la RDA.

Par moments, je suis en colère et je me dis : Hans Langner, qu'est-ce que tu es devenu ? Un vieillard avec une poche à urine, incapable de marcher seul, mais dont la mémoire fonctionne encore, hélas, qui n'a rien oublié et ne peut rien oublier.

Au moins, quand je tourne la tête, je vois un arbre par la fenêtre. Les branches sont nues, je regarde les gouttes transparentes se former et tomber lentement par terre. Tout était dans la brume à l'instant, je croyais que les fenêtres étaient obscurcies par la poussière, mais maintenant je vois clair. Un oiseau noir s'est posé sur la fourche d'une branche.

Une corneille. Je ne sais pas grand-chose sur les oiseaux. Dans le jardin de notre villa sur la Heinrich-Mann-Platz, ils occupaient les haies le matin, Johanna les reconnaissait à leur chant et à leur plumage, pour moi ils se ressemblaient tous. Johanna a grandi dans un village ; chez nous dans la Kopenhagener Straße, il n'y avait que des moineaux. Et des corneilles. C'en est une là-dehors. La voilà qui s'envole. C'est bizarre qu'elle soit seule, elles ne voyagent qu'en groupe d'habitude. Ces oiseaux de mort.

Fin 46, quand je me déplaçais en voiture de fonction pour rechercher mes camarades enterrés le long des routes de la marche de la mort, les corneilles se rassemblaient sur notre passage en attendant qu'une bestiole quelconque finisse sous nos roues. Lorsque les gars de la K5 trouvèrent la fosse au bord du champ dans laquelle gisaient Bruno et cette jeune fille, Anna, et les autres, quand ils ouvrirent cette fosse, j'étais là, je me souviens des nuées de corneilles qui tournaient au-dessus de nos têtes.

Johanna les aimait. Elle disait que c'étaient des oiseaux de printemps, de l'espoir. Qu'ils étaient sociables et intelligents, vivaient en couple et que leur union durait toute la vie.

Si seulement notre rapport aux oiseaux avait été la seule chose qui nous séparait. Johanna adorait les animaux. Elle a toujours voulu un chien, j'ai refusé. Dans le camp, les gardes avaient des chiens.

— Quand on aime autant les chiens, c'est qu'on n'aime pas les gens, dis-je à Johanna. Je me rappelle sa réponse, le ton amer :

— Et tu crois aimer les gens ?

Autrefois, cette phrase ne faisait que m'agacer, aujourd'hui elle me touche au cœur. Johanna gelait à mes côtés. Elle était si jeune, elle voulait une belle vie après cette guerre. Mais pourquoi a-t-elle cru qu'elle la trouverait à mes côtés ? J'étais un ancien des camps, beaucoup trop vieux pour elle, ayant échappé *in extremis* à la mort. Au début, dans ce château de Machandel, Johanna n'était que mon infirmière. Je dus avoir de la fièvre pendant des semaines, je l'appelais Else, elle me l'a raconté. Ensuite, quand je me sentis mieux, elle me posa des tas de questions, elle voulait que je lui explique tellement de choses, elle ne savait rien. Elle croyait que nous autres concentrationnaires, nous étions des criminels, des meurtriers. C'était une enfant de cinq ans quand Hitler arriva au pouvoir, elle n'avait rien entendu d'autre. Sa mère lui chantait *Ännchen von Tharau*, elle lui parlait des corbeaux et des rouges-gorges, jamais de politique. Johanna m'écoutait comme personne d'autre dans ma vie. Tout au plus comme Clara enfant. Jan ne m'écoutait pas vraiment, mon fils vénérait cet archetier, ce qu'il disait comptait pour lui. Lors de nos échanges, il y avait toujours une lueur de doute dans son regard. Johanna ne doutait pas, pas à l'époque. J'aimais sa façon d'écouter. C'était encore presque une enfant, une gamine avec de grands yeux et de petits seins fermes sous son cardigan. Quand j'étais cloué au lit, je sentais sa poitrine lorsqu'elle se penchait au-dessus de moi en direction de la table de chevet. Je lui dis que nous allions construire une nouvelle Allemagne, sans nazis, sans camps de concentration, sans propriétaires terriens et, pour toujours, sans soldats allemands. Je lui promis qu'elle pourrait faire des études dans cette nouvelle Allemagne. Je lui expliquai ce que nous voulions, nous les communistes, et cela lui parut évident. Depuis la chambre de la baronne, je voyais bouger les branches d'arbres, comme ici, comme maintenant, dans ma chambre d'hôpital. Une infirmière arrive et me demande si elle doit relever la tête de lit. Je ne veux plus lire, je veux penser à Johanna, à ces mois au château de Machandel, sans doute les meilleurs de notre vie commune.

Lorsque je discutais avec le commandant, Johanna était tranquillement assise à côté de moi. Semion Baranovitch me traitait en ami. Quand il apprit par les camarades du Mecklembourg, Bernhard Quandt sans doute, que je connaissais Thälmann, il passa la moitié de ses nuits à mon chevet. Il voulait savoir ce que je pensais de la Première Guerre mondiale, du traité de Rapallo, pourquoi les sociaux-démocrates allemands et les communistes n'avaient pas fait cause commune, je lui répondais du mieux que je pouvais. En voyant le regard de Johanna, je compris qu'elle n'avait jamais entendu parler de tout cela, je la vis absorber nos paroles et je ressentis de l'affection envers cette jeune fille, reconnaissant pour cette tendresse que j'avais déjà oubliée et qui m'avait manqué sans le savoir. Quand j'étais presque rétabli, Bernhard Quandt vint me voir pour préparer la réforme agraire avec moi, Johanna se voyait déjà comme ma collaboratrice, ma protectrice, elle se joignit tout simplement à nous. Comme elle maîtrisait la sténographie, Quandt la faisait venir dans son bureau. À son retour, j'étais à la fenêtre et je l'attendais. En la voyant descendre de voiture, traverser le parvis jusqu'au perron avec son porte-documents sous le bras, faire signe au chauffeur et écarter une mèche de cheveux de son visage, je m'en rendais bien compte : ce n'était pas une enfant, mais une femme, une jolie femme.

Je repensais alors à Else, à tous les morts, je sentais ce que j'avais raté, ce qui était révolu et ne reviendrait pas, je me disais : qu'est-ce que je fabrique ici, dans ce village, ce manoir plein d'inconnus ? Je voulais rentrer à Berlin, mais les Mecklembourgeois me retenaient, j'étais censé prendre la direction du Bureau d'alimentation, mais Johanna ne voulait pas non plus me laisser partir. Elle me dit qu'elle irait avec moi à Berlin, je pris peur et lui criai dessus, comment pouvait-elle envisager ça, je n'avais pas le temps de m'occuper d'elle. Quand je passais des jours seul à Schwerin ou à Güstrow, elle dormait dans ma chambre dans le lit double de la baronne ; la petite pièce à côté de la cuisine était exiguë et ne comportait que des paillasses. Une ou deux fois, on me ramena en pleine nuit, j'entrai dans la chambre de la baronne et je vis que Johanna dormait là, sa chevelure étendue sur les oreillers. Je m'allongeai tout doucement à côté d'elle et j'écoutai sa respiration, il lui arrivait de soupirer dans son sommeil, une fois elle cria et se retourna sans cesse, je n'osai pas la toucher. La plupart du temps, je n'entendais que sa respiration légère, j'avais l'impression de la sentir sur ma peau telle une brise d'été et j'avais la chair de poule. Parfois, elle faisait des petits bruits avec ses lèvres, on aurait dit un gazouillis, le cri d'un oiseau perdu. Lorsqu'on entendait les oiseaux dans le parc du château vers le matin, Johanna se réveillait et se levait discrètement. Je faisais semblant de dormir et je la regardais traverser la pièce, sa silhouette délicate, ses pas me rappelaient une époque révolue, Else dans notre studio à l'angle de la Stargarder Straße, moi qui étais encore un homme et la désirais. Mon camarade de camp Rudi Wunderlich, qui déserta son commando de déblaiement peu avant la fin de la guerre pour rejoindre sa Marthel, qui le cacha, me dit un jour – c'était déjà en RDA et il avait quitté Marthel :

— Ils ont aussi détruit notre sexualité. Quand on vit entre hommes pendant des années, quand ton propre corps devient étranger, quand on doit même s'interdire de rêver parce que les rêves affaiblissent et que la faiblesse peut être fatale, on n'est plus un homme et on n'a rien à donner aux femmes.

C'est ce que je ressentais aussi, mon corps n'était qu'un simple squelette maintenu par une peau tachée. Ce n'était pas moi, mais je n'avais que ce corps répugnant qui gâcherait n'importe quelle union avec une femme, tuerait le moindre désir, j'en étais persuadé. De toute façon, ce n'était pas le moment de songer à ces choses, je devais remplir ma mission ici, puis je voulais rentrer à Berlin et retrouver mes camarades. En outre, cette fille était bien trop jeune pour un type comme moi et elle venait d'un monde complètement différent.

Mais elle était là et j'étais vivant, je me promenais à son bras, dans le parc du château au début, pas à pas. C'était bien. La bonne odeur de la terre. Les réfugiées avaient retourné les bordures de fleurs de la baronne pour cultiver des légumes, la terre était si noire et brillante, si vierge.

Cela devait être en août, la chaleur pesait sur Machandel, toutes les fenêtres du château étaient ouvertes et les disputes éclataient sans cesse entre les femmes parce que certaines disaient qu'il fallait les fermer, les voiler et ne les rouvrir que la nuit. J'étais assis à la petite table que Semion Baranovitch avait fait installer dans la chambre de la baronne, il utilisait son bureau pour lui-même. Ce n'est pas à cause de la chaleur mais des glapissements, que je fermai les fenêtres, les voix énervées s'imposaient malgré tout, au milieu des rires et même des chants.

C'est bien qu'elles aient repris vie, pensai-je, car Semion Baranovitch m'avait dit qu'au cours des premiers jours et semaines, les réfugiées étaient apathiques, comme engourdies, et qu'on les entendait à peine, y compris les enfants.

J'avais des papiers sous les yeux, j'étais censé retravailler la mouture du discours de Bernhard Quandt, qui comptait plaider pour une réforme agraire à Basedow. Je me souviens de mon agitation ce jour-là, Johanna était sortie avec sa mère, elle voulait être de retour dès l'après-midi, je tendais l'oreille pour entendre ses pas, mais elle n'arrivait pas. Ça me gênait d'attendre cette fille et, lorsque l'orage arriva, je m'imaginai qu'elle avait peut-être été frappée par la foudre, et cette inquiétude ridicule m'agaça. L'orage fut bref et violent, comme tant d'autres cet été-là, je rouvris mes fenêtres pour inspirer l'air frais et épicé, sentis la chaleur enfermée s'échapper des angles de la pièce et en me retournant, je vis

Johanna devant moi, riant, les cheveux trempés. “Viens, on va se promener, c’est sublime dehors”, dit-elle en me prenant la main. C’était la première fois qu’elle me tutoyait. Nous nous étions déjà promenés ensemble, mais j’étais un peu comme son patient et elle mon infirmière, aujourd’hui c’était différent. Tout était différent. Les femmes, si querelleuses un instant plus tôt, souriaient et nous laissèrent passer dans l’escalier, les enfants cessèrent de sauter depuis le perron dans les flaques d’eau, ils nous suivaient du regard en nous faisant signe, j’aperçus derrière la vitre de la maison du régisseur la dame de Hambourg qui avait également veillé à mon chevet. Je n’avais plus besoin d’infirmières, j’étais guéri et je marchais aux côtés de cette femme à la beauté déconcertante, sentais sa main dans la mienne, non, c’était elle qui me serrait la main, elle me serrait fort, elle m’emmenait – où ? Qu’est-ce que tu fabriques ici, Hans Langner, me demandai-je, j’étais encore un détenu l’instant d’avant, mais c’est terminé, les nazis sont vaincus, la guerre est finie, c’est la paix. Même les villageoises dans leurs jardinets paraissaient le comprendre, toutes souriaient, l’une d’elles nous lança un mot gentil, on bifurqua dans l’allée de châtaigniers, marcha jusqu’à la forêt de mélèzes en traversant les prairies humides jusqu’aux collines de Machandel, où un couple allongé dans le creux s’embrassait. De loin, on vit la dame de Hambourg marcher aux côtés d’un des hommes de la kommandantur, ils s’arrêtèrent et s’enlacèrent longuement avant de reprendre leur marche serrés l’un contre l’autre, je voulais lâcher la main de Johanna mais elle me retenait, je ne pouvais plus me libérer, elle me regardait d’un air grave avec les yeux d’Else, mais ils n’étaient pas verts, c’étaient ceux de Johanna. Que va-t-il se passer ? me demandai-je, je n’en savais rien et je m’abandonnai à Johanna, sa main, son regard. Je regardai autour de moi avec étonnement, je n’avais encore jamais vu le monde ainsi. Un étroit fossé rempli d’eau, d’énormes pierres aux veines multicolores, une haie aux baies d’un rouge étincelant, un oiseau noir qui s’envola devant nos yeux et se mit à tournoyer lentement dans les airs. Le crépuscule émergea de la lisière de la forêt. Ici non plus, nous n’étions pas seuls, nous croisions des couples partout. On marcha encore et encore. “Au crépuscule, on aperçoit des animaux”, dit Johanna et, alors qu’elle s’apprêtait à monter sur un mirador de chasse, on entendit des chuchotements et des rires de là-haut et on fit demi-tour. Des animaux étaient étendus sur les rives du Krevtsee mais, lorsqu'on s'approcha, on vit que c'étaient des gens, des corps enlacés. Quelle drôle de soirée, me dis-je. Même les cygnes dans les roseaux étaient en couple et deux hérons cendrés survolaient les collines. J'avais sans doute déjà vécu de telles nuits d'août, au Motzener See avec Else ou au bord du Straussee avec les sportifs du club de gymnastique Fichte, mais je les avais oubliées au cours des douze dernières années. Je ne ressentais que de l'étonnement et je voyais tout comme pour la première fois.

Je suis vivant, je le sentais, je suis vivant, j'ai survécu à tout, je le sentais enfin, un sentiment de bonheur m'envahit. Il faisait déjà presque nuit, il n'y avait pas de chemin là où nous allions, elle n'avait plus besoin de me tenir, maintenant c'est moi qui voulais la toucher, son cou, sa peau, me coller contre elle, mais Johanna me reconduisit au village, revoilà la salle des machines, la glacière, où on entendait des rires étouffés de femmes, des couples traversaient furtivement le parc, on rentra au château par la porte de derrière, des gémissements et des chuchotements recouvraient tout ici aussi, seule Natalia, la Russe, était assise solitaire dans l'escalier durant cette nuit d'amour. Depuis sa chambrette à côté de la cuisine, j'entendis la voix de la mère de Johanna, entrecoupée par les rires du type de Königsberg, arrivé quelques jours plus tôt avec son sac à dos, un archetier. Quel étrange ramassis de personnes, et au beau milieu, moi, Hans Langner. Qu'est-ce que je fabrique ici ? Je ne fais pas partie du lot. Nous étions maintenant dans la chambre de la baronne, Johanna referma la porte et s'appuya contre, elle me regardait, échauffée, pleine d'attente, je la voyais dans le grand miroir mural car je m'étais détourné, soudain gêné, étranger à moi-même. Je me vis aussi dans le miroir, un type aux joues creuses avec des entailles profondes sur le visage, qu'est-ce que Johanna pouvait bien vouloir de lui, je voulais m'en aller, je ne suis pas chez moi ici, c'est tout ce que je ressentais, je ne t'appartiens pas, jeune fille, laisse-moi tranquille. Nos yeux se croisèrent dans le miroir un long moment, elle tendit la main vers moi, je reculai, gêné, mais je n'avais fait qu'éviter son reflet et la vraie Johanna m'attrapa, une femme, une femme expérimentée, peut-être l'était-elle devenue à ce moment, elle m'attira vers elle, elle savait ce qu'elle avait à faire, son corps le savait. Nous étions allongés sur le lit, elle me caressa, touchant chaque partie de mon corps, sa chaleur, sa vie se déversèrent en moi, comme dans le conte que ma mère nous racontait enfants, il y a longtemps, les cercles de fer autour de mon cœur tombaient, j'étais revenu d'entre les morts. Lové contre la poitrine de Johanna, je redevins un enfant, elle m'accueillit dans son giron et je redevins un homme, j'étais à la fois enfant et homme, je m'immergeai dans cette sensation comme si mon désir avait toujours été d'arriver là.

Tandis qu'il faisait déjà jour et que Johanna, nue, s'était endormie à côté de moi, recroquevillée en position fœtale, je me levai et regardai le soleil apparaître entre les arbres. La dame de Hambourg se tenait à l'entrée de derrière, elle s'appelait Emma, elle portait un seau, un des Russes sortit de l'ombre, celui avec lequel elle était allée dans les bois, il prit le seau et l'enlaça de l'autre bras, je vis l'eau déborder sur leurs pieds pendant qu'ils marchaient.

Je me tournai vers la chambre, m'assis à côté de Johanna toujours endormie, la contemplai et effleurai ses seins du bout des doigts, lui caressai le cou, traçai avec précaution les contours de son visage et ne m'arrêtai que lorsque ses paupières tressaillirent. Je ne voulais pas la réveiller, juste respirer son odeur et sentir une infinie gratitude se répandre en moi.

Voilà comment les choses se sont passées, comment Johanna et moi sommes devenus un couple, et pendant de nombreuses années, cette gratitude fut la passerelle me permettant de la rejoindre. Elle repose déjà depuis quinze ans au cimetière III de Pankow, non loin d'Ernst Busch et proche de tant de personnes que j'ai connues. Else n'a pas de tombe. Else, je l'ai reniée avant sa mort et Johanna est devenue une alcoolique à mes côtés. Mon ami Karel, nos camarades l'ont assassiné et je l'ai accepté. Quant à mon fils, ils l'ont enfermé et je ne l'ai pas défendu. Mais j'ai tenu mon serment datant de l'époque de l'Union des combattants du Front rouge. *Rester encore et toujours un soldat de la révolution. Remplir mon devoir révolutionnaire envers la classe ouvrière et le socialisme.* “Il n'y a pas eu de révolution”, disait l'ami de Jan.

Aujourd'hui, je ressens la même chose que ce Büchner. Le mutisme est ma damnation.

21

CLARA

Le retour de Grigori

Après la mort de ma mère, je ne suis pas allée à Machandel pendant des semaines, revenant par une soirée froide et pluvieuse de fin avril au village, qui me parut inhospitalier et vide. Dans la chaumière glacée flottait une odeur de souris morte, les canalisations de la salle de bains et de la cuisine avaient éclaté et quand je remis l'eau, elle gicla jusqu'au plafond bas. Les doigts engourdis, je passai la serpillière et, comme dans les premiers temps, je pris le seau pour aller chercher de l'eau. Je vis de la lumière chez Wilhelm et Auguste, mais Auguste avait fait remarquer un jour que l'eau était devenue chère et qu'elle n'avait rien à offrir. Je décidai d'aller chez Natalia, j'avais hâte de la revoir.

Je ne fus pas surprise de trouver la porte à battants au-dessus du perron fermée à clé, Natalia m'avait parlé des voleurs. Mais pourquoi ne réagissait-elle pas quand je toquais et l'appelais, elle qui avait l'ouïe fine ? Tout était plongé dans l'obscurité. On ne voyait même pas la lueur du poste de télé d'Emma dans les fenêtres de l'annexe. Un vent sinistre me souffla au visage.

Je retournai bredouille à la chaumière et me glissai sous les couettes humides. Cette nuit-là, je me réveillai sans cesse, à l'affût du moindre bruit, j'avais l'impression que l'escalier du grenier grinçait, je crus entendre des pas dans le jardin et je me sentis très seule, menacée par quelque chose qui ne se montrait pas.

Au matin, le village était encore gris et désert sous un soleil froid. Je frappai de nouveau au château, les rideaux de Natalia étaient tirés et les fenêtres ternes, chez Emma aussi tout semblait abandonné. J'aperçus Auguste derrière le rideau de la maison du régisseur, mais au moment où je la saluai, son visage disparut.

J'allai à vélo chez le plombier de Lalenhagen, il était en déplacement, sa femme promit de me l'envoyer le jour même. J'appris par elle qu'Emma Peters, qui avait récemment eu une rupture de canalisation et s'était foulé la main, avait été recueillie par ses enfants.

— C'est pas fait pour une vieille femme d'être seule comme ça, dans c'te parc sombre. La végétation pousse, y a personne qui s'en soucie. Et maint'nant que Natalia est morte, le château y va s'délabrer lui aussi. Ça va-t-y pas ?

Elle me lança un regard inquiet.

— Vous les citadins, vous vous nourrissez pas correctement l'matin, supposa-t-elle avant de me conduire d'autorité dans sa cuisine où elle posa devant moi une tasse de café et une tartine de pâté de foie.

— Natalia est morte en janvier. D'un coup ; pourtant elle était pas malade, juste plus silencieuse que d'habitude. La veille, j'suis passée la voir parce qu'elle voulait me tricoter une veste en laine de mouton. Elle devait être prête pour Noël, mais la Russe avait plus de mal ces derniers temps. Alors qu'elle avait même pas soixante-dix ans. La veste était toujours pas finie, d'habitude Natalia était fiable. La muette m'a donné la veste à moitié finie avant l'enterrement, heureusement que je l'avais pas encore payée. Qui va la finir maintenant ? Personne sait tricoter comme Natalia, c'était une artiste. Pas la muette, elle est partie toute façon.

— Où est-elle ? demandai-je, mais la femme se contenta de hausser les épaules.

— Je m'étonnais aussi que vous soyez pas venues à l'enterrement, on pensait qu'Emma ou la muette vous avaient prévenues. Un des Berlinois parmi vous était là, l'ami de ton frère qu'ils ont enfermé à l'époque. Il est déjà venu à Machandel et il est même passé à la télé. Je l'ai reconnu de suite à l'enterrement, même s'il a coupé sa barbe.

Je n'avais pas de nouvelles de Herbert depuis longtemps. J'étais surprise qu'il soit venu à l'enterrement de Natalia, consternée et triste de ne pas avoir pu lui dire au revoir. Elle était morte le même jour que ma mère.

Plus tard, je vis que Lena nous avait envoyé un faire-part de décès à Berlin que mes filles avaient placé, avec toutes les autres enveloppes bordées de noir pour ma mère, dans une chemise que je n'avais pas ouverte depuis.

Après avoir pris congé de la femme du plombier, j'allai directement au cimetière de Klabow. La tombe n'était pas encore fleurie, je la reconnus à la terre noire fraîchement retournée qui scintillait à travers la couche de branches de genévrier.

Mais où se trouvait Lena ?

Je décidai de demander à Minna Möllers, la voisine discrète dont je savais qu'elle était la sœur d'Auguste et qu'elle avait passé toute sa vie à Machandel. La vieille femme semblait encore plus affaissée que d'habitude, elle m'ouvrit la porte comme si elle m'attendait et elle m'accompagna, une fois mes chaussures enlevées, dans la cuisine, où son mari, le taciturne Richard, céda sa place dans un grommellement de bienvenue et ne revint pas. Minna posa son regard direct et curieux sur moi. J'observai la pièce, qui ressemblait à toutes les cuisines des logements de néoruraux. Une toile cirée usée sur la table, pas des chaises ordinaires, des chaises jadis belles en bois de cerisier dont le revêtement en velours vert était certes déchiré et crasseux depuis longtemps, mais je reconnus sur les dossiers sculptés les armoiries ornant le perron du château. Minna remarqua mon regard surpris et dit avec un geste de dédain :

— Oh, on a pu sauver ces vieilleries en 45. Les réfugiés du château ont fait flamber tout ce qui n'était pas fixé aux murs. Y en a davantage chez Auguste, on a reçu que ces chaises.

Elle alla chercher une liqueur de genévrier et deux beaux verres très anciens avec une marque de pontil, venant sans doute aussi du château. Je l'interrogeai au sujet de la mort de Natalia, j'entendis de nouveau que la Russe n'était pas malade. Elle était morte, voilà tout, sa fille l'avait trouvée et traversé le parc en criant jusque chez Emma Peters.

— Mais elle était d'jà ben morte, la dame de Hambourg a rien pu y faire non plus, dit-elle en dialecte. Je m'enquis des funérailles, Minna m'expliqua qu'elle avait eu un lumbago qui l'avait empêchée de se rendre à Klabow. D'ailleurs Richard n'allait aux enterrements que quand c'était strictement nécessaire. Il n'y allait jamais pour les nouveaux venus.

— Une nouvelle venue, dis-je en répétant lentement le mot. Natalia a quand même vécu un demi-siècle à Machandel.

— Ma foi, concéda Minna, c'est ben vrai. Elle rechignait pas à la besogne et elle faisait d'mal à personne.

Je pris des nouvelles de Lena et j'appris qu'après l'enterrement, la muette était restée au château sans retourner au travail. Emma était la seule qu'elle laissait entrer.

— Mais le Russe est rev'nu, Grigori, qu'est censé être son père, et elle est partie avec lui. Elle a pris qu'un sac à dos et elle a dit au revoir qu'à Emma.

Minna Möllers se rapprocha de moi, le regard rendu brillant par la liqueur de genévrier ou la joie de pouvoir rapporter quelque chose qui sortait vraiment de l'ordinaire.

J'avais déjà entendu dire que le père de Lena était un des prisonniers de guerre russes du camp de Fünfeichen. Or Natalia ne l'avait jamais mentionné et je ne lui avais pas posé de questions. Or Natalia avait disparu et Lena avait quitté le village. Machandel n'était plus ce lieu qui m'avait tant manqué à Berlin. Avait-il d'ailleurs existé ? Il me semblait perdre quelque chose qui ne m'avait pas réellement appartenu. Il pleuvait dehors, je voulais me lever et retourner à ma chaumière sous la pluie, mais l'odeur des cadavres de souris serait toujours là et la maison serait vide sans Michael et les filles. Les différentes strates du passé s'imposeraient dans le silence, l'ancienne du conte du genévrier, celle de la jeune Marlene, celle d'Emma Peters et la mienne.

— Natalia faisait d'mal à personne, répéta Minna Möllers, ses joues ridées rougeoyantes, avant de se verser une nouvelle rasade.

Pourtant, dit-elle en baissant la voix, elle aurait pu nuire à certains si elle avait voulu. Elle ajouta tout près de mon oreille :

— Wilhelm, mon beau-frère, il avait vraiment peur d'elle.

— À cause de Marlène ? demandai-je.

Minna pouffa en sirotant sa liqueur.

— Wilhelm a rédigé une lettre à l'époque, insistai-je. Il a exigé qu'on embarque la jeune fille. Vous le saviez ? Vous saviez qu'on assassinait les malades ?

Dans un gémissement, Minna Möllers se releva en s'appuyant contre le dossier de sa chaise. Une fois debout, elle attrapa la bouteille et la rangea dans le placard de la cuisine. Repassant au dialecte, elle dit comme en guise de conclusion :

— Fais de ton mieux et laisse Dieu faire le reste.

En remettant mes chaussures, je dis :

— Auguste a également signé la lettre au bureau de santé héréditaire.

— Ça vient du Malin. Tout ça, ça r'monte ben loin, répondit Minna en haussant les épaules puis, repassant à l'allemand standard : On n'avait rien à voir là-dedans.

Quand je revins plus longtemps à Machandel pendant l'été, Emma était de retour mais, pour elle aussi, le village n'était plus le même sans Natalia et Lena. Elle parla de déménager chez un de ses enfants, elle souhaitait fêter son quatre-vingt-cinquième anniversaire à Güstrow. L'investisseur qui voulait vendre le château avait déjà annoncé la démolition de l'annexe. Or, pendant l'absence d'Emma, une colonie de chauves-souris avait élu domicile au grenier, comme le découvrit un groupe d'écologistes de Güstrow, qui entendaient empêcher les travaux.

— Tout ça fait trop pour moi. Mon séjour à Machandel touche à sa fin, dit Emma.

Elle avait planté des tournesols sur la tombe de Natalia, selon le souhait de Lena, la variété basse à grands capitules que Natalia aimait offrir. Je passais souvent devant lors de mes promenades. Les femmes que je croisais au cimetière parlaient de cette étrange plantation, mais Natalia était étrange de toute façon, disaient-elles, et sa fille encore plus. La jeune épouse du menuisier de Mamerow, dont les grands-parents faisaient partie du groupe des Volhyniens, me décrivit les funérailles de Natalia :

— C'était bizarre aussi, pas du tout comme il faut. Le nouveau jeune pasteur figurait certes parmi les invités, mais Lena ne voulait pas de discours, de qui que ce soit. On a mis le cercueil en terre sans fioritures, seule la muette a entonné à voix basse une chanson, une chanson russe. Ma belle-mère et tante Käte parlent russe en tant que Volhyniennes ; déjà jeunes, elles habitaient au château, c'est là qu'elles ont rencontré Natalia. Comme elles connaissaient la chanson, elles l'ont chantée, accompagnées par le Berlinois. Ça ne disait rien aux autres, qui se sont contentés d'écouter. C'était étrange, beau aussi, en un sens. Après quoi la muette est rentrée seule chez elle avec le Berlinois, traversant la forêt à pied, mais le jeune pasteur avait invité les autres à la paroisse pour prendre un café et du gâteau, Lena s'est au moins occupée de ça, elle avait payé d'avance. Elle-même n'a dit au revoir à personne, elle n'a remercié personne, on osait à peine exprimer ses condoléances. Le gars de Berlin est reparti le lendemain en voiture, une voiture de location, ça se voyait à l'autocollant.

Voilà comment je finis par être au courant du déroulement des funérailles de Natalia, de la même façon qu'on apprenait presque tout ici, grâce aux femmes du cimetière, à la factrice, à Emma, à l'ancien maire et aux oiseaux de nuit.

Trois ou quatre semaines après l'enterrement, on me raconta qu'un homme était venu, un inconnu, descendu du train à Lalenhagen, sans bagages.

— Ce n'était pas un inconnu, dirent certains. Il connaissait la région, il a regardé autour de lui comme quelqu'un qui n'est pas venu depuis longtemps, mais il n'a rien demandé à personne et il a filé tout droit sur la nationale en direction de Klabow, il a bifurqué devant l'ancienne baraque des saisonniers, il a traversé les champs, le sentier à moitié envahi par la végétation que seuls les locaux connaissent, jusqu'à Machandel.

— C'était un vieil homme, disaient certains, plus de soixante-dix ans. Sa veste était en bon tissu.

— Il était beau comme cet acteur grec, avec sa moustache grise. Mais ses vêtements étaient démodés. Et ses chaussures usées.

— Mais bien cirées.

— C'était Grigori, l'ami de Natalia, dit Emma. Je l'ai reconnu tout de suite, il longeait la grand-rue comme dans un rêve. J'étais au niveau des nouvelles boîtes aux lettres et je l'ai regardé, il m'a vue, mais il ne m'a pas reconnue, pas sur le moment. Il s'est arrêté devant votre chaumière, Lena attendait déjà sur le perron, elle a regardé calmement Grigori s'avancer. On voyait que sa longue chevelure grisonnait déjà, elle ne l'avait pas relevée comme à son habitude. Quand Natalia avait quarante-huit ans comme Lena aujourd'hui, elle lui ressemblait. Grigori ne l'a jamais vue comme ça, Natalia avait vingt ans quand il a quitté Machandel. Malgré tout, il a reconnu sa fille qu'il n'avait jamais vue, et inversement.

— Parce qu'il a annoncé sa venue, dit la factrice. Quelques jours avant la mort de Natalia, une lettre étrange est arrivée, avec des timbres allemands, mais une écriture différente et de l'encre mauve, comme les lettres de Russie. J'ai remis moi-même la lettre recommandée à Natalia. Elle ne recevait jamais de courrier privé. Elle a retourné l'enveloppe et lu le nom de l'expéditeur, puis elle est devenue pâle et chancelante, j'ai cru que je devais la retenir. Après quoi elle s'est dégagée et elle est rentrée chez elle avec la lettre. Sans un mot.

— Peut-être, dirent les femmes, que ça faisait trop pour son cœur. Cette lettre. Au bout de presque cinquante ans.

Emma avait vu la lettre, elle connaissait le contenu. Grigori s'était assis avec elle pour lui raconter ce qu'il avait vécu. Il était effectivement passé d'un camp de prisonniers à un autre. En tant qu'officier qui s'était rendu aux Allemands, on l'envoya dans des camps de travail, il finit par atterrir à Tighina sur le Dniestr pour aider à la construction des routes. Il avait montré à Lena et Emma l'endroit sur la carte, situé à l'époque en République soviétique de Moldavie.

— C'est aussi la patrie de la femme qu'il a épousée, me raconta Emma. Une Juive. Ça n'a joué un rôle que lorsque l'Union soviétique s'est effondrée et que leur fils adulte a voulu émigrer. Son passeport attestant sa nationalité juive lui a permis de s'installer dans l'Allemagne réunifiée, avec femme et enfant. Grigori et sa femme ont suivi la jeune famille. Maintenant ils vivent tous dans un foyer à Berlin-Marzahn.

— Pourquoi lui a-t-il fallu un demi-siècle pour reprendre contact avec sa fille ? demandai-je.

— Il dit que, dans les premières années d'après-guerre, il n'avait pas le droit d'écrire parce qu'il était prisonnier. Surtout pas vers l'Allemagne. Et puis il ne savait pas à qui ni où s'adresser. Il n'imaginait pas que Natalia ait pu rester en Allemagne. Il ne pensait même pas que son enfant naîtrait.

Nous étions assises sur la terrasse, il faisait presque nuit, je ne pouvais pas distinguer le visage d'Emma tandis qu'elle ajoutait à voix basse :

— Peut-être qu'il a oublié Natalia dans l'intervalle.

— Et comment l'a-t-il retrouvée ?

— À Berlin, il est tout simplement allé à la poste, où il s'est procuré des annuaires de Mecklembourg-Poméranie-Occidentale qui listaient les villages dont il se souvenait : Klabow, Lalenhagen, Machandel. Il y a trouvé les noms de Natalia et de Lena. Elles ont repris la ligne téléphonique d'Arthur après son départ. Mais Lena ne va sûrement pas revenir. Elle a passé trois jours avec son père, lui montrant les photos qu'Arthur avait faites d'elle et de Natalia. Ils se sont raconté leurs vies. Ils sont venus chez moi dans l'annexe, nous avons mangé ensemble, ri et pleuré ensemble. Bien sûr, il s'est souvenu de moi, même s'il ne m'a pas reconnue tout de suite. Le trou de la cave dans la chaumière, les conversations nocturnes, le grondement de l'artillerie qui se rapproche, ça ne s'oublie pas.

J'appris également que Grigori avait croisé le vieux Wilhelm, Emma et la factrice étaient présentes. Elles ignoraient si Wilhelm avait compris qui était venu voir Lena. Mais elles avaient vu les deux hommes s'avancer l'un vers l'autre dans la grand-rue. Wilhelm revenait de sa ronde quotidienne et il ne s'était pas arrêté en remarquant le visiteur de Lena devant la cabane en bois dans laquelle on stockait autrefois les gros bidons de lait. Le Russe, comme l'appelait la factrice, alors qu'il était ukrainien, comme disait Emma, se tenait là, plongé dans la contemplation des planches à moitié pourries et, lorsque la factrice l'avait salué, il s'était retourné et il avait vu Wilhelm.

— Ils se sont regardés droit dans les yeux, dit la factrice, mais ni l'un ni l'autre ne semblait surpris. Wilhelm a même souri et levé la main comme pour le saluer. Le Russe s'est approché de Wilhelm, dix pas, pas davantage, puis Wilhelm a baissé la main et reculé d'un pas, soudain hésitant.

— Il n'était pas du tout hésitant, contredit Emma. Je l'ai bien vu car j'attendais mon courrier devant la maison des Möllers. Il était heureux comme s'il retrouvait une vieille connaissance. Il a affiché un rictus et tendu la main quand Grigori s'est retrouvé devant lui. Mais Grigori ne la lui a pas serrée, il l'a frôlé, le regard fixe.

Après quoi la factrice était descendue de son vélo, racontèrent les femmes, et les deux femmes s'étaient postées près des hommes, croyant que Grigori allait frapper Wilhelm. Il était plus grand et plus fort que le vieux. Grigori s'était contenté d'un geste méprisant, il avait marmonné en allemand quelque chose qui ressemblait à : “Allez, les Soviets, *davaï*, *davaï*, au travail, et plus vite que ça, bande de porcs.” Il était parti d'un rire sonore et mauvais qu'on entendait encore lorsque la porte à double battant du château se referma derrière lui.

Ce soir-là, Lena était venue voir Emma pour lui dire qu'elle voulait quitter Machandel, aller à Berlin avec son père. Tout ce qui lui appartenait était resté au château, elle n'avait fait chercher que ses vêtements, une caisse de papiers et les livres.

À la fin de l'été, tandis que je m'apprêtais moi-même à rentrer à Berlin et qu'Emma préparait ses affaires pour le déménagement, elle me dit que Lena lui avait téléphoné, annonçant qu'un transporteur viendrait bientôt chercher le piano à queue.

— Le Bechstein ? Il ne fait pas partie du château ?

Emma répondit que cela l'avait surprise aussi. Le Bechstein appartenait effectivement à la baronne. Mais Lena avait répondu froidement que la baronne devait encore des années de salaire à ses parents.

22

HERBERT

L'héritage

Par moments, je parle à Clara en pensée. J'imagine un de ces soirs d'été à Machandel derrière la chaumière. Lena devrait être là. Je sais qu'elle pense souvent à Machandel. Elle me dit un jour :

— À Berlin, on ne voit pas les étoiles. Je ne me sens pas chez moi dans cette ville. Mais je veux être là où tu es, là où vit ma famille.

Je la comprends. Je ne me suis jamais senti chez moi non plus à Ilmenau, ni enfant, ni en tant que bachelier, j'ai toujours su que je m'en irais. Quant à l'école des cadets de Naumbourg, ça n'a certainement jamais été ma maison. Durant l'été de sa dissolution, j'ai senti à Machandel ce que cela voulait dire, un chez-soi. La confiance, l'appartenance. Dès lors, c'est ce que j'ai toujours recherché. J'aimais Maria et je l'aime encore, nos fils de toute façon, mais l'appartement sur écoute de la Wollankstraße, dont j'ai retrouvé plus tard le plan dans mon dossier, ne pouvait pas être un chez-soi, cet endroit nous a séparés. Quand j'étais à Cambridge, je ne voulais qu'une seule chose, retourner à Berlin. Une fois l'Allemagne réunifiée, Maria partit rejoindre Carlos en Espagne et on me proposa un poste à l'Université nouvelle de Lisbonne. J'y enseignais l'histoire allemande contemporaine. Je n'étais pas non plus chez moi au Portugal, pourtant j'aimais vivre là-bas. Certains paysages me rappelaient la région de Machandel, et même quelques plantes. Il y pousse une sorte de droséra que certaines personnes utilisent comme attrape-mouches dans les appartements. Cela me faisait penser au mauvais marais, à Lena et à sa mère qui y ramassaient des herbes, je ressentais le mal du pays.

Quand Lena m'envoya la nouvelle de la mort de Natalia, je comptais de toute façon rentrer en Allemagne pour quelques jours. J'arrivai juste à temps pour l'enterrement et je restai jusqu'au lendemain. Jamais je n'avais vu Lena aussi vulnérable que ce jour-là, cette nuit-là, durant laquelle nous n'avions fait que parler et où je l'avais caressée. Nous étions dans la cuisine, ce n'était plus celle dans laquelle nous nous retrouvions autour de la table avec Jan, sa grand-mère et l'archetier des décennies plus tôt, ni celle de Natalia, qui sentait bon la soupe aux herbes, c'était simplement une pièce vide dans un château froid et beaucoup trop grand où Lena se retrouvait seule.

Quelques semaines plus tard, elle m'écrivit déjà de Berlin. Elle avait loué une chambre dans un immeuble de Marzahn, tout près du foyer de son père, dont elle m'avait montré la photo le jour des funérailles de Natalia. Son père, m'écrivait-elle, lui était familier comme si elle avait toujours vécu à ses côtés, son odeur, son sourire, la façon dont il roulait ses cigarettes, tout cela lui était agréable et naturel. Ils se parlaient en russe, sachant bien qu'on ne pouvait pas faire revenir les choses perdues avec des mots, ils voulaient prendre le temps, faire connaissance. Lena évoqua Lara, la femme discrète de son père, Polina, sa belle-sœur, et son demi-frère Mark, de dix ans son cadet, qui vivait avec Polina et leur fils Maxim dans un autre foyer à Lichtenberg et se battait pour faire reconnaître son diplôme d'ingénieur. Maxim, un garçon timide de douze ans, aurait préféré rester chez lui à Tiraspol. Ancien élève du conservatoire, il s'exerçait tous les jours au foyer sur un piano désaccordé, on n'avait pas à le forcer, il était dans son élément ; quand il jouait, son regard s'échappait par les fenêtres de l'immeuble, qui ne reflétaient pas le ciel, il se fixait sur d'autres immeubles, mais son âme s'envolait plus haut. C'est ce que m'écrivait Lena, et aussi qu'elle voulait être là pour ce garçon, l'aider à se sentir chez lui à Berlin.

Alors qu'elle-même y était étrangère.

Partir lui avait semblé naturel après le décès de Natalia. La mort s'était installée dans leur maison et avait tout changé. Dès lors, plus rien n'était impossible, ni le pire, ni le miraculeux. Elle avait maintenant un père et une grande famille. Notre relation aussi lui semblait tout à fait naturelle. Comme si nous avions toujours été faits l'un pour l'autre et que nous ne l'avions remarqué que maintenant. Quand on revint à Machandel après les funérailles de Natalia, je lui dis que je ne la laisserais plus seule. Le matin même, je ne savais pas encore que j'allais dire ça, que j'avais ce sentiment, cette envie, cette certitude en moi, maintenant c'était si simple. Il me semblait que je l'avais toujours désirée. Le spectacle de Lena à quatorze ans, sortant du Düstersee, les bras levés pour essorer ses cheveux mouillés, m'avait poursuivi jusque dans mon sommeil. Lorsque Clara et Michael rénovaient la chaumière et que j'ai revu Lena, elle était adulte, plus toute jeune ; revêche, elle évitait tout geste familier. Je n'étais pas venu pour elle et Maria était à mes côtés, mais la démarche de Lena, sa façon de rejeter la tête en arrière, sa voix me perturbaient et, lors de mes visites à Machandel, je marchais seul pendant des heures à travers le parc, les prés jusqu'au lac et aux collines qu'ils appelaient Glinkenberge, je recherchais tous les endroits où nous avions été ensemble. Dans ma tête se formaient des images de l'époque et d'autres, complètement différentes, que je refoulais et écartais, que je fuyais en plongeant dans l'eau froide du Krevtsee parce qu'elles n'avaient aucun lien avec la réalité ni aucune place dans notre vie, déjà assez difficile pour Maria et moi depuis qu'on m'avait évincé de l'Académie.

Encore aujourd'hui, Lena et moi ressentons une joie profonde en repensant à nos retrouvailles, ce qui nous fait parfois rire sans raison, comme le pensent les personnes extérieures. Nous avions vécu si différemment, nous savions qu'il faudrait du temps pour que chacun sache tout ce qu'il devait savoir de la vie de l'autre, mais nous ne voulions plus perdre de temps et vivre ensemble, nous en avions parlé dès la nuit suivant l'enterrement de Natalia.

Quand j'étais encore à Lisbonne, Lena alla avec son neveu à un concert de la paroisse juive à Berlin. Elle vit une petite annonce à l'entrée de la bibliothèque, on cherchait une bibliothécaire qualifiée parlant russe et allemand parce que les réfugiés du contingent constituaient soudain la majorité de la communauté.

Avant d'occuper le poste, Lena vint me voir quelques jours à Lisbonne. Je prévoyais de rentrer à Berlin, mais sa nouvelle famille me posait problème. Lena aurait-elle de la place pour moi dans sa vie ? Elle se contenta de rire. On tenta l'aventure et on la tente toujours, je ne sais pas si nous sommes ensemble depuis cinq, dix ans ou depuis toujours. Ses proches sont devenus ma famille.

À l'occasion, je retrouvais un de mes anciens collègues de l'Académie, ils avaient tous levé la main quand il s'agissait d'évincer Peter Heisig et ils avaient observé sans protester quand j'avais dû plier bagage moi aussi. J'ai toujours été étonné de voir qu'aucun d'eux ne pensait avoir un lien quelconque avec ces procédures. Ils se considéraient comme des victimes, se plaignaient de la dissolution de l'institut, certains croyaient même que j'avais de l'influence et que je pouvais faire quelque chose pour eux.

Je n'avais pas gardé beaucoup d'amis de l'époque précédant notre départ. Peut-être n'avaient-ils jamais été des amis, plutôt des alliés. Mais le temps avait balayé nos alliances. La mère de Clara et de Jan était morte le même jour que Natalia, je l'appris des semaines après. Depuis, je rendais quelquefois visite au vieil homme, qui se décrivit un jour comme le perdant de l'histoire, difficile de distinguer l'amertume de l'ironie chez lui. Bon, je ne me sens pas non plus gagnant. Paul, mon fils aîné, qui étudie l'histoire, m'a dit :

— Quand on parle des gagnants et des perdants de l'histoire, on oublie que c'est un processus, la vie elle-même.

Et, avec toute la sagesse de son jeune âge :

— À la fin, on est tous perdants puisqu'on meurt.

Mes fils aiment bien Lena, mais ils vivent leur propre vie. On s'appelle, on s'envoie des e-mails, on se voit rarement. Benjamin avait quatre ans quand Maria a rejoint Carlos, il l'appelle son père, ça m'a fait un pincement au cœur au début. Mais Carlos est l'homme qui a passé du temps avec lui et sa mère, c'est bien ainsi. Maintenant, Benjamin est adulte. Cet été, il viendra nous voir à Berlin. Nous irons peut-être quelques jours dans la chaumière de Machandel.

En partant, Lena pensait qu'elle ne reviendrait jamais au château, devenu une morgue pour elle. Elle ne voulut même pas récupérer ses meubles. Mais on ne peut pas sauter d'une vie à l'autre, j'ai vécu ça également, on emporte toujours sa vie d'avant, le passé n'est pas passé.

Lena le sait, sa famille aussi, elle qui, encore aujourd'hui, ne se sent pas vraiment chez elle à Berlin, même si Mark et Polina ont un travail et un bel appartement depuis longtemps, et que Grigori et Lara ont troqué leur studio en foyer contre un appartement dans la Pallasstraße à Schöneberg. Il n'y a pas de retour en arrière possible, ils le savent, la ville soviétique de Tiraspol a changé une fois de plus, c'est maintenant la capitale de la Transnistrie. Lara m'a dit qu'elle aimait aller au marché sur la Winterfeldplatz mais, quand elle voit les larges étals de fromage, les saucisses et le jambon, les élégants sacs en cuir, les vêtements aux couleurs vives et cette foule de gens beaux et bien nourris avec des gobelets de café à la main, elle repense aux misérables marchés de légumes à Tiraspol et elle ressent une sorte de nostalgie des maraîchères avec leurs fichus à fleurs, proposant en plus des champignons marinés et des navets arrachés par leurs soins et maculés de terre noire, en plus de l'eau-de-vie Kvint et des poissons du Dniestr, des descentes de lit tricotées et des vieilles chaussures.

Je sentais qu'il manquait quelque chose à Lena quand elle suivait du regard les nuées d'oiseaux au-dessus des toits, quand elle se penchait vers une plante insignifiante poussant le long d'une façade, une plante qu'elle connaissait de Machandel, quand elle me racontait que, lors d'un hiver lointain, la neige avait tant soufflé sur le perron que Natalia et elle devaient entrer et sortir par les fenêtres. Après la mort de Natalia, elle abandonna sans regret le travail chez l'architecte, mais elle me racontait souvent que, pendant des années, elle avait sillonné les villages avec le bibliobus, par tous les temps, regardant changer la lumière au-dessus des champs au fil de la journée et les champs eux-mêmes au fil des saisons. Ça lui avait fait mal d'assister au délabrement des villages, elle se sentait en harmonie avec ce paysage, ses habitants et les livres de son bus, qu'elle avait souvent lus pendant sa pause déjeuner, au bord d'un champ, adossée contre un arbre ou dans sa cabine, lorsque le vent projetait les gouttes de pluie contre les vitres.

Quand je retrouvai une photo du manoir, jadis encore intact, dans une boîte sous des clichés de Jan datant des années 70, Lena me la prit des mains comme si la photo lui appartenait. Elle la posa sur son bureau, elle y est toujours, à côté d'une autre du Düstersee gelé. Pendant longtemps, elle ne voulut même pas revenir en visite dans la région. Quand Clara nous invita voilà quelques années à Machandel pour le réveillon, elle hésita, mais on finit par y aller ensemble et c'était bien ainsi.

C'était bien aussi parce que je pus enfin parler avec Clara, qui me raconta pendant notre longue promenade du Nouvel An 2000 ce qui s'était passé en février 1988, quand Maria et moi avions été arrêtés et les enfants séparés de nous. Clara me raconta qu'elle avait rassemblé nos affaires dans l'appartement froid de la Wollankstraße. Aujourd'hui, je me dis que ce départ en 1988 fut une libération, même si nous avions eu l'impression d'être jetés dehors. J'ai toujours dit que je ne voulais pas être victime de mon propre passé, je ne veux d'ailleurs pas me sentir victime.

Ce serait une prolongation des humiliations, une victoire postérieure du général de division Kienberg du ministère de la Stasi avec tous ses plans de démantèlement et d'action. Quand je lus dans mon dossier que *la diffamation systématique de la réputation publique* en faisait partie, je compris soudain toutes les rumeurs absurdes qui circulaient à mon sujet et parvinrent même aux oreilles de ma mère à Ilmenau, qui en eut le cœur serré. Ils avaient réussi *la mise en œuvre systématique de l'échec professionnel et social*, mais pas *la destruction de la confiance en soi*. Maria et moi, on rigola bien en découvrant leur projet de *faire intervenir un agent approprié, susceptible de nouer des relations extraconjugales avec Ahrens, Maria (épouse de A.), dans l'objectif de briser le mariage des Ahrens*. Ou bien ils ne nous avaient pas envoyé d'agent de ce type, ou bien nous n'avions pas remarqué ses efforts. Ils ne savaient rien de Carlos, à moins qu'ils n'aient pas compris ce qu'il y avait entre lui et Maria. Ils ne savaient pas grand-chose et ne comprenaient pas ce qu'ils savaient. Cet appareil faillit étouffer sous les informations dont il se gavait, traquant les ennemis du socialisme sans remarquer que c'était lui.

Je ne suis pas leur victime.

Leurs victimes, ce sont les indicateurs dont on exigeait bassesse et méchanceté, dont on exploitait les faiblesses, eux qui se croyaient soutenus par le système. L'abîme dans lequel ils tombèrent quand leur monde s'effondra dut être une sorte d'enfer. C'est du moins ce que je croyais jusqu'à ce que je recroise d'anciens compagnons de lutte dont je connaissais les noms d'agent d'après mon dossier et qui faisaient comme si de rien n'était. Mais je ne veux pas empoisonner ma vie à l'idée d'avoir été à leur merci.

Nous nous sommes défendus, je pourrai le dire à mes enfants, ils n'auront pas à mépriser leurs parents. D'ailleurs, il m'a toujours semblé que nous n'avions pas le choix. J'aurais préféré rester à l'Académie pour y faire tranquillement de la recherche. Mais lorsqu'il s'agissait d'évincer Heisig, j'ai repensé aux procès des années 30 en Union soviétique, à ceux des années 40 et 50 à Moscou, Prague et Budapest, à notre effroi incrédule en apprenant peu à peu la vérité. J'ai repensé à l'époque nazie, à notre question aux aînés, restée sans réponse, à savoir pourquoi ils avaient participé. Quand j'ai voté contre l'exclusion de Heisig, je savais bien entendu que cela ne changerait rien, ce scientifique n'était pas le premier ni le dernier indésirable qu'on jetait par-dessus bord.

À vrai dire, j'aurais préféré faire partie du grand nombre, mais je n'avais pas le choix. Aujourd'hui, je suis content de ne pas avoir touché mon salaire à l'Académie jusqu'au bout en devenant un de ces cyniques qui osaient tout au plus lancer quelques sarcasmes à la cantine ou à l'Espresso.

C'était dur pour moi d'être dehors, de me retrouver à Cambridge et de ne suivre les événements qu'à la télévision. Contrairement à Maria, qui aimait cette nouvelle vie, la nouvelle nourriture, les tissus des vêtements, les fleurs en toute saison. Moi, je me fichais de tout ça, j'étais tourné vers le passé et je ne voulais parler que du pays qui venait de nous expulser.

Ces manifestants qu'on voyait à la télé, les comités citoyens, les flots de candidats au départ ainsi que les réformateurs du Parti et de l'appareil scellèrent la chute de l'État, mais je me dis aujourd'hui qu'il était à bout, vidé de son sens, paralysé. Ces vieillards corrompus et incapables avaient trahi leur propre idée. La Hongrie ouvrait ses frontières et Gorbatchev, dont l'empire s'effritait, prenait ses distances. Les successeurs au comité central et au bureau politique ne se préoccupaient que de leur propre pouvoir, ils s'écartèrent réciproquement jusqu'à ce qu'ils comprennent que le Parti n'avait plus son mot à dire. Observer tout cela me fascinait et me dégoûtait à la fois. Quand je voyais à la télé mes compatriotes enthousiastes, bégayant de gratitude, réceptionner des colis de café balancés depuis des camions affichant le logo de la CDU, j'avais honte pour eux et j'étais triste. La déception serait énorme.

Tandis que la chute de l'État était déjà en marche, je passai quelques semaines à Berlin. En pensée, je n'étais qu'à Berlin, Maria me le reprochait. Elle disait que je ne m'étais pas du tout installé à Cambridge, que mes sentiments étaient restés à Berlin. À présent, je rentrais chez moi, mais la ville m'était devenue étrangère ou alors c'était moi, l'étranger. La terre sous nos pieds s'était mise à bouger ; avec étonnement, je voyais surgir du chaos quelque chose qui n'était pas ce dont nous avions rêvé. Je compris alors que nous avions des rêves très différents. Soudain, il semblait n'y avoir qu'un seul objectif : rejoindre l'Occident.

Maria ne revint pas à Berlin. Elle voulait enfin vivre et ne plus faire dépendre son bonheur de la lecture du journal, elle n'avait pas envie non plus de se rapprocher de son ancienne cheffe ou de nos gardes. Elle s'était remise à la couture, on l'avait invitée à un salon de mode. Et puis, me reprocha-t-elle, les enfants avaient assez souffert de cette vie, elle ne les laisserait plus seuls, même pas pour quelques jours. J'y allai donc seul. Je n'étais pas encore là pour la grande manifestation du 4 novembre, que je suivis à la télé. Parmi les discours, celui qui me toucha le plus fut celui du poète Heiner Müller, qui avait parlé sans aucun pathos et très brièvement, ce n'étaient même pas ses propres mots, il se contenta de lire un appel du groupe des syndicats indépendants. Son message me parut le plus important ce jour-là : il s'agissait de sécuriser la propriété des entreprises, de fonder des syndicats indépendants, de prévenir les nouvelles convoitises. Le soir, un commentateur de la télévision est-allemande lui reprocha d'avoir scindé l'opinion avec son discours. Il n'avait rien compris, ou peut-être que si. Désormais, on avait changé de cap.

C'était trop tard. Après quelques semaines haletantes à Berlin avec d'anciens et de nouveaux compagnons de lutte, j'eus le pressentiment que cela ne servirait à rien. Au bout d'un an et demi, j'étais hors du coup. Je rentrai quand Maria m'écrivit qu'elle ne voyait plus l'intérêt de rester à Cambridge si je n'y étais pas. Quelques mois plus tard, elle partit quand même, je restai pour finir mon travail. Berlin ne m'attirait plus. Si je vis de nouveau ici aujourd'hui, ce n'est pas à cause du passé, mais de Lena.

Je suis content de pouvoir retravailler en tant que scientifique après ces années agitées. Je retrouve des compagnons d'avant. Je vais parfois boire une bière avec Walter Römer, qui était un temps au Bundestag, mais qui ne s'est pas représenté après un différend avec le Parti. Maintenant, comme jadis, il écrit des pièces de théâtre que personne ne met en scène. L'amie de Maria, Lore, est devenue la directrice de l'école qui l'a licenciée autrefois comme étant inapte à l'éducation populaire. Elle s'est maintenue à flot, gagnant sa vie en fabriquant des costumes et des accessoires pour un prestidigitateur. C'est devenu son mari, il a abandonné la prestidigitation. Il travaille au bureau des dossiers de la Stasi, nous ne nous sommes rencontrés que deux fois et disputés tout le temps.

Mes anciennes connaissances s'étonnent quand je leur parle de mon sujet de recherche. Il y a quelques jours seulement, j'ai recroisé un type qui était physicien et s'est fait chasser de son institut comme moi. Nous avions beaucoup en commun autrefois ; quand j'étais concierge au Siloah, il travaillait comme jardinier au cimetière. Il souffrait d'avoir perdu son métier. En 1989, il participa à plusieurs tables rondes, c'était l'un des porte-paroles du NOUVEAU FORUM, il devint plus tard député. Je l'ai souvent vu à la télé. Mais c'en fut fini après deux mandats, comme pour Walter Römer, même si ces deux-là avaient des positions différentes en général. Maintenant le physicien voyage, donne des conférences. Nous nous sommes croisés dans le métro, nous sommes descendus à la station Hackescher Markt pour aller au pub irlandais. Pendant l'heure passée ensemble, il salua au moins dix personnes, son regard allait sans arrêt de droite à gauche, il vérifiait constamment ses deux téléphones portables. Je lui rappelai une conversation remontant à des années, durant laquelle il m'avait parlé de son rêve de faire de la physique, je crois qu'il avait même les larmes aux yeux, et je lui demandai pourquoi il n'avait pas repris son travail. Il m'assura qu'il avait une vie bien remplie, cita le nom de fondations et énuméra les comités dont il était membre, mentionna des personnes célèbres. Il me demanda ensuite pourquoi j'avais quitté moi-même la politique, j'aurais certainement eu mes chances, au moins à la Chambre des députés. Quand je lui répondis en riant que je n'étais jamais entré dans ce qu'il appelait la politique et que je ne pouvais donc pas en être sorti, quand je lui dis ce que je faisais maintenant, il me jeta un regard étrange. Chaque fois que j'ai l'occasion d'évoquer le projet de Bismarck et de Moltke de créer un réseau ferroviaire national, je jubile et je remonte peut-être un peu loin.

— Évidemment, expliquai-je, ils connaissaient aussi les enjeux militaires et stratégiques des chemins de fer, déjà avant 1871. En 1873, Otto von Bismarck a encouragé la création d'une administration ferroviaire, avec son siège à Berlin, malgré l'opposition de certains Länder. Douze ans plus tard, onze mille kilomètres de voies jadis privées sont devenus la propriété de l'État prussien.

La question de l'ancien physicien, se demandant si ce sujet n'était pas décalé et surtout apolitique, m'abasourdit.

— La nationalisation des chemins de fer a joué un rôle dès 1848 à l'église Saint-Paul de Francfort. D'ailleurs, on n'est jamais apolitique quand on est historien.

Mon interlocuteur regarda sa montre et s'en alla précipitamment.

Une heure plus tard, j'étais aux archives, heureux de pouvoir m'installer là, autour de moi le bruissement du papier et le léger claquement des claviers. J'effleurai le dossier posé devant moi avec ses cachets et ses abréviations des siècles passés, je sentais, comme toujours dans ces moments-là, une touche de solennité, un picotement mêlé de tension, de la curiosité. Qu'allais-je découvrir cette fois en feuilletant ces pages jaunies ? C'était toujours une entrée dans l'inconnu, l'obscurité : des pièces qui s'ouvraient de façon surprenante ou des couloirs qui ne menaient nulle part, il fallait faire attention à ne pas déraper, il n'y avait pas de chemin balisé. Je découvrais chaque fois que le soi-disant passé mène au présent, qu'il s'agit toujours de la même chose – des gens et de leurs rêves, de puissance et d'impuissance. Et que les choses sont rarement ce qu'elles semblent être.

Ma mère à Ilmenau n'a jamais vraiment compris non plus le métier que j'avais choisi. Nous ne savions pas grand-chose l'un de l'autre. Dans les années précédant mon départ, les sbires du général de division Kienberg la harcelèrent et l'intimidèrent elle aussi. Elle me soutint, malgré ma rébellion contre l'État qu'elle trouvait prétentieuse. En tant que simple retraitée qui aidait occasionnellement dans son usine de caoutchouc, on ne pouvait pas la faire chanter et on finit par la laisser tranquille. Mais quand elle voulut nous rendre visite en Angleterre, ils ne la laissèrent pas sortir du pays. Après l'ouverture du Mur, elle était déjà malade et ne pouvait plus voyager. Je n'obtins pas l'autorisation de rentrer pour son soixante-dixième anniversaire, aujourd'hui je suis content d'avoir pu au moins passer quelques jours avec elle dans son appartement de deux pièces et demie avant de retourner en Angleterre. Elle avait beau apporter sans cesse de nouveaux plats à table, nos sujets de conversation se tarirent au bout de quelques heures. Pendant qu'elle me tricotait un pull, elle me demanda de lui lire quelque chose, je choisis une nouvelle de Gottfried Keller dans son placard. On se retrouva trente-cinq ans en arrière, même si c'était elle qui me faisait jadis la lecture en tricotant pour d'autres. Elle avait encore la petite table où je faisais mes devoirs. Tous les murs étaient couverts de dessins et de photos de Paul et Benjamin. Ma mère mourut peu après la Réunification. Elle avait accueilli favorablement l'évolution politique parce qu'elle pensait que c'était ce que nous voulions. De plus, elle comptait sur une augmentation de sa pension de veuve d'un soldat tombé au combat et elle se réjouissait de pouvoir enfin nous soutenir. Maria et les garçons vinrent à ses funérailles, ce fut notre dernier voyage tous ensemble. Au cimetière se trouvaient les voisins de ma mère et quelques anciennes collègues de l'usine de caoutchouc de Langewiesen, que j'invitai à l'hôtel Zur Linde. Les amies de ma mère étaient là, usées par le travail, engoncées dans leurs robes du dimanche, me disant combien ma mère était une bonne personne et consolant un homme voûté en larmes au milieu d'elles, il était âgé, mais il avait sûrement quinze ans de moins que ma mère. Il s'en alla bientôt sans que nous ayons eu l'occasion de parler. Sur le ruban de sa couronne, on pouvait lire – mais je ne le vis que plus tard : “Avec amour. Bien à toi, Alois.”

Le soir même, Maria partit à Weimar avec les garçons. Je restai à Ilmenau pendant deux jours. Une voisine me proposa de vider l'appartement après mon départ et de donner les meubles et les vêtements de ma mère. Je me contentai de regarder ses papiers et de récupérer les lettres de soldat que mon père m'avait adressées, quelques photos, les dessins de mes fils et toutes les lettres que je lui avais écrites au cours des décennies.

Dans un album en plastique coloré, je trouvai des photos de ma mère comme je ne l'avais jamais connue : riant, assise dans des salons ou des pièces quelconques avec d'autres personnes enjouées, célébrant sous des guirlandes en papier la Journée de la femme ou l'obtention de la médaille du collectif de travail socialiste, l'anniversaire de gens que je ne connaissais pas. Sur certaines photos, on la voyait avec des amis randonneurs ravis sur le Kickelhahn et le Rennsteig, Alois était souvent à côté d'elle.

Dans son placard mural, parmi les papiers de famille se trouvait son livret d'épargne dans une enveloppe marron. Avec l'inscription : *pour Herbert.* À l'intérieur, une lettre qui m'était adressée, datée d'il y a quelques mois. De son écriture raide et maladroite, elle avait écrit : *Mon cher garçon ! Au moment où tu liras ceci, je serai probablement partie. J'ai toujours voulu qu'on fasse un grand voyage tous les deux. J'ai économisé à cette fin, chaque prime de fin d'année quand je travaillais encore et tout ce que j'ai gagné en tricotant. Vingt-six mille marks au total, il faut dire que ça fait de nombreuses années. J'en suis moi-même étonnée. Je n'ai pas pris un seul pfennig sur notre argent de voyage pour quoi que ce soit d'autre. J'ai toujours réussi à m'en sortir. Lors de la conversion en D-Mark, la somme a été réduite de moitié. Je n'ai pu convertir, tu le sais bien, que quatre mille au taux de 1:1. Mais avec quinze mille marks de l'Ouest, on va déjà loin. J'ai toujours pensé qu'on pourrait aller à Cuba ou en Égypte. On peut aller partout maintenant. Mais tu vas devoir voyager seul ou avec ta Maria.*

L'argent des funérailles se trouve sur mon compte épargne. N'oublie pas que le syndicat donne un petit quelque chose. Je te souhaite une belle vie, mon cher garçon, dommage qu'on n'ait pas voyagé ensemble. Donnes-en une partie à mes petits-enfants, mais j'aimerais que tu fasses ce grand voyage. Ta mère

Je voulais donner l'album coloré à Alois, mais la voisine me dit qu'il était parti en randonnée après l'enterrement. Sans que je le lui demande, elle me raconta qu'Alois était verrier et qu'il gagnait bien sa vie à la Sophienhütte. Qu'il était veuf et un ami de longue date de ma mère. Aujourd'hui la Sophienhütte était fermée parce qu'elle n'était plus rentable et Alois, qui ne supportait pas de rester dans l'appartement, partait souvent seul en randonnée, parfois pendant des jours. Elle allait lui remettre l'album, mais elle était certaine qu'il avait déjà ces photos.

Debout sur le quai détrempé de la gare d'Ilmenau, puis longeant Pörlitzer Höhe, je me dis que je ne reviendrais jamais ici. Mais une phrase que disait Maria me revint à l'esprit : il n'y a ni jamais ni toujours.

23

CLARA

Résurrection des hommes-oiseaux

Sans Emma ni Natalia, je me sentais comme échouée sur une île inconnue à Machandel. Pourtant, je n'arrêtais pas de revenir. Quand je fais le compte des années, je prends peur. Sur le mur de l'entrée se trouve encore une photo de moi et de Julia datant des débuts, on nous voit transporter du sable pour la terrasse, j'avais vingt-cinq ans. Julia, six ans, avait sa propre petite brouette, c'est une belle photo, qui remontait déjà à plus de vingt ans lorsque le violoniste Jonas la regarda en disant : "Je reconnais ta fille aînée, mais qui est l'enfant ?" Il me prenait pour Julia, tant je ressemblais peu à l'image. Ma fille aînée ne venait quasiment plus à Machandel depuis qu'elle s'était inscrite à l'université de Fribourg pour se rapprocher de son père. Elle s'est liée d'amitié avec sa femme, qui n'a que six ans de plus qu'elle. Après ses études, elle n'est pas revenue à Berlin. Caroline a vécu ailleurs pendant des années, elle aussi.

Maintenant qu'Emma est repartie et que l'annexe délabrée a été rasée malgré les chauves-souris, le village a changé. De jeunes familles se sont installées à Machandel, on construisait et on agrandissait. Un jour, on découvrit un échafaudage entourant le vieux manoir, des ouvriers enlevaient le crépi, tandis qu'on abattait des cloisons à l'intérieur. Pendant des années, on vécut à Machandel dans le bruit des travaux, maintenant l'hôtel est terminé et le calme est revenu. Ce n'est pas le même silence qu'autrefois, mais on entend toujours les oiseaux et le vent.

L'été où Jonas m'accompagna à Machandel, le chantier était encore en cours. Il était musicien, nous nous connaissions depuis un an, j'avais évité jusque-là de le faire venir ici. Lorsqu'il me reprocha de lui cacher un pan de ma vie, je l'emmenai. La chaumière lui plaisait, mais il y avait comme souvent des coupures d'électricité, l'eau ne sortait pas des canalisations parce que les pompes fonctionnaient également à l'électricité. Le moral de mon ami dégringola. Il n'imaginait pas renoncer à se doucher et m'observait, frigorifié, tandis que j'allais chercher du bois dans la remise. L'électricité revint le lendemain matin, mais il ne coulait qu'un filet d'eau marron, puis Jonas découvrit une grosse araignée dans la baignoire et un insecte mort dans le sucrier, ce qui lui gâcha la vue depuis la terrasse ensoleillée et, quand je le vis suivre d'un regard dégoûté la trace baveuse d'un escargot, j'acceptai sa suggestion de renoncer à la randonnée prévue à Burg Schlitz et d'aller en voiture à Güstrow pour voir une exposition. De toute façon, il n'avait pas de chaussures de randonnée et scruta mes bottes en caoutchouc avec étonnement. Jonas revint deux ou trois fois à Machandel, sans même se risquer jusqu'au Düstersee ; à la vue d'un troupeau de bovins avec un taureau, il rampa en hâte sous une clôture électrifiée, récoltant une légère décharge et déchirant au passage sa veste en daim couleur sable. Après cela, il préféra rester à la maison, mais uniquement avec les fenêtres fermées car les travaux lui donnaient la migraine. Il était en outre allergique au pollen. Machandel n'était pas fait pour Jonas, je m'en doutais, et Jonas n'était pas fait pour moi non plus.

Au fil des ans, j'ai emmené deux autres hommes à Machandel, mais il fut vite évident qu'ils n'étaient pas à l'aise ici ; le premier cloua le bec aux oiseaux du soir et même à Caroline avec ses monologues bruyants, tandis que le deuxième se mit aussitôt à esquisser le plan de la chaumière et à faire des projets. Il voulait agrandir le grenier et y installer des fenêtres panoramiques. Enlever les vieilles briques de l'entrée et poser des carreaux en terre cuite italienne dans toute la maison. Quant à la pierre du matin, sur laquelle j'attirai son attention, on pourrait la fixer au mur, les vieilles briques usées et irrégulières devaient absolument disparaître. Il voulait également poncer et sceller les vieilles poutres. "Mais la Dame blanche de Mamerow habite dedans", objecta ma fille avec effroi, il crut que c'était une blague et continua d'imaginer l'autre maison, en réalité une autre vie avec une autre femme.

La plupart du temps, j'allais seule à Machandel.

Je me rappelle que, chaque fois que j'étais assise derrière la maison à la table de jardin verte dont la peinture s'écaillait, je me demandais si je devais la repeindre, si je voulais même rester ici. En arrivant un jour, je trouvai une lettre sur la porte, une offre de l'agence immobilière qui rénovait le château. Ils voulaient racheter la chaumière avec le terrain et ils me proposaient quatre-vingt mille, presque trois fois la somme indiquée par le courtier qui vendait la ferme pour néoruraux de Mme Poschmann. Son offre était un compromis dans mon intérêt, dit-il à l'époque, un objet comme le mien ne valait pas grand-chose, on trouvait des maisons abandonnées partout, les jeunes partaient faire leurs études ailleurs et ne reviendraient pas. Cette contrée était la moins peuplée d'Allemagne.

Tout en moi refusait l'idée de voir la chaumière comme un *objet*. Évidemment, quatre-vingt mille euros, cela représentait beaucoup d'argent, je ne pourrais pas en épargner autant sur plusieurs décennies. D'ailleurs, je ne pouvais rien mettre de côté, même si je gagnais au musée qui m'employait depuis quelques années plus que Ruth dans son service de consultation. Les économies de mon père étaient épuisées depuis longtemps, ses frais de garde augmentaient. Sans sa pension complémentaire d'ancien détenu des camps, il n'aurait pas pu rester dans son appartement. Caroline avait commencé ses études, ce serait bien de pouvoir la soutenir. Si j'avais quatre-vingt mille euros sur mon compte, je pourrais aussi me payer une voiture, me dis-je. Mais sans la chaumière, je n'aurais pas besoin de voiture. Pourquoi, pensai-je avec colère, ces gens de l'immobilier croient-ils que tout est à vendre ? D'un autre côté, mon amie Ruth ne m'avait-elle pas demandé plusieurs fois si je voulais vraiment revenir ici sans arrêt ? Caroline m'avait fait remarquer que je n'étais jamais allée à New York, et à Londres uniquement sur l'invitation du professeur Simon. Quand je lui répondis que j'étais allée récemment à Pforzheim pour rendre visite à sa sœur Julia, qui travaillait à l'hôpital local, Caroline s'écria “Pforzheim, Pforzheim” en s'étouffant presque de rire. Elle-même venait de finir son année de bénévolat dans une maison de retraite à Jérusalem, où elle donnait la becquée à des centenaires qui avaient oublié l'hébreu et comprenaient seulement l'allemand, la langue de leur jeunesse. Avant cela, elle avait vécu un an chez Paul Ahrens à Barcelone et travaillé comme serveuse. "Pour toi, Vienne c'est déjà trop loin", me railla ma fille car la fois où Ruth m'avait invitée à Vienne pour Pâques, j'avais refusé. Je pensais aux travaux de jardinage à Machandel, aux forsythias derrière la remise, dont j'allais rater le jaune éphémère, au tapis d'anémones qui fleurissaient brièvement à Pâques dans la forêt de hêtres du Tabacksberg. Ruth aimait venir à Machandel, mais elle n'avait plus le temps maintenant, ayant des entretiens même le week-end. Elle vivait avec Andreas, déjà passionnant des années plus tôt lorsqu'il évoquait les 27 000 éclats de roches conservés depuis des décennies dans des corbeilles en métal au sous-sol du musée de Pergame. On les avait exhumés dans les années 20 sur une colline au nord-est de la Syrie, non loin de la frontière turque. Un prince araméen y avait fait construire, en Mésopotamie entre l'Euphrate et le Tigre, des palais et des temples il y a plus de trois mille ans sur les ruines de cités assyriennes et babyloniennes. Les bas-reliefs, colonnes et sculptures mis au jour étaient endommagés, mais leur beauté mystérieuse semblait indestructible. Lors d'un bombardement nocturne en novembre 1943, toutes les parties calcaires brûlèrent, les statuettes d'animaux et de dieux en basalte éclatèrent sous la chaleur. Du goudron dégoulinant du toit de l'entrepôt pénétra dans les roches, l'eau des extincteurs acheva de les détruire.

L'ami de Ruth fait partie des spécialistes de l'art qui examinèrent ces roches à de nombreuses reprises et, quelques années après la Réunification, entreprirent le projet insensé de les reconstituer.

Voilà pourquoi il était venu à Berlin. Lorsque Ruth fit sa connaissance – incidemment sur les marches de l'autel de Pergame – il lui avait déjà parlé des innombrables pièces de ce puzzle en pierre, de son rêve de les rassembler. Peut-être que Ruth était tombée amoureuse de ce rêve, à une période où beaucoup de nos compagnons de route avaient cessé de rêver et dit adieu, comme ils disaient, à leurs illusions.

Certains fréquentaient encore le cercle de paix, devenu un cercle de potes soudés par la fierté de leur passé commun, ils voyageaient tous ensemble, en Israël et en Pologne, se retrouvaient pour discuter et fêter les anniversaires. Je voyais rarement la pastoresse, très occupée, sa communauté avait grandi. J'étais retournée une fois au culte, mais ce n'était plus un rassemblement politique, l'Évangile était au cœur de son prêche, je me sentais étrangère. J'allais parfois au café de la Wolfshagener Straße, tenu par un couple du cercle de paix. Quand j'y retrouvais des connaissances, nous parlions souvent de sujets qui ne nous intéressaient pas autrefois, l'assurance vieillesse, les prêts pour accéder à la propriété.

L'ami de Ruth, Andreas, nous raconta l'histoire du dieu du temps Teshub, de la déesse du soleil Hépat et de leur fils Sarruma, debout sur le dos d'énormes lions. Il nous montra des photos d'étranges hommes-oiseaux, de taureaux couchés, nous décrivit les batailles entre les Assyriens et les Araméens, s'étonna que nous connaissions à peine la Bible et nous cita des passages du Livre du prophète Isaïe, où il était justement question de ces événements dans le chapitre 37. Il savait qu'on avait découvert sous le palais englouti du prince araméen, séparés de lui par une fine couche de terre, les vestiges d'une cité vieille de six mille ans. Le temps perdait sa signification quand Andreas nous parlait des fouilles.

En 1995, on mit enfin les pièces entreposées au sous-sol du musée au bord de la Spree dans des caisses de transport pour les transférer vers une annexe des musées nationaux. Six ans plus tard, le rêve de renaissance des dieux et des animaux en pierre n'était plus un rêve, Andreas était un des archéologues qui manipulaient, classaient et assemblaient quotidiennement les 27 000 pièces dans un hall en périphérie de la ville.

Quand il venait à Machandel avec Ruth, quand nous traversions les prés pour rejoindre le lac, il abordait le sujet et tout le lui rappelait : les blocs erratiques roulés jusqu'ici par les masses de glace il y a des millions d'années, les pierres bleues vernissées séculaires, les chênes des tumulus, qui sortaient des racines d'autres chênes. Comme tous ceux qui sont entièrement absorbés par une idée, une tâche, ce qu'il voyait et vivait ravivait ce qu'il avait en tête de toute façon. Ses récits me captivaient moi aussi et, quand il me demanda si je ne voulais pas rejoindre son groupe de travail comme secrétaire, je n'hésitai pas longtemps.

Au début, les 27 000 fragments de basalte reposaient encore sur des palettes en bois, j'avais souvent le droit de les manier et de les trier. Les éléments extérieurs étaient facilement identifiables, mon regard s'affina, d'autant que j'apprenais beaucoup au contact des historiens de l'art et des archéologues de notre petit groupe de travail. C'était plus difficile de reconnaître les éléments provenant de l'intérieur des colonnes et des statuettes, mais j'appris peu à peu à différencier les formes structurelles de la roche. Une fois qu'un fragment était identifié et nettoyé, on lui attribuait un numéro. Ce travail de classement constituait ma mission. Cependant, de nombreux fragments étaient perdus à jamais et on se contentait de les recréer quand c'était nécessaire à la statique ou à la compréhension de l'ensemble. Malgré les lacunes, une trentaine d'images furent ainsi réassemblées grâce à un mortier spécial et des résines époxydes ; je vis, en l'espace de quelques années, les statuettes de dieux et de lions, le taureau et les bas-reliefs émerger de tas de décombres indéfinissables.

Cela me rappelait mon ancien métier, le conte du genévrier, je me disais que mes collègues faisaient la même chose que la p'tite Marlene, la sœur du frère décédé, qui avait recueilli tous les membres et les os de son frère dans un foulard de soie, dont il était sorti sous forme d'*un bel oiseau au chant magnifique, qui s'envola haut dans le ciel.* Nos hommes-oiseaux sont ressuscités eux aussi, on voit leurs blessures, ce que trois mille ans – les guerres, le sable, l'oubli, le feu et l'eau, la malchance et le soufre – leur ont fait subir, leurs griffes sont fêlées, leurs corps pleins d'éclats, il manque des parties entières à la queue du scorpion, mais ils sont de nouveau là. Une force mystérieuse émane d'eux.

Mes filles me demandaient ce que je voulais faire une fois ce travail terminé. Andreas, lui, savait ce qu'il voulait, à savoir participer aux fouilles sur cette colline qui restait encore à explorer dans le Nord-Est de la Syrie ; une équipe de collègues syriens et allemands avait déjà commencé, même si des villages s'étendaient aujourd'hui jusqu'à la colline et qu'un cimetière islamique avait été aménagé sur les ruines de toutes ces cultures disparues. Il était archéologue, moi linguiste avec un peu d'expérience administrative, j'avais même appris à assembler des fragments de roches mais je ne savais pas quoi faire de ce savoir.

Je ne savais même pas si je voulais garder cette maison, derrière laquelle je m'installais si souvent en laissant errer mes pensées comme le vent chassait les nuages dans le ciel du Mecklembourg.

Ici, me disais-je, tout m'est familier, je sais interpréter les signes. Ici, je marche dans les champs après l'averse pour ramasser les fossiles ramenés à la surface, ici je trouve les pierres bleues vernissées, ici je sens les couches de terre sous mes pieds, les strates du temps qui se mélangent comme sur la lointaine colline syrienne.

Lorsque, installée à ma table de jardin verte, je tournais la tête, j'apercevais la remise, presque cachée par les branches du noyer. Quand l'arbre était à peine plus grand que Paul Peters, il photographiait ici ses enfants. Avec un appareil photo en carton, qu'on pouvait se procurer bon marché durant l'année olympique 1936, comme me le raconta sa fille Marianne. J'avais fait agrandir la photo tachée de Marlene en robe de confirmation, elle est toujours accrochée au mur de la chaumière. Quand je regardais les encoches dans la poutre du mur de la remise, je savais ce qu'elles signifiaient : la hache s'était fichée là, à gauche, celle que l'ouvrier agricole Jürgen Töpelmann, ivre, avait lancée sur sa jeune femme Pauline voilà quatre-vingts ans. Un mètre à côté, Michael avait gratté la poutre avec un couteau pour me montrer combien le bois était déjà vermoulu. Cela remontait à vingt ans, or la poutre tenait encore. Lorsque je relevais les yeux de ma paperasse sur la terrasse, j'apercevais la lucarne de la remise, c'était là-haut que Klaus et Günter, les jumeaux d'Emma, avaient fumé leurs premières cigarettes roulées à la main, des Machorka échangées à des Russes à la gare contre des œufs volés. Je le savais de l'ancien bourgmestre, un fils de déplacé réinstallé jadis au château, qui avait eu le droit de prendre une bouffée. Il connaissait lui aussi les nids sauvages des poules, mais il buvait lui-même les œufs. Il passait encore par ici à moto quand il partait à la chasse.

Je me souviens qu'un soir, il s'arrêta pour me demander comment j'allais. Il se plaignit des locataires de chasse de Ratzebourg et de Hambourg.

— C'est pas des vrais chasseurs, ils connaissent rien à la forêt, évidemment, ils croupissent dans leurs cabinets d'avocats, amassent du fric et, quand ils débarquent ici, ils tirent sur les grandes outardes protégées. Ils valent pas mieux que les crétins d'autrefois, avec leur insigne du Parti, qui arrêtaient pas de louper le gibier. Fallait sans arrêt qu'on achève les chevreuils errant les tripes à l'air, même pendant la trêve. Les gars d'aujourd'hui ne sont pas meilleurs. C'est encore pire.

Je m'étonnai qu'il parle ainsi parce qu'il portait lui-même l'insigne du Parti autrefois. Mais il n'attendait aucune réponse, il devait repartir, puis il ajouta qu'il avait entendu parler de l'offre de l'agence immobilière.

— Tu devrais accepter, vous avez payé quatre mille marks de l'Est à l'époque, ils veulent te donner vingt fois plus en monnaie de l'Ouest, une bonne affaire. L'ancienne maison du jardinier est libre à Mamerow.

— On ne peut pas échanger une maison contre une autre, protestai-je, il afficha un rictus.

Une fois sur sa moto, il s'écria :

— Bien sûr que si. Tout s'échange, le mari, les locataires de chasse, l'État, tu vois bien. Réfléchis, personne t'en offrira autant.

Comment avait-il eu connaissance de l'offre ? Ici tout s'ébruitait. Moi aussi, je connaissais l'histoire des gens, je savais d'où ils venaient et où allaient leurs enfants.

Était-ce la familiarité qui me retenait dans ce village ? Par moments, je ressentais comme une menace.

Je me souviens d'une journée d'été où j'allai au Krevtsee avec le restaurateur syrien Sadiq et sa famille en passant par la colline. Sadiq faisait partie de notre projet, sa femme Laila et leurs deux fils étaient en Allemagne pour la première fois, je les avais invités à Machandel pour le week-end. On apercevait déjà l'eau depuis la colline et les deux garçons aux boucles brunes, âgés de neuf et onze ans, s'élancèrent. Quand j'arrivai au bord du lac avec Laila et Sadiq quelques minutes plus tard, on vit les frères debout côte à côte, à l'écart, frissonnant en maillot de bain malgré la chaleur. Sur la rive, quelques jeunes que je connaissais des villages voisins, dont Marco, le gentil petit-fils de Mme Poschmann, qui avait patiemment appris à nager à Caroline dans ce même lac quelques années plus tôt. Il était là avec les autres, alignés, menaçants comme un commando.

— C'est un lac allemand ici, dit l'un d'eux à Sadiq et Laila.

Les enfants voulaient partir, ils avaient perdu l'envie de se baigner et Sadiq, qui connaissait ce genre de situations et n'avait donc accepté qu'avec hésitation l'invitation dans ce qu'il appelait la province est-allemande, ne voulait pas rester non plus, même lorsque Marco dit avec gêne en me reconnaissant :

— On pouvait pas savoir que les Turcs étaient avec vous.

Je me souviens d'une journée d'un autre été. Le matin, je retrouvai Anna Plän dans la grand-rue, une des vieilles femmes que les autres voyaient encore comme une réfugiée. Je lui demandai de me donner une des grandes verveines qui poussaient devant ses fenêtres côté sud. Leur couleur me rappelait les robes de Maria. Anna Plän m'apporta les plantes avec de longues racines le matin, ainsi qu'un bol de cerises douces, et elle me regarda chercher un emplacement. Lorsque je lui fis remarquer que ces beautés délicates n'étaient sans doute pas chez elles dans cette région, elle se moqua de moi en disant que cette plante, appelée aussi herbe à rêve, poussait ici depuis toujours, le long des voies ferrées et sur les décombres. Sa mère en faisait une décoction pour soigner les rhumatismes. Elle rit en découvrant une bouche presque édentée, je la comprenais mal, mais tendis l'oreille lorsqu'elle dit que certaines choses qui avaient disparu revenaient justement, des étrangers à la peau foncée, des Gitans qui campaient au bord du Krevtsee depuis hier.

— Mieux vaut que t'ailles pas te baigner aujourd'hui et que tu gardes tes petites. Les Gitans volent les enfants, surtout les filles. C'est ce qu'on disait jadis, ajouta-t-elle, difficile de savoir si elle y croyait elle-même.

Dans l'après-midi, elle envoya sa petite-fille – ou était-ce déjà son arrière-petite-fille –, une fillette de cinq ans nommée Jessica, chercher le bol, mais elle l'oublia et se mit à jouer dans mon jardin en sautillant et en fredonnant une chanson qu'elle connaissait du jardin d'enfants. Je la connaissais aussi, l'ayant chantée moi-même, ainsi que mes filles. Mais je n'avais pas prêté attention aux paroles : *Pantin, galopin, prends garde à toi. Qui gigote et galope le regrettera.*

— Tu ne connais rien d'autre ? demandai-je à l'enfant quand elle la répéta pour la dixième fois.

Jessica tapa dans ses mains et entonna un air de danse qui datait de mon enfance et auquel je n'avais plus repensé depuis des décennies. Consternée, j'entendis : *"Sais-tu ce que je vais faire, petit voyou, te fourrer dans un sac d'avoine et ficeler le tout. Et si tu n'arrêtes pas de crier : ouvre-moi s'il te plaît, je vais resserrer le nœud et m'asseoir au sommet."*

D'autres jeux de l'époque me revinrent à l'esprit, en général il fallait faire attention à ne pas se retrouver seul au milieu du cercle, exposé aux rires des autres. Un de ces jeux s'appelait *vingt-quatre petites paysannes*, chacune devait choisir un compagnon, celle qui n'en trouvait pas et finissait seule au milieu du cercle entendait : *"La voilà sans mari, la vieille commode. Fais attention la prochaine fois et avec nous suis la mode."* Enfant, je ne comprenais pas ce que ça signifiait, suivre la mode. Ou peut-être que si. Sinon je ne me serais pas moquée avec elles du petit voyou de la chanson que Jessica répétait avec enthousiasme. Sinon j'aurais senti sa peur, son impuissance dans le sac d'avoine sombre qu'on resserre encore et les fesses sur le sac d'avoine m'auraient étouffée moi aussi.

Plus tard, Anna Plän arriva d'un pas traînant à la clôture du jardin, appela la gamine et demanda à récupérer le bol, les cerises étaient mangées depuis longtemps. Elle me fit signe d'approcher, un éclat étrange dans le regard. Elle portait visiblement un dentier, je la comprenais bien.

— Les Gitans du Krevtsee, dit-elle, y sont partis. Dès midi. Il s'est passé un truc juste avant.

J'appris que son petit-fils Ronny avait assisté à la scène, il voulait aller pêcher, comme d'autres garçons. Certains venaient même de Kuhelmies, ils avaient tous des téléphones portables de nos jours pour se donner rendez-vous. Le nouveau maire avait alors appelé la police. Mais son petit-fils était déjà de retour à l'arrivée de la police, qui n'avait pu relever aucun nom. Un des Gitans se trouvait à l'hôpital, on l'avait transporté à Güstrow en ambulance.

— Y vont pas revenir. On peut laisser les filles retourner au lac.

D'un air satisfait, elle regarda Jessica qui sautillait joyeusement autour de nous, fière d'avoir trouvé une nouvelle rime : *"Pantin, galopin, prends garde à toi. Qui gigote et galope mourra."*

Sa grand-mère récupéra le bol, les taches rouges ressemblaient à du sang.

Je me rappelle de nombreux moments comme celui-ci, où je me dis : je ne peux pas rester dans ce village.

Mais le soir, j'enlevais de mes cheveux les petites fleurs bleues de plumbago et je repensais à Emma qui m'avait donné les boutures lors de son dernier été. Le plumbago doit hiverner à l'intérieur ; au printemps suivant la mort d'Emma, je me souviens avoir mis dehors des tiges sèches et grises d'où pendaient encore des feuilles mortes ; peut-être étaient-elles restées trop longtemps dans le froid de l'entrée, elles restèrent comme mortes. Je n'imaginais pas qu'elles afficheraient un jour une touche de vert. Je trouvais que cela correspondait bien à cette année. Malgré tout, je taillai les branches desséchées, les mis dans la terre fraîche et les arrosai d'eau de pluie pendant quelques jours. Quand je dus repartir, je laissai une plante morte. Mais à mon retour en été, je vis aussitôt la nuée bleue étincelante dans la végétation d'un vert intense. Le plumbago avait formé des bourgeons aux endroits coupés et fleurit encore plus abondamment que l'année précédente, ses fleurs assaillaient tous ceux qui passaient devant l'écume bleue.

Seules les verveines d'Anna Plän ne repoussèrent pas.

Chaque année, mon jardin me racontait des histoires pleines de futilité et d'espoir.

Le vieux Wilhelm n'est plus en vie non plus. Je me rappelle notre dernière rencontre, trois jours avant sa mort. J'étais venue seule à Machandel et j'avais ouvert les fenêtres en grand pour laisser entrer le soleil du matin. Je le vis dans son jardinet et je m'apprêtais à me retirer. Mais il cria mon nom. J'hésitai un instant, j'étais encore en chemise de nuit. Puis je me suis souvenue qu'au village, ils prenaient de toute façon mes vêtements pour des chemises de nuit, donc je sortis, fis quelques pas jusqu'au buisson à fleurs rouges dont je ne connais toujours pas le nom. Sur trois ou quatre épines se trouvait une chose minuscule, inconnue, que Wilhelm contemplait avec un sourire de satisfaction étrange. Je reconnus les restes d'un être vivant et reculai.

— La pie-grièche, dit Wilhelm, ricanant face à mon effroi. Elle est de retour.

Je savais que cet oiseau, aussi petit qu'un pinson, était considéré comme une espèce éteinte. Comme l'ortolan et l'alouette, il avait disparu du paysage. Mais depuis le démantèlement de la SARL agricole, depuis que tant de terres étaient en jachère, la pie-grièche était revenue.

— C'est une tueuse, expliqua Wilhelm, elle n'arrête de chasser qu'après neuf proies.

Je reconnus un morceau de chair auquel pendait quelque chose qui ressemblait à une peau de souris, je me sentis mal et me précipitai dans la maison. Dans l'entrée, je me penchai au-dessus du seau à cendres et j'entendis le rire rauque de Wilhelm. À midi, la peau de souris avait disparu, il ne restait plus sur une pierre devant le buisson qu'une chose minuscule, rouge, molle, méconnaissable, peut-être un cœur de souris.

Le rire de Wilhelm, son rire de vieillard, c'est la dernière chose que j'entendis de lui. Une semaine plus tard, j'allai à son enterrement. Auguste me présenta leurs enfants, que j'avais vus rarement et uniquement de loin à Machandel : deux femmes entre deux âges à l'air triste, avec des maris à l'avenant et un fils qui me scruta d'un air méfiant. Un des petits-enfants de Wilhelm, que je n'avais jamais vus au village, portait un uniforme de la Bundeswehr. À part moi et le pasteur, deux ou trois personnes extérieures étaient venues, on nous invita à boire le café à la fin des funérailles. Dans la salle paroissiale, comme c'était la coutume ici, la femme du pasteur proposa du gâteau, mais je m'éclipsai rapidement. Les filles de Wilhelm se disputaient âprement à propos d'une inscription au registre foncier jusqu'à ce que le fils reprenne grossièrement ses sœurs, qui se tournèrent vers leur mère : "Dis quelque chose, toi !" Auguste se tordit les mains avec miséricorde, comme je l'avais souvent vue faire, et répéta le dicton que je connaissais déjà : "Ta volonté Seigneur, pas la mienne."

En rentrant à pied du cimetière, le long de l'allée bitumée de châtaigniers et devant les maisons des néoruraux, je vis Minna Möllers qui me fixait depuis sa clôture. Je la saluai et voulais passer mon chemin, mais elle me fit signe d'approcher.

— C'tait comment, l'café après l'enterrement ?

— Il n'y avait personne du village.

Elle hocha la tête et voulut savoir quel pasteur avait parlé, le vieux de Teterow ou le nouveau de l'Ouest.

— Pourquoi n'êtes-vous pas allée vous-même à l'enterrement de votre beau-frère ? lui demandai-je.

Elle écarta la question d'un geste et désigna ses genoux avant de retourner chez elle en clopinant.

24

HERBERT

Bois de braise

Clara, ma chère amie, petite sœur ! En pensée, je te parle souvent, je t'ai déjà écrit, mais ceci va devenir une vraie lettre, sur du papier provenant de l'agence environnementale Ibama, comme tu vois. Dans un bureau de Belém, obscurci à cause de la chaleur, j'attends une Jeep qui arrivera peut-être bientôt ou seulement dans six heures ou demain matin. Belém est la capitale de l'État brésilien du Pará, c'est ici que l'Amazone se jette dans l'Atlantique. C'est étrange, à Lisbonne j'ai habité dans un quartier qui s'appelait Belém, la maison du pain. Quant à Pará, on l'appelle *terra sem lei*, la terre sans loi. Je sillonne la région depuis six semaines et je commence à comprendre pourquoi le pays se nomme ainsi.

Je ne sais pas où commencer pour t'expliquer pourquoi je suis ici et ce que j'y ai trouvé.

Le mieux est sans doute de commencer par l'archetier. Clara, tu te souviens que nous parlions parfois d'Arthur, le compagnon de ta grand-mère. J'ai fait leur connaissance durant l'été de ta naissance. Mais déjà avant, à l'école des cadets, Jan me racontait souvent ses visites à l'atelier d'Arthur, où il écoutait ses histoires sur le pau-brasil, dont le bois rouge servait à fabriquer les archets. Déjà enfant, il était scandalisé que cet arbre précieux soit presque éradiqué et que les habitants de l'Amazone et de la *mata atlântica* ne profitent pas de cette richesse. Arthur lui avait parlé des Indiens, des conquérants portugais, des descendants des esclaves noirs et sans cesse de l'arbre ibirapitanga, fernambouc ou pernambouc. Pau-brasil signifie bois de braise, il a donné son nom au pays.

C'étaient des histoires rocambolesques pour nous, j'y ai rarement repensé, mais Jan ne les a pas oubliées. Lena non plus. Je fus stupéfait d'apprendre, presque par hasard, que l'archetier n'avait pas disparu de sa vie. Elle lui rendit même visite dans son village du Vogtland. Mais quand elle quitta Machandel, il était déjà mort. Dans une de ses dernières lettres, l'homme de quatre-vingt-cinq ans lui écrivit qu'il avait créé en 1990 une association des archetiers et luthiers nommée Initiative internationale pour la conservation du pernambouc. Cette organisation voulait faire planter un demi-million de nouveaux plants de pau-brasil dans la région amazonienne. Un des clients d'Arthur, premier violon à l'Orchestre philharmonique de Vienne, organisa des récitals pour la préservation du fernambouc. Des musiciens berlinois collectèrent de l'argent, ainsi que des collègues d'Australie, de Belgique, de Finlande, d'Israël. Il faut au moins trente ans pour que son bois rougeâtre serve à la fabrication d'archets. Arthur savait, écrivait-il, qu'il ne vivrait pas assez longtemps pour le voir, mais qu'il était heureux d'avoir trouvé tant de jeunes prêts à faire en sorte que cet arbre merveilleux ne disparaisse pas de la surface de la Terre. Lena reçut de sa succession tout un tas de documents sur son organisation et une initiative brésilienne similaire appelée Funbrazil. Elle ne fit que survoler ces papiers à l'époque, mais plus tard, elle les emporta à Berlin. En découvrant tout cela, je pensai à Jan, qui m'avait raconté ces histoires sur le pernambouc, dont le bois servait jadis à teindre en rouge les tenues des filles et, comme il ajouta en guise de plaisanterie, les drapeaux de la Révolution française. Jan avait lui aussi rêvé de reboiser la *mata atlântica* ; il avait apporté ce rêve et les récits de l'archetier de Machandel à l'école des cadets. Nous nous réfugiions dans cet univers et notre amitié, qui nous protégeaient tel un cocon invisible.

J'écrivis à Funbrazil et je reçus un jour des informations sur les nouvelles plantations, accompagnées de photos. Par chance, j'avais appris le portugais durant mon séjour à Lisbonne, mais je mis tout de côté, pour m'y consacrer plus tard. Car le même jour, je reçus une lettre de Katja.

Clara, tu te souviens sûrement de Katja, elle faisait partie du cercle de paix à Pankow et de ce groupe de marionnettistes sur la Kollwitzplatz. Avec leurs spectacles sur nos prisons intérieures, ils nous coupaient le souffle, nous faisaient pleurer et parler. Ils jouaient leurs pièces dans un appartement sombre au rez-de-chaussée ou dans des églises, à la paroisse de Pankow ou en plein air, sur l'étroite bande entre le cimetière juif et les maisons situées derrière la Kollwitzplatz, le passage des Juifs, aménagé il y a des générations pour que les cercueils juifs ne passent pas par la Schönhauser Allee, à la vue de tous. Nous ne savions rien de cette histoire, ni du passage des Juifs, tandis que nous étions assis sur des chaises de cuisine ou dans l'herbe, nous prêtant au jeu grâce auquel Katja et sa troupe écarquillaient nos âmes. Ah, Clara, je suis ici à Belém, en octobre, hier s'est déroulé le Cirio, une fête durant laquelle plus d'un million de personnes venues de partout escortent une statue de la Vierge Marie jusqu'au port. Les bateaux de la baie étaient ornés de fleurs, les prières et les cris des gens flottaient dans l'air. À cause du Cirio, je n'ai pas trouvé de chambre d'hôtel à Belém et j'ai dû dormir ici, à l'agence environnementale Ibama. Même dans ce bureau, ça sent le poisson et des épices dont même le nom ne nous dit rien. N'est-ce pas fou d'être ici, à Belém, et de repenser au passage des Juifs à Prenzlauer Berg et au théâtre de marionnettes de Katja, à notre impatience de découvrir le monde derrière le Mur ? J'étais présent quand ton frère et Katja se sont rencontrés là-bas, dans cet étroit no man's land derrière les maisons, c'était comme une explosion d'émotions, mais Jan avait déjà prévu de quitter le pays et Katja n'a pas pu le retenir. Elle eut le droit d'émigrer quelques mois après lui, étonnamment, mais elle ne l'a jamais retrouvé. Nous pensions qu'elle avait cessé de le chercher, tout comme nous avions presque accepté le fait qu'il ne nous fasse plus signe.

Or voilà que, le jour où les documents de Funbrazil arrivèrent, je lus la lettre de Katja qui m'annonçait avoir rencontré un photographe français sous contrat avec l'agence employant Jan. D'après lui, on avait envoyé Jan Langner à Belém en juin 1987 pour couvrir les funérailles d'un héros populaire assassiné. Le collègue de Jan s'en souvenait bien parce qu'il aurait volontiers accepté cette mission, mais Jan était justement au Venezuela, donc plus près de l'action. L'agence l'envoya dès lors souvent en Amérique latine, il passa aussi des semaines et des mois pour son propre compte au Brésil, le pays le fascinait. Après la fermeture de l'agence, dit le Français, il n'avait plus eu de nouvelles de Jan Langner mais, si on le cherchait, on le trouverait sûrement au Brésil.

La lettre de Katja m'empêcha de dormir ; je suis historien, Clara, ce ne fut pas difficile pour moi de retrouver ces photos. Plusieurs grands journaux les avaient imprimées et elles sont toujours publiées.

Les funérailles en question étaient celles de Paulo César Fonteles de Lima, je n'avais jamais entendu son nom auparavant. Tu ne le connais sans doute pas non plus, Clara, mais il est connu au Brésil. Quand je vis les photos, quand je découvris la courte vie de Paulo – il avait cinq ans de moins que moi, trois ans de moins que Jan –, je compris pourquoi mon ami avait pu faire de telles photos. On ne peut saisir cette tristesse que si on la partage. À quinze ans, en 1964, Paulo lisait les Lumières françaises et les classiques de la littérature universelle. C'était l'année où les militaires reprirent le pouvoir au Brésil par un putsch. L'année où Jan obtint son bac et où moi, simple soldat dans une caserne d'Eggesin, j'effectuai mon service obligatoire pendant un an et demi dans un bureau. À chaque minute de libre, je lisais les auteurs des Lumières et les grands écrivains russes. Le seul avec qui je pouvais en parler, c'était Jan, qui lisait la même chose à Berlin. À vingt ans, Paulo entama des études de droit à Brasília. Il faisait partie du mouvement clandestin Ação Popular ; ils publiaient des revues interdites, collaient des affiches et tentaient de créer un soulèvement populaire. Durant cette année 1969, je commençai ma thèse sur le système des trois classes, j'étais en colère et désemparé à cause des chars à Prague, des mensonges dans nos journaux et parce qu'ils avaient incarcéré mon ami. À la fin de l'année 68, tandis que Jan était toujours à la prison de Hohenschönhausen, j'allai régulièrement au Deutsches Theater, où ils jouaient le *Faust* de Goethe dans la mise en scène d'Adolf Dresen. À cette époque, je n'avais personne à qui parler, notre rêve d'un socialisme démocratique était révolu. Le Faust interprété par Fred Düren n'était pas un héros positif, mais sceptique et plein de contradictions ; l'acteur laissait entrevoir le déchirement, l'absence de perspective et sa rébellion face à cette finalité, je retrouvais dans son jeu ce qui me tourmentait. Et les danses effrénées des sorcières nues durant la nuit de Walpurgis me poursuivaient jusque dans mes rêves. J'y retournais sans arrêt, pendant ces quelques heures je ne me sentais plus aussi seul. Je n'y trouvais certes pas de réponses à mes questions, mais je sentais que je n'avais pas à combattre mes doutes comme un ulcère, je les partageais avec d'autres, voilà peut-être notre force. Ils jouèrent la pièce plus de cent fois, je payais cinquante-cinq pfennigs le billet d'entrée en tant qu'étudiant, j'y allai vingt, trente fois. La pièce me bouleversait, même si des phrases et des scènes entières avaient été supprimées et les sorcières dansantes vite rhabillées. Quand Jan sortit de prison, il dut faire les trois-huit à l'usine d'ampoules, mais on alla quand même voir *Faust*, et toute la scène avait disparu. Je me souviens néanmoins des vers inquiétants de Marguerite dans la scène de la prison ; je les ai réentendus des années plus tard, quand tu m'as parlé de ta thèse lors d'une promenade à Machandel : *Ma mère, la putain / qui m'a tuée ! / Mon père, le coquin / qui m'a mangée ! / Ma sœurette / qui a conservé mes gambettes / dans un endroit frais ; / Je suis devenue un bel oiseau de la forêt ; Je m'envole, je m'envole !*

Ah, Clara, pourquoi t'écrire cela ? Je voulais te raconter où je me trouve et quelles rencontres j'ai faites ici, dans l'État brésilien du Pará. Mais il me semble que c'est lié, que dans ma tête tout se passe en même temps.

En octobre 1971, à Pará, le pays sans loi, Paulo César Fonteles de Lima se fit arrêter par la police secrète avec sa femme, Hicelda, enceinte de cinq mois. Ils furent torturés pendant des mois. Paulo écrivit sur le sujet plus tard, ses poèmes sont durs à supporter, des références sombres, faites de douleur et d'impuissance. Ils le relâchèrent au bout de deux ans et demi. Du Brésil, nous ne connaissions que le footballeur exalté Pelé, qui remporta son troisième titre de champion du monde en 1970. Nous savions deux ou trois choses sur la forêt tropicale et ses 2 500 espèces d'arbres dont l'une était notre arbre à archets. Mais nous ne savions rien au sujet de Paulo, de Hicelda et de leur courage, leur désespoir, tant nous étions préoccupés par nous-mêmes, notre petit pays entouré d'un mur et notre propre désespoir. En 1971, Ulbricht fut mis à pied. Honecker arriva au pouvoir. Il était plus jeune et, comme le père de Jan, il avait fait de la prison sous les nazis.

Il y avait une lueur d'espoir, le mot "tournant" apparut dans la presse. Ce fut de courte durée, l'atmosphère devenait de plus en plus pesante.

En 1985, alors qu'on étudiait même au cercle de paix protestant les discours de Gorbatchev – tu te souviens, Clara ? – Jan et moi ne croyions plus à un sauveur. Jan voulait partir et c'est ce qu'il a fait. Je suis resté. C'était l'époque des groupes pour les droits de l'homme. Avant son départ, nous avions passé des nuits entières à nous disputer. À certains moments, notre amitié était compromise. Je voyais alors tous ceux qui partaient comme des gens qui avaient renoncé.

En 1985, en pleine crise économique, il y eut des élections libres au Brésil, le pays allait vers une sorte de démocratie, mais les familles puissantes tiraient toujours les ficelles. Paolo César Fonteles, avocat, député au parlement régional, poète, représentait les indigènes et les paysans pauvres, il intenta des procès contre la corruption, contre l'industrie du bois, cita des noms et fut tué de trois coups de feu par un ancien membre de la police militaire le 11 juin 1987. Les commanditaires ne furent jamais identifiés. Et maintenant je suis là, Clara, je n'ai pas retrouvé Jan, sauf ses traces.

Quand je vis les photos des funérailles à Belém dans les archives de la presse, je compris tout de suite que c'étaient les siennes. Le regard de Jan est sobre, il montre ce qu'il voit, c'est peut-être dû à la lumière, ce qu'il laisse dans la pénombre, au fait qu'on perçoit une existence qui se poursuit au-delà de l'image, là d'où les gens viennent, là où ils vont. On voit l'instant et on sent qu'il s'inscrit dans un contexte plus large. Sous une des photos, celle du fils de quinze ans de la victime, je découvris le nom du photographe. Sais-tu, Clara, ce qui était écrit ? MACHANDEL.

Quand je finis par feuilleter les brochures de Funbrazil, je découvris des clichés d'ouvriers agricoles qui installaient des plants de pernambouc dans leur *fazenda*, financée par des musiciens de l'organisation d'Arthur. De nouveau, le nom du photographe figurait en petits caractères dans les mentions légales : MACHANDEL.

La brochure remontait à plusieurs années, le personnel de Funbrazil avait changé et personne ne pouvait me dire quoi que ce soit au sujet du photographe. J'appris seulement que la ferme entre Altamira et Anapu existait encore, une plantation de cacao de 700 hectares, attribuée à cinquante familles sans terre après la réforme agraire. En raison de la chute des prix du cacao, elles étaient disposées à cultiver le pau-brasil. J'aurais peut-être dû te montrer les photos, Clara, j'aurais dû te dire que Jan se faisait appeler MACHANDEL en tant que photographe, mais je me souviens de notre déception en voyant que les pistes ne menaient jamais nulle part. Après avoir rompu avec Michael, tu étais souvent triste et fatiguée, épuisée parce que tu devais en outre t'occuper de ton père. Tes filles avaient déjà quitté la maison quand j'ai découvert la photo de Jan, mais il me semble que leur passage à l'âge adulte n'a pas été facile pour toi non plus.

J'ai vu depuis que la Société pour les peuples menacés utilise également des images du photographe MACHANDEL, ses portraits d'Indiens Yanomami qui vivent cachés dans la forêt tropicale à la frontière du Venezuela ont fait l'objet d'expositions. MACHANDEL a photographié les postes de secours des Indiens Wajapi, et une photographie célèbre qui parut même dans la presse allemande au printemps 1989 est de lui. Mais qui parmi nous s'intéressait durant ces semaines et ces mois à une manifestation d'Indiens contre un projet de barrage gigantesque sur le Xingú inférieur dans la petite ville provinciale brésilienne d'Altamira ? Ils étaient sortis de leurs réserves parce que les masses d'eau allaient engloutir les terres de leurs ancêtres.

Sur la photo, on voit un homme en costume, le directeur de la compagnie nationale d'électricité, comme je le sais aujourd'hui, sur une tribune. Des indigènes sont accroupis devant lui, des hommes tenant leur arc comme à la chasse, d'autres portant des diadèmes en plumes de perroquet. Je suis allé dans ce gymnase il y a quatre semaines, j'ai foulé le sol alors recouvert de feuilles de palmier. La photo de Jan capture l'instant où une vieille Indienne, dont le visage reflète les millénaires, se lève et se précipite vers la tribune, brandissant une machette vers le directeur qui recule, blême. Cette photo a fait le tour du monde, devenant le symbole d'un mouvement mondial qui se poursuit jusqu'à aujourd'hui. Le projet de barrage fut abandonné, la Banque mondiale finit même par supprimer les crédits accordés.

Clara, j'ai sûrement dû te dire que ma mère a épargné pendant des années pour faire un grand voyage avec moi. Dans sa dernière lettre, elle m'a demandé de le faire sans elle. À cette époque, j'étais en vadrouille de toute façon, je ne me sentais chez moi nulle part et je ne ressentais aucun besoin de partir loin. C'est seulement depuis mon retour à Berlin, depuis que je vis avec Lena, que j'ai repensé au souhait de ma mère.

Après la lettre de Katja, j'ai su que j'allais partir au Brésil. Et quand j'ai vu les photos de l'enterrement de Paulo, les images de la plantation de pernambouc, j'ai trouvé mon objectif.

Jan a sûrement dû y aller, pensais-je, peut-être que quelqu'un se souvient de lui.

Chose étrange, pendant que je préparais mon voyage, je reçus une lettre de ce bureau qui gère les dossiers de la Stasi. J'avais déjà consulté le mien au début des années 90, des milliers de pages, des plans d'action, des comptes rendus détaillés de notre vie quotidienne, les rapports des informateurs, les protocoles d'interrogatoire. Et même des photos de mes enfants. Lire tout cela me répugnait et me rendait infiniment triste, je n'ai jamais examiné mon dossier jusqu'au bout. Et il manquait certains volumes. Or le bureau m'écrivait qu'on avait pu les reconstituer en partie, en recollant tout simplement les feuilles déchirées. Ils font le même travail que vous dans votre salle, où des statuettes de dieux et d'hommes-oiseaux renaissent à partir de milliers de fragments, sauf que le résultat a plus de sens, je crois. Non, je ne veux pas étendre mon aversion pour ces dossiers à leurs gardiens, je sais en tant qu'historien combien ce genre de témoignages sont précieux, encore faut-il pouvoir les lire. Sans ce travail de reconstitution, je n'aurais pas retrouvé les fragments de lettres volées par la Stasi. Même des cartes postales de ma mère, même une lettre de Paul, neuf ans, à Maria et moi, qu'il rédigea lors d'un séjour au bord de la Baltique avec les parents de Maria. Clara, je savais qu'ils incluaient les enfants dans leurs plans d'action, mais ils ont analysé la lettre enfantine maladroite et minutieusement écrite comme un document hostile, quelqu'un a souligné d'un trait de stylo le passage dans lequel mon petit garçon décrit la visite de la cathédrale de Bad Doberan. Je sais qu'il y a eu pire, mais cette lettre d'enfant corrigée par la Stasi m'a déstabilisé, j'ai pleuré dans la salle de lecture. Et j'ai crié sur l'employée qui refusait de me remettre l'original. J'ai pu commander une copie au prix préférentiel de quelques centimes car j'étais une victime.

Je faillis interrompre ma visite, mais il y avait davantage de lettres qui m'étaient assignées, la plupart incomplètes. Je reconnus immédiatement l'écriture de Jan. Seul le quart supérieur droit de sa lettre était conservé, presque aucune phrase n'était complète, sauf la date du 10 octobre 1987 et le lieu d'où il écrivait : Belém à Pará. Peut-être se trouvait-il dans la même pièce que moi maintenant, je sais qu'il avait des amis à Ibama et qu'il utilisait leur fax.

Excepté ce fragment, il restait l'enveloppe de la lettre de Jan, libellée à mon adresse dans la Wollankstraße, il n'avait pas mentionné d'expéditeur, pas sur l'enveloppe. Tu comprends ce que cela signifie, Clara ? Jan nous a contactés, il ne s'est pas volatilisé en nous abandonnant derrière lui.

L'employée de la salle de lecture me dit que les morceaux manquants de la lettre allaient sans doute réapparaître, il restait de nombreux sacs remplis de documents déchirés. Une grande partie, cependant, avait été irrémédiablement détruite en décembre 1989.

Clara, je sais que tu n'as pas voulu consulter ton dossier, mais tu devrais faire une demande, ils ont peut-être intercepté des lettres que Jan t'a adressées. Lena a également rempli les formulaires pour avoir accès à son dossier. Ensemble, nous avons passé du temps devant la copie de ce fragment, essayant de donner un sens aux mots, de déchiffrer un message, mais j'avais déjà mes billets d'avion et je savais que le message, je le trouverais ici.

Voilà des heures que je t'écris, la Jeep avec laquelle je voulais aller à Santarém ne viendra probablement plus aujourd'hui. Fernando, le concierge unijambiste, est rentré chez lui, son patron et deux autres employés sont en route pour une scierie illégale à une centaine de kilomètres de la route bitumée, les autorités l'ont fermée depuis longtemps, mais on y coupe encore du bois parce que les riverains en vivent. Le bois illégal est transporté dans des camions non déclarés, au moyen de faux papiers, via des routes qui ne sont indiquées sur aucune carte, puis il est fourni à des clients qui sont de simples intermédiaires.

C'est probablement un voyage inutile que le patron et ses employés lourdement armés entreprennent dans leur véhicule tout-terrain, il y a trop de scieries illégales dans le genre, mais tant qu'ils sont sur les routes, je peux rester ici et utiliser le papier d'Ibama. Fernando travaille déjà depuis vingt ans à l'agence environnementale de Belém, un des directeurs de cette filiale a été assassiné par des bûcherons, un autre est devenu fou et un troisième est en prison pour corruption. Fernando m'a dit qu'Ibama représentait autrefois un grand espoir, il était fier de travailler ici, mais la corruption et les problèmes sans fin ont anéanti l'espoir. Fernando est un de ceux qui ont connu Jan. Il ignorait son nom, Jan était pour lui *o fotógrafo*, le photographe allemand qui venait sans cesse à Belém et se rendait dans des zones éloignées avec les hommes de l'agence environnementale. Fernando me raconta avec fierté qu'*o fotógrafo* avait photographié sa famille et, quand je lui répondis que c'était mon ami, il posa sa main sur mon épaule en disant que dans ce cas-là, j'étais aussi le sien.

Je lui demandai s'il savait où se trouvait Jan, et Fernando désigna sa prothèse d'un geste impuissant.

— Peut-être là où se trouve ma jambe.

Chère Clara, les heures ont passé, il est bientôt minuit, la chaleur moite m'empêche de dormir.

Je vais peut-être changer mes plans et tenter de les rejoindre demain en *gaiola*, un de ces bateaux qu'on surnomme cage à oiseaux, je traverserai le río Pará jusqu'au village de Gurupá, il paraît qu'on y trouve des plantations de pernambouc financées par l'organisation d'Arthur. Jan les a photographiées, j'ai vu ses images légendées dans les archives d'Ibama à Santarém.

Dès le début de mon voyage, je me suis rendu à la coopérative de pernambouc entre Altamira et Anapu. Elle s'est baptisée : Paulo César Fonteles de Lima. Quand on parle de cette communauté, on dit simplement Fonteles. Elle ne se compose que de trois ou quatre dizaines de maisons modestes, de quelques ateliers et entrepôts. La piste cahoteuse qui y mène traverse des herbages et des plantations de soja qui sont d'anciennes forêts, ici on défriche encore par le feu, même si c'est interdit. *Terra sem lei*. L'air a un goût de fumée. La plupart des habitants de

Fontales ont des visages amérindiens. Ils n'ont jamais souffert de la faim, la rivière est poissonneuse. Mais il n'y avait pas d'électricité autrefois. Ils ont sûrement coupé du bois eux aussi car les négociants clandestins paient en liquide. Mais pas le pernambouc, comme je l'ai souvent entendu dire, tout au plus le cèdre du Brésil et le massaranduba. Le pernambouc n'existait plus ici depuis quelques années, maintenant on le vénère, le pau-brasil, l'ibirapitanga. Quel que soit son nom, il a changé leur vie. L'organisation fondée par Arthur a construit un système de fontaine à énergie solaire qui filtre l'eau du fleuve, depuis la malaria a régressé. Au milieu du village se trouve une maison communautaire où on fait cours aux enfants. On y organise aussi des réunions et des formations proposées par les forestiers de l'université de Belém ; la plantation de pernambouc fait partie d'un programme de reboisement de l'université.

Les fermiers se souviennent bien du photographe allemand, on m'a conduit dans des maisons où j'ai vu les clichés de Jan aux murs. Les enfants avaient grandi, et une femme qui m'a montré sa photo de mariage était veuve depuis des années. J'ai dormi dans la maison du président de la coopérative, Lupiciano m'avait donné une chambre pour moi seul, ses sept enfants et la grand-mère dormaient dans l'autre, la troisième pièce était à la fois la chambre des parents et la cuisine. C'est là qu'on se retrouvait le soir autour du fourneau, mais cela faisait longtemps que personne n'avait revu Jan. La grand-mère se rappelait un accident de bateau sur le río Tapajós, dans lequel il avait probablement perdu la vie, Lupiciano la contredit, l'accident avait bien fait plusieurs morts, mais le photographe avait survécu. Puis le vieil homme se souvint que Jan était revenu dans la communauté avec son appareil, il se déplaçait d'une manière étrange, comme un toucan dont le vol laisse croire qu'il est sur le point de tomber. D'autres villageois que j'interrogeai au sujet de Jan mentionnèrent une religieuse, Dorothy Stang, qui soutenait les petits exploitants d'une autre communauté derrière Anapu et finit assassinée par des tueurs à gages en février 2005.

Parfois, disaient-ils, le photographe partait avec les frères de la mission indienne, je n'avais qu'à aller à Altamira, à l'évêché, on en savait peut-être davantage là-bas. Des menaces de mort pesaient encore sur les opposants au projet de barrage de Belo Monte, repris par le nouveau gouvernement.

Oui, Clara, le barrage contre lequel les tribus indiennes ont protesté dès 1989 va finalement être construit. Plus de cinq cents kilomètres carrés de l'Amazonie seront inondés. Le barrage de Belo Monte approvisionnera les villages en électricité – mais à quel prix ? Quatre mille indigènes issus de neuf colonies sont armés et prêts à mourir plutôt que de voir leur espace vital détruit.

Les fermiers de la coopérative veulent eux aussi envoyer leurs représentants à une grande manifestation à Altamira, organisée par le célèbre évêque Dom Erwin Kräutler.

C'est pourquoi un de ses collaborateurs est venu dans notre communauté, le frère Franz, qui m'a pris à bord de sa Jeep. Aujourd'hui, j'attends Franz ici à Belém, il connaissait bien ton frère, Clara, il parlait de lui comme d'un ami. Il l'appelait par son prénom et croyait que MACHANDEL était son nom de famille. Franz me raconta que Jan avait parcouru le pays seul avec son appareil pendant des semaines, ses points de chute étaient les postes de secours mis en place par la mission indienne. Franz connaissait bien sûr la célèbre photo de la femme indienne brandissant sa machette, il était là quand le cliché fut pris en février 1989, lorsque les Indiens d'Amazonie se mobilisèrent contre le barrage.

Il n'avait même pas trente ans à l'époque et il était dans le pays depuis un an seulement. Le fils d'un paysan de Carinthie, avec lequel j'ai parlé de Dieu.

— Mon Dieu n'est pas une puissance lointaine, me dit-il. Mon Dieu est celui qui descend, qui entend les cris des plus pauvres et les aide à se libérer de l'esclavage.

Cela paraît pathétique quand je l'écris, mais pour Franz, c'est la simple vérité. Clara, tu sais que Jan était étranger à toute forme de religiosité, il se disait agnostique. Mais j'ai compris pourquoi le frère Franz et lui étaient devenus amis. Ce qui préoccupe Franz, ce qui a poussé Paulo César Fonteles de Lima à devenir combattant et poète, ce qui nous a valu des nuits blanches dans notre pays perdu et ce qui a fini par conduire Jan ici, c'est la même chose.

J'ai accompagné Franz chez les Indiens Yanomami, qui ne fréquentent les Blancs que depuis quelques décennies. Yanomami signifie simplement : être humain. Jan s'est aussi rendu dans ce village au cœur de la forêt tropicale, mais cela remonte loin. Franz voulait retrouver pour moi les photos qui devaient figurer dans les archives du conseil de la mission indienne. Les Yanomami croient qu'il existe un ciel au-dessus de nous et un ciel en dessous. Chez eux, il est interdit de creuser profondément dans la terre car ils pensent que cela libère une émanation invisible et toxique, *xwara*, qui se propage insidieusement et étouffe la vie.

En entendant cela, j'ai repensé à mon travail d'historien et à ton métier, Clara, tu as passé des années à étudier le conte du genévrier et tu reconstitues aujourd'hui de vieilles pierres qui reposaient déjà sous terre, cachées et oubliées. Nous creusons souvent sans savoir ce que nous mettons au jour, il arrive que le passé étouffe le présent.

Certains Yanomami ont appris le portugais, mais ils veulent décider eux-mêmes ce qui est bon pour eux. Je les ai vus se laver les dents avec des brosses à piles au bord du ruisseau, mais ils chassent encore à l'arc et non avec des armes à feu, ils ne s'intéressent pas aux biens personnels et refusent le commerce.

Cette visite chez les Yanomami m'a bouleversé. C'est le cas de tout ce voyage, ce fut une rencontre avec des gens qui font dorénavant partie de ma vie, une rencontre avec moi-même, un dialogue constant avec Jan. Clara, Jan a quitté notre petit pays qui était pour nous le nombril du monde, sans quoi cette vie étriquée l'aurait étouffé. Je suis parti moi aussi, mais pas de mon plein gré, et je suis resté longtemps avec mes sentiments, mes pensées là d'où on m'avait chassé. J'ai gardé en moi l'étroitesse, l'impression d'inutilité. Au bord de l'Amazone, j'ai compris ce que me reprochait Maria.

Franz m'a raconté ses conversations avec Jan. Il m'a dit qu'il ne comprenait pas, au début, pourquoi Jan était venu dans ce pays, lui qui refusait de suivre Dieu comme son Seigneur. Jan lui rappelait Heinrich von Kleist, sur lequel il avait dû faire une composition écrite l'année du bac à Klagenfurt. Dans l'essai de Kleist sur le théâtre de marionnettes, il était aussi question du paradis perdu, inaccessible, on disait qu'il fallait faire le tour du monde pour voir s'il comportait un accès à l'arrière. Le frère Franz voyait Jan comme quelqu'un qui cherchait l'entrée de son propre paradis, fût-ce de l'autre côté de la Terre. Il avait compris ensuite que Jan n'était pas de passage, mais chez lui, comme Franz. À un endroit qu'il s'était approprié. C'est pourquoi il ne pensait pas que Jan ait quitté le Brésil.

— Il est probable, dit le frère, que sa mission sur Terre soit accomplie.

Clara, sœurette – sais-tu que Jan t'appelait toujours ainsi quand il parlait de toi ? Le jour s'est levé depuis longtemps, dans la cour deux ouvriers s'affairent bruyamment sur les tas de bois confisqués selon les consignes de Fernando.

Plus tard, j'irai au port chercher une *gaiola* pour me rendre à Gurupá, je veux voir cette plantation de pernambouc que Jan a photographiée. Elle a bientôt vingt ans, le bois rouge a dû se former, mais on ne peut l'abattre qu'au bout de trente ans au minimum.

Clara, j'écris encore et encore, pourtant je n'ai rien dit au sujet de la sacoche. Je n'en ai pas parlé non plus dans mes lettres à Lena, je voulais la rapporter et contempler la pierre avec vous. La sacoche est là devant moi, je l'ai toujours emportée depuis que je l'ai trouvée à Santarém, et je ne la quitterai pas avant de l'avoir rapportée à la maison. Je ne peux pas finir cette lettre sans la mentionner. C'est celle de Jan, hormis ses photos et les souvenirs de tant de gens, la trace la plus tangible que j'aie pu trouver de sa présence dans ce pays. Tu la connais, nous avions tous ce genre de sac à bandoulière. C'est une costumière de l'Alte Schönhauser Allee qui l'a fabriquée, après avoir dégoté du cuir souple couleur fauve. Elles étaient chères mais simples, assez grandes pour des bouquins, une demi-livre de pain et une bouteille de vin. Elles duraient une éternité. Tu en as offert une à Michael, j'en avais une aussi, que Paul a récupérée à Barcelone, l'ancienneté l'embellit. Celle de Jan est aussi éraflée et tachée, mais précieuse, pour moi en tout cas.

Il y a trois semaines, j'ai vu cette sacoche pour la première fois. Non, pas pour la première fois car Jan la portait en bandoulière quand il a quitté notre appartement à l'été 1985 pour se rendre à la Bornholmer Straße. Je l'ai reconnue aussitôt, il a fallu que je la touche, la sente. De retour à Berlin, je te raconterai comment j'ai accédé aux archives de l'agence environnementale à Santarém. On y trouve des centaines de clichés de Jan, il a photographié les plantations de pernambouc et les vieux arbres adultes. Dans le tas, j'ai découvert des photos de la vie quotidienne dans les colonies, des fêtes, des rassemblements. On m'en copiera et m'en enverra certaines. Je te parlerai d'Emilia, une biologiste qui travaille à l'agence environnementale et qui connaissait bien Jan, mais ne l'a pas revu depuis plus de quinze ans. Il a fini par ne plus revenir. Il a laissé un sac qu'il avait l'intention de récupérer lors de sa prochaine visite. C'est la sacoche, Clara, qui est devant moi. Il n'y avait aucun document dedans, il les emportait dans les housses de ses appareils. Des mois plus tard, quand Emilia a ouvert la sacoche en cuir marron, elle n'a trouvé que quelques slips, *Tristes tropiques* de Claude Lévi-Strauss et une pierre.

C'était une pierre de Machandel, je l'ai reconnue tout de suite. Elle était vernie comme les éclats des baquets en granit des anciennes verreries que Jan et moi avions vues en errant dans la région lors de ma première visite à Machandel. Vous les appeliez pierres-de-Machandel. J'en ai apporté une au Brésil, comme cadeau pour Jan. La pierre qu'il portait dans sa sacoche et que je vais rapporter est différente. On dirait une petite sculpture, l'œuvre d'un artiste, même si c'est probablement la nature qui l'a façonnée ainsi. Elle a la taille d'un poing enfantin et la forme d'un cœur humain, pas ceux en pain d'épice, mais ceux des affiches dans les salles d'attente des médecins. À l'extérieur, le cœur est en granit gris, mais la pierre présente une fissure au-dessus du renflement, d'où émerge une autre matière, comme de la lave solidifiée. Cette pierre ne vient certainement pas d'un baquet dans lequel on faisait fondre le verre. Et pourtant, elle devait se trouver à proximité car elle est à moitié recouverte de ce vernis bleu-vert qui finit en goutte transparente.

J'entends une voiture klaxonner et de l'agitation dans la cour. Clara, je dois m'arrêter là. Peut-être que les patrons d'Ibama sont de retour, peut-être que Franz a fini par venir. Tu verras le cœur de pierre quand je serai de retour à Berlin. Quant à la petite pierre que j'ai apportée ici pour Jan, je vais la jeter encore aujourd'hui dans l'Amazone.

25

CLARA

Nouveau départ

Ce matin, j'ai traversé les champs moissonnés jusqu'à l'église de Klabow parce que l'ange restauré est revenu, le vieil ange de bois avec le visage des arrière-petits-enfants d'Emma. Elle a toujours affirmé que l'ange avait les traits des enfants Peters. Je ne saurais pas reconnaître les arrière-petits-enfants d'Emma, ils étaient encore jeunes lors des funérailles il y a cinq ans. Aujourd'hui, l'église était remplie de clients de l'hôtel photographiant l'ancien retable et l'ange. Ils ne connaissent pas Emma ni ses petits-enfants, ils ne savent rien de la fratrie de Marlene et de leurs ancêtres, ils ne voient que l'ange suspendu à une chaîne, qui a retrouvé ses couleurs toutes simples à base de peinture végétale. On a enlevé la laque dorée qui s'écaillait, le chérubin a l'apparence qu'il avait sans doute voilà deux cents ans, un jeune paysan aux joues rouges et rebondies, joyeux à première vue, mais on remarque ensuite les yeux écarquillés, la petite bouche entrouverte comme pour crier et on se demande : qu'a-t-il vu, cet ange ? Que lui est-il arrivé ?

Sur le chemin du retour à Machandel, je suis restée des heures assise sur un bloc erratique derrière les haies de pruneliers et le village pour me rappeler ce que j'ai vécu ici. Certaines choses resteront à jamais comme une pièce de puzzle qui ne correspond plus à aucune image, comme ces fragments de basalte de Mésopotamie, remis dans les corbeilles en métal car on n'avait pu les caser nulle part.

Hier, en vidant le placard de la grande chambre qui donne sur le jardin, je suis tombée sur une photo d'Emma, une carte de condoléances envoyée par ses enfants à l'époque. Au verso se trouve un poème : *La vie passe et s'écoule. / La beauté et la gloire se flétrissent. / Les biens pourrissent. / Pourquoi sommes-nous si orgueilleux / Nous qui mourons et retournons à la terre. / Venez, sœurs et frères, voir la tombe / Révolues sont l'envie, l'inimitié, la méchanceté / et l'avidité / Voyez, tout n'est plus que terre, argile et poussière.*

Je me rappelle mon étonnement en lisant ce poème. Aux funérailles, j'étais assise à côté d'une des filles adoptives d'Emma, avec laquelle j'évoquai le genévrier.

— C'est l'arbre des morts, dit-elle, tout le monde le sait. Si on veut recevoir un message des morts, il faut écouter la grive litorne. Je le savais déjà quand ma première mère est morte, j'étais encore enfant.

Quand je lui demandai si cela venait de Marlene, elle se contenta de répondre :

— Je n'ai presque aucun souvenir de Marlene.

Et quand je l'interrogeai au sujet de la carte de condoléances :

— C'était l'idée d'Emma, elle a recopié ces vers trouvés dans un de ses nombreux bouquins.

Hier, la belle-fille de Grigori, Polina, regarda par-dessus mon épaule, contempla la photo d'Emma, qu'elle n'avait jamais vue en vrai, et s'exclama avec étonnement que la citation venait d'une célèbre épopée géorgienne du Xe siècle.

— Pourquoi, me demanda-t-elle, cette villageoise allemande a-t-elle choisi des vers géorgiens pour sa carte de condoléances ?

— Ce n'était pas une villageoise, Emma venait de Hambourg, dis-je en rangeant vite la carte, comme si elle contenait un secret.

Pour le bout de chemin restant jusqu'à Machandel, j'empruntai l'allée de châtaigniers, devenue la route bitumée menant à l'hôtel. Ces vieux arbres sont infestés de mineuses, leurs feuilles jaunissent dès le mois de juin, puis tombent rapidement. La vue sur les prés vallonnés à droite et à gauche est toujours la même, les troncs de bouleaux morts dans les yeux d'eau n'effrayent que celui qui les voit pour la première fois. Je sais qu'ils font partie de ce paysage toujours renouvelé, mais étrangement identique, et que de nouveaux bouleaux poussent à la place. Les aigles royaux et les milans qui tournoient paresseusement au-dessus des collines, les alouettes qui reviennent malgré la monotonie des champs de colza et, au fur et à mesure qu'on s'approche du village, les hirondelles, tous ces oiseaux sont comme des signes dans le ciel, dont je ne peux pas toujours déchiffrer le message. J'ai parcouru les cent derniers mètres en passant par le parc du château. À l'emplacement de l'annexe d'Emma, ils ont construit un pavillon de thé octogonal pour les clients de l'hôtel. Presque tous les villageois travaillent pour eux, Machandel est devenu un village hôtelier. Le parc, jadis sombre et marécageux, est lumineux, les vieux chênes désormais solitaires côtoient de jeunes hêtres et tilleuls, des haies fantaisistes et des bancs ondulés en grès bordent les nouveaux chemins en gravier. Je ne reconnais plus le parc du château, je trouve que cette clientèle élégante détonne ici.

Lorsque je fis part de mon sentiment à Lena, elle se contenta de rire, alors que l'ancien manoir transformé en hôtel était le lieu de sa naissance et Machandel celui de son enfance. La terrasse sur laquelle elle prenait jadis le petit-déjeuner avec sa mère le dimanche est aujourd'hui décorée de buis bizarres en forme de têtes d'animaux.

— Et vous, vous étiez faits pour Machandel ? me demanda-t-elle. Ma mère détonnait aussi quand elle est arrivée ici, mon père pareil.

Lena n'a pas l'air gênée par les changements, elle vient ici plus souvent que moi. En général, elle se lève tôt, la première, puis elle va se baigner avant le petit-déjeuner. Certains jours, elle erre des heures seule dans les bois ; elle connaît les endroits où les clients de l'hôtel ne vont jamais, les coins à champignons, elle ramasse des herbes comme Natalia autrefois. Il y a deux ans, quand Herbert est rentré du Brésil et qu'il amenait souvent Lena à Machandel, elle était encore timide, elle se déplaçait prudemment dans la chaumière et le jardin, tel un chat en terrain inconnu. Ainsi qu'il l'avait annoncé dans sa lettre, Herbert évoqua pendant des jours et des nuits son voyage à la rencontre de Jan. Lena et moi ne nous lassions pas de ses récits et, tandis que nous l'écoutions, que nous regardions les copies des photos de Jan et les clichés de Herbert, je sentais grandir entre nous une complicité qui n'a pas besoin de grands mots, Lena restant encore aujourd'hui la muette.

La pierre étrange que Herbert trouva dans la sacoche de mon frère revint à Machandel, c'était celle que Lena lui avait donnée en août 1985 en guise d'adieu, sur le perron à la balustrade jadis rouillée, aujourd'hui dorée.

La pierre repose à côté de l'album photos de Marlene, que j'ai retrouvé dans les décombres il y a des années.

En voyant que la famille de Lena avait pris possession de la chaumière, mes filles me dirent :

— Tu vas enfin pouvoir voyager.

Les 27 000 fragments de basalte sont reconstitués depuis longtemps, les dieux et déesses ressuscités, les hommes-oiseaux et autres créatures léonines sont exposés au musée sur la Spree. J'ai rédigé le catalogue, mais ce travail est lui aussi terminé. Je n'ai pas encore dit à mes filles que l'exposition va circuler dans plusieurs musées européens ces prochaines années et que je vais la suivre. Je ne leur ai pas parlé non plus du Sphinx barbu découvert par les chercheurs il y a cent vingt ans sur une colline de la vallée du Croissant fertile et détruit peu après par les villageois, effrayés par l'imposante sculpture sortie des profondeurs et dont le regard noir semblait tout voir. Quelques archéologues, dont mes collègues Andreas et Sadiq, veulent retrouver les fragments de cette sculpture et d'autres sur la colline à la frontière syrienne et les reconstituer. Ils m'ont demandé si je voulais les accompagner en tant que documentaliste. Or la mission n'a pas encore commencé, l'équipe archéologique n'ayant ni budget, ni autorisations. En Syrie, un dictateur se bat pour rester au pouvoir, une guerre civile se profile. Et mon vieux père vit toujours à Berlin, il a cessé de parler mais il m'attend, il attend uniquement sa fille. Caroline vient aussi voir son grand-père ; Lena, Lara ou Polina l'emmènent au Tiergarten où il regarde les enfants jouer. Herbert lui rend visite et lui lit le journal, même Ruth vient le voir, mais il ne parle qu'à moi. Il m'appelle Else.

Je vais beaucoup voyager dans les années qui viennent. J'échange de temps en temps des mails avec Emilia, la femme de Santarém qui a conservé la sacoche en cuir de mon frère, elle m'a invitée chez elle. Peut-être que j'irai là-bas quand les plants de pernambouc de la coopérative seront devenus de grands arbres dont on sciera le bois rouge pour former les ébauches des archets. D'après le frère Franz, il y a des problèmes, certains gardiens du pernambouc veulent vendre les jeunes arbres car on peut déjà utiliser le bois de braise au bout de quinze à vingt ans, un matériau de construction précieux au prix élevé. Les arbres ont néanmoins été inventoriés, mon frère a photographié chacun d'eux. C'est ce qui protège le pau-brasil, qui, selon le vœu des fermiers de la coopérative Paulo César Fonteles de Lima, doit grandir jusqu'à ce que le temps des archets soit venu. J'irai peut-être dans cette colonie lorsqu'ils récoltent les graines de pernambouc pour les nouveaux plants. Lena en a parlé comme si elle y avait assisté, comme si elle avait vu les fleurs jaunes avec le point rouge au milieu, respiré l'odeur qu'elles dégagent pendant quelques jours. Elle nous a décrit les gousses épineuses qui succèdent aux fleurs. Il y a de nombreuses années, Arthur leur a expliqué, à elle et à Jan, qu'il faut attendre que les gousses s'ouvrent d'elles-mêmes, après quoi on peut récolter les graines et les mettre en terre, qui doit être argileuse. Il faut néanmoins beaucoup de temps pour que les plantes se montrent, le pernambouc pousse lentement.

Peut-être que je n'irai pas seule, mais avec celui qui a des yeux de couleurs différentes, avec lequel commenceront des histoires nouvelles. Peut-être.

Hier, j'ai rangé mes placards et trié tout ce qui ira dans mon appartement berlinois, où j'ai de la place maintenant. J'ai également récupéré l'album photos. L'espace d'un instant, je me suis dit : que va-t-il faire ici, avec la famille de Lena qui ne sait rien de Marlene ni de sa fratrie ? Même Grigori ne connaissait pas Marlene. Finalement, j'ai remis l'album sous la vitrine qui le protège de la poussière et des souris. Il fait partie des lieux, de cette chaumière, tout comme la pierre en forme de cœur. Lena l'a posée sur le rebord de la fenêtre dans la petite chambre donnant sur le jardin, où elle se trouvait peut-être déjà autrefois car c'est la chambre où Marlene, ses frères et ses sœurs sont nés, où leur père est mort.

En revanche, j'emporterai toutes les feuilles noircies d'encre que j'ai récupérées dans les tiroirs et les placards de la chaumière, toutes les histoires et les pensées, les bribes de chansons et les rêves qui ont volé jusqu'à moi à Machandel.

Tout le reste peut demeurer ici, je ne m'en vais pas pour toujours, je reviendrai à Machandel, peut-être pas de sitôt et plus aussi souvent, mais les histoires de ce village sont inextricablement liées aux miennes. Lena et Herbert viennent souvent, ils ont aménagé la chambre qui donne sur l'entrée, où il n'y a de la place que pour un grand lit. Quand Grigori, le vieux père de Lena, a vu ça, il a ri et enlacé Lena. J'ai compris ses mots russes, bien qu'il ait parlé à voix basse. C'est dans cette pièce, dit-il à Lena, qu'elle avait été conçue.

À part cela, Grigori ne parle pas beaucoup, lui et sa femme Lara ne viennent pas souvent ici. La vraie maîtresse des lieux, c'est Polina. Elle vient presque tous les week-ends. Au début, j'étais surprise de voir l'aisance avec laquelle elle se promenait dans le jardin et dans la maison, creusant sans permission des plates-bandes qui donnent des carottes et des concombres, des radis, des courgettes géantes tout l'été, toujours plus de courgettes qui lui permettent de nourrir le village entier et même ses collègues de Berlin, des courgettes qui se multiplient la nuit dans son potager. J'ai observé Lena en train de reprendre sa belle-sœur, elle était gênée par l'attitude possessive de Polina. Mais je me suis rendu compte que cela ne me dérangeait pas, il y a suffisamment d'espace ici, j'ai la chambre à droite de l'entrée pour moi toute seule et je garde aussi la pièce à côté de la salle de bains.

C'est une bonne chose que la famille de Lena parle russe, je ne comprends pas grand-chose et je peux m'évader dans mes pensées, tandis que les douces sonorités de cette langue se mêlent aux bruits du jardin, aux craquements des vieux arbres, aux sifflements et pépiements et soupirs des animaux, au tchac-tchac-tchac des grives litornes.

Herbert se plaint parfois : "Je voulais une femme et me voilà avec une famille nombreuse", mais il ressent la même chose que moi, il apprécie leur présence si naturelle. La chaumière où j'ai été si longtemps seule avec le passé se remplit peu à peu d'autres histoires, d'autres larmes, d'autres rires et d'autres chansons.

Mark, le frère de Lena, a mastiqué les fenêtres, remplacé la poutre pourrie de la remise et, l'autre jour, je l'ai croisé dans la forêt, à un de mes endroits préférés, où les blocs erratiques forment un cercle depuis la nuit des temps. Mark était assis là, la lumière verdâtre filtrait à travers les arbres et il me dit quand je m'assis à côté de lui :

— À Berlin, j'ai toujours senti qu'il manquait quelque chose dans ma vie. Je me croyais nostalgique de Tiraspol, ce qui m'étonnait car je n'étais pas heureux là-bas. Maintenant je sais que ce n'est pas Tiraspol qui me manquait, mais Machandel.

Ensemble, nous sommes retournés au village et, dans le creux entre les tumulus, j'ai aperçu des gravats parmi les haies, quelqu'un s'était débarrassé de vieux papiers peints, pourtant Mark ne voyait que les genévriers dressés contre le ciel et il dit :

— Un endroit magique.

Je suis contente de ne pas avoir vendu la chaumière aux gens de l'hôtel. Ils font partie de Machandel, certains habitent ici. Au printemps, j'ai parlé devant la clôture des Möllers avec le petit futé de Stuttgart, qui se définit comme *greenkeeper* en chef, il est responsable du terrain de golf. Il s'est plaint de la moisissure des neiges, un nom bien poétique pour un simple champignon appelé fusarium.

— Elle apparaît quand la neige tombe sur un sol non gelé, expliqua-t-il au vieux Richard et à moi. L'équipement des golfeurs, leurs chariots et leurs chaussures déplacent la moisissure des neiges d'un *green* à l'autre.

Richard, voûté et minuscule devant l'homme bronzé aux cheveux gominés, se tenait à la clôture tout en écoutant avec étonnement le *greenkeeper* en chef évoquer la qualité du *putting-green*.

— Les mauvaises herbes et les graminées étrangères qui se répandent dans la couche superficielle des traces laissées par les dégâts hivernaux détériorent la qualité du *putting-green* et donc les résultats des golfeurs. Là d'où je viens, on n'utilise pas les terrains de golf en hiver. Le *rough* est transformé en piste de ski de fond, alors qu'ici, à l'Est, il faut malheureusement jouer en continu pour faire des profits.

Le vieil ouvrier agricole hocha la tête en soupirant :

— Eh oui, les graminées étrangères.

Plus tard, il me demanda :

— Tout ça, c'est lié à la guerre du Golfe ?

Aujourd'hui, sa maison de néoruraux rénovée fait partie de l'hôtel, elle a une extension vitrée. Richard habite à Kuhelmies chez ses enfants, qui l'ont poussé à signer le contrat de vente dès la mort de Minna.

L'été dernier, Julia et Caroline sont venues ici ensemble, elles se sont moquées des Moldaves, comme elles appelaient la famille de Lena au début, étonnées par mon calme devant les napperons en dentelle de Polina et ses maniques multicolores, mais quand nous nous sommes retrouvées dans le jardin le soir autour de la table en chêne de l'ancienne cuisine du château, que Mark a imperméabilisée avec du vernis marin, tandis que Polina servait toujours plus de soupes et de ravioles, que Herbert sortait sa guitare, elles ont compris que je me sentais bien dans cette famille et elles ont annoncé qu'elles reviendraient dès que possible en amenant leurs amis. Caroline voit souvent Maxim, le neveu de Lena, à Berlin. Il vient rarement à Machandel, il a abandonné ses études au conservatoire au grand désespoir de ses parents, il joue avec deux Russes allemands du Kazakhstan et un jeune Juif de Vilnius dans un groupe étrange qui s'est baptisé *Tamerlan et sa troupe*, d'après un livre soviétique pour enfants. Même à la radio, on entend leurs comptines soviétiques étrangement déformées, leurs marches restylées et leurs parodies de chants ouvriers. Le week-end, ils se produisent à guichets fermés. Sa mère Polina trouve que "ça casse les oreilles". Quant à Grigori :

— Moi, ça me brise le cœur d'entendre les chansons de ma jeunesse ridiculisées et de voir mon petit-fils gâcher son talent.

— Tu es toujours attaché à ces vieux airs de propagande ? demanda Mark à son père ; je l'avais rarement entendu parler aussi fort et violemment. Tu n'en as pas eu assez au camp ?

Grigori se détourna et je sentis que les conflits couvaient aussi dans cette famille.

— Par chance, dit Polina pour calmer le jeu, Maxim vient souvent chez nous jouer du Chopin sur le piano à queue Bechstein.

Elle a oublié ou elle ignore qu'il se trouvait jadis ici, au château de Machandel.

J'ai déjà fait mes valises, je n'emporte pas grand-chose.

Ce matin, en revenant de Klabow, j'ai perçu dès le pavillon de thé dans le parc un bruit venant de notre terrasse, des tonalités distordues, des basses percutantes. Mark ou Polina avait remis le nouveau CD de Maxim, qu'ils ont déjà écouté si souvent, peut-être pour comprendre ce que leur fils veut dire avec ces chansons passées sans pitié à la moulinette. Le volume était trop élevé, comme le vent de Machandel qui emporte tous les bruits de notre jardin jusqu'au château et nous ramène le moindre murmure avec force, comme amplifié par un écho. J'entendais des bribes de *Souliko*, la chanson préférée de Staline, se mêlant à une version jazzy de *Large est ma mère patrie,* ce n'était pas la voix de Maxim qui chantait l'*Internationale* en yiddish, mais il se joignit au chant, et cela ne ressemblait-il pas à *Dunia, notre petite fleur*, devenant *Katioucha dévala les prés* ? Nous avions appris ces chansons en cours de russe. Je discernais dans le tas des chants populaires allemands, ils trébuchaient les uns sur les autres, les basses cassaient toute douceur, un tuba submergeait toute discrétion, après quoi le silence retomba, on n'entendait plus que le piano et, quand je m'approchai de la maison, on ne distinguait qu'une seule voix, je connaissais la chanson, je la connais depuis mes vingt-sept ans, mes filles ont dû l'apprendre à Maxim, qui chantait avec un accent russe l'histoire d'un frère, d'un petit oiseau dans le genévrier et d'un adieu, *adie*, *adie*, *adie*.

LES PROTAGONISTES

CLARA. Née en 1960, fille de Hans Langner et de Johanna Langner, sœur du photographe Jan Langner. Mère de Julia (*1979) et de Caroline (*1985). Clara fréquente le cercle de paix protestant de Pankow à Berlin. Au début du récit, elle est doctorante à l'université Humboldt, elle travaille par la suite dans un service de consultations psychologiques, puis au musée de Pergame.

MICHAEL. Né vers 1955. Mari de Clara, père de ses filles, sympathisant du cercle de paix protestant de Pankow. Ingénieur dans une centrale thermique. Il part travailler en Suisse à partir de 1990.

HANS LANGNER. Père de Clara. Né à Prenzlauer Berg, Berlin, en 1909. Outilleur. Membre de l'Union des combattants du Front rouge, instructeur du Parti communiste clandestin, arrêté en 1935. Sa compagne Else meurt en prison. Réclusion pour complicité de haute trahison, puis détention préventive au camp de concentration de Neuengamme, détention au camp de concentration de Sachsenhausen à partir de 1943. En avril 1945, il fuit la "marche de la mort" avec deux prisonniers tchèques, arrive mourant dans le village de Machandel, où la travailleuse de l'Est, Natalia, cache les trois hommes. Durant sa convalescence à Machandel, il rencontre Johanna, née en Prusse orientale en 1928. Elle devient sa femme et la mère de Jan (*1946) et Clara (*1960). Hans Langner est promu directeur du Bureau d'alimentation à Güstrow, il est de retour à Berlin depuis 1946, ministre du Travail de 1950 à 1953. Lorsqu'un de ses camarades de camp tchèques, accusé dans le procès Slánský, est exécuté à

Prague en 1952, Hans est pris dans les rouages des organes de sécurité. Depuis le sanatorium de Sülzhayn, il survit aux purges du Parti. Membre du comité directeur de l'Union des coopératives de consommation depuis 1957, il rejoint plus tard le comité Antifa et il est membre de la Chambre du peuple jusqu'en 1990.

JOHANNA. La mère de Clara. Née en 1928 près de Königsberg. Son père meurt jeune. Avec sa mère Waltraut (*1902), elle s'enfuit en janvier 1945, arrive au printemps 1945 dans le château de Machandel, devenu un camp de réfugiés. Elle s'occupe de Hans Langner malade, puis devient sa femme. Elle donne naissance à Jan en 1946 et à Clara en 1960. Elle s'installe à Berlin en 1946, passe son bac à l'institut préparatoire de l'université Humboldt, fait des études, obtient son doctorat à l'université du Parti, travaille pour l'Organisation internationale des femmes et la Ligue pour l'amitié entre les peuples. Elle meurt en 1994.

JAN LANGNER. Frère de Clara, fils de Johanna et de Hans Langner. Né dans le château de Machandel en 1946, il y reste même lorsque sa mère s'installe chez Hans Langner à Berlin. Il est élevé par sa grand-mère Waltraut avec l'archetier Arthur (*1906). En 1953, Jan est ramené à Berlin, ses parents lui font intégrer l'école des cadets de Naumbourg en 1957. Il y fait la connaissance de Herbert, ils deviennent amis. En 1967 et 1968, Jan étudie à l'université Humboldt, il photographie le Printemps de Prague, puis les chars sur la place Venceslas. Arrêté en 1968, il est jugé pour activités hostiles à l'État et mis en probation dans une usine d'ampoules. S'ensuit la rupture avec son père. Il travaille comme photographe indépendant pour des journaux jusqu'à ce qu'il quitte la RDA en 1985.

HERBERT AHRENS. Né en 1944 à Wrocław. Fils d'une ouvrière réfugiée à Ilmenau (Thuringe) à la fin de la guerre et d'un soldat mort au combat. Il rencontre Jan Langner à l'école des cadets de Naumbourg. Herbert fait des études d'histoire, il est contraint de quitter l'Académie des sciences vers 1978, devient concierge dans un foyer religieux pour enfants. Dans les années 80, c'est un des cofondateurs du Mouvement pour la paix et les droits de l'homme, un groupe important de l'opposition en RDA. En 1988, il est arrêté et expulsé avec sa femme Maria et leurs fils Paul et Benjamin. Après des années en Angleterre et au Portugal, il revient à Berlin vers 1994, travaille comme historien dans un institut de recherche, vit en couple avec Lena.

NATALIA. Née à Smolensk en 1925. Fin 1941, elle est recrutée de force comme travailleuse de l'Est, se retrouve dans un camp à Schwerin avant d'être employée comme domestique au château de Machandel. En 1945, elle est enceinte du prisonnier de guerre Grigori, reste au château, où elle se mêle aux réfugiés et donne naissance à leur fille Lena en janvier 1946. Natalia vit à Machandel jusqu'à sa mort en 1994.

GRIGORI. Né à Kharkov en 1918. Il y travaille comme mécanicien dans la plus grande usine de tracteurs au monde. Après le début de la guerre, il devient pilote de char. Emprisonné par les Allemands, il est détenu au STALAG de Fünfeichen près de Neubrandebourg, d'où on l'envoie avec d'autres prisonniers de guerre à Machandel pour des travaux agricoles. Il y rencontre Natalia, devient le père de sa fille Lena. En 1945, du fait que les officiers n'ont pas le droit de se rendre, on l'envoie dans un camp pénitentiaire en Union soviétique. Après sa libération dans les années 50, Grigori fonde une nouvelle famille. Il arrive à Berlin en 1994 en tant que réfugié du contingent avec sa femme Lara (qui est juive), leur fils Mark (*1956), leur belle-fille Polina (*vers 1960) et leur petit-fils Maxim (*1982).

LENA. Fille de Natalia et de Grigori. Surnommée "la muette" par les villageois. Née à Machandel en 1946, elle grandit au château. Elle suit une formation de bibliothécaire, sillonne les villages en bibliobus. En 1994, après le décès de sa mère, elle quitte Machandel et s'installe à Berlin, à proximité de son père Grigori et de sa famille. Elle vit en couple avec Herbert Ahrens.

MARLENE PETERS. Née vers 1926 à Machandel. Fille de l'ouvrier agricole Paul Peters et de sa femme. Après la mort de sa mère en 1940, son père étant déjà soldat, elle s'occupe de sept jeunes frères et sœurs. Elle se lie d'amitié avec la travailleuse de l'Est Natalia. En 1943, elle est signalée au bureau de santé héréditaire comme malade mentale et admise à l'hôpital universitaire de Rostock-Gehlsheim. On l'y stérilise, puis on la transfère à la clinique de Schwerin-Sachsenberg, où elle meurt à l'automne 1944.

EMMA PETERS. Née à Hambourg en 1910, veuve d'un médecin, épouse Bekenkamp. Elle survit aux grands bombardements de Hambourg en juillet et août 1943. Elle arrive à Machandel à l'automne 1943 pour s'occuper des enfants abandonnés de la famille Peters jusqu'à la fin de la guerre. Elle travaille comme intendante au château jusqu'en 1945, puis à la kommandantur. Elle reste auprès des enfants, même lorsque Paul Peters revient en 1947. Elle l'épouse, a un fils en 1948, travaille comme assistante médicale. De nouveau veuve en 1963, elle quitte Machandel en 1995.

WILHELM STÜWE. Né vers 1910. Trayeur à Machandel, puis gardien des prisonniers de guerre du STALAG de Fünfeichen. Après la guerre, il s'attire les faveurs de l'occupant soviétique et s'installe dans l'ancienne maison du régisseur. Employé à l'administration du canton. Meurt dans les années 90.

ARTHUR. Né vers 1906. Il possède un atelier d'archèterie à Königsberg. Durant sa fuite en 1945, il se retrouve dans le camp polonais de Lamsdorf, il arrive à Machandel après sa libération à la fin de l'été 1945. Il devient le compagnon de Waltraut (*1902), la mère de Johanna et la grand-mère de Jan et de Clara. Avec l'aide de Hans Langner, il achète une licence et ouvre un atelier d'archèterie de renommée internationale à Machandel. Après la mort de Waltraut (1960), il déménage dans le Vogtland. Il meurt là-bas au début des années 90 après avoir fondé une association internationale d'archetiers pour la préservation du fernambouc.

OUVRAGE RÉALISÉ
PAR L'ATELIER GRAPHIQUE ACTES SUD
ACHEVÉ D'IMPRIMER
SUR ROTO-PAGE
EN NOVEMBRE 2023
PAR L'IMPRIMERIE FLOCH
À MAYENNE
POUR LE COMPTE DES ÉDITIONS
ACTES SUD
LE MÉJAN
PLACE NINA-BERBEROVA
13200 ARLES

DÉPÔT LÉGAL
1re ÉDITION : FÉVRIER 2024

N° impr. : 103691
(Imprimé en France)